KNAUR

Über die Autorin:
Heike Eva Schmidt wurde in Bamberg geboren und lebt heute im Süden Münchens. Nach ihrem Studium wurde sie zunächst Journalistin und schrieb unter anderem für Radio, Fernsehen und Zeitschriften. Inzwischen arbeitet sie als freie Drehbuchautorin. 2010 verwirklichte sie schließlich ihren Kindheitstraum: Romane zu schreiben.
Mehr Informationen unter www.heike-eva-schmidt.de

Heike Eva Schmidt

DIE GESTOHLENE ZEIT

ROMAN

KNAUR

Besuchen Sie uns im Internet:
www.knaur.de

FSC
www.fsc.org
MIX
Papier aus verantwortungsvollen Quellen
FSC® C083411

Originalausgabe Oktober 2013
Knaur Taschenbuch

Ein Unternehmen der Droemerschen Verlagsanstalt
Th. Knaur Nachf. GmbH & Co. KG, München

Redaktion: Sabine Thiele
Umschlaggestaltung: ZERO Werbeagentur, München
Umschlagabbildung: FinePic®, München
Satz: Adobe InDesign im Verlag
Druck und Bindung: CPI books GmbH, Leck
ISBN 978-3-426-51311-8

2 4 5 3 1

Für meinen Großvater Georg,
der mir mit seinen selbsterfundenen »Lügenmärchen«
die Liebe zu Geschichten mit auf den Weg gegeben hat.

PROLOG

Sie kamen. Schon von weitem konnte er das Klappern der Pferdehufe und das Klirren ihrer Waffen hören. Das Heer der Menschen ritt heran, um Similde zu befreien. Doch er würde seine Braut nicht hergeben, koste es, was es wolle! War er doch sofort in das schöne Mädchen verliebt gewesen, kaum dass er sie an einem Frühlingstag auf einer Ausfahrt der adligen Gesellschaft das erste Mal gesehen hatte. Verborgen hinter einem Felsblock, hatte er Similde Antlitz bewundert, während sie aus dem Fenster der Kutsche sah. Und nachdem ihr ein zartes Spitzentüchlein aus der Hand gefallen war, ohne dass sie es merkte, hatte Laurin es aufgehoben und sich geschworen, er würde nicht eher aufgeben, bis er diese Schönheit besitzen würde.

Nun war Similde sein, und niemand würde sie ihm wegnehmen. Er hatte schließlich alle List darauf verwandt, ungesehen zum Schloss ihres Vaters zu kommen, und lange im Verborgenen gewartet, um Similde in einem unbeobachteten Moment zu entführen. Als sie endlich erschienen war, hatte er das erschrockene Mädchen gepackt, auf ein vorher geraubtes Ross gesetzt und war mit ihr im gestreckten Galopp davongeprescht. Mit Hilfe seiner Zauberkräfte hatte er die Verfolger abgeschüttelt und Similde in sein Reich tief im Inneren des Berges gebracht.

Aber die Recken, allen voran ihr Anführer Dietrich von Bern, spürten ihn auf.

Laurin hob den Kopf, auf dem die goldene Krone saß, und umklammerte sein Schwert fester. Sie würden das Mädchen nicht wiederbekommen! So wahr er Laurin war, König des Zwergenvolks und Herrscher des unterirdischen Kristallpalastes, in dem sich Gold, Silber und Edelsteine häuften. Schätze, die seine Untertanen in unermüdlicher Arbeit über Jahrhunderte hinweg dem Berg abgetrotzt hatten. Das alles könnte Similde gehören. Doch das Menschenkind verschmähte alle Kostbarkeiten, genauso wie ihn. Seit einer Stunde schon weinte sie in ihrem unterirdischen Gemach und flehte, er möge ihr die Freiheit schenken. Laurin wusste, auch seine magischen Kräfte würden nicht ausreichen, um Similde's Liebe zu ihm zu entfachen. Als einzige Macht stand ihm zur Verfügung, die Schöne gefangen zu halten.

Doch nun rückten die Getreuen ihres Vaters an, um ihm seine geraubte Braut wieder zu entreißen. Hier in seinem Palast, tief im Fels, den noch kein menschliches Auge geschaut hatte, konnten sie ihn nicht finden. Aber sie würden in seinen Garten eindringen und seine Rosen zerstören, seine geliebten Rosen.

Alles, um Similde, deren Haut so weich und weiß war und deren rotes Haar dem Feuerglanz der Rosen bei Sonnenaufgang glich, zurückzuholen. Doch der Zwergenkönig war gewappnet. Rasch schnallte er sich den Zaubergürtel um, der ihm die Kraft von zwölf Männern verlieh. Dann griff er sich seinen größten Schatz. Kein Silberschwert und auch kein magischer Ring, sondern eine kleine, unscheinbare Kappe, die ihren Träger unsichtbar werden ließ. Laurin steckte sie vorn in sein Wams. Zu gegebener Zeit würde sie ihm gute Dienste leisten. Anschließend blies er dreimal in sein Horn, um sein Volk zusammenzurufen. Auf seinen Befehl hin öffnete sich das Felsentor zur Außenwelt, und Laurin machte sich bereit, seinen Feinden entgegenzutreten.

Lange tobte der Kampf zwischen Menschen- und Zwergenvolk. Wie Blutstropfen lagen die abgerissenen Blütenblätter von Laurins Rosen auf dem felsigen Boden, und das Blut der

Verwundeten, dunkelrot wie die Rosenblätter, tränkte die Steine. So erbittert die Recken auch gegen die Zwerge kämpften, ihren König bekamen sie nicht zu fassen. Zu groß war die Kraft, die der Zaubergürtel Laurin verlieh. Einen Ritter nach dem anderen traf sein unbarmherziges Schwert. Nur Dietrich von Bern gab nicht auf, und im Zweikampf gelang es ihm, Laurins magischen Gürtel zu zerbrechen. Damit war die Übermacht des Zwergenkönigs zuerst dahin, doch dann griff dieser zu seiner Tarnkappe und attackierte den Hünen von Bern nun aus dem Verborgenen. Schon bald blutete Dietrich aus mehreren Wunden, die der unsichtbare Gegner ihm beigebracht hatte. Immer blindwütiger schlug Dietrich um sich, aber sein Schwert zerteilte jedes Mal nur die Luft. Der Zwergenkönig bewegte sich behende, und seine Unsichtbarkeit verschaffte ihm stets einen Vorteil gegenüber seinem Kontrahenten. Quer durch den Rosengarten zog sich das Duell, doch mit einem Mal hielt Dietrich in seinen wilden, ungezielten Schlägen inne, und seine Augen verengten sich. Schon wähnte Laurin sich als Sieger und wollte zum finalen Schwertstreich ausholen. Er huschte in einem Bogen um den großgewachsenen Ritter herum, bereit, ihm das Schwert in den Rücken zu rammen, als Dietrich blitzschnell herumfuhr und Laurin einen harten Schlag verspürte. Seine Tarnkappe flog in hohem Bogen davon. Noch ehe der Zwerg wusste, wie ihm geschah, spürte er die scharfe Spitze von Dietrichs Schwert an seiner Kehle. Kurz darauf hatten die Recken ihn umzingelt. Nun war es *sein* Blut, das aus einem dünnen Schnitt am Hals auf die Rosenblätter tropfte. Er war besiegt.

Das Zwergenvolk heulte und jammerte, als es mit ansehen musste, wie sein König in Ketten gelegt wurde. Mit ihren Schwertern und Speeren trieben Dietrichs Männer die kleinwüchsigen Wesen zurück zwischen die Felsen. »Mit dem Teufel muss es zugegangen sein, dass du mich entdecktest«, kreischte Laurin in ohnmächtigem Zorn. Doch Dietrich von Bern lachte. »Deine Rosen haben dich verraten. An ihren Bewegungen konnte ich sehen, wohin du liefst, hässlicher Zwerg«, höhnte er. Dann zwang er Laurin, das Tor zu seinem unterirdischen Reich zu öffnen und für jeden erschlagenen Recken einen Sack voll Gold herauszugeben. Hilflos musste der Zwergenherrscher zusehen, wie Dietrichs Mannen einen Teil seiner Schätze auf ihre Pferde luden.

Das Schlimmste aber war, dass sie ihm Similde nahmen. Das bildschöne Mädchen trat durch den Felsspalt ins Freie. Ihr langes Haar flammte im Schein der untergehenden Sonne wie die Farbe des Erzes tief im Berg. Bei ihrem Anblick war Laurin zumute, als ob der kalte Stahl seiner Fesseln bis in sein Herz schnitt. Und als Similde sich mit einem erleichterten Aufschluchzen in die Arme des Hünen aus Bern warf und Laurin in ihren Augen sah, dass sie fortan ihm gehören würde, da fühlte er weißglühenden Zorn durch seine Adern fließen. Mit rasselnden Ketten, gebunden und gedemütigt wie ein Hund, drehte Laurin sich um und warf einen hasserfüllten Blick auf seinen Garten mit all den Rosen, die ihn an diesem Tag so schändlich verraten hatten. Und er verfluchte den ganzen Rosengarten samt jeder einzelnen Blume, die dort wuchs, und sprach einen Zauberbann über sie: Fortan sollte kein Auge diese Pracht mehr schauen, weder bei Tag noch bei Nacht.

Viele Jahre lang fristete der König der Zwerge sein Dasein als Gefangener auf der Burg hoch über Bern. Durch die Gitterstäbe in seinem Verlies konnte er ein Stück Himmel und in weiter Ferne die Gipfel einer Bergkette sehen. Doch sein Felsenpalast war unerreichbar weit und Laurin durch die Gefangenschaft in der Menschenwelt zunehmend geschwächt. Er hatte die Hoffnung schon aufgegeben, sein steinernes Reich je wiederzusehen, als sich auf einmal die Tür zu seinem Verlies öffnete und seine Ketten von einem stattlichen Ritter gelöst wurden.

»Im Namen von Similde und Dietrich von Bern lasse ich dich frei. Doch schwöre, Zwerg, dass du unverzüglich in den Berg zurückkehrst und keine Rache an den Unsrigen übst!«, forderte der Mann.

Was blieb Laurin anderes übrig? Er schwor es, und die Kerkertür öffnete sich für ihn. Der Zwergenkönig konnte nicht ahnen, dass der hochgewachsene Ritter Similes Sohn war und ihm die Freiheit zurückgab, weil seine Eltern verstorben waren. Similde hatte ein gutes Herz, und daher war es ihr letzter Wille gewesen, ihrem einstigen Peiniger mit ihrem Tod die Freiheit zu schenken.

Erschöpft und bitteren Herzens kehrte der König der Zwerge nach beinahe fünfzig Jahren in seine Wohnstatt tief im Inneren des Berges zurück. Seine Untertanen empfingen ihn mit großem Jubel und einem Fest, so, als wäre er nur wenige Tage fort gewesen.

Trotz der Schmach, die König Laurin in der Oberwelt erleiden hatte müssen, gab er doch insgeheim die Hoffnung nie auf, Similde eines Tages wiederzusehen, auch wenn inzwischen auch im Zwergenreich einige Zeit ins Land gegangen war.

Er wusste ja nicht, dass Similds Schönheit längst verblasst und ihre Knochen seit Jahrzehnten schon zu Staub zerfallen waren. Denn ein Menschenjahr galt im Zwergenreich kaum mehr als ein Wimpernschlag.

KAPITEL 1

Laurin hatte bei seinem Fluch jedoch die Dämmerung vergessen, und so kommt es, dass der verzauberte Garten auch heute noch bei Sonnenauf- und -untergang seine blühenden Rosen für kurze Zeit erstrahlen lässt«, beendete ich die Geschichte um den sagenhaften Zwergenkönig und klappte das Buch *Sagen und Legenden der Berge* zu.

Caro schwieg einen Moment lang andächtig, ehe sie seufzte: »Schade, dass ich nicht mitkommen kann in die Dolomiten! Vielleicht hätten wir beide ja tatsächlich dort oben im Gebirge den verzauberten Garten gefunden.« Ich blickte in das rotgepunktete Gesicht meiner besten Freundin, das aussah wie ein farbenverkehrter Fliegenpilz, und musste lachen: »Du würdest die Zwerge zu Tode erschrecken, so wie du aussiehst!«

Caro schnaubte. »Diese blöden Windpocken! Jetzt bin ich in Quarantäne und sterbe vor Langeweile! Wieso habe ich so eine Kinderkrankheit überhaupt noch bekommen? Ich bin erwachsen, verflixt noch mal!«

»Ja, mit einundzwanzig und im dritten Semester Pharmazie ist man alt und weise«, spottete ich gutmütig.

»Immerhin drei Monate mehr als du«, schoss Caro zurück, und ihr Grinsen ließ die roten Flecken auf ihren Wangen tanzen. Ich erwiderte das Grinsen und wusste schon jetzt, wie sehr ich sie die Woche in den Bergen vermissen würde. Ihre witzigen Sprüche und die Tatsache, dass wir uns fast wortlos verstanden, hatte uns schon vor elf Jahren zu besten Freundinnen werden lassen. Kennengelernt hatten wir uns im Internat, wo man uns zusammen in ein Zwanzig-Quadratmeter-Zimmer gesteckt hatte. Zum Glück hatte ich mich von der ersten Minute an mit meiner Zimmergenossin einfach großartig verstanden. Wenn um zehn Uhr abends das Licht ausging, hatten wir oft noch mindestens eine Stunde im Dunkeln miteinander gequatscht. Mit elf Jahren kannten wir nur ein Thema: wie es wäre, ein eigenes Pferd zu besitzen und zusammen Abenteuer wie Winnetou und Old Shatterhand zu erleben. Mit dreizehn war das Pferd in Vergessenheit geraten, denn Caro war zum ersten Mal verliebt. Mich erwischte es ein paar Monate später, und wir diskutierten uns die Köpfe heiß, wie toll die beiden Jungs waren, die unser Herz erobert hatten. Bis Caros Schwarm mit ihr Schluss machte und meine Teenagerliebe kurz darauf am Umzug des betreffenden Jungen in eine andere Stadt zerbrach. Wir vergossen gemeinsam ein paar Tränen, und nach drei Tagen war der Kummer vorbei. Nur in einem Punkt waren wir so verschieden wie Tag und Nacht: Caro verstand nicht, was ich an David Bowie toll fand, und ich konnte dafür Falco, auf dessen Hit »Der Kommissar« sie total abfuhr, nichts abgewinnen. Unserer Freundschaft tat das keinen Abbruch. »Schneeweißchen und Rosenrot« war unser Spitzname, getreu unseren Haarfarben. Mit ihrem hellblonden Schopf, der vorne kurzgeschnitten, dafür hinten etwas länger war und wie Stacheln eines Igels vom Kopf abstand, wenn sie morgens aus dem Bett kroch, sah Caro wie die blonde Version von Nena aus. Und daneben ich, Emilia, genannt Emma, mit meinen langen, kupferroten Locken, die sich jedem Versuch, sie glatt zu föhnen, widersetzten. Ich tröstete mich damit, dass ich eben nicht der Typ für eine ordentliche Frisur war. Obwohl wir äußerlich völlig verschieden waren, hätte ich mir keine bessere Freundin wünschen können. So unzertrennlich waren wir, dass vor sechs Jahren, als Caro nach einem schlimmen Sturz vom Fahrrad drei Monate im Krankenhaus liegen und das Schuljahr wiederholen musste, vor lauter Kummer auch *meine* Noten schlecht wurden. Ich blieb ebenfalls sitzen. Die Lehrer schüttelten zwar den Kopf, aber mir war das verlorene Schuljahr egal, Hauptsache, Caro und ich waren wieder zusammen. Daher hielten wir auch gemeinsam unsere Abi-Zeugnisse in der Hand und fingen gleichzeitig mit dem Studium an.

Auch in diesem Punkt waren wir uns völlig einig: Wir würden auch weiterhin zusammenwohnen. Daher hockte ich jetzt in Caros Zimmer im obersten Stock des Studentenwohnheims, das genau gegenüber meiner kleinen Mansarde lag. Da wir beide zurzeit keinen Freund hatten, hingen wir praktisch ständig zusammen, außer eine von uns hatte Vorlesung.

Eigentlich wäre ich mit Caro nach dem Abi viel lieber in eine Zweier-WG gezogen, aber für die Miete hätte das Geld nicht gereicht. Trotzdem sprachen wir immer davon, bald aus dem Wohnheim aus- und in eine Altbauwohnung einzuziehen. Sie müsste hohe Decken und einen knarzenden Parkettboden besitzen und eine Badewanne mit Löwenfüßen. Ich wollte mein Zimmer rot oder orange streichen, Caro bestand schon jetzt auf schlichtem Cremeweiß für ihren Bereich.

Wie lange es noch dauern würde, bis wir uns eine solche Wohnung tatsächlich leisten könnten, war uns egal. »Zukunft« lautete der Name der Stadt, in der unsere Träume in Erfüllung gehen sollten. Ich stellte mir vor, wie wir abends Rotwein auf dem kleinen Balkon tranken, von dem aus man auf eine schmale Straße mit vielen Bäumen sehen konnte. Und am Wochenende würde ich für uns kochen, weil Caro sich eher durch den Verzehr von Nahrung und weniger durch die gekonnte Zubereitung auszeichnete. Sie nannte das »eine perfekte Ergänzung«. Zum Ausgleich bemutterte sie mich immer etwas und trug mir gerne mal ein Buch oder meinen Zimmerschlüssel nach, wenn ich mal wieder verschlafen hatte und in meinem morgendlichen Chaos zu versinken drohte. Ich bewunderte sie für ihre Disziplin und beneidete sie heimlich, weil sie genau wusste, was sie wollte – im Gegensatz zu mir. Während Caro sich mit ihrem Abiturschnitt von 1,3 voller Begeisterung für das Studium der Pharmazie eingeschrieben hatte, war ich froh gewesen, dass vor meiner Abi-Note noch eine Zwei gestanden hatte. Und auch im dritten Semester wusste ich immer noch nicht, ob Lehramt mit den Hauptfächern Sport und Geschichte tatsächlich das Richtige für mich war. Andererseits hatte ich auch keine Idee, was ich sonst tun wollte. Besser gesagt, ich traute mich nicht, meinen geheimsten Wunsch in die Tat umzusetzen: Seit ich das erste Mal entdeckt hatte, wie man einen Backofen bedient, träumte ich nämlich von einem eigenen Café mit hohen Fenstern, weißlackierten Stühlen, auf denen bunte Kissen lagen, und selbstgebackenen Köstlichkeiten hinter einer gläsernen Theke. Das höchste Glück war für mich der Moment, wenn ich die Ofentür öffnete und den Duft von frisch gebackenen Kuchen oder Keksen roch, der mit dem ersten Schwall heißer Luft herausströmte. Ich liebte es, die Aromen von Schokolade, Vanille oder Zitrone zu schnuppern und das Gefühl, geschlagene Sahne auf einem Kuchen zu verstreichen. Am liebsten hätte ich den ganzen Tag in der Küche gestanden.

Stattdessen paukte ich in den nüchternen Vorlesungssälen der Universität Pädagogik, Sporttheorie sowie Didaktik für Gymnasium und jobbte nebenher als Bedienung in einem Ausflugslokal. Am Backblech tobte ich mich nur in der winzigen Etagenküche unseres Studentenwohnheims aus. Caro war das Versuchskaninchen für meine neuesten Kreationen. Ein überaus begeistertes Versuchskaninchen, denn als ich ihr jetzt auffordernd einen Teller mit selbstgebackenen Mandel-Krokant-Keksen hinhielt, ließ sie sich nicht zweimal bitten. Die Windpocken mochten teuflisch jucken, ihren Appetit konnten sie jedoch nicht schmälern. Sofort steckte sie sich eines der noch warmen Gebäckstücke in den Mund. Hätte ich meine Freundin nicht so gut gekannt, wäre ich über ihre verdrehten Augen erschrocken. So aber wusste ich: Caro befand sich in höchster Keksekstase.

»Mann, Emmi«, mümmelte sie und leckte sich auch noch die letzten Mikrobrösel von den Fingern, »das ist der Wahnsinn! Dafür müsstest du echt einen Preis kriegen. Das goldene Krümelmonster oder so.«

Ich grinste geschmeichelt, als Caro ernst fortfuhr: »Wieso gehst du überhaupt als Betreuerin mit zu dieser Kursfahrt, wenn du noch gar nicht weißt, ob du wirklich Lehrerin werden willst?« Forschend sah sie mich an.

Ich zuckte leicht zusammen. Wir kannten uns einfach zu gut, und vor ihr konnte ich mich nicht verstellen.

»Ach, weißt du, ich mache doch sowieso das Praktikum am Heinrich-Heine-Gymnasium. Und nachdem vor ein paar Tagen die Referendarin krank geworden ist, die eigentlich mit auf diese Kursfahrt gehen sollte, konnte ich Herrn Spindler, der ein wirklich guter Tutor ist, die Bitte nicht abschlagen, ob ich nicht einspringen könne«, erklärte ich und fügte hinzu: »Das wird bestimmt toll. Ich wollte schon immer mal in den Dolomiten wandern!«

»Klar«, gab Caro trocken zurück, »mit drei Dutzend renitenten Zwölftklässlern wird das sicher *toll* …«

»Ach, ich scheuche sie einfach die Gipfel hoch, bis sie keine Luft mehr für blöde Sprüche haben«, gab ich mich cool, aber natürlich war mir selbst mulmig bei dem Gedanken, dass ich als Aufsichtsperson nur drei Jahre älter als meine Schützlinge war. Zum Glück lag die Hauptverantwortung bei den beiden Lehrern, die die Fahrt organisiert hatten.

Aber Caro ließ nicht locker. »Bist du dir sicher, dass das Studium das Richtige für dich ist? Ich meine, du bist bestimmt bei den Schülern beliebt. Aber ich kann mir irgendwie nicht vorstellen, wie du mit Hornbrille und im grauen Kostüm vor einer Klasse stehst«, erklärte sie. Ich spürte ein kurzes Ziehen im Magen. Caro hatte mal wieder ins Schwarze getroffen.

»Tue ich auch nicht! Meine Augen sind zu gut für ein Nasenfahrrad«, versuchte ich einen kläglichen Scherz, aber sie sah mich nur ernst an.

»Na ja«, druckste ich herum. »Ich habe da vor ein paar Tagen dieses Ladenlokal gesehen, du weißt schon, in der Gasse hinter der Uni«, sagte ich und zupfte gedankenverloren an Caros Bettdecke. »Das wäre ideal für ein kleines Café. Und stell dir vor, da hing ein Schild im Schaufenster: zu vermieten!« Vorsichtshalber blickte ich Caro jedoch nicht an. Ich konnte mir schon denken, was sie gleich erwidern würde.

Nämlich, ob ich wüsste, wie teuer so eine Ausstattung für ein Café war. Und woher ich das Geld nehmen wollte? Da ich weder reiche Eltern noch im Lotto gewonnen hatte, bliebe nur ein Kredit. Jeder Bankbeamte würde sich allerdings wahrscheinlich kaputtlachen, wenn ein einundzwanzigjähriges Mädchen vor ihnen stünde und um ein paar Tausender bäte …

»Also ich wäre auf jeden Fall Stammgast bei dir«, unterbrach Caros Stimme meine düsteren Visionen.

Überrascht blickte ich auf. »Wie jetzt?«, fragte ich überrumpelt. »Du hältst meine Idee nicht für verrückt?«

»Doch«, sagte Caro trocken, »aber wenn ich, ebenso wie das übrige Wohnheim, deinen Backkünsten schon nicht widerstehen kann, wieso sollte der Laden dann nicht brummen?«

Spontan fiel ich ihr um den Hals – zum Glück hatte ich schon im Kindergartenalter die Windpocken hinter mich gebracht und war gegen jegliche Ansteckung immun. »Du bist die beste Freundin, die man sich wünschen kann«, erklärte ich feierlich.

»Ich weiß. Und falls sich deine Gäste mal überfressen, kannst du sie ja anschließend in meine Apotheke schicken!«

Ich musste lachen. »Und? Was würdest du ihnen dann verabreichen?«, stellte ich sie auf die Probe.

»Süßholzwurzel«, kam es von Caro wie aus der Pistole geschossen. »Falls es die Leber ist, Artischockenextrakt. Wegen der Bitterstoffe, die …«

»Schon gut! Du bist das pharmazeutische Superhirn, obwohl du noch nicht mal deine Zwischenprüfung in der Tasche hast«, kapitulierte ich lachend. Sie immer wieder nach bestimmten Mitteln gegen alle möglichen Zipperlein auszuquetschen, war schon in der Schule ein Spiel zwischen Caro und mir gewesen. Leider war es mir noch nie gelungen, ihr eine Frage zu stellen, die sie nicht beantworten konnte. Heilpflanzen waren ihre liebste Passion. Auch diesmal grinste sie und genoss ihren Triumph, ehe sie mir einen freundschaftlichen Knuff gab.

»Nun gehst du aber erst mal deinen Pflichten nach, Emilia Wiltenberg, und passt auf, dass die Schüler beim Bergsteigen keinen Unsinn machen und am Ende noch den Zwergenkönig aufscheuchen. Also pack deinen Rucksack, und vergiss die Wanderschuhe nicht. Und wenn du zurückkommst, können wir uns dieses leerstehende Ladendings für dein künftiges Café ja mal ansehen«, sagte sie lächelnd. Widerspruchslos kam ich ihrer Aufforderung nach. Doch in Gedanken war ich bereits dabei, mein Café einzurichten. Plötzlich schien alles möglich – damals im Sommer 1987.

»Dort oben seht ihr also den berühmten Rosengarten«, dozierte Herr Spindler, der am Heinrich-Heine-Gymnasium Physik und Geschichte unterrichtete und mich als Praktikantin betreute. »Es gibt tatsächlich Wanderer, die schwören, in der Dämmerung das Rot der Blüten gesehen zu haben«, fügte er hinzu.

Keiner aus der Klasse machte einen Mucks, eigentlich untypisch für diesen Chaotenhaufen. Die vergangenen zwei Tage hatte ich alle Mühe gehabt, mich zu behaupten. Einige der Mädchen waren ganz nett, aber die meisten Jungs sahen natürlich überhaupt nicht ein, wieso sie als Zwölftklässler die Anweisungen einer einundzwanzigjährigen Studentin befolgen sollten. Allen voran Udo von Hassell, Wortführer und ein besonders unangenehmer Zeitgenosse. Gerade achtzehn geworden, brachte er jedoch bereits das Gewicht eines Killerwalbabys auf die Waage. Er machte mir das Leben auf der Kursfahrt besonders schwer, eifrig unterstützt von seinem Kumpel Frank Reger. Wobei »Sklave« wahrscheinlich treffender wäre. Udo gab den Ton an, und Frank tat alles, was er verlangte. Zum Beispiel auf das Auto des Schuldirektors mit Rasierschaum Parolen wie *Anarchy sucks* oder *Punk's not dead* zu sprühen, wie ich von ein paar Schülern erfahren hatte. Udo verkaufte es als politisch motivierten Abi-Streich, dabei hatte er mit Politik ungefähr so viel am Hut wie Helmut Kohl mit einer Nulldiät. Und wer in flagranti erwischt wurde, als er gerade akribisch den letzten Buchstaben auf die Windschutzscheibe des Schulleiterautos schäumte, war Frank. Natürlich bekam er den geballten Zorn des Direktors ab, samt Androhung von Konsequenzen. Außderdem machte er sich zum Gespött der ganzen Schule, weil er »sacks« statt »sucks« geschrieben hatte. Udo hielt sich aus der ganzen Sache fein raus und lachte sich ins Fäustchen, während sein Treuergebener nicht mal auf die Idee kam, sich zu beschweren.

Insgeheim vermutete ich, dass sich keiner aus dem Jahrgang überhaupt traute, Udo mal die Meinung zu sagen. Nicht nur, weil er einen Kopf größer als die anderen und ungefähr doppelt so schwer war. Udo wohnte zudem in einer riesigen Villa mit Pool, und sein Vater holte ihn oft mit einem dicken schwarzen BMW vor der Schule ab. Ich hatte zwei Mädchen, Claudia und Sabine, darüber tuscheln hören. Sie beteten ihn sichtlich an, und seine Einladungen in den Partykeller seiner Eltern waren *das* Thema auf dem Schulausflug. Bei den von Hassells gab es angeblich eine richtige Bar, und offenbar schauten Udos Erzeuger nicht so genau hin, was daraus alles konsumiert wurde.

Im Moment war allerdings von Partystimmung nichts zu merken. Die Schüler ließen sich schwitzend für eine kurze Pause ins Gras fallen, und ich genoss es, dass sie mal die Klappe hielten, auch wenn das sicher nur von kurzer Dauer war. Das Latemar-Gebiet in den Dolomiten galt als äußerst sehenswert, war aber auch für seine anstrengenden Touren berüchtigt. Unwillkürlich wanderte mein Blick an der hellgrauen Felsnase empor, die karg und abweisend vor uns aufragte. Vor meinem geistigen Auge entstand das Bild, wie über der schroffen Bergkette orangegolden die Sonne unterging und in ihrem Licht inmitten des schorfigen Gerölls die verzauberten Rosen für wenige Minuten ihre Blütenblätter entfalteten. Während der Zwergenkönig in seinem unterirdischen Palast saß und um seine verlorene Liebe zur schönen Similde trauerte …

»Klar, dort wächst ein Rosengarten – und Elvis lebt«, hörte ich in diesem Moment Udo hämisch zu Frank sagen, der daraufhin in sein albernes »Hiah-Hiah«-Gelächter ausbrach, das sich anhörte, als würde ein Esel halb zu Tode gekitzelt. Claudia und Sabine kicherten ebenfalls schrill los, wobei Claudia Udo einen schmachtenden Blick zuwarf und ihre Freundin mit dem Ellbogen in die Seite stieß.

Ich verdrehte im Geiste die Augen und dachte, dass ich schon in der Grundschule genügend Verstand gehabt hatte, um solchen Typen wie Udo aus dem Weg zu gehen. Er war zu niemandem nett, nicht einmal zu den Mädchen. Im Gegenteil, er machte sie oft genug zur Zielscheibe seiner fiesen Sprüche.

Eine seiner Mitschülerinnen, die sich für die Umwelt engagierte, hatte er gestern beim Frühstück scheinheilig auf ihre neuen Klamotten angesprochen. Das Mädchen hatte tatsächlich im ersten Moment gelächelt, bis Udo hämisch, und so laut, dass es alle hören konnten, hinzugefügt hatte: »Ich wusste gar nicht, dass der Altkleidercontainer Sachen in deiner Größe führt.« Dem Mädchen waren die Gesichtszüge entgleist, und sie war aus dem Frühstücksraum gelaufen, wahrscheinlich damit niemand ihre Tränen sah. Geschickterweise hatte Udo genau den Moment abgepasst, als die beiden Lehrer schon draußen waren und daher kein Erwachsener mehr im Raum war – außer mir.

»Okay, das reicht, Udo«, hatte ich möglichst ruhig gesagt, während Frank sich hastig die Hand vor den Mund hielt, um sein wieherndes Gelächter, mit dem er Udos gemeine Bemerkung kommentiert hatte, zu unterdrücken. »Noch so ein Spruch, und ich sorge dafür, dass euch beiden das Lachen vergeht«, drohte ich und nahm Frank und Udo scharf ins Visier.

»Ach nee, wer spielt sich denn hier auf? So eine mickrige Studententussi, die hier nichts zu melden hat?«, provozierte der massige Junge und maß mich mit einem verächtlichen Blick.

»Die ›mickrige Studententussi‹ wird dir gleich Feuer unter deinem nicht gerade kleinen Hintern machen, wenn du nicht spurst«, gab ich eisig zurück, und Udo riss erstaunt die Augen auf. In den vergangenen Tagen hatte ich mich ziemlich zurückgehalten. Den Schülern Anweisungen zu erteilen, überließ ich lieber den Lehrern. Bis jetzt.

»Ich behalte dich im Auge, Udo. Und wenn ich noch einmal so einen Kommentar von dir zu irgendjemandem höre, ist für dich die Kursfahrt schneller beendet, als du ›Disziplinarstrafe‹ sagen kannst«, drohte ich und starrte ihm in seine leicht vorstehenden, blassblauen Augen, die sich jetzt zu wütenden Schlitzen verengten. Als er merkte, dass es mir ernst war, senkte er als Erster den Blick. Dann drehte er sich um und stapfte davon, nicht ohne noch etwas Unverständliches vor sich hin zu murmeln. Frank wieselte eifrig hinter ihm her und erinnerte mich in diesem Augenblick mit seinem spitzen Kinn und den verschlagenen Augen an ein Frettchen.

Wenig später begegnete ich dem Opfer von Udos gemeinem Spruch. Die Augen des Mädchens waren noch etwas rot, und ich nahm sie kurz zur Seite.

»Mach dir nichts draus, Tina«, sagte ich tröstend. »Udos Intelligenzquotient liegt eben weit unter der momentanen Außentemperatur!« Damit entlockte ich ihr wenigstens ein kleines Lächeln.

Frau Müller, die unsere Gruppe anführte, drehte sich zu mir um riss mich aus meinen Gedanken.

»Emilia, kommen Sie bitte, wir haben noch einen ziemlichen Aufstieg über den Cigoladepass zum Tschagerjoch vor uns.« Die Sportlehrerin trabte um die Gruppe herum wie ein Hirtenhund um eine Herde ungezogener Schafe und trieb die Trödler und Nachzügler unerbittlich an.

Ich blieb noch einen Moment stehen und sog die klare Luft ein, in die sich der Duft von Latschenkiefer mischte. Jetzt, da sich die munter schwatzenden Stimmen der Schüler entfernt hatten, herrschte hier oben eine fast unheimliche Stille. Kein Lüftchen regte sich, und nicht einmal ein Vogel war in der lauen Sommerluft zu hören. Die Zeit schien hier oben seit Jahrhunderten stillzustehen.

In diesem Moment tauchte Herr Spindler an meiner Seite auf. Obwohl er auch Physik unterrichtete, lag seine Vorliebe eindeutig bei seinem zweiten Fach Geschichte. Ein Stichwort genügte, und er konnte die gesamte griechische Mythologie von A wie Athene bis Z wie Zeus herunterbeten. Ich hatte gehört, wie ihn einige Schüler deswegen statt Spindler »Spinner« nannten, aber ich mochte den knapp fünfzigjährigen Mann. Mit seiner schmächtigen Statur und der großen Hornbrille sah er so aus, wie ich mir einen vergeistigten Bücherwurm vorstellte. Eigentlich hätte er viel besser in einen hohen Turm gepasst, dessen Wände rundherum mit Bücherregalen gepflastert waren, als in eine Schule mit ihren meist lauten und oft lernunwilligen Insassen.

Jetzt war sein Blick schwärmerisch auf das Gebirgsmassiv vor uns gerichtet. »In den Legenden wird oft beschrieben, dass Menschen, die in jungen Jahren in das Reich der Zwerge hineingeraten, als Greise wieder herauskommen. Offenbar glaubte man, dass im Inneren der Berge, dort, wo die Zwerge hausen, eine andere Zeitrechnung herrscht. Eine faszinierende Idee, nicht wahr?«, fragte er und blickte mich durch seine dicke Brille an wie ein kurzsichtiger Uhu.

»Ähm, na ja. Kommt drauf an«, bemerkte ich vorsichtig. »Für den, der rauskommt und plötzlich uralt ist, ist das wohl weniger faszinierend.« Spindler lächelte und nickte. »Ja, aber man stelle sich vor, dass es unter der Erde einen Punkt gibt, wo sich die Relationen verschieben! Dass dort eine Sache, die wir als ›Zeit‹ definieren, eine völlig andere Dynamik entwickelt als hier an der Oberfläche!«

Ich sah ihn erstaunt an. Bisher hatte Spindler für mich immer etwas von einer Maus gehabt: graues Haar, graue Gesichtsfarbe, Strickjacke und Hose im gleichen Anthrazit-Ton. Jetzt aber glühte sein Gesicht vor Begeisterung, seine Augen funkelten, und er unterstrich seine Worte mit lebhaften Gesten. Ich musste zugeben, dass seine Theorie zwar völlig verrückt, aber dennoch interessant war.

»Sie meinen also, im Reich von König Laurin altern die Menschen schneller?«, fragte ich. Spindler rieb sich die Nase. »Vielleicht ist es die Tatsache, dass im Berg weder Tag noch

Nacht herrscht. Nur zeitlose Finsternis«, vermutete er. Langsam begann mir die Sache Spaß zu machen.

»Und deshalb hat Laurin auch bei seinem Fluch vergessen, die Dämmerung zu erwähnen! Vielleicht weiß er nach seinem Kampf mit Similde's Rittern, dass in unserer Welt Tag und Nacht existieren. Aber weil er nur die Dunkelheit seines Felsenreichs kennt, hat er keine Vorstellung davon, es könnte noch etwas dazwischen geben!«, spann ich den Faden weiter.

Spindler nickte begeistert, jetzt war er in seinem Element. »Wer weiß, vielleicht haben diese Sagen ja auch eine Art Eigendynamik. Der Glaube daran verändert unsere menschliche Wahrnehmung, und plötzlich zeigt unser Bewusstsein uns für ein paar Sekunden einen Rosengarten statt eines Gebirgsmassivs?«, theoretisierte er.

»Wir könnten ja abwarten, bis die Sonne untergeht, und es herausfinden. Aber ich glaube, dann bekommt Frau Müller einen Wutanfall«, witzelte ich, denn die Sportlehrerin joggte schon wieder mit drohender Miene zu ein paar Schülern, die herumgebummelt hatten und erneut den Anschluss an die Gruppe zu verlieren drohten.

Spindler lachte leise. »Sie haben einen wachen Verstand, Emilia. Benutzen Sie ihn«, sagte er leichthin, ehe er sich nach einem runden Bergkiesel bückte und auf diese Weise ein Stück zurückblieb. Grübelnd ging ich weiter. Hatte Spindler meine Zweifel an der Wahl meines Studienfaches gespürt? Oder mir nur einen Ratschlag für das Leben im Allgemeinen geben wollen? Vielleicht trug er aber einfach seinen Spitznamen »Spinner« nicht umsonst, dachte ich achselzuckend. Wenig später hatte ich seine Worte schon wieder vergessen, denn unvermittelt drehte sich Udo, der vor mir hergelaufen war, um. Obwohl sein teures Polohemd durchgeschwitzt an seinem Rücken klebte und sein angestrengtes Keuchen dem *Star-Wars*-Bösewicht Darth Vader alle Ehre machte, war er noch in der Lage, einen dummen Spruch in meine Richtung abzufeuern. »Na, *Fräulein* Wiltenberg«, spottete er, »gibt's für das Einschleimen bei einem Lehrer eine extragute Praktikumsbescheinigung – oder sonstige Vergünstigungen?« Damit zwinkerte er Frank vielsagend zu.

Eine heiße Welle der Wut schoss in mir hoch, und ich musterte den unförmigen Schüler von oben bis unten. »Sag mal, Udo, bist du eigentlich in der fünften Klasse von der Baumschule aufs Gymnasium gewechselt?«, fragte ich im freundlichen Plauderton.

»Hä, wieso?«, sprang Udo prompt darauf an.

»Na ja, irgendwo müssen solche Gehirn-Bonsais wie du ja wachsen«, gab ich zur Antwort.

Frank wieherte los, aber dann sah er Udos Miene und verstummte schlagartig. Im selben Moment hätte ich mich ohrfeigen können. Da war eindeutig mein Temperament mit mir durchgegangen. »Eine künftige Lehrerin macht keine solchen Sprüche, Emma! Das ist alles andere als erwachsen!«, hörte ich im Geiste Caros mahnende Stimme.

Ich atmete tief durch und blickte Udo an. »Hör zu, wir machen einen Deal. Du benimmst dich einigermaßen zivilisiert und lässt die anderen Schüler in Ruhe – dann haben wir auch keinen Ärger mehr miteinander. Denk einfach mal darüber nach«, sagte ich und verkniff mir den Zusatz »wenn du kannst«. Stattdessen zog ich das Tempo an, um möglichst viel Abstand zwischen uns zu bringen.

Nach zwei Stunden steilen Aufstiegs, angetrieben durch Frau Müller-Gnadenlos, riefen wir eine Pause mit Picknick aus. Alle Schüler ließen sich stöhnend auf die Erde fallen, wo kurzes, hartes Gras wuchs, das sich zwischen dem Geröll breitgemacht hatte und Wind und kalten Nächten trotzte. Ich setzte mich ein Stück abseits, halb hinter einem Felsvorsprung verborgen, an den ich mich bequem anlehnen konnte. Die Erde war sonnenwarm, und ein schwacher, würziger Duft lag in der Luft. Er stammte von den vielen Latschenkiefern, die buckligen Trollen ähnlich zwischen den Steinbrocken standen. Aufatmend kramte ich mein Käsebrot und eine Thermoskanne heißen Tee aus meinem Rucksack. Beides hatten wir in unserer Unterkunft als Verpflegung für unsere Tagestour bekommen, ehe wir um sieben Uhr morgens aufgebrochen waren. Als sich einige über die unchristliche Zeit beschwert hatten, hatte die Lehrerin nur gekontert: »Das Leben ist kein Wunschkonzert«, und damit jegliche Form des Protestes erstickt. Mir machten weder das frühe Aufstehen noch die anstrengende Wanderung etwas aus. Aber ich studierte ja auch Sport, da waren ein paar hundert Höhenmeter ein gutes Training, um in Form zu bleiben. Plötzlich hörte ich in unmittelbarer Nähe ein Geräusch, als würde man ein rohes Schnitzel zum Panieren auf den Tisch klatschen. Doch was sich da neben mich hatte fallen lassen, war Udo von Hassell, der ein fieses Grinsen zur Schau trug. Wenn man vom Teufel sprach ... Neben ihm bezog Frank Stellung. »Sie haben wohl Hunger?«, fragte Udo, und ehe ich michs versah, hatte Frank mir das eingewickelte Käsebrot entrissen und wedelte damit spöttisch vor meiner Nase herum. Okay, dachte ich, die beiden benahmen sich wie 12-Jährige – dann sollten die Verhältnisse wohl auch ein für alle Mal geklärt werden. Ich beschloss, sie mit ihren eigenen kindischen Waffen zu schlagen, und sah stattdessen knapp an seiner linken Schulter vorbei. »Oh schaut mal, ein Zwerg«, rief ich und versuchte, meinem Gesicht einen möglichst erstaunten Ausdruck zu verleihen. Reflexartig drehten die beiden Jungs die Köpfe um. Blitzschnell schnappte ich mir das Käsebrot aus Franks Hand und verstaute es sicher in meinem Rucksack. Hatte ich es nicht gesagt? Dick und Doof.

»So, und nun ist ein für alle Mal Schluss mit dem Theater.

Ich lasse mich von euch nicht andauernd provozieren. Entweder ihr benehmt euch, oder ich sorge dafür, dass ihr vorzeitig nach Hause fahrt! Vielleicht erklären euch eure Eltern dann mal die Grundregeln von Höflichkeit und Respekt!«

Udos Mund verzerrte sich zu einem gemeinen Grinsen. »Wenigstens habe ich noch Eltern. Was man ja wohl nicht von allen hier behaupten kann. Was war es bei Ihrem Vater, *Fräulein Wiltenberg?* Alk am Steuer, oder war er einfach zu blöd zum Lenken?«

Ich spürte, wie sich meine Brust in einem krampfhaften Atemzug verengte. Woher wusste Udo von meinen Eltern? Gleich darauf fiel mir ein, dass ich erst vor zwei Tagen mit Spindler über sie geredet hatte. Udo musste uns belauscht haben. Das war typisch für ihn. Er war einer derjenigen, die immer dort auftauchten, wo sie nichts zu suchen hatten, und Dinge hörten, die sie nichts angingen. Ich wollte ihm eine möglichst coole Antwort geben, aber mein Hals war wie zugeschnürt. Sein fieser Spruch hatte unter die Gürtellinie gezielt, mich stattdessen aber mitten ins Herz getroffen. Denn mit Caro teilte ich nicht nur alle Geheimnisse, sondern auch dasselbe Schicksal: Wir hatten beide keine Eltern mehr. Und das Internat war genau genommen ein Waisenhaus, es wurde nur nicht so genannt. Meistens vermisste ich meine Eltern kaum, weil ich mich nicht an sie erinnern konnte. Die Geborgenheit einer Familie stellte ich mir schön vor, aber weil ich sie nie bewusst erlebt hatte, fehlte mir auch nichts. Das behauptete ich jedenfalls immer, wenn mich jemand nach meinen Eltern fragte.

Eigentlich hatten sie vor neunzehn Jahren nur ein paar Weihnachtseinkäufe machen wollen. Doch auf dem Heimweg hatte sich ein Lkw, dessen Reifen geplatzt war, quer über die Straße und in den Wagen meiner Eltern geschoben. Sie waren beide sofort tot gewesen. Da war ich gerade zwei Jahre alt geworden und an diesem verhängnisvollen Nachmittag in der Obhut einer Nachbarin geblieben.

Weil es keine nahen Verwandten gab und meine Großeltern ebenfalls schon verstorben waren, kam ich in eine »betreute Einrichtung«, wie es netterweise genannt wurde.

Nur ein paar Fotos waren mir geblieben, auf denen eine junge Frau mit lockigen, roten Haaren zärtlich ein kleines, weißes Bündel an sich drückte, während ein hochgewachsener blonder Mann stolz daneben stand. Die Bilder waren direkt nach meiner Geburt aufgenommen worden, und meine Eltern lächelten in die Kamera. Sie konnten sich wohl nichts Schöneres vorstellen als ein Leben zu dritt. Aber genauso abrupt wie der Reifen des Lastwagens waren an diesem 23. Dezember auch all ihre Pläne und Träume geplatzt.

Caro wusste, wie es sich anfühlte, ohne Familie aufzuwachsen. Sie war gerade in den Kindergarten gekommen, als ihre Mutter mit vierunddreißig Jahren an einem unentdeckten Herzfehler starb. Sie hatte ihre Tochter alleine aufgezogen, und weil in der Geburtsurkunde nur »Vater unbekannt« stand, konnte man ihn nicht ausfindig machen.

Caro und ich hatten unsere Kindheit in verschiedenen Pflegefamilien verbracht. Aber in meiner wurde die Mutter vor acht Jahren schwer krank und konnte sich nicht mehr um mich kümmern. Bei Caro waren es ihr Dickschädel und die Art, Anweisungen, die sie nicht einsah, zu ignorieren, die sie schlussendlich zurück in unsere Einrichtung und direkt in unser Zweibettzimmer führten. Wenn wir ehrlich waren, fühlten wir uns miteinander sowieso wohler als bei Eltern und Geschwistern, die nicht unsere waren, und in einem Zuhause, in dem sich jede von uns oft vorgekommen war wie ein Spatz unter lauter Kanarienvögeln.

»Waisenhaus«, hatten damals viele aus meiner Klasse getuschelt und sich das immer ganz schrecklich vorgestellt. Sie hatten gedacht, wir würden um vier Uhr früh aufstehen müssen, nichts als trockenes Brot zu essen bekommen und für jedes kleine Vergehen Prügel beziehen. Das war natürlich Unsinn. Zwar hatte es feste Regeln gegeben, was Aufstehen und Nachtruhe betraf, oder wie lange man wegbleiben durfte, aber in welcher Familie gab es die nicht? Zudem waren unsere Betreuer teilweise lockerer drauf gewesen als die Väter und Mütter mancher unserer Mitschüler. Tatsächlich war Caro und mir damals der Abschied von unserem Internat und all den Leuten, mit denen wir lange Zeit zusammen gewesen waren, ganz schön schwergefallen. Trotzdem hatte Udo mit seiner gemeinen Bemerkung einen Giftpfeil abgeschossen, der wohlplaziert war und mich tief in meinem Inneren schmerzte, das ich normalerweise vor anderen so gut verborgen hielt wie Zwergenkönig Laurin seine Schatzkammer. Am liebsten hätte ich diesen widerlichen Typen über die Felskante geschubst, die zwei Meter neben uns steil abfiel.

Bevor ich jedoch zu einer Erwiderung ansetzen und Udo in die Schranken verweisen konnte, meldete sich Frank zu Wort. »Habt ihr das gesehen?«, fragte er und sah dabei so ehrlich erstaunt aus, dass ich unwillkürlich den Kopf in die Richtung drehte, in die auch er blickte. Gleich darauf ärgerte ich mich über meine Dummheit. Hatte ich nicht vor drei Minuten den gleichen albernen Scherz mit den beiden Dummköpfen getrieben? Nun war ich selbst darauf hereingefallen. Doch da sah ich die nadeligen, verkrümmten Zweige der Latschenkiefern wenige Meter vor uns, die sich heftig bewegten, als würde ein Tier hindurchhuschen. Udo schien den gleichen Gedanken zu haben.

»Wahrscheinlich nur ein Murmeltier«, maulte er desinteressiert. Aber Frank schüttelte den Kopf. Seine Augen waren aufgerissen, sein Mund mit den etwas vorstehenden Schneidezähnen stand halb offen. »Ne, da war ein Mann. Ziemlich klein, verhutzeltes Gesicht«, stammelte er.

»Ein Zwerg«, schlussfolgerte ich trocken, und obwohl er eben noch so fies zu mir gewesen war, prustete Udo los.

Franks runder Kopf, der irgendwie immer zu klein für seinen Körper wirkte, lief puterrot an und verlieh ihm das Aussehen eines unangezündeten Streichholzes. »Ich habe es aber gesehen«, wehrte er sich und wandte sich mit verschränkten Armen ab.

»Natürlich, Frank! Aber das war ein Tier. Zwerge gibt es nur im Märchen, schon vergessen?«, erklärte ich ihm geduldig wie eine Mutter ihrem panischen Sprössling, der Gespenster unter dem Bett witterte. »Da war aber einer«, beharrte Frank, und ich verdrehte die Augen. »Wetten?«, provozierte er, und jetzt erwachte in Udo der Ehrgeiz.

»Wetten, nicht?«, schoss er zurück, und ehe ich beiden noch an den Kopf werfen konnte, dass sie sich benahmen wie Ernie und Bert aus der Sesamstraße, waren sie schon aufgesprungen und liefen eilig in die Richtung, in der die Bewegung zwischen den Latschen zu sehen gewesen war.

»Stopp, kommt zurück! Wir dürfen uns nicht zu weit von der Gruppe entfernen!«, rief ich. Doch keiner der beiden hörte auf mich. Frau Müller würde mir die Hölle heißmachen, wenn einem von beiden etwas passierte. Fluchend sprang ich auf, griff hastig nach meinem Rucksack und rannte hinter den Idioten her. Ich konnte nicht ahnen, dass ich weder die Lehrer noch die meisten aus der Gruppe für viele, viele Jahre wiedersehen würde.

Vorerst war ich ganz darauf konzentriert, Udo und Frank einzuholen, die vor mir herliefen. Auf einmal blieb Udo abrupt stehen, so dass Frank gegen ihn prallte. Ich konnte gerade noch bremsen, ehe ich auch noch in Frank hineinrannte und wir drei wie menschliche Dominosteine übereinandergepurzelt wären.

»Da«, flüsterte Udo und deutete mit dem Finger auf einen etwa hüfthohen Findling, der vor uns aufragte.

»Ein Felsbrocken. Ja und?«, meinte ich ärgerlich, weil ich dachte, Udo wollte uns mal wieder veräppeln. »Nun seid bitte vernünftig, und kommt mit mir zurück, ja?«

»Psst«, zischte er.

Und da hörte ich es auch: ein Rascheln und Wispern, als würden hinter dem grau gemaserten Stein trockene Blätter aufwirbeln – oder eine Schlange wütend zischeln. Allerdings dachte ich, so etwas wie Worte zu verstehen. War da hinter dem Felsen ein Mensch – oder etwas anderes? Bei dem Gedanken spürte ich, dass eine Gänsehaut über meine nackten Arme kroch. Eine merkwürdige Scheu hielt mich davon ab, den Findling zu umrunden und nachzusehen, woher dieses Geräusch stammte. Oder von wem.

Am Gesichtsausdruck der beiden Jungs konnte ich erkennen, dass ihnen die Sache auch nicht ganz geheuer war. Frank war sogar einen Schritt zurückgewichen und duckte sich hinter Udos breiten Rücken. Plötzlich verstummte das Wispern. Die Stille des heißen Julinachmittags schien sich auf uns herabzusenken wie eine warme, erstickende Decke, sie wurde unerträglich und dröhnte in meinen Ohren. Irgendeiner von uns musste etwas sagen, musste diesen Bann brechen, sonst würden wir hier ewig stehen, starr und unbeweglich wie der graue Fels.

»Boah, ihr seid solche Memmen«, zerriss Udos Stimme das Schweigen. »Wir sind zu dritt! Los, wir umzingeln das Ding, und dann schnappen wir es uns!« Mit wenigen Schritten war er bei dem Findling und umrundete ihn. Während ich mich noch insgeheim über meine eigene Feigheit ärgerte, geschahen mehrere Dinge gleichzeitig. Hinter dem Findling schoss etwas hervor, das aussah wie eine kindergroße Kartoffel auf zwei Beinen. Gleichzeitig hörte ich Udos überraschten Aufschrei und sah, dass er sich mit schmerzverzerrtem Gesicht das Schienbein rieb. Ehe sich das trappelnde Geräusch hastiger Schritte entfernte, erhaschte ich noch einen flüchtigen Blick auf zwei kohlschwarze, wütend funkelnde Augen in einem Gesicht, das einer braunen Dörrpflaume glich und aus einer Art schmutzigem Kittel ragte. Dann war das Wesen, um was auch immer es sich gehandelt haben mochte, verschwunden.

Udo hielt sich derweil stöhnend sein Schienbein. »Mann, tut das weh. Hatte das Ding Spikes an seinen Schuhen oder was?«, jammerte er.

»Seit wann spielen Zwerge Fußball?«, erwiderte ich kühl. Udo tat mir kein bisschen leid. Mit seinen Waden, bei denen jeder junge Elefant vor Neid erblassen würde, hatte ihm der Tritt sicher nicht halb so viel ausgemacht, wie er vorgab. Allerdings: *Was* genau hatte Udo attackiert? Ein Murmeltier, das auf zwei Beinen lief und Fußkicks verteilte, kam ja wohl nicht in Frage. Mit etwa einem Meter Körpergröße hätte es sich tatsächlich um ein Kind handeln können, aber dafür war der Kopf zu groß und das Gesicht zu faltig gewesen. Aber ein alter Mann hatte keine solch kleine Statur, außer es war ... ein Zwerg.

Ich drehte mich mit meinen Überlegungen im Kreis. Mein Blick schweifte über das Gras, das die Füße des Flüchtenden platt getreten hatten. Plötzlich sah ich zwischen den gelbbraunen Grasstoppeln etwas aufblitzen, ein kurzes Funkeln wie von einer Sternschnuppe. Neugierig trat ich näher und ging in die Hocke.

Unwillkürlich hielt ich die Luft an. Dort lag ein Ring aus Gold, gekrönt von einem grünen Stein. Behutsam hob ich den Schmuck auf. Er war schlicht, aber kunstvoll gearbeitet. Haarfeine Goldstränge waren ineinander verflochten und bildeten einen vollendeten Kreis. Der tiefgrüne Edelstein glühte in einem intensiven Smaragdfeuer, als lodere in seinem Inneren eine kleine Flamme. Staunend betrachtete ich die Kostbarkeit. Gehörte es dem kleinen Wesen, das so panisch vor uns geflohen war? Ein seltsamer Zauber ging von dem Schmuckstück aus.

Fast hatte ich das Gefühl, der Ring würde mit mir sprechen. »Behalte mich, steck mich an deinen Finger. Durch mich wirst du dich kostbar und mächtig fühlen ...«, schien er mir zuzuraunen. Ich schüttelte den Kopf, um dieses komische Stimmchen in meinem Kopf zu vertreiben. Bestimmt hatte ich es mir nur eingebildet. Natürlich gefiel mir mein Fund. Schließlich hatte ich in meinem ganzen Leben noch keinen so edlen und schönen Goldschmuck besessen. Doch er gehörte mir nicht, und ich hatte kein Recht, ihn zu behalten.

»He, was haben Sie denn da?« Udos massiger Schatten fiel über mich, und ehe ich mich aufrichten oder meinen Fund vor ihm verbergen konnte, hatte er den Ring bereits gesehen.

»Zeigen Sie mal her«, forderte er, während Frank ihm wie ein neugieriges Eichhörnchen über die Schulter lugte. Mir gefiel weder Udos Befehlston noch das Glitzern in seinen Augen, als er den Goldschmuck betrachtete. Statt seiner Aufforderung nachzukommen, schloss ich meine Faust darum. »Das ist ein Ring, den jemand verloren hat«, sagte ich betont ruhig. »Ich gebe ihn später bei den Lehrern oder der Polizei im Ort ab. Vielleicht meldet sich ja der Besitzer.« Mit diesen Worten wollte ich mich abwenden, aber Udo packte mich grob am Handgelenk und hielt mich fest. »Sag mal, geht's noch? Lass mich los!«, rief ich, hatte jedoch gegen seinen eisernen Griff keine Chance. Es war, als befände sich meine Hand in einem Schraubstock. Udo schien vergessen zu haben, dass er der Schüler und ich seine Betreuerin war. Sein Blick war starr auf meine Faust mit dem Ring darin gerichtet.

Im selben Moment fiel mir noch etwas auf. Wir standen mutterseelenallein zwischen den Geröllbrocken. Vom Rest der Gruppe und den Lehrern keine Spur. Ich versuchte, meinen Arm aus Udos Umklammerung zu lösen, doch er packte noch fester zu und bog mit seiner anderen Hand grob meine Finger auseinander. Ich versuchte, genau wie das Wesen vorhin, ihn gegen das Schienbein zu treten, aber diesmal wich er aus, und ehe ich michs versah, hatte er mir den Ring entwunden.

»Boah, Wahnsinn«, ließ sich Frank vernehmen, als Udo den Ring zwischen Daumen und Zeigefinger nahm und die Strahlen der späten Nachmittagssonne das Metall aufschimmern ließen wie goldene Glut. »Komm, jetzt ist gut. Gib ihn wieder her, und ich bringe ihn zur Poli…«

Ich brach ab, weil ich den Ausdruck in seinem Gesicht sah. Udo schien mich überhaupt nicht zu hören. Blind und taub für alles, was um ihn herum geschah, starrte er auf den funkelnden Ring, den er so fest hielt, dass seine Fingerkuppen weiß wurden. Sein Atem ging schwer, als hätte er gerade einen Hundertmeter-Sprint hinter sich. Ob er die verführerische Stimme des Goldes auch hören konnte, so wie ich vorhin?

»Lass mich auch mal sehen«, drängte Frank und angelte nach der Kostbarkeit. Mit einer Schnelligkeit, die ich ihm nicht zugetraut hätte, zog Udo blitzschnell den Ring aus Franks Reichweite. »Der wird nicht zu den Bullen gebracht«, bestimmte er.

»Hör mal, der Ring gehört uns nicht. Und überhaupt hast du hier gar nichts zu entscheiden. Ich habe ihn gefunden, ich bin hier die Aufsichtsperson, und ich werde dafür sorgen, dass derjenige, dem er gehört, ihn wiederbekommt«, widersprach ich. Doch Udo sah mich nur mit einem Grinsen an, das mich eher an das Zähnefletschen eines in die Enge getriebenen Straßenkaters erinnerte. »Dazu müssen Sie sich den Ring aber erst mal holen«, knurrte er und machte Anstalten, das Schmuckstück in seiner Tasche verschwinden zu lassen. Heiße Wut durchzuckte mich. Der Ring gehörte mir! »Gib ihn her«, rief ich und packte nun meinerseits Udo am Handgelenk. Mit einem Ruck riss der kräftige Junge sich los und versetzte mir gleichzeitig einen heftigen Schubs gegen das Schlüsselbein. Der Stoß ließ mich zwei Schritte zurücktaumeln, und ich stolperte über einen am Boden liegenden Stein. Heftig mit den Armen rudernd suchte ich nach Halt, fand aber keinen. Stattdessen kippte ich rückwärts, direkt auf den Findling, der hinter mir aufragte. Ich spürte einen dumpfen Schlag, als mein Hinterkopf gegen den harten Fels knallte, und ein scharfer Schmerz schoss durch meinen Schädel. Meine Beine sackten unter mir weg, und ich rutschte mit dem Rücken an dem Felsen entlang nach unten. Mir war übel, und alles schien zu schwanken. Nur schemenhaft sah ich Franks erschrockenes Gesicht und Udo, der sich zu mir herunterbeugte.

»Wenn Sie jemandem von dem Ring erzählen, mach ich Sie fertig«, zischte er, doch seine Stimme schien von weit her zu kommen. Mein Kopf dröhnte, schwarze Kreise tanzten vor meinen Augen. Nur verschwommen nahm ich Udos Stimme wahr, die rief: »Los, wir hauen ab!«

Ich wollte aufstehen, doch eine Welle der Übelkeit schoss in mir hoch, und ich spürte einen brennenden Schmerz am Hinterkopf. Stöhnend fasste ich mit der Hand an die pochende Stelle und spürte etwas Warmes, Klebriges zwischen meinen Haarsträhnen. Ich zog die Hand zurück. Meine Fingerspitzen waren rot von frischem Blut. Ein Würgereiz stieg in meiner Kehle auf, und ich hatte das Gefühl, in einem sich immer schneller drehenden Kettenkarussell zu sitzen. Ich wollte um Hilfe rufen, doch bevor ich noch einen Laut herausbrachte, fiel eine bodenlose Schwärze auf mich herab und begrub mich unter sich.

Langsam kam ich zu mir und blinzelte. Ich lag auf dem Rücken und wusste nicht, wie viel Zeit vergangen war. Die Sonne hing wie ein reifer, orangegoldener Pfirsich knapp über den Berggipfeln, und ein hauchdünner, taubenblauer Schleier breitete sich allmählich über die schroffe Steinlandschaft und kündigte die nahende Dämmerung an. Mir war schlecht, aber der heftige Schwindel hatte sich etwas gelegt, und auch mein Kopf schien nicht mehr bei jeder kleinsten Bewegung zerspringen zu wollen.

Ich rollte mich auf die Seite und dann auf die Knie. Langsam zog ich mich an dem scharfkantigen Felsen hoch, gegen den ich vorhin gefallen war, und kam schließlich schwankend zum Stehen. Tief durchatmend blickte ich mich um. Ich musste ins Tal oder wenigstens zu der Gruppe zurück, ehe es dunkel wurde. Ob man mich schon vermisste? Oder suchte? Udo hatte garantiert keinen Ton über meinen Sturz verlauten lassen, geschweige denn, wie es dazu gekommen war. Und Frank war viel zu feige, um ihn zu verpetzen. Also musste ich alleine versuchen, die Teilnehmer der Kursfahrt wiederzufinden.

Mühsam setzte ich einen Fuß vor den anderen. Wahrscheinlich erinnerte ich eher an einen kaputten Roboter als an eine sportliche Berggängerin. Meine Kopfwunde meldete sich außerdem auch wieder und machte mir mit einem stetigen Brennen und Pochen jeden Schritt zur Qual. Trotzdem stapfte ich weiter. Hier musste der Findling gewesen sein, hinter dem die komische gedrungene Gestalt hervorgehuscht war und Udo gegen das Bein getreten hatte. Oder war es doch der Fels links davon? Irgendwie sahen plötzlich alle Steine gleich aus. Ich drehte mich nach allen Seiten, aber ich konnte mich partout nicht mehr erinnern, woher ich vorhin gekommen war. Ich befand mich zwar recht weit oben, aber mitten im Gebirge. Die schorfigen Felsen und Gipfel sahen alle gleich aus, und ich hatte keine Ahnung, welcher Weg ins Tal führte.

»Hallo?«, rief ich. »Ist da wer? Hilfe!«

Meine Stimme wurde von den Felswänden seltsam hohl zurückgeworfen, doch niemand erwiderte mein Rufen. Nur das sanfte Geräusch des Windes, der durch die verkrümmten Latschen fuhr, war zu hören. Ich schrie noch einmal, verzweifelter, lauter – aber erneut war die Antwort nur Stille. In meinem Magen machte sich ein ziehendes Gefühl breit, das nicht von dem Schwindel nach meinem Sturz kam. Eine kriechende Kälte breitete sich in meinem Herzen aus und machte jeden dumpfen Schlag gegen meine Rippen schmerzhaft spürbar. Es war die nachtschwarze Angst, die von mir Besitz ergriff. Ich war allein in einem mir völlig unbekannten Gebiet, und weit und breit keine Hilfe. Unwillkürlich schossen mir die Tränen in die Augen, die ich hektisch wegzublinzeln versuchte. Dabei dachte ich an den Rat, den die Sportlehrerin ihren Schülern vor diesem Wandertag gegeben hatte. »Egal, ob ihr euch verlauft oder plötzlich erschöpft seid, atmet tief durch und versucht, nicht in Panik zu geraten. Wer Angst hat, macht Fehler, und der kleinste Patzer kann im Gebirge lebensgefährlich sein.«

Zitternd holte ich Atem und versuchte, meinen galoppierenden Puls zu beruhigen. Nach ein paar Sekunden öffnete ich die Augen, und was ich sah, verschlug mir den Atem. Allerdings weniger vor Schreck als vor Überraschung. In einiger Entfernung sah ich einen blutroten Schimmer auf dem Felsen. Erst dachte ich, es wären nur die Abendsonne, die das schroffe Gestein beleuchtete, doch dann wurde mir klar, dass kein Felsen in dieser Farbe erstrahlen konnte. Es musste etwas anderes sein. Wie von einem Magneten angezogen, näherte ich mich dem Phänomen. Das Leuchten wurde intensiver, die Konturen schärfer – und auf einmal erkannte ich, was da im Wettstreit mit dem Abendrot flammte: ein Feld voller Rosen, deren schwere, dunkelrote Köpfe aufgeblüht waren und regelrecht zu glühen schienen.

»Laurins Rosengarten«, hörte ich mich flüstern. War die Legende also wahr? Die Rosen schienen sich auf ihren schlanken Stielen sanft in einem selbstvergessenen Tanz zu wiegen, ihr Burgunderglanz wirkte hypnotisch auf mich. Weder dachte ich darüber nach, ob ich nicht doch einer Sinnestäuschung aufgesessen war, noch war ich mir einer möglichen Gefahr bewusst. Magisch angezogen ging ich einen weiteren Schritt auf diese Pracht zu. Ich wollte die Rosen betrachten, nur einmal eines ihrer granatfarbenen Blütenblätter berühren. Bestimmt fühlte es sich an wie Samt auf der Haut und schwerer Rotwein auf der Zunge.

In diesem Augenblick schnitt ein scharfer Schmerz in meinen Knöchel, knapp oberhalb meiner Wanderschuhe, und es gab einen Laut, als risse eine straff gespannte Geigensaite. Erschrocken schrie ich auf und blickte nach unten. Jetzt erst entdeckte ich zahlreiche dünne, goldene Fäden, mit denen der ganze Rosengarten umspannt war. Anscheinend war ich über einen von ihnen gestolpert, und er war zerrissen, denn die schmale, schimmernde Schnur lag nun schlaff wie eine tote Blindschleiche im Gras.

Ich bückte mich und nahm den Goldfaden zwischen die Finger. Wer ihn wohl um den Garten gespannt hatte – und warum? Ehe ich noch weiter darüber nachdenken konnte, ertönten wütende Schreie, und hastig trappelnde Schritte näherten sich. Ich wirbelte herum, was mir mein lädierter Kopf mit einer heftigen Schmerzattacke vergalt. Ich stöhnte auf. Durch die schwarzsilbernen Punkte, die vor meinen Augen hüpften, sah ich eine Horde dunkler, gedrungener Schemen, die rasch näher kamen. Endlich ließen die qualvollen Stiche hinter meiner Stirn nach, und ich erkannte eine Gruppe Gestalten, die ungefähr die Größe jenes Wesens hatten, das vor kurzem hinter dem Findling hervorgesprungen und vor uns geflohen war.

Diesmal jedoch rannten sie nicht ängstlich vor mir davon, sondern stürmten auf mich zu. Sie waren zu sechst. Ihre faltigen Gesichter, in denen dicke Nasen wie verwachsene Kartoffeln über breiten, fast lippenlosen Mündern saßen, waren wütend verzerrt, und ein schrilles Kreischen drang aus ihren Kehlen. Ich überlegte keine Sekunde länger, sondern rannte los. Doch ich war erschöpft und verletzt, und meine Verfolger waren zwar klein, aber schnell. Ehe ich michs versah, hatten sie mich umzingelt. Ein paar Sekunden lang schien die Zeit stillzustehen. Ein halbes Dutzend tückisch funkelnder Augenpaare in von tiefen Furchen durchzogenen Gesichtern starrte mich lauernd an.

Im ersten Moment glaubte ich tatsächlich an eine Halluzination. Wahrscheinlich war mir die Sage vom Zwergenkönig Laurin zu lange durch den Kopf gegeistert, und die Beule am Kopf bescherte mir jetzt seltsame Visionen. Denn solche Wesen hatte ich bisher nur als kleines Mädchen in den Märchenbüchern gesehen, die in der Internats-Bücherei standen. Darin gab es Zeichnungen von Trollen, Gnomen und Zwergen, aber dass sie mir nun wahrhaftig gegenüberstehen sollten, konnte doch gar nicht sein, oder? Ich kniff meine Lider fest zu und beschloss verzweifelt, wenn ich die Augen öffnete, würden die seltsamen Erscheinungen verschwunden sein.

Doch vergebens: Die hässlichen Gestalten verschwanden selbst dann nicht, als ich mich einmal kräftig in den Oberarm kniff. Im Gegenteil, sie rückten immer näher, und langsam wurde mir klar, dass sie sehr real waren – und gefährlich.

Abhauen konnte ich nicht mehr, also musste ich es mit Diplomatie versuchen. »Hört mal, es tut mir leid, wenn ich hier irgendwas kaputt gemacht habe«, fing ich an. Verstanden diese Leute überhaupt meine Sprache? Egal. »Jedenfalls, sorry, okay? Ich habe mich verlaufen und …« Weiter kam ich nicht.

»Wir hacken ihr den linken Fuß ab«, schrie eins der Wesen plötzlich und sprang auf mich zu. »Und die rechte Hand«, johlte ein anderer und schubste seinen Kumpel grob zur Seite. Die anderen grölten und klatschten beifällig. Mit einem schrillen Lachen, das sein sowieso schon hässliches Gesicht zu einer irren Fratze verzerrte, streckte derjenige, der zuletzt gesprochen hatte, seine Hand nach mir aus. Ich sah dürre, schrumpelig-braune Finger, die in langen, gelblichen Nägeln endeten. Mit einem Aufschrei wich ich zurück. Das war das Signal für die anderen. Grölend rückte die restliche Horde von allen Seiten an mich heran, und so sehr ich auch um mich schlug und trat, es half nichts. Mit einem Ruck rissen sie mich zu Boden. Ein blendender Schmerz durchzuckte meinen Kopf, und ich schrie nochmals auf. Ohne Mitleid schlangen sie ein grobes Seil um meine Hände und Füße. Da lag ich nun zum zweiten Mal an diesem Tag benommen auf der Erde. Die brutalen Jäger waren inzwischen noch näher an mich herangerückt und beäugten mich gierig. Ein strenger Geruch von schimmeligen Zwiebeln, Moder und altem Schweiß ging von ihnen aus, und ich musste unwillkürlich würgen. Hatten die keine Dusche zu Hause? In derselben Sekunde wurde mir klar, dass ich ganz andere Probleme hatte. Dies hier war kein nächtlicher Alptraum, aus dem ich gleich erwachen würde. Die hässlichen Wesen, meine Fesseln und die Bedrohung waren schreckliche Realität. Ich öffnete den Mund, um zu schreien, doch vor lauter Angst brachte ich nur einen kläglichen Laut heraus.

»Auf das Betreten des Rosengartens steht der Tod«, zischte eine der Gestalten. »Mit vorherigem Abhacken der Hand und des Fußes. So will es der König«, fauchte der zweite.

»Das war keine Absicht«, rief ich. »Ihr könnt mich doch nicht einfach umbringen!« Dann versagte mir die Stimme vor lauter Angst. Aber ich hätte sowieso genauso gut mit den Felsbrocken vor mir reden können. Einer der Gnome oder Zwerge – mein Gefühl sagte mir, dass es keine menschlichen Wesen waren – hatte bereits einen Dolch mit langer Klinge gezogen und schärfte ihn an einem Stein. Das metallisch-schleifende Geräusch fuhr mir durch Mark und Bein. Erneut überwältigte mich Panik, diesmal jedoch war es Todesangst. Die Zwerge würden ernst machen, das spürte ich. Mein eigener, rasender Herzschlag dröhnte in meinen Ohren, und in mir bäumte sich alles dagegen auf, zu sterben. Gleichzeitig konnte ich mich vor Angst keinen Millimeter rühren. Mit einem grausamen Feixen hob der Zwerg den Dolch mit beiden Händen, als sei es eine Opfergabe. Die Strahlen der untergehenden Sonne trafen die silberne Klinge und ließen sie aufblitzen, hellrot wie Blut, das bald auf dem Eisen kleben würde – mein Blut. Da beschloss ich zu schreien, so laut und so lange, bis jemand kam, der mir half. Irgendwer musste mich doch in dieser Einöde hören und mich vor diesen grässlichen Wesen retten, in deren Gesichtern die blanke Mordlust stand …

Ich öffnete den Mund, da zerriss eine scharfe Stimme die gespannte Stille, die bald vom Tod getränkt sein würde. »Haltet ein!« Ich schloss den Mund und blickte mich um, wer da gesprochen hatte. Auch die Zwerge wandten unwillig ihre breiten, unförmigen Köpfe, auf denen kaum Haare wuchsen. Einer von ihnen, völlig kahl und das Gesicht noch zerfurchter als das der übrigen, deutete auf mich. »Seht ihr nicht? Ihr Haar?«, flüsterte er, und sein ausgestreckter, magerer Zeigefinger zitterte. Unwillkürlich schielte ich auf eine meiner Locken, die mir etwas zerzaust über die Schulter hingen. Meinte er vielleicht das Blut von der Wunde an meinem Hinterkopf? Doch gleich darauf verwarf ich diesen Gedanken. Die Zwerge hatten mich eben noch eigenhändig verstümmeln und töten wollen, da fiel so ein bisschen Blut aus einer Platzwunde für sie ja wohl kaum ins Gewicht.

Aber was meinte der grässliche Gnom dann? Jetzt näherte er sich und nahm eine meiner Locken zwischen Daumen und Zeigefinger. Angewidert wollte ich ausweichen und den Kopf zurückreißen, da sah ich den Ausdruck auf seinem Gesicht. Beinahe ehrfürchtig blickte er auf mich herab. Die orangegoldenen Strahlen der immer tiefer sinkenden Sonne trafen die Strähne zwischen seinen Fingern und ließen mein Haar leuchten, als stünde es in Flammen. Ein Raunen lief durch die Reihen der Zwerge.

»Ist sie es?«

»Ist das möglich?«

»Was wird der König sagen?«, wisperten und tuschelten sie. Beinahe wäre mir die Frage herausgerutscht, wen zum Kuckuck sie meinten, doch in letzter Sekunde wurde mir klar, dass ihr Erstaunen meine Rettung bedeuten könnte. Ihren andächtigen Mienen nach zu urteilen, hielten mich die fiesen Typen für jemand ganz Bestimmten. Vielleicht eine Fee? Zumindest für eine Person, die sie offenbar nicht töten wollten oder durften.

Ich beschloss mitzuspielen, denn es ging um mein Leben.

»Ja, ich bin es«, sagte ich mit lauter Stimme. »Und ich werde eurem König erzählen, dass ihr mir Hand und Fuß abhacken und mich anschließend töten wolltet«, fügte ich hinzu.

Mit einer gewissen Häme bemerkte ich, dass der Haufen blutrünstiger Gnome zu einem jammernden Häuflein Zwergenelend zusammenschrumpfte. »Wir werden bestraft«, heulte der mit dem Dolch und warf ihn im hohen Bogen weg, als wäre er eine giftige Tarantel. »Der König wird uns hungern lassen«, jaulte das Großmaul, von dem der Vorschlag des Handabhackens gekommen war.

»Oh, die Strafe wird viel schlimmer sein«, prophezeite ich und versuchte, die altertümliche Sprechweise der Zwerge zu imitieren. Dabei fixierte ich den Haufen schlotternder Kartoffelnasen. »Der König wird mit euch dasselbe machen, wie ihr es mit mir vorhattet!« Ich machte eine wirkungsvolle Pause, ehe ich im Plauderton fortfuhr: »Ich hoffe, ihr könnt einbeinig hüpfen, denn jeder von euch wird einen seiner Füße einbüßen!« Ich fand, das war eine angemessene Rache für das, was sie mir hatten antun wollen. Ein kollektives Aufheulen war die Antwort. Die Zwerge rauften sich die Haare und winselten. Drei Sekunden sonnte ich mich in meiner Genugtuung, dann aber kam mir ein beängstigender Gedanke: Was, wenn sie mich nun erst recht umbrachten? Damit ich ihrem König nichts erzählen könnte? Nach dem Motto: Was der König nicht weiß, macht ihn nicht heiß? Ich musste mir etwas einfallen lassen, und zwar schnell.

»Aber ich könnte euch helfen«, rief ich laut, um die Zwerge zu übertönen. Schlagartig verstummte das Wehklagen, alle Köpfe wandten sich mir zu. »Euer König braucht nichts von eurem schändlichen Vorhaben zu erfahren«, sagte ich und lächelte schmeichlerisch. »Wir machen einen Deal ...«, schlug ich vor und erinnerte mich daran, dieselben Worte vor kurzem zu Udo gesagt zu haben. Als ich die verständnislosen Mienen der Zwerge sah, fuhr ich rasch fort: »Wir tun einfach so, als wäre die ganze Sache nie passiert, in Ordnung?« In einigen zerfurchten Gesichtern leuchtete ein Hoffnungsschimmer auf. Hastig redete ich weiter: »Ihr geht wieder dahin zurück, wo ihr hergekommen seid, ich verschwinde ins Tal – und ihr vergesst einfach, dass ihr mich gesehen habt. Dann wird euch nichts geschehen.«

Und mir auch nicht, ergänzte ich in Gedanken.

Ein paar Augenblicke lang herrschte Schweigen. Einer der Zwerge legte seine zerfurchte Stirn in noch tiefere Falten, die anderen rieben sich ihre dicke Nasen oder spuckten nachdenklich durch die Lücken in ihren gelblichen Vorderzähnen auf den Boden. Vor Anspannung ballte ich die Hände zu

Fäusten. Ich wollte so schnell wie möglich von diesem Alptraum weg. Inzwischen war die Sonne hinter den Bergspitzen versunken, und die ersten Sterne blinkten wie kleine Taschenlämpchen am Himmel auf. Der Garten war verschwunden. Statt der dunkelroten Blütenpracht erblickte ich nur kahlen, grauen Fels.

»Der Gedanke ist nicht töricht«, war schließlich der verschrumpelte Zwerg zu vernehmen, der die anderen davon abgehalten hatte, mich abzuschlachten. Ein wildes Gefühl des Triumphs durchströmte mich, da fuhr er nachdenklich fort: »Aber wenn der Herrscher erfährt, dass wir *sie* gefunden und nicht zu ihm gebracht haben, wird er uns erst recht zürnen.« Augenblicklich kehrte die Furcht zurück und schlang sich eng um meinen Hals. »Nein, nein!«, rief ich und versuchte, nicht hysterisch zu schreien. »Euer Herrscher erfährt das doch nicht. Ihr haltet einfach alle den Mund – und ich kann ihm auch nichts verraten, weil ich ja gar nicht mehr da bin!« Mit diesen Worten begann ich mich langsam rückwärtszubewegen. Ich wollte möglichst viel Abstand zwischen sie und mich bringen, um dann in einem Blitzstart loszurennen. Platzwunde hin oder her, aber meinen Abi-Schnitt hatte ich mit der vollen Punktzahl in Leichtathletik gerettet. Da würde ich auch ein paar kurzbeinige Zwerge abhängen. Ich musste nur aufpassen, wohin ich lief, weil der Hang nach einer Seite steil abfiel und in eine tiefe Schlucht mündete. Einen Augenblick lang dachte ich tatsächlich, ich könnte es schaffen. Doch in der Sekunde, in der ich losrennen wollte, schrie der Anführer »Haltet sie!«, und schon war ich wieder umzingelt. Trotz ihrer O-Beine waren diese Wesen verdammt schnell!

»Wir sind unserem König verpflichtet. Daher werden wir dich zu ihm bringen. Möge er uns strafen, wie es ihm beliebt«, ordnete der Wortführer der Zwerge in seiner hochgestochenen Ausdrucksweise an.

Trotz heftiger Gegenwehr packten mich die klauenartigen Hände, und zwei Zwerge schleiften mich zu einer Felsspalte, die gerade breit genug war, dass ich hindurchpasste. Mein letzter Blick, ehe ich gewaltsam in die Dunkelheit geschoben wurde, galt meinem Rucksack, der im Gras lag. Einer der hässlichen Gestalten bückte sich danach und schleuderte ihn dann in hohem Bogen über den Abhang in die Schlucht. Damit verschwand auch meine letzte Hoffnung, all das könnte nicht real sein. Ein letzter Schubs, und ich stolperte in die klamme Schwärze, wobei es mir schien, als träte ich durch das Tor zur Hölle. Noch wusste ich nicht, wie recht ich damit haben sollte.

KAPITEL 2

Immer tiefer und tiefer ging es in den Berg hinein. Ich sah so gut wie nichts, kein Lichtstrahl drang ins Innere des Felsens. Nur ein schwacher Schimmer von ein paar merkwürdig leuchtenden, runden Kieseln, die einige der Zwerge aus ihren Kitteltaschen gezogen hatten, beleuchtete notdürftig den glitschig-nassen Steinpfad, der in ihr Reich führte. Anfangs bäumte sich mein Verstand immer noch gegen die Vorstellung auf, von ein paar rabiaten Zwergen entführt zu werden. Doch je weiter es hinunterging und je finsterer es um mich wurde, desto mehr versank ich in eine dumpfe Hoffnungslosigkeit. Es war, als würde der Berg allen Überlebenswillen aus mir heraussaugen, während ich, flankiert von meinen Bewachern, mehr rutschte als lief. Da half es auch nicht mehr, mir vor Augen zu führen, dass es sowohl den Rosengarten als auch Zwerge nur im Märchen gab. Doch plötzlich musste ich an Caro denken, und ich erinnerte mich, wie wir noch vor ein paar Tagen in ihrem Studentenzimmer gehockt hatten und sie atemlos meinem Bericht aus dem Sagenbuch lauschte. Der verzweifelte Wunsch, meine beste Freundin wiederzusehen, ließ meinen Überlebenswillen wieder aufflackern und ich grübelte fieberhaft, welche Lösung es gab, zu entkommen. Vielleicht sollte ich zunächst überlegen, wie ich nun diesem »König«, von dem die rabiaten Zwerge so ehrfürchtig gesprochen hatten, gegenübertreten sollte. Immerhin hatte ich einfach auf die Frage »Ist *sie* es?« lockerflockig mit ja geantwortet. Aber welche Person war damit eigentlich gemeint? Und wer war der Herrscher der Zwerge? Etwa Laurin, wie es die Legende besagte? Aber das konnte nicht sein – es war doch nur eine jahrhundertealte Sage. War es vielleicht sein Nachfahre? Hatten Zwerge überhaupt Kinder? Enkel? Ich kam zu dem Schluss, dass mir die Ahnengalerie Laurins eigentlich völlig egal war. Wichtig war nur, dass ich so schnell wie möglich wieder aus dem Berg herauskam.

Vorerst bestand jedoch nicht der Hauch einer Chance, denn ich hing im Griff zweier kräftiger Zwerge, die jeden Fluchtversuch meinerseits gnadenlos unterbinden würden. Der Rest der Truppe lief entweder hinter uns, oder sie bewachten den Eingang zu der Felshöhle, falls es mir doch gelingen sollte zu fliehen. Doch selbst wenn ich mich aus dem Griff meiner Bewacher hätte befreien können, wäre ich ohne ihr Licht, so schwach es auch glimmte, in der undurchdringlichen Finsternis des Stollens verloren gewesen. So blieb mir nichts anderes übrig, als immer weiter ins Innere des Berges vorzudringen, dorthin, wo mich der Herrscher über das Zwergenreich und wer weiß welches Schicksal erwarten würde.

***

»Erbarmen, Herr«, winselte der Zwerg und warf sich demütig auf die Knie. Doch der König dachte nicht daran, das Flehen zu erhören.

»Du hast es gewagt, mich zu bestehlen! Oder wie sonst kam der Ring aus meiner Schatzkammer in deine dreckigen Finger?«

Vier Untertanen aus dem Volk des Königs, die den Beschuldigten umringten, traten und schlugen ihn, aber er blieb stumm. Doch der Herrscher wusste auch so, was er geplant hatte. Mit dem Besitz des magischen Goldringes hatte ihn der aufrührerische Untertan vom Thron stürzen und die Krone an sich reißen wollen. Er musste herausgefunden haben, welche Zauberkräfte der Schmuck besaß und wie viel Macht er seinem Träger verlieh.

»Gib mir den Ring zurück! Dann werde ich entscheiden, wie deine Strafe ausfällt«, donnerte der Zwergenkönig.

»Majestät, der Ring ... ich habe ihn verloren«, hauchte der angeklagte Wicht.

»Du lügst«, schrie der Herrscher, doch eine dunkle Angst überfiel ihn. Der Schmuck war eines der kostbarsten Zauberdinge aus seiner Schatzkammer, und sein Verlust wäre für ihn unermesslich.

»Ich wollte den Ring nur eine kleine Weile in der Oberwelt verstecken, damit niemand in Eurem Palast ihn fände«, jammerte der räuberische Zwerg. »Doch ich wurde von Menschlingen umzingelt und musste fliehen. Dabei kam er mir abhanden …«

»Narr!«, brüllte der König wutentbrannt. »Man sollte dich allein für deine Feigheit, vor ein paar elenden Menschlingen zu fliehen, vierteilen und dann aufhängen!«

»Gnade«, wiederholte der Zwerg jämmerlich, doch das Oberhaupt beachtete ihn gar nicht.

»Geht und sucht meinen Ring!«, wies er seine Untertanen an. Ein stämmiger Zwerg, dessen Gesicht die Narben trug, die Dietrichs Recken ihm beim Kampf um Similde zugefügt hatten, trat vor.

»Ich werde in die Oberwelt gehen, Herr«, sagte er. »Und dieser hier kommt mit mir!« Damit wies er auf ein weiteres Mitglied der Leibgarde des Regenten.

Der König sah sie an. Sie glaubten, einen Ring zu suchen, dessen Gold ihrem Herrn viel bedeutete. Doch niemand außer ihm wusste um die tatsächliche Stärke der Macht, die der Ring demjenigen zuteilwerden ließ, der ihn besaß. Daher musste er ihn wiederhaben, koste es, was es wolle. Fatal genug, dass es einem aus seinem Volk gelungen war, ihn, den König, zu bestehlen.

Er wandte seinen Blick wieder dem räudigen Dieb zu, der immer noch vor ihm kniete.

»Und jetzt zu dir, Verräter«, sagte er.

***

Auf einmal wurde es heller, und der schmale Tunnelgang, durch den ich bisher halb gebückt hatte laufen müssen, weitete sich zu einer großen, unterirdischen Höhle. Sie war ausschließlich von Fackeln erleuchtet, doch nach dem langen Marsch im Düsteren musste ich bei der plötzlichen Helligkeit dennoch die Augen zusammenkneifen. Sekundenlang sah ich nichts von dem, was sich in dem Felsensaal abspielte. Dafür hörte ich umso deutlicher eine aufgebrachte Stimme.

»Niemand bestiehlt mich!«, brüllte sie. Offenbar herrschte im Zwergenreich dicke Luft. Der kurze Anflug von Hoffnung, ich könnte die angespannte Stimmung irgendwie nutzen, um zu fliehen, wurde jedoch jäh erstickt.

»Dieser Ring ist mein, und ich will ihn zurück!«, keifte die Stimme, von der schwer zu sagen war, ob sie einem Mann oder einer Frau gehörte. Sie klang seltsam alterslos, nicht hoch, aber auch nicht tief. Langsam stach mir das Fackellicht nicht mehr in die Augen wie ein Fünfhundert-Watt-Scheinwerfer, dennoch wagte ich noch nicht, mich umzusehen. Hören konnte ich allerdings ausgezeichnet, und was ich vernahm, ließ mir das Blut gerinnen.

»Wer sich an meinen Schätzen bedient, wird mit dem Tode bestraft!«, wütete der Sprecher. Ich war nun sicher, dass es sich um den König der Zwerge handelte.

Mist, dachte ich, garantiert war von dem Ring die Rede, den ich im Gras gefunden und den Udo mir grob entwendet hatte. Ich verfluchte ihn nun doppelt für seine idiotische Gier. Wenn der Zwerg, der vor Udo, Frank und mir davongelaufen war, mich wiedererkannte, saß ich ziemlich in der Patsche. Ganz abgesehen davon, dass ein schlechtgelauntes Zwergenoberhaupt wahrscheinlich noch weniger Gnade walten ließ als ein gutgelauntes, musste ich fürchten, für den Fund des Rings grausam bestraft zu werden. Ich war schließlich die Einzige unseres Trios, die von den Zwergen erwischt worden war. Ob mein Argument, der Schmuck wäre mir gewaltsam abgenommen worden, etwas nützte, war fraglich. Aber ich musste es wenigstens versuchen. In dem Moment vernahm ich trappelnde Schritte.

Vorsichtig öffnete ich die Augen. Schemenhaft konnte ich zwei Zwerge ausmachen, die an mir vorbeiliefen und in dem düsteren Tunnel nach oben verschwanden. Ich wünschte, ich wäre an ihrer Stelle. Doch meine Bewacher hielten mich immer noch fest, und ich wandte den Kopf, um mich umzusehen. Die Felsenhöhle, in der ich stand, war riesig. Von den nasskalten Wänden tropfte es beständig, als weinte der Fels trübkalte Tränen, und modriger Geruch nach lichtloser Einsamkeit stieg mir in die Nase.

Da bemerkte ich ein Funkeln. Nachdem sich meine Augen weiter an das Fackellicht gewöhnt hatten, konnte ich erkennen, dass es von Dutzenden, wenn nicht Hunderten Gold- und Silberbechern stammte, die achtlos durcheinandergeworfen zu mehreren Haufen gestapelt waren. Dazwischen lagen funkelnde Edelsteine, manche so groß wie Hühnereier. Hier musste ein unschätzbares Vermögen herumliegen.

Nun konnte ich auch etwa zwei Dutzend Zwerge ausmachen, die an einer langen Tafel saßen, auf der ebenfalls goldene Teller sowie silberne Platten mit allerlei Fleischstücken aufgereiht waren. Dazwischen liefen zu meiner Verblüffung ein paar Hühner umher. Wahrscheinlich dienten sie als Eierlieferanten – oder sie fanden sich demnächst gerupft und gebraten *auf* statt *unter* dem Tisch wieder.

Mein Blick glitt zum Kopfende des Tisches, doch gleich darauf wünschte ich mir die Dunkelheit des Stollens zurück. Dort stand ein Thron aus bleichen Knochen, von denen ich hoffte, sie stammten nur von Tieren. Darauf kauerte das abstoßendste Wesen, das ich je gesehen hatte. Dabei hatte ich gedacht, der Anblick der Zwerge wäre nicht mehr zu toppen.

Irrtum. Was da ein paar Meter von mir entfernt hockte, erinnerte an eine Kreuzung zwischen einer Kröte und einem Troll. Gekleidet war das Wesen in Kniehosen aus dunkelbraunem Samt und einer Art Uniformjacke aus demselben Material, nur in Dunkelblau. Die modische Totalkatastrophe bildeten gelbliche Kniestrümpfe, die seine dünnen, krummen Beine umhüllten und in ziemlich albernen Schnallenschuhen endeten. Die Füße schienen zu klein und fast lächerlich im Verhältnis zu dem riesigen Kopf, der halslos auf breiten, gekrümmten Schultern saß. Der Herrscher über die Zwerge hatte eine Halbglatze, doch die wenigen fahlen Strähnen, die ab der Mitte des Haarkranzes wuchsen, fielen ihm bis auf die Schultern und sahen aus, als wären sie noch nie mit Wasser oder gar Shampoo in Berührung gekommen. Wie der ganze Rest der hässlichen Gestalt übrigens auch. Der schmutzig weiße Spitzenkragen war unter dem fleischigen Kinn kaum sichtbar. Das Gesicht über dem Kragen glich der Schale einer Walnuss. Die Zeit im unterirdischen Felsenreich hatten scharfe Linien in die ledrige Haut gegerbt, unter denen die tiefliegenden, kleinen Augen unter struppigen, schmutzig grauen Brauen beinahe verschwanden. Die spitzen Ohren waren unverhältnismäßig groß und standen grotesk vom Kopf ab. Sogar aus der Entfernung konnte ich die borstigen Haare sehen, die aus ihnen herauswuchsen. Ähnelten die Nasen der anderen Zwerge unförmigen Kartoffeln, so konnte man bei diesem Exemplar schon eher von einer großen Rübe sprechen, die dem Männchen mitten aus dem Gesicht sprang. Der Mund, der fast keine Oberlippe, dafür aber eine monströs dicke Unterlippe besaß, war misslaunig in die Breite gezogen. Ich rechnete mit dem Schlimmsten.

»Verehrter König Laurin, seit langem hat es ein Menschling wieder gewagt, Euren Rosengarten zu betreten und damit den kostbaren Hain des Herrschers über das Zwergenreich zu entweihen«, quakte einer der Gnome, die mich festhielten, und machte einen kriecherischen Bückling.

Bei der Erwähnung des Namens zuckte ich unwillkürlich zusammen. Laurin?, dachte ich und schüttelte unwillkürlich heftig den Kopf. Ich wollte immer noch nicht akzeptieren, was immer offensichtlicher wurde: Nicht nur die Zwerge, auch ihr mystischer Herrscher waren keine Sage, sondern Wirklichkeit.

Ehe der König jedoch noch einen Blick auf mich werfen konnte, sprang unvermittelt einer der Zwerge, der bislang vor dem Thron gekniet hatte und von den anderen umringt war, auf die Füße und fuhr zu mir herum.

»Sie ist es! Wegen ihr und zwei anderen Menschenwesen habe ich Euer kostbares Kleinod verloren«, schrie er mit schriller Stimme und deutete auf mich.

Weil sie sich alle zum Verwechseln ähnlich sahen beziehungsweise alle gleich hässlich waren, konnte ich nur vermuten, dass es sich bei dem, der zuletzt gesprochen hatte, um das Wesen handelte, das vor Udo, Frank und mir davongerannt war. Eines wusste ich aber mit Sicherheit: Ich saß so tief in der Tinte wie noch nie in meinem Leben.

»Ich habe das Schmuckstück nicht«, rief ich laut, ohne jemand Bestimmten anzusprechen. »Ich habe es zwar gefunden, aber es wurde mir wieder weggenommen!«

Ehe ich weitersprechen konnte, tauchten im Eingang zur Felsenhöhle die beiden Zwerge auf, die vorhin nach oben geeilt waren. Sie trugen zerknirschte Mienen zur Schau, und ein besonders hässlicher Geselle mit mehreren dicken Narben, die ihm wie Peitschenhiebe quer übers Gesicht liefen, trat vor den König hin.

»Wir haben überall gesucht, konnten den Ring aber nirgends entdecken, Majestät. Er scheint tatsächlich fort zu sein!«

»Sage ich doch«, brüllte ich. »Ein Schüler aus meiner Reisegruppe hat ihn sich unter den Nagel gerissen! Ich habe mit der ganzen Sache nichts zu tun!«

Doch niemand hörte auf mich. Alle Blicke waren auf den Herrscher gerichtet, der sich gerade in einen Wutanfall hineinsteigerte. Er brüllte unverständliche Worte, die schmerzhaft in meinen Ohren gellten und sich direkt in mein Gehirn zu bohren schienen. Dabei warf er seinen Silberbecher quer durch den Saal, so dass der Wein, der sich noch darin befunden hatte, nur so spritzte.

Mit aufgerissenen Augen beobachteten die Zwerge den Ausbruch, und auch mir wurde angst und bange. Bestimmt würde der König mich nun töten. Wenn ich Glück hatte, ohne mich vorher noch zu zerstückeln. Doch er hatte offenbar andere Pläne, denn sein Blick fiel auf den Zwerg, der mich des Diebstahls bezichtigt hatte und immer noch zwischen mir und dem Thron stand.

»Das alles ist deine Schuld«, zischte der schreckliche Herrscher, und seine Augen glühten vor Hass.

»Tötet ihn«, befahl er kurz angebunden.

»Nein, Majestät! Lasst Gnade walten!«, quiekte der Beschuldigte, doch schon griffen ihn je zwei Zwerge links und rechts unter den Armen und schleiften den Jammernden in eine dunkle Ecke des steinernen Saals. Sekunden später ertönte ein hohes, pfeifendes Zischen, als würde etwas Scharfes, Schweres durch die Luft sausen, und die Schreie des Unglücklichen verstummten abrupt. Gleich darauf gab es einen dumpfen Laut, als fiele ein reifer Kürbis auf die Erde. Ich blickte mich reflexartig um und sah tatsächlich etwas Rundes in die Ecke rollen. Es war der Kopf des Schuldigen. Obwohl die Höhle nur notdürftig von Pechfackeln erhellt war, konnte ich seine aufgerissenen Augen sehen, die mich noch im Tod vorwurfsvoll anzustarren schienen.

Ich war kurz davor, in Ohnmacht zu fallen, doch ein schmerzhafter Ruck am Seil um meine Handgelenke brachte mich zur Besinnung. Zwei der königlichen Spießgesellen zerrten mich grob vorwärts, bis ich nur wenige Schritte vor dem Thron zum Stehen kam. Dann erst nahmen sie mir die Fesseln ab.

»Sie hat Euren Garten betreten und einen der goldenen Fäden zerrissen, Herr«, sagte der eine.

»Doch seht Euch den Menschling genau an, Majestät«, wisperte der andere.

Nun erhob sich Getuschel und Gemurmel unter dem Zwergenvolk.

Laurin schenkte seinem Gefolge keinerlei Beachtung, sondern starrte mich mit seinen kleinen Schweinsäuglein unverwandt an. Mir kam ein weiterer schrecklicher Gedanke. Was, wenn meine freche Behauptung, ich wäre diejenige, der ich offenbar ähnlich sah, ein großer Fehler gewesen war? Sah ich vielleicht einer Frau ähnlich, die Laurin irgendwann einmal beleidigt hatte? Vielleicht hatte er sich einmal in die Bergwelt begeben und war einer Wanderin begegnet, die über den Zwergenkönig gelacht und sich über seine Hässlichkeit lustig gemacht hatte? Und der rachsüchtige Gnom hatte nur darauf gewartet, diese Person noch einmal in die Finger zu bekommen?

»Emma, erst denken, dann reden«, hörte ich im Geiste Caros Stimme. Oft genug hatte sie mich ermahnt, wenn ich meine Klappe mal wieder nicht halten konnte. Die Sehnsucht nach meiner besten Freundin durchzuckte mich, und ich biss mir auf die Lippen, um nicht zu weinen. Würde ich Caro jemals wiedersehen? Inzwischen glaubte ich kaum mehr daran. Die Blicke des Herrschers verhießen nichts Gutes.

Schon sah ich ihn von seinem Thron klettern. Auf seinen kurzen Beinen lief er auf mich zu wie eine riesige Spinne. Ich blickte starr zu Boden, weil ich seinen abscheulichen Anblick aus der Nähe noch weniger ertrug. Außerdem wollte ich gar nicht sehen, wie es hinter seiner zerfurchten Stirn arbeitete und er sich die schlimmsten Foltermethoden für mich ausdachte. Sicher würde er mir gleich genüsslich ausmalen, dass seine Strafe für das Betreten des Rosengartens noch viel schlimmer aussähe als das profane Abhacken einer Hand oder eines Fußes …

Mir wurde übel. Nicht nur wegen der grausamen Bilder von blutenden Armstümpfen oder rollenden Köpfen, sondern auch, weil der Geruch des Zwergenkönigs aus der Nähe mir das Frühstück von heute Morgen beinahe wieder hochkommen ließ. Aber vielleicht würde eine gnädige Ohnmacht mich davor bewahren, meinen eigenen Tod bewusst zu erleben …

»Similde!«, flötete Laurin da unvermittelt. Seine Stimme klang, als hätte er soeben seinen heißgeliebten Goldring wiedergefunden. Verwirrt sah ich hoch. Der Name kam mir vage bekannt vor, doch ich wusste nicht mehr, woher. Außerdem: Wen meinte er damit? Verstohlen blickte ich mich um, doch alle Blicke waren auf Laurin gerichtet. Der jedoch schien nur Augen für mich zu haben, denn er musterte mich entzückt und begann, mich mit kleinen Trippelschritten zu umkreisen, ähnlich einem Künstler, der nach jahrelanger Arbeit endlich seine Skulptur vollendet hat. Ich wollte ihn gerade anfahren, was das Theater sollte, da fuhr er fort: »Du bist zurückgekommen!«

Sein breites Gesicht schien sich plötzlich waagrecht in zwei Hälften zu teilen. Es war ein Lächeln, das leider nicht dazu führte, den Zwerg sympathisch oder attraktiver zu machen – im Gegenteil. Der Blick auf seine gelben Zähne, durchsetzt mit schwarzen Stümpfen, ließ mich schaudern. Kein Wunder, dass ihm alle Frauen davonrannten, dachte ich – und plötzlich klickte es in meinem Gedächtnis, und jetzt wusste ich, warum mir der Namen Similde so vertraut erschienen war: So hatte das schöne Mädchen aus der Legende geheißen, das Laurin geraubt hatte und zur Heirat zwingen wollte. Doch dann war sie ihm entkommen.

Aber wieso redete er mich nun mit ihrem Namen an? Er musste doch wissen, wie lange die Sache mit seiner geplatzten Hochzeit her war. Bestimmt alterten selbst Zwerge über die Jahrzehnte – oder waren es Jahrhunderte? Jedenfalls müsste ihm klar sein, dass Similde inzwischen wie eine weibliche Ausgabe von Methusalem aussehen musste, wenn sie überhaupt noch leben würde. Und das war mehr als unwahrscheinlich. Zwergenkönig – Zwergenhirn, schoss es mir durch den Kopf, und ich beschloss, Laurin aufzuklären – trotz möglicher negativer Konsequenzen. »Ich bin nicht Similde. Ich heiße Emma, und ich möchte jetzt bitte gehen«, brachte ich mit zitternder Stimme heraus.

Gleich darauf ärgerte ich mich, wie piepsig ich klang. Eigentlich war es an dem verflixten Laurin, kleinlaut zu sein, weil seine Handlanger einfach ein Mädchen hier herunterschleppten, nicht ohne sie vorher noch mit allen möglichen Drohungen einzuschüchtern! Ich räusperte mich energisch und holte tief Luft. »Jetzt passen Sie mal auf. Ich bin nicht die, für die Sie mich halten. Ich bin Studentin und mit ein paar Schülern auf einem Ausflug. Die Lehrer machen sich bestimmt schon Sorgen um mich. Also vergessen wir die Sache mit der Entführung, und Sie lassen mich jetzt einfach wieder nach oben gehen, okay?«

Laurin glotzte mich an. »Similde, welchen Schabernack treibst du mit mir?«, fragte er mit schiefgelegtem Kopf.

»Tue ich doch gar nicht«, rief ich ungeduldig. »Das Ganze ist ein Missverständnis. Similde ist …« Ich hielt inne. Eigentlich hatte ich sagen wollen »nur eine Sagen-Gestalt«, aber das konnte nicht stimmen, denn Laurin redete ja die ganze Zeit von ihr. Sie hatte also gelebt, genauso wie die Zwerge, deren Existenz ich bisher auch nur in Märchen vermutet hatte.

»Similde ist längst tot«, ergänzte ich daher. Nicht sehr diplomatisch, aber ich wollte Klarheit – und vor allem hier heraus!

»Unmöglich«, rief Laurin aufgebracht. »Ich erkenne dein Haar wieder. Und deine lieblichen Züge, geliebte Similde. Ich habe dein Gesicht genauso wenig vergessen wie dero schlanken Leib ...«

Langsam wurde es mir zu bunt. Wieso redeten diese Zwerge eigentlich alle so geschwollen, und was bildete sich ihr König überhaupt ein? »Ich bin nicht Similde, klar?«, blaffte ich. Und fügte in Gedanken »leider« hinzu. Die war nämlich damals von ein paar Rittern, Recken oder wie die Typen auf ihren Schlachtrössern damals genannt wurden, befreit worden. Bei mir war nicht mal ein räudiges Pony in Sicht, geschweige denn ein Ritter obendrauf, der mich im Galopp hier herausholte.

Ich hatte kaum zu Ende gedacht, da spürte ich einen harten Griff um meinen Oberarm. Gelblich-spitze Zwergenfingernägel krallten sich durch den dünnen Stoff des Wanderhemds in meine Haut, so dass ich vor Schmerz und Schrecken aufschrie.

»Wie wagst du es, mit unserem König zu sprechen?«, keifte einer der Zwerge, die daran schuld waren, dass ich überhaupt hier gelandet war. Noch bevor ich reagieren konnte, hatte Laurin seinen Untertan blitzschnell am Kragen gepackt. Dessen Tentakelfinger lösten sich von meinem Arm, und im nächsten Moment segelte der Zwerg, vom König geschleudert, quer durch die Halle. Mit einem dumpfen Klatschen prallte er nach einigen Metern Freiflug gegen die Höhlenwand und fiel zu Boden.

Fassungslos verfolgte ich das Schauspiel. Laurin musste trotz seiner geringen Größe Bärenkräfte besitzen. Die anderen Gnome betrachteten ihren Genossen, der wie ein überfahrener Frosch auf der Erde lag, kurz ohne einen Funken Mitleid, dann wandten sie ihre Aufmerksamkeit wieder dem Herrscher zu. Der musterte sein Volk finster. »Wehe euch, wenn ihr sie in der Oberwelt auch nur angefasst habt«, drohte er. Dann sah er zu mir, die ihn mindestens um zwei Köpfe überragte, hinauf und säuselte: »Hat man meinem Liebchen ein Weh getan?«

Ich glotzte ihn etwas dümmlich an, bis mir aufging, dass er wissen wollte, ob seine Brutalo-Spießgesellen mich vorhin misshandelt hätten. Im ersten Reflex hätte ich am liebsten gepetzt und ihm erzählt, mit welchen üblen Dingen mir seine sauberen Zwerge gedroht hatten. Dann aber beschloss ich, die Klappe zu halten und meine Peiniger zu schützen – vorerst. Wer weiß, wofür es noch gut sein würde.

Also schüttelte ich stumm den Kopf und sah aus dem Augenwinkel, wie sich auf den hässlichen Gesichtern meiner Bewacher Erleichterung breitmachte. »Freut euch ja nicht zu früh«, dachte ich grimmig. Ehe ich jedoch überlegen konnte, bei welcher Gelegenheit ich den Zwergen mit meinem Ass im Ärmel noch ordentlich einheizen könnte, streckte König Laurin die Hand aus und griff, genau wie der Zwerg vorhin, nach einer meiner Haarlocken. Seine Finger waren noch dürrer und schrumpliger als die der anderen Zwerge, die Nägel noch länger, spitzer und ungepflegter.

Mit einem Laut des Widerwillens wich ich zurück. Seine Miene verdüsterte sich. »Du scheust mich immer noch, Similde«, sagte er tadelnd.

»Kein Wunder! Heute schon mal in den Spiegel geschaut?«, rutschte mir heraus. Ich wäre gerne noch ausführlicher geworden, aber gerade noch rechtzeitig fiel mir ein, was Laurin im

Zorn mit einem seiner Zwerge angestellt hatte. Daher beschloss ich vorsichtshalber, ihn nicht weiter zu reizen. Da wandte sich der Zwergenkönig an sein Volk, als hätte er meine Antwort nicht gehört.

»In drei Tagen soll nun endlich die Hochzeit sein«, verkündete er feierlich.

»Was?«, schrie ich auf. Das konnte ja wohl nicht sein Ernst sein! Ich sollte diese hässliche Ausgeburt heiraten? »Kommt gar nicht in Frage!«, rief ich.

Laurin jedoch sah einfach über meinen Einwand hinweg. »Man nähe Similde ein Brautgewand«, bestimmte er. Unwillkürlich hatte ich vor Augen, wie ich in einem weißen Kleid im Felsensaal stand, neben mir der bucklige, stinkende Zwergenkönig.

Allein bei der Vorstellung, er könnte meine Hand nehmen, um mir einen Ring anzustecken, stieg ein Brechreiz meine Kehle hoch. Und sosehr ich mich auch bemühte, nicht daran zu denken, ich konnte nichts gegen die grässlichen Bilder tun, die durch meinen Kopf geisterten: Laurin, der auf krummen Beinen in die Felsenkammer kam, in die er mich nach der Hochzeit eingesperrt hatte. Seine ekelhaften Spinnenfinger, die sich nach mir ausstreckten. Sein zerrüttetes Gesicht mit dem breiten Krötenmund und den fauligen Zähnen, das immer näher kam, um mich zu küssen …

Erstickt schrie ich auf, und heftiger Ekel schüttelte mich. Gegenargumente fruchteten ja nicht, also wirbelte ich herum und rannte los, auf den dunklen Gang zu, durch den ich vorhin von den Zwergen geschleppt worden war. Ob ich in der nachtschwarzen Finsternis stolpern und fallen würde, war mir jetzt egal. Ich wollte einfach nur weg.

»Ergreift sie«, gellte Laurins Stimme durch den steinernen Saal und wurde als vielfaches Echo von den Felswänden zurückgeworfen. Und schon spürte ich den eisernen Griff zweier Zwergenklauen um meine Oberarme, die mich heftig zurückrissen. Meine Flucht war vorbei, ehe ich fünf Schritte getan hatte. Doch ich war nicht bereit, einfach aufzugeben. Ich wand mich wie ein Aal und trat um mich, jedoch vergebens. Genauso gut hätte eine Maus versuchen können, sich aus den Krallen einer Raubkatze zu befreien. Nicht nur Laurin, auch die übrigen Zwerge verfügten über enorme Kräfte, denen ich nicht gewachsen war. Erbarmungslos schleiften sie mich zurück zu ihrem König.

Der hatte seine kurzen Ärmchen in die Seite gestützt und beobachtete meine Gegenwehr wie ein amüsantes Schauspiel. Auf einmal überkam mich blinder Zorn auf diesen abstoßenden Zwerg und seine völlige Ignoranz der Tatsachen, dass ich weder Similde war noch seine Frau werden wollte. Voller Verachtung sah ich ihm mitten ins Gesicht.

»Ich heirate dich nicht! Niemals! Du bist hässlich und stinkst«, spuckte ich ihm entgegen. Ich hörte, wie die Zwerge kollektiv nach Luft schnappten. Mir aber war es in diesem Moment völlig egal, ob Laurin zornig werden würde. Lieber würde ich sterben, als dieses monströse Geschöpf auch nur in meine Nähe zu lassen. Doch der schien zunächst eher verblüfft als verärgert zu sein. Er beäugte mich forschend, als wäre ich ein kleiner bissiger Chihuahua, der zuschnappte, sobald man mit ihm spielen wollte.

Nach einigen Sekunden des Schweigens schüttelte der Zwergenkönig nur den Kopf und wandte sich von mir ab. »Sarhild, verbringe meine Braut in ihr Gemach. Friederun und Hallgard, ihr näht ihr das Kleid«, ordnete er an, als wäre ich gar nicht da. Sarhild, Hallgard?, dachte ich verwirrt. War ich bei den Wagnerfestspielen in Bayreuth gelandet?

Da wieselten schon drei der gedrungenen Wesen auf mich zu. Sie unterschieden sich nur durch ihre Kleidung von jenen Zwergen, mit denen ich bereits unangenehm Bekanntschaft gemacht hatte. Statt schmutziger Kniehosen mit einem fleckigen Hemd darüber trugen diese drei jeweils eine Art zerlumpte Kittelschürze und einfache Holzpantinen. Anscheinend waren das die Zwergenfrauen. Leider waren sie keinen Deut hübscher oder gepflegter als die männliche Ausgabe. Ihre Gesichter waren zerknautscht, alles schien sich dort auf engstem Raum zusammenzudrängen: Die Augen standen dicht beieinander, und die Spitzen ihrer großen Nasen berührten fast die Oberlippe. Wie eine Horde hungriger Raubtiere umzingelten sie mich.

Währenddessen fuhr Laurin fort: »Radbod, Thoralf und Yngve mögen auf die Jagd gehen, damit das Wildbret zum Hochzeitsmahl gut abgehangen ist.«

Ich geriet langsam in Panik. Der König scherte sich keinen Deut um meinen Protest, sondern trieb die Heiratsvorbereitungen munter voran! Obwohl ich wusste, dass ein weiterer Fluchtversuch genauso sinnlos wie der erste wäre, glitt mein Blick auf der Suche nach einem Ausweg durch die Felsenhöhle. Da stieß mich eine der Zwerginnen grob in die Seite. »Vorwärts«, raunzte sie mich an. Ihre Stimme klang nur ein wenig höher und schriller als die der männlichen Exemplare. Ich stolperte zwei Schritte nach vorne und wäre fast gegen die Ecke der langen Festtafel gestoßen. Erneut sah ich die Silberplatten, auf denen tatsächlich halbe, gebratene Hühner und riesige Keulen von irgendwelchen anderen toten Tieren lagen. In den Braten steckten ziemlich große, zweizinkige Gabeln.

Ich überlegte keine Sekunde. Mit einem Sprung war ich am Tisch und zog am Griff eines dieser Esswerkzeuge. Die Zinken fuhren mit einem schmatzenden Geräusch aus dem gebratenen Fleisch, das mir als überzeugte Tierfreundin und Vegetarierin durch Mark und Bein ging. Die Vorstellung, wie die Zwerge lachend und johlend ein Rehkitz jagten, ehe sie es zu Fall brachten und ihm die Kehle durchschnitten, fachte meine Wut zusätzlich an. Ich hielt die Fleischgabel wie eine Waffe in der Hand und schrie die überraschte Zwergenfrau an: »Fass mich nicht an! Sonst mache ich Schaschlik aus dir!«

Sie starrte mich an. »Schaschlik?«, fragte sie ratlos. Ich hatte keine Lust auf einen Exkurs in die Rezeptvielfalt der modernen Küche, daher fuchtelte ich nur drohend mit meinem provisorischen Zweizack herum. Mein Herz hämmerte vor Aufregung gegen meine Rippen, trotzdem war ich bereit, jeden Zwerg, der sich mir in den Weg stellen sollte, zu verletzen. Ich wollte nicht mehr argumentieren, ich wollte hier weg. Vor allem von dem hässlichen, stinkenden König, der stur an der Vorstellung festhielt, ich sei die Frau seines erbärmlichen Zwergenlebens hier unten in der lichtlosen Höhle.

Laurin war aber offenbar nicht bereit, mich kampflos aufzugeben. Mit der Schnelligkeit eines Skorpions bewegte er seinen plumpen Leib auf mich zu. Die Vorstellung, er würde mich anfassen, ließ mich alle Furcht vergessen. Schreiend sprang ich auf ihn zu und schwang die Gabel. Noch ein Schrei ertönte, doch diesmal kam er aus dem Mund des Herrschers über die Zwerge. Fassungslos starrte Laurin erst mich an, dann auf den Ärmel seines Hemdes. Dessen schmutziges Weiß färbte sich langsam rot. Ich hatte ihm das Esswerkzeug mit Wucht in den Arm gerammt. Und er musste in meinem Blick gelesen haben, dass ich es noch einmal tun würde.

Er kniff die Lippen zusammen, und seine kleinen Rosinenäuglein schrumpften zu finsterschwarzen Punkten. »Bringt sie in die Küche. Dort soll sie drei Tage und Nächte schuften. Danach wird sie sich glücklich schätzen, meine Frau zu werden«, bellte er und machte eine auffordernde Kopfbewegung zu seinen Getreuen hin. Ehe ich noch einen Finger rühren konnte, hatten mich drei Zwerge bereits umzingelt und mir blitzschnell die Gabel aus den Fingern gewunden. Dann drehte mir einer von ihnen grob den Arm auf den Rücken und stieß mich vor sich her quer durch den Saal. Trotzdem hörte ich noch Laurins letzte Worte: »Bringt mir meinen Ring zurück, hört ihr? Wem es gelingt, der soll reichen Lohn erhalten. Drei Wünsche will ich demjenigen erfüllen, der ihn mir wiedergibt!«

Ich wünschte verzweifelt, es wäre mir gelungen, Udo den Schmuck wieder abzunehmen. Dann hätte ich jetzt lässig das kostbare Stück aus meiner Tasche ziehen und dem Zwergenkönig präsentieren können. Natürlich wäre mein erster Wunsch gewesen, sofort wieder an die Oberfläche gebracht zu werden. Und der zweite, nie wieder im Leben einen Zwerg zu Gesicht zu bekommen. Aber Udo hatte den Ring eingesteckt, und meine Chancen, aus Laurins Reich zu entkommen, schwanden mit jeder Sekunde.

KAPITEL 3

Also noch mal: Wer von euch hat Emilia Wiltenberg zuletzt gesehen?« Obwohl Spindler sich bemühte, seine Stimme ruhig klingen zu lassen, war die Anspannung deutlich herauszuhören, während er seinen Blick auffordernd über die Schülergruppe schweifen ließ. Auch die Kollegin Müller sah nicht mehr so frisch und munter wie am Morgen aus. Ihre gerunzelte Stirn und die zusammengepressten Lippen verrieten ihre Sorge um die vermisste Studentin. Die meisten aus der Schülergruppe schüttelten den Kopf oder zuckten bedauernd mit den Schultern. Udo starrte auf die Schnürsenkel seiner Wanderschuhe, um nicht den Blicken seiner Lehrer begegnen zu müssen. Er hatte keine Lust zuzugeben, was zwischen ihm und dieser Wiltenberg vorgefallen war. Wer konnte auch ahnen, dass die dumme Kuh einfach verschwand?

»Udo, haben Sie nicht noch mit Emilia gesprochen?«, riss ihn Spindler aus seiner dumpfen Grübelei. Udo sah auf. Die Worte des Lehrers hatten sein schlechtes Gewissen aktiviert, und einen Augenblick lang war er versucht, die Wahrheit zu sagen und den älteren Lehrer zu der Stelle zwischen den Findlingen zu führen, wo Frank und er die junge Frau zurückgelassen hatten.

Dann aber stahl sich seine Hand in die Hosentasche, und er fühlte das Gewicht des Goldrings, der dort ruhte, verborgen vor den Blicken der anderen. Der Schmuck schien eine merkwürdige Wärme auszustrahlen, anders als Udo von dem kühlgoldenen Metall erwartet hätte. Seine Finger schlossen sich um das Kleinod, und auf einmal fühlte er sich überhaupt nicht mehr schuldig. Im Gegenteil, er empfand eine seltsame Macht, so als müsse er nur mit dem Finger schnippen, und alle würden nach seiner Pfeife tanzen.

Ein überhebliches Lächeln stahl sich in seine Mundwinkel, und er blickte Spindler fest und sicher ins Gesicht.

»Ich habe kurz mit der Wiltenberg geredet, aber dann ist sie alleine weitergegangen. Keine Ahnung, wo sie abgeblieben ist«, erklärte er. Aus dem Augenwinkel bemerkte er Frank. Obwohl der gar nicht gefragt worden war, ruckte sein Kopf in einem bestätigenden Nicken auf und ab wie bei einem nervösen Huhn, das hastig die restlichen Körner aus dem Futtertrog pickte, ehe der Schlachter kam.

Die Lehrer tauschten einen resignierten Blick. »Wenn wir im Tal sind, werden wir die Polizei benachrichtigen. Bis dahin bleiben Sie bitte alle dicht zusammen. Herr Spindler wird den Abstieg mit Ihnen machen. Ich suche weiter oben noch einmal nach Emma. Keiner fällt im Tempo zurück, keiner macht eine Extratour, ist das klar?«, ordnete Frau Müller streng an. Stumm und im Gänsemarsch trabten die Schüler los.

Udo bildete das Schlusslicht, da legten sich Franks feuchtklamme Finger auf seinen Arm. Udo fühlte sich an einen Blutegel erinnert und zog angewidert seinen Arm weg. Vergeblich, denn Frank blieb hartnäckig an seiner Seite und hauchte ihm seinen Atem, der nach ungeputzten Zähnen und Käsebrot roch, ins Gesicht.

»Was meinst du, ob sie vielleicht bewusstlos geworden ist? Oder ...«, flüsterte Frank. Er sprach den Satz nicht zu Ende. Udo drehte den Kopf und taxierte seinen Banknachbarn kalt. Frank war die Angst förmlich ins Gesicht eingegraben. »Sollten wir nicht doch lieber die Lehrer ...«, setzte er erneut an und verstummte erschrocken, denn Udos Pranke war unvermittelt vorgeschnellt und packte ihn schmerzhaft im Nacken.

»Du hältst die Schnauze, kapiert?«, zischte Udo so leise, dass nur Frank es hören konnte, dafür verstärkte er aber den Griff. Frank hatte das Gefühl, sein Genick könnte im nächsten Augenblick brechen. »Klar, Udo, Ehrensache«, quiekte er atemlos und fühlte erleichtert, dass der zangenartige Druck sich langsam lockerte. Udo fixierte seinen Kumpel mit stechendem Blick. Seine Hand lag immer noch locker in Franks Nacken, die andere war fest um den Ring in seiner Tasche geschlossen.

»Wenn du jemals verrätst, was da oben am Berg los war, mach ich dich alle«, stellte er klar. »Und falls du auf die Idee kommst, irgendjemandem von dem Ring zu erzählen, bringe ich dich um«, fügte er beiläufig hinzu.

Frank quollen fast die Augen aus dem Kopf, und er starrte seinen Freund fassungslos an. Udo erwiderte den Blick ruhig – dann drückte er Franks Nacken unvermittelt so kräftig, dass der mit einem Aufschrei in die Knie ging. Claudia und Sabine drehten sich um und starrten auf die Szene, die sich ihnen bot.

»Tja, Mädels, es ist noch nicht so lange her, dass unser Frankie vom Baum gesprungen ist und auf zwei Beinen läuft. Seht es ihm also bitte nach«, kommentierte Udo salbungsvoll und ließ Frank endlich los. Beide Mädchen brachen in schrilles Gekicher aus.

Während Frank sich mühsam aufrappelte, ging Udo so dicht an ihm vorbei, dass sein Knie Frank an der Schulter traf und ihn beinahe erneut zu Fall gebracht hätte. Fassungslos starrte Frank seinem besten Freund hinterher.

Er hätte gerne geglaubt, Udos Drohung wäre nur ein Scherz gewesen, aber sein gepeinigter Nacken sagte das Gegenteil. Wie ein geprügelter Hund schlich Frank hinter der Gruppe her und wünschte sich, diese Kursfahrt wäre endlich vorbei.

KAPITEL 4

Mein verdrehtes Schultergelenk schmerzte höllisch bei jedem Schritt, doch ich tat den Zwergen nicht den Gefallen, zu schreien. Die Wächter trieben mich vor sich her zu der Felswand hinter dem Königsthron.

Ich dachte schon, sie würden mich gegen die Steine schleudern, genau wie Laurin vorhin seinen Untertanen, doch da entdeckte ich eine unauffällige Tür im Fels. Sie bestand aus morschem Holz, das beinahe ebenso grau und verwittert war wie die Steine, in die sie eingebaut war. Einer der Zwerge stieß sie auf, und sie schwang mit einem gequälten Ächzen zur Seite, wobei sie den Blick auf eine weitere unterirdische Höhle freigab. Im Gegensatz zu dem Festsaal besaß dieser Raum jedoch eine niedrige Decke und war kleiner. An der Stirnseite stand ein riesiger, gemauerter Herd, dessen eiserne Oberfläche an einigen Stellen rot glühte, wahrscheinlich von dem Feuer, das in seinem Inneren brannte, denn es war unerträglich heiß hier drin.

Über der Feuerstelle hing an einem eisernen Gestell, von dem ich aus irgendeinem Geschichtsbuch wusste, dass es »Dreifuß« genannt wurde, ein imposanter Kessel, in den locker zwei Zwerge gleichzeitig gepasst hätten. Nach den Erfahrungen, die ich mit diesen Wesen bisher gemacht hatte, hätte ich sie zu gerne eigenhändig dort hineingestopft und zum Kochen übers Feuer gehängt. Rechts und links vom Herd standen mehrere grob behauene Holzregale, auf denen Tonschüsseln und -krüge aufgereiht waren.

Meine Aufmerksamkeit wurde jedoch von einem Messerblock angezogen, aus dem fein säuberlich mehrere breite Griffe ragten. Ehe ich aber noch den Gedanken weiterspinnen konnte, schlenderte einer meiner Bewacher zu dem Block hin und nahm die zwei größten Messer an sich. »Muss er eben mit den kleinen schneiden«, sagte er spöttisch und wies grinsend mit einer Kopfbewegung auf die übrigen Messerchen, die nicht einmal einen Hasen erschrecken würden, so schmal waren ihre Klingen. Die anderen lachten beifällig. Ich fragte mich, wen der Zwerg wohl mit »er« gemeint hatte, denn von mir konnte ja wohl kaum die Rede sein.

Einer der Zwerge war inzwischen in die linke Ecke der Küche vorgedrungen und spähte angestrengt hinter ein paar hüfthohe Körbe aus Weidenzweigen, die offenbar zum Transport von Gemüse oder Kartoffeln dienten und ein Stück weit weg von der Wand standen. Mit dem Stiel eines daneben lehnenden Reisigbesens stocherte er hinter den Körben herum. »Heda, Faulpelz! Aufwachen«, keifte er. Wer sich wohl dort hinten verbarg? Musste ich etwa mit einem weiteren buckligen Gnom hier in der Küche arbeiten?

Doch was schließlich mit einem unwilligen Laut hinter den Körben auftauchte, war kein Zwerg. Es war Thomas Anders vom Duo Modern Talking. Das war jedenfalls mein erster, flüchtiger Eindruck im dämmrigen Licht, das ein paar rauchende Talglichter spendeten. Endlich war klar, wo er nach der Trennung von Dieter Bohlen abgeblieben war, ging mir durch den Kopf. Erst auf den zweiten Blick bemerkte ich meinen Irrtum. Zwar hatte der junge Mann in der Küche ähnlich dunkle, lange Haare wie der Popsänger, aber war deutlich jünger. Ich schätzte ihn auf Anfang zwanzig. Als er mich sah, weiteten sich seine kornblumenblauen Pupillen vor Überraschung, und seine dunklen Augenbrauen schossen nach oben. Auch ich starrte ihn verblüfft an. Einen Menschen hätte ich im Zwergenreich am wenigsten erwartet. Sein Gesicht war unnatürlich blass, aber trotz der offenbar harten Küchenarbeit sah er um Längen besser aus als das Gesangsduo Bohlen/Anders zusammen, registrierte ich flüchtig. Die leicht gebogene Nase gab seinem Gesicht etwas Verwegenes. Seine Lippen waren nicht zu schmal und nicht zu voll. Trotz seiner etwa zwanzig Jahre wirkte er ziemlich erwachsen. Gegen ihn erschienen die Gnome nun doppelt hässlich und missgestaltet.

Das einzig Merkwürdige war seine Kleidung. Ähnlich wie die Zwerge trug er eine Art Kniebundhose und darüber ein Leinenhemd, dessen ehemals weiße Farbe nun fleckig und vergilbt war. Der zerrissene Saum hing unordentlich über den Hosenbund, die bauschigen Ärmel reichten ihm bis über die Handgelenke. Um den Hals trug er eine Art Tuch, das mehrmals gewickelt und nachlässig geknotet war. Vielleicht hatten ihn die Zwerge gezwungen, ein paar abgetragene Klamotten von ihnen anzuziehen? Andererseits hätten die ihm sicher nicht gepasst, denn er überragte selbst mich um mehr als einen Kopf. Dabei war er sehr schlank, nur unter dem Stoff des Hemdes zeichneten sich muskulöse Oberarme ab. Seine Beine und Füße waren nackt, kein Wunder bei den Tropentemperaturen in der Küche.

Irgendwie erinnerte er mich an ein Porträt auf einem dieser Ölschinken, wie sie in den Museen hängen. Von Rembrandt oder so. Mit meiner knielangen Wanderhose und den Bergstiefeln erinnerte *ich* dagegen wahrscheinlich eher an die Geierwally. Ein paar Sekunden starrten wir uns stumm an.

»Die da wird auch hier arbeiten«, verkündete der eine Zwerg. Er ließ mich los und stieß mich rüde nach vorne.

»Sieh zu, dass sie keinen Unsinn macht, sonst wirst du dafür büßen«, befahl der zweite Gnom. »Und mach keinen Unsinn mit ihr, sonst wirst du dafür ebenfalls büßen«, kicherte der dritte und fügte hinzu: »In drei Tagen wird sie des Königs Frau.«

»Eher friert die Hölle zu!«, gab ich zurück und funkelte die Zwerge wütend an. Doch die lachten nur dreckig und wandten sich zum Gehen. »Diesmal entkommst du unserem Herrscher nicht, Similde«, sagte einer von ihnen noch, dann fiel die morsche Küchentür hinter ihnen zu.

»Ich heiße Emma, verdammt!«, brüllte ich ihnen nach, obwohl ich wusste, dass sie mich nicht mehr hörten und es ihnen auch völlig egal war, wie ich hieß.

»*Enchanté*, Emma. Ich hoffe, die Zwerge haben dir nichts zuleide getan? Mein Name lautet übrigens Jonathan«, sagte der Junge mit einer tiefen, etwas heiseren Stimme, und zu meiner grenzenlosen Verblüffung verbeugte er sich knapp.

Na prima, dachte ich resigniert, nun war ich für kurze Zeit den fiesen Zwergen entkommen – und der einzige Mensch außer mir warf mit französischen Floskeln um sich und machte in der schmuddeligen Zwergenküche einen auf Napoleon. Wahrscheinlich war er hier unten einfach irgendwann durchgeknallt. Was mich nicht wunderte, bei dem dauernden Funzellicht der Pechfackeln, die es unmöglich machten, zwischen Tag und Nacht zu unterscheiden. Und dazu noch die rabiaten Gnome, die so ganz anders waren als in den Märchen beschrieben. Ich hatte mir ja auch nicht ausmalen können, dass es diese Wesen tatsächlich gab, und wenn, hatte ich mir Zwerge immer niedlich und nett vorgestellt. Wie in den Zeichentrickfilmen eben. Die Wirklichkeit sah leider anders aus.

»Den ganzen Schlamassel haben wir nur Walt Disney zu verdanken!«, rief ich in einer plötzlichen Aufwallung von Zorn. Schließlich hat der amerikanische Filmproduzent Millionen von Kindern verblödet, indem er ihnen vorgaukelte, Zwerge würden saubere Kleider und lustige Bärte tragen, Laternen schwenken und putzige Lieder singen.

»Und keiner von ihnen hätte sich erdreistet, Schneewittchen zu heiraten! Die wussten eben noch, was sich gehört!«, fügte ich giftig hinzu.

Jonathan hatte die ganze Zeit geschwiegen. Jetzt musterte

er mich mit einer Mischung aus Neugierde und Skepsis. »Bestimmt bist du sehr aufgewühlt, was Wunder. Stimmt es, was der Zwerg sagte? Sein König will dich heiraten?«, fragte er. Trotz seiner etwas gestelzten Art zu reden schien er echtes Mitgefühl mit mir zu haben. Ich wollte ihm eine möglichst coole Antwort geben, aber stattdessen brach ich in Tränen aus. Ich weinte meine ganze ausgestandene Angst und mein Heimweh nach Caro heraus. Was hätte ich darum gegeben, wenn ich in ihrem Zimmer wäre und wir, wie so oft, zusammen auf dem Bett hocken, Tee trinken und einfach stundenlang quatschen könnten. Die Aussicht, sie vielleicht nie wiederzusehen, zerriss mir beinahe das Herz. Dazu überflutete mich die Panik, weil ich in wenigen Tagen dem ekelhaften Zwergenkönig gehören sollte. Ein regelrechter Tränensturzbach rann mir aus den Augen.

Auf einmal wurde mir ein sauberes, weißes Stoffstück vors Gesicht gehalten. Ich griff danach und sog schluchzend den Atem ein. Ein zarter Blumenduft drang in meine Nase. Das hätte ich inmitten der stinkenden Zwergenbehausung und der Küche, die nach einer Mischung aus verkokeltem Braten und Holzfeuer roch, nicht erwartet. Vor Überraschung vergaß ich sogar zu weinen und vergrub meine Nase tief in dem duftenden Tüchlein. »Rosenwasser«, hörte ich Jonathan sagen. Mit verheulten Augen blickte ich auf. Obwohl er respektvoll Abstand zu mir hielt, lächelte er leicht.

»Laurins Rosen haben einen sehr starken Duft. Manchmal gelingt es mir, eine der Zwergenfrauen dazu zu bewegen, mir ein paar abgefallene Blätter mitzubringen. Man muss sie nur mit siedendem Wasser übergießen und den Sud ein paar Stunden ziehen lassen. Es ist das Einzige, was gegen den Odeur der Zwerge etwas auszurichten vermag«, erklärte er und sah mich mit hochgezogener Augenbraue vielsagend an.

Obwohl ich mich immer noch elend fühlte, musste ich

nun doch etwas grinsen. »Am besten sammelst du den gesamten Rosenwasserbestand in dem großen Kessel da und kippst ihn in einem günstigen Augenblick über den ganzen Haufen dieser miefenden Kerle«, erwiderte ich kläglich.

Jonathan seufzte. »Nichts lieber als das, aber die Zwerge hassen Wasser, und ihre Rache wäre fürchterlich, glaube mir.«

Unwillkürlich dachte ich an die Hinrichtung vorhin. Offenbar hatte aber auch Jonathan schon mit ihrer Brutalität Bekanntschaft gemacht. »Seit wann bist du denn hier unten?«, fragte ich neugierig. Wenn ich mit ihm in der Küche arbeiten sollte, konnte ich ihn genauso gut ein bisschen besser kennenlernen. Bei meiner Frage glitt ein Schatten über sein Gesicht, und eine düstere Wolke schien das klare Blau seiner Augen – erst jetzt fiel mir auf, *wie* blau sie waren – zu verdunkeln. »Es kommt mir vor, als seien Jahre vergangen, seit die Zwerge mich in ihr Reich brachten, doch das kann nicht sein«, sagte Jonathan düster. »Ich habe zuerst versucht, für jeden Tag eine Kerbe in die Wand zu ritzen, doch da man hier unten nie die Sonne oder den Mond sieht, verlor ich jegliches Gefühl für die Zeit.« Er brach ab und sah betrübt zur Decke des niedrigen Raumes.

Ich ahnte, was er dachte. Die Oberwelt lag viele Meter, vielleicht Kilometer entfernt über unseren Köpfen. Auf einmal schien ihm ein Gedanke zu kommen, denn er blickte mich an und fragte gespannt: »Aber du kamst erst vor wenigen Stunden. Welches Datum zählen wir?«

»Den 24. Juli '87«, gab ich zur Antwort. Jonathan blickte mich erstaunt an.

»Ich kam im Monat Juno hier herunter. Dann sind es nur etwa dreiundzwanzig Tage, seit ich Laurins Gefangener wurde«, rief er. »Wie merkwürdig.«

Ich zuckte mit den Schultern. »Na ja, sie lassen dich hier am laufenden Band in der Küche ackern. Da ist es kein Wunder, wenn du das Gefühl hast, seit einer Ewigkeit hier zu sein. Hast du denn nie versucht, die Biege zu machen?«, fragte ich. Jonathan sah mich verständnislos an. »Na, abhauen ... also, die Flucht ergreifen«, verdeutlichte ich und fragte mich langsam, ob Jonathan hier unten versehentlich an getrocknete Magic Mushrooms geraten war oder ob es sich bei dem Spruch »schön, aber dumm« vielleicht doch um kein bloßes Vorurteil handelte.

»Oh, das meinst du. Natürlich habe ich es versucht«, erwiderte er. Ich sah ihn abwartend an. Er zuckte mit den Schultern. »Kurz nach meiner Gefangennahme habe ich mich im großen Felsensaal in einer Nische verborgen. Ich hatte vor, mich zum Ausgang zu schleichen, sobald die Zwerge sich zerstreut hatten, um tief im Berginneren nach Erzen und Edelsteinen zu schürfen. Damit verbringen sie oft ihre Tage«, erklärte Jonathan.

»Und?«, bohrte ich, weil er nicht weitersprach. Einen Moment lang sah er mich schweigend an, dann schob er den Ärmel seines Hemdes hoch. Vor Schreck sog ich heftig die Luft ein. Auf seinem rechten Unterarm prangte ein hellrotes Mal. Es sah noch ganz frisch aus, blutete aber nicht. »Was ist das?«, flüsterte ich erstickt.

»Ein Souvenir vom König höchstpersönlich. Mit einem glühenden Eisen in die Haut gestanzt, damit ich ja nicht vergäße, wie er mit Deserteuren verfährt«, erläuterte Jonathan in betont gleichgültigem Ton.

Aber ich sah in seinen Augen die Erinnerung an den Schmerz. Eine unbändige Wut auf Laurin und seine gemeine Zwergenmeute überkam mich. Anscheinend merkte Jonathan, wie es in mir brodelte, denn er schüttelte den Kopf. »Versuche nicht dasselbe wie ich, Emma. Die Zwerge sind unmenschlich stark, und ihr König ist der grausamste von allen«, warnte er.

»Aber … ich muss hier weg!«, rief ich panisch. »In ein paar Tagen bin ich sonst Laurins Eigentum, hast du vorhin nicht zugehört?« Doch Jonathan sah mich nur schweigend an. Seine Miene war mitleidig, aber er sagte oder tat nichts, um mich zu unterstützen.

»Du hast Schiss«, warf ich ihm verächtlich an den Kopf. »Du bist zu feige, es noch mal zu versuchen, stimmt's?«

Wieder schwieg er längere Zeit, ehe er nur sagte: »Ich begreife sehr wohl, dass du einer Heirat entkommen willst, Emma. Vielleicht besser, als du denkst …« Er unterbrach sich, dann fuhr er hart fort: »Jedoch bist du naiv, wenn du glaubst, dass es dir gelingt. Laurin wird rasen vor Zorn, wenn er hinter deine Pläne kommt oder dich gar bei einem Fluchtversuch stellt!«

Ich schnaubte. »Dann darf er eben nicht dahinterkommen, Mann!«, meinte ich und verdrehte die Augen. Glaubte Jonathan, ich wäre noch mal so dämlich, vor aller Zwergenaugen einen Blitzstart quer durch die Felsenhöhle zu machen?

Er blickte mich an, und ich glaubte, einen Anflug von Traurigkeit in seinem Gesicht zu sehen. »Das kleine Volk ist stets wachsam. Sie schlafen nie alle zur selben Zeit. Vor allem jetzt wird Laurin mit Argusaugen darüber wachen, dass ihm seine Braut nicht entkommt. Nicht noch einmal«, murmelte er.

Ich stutzte. »Kennst du die Legende von der schönen Similde?«

Jonathan lachte leise. »Wer kennt sie nicht. Und so, wie sie in der Mär beschrieben wurde, gleichst du ihr wahrhaftig«, sagte er und musterte mich eingehend.

Prompt wurde ich verlegen. Ich hatte schon einige Male gehört, dass ich hübsch war. Eine Tante meiner ehemaligen Pflegemutter hatte einmal gesagt, ich würde später »eine richtige Schönheit« werden. Worauf meine Pflegemutter die Lippen zusammenkniff und meckerte, dass man mir keinen Floh ins Ohr setzen sollte. Auch Caro hatte schon oft neidlos hingerissen festgestellt, dass ich »echt toll« aussah, und natürlich hatte ich auch die Blicke der Jungs in der Uni, auf Feten und auf der Straße registriert, die mir folgten. Ich selbst fand mich mit meiner fast durchsichtigen Haut immer zu blass und zu sommersprossig – das Schicksal der Rothaarigen. Im Sommer war ich im Freibad die Schattenpflanze, die in jeder Bikinifarbe aussah wie ein Stück Quark.

»Du bist bescheuert, Emmi! Was würde ich darum geben, wenn ich deine roten Haare und diese graugrünen Augen hätte! Mit ein bisschen mehr Make-up und einem Hauch Lippenstift könntest du echt jede Hollywood-Diva ausstechen. Ach ja, und ein Rock statt der ewigen Jeans würde auch helfen«, hatte Caro oft geseufzt und mich ständig zu überreden versucht, »doch etwas mehr aus meinem Typ zu machen«.

Ich hatte jedes Mal genervt abgewinkt und argumentiert, dass ich mit Stöckelschuhen und Minirock wohl kaum mein Sport-Studium bestünde. Geschweige denn stundenlang vor einer Klasse herumstehen könnte. In Wirklichkeit aber mochte ich es, in bequemen Turnschuhen herumzulaufen und mich nicht in aller Frühe schon eine Stunde lang im Badezimmer mit Make-up und Lippenstift befassen zu müssen. Und mein erster fester Freund Mattis, den ich kurz vor dem Abi kennengelernt hatte, liebte mich auch ohne Schminke. Leider liebte er ein Jahr später Kitty aus dem Englischkurs noch ein bisschen mehr. Die ging zweimal die Woche ins Solarium, trug Make-up wie Tapetenkleister, und wo ihr Lippenstift bei Mattis überall kleben blieb, wollte ich mir gar nicht ausmalen. Ich vergoss ein paar Tränen, ließ mich von Caro mit Schokolade füttern – Vollmilch-Nuss, meine Lieblingssorte –, und nach einer Woche konnte ich schon wieder lachen. Seufzend musste ich mir danach eingestehen, dass Mattis offenbar nicht die große Liebe gewesen war.

Die nächste Beziehung ging ich an der Uni ein, nachdem Tom drei Wochen am Stück gebaggert hatte. Mit Briefchen am Fahrradlenker, in denen er mich um ein Date bat, und mit einer selbst aufgenommenen Kassette voller Romantiksongs. Angefangen bei Cindy Laupers »Time After Time« über »One More Night« von Phil Collins bis hin zu Spandau Ballets »Through The Barricades«. Zuletzt folgte die Einladung in eine Nobel-Pizzeria, die er sich als Student im vierten Semester eigentlich nicht leisten konnte. Leider war die Pizza das Beste an der ganzen Beziehung. Fünf Monate nachdem wir endlich ein Paar geworden waren, scheiterten wir auch schon wieder. Tom hatte vor, ins Unternehmen seines Vaters einzusteigen, nebenbei zu promovieren und am besten auch gleich zu heiraten. Ich wusste noch nicht mal, ob ich meinen Uni-Abschluss machen würde, ich wollte in der Welt herumreisen, ein Café eröffnen und ans Heiraten frühestens mit dreißig denken. Zwar drängte mich Tom, meinen Traum vom Kochen zu verwirklichen – jedoch am besten bekleidet mit einer Schürze an *seinem* künftigen Herd, in *seinem* zukünftigen Haus. Den Tiefpunkt erreichten wir, nachdem ich Tom beim Training im Hundertmeterlauf geschlagen und gewitzelt hatte, ich hätte vielleicht doch auf meine beste Freundin hören und einmal im Leben hohe Schuhe anziehen sollen.

Caro hatte schon einige Tafeln Nuss-Schokolade auf Vorrat besorgt. Danach hatte ich mir geschworen, mich erst nach dem Studium das nächste Mal zu verlieben. Ich wollte einen richtig guten Typen. Sanft und stark, gutaussehend, aber nicht eingebildet. Selbstsicher, aber nicht arrogant.

Und jetzt? Drohte die Zwangsehe mit einem Zwerg, der mir gerade bis über den Bauchnabel reichte, zum Davonlaufen aussah und roch wie ein Zwiebelmettbrötchen, das ein Teilnehmer der Tour de France zudem noch zwei Stunden lang unter den Arm geklemmt mit sich herumgetragen hatte.

Nein, dachte ich erneut, diese Hochzeit durfte definitiv nicht stattfinden.

Mit aller Kraft verdrängte ich die Gedanken, die sich immer wieder in meinen Kopf schleichen wollten. Doch ständig tauchten Bilder einer Hochzeitsnacht mit diesem abgrundtief verabscheuungswürdigen Wesen vor meinem inneren Auge auf und drohten, mich in blinde Panik zu stürzen. Allein bei dem Gedanken an diese grobschlächtigen, schmutzigen Hände wäre ich am liebsten losgerannt und hätte nicht eher angehalten, bis ich die österreichische Grenze hinter mir gelassen und die Stadt erreicht hätte, in der sich mein Internatszimmer mit Caro darin befand.

Ich schlug die Hände vors Gesicht. Ich wollte nicht als Laurins Sklavin enden, ich wollte mein altes Leben wiederhaben!

»Hör zu, es muss doch irgendeine Möglichkeit geben, hier wegzukommen! Wie wäre es durch diesen Schornstein da?«, fragte ich und wies auf den Schacht über dem Herd. Offenbar diente er dazu, den Qualm und Dampf vom Herd nach oben zu leiten. Folglich musste er ja ins Freie führen. Jonathan senkte den Kopf und biss sich auf die Lippen. »Als hätte ich nicht schon alles versucht«, sagte er mit gepresster Stimme. »Aber der Rauchfang ist viel zu schmal. Und würden die Zwerge feststellen, dass wir dort hineingeklettert sind, um zu fliehen, sie würden ohne Zögern ein mächtiges Feuer im Herd entfachen und uns ausräuchern, glaube mir!«

Verzagt huschte mein Blick durch die düstere Steinkammer. Nirgendwo war ein Spalt im Fels, es gab nur die Tür, und ohne es auszuprobieren wusste ich, dass davor mindestens zwei Wächter standen. »Und die Höhle, in der du schläfst, was ist damit?«, fragte ich hoffnungsvoll. Jonathan lachte bitter auf. »Mein *Schlafgemach* ist hier«, sagte er und wies auf die Weidenkörbe, hinter denen der Zwerg ihn vorhin hervorgejagt hatte. Ich starrte ihn entgeistert an. Die Zwerge hielten ihn ja schlimmer als einen räudigen Hofhund!

Scheinbar konnte man mir meine Gedanken von der Stirn ablesen, denn Jonathan blickte mich ernst an. »Ich bin froh, dass ich noch lebe, Emma. Eigentlich wollten die Zwerge mich töten, als sie mich in Laurins Rosengarten entdeckten.«

»Und dir vorher noch die linke Hand und den rechten Fuß abhacken – oder war es bei dir umgekehrt?«, ätzte ich und dachte an das irre Lachen, mit dem eine der Missgeburten diese Drohung mir gegenüber ausgesprochen hatte.

»Woher weißt du das?«, fragte Jonathan verblüfft, ehe er begriff. »Dann hat Laurin dich gar nicht aus der Menschenwelt entführt, sondern du bist in seinen Garten eingedrungen!«

Ich funkelte ihn an. »Was heißt hier ›eingedrungen‹? Ich bin nun wirklich nicht freiwillig im Gebirge geblieben!« Auf seinen fragenden Blick hin erzählte ich ihm wohl oder übel die ganze Geschichte, allerdings in Kurzform. Angefangen bei dem Ring, den ich gefunden und den Udo mir weggenommen hatte, bis zu dem Zeitpunkt, an dem ich mich hoffnungslos in den Bergen verirrt und plötzlich das Leuchten der Rosen wahrgenommen hatte.

»Ich wollte mir den Garten nur mal ansehen, aber dann bin ich über diese blöde goldene Schnur gestolpert. Ich hatte nicht mal Zeit nachzudenken, da war ich schon umzingelt«, rechtfertigte ich mich. Und setzte hinzu: »Bei dir wird es ja wohl ähnlich gewesen sein!«

Jonathan schüttelte langsam den Kopf. »Nein, ich habe die Goldschnur zerrissen, als ich aus dem Rosengarten *hinaus* wollte.« Ich blickte ihn verständnislos an. Er seufzte, dann aber berichtete etwas widerwillig: »Ich hatte vor, über die Berge nach Italien zu gehen. Jedoch hatte ich mich an jenem Tag verlaufen, und so wurde es dunkel, ehe ich an mein Etappenziel gelangen konnte. Ich war gezwungen, mir eine windgeschützte Stelle für mein Nachtlager zu suchen. Und als ich bei Sonnenaufgang erwachte, lag ich inmitten eines prächtigen Rosengartens. Doch ich wusste um die Sage vom Zwergenkönig Laurin und dass er jeden grausam strafte, der seinen Garten zu betreten wagte. Also wollte ich fliehen, sah aber die Goldfäden nicht.«

Ich konnte mir vorstellen, wie es dann weitergegangen war. »Die Zwerge schleiften mich zu ihrem König. Zu meinem Glück hatte er an diesem Tag famose Laune, und außerdem wünschte er sich einen Koch. Also bestimmte Laurin mich für diese Aufgabe, und ich fügte mich in dieses Schicksal. Was hätte ich auch tun sollen? Alles andere hätte den sicheren Tod bedeutet«, beendete Jonathan seinen Bericht.

Unwillkürlich hatte ich erneut den Kopf des Zwerges, der in die Ecke rollte, vor Augen. Daher nickte ich und überlegte, ob Jonathan wohl einer dieser Extrem-Bergsteiger war, die immer alleine loszogen und für die eine Alpenüberquerung in zwei Tagen zu ihren leichtesten Übungen zählte. Etwas in seiner Miene hielt mich aber davon ab, ihn nach dem Grund für seine Bergtour zu fragen.

Wenigstens schien er kochen zu können. In meinem Alter kannte ich sonst keinen Jungen, der sich freiwillig in eine Küche gestellt hätte, außer um dort eine Bierflasche mit den Zähnen zu öffnen. Ende der Achtzigerjahre hatten Alice Schwarzers Emanzipationsbemühungen zumindest in dieser Hinsicht völlig versagt. Udo von Hassell zum Beispiel würde garantiert selbst einen Topf Wasser anbrennen lassen.

Als ich Jonathan nach seinen Künsten am Herd fragte, verzog er das Gesicht. »Für das, was die Zwerge unter lukullischen Genüssen verstehen, mag es genügen«, sagte er, und ich wusste nicht, ob seine hochgestochene Ausdrucksweise diesmal Spaß oder Ernst war. Ich kam nicht mehr dazu, ihn zu fragen, denn die Tür zur Küche flog auf, und drei Zwerge stürmten herein.

»Heda, Faulpelz! Laurins Volk hat Hunger!«, schrie der eine.

Ich dachte flüchtig an den reichlich gedeckte Tafel, die ich eben noch gesehen hatte, aber bevor ich fragen konnte, ob die Gnome etwa all die gebratenen Tiere wie eine Boa Constrictor im Ganzen verschlangen, schnappte sich der hässlichste Zwerg eine der Hennen, die das Pech hatte, in diesem Moment nichtsahnend durch die offene Tür in die Küche zu spazieren. Seine rechte Klaue um den Hals des Tieres gekrallt, rupfte er ihm mit der linken beiläufig mehrere Federn aus, während er Jonathan befahl: »Ein neues Fass Met ist geöffnet, also sieh zu, dass du uns etwas Herzhaftes dazu auftischst!«

Mit einer kurzen Bewegung drehte er dem Huhn den Hals um und warf es Jonathan vor die Füße. Weil der eine Sekunde zu lange zögerte, versetzte ihm der Zwerg einen derben Schlag vor die Brust, der Jonathan taumeln ließ.

»Das Wildschwein war zäh. Noch einmal so ein Fraß, und ich werde dich Mores lehren«, übertönte ihn sein Kumpel und versuchte, dem jungen Mann eine Ohrfeige zu verpassen. Diesmal war Jonathan jedoch vorbereitet und wich mit einer eleganten, fast tänzerisch anmutenden Bewegung aus. Mit einem wütenden Aufheulen holte der Zwerg zu einem Fußtritt aus, der jedoch ins Leere ging, weil Jonathan leichtfüßig zur Seite sprang. Diese Wendigkeit schien den Ersten erst recht aufzustacheln, und weil Jonathan eine Sekunde nicht aufpasste, landete die knöcherne Gnomenfaust mit einem kurzen, aber unerbittlichen Aufwärtshaken in seinem Magen. Jonathan klappte zusammen und rang nach Luft. Gleich darauf traf ihn ein weiterer Faustschlag am Jochbein.

Das reichte. Beim Hereinkommen vorhin hatte ich links von der Tür ein großes Holzfass voller Wasser erspäht, das wahrscheinlich zum Kochen sowie für den Abwasch diente. Eine hölzerne Kelle baumelte am Rand. Mit einem Sprung war ich bei dem Fass und tauchte den Schöpfer ein. Hatte ich nicht vorhin erst gehört, wie sehr die Zwerge Wasser hassten? Gerade als der Wortführer zu einem Tritt in Richtung Jonathans Schienbein ausholte, schwang ich die Kelle. Ein Schwall Wasser ergoss sich nicht nur über den ersten Zwerg, sondern erwischte auch seinen kleinen Freund, der die Backpfeife austeilen wollte. Beide jaulten auf. Das nenne ich zwei Zwerge mit einer Klappe geschlagen, dachte ich zufrieden. Ein paar Spritzer hatten auch den Dritten im Bunde erwischt. »Wieso, ich habe doch überhaupt nichts getan«, kreischte der empört und klang, als hätte ich ihn statt mit den paar Wassertropfen mit Säure übergossen.

Ich ignorierte das Geschrei und tunkte die Kelle erneut ein. »Ihr kriegt euer Essen. Aber wenn ihr einen von uns noch einmal anrührt, werde ich Laurin erzählen, was ihr oder eure kleinen Freunde mir an der Oberwelt angedroht haben. Es wird eurem König gar nicht gefallen, was ihr seiner Braut antun wolltet ...«

Die Zwerge wurden sichtlich unruhig und tauschten nervöse Blicke. Dann hob der eine besänftigend die Hände und entfernte sich zwei Schritte von Jonathan. Ich interpretierte das als Kapitulation, setzte aber vorsichtshalber noch eins drauf: »Ihr seid gewarnt! Und jetzt verzieht euch, sonst ...« Drohend hob ich den tropfenden Schöpflöffel.

Das kleinwüchsige Trio trat hastig den Rückzug an, nicht ohne noch die Fäuste gegen mich zu schütteln, aber ich musste die Kelle nur kurz in ihre Richtung schwenken, und schon knallte die Tür von außen zu.

Ich warf den Schöpfer achtlos beiseite und drehte mich zu Jonathan um. »Alles in Ordnung?«, fragte ich besorgt.

Er nickte und versuchte ein Lächeln, das ihm jedoch

gründlich misslang. »Sind die immer so drauf?«, wollte ich wissen.

Da er mich verständnislos ansah, wiederholte ich: »Ob die Zwerge dich schon öfter verprügelt haben, meine ich?« Jonathan winkte ab. Für mich war das Antwort genug. Eine dumpfe Resignation drohte mich zu überwältigen, und ich überlegte kurz, mich einfach auf dem Boden zusammenzurollen und zu hoffen, ich würde vor der Hochzeit sterben. Da glaubte ich Caros Stimme nah an meinem Ohr zu hören: »Gib nicht auf, Emmi! Kämpfe um deine Freiheit, und schlage die Zwerge mit Köpfchen!«

Hastig blickte ich mich um, aber natürlich war weit und breit keine Caro zu sehen, nur Jonathan und ich befanden uns in der Küche, tief in den Eingeweiden des steinernen Berges. Er versuchte, sich hochzustemmen, sank jedoch mit einem Stöhnen zurück und hielt sich die Hände vor den Solarplexus, wo ihn die Zwergenfaust getroffen hatte. Seine Wange war gerötet. Bestimmt trug er den einen oder anderen blauen Fleck davon. Ich wollte ihm auf die Beine helfen, doch er schüttelte mit einem verzerrten Lächeln den Kopf. »Bitte gönne mir noch einen Augenblick«, ächzte er, und ich konnte seiner Stimme anhören, welche Schmerzen er haben musste. Ich hätte ihn gerne getröstet, so wie er mich vorhin, aber ich wusste nicht recht, wie, wir kannten uns ja gar nicht. Also setzte ich mich still neben ihn. Das hatte Caro auch manchmal gemacht, wenn es mir aus irgendeinem Grund einfach nur dreckig ging. In Erinnerung an meine beste Freundin begann ich leise, ein Lied zu summen, das sie mir oft vorgesungen hatte.

Au clair de la lune, mon ami Pierrot
Prête-moi ta plume, pour écrire un mot …

Als ich zur Seite blickte, musterte Jonathan mich mit einem Gesichtsausdruck, den ich nicht deuten konnte. Ich verstummte verlegen. »Es ist wunderschön«, sagte er leise. »Was ist das für ein Lied?«

»Ach, ein altes, französisches Volkslied. Das hat meine beste Freundin mir immer vorgesungen, wenn ich Katzenjammer hatte.«

»Warum hat nicht deine Mutter für dich gesungen?«, wollte Jonathan wissen.

»Sie ist tot«, sagte ich kurz angebunden. »Schon lange.«

Jonathan nickte nur schweigend, dann zog er sich an der Einfassung des steinernen Herdes hoch. Langsam richtete er sich auf und atmete tief durch. Offenbar ging es ihm wieder besser. Schweigend machte er sich daran, das tote Huhn auszunehmen. Ich wollte lieber nicht hinsehen, daher blieb ich sitzen und kam mir plötzlich überflüssig vor. Eine merkwürdige Verlegenheit hatte sich zwischen uns breitgemacht, und ich wusste nicht, was ich tun sollte, um das Schweigen zwischen uns zu brechen. Wir kannten uns ert kurz, und ich wurde aus Jonathan nicht recht schlau. Einerseits wirkte er verschlossen und manchmal abweisend, dann wieder konnte er sehr nett sein. Vielleicht sollte ich mich von ihm fernhalten und einen Fluchtplan entwickeln. Alleine. Trotzdem widerstrebte mir der Gedanke, ihn hier zurückzulassen. Ich dachte an sein Lächeln, mit dem er mir das Rosenwasser-Tuch überreicht hatte ... Energisch schüttelte ich den Kopf, um die wirren Gedanken loszuwerden. Ich hatte wirklich andere Probleme.

Nachdem er mit dem Huhn fertig war, wuchtete Jonathan den großen Kessel vom Herd und füllte ihn mit Wasser aus dem Fass. Dann warf er achtlos das gerupfte Huhn hinein. Offenbar wollte er Brühe herstellen. Als er aber den Kessel wieder übers Feuer hängen wollte, hatte ich einen Geistesblitz und rief: »Stopp, da fehlen doch noch ganz viele Zutaten!«

Überrascht setzte er den schweren Eisentopf ab. »Ich bereite das Mahl stets auf diese Weise zu!«, rechtfertigte er sich. Zwar hätte ich den fiesen Zwergen da draußen auch am liebsten die Suppe im wahrsten Sinn des Wortes versalzen, aber je schmackhafter das Essen, desto mehr würde vielleicht der Met fließen und desto redseliger würden vielleicht die Zwerge werden. Und das könnte zu unserem Vorteil sein …

Eins nach dem anderen, befahl ich mir selbst und konzentrierte mich wieder auf Jonathan. »Gibt es hier kein Gemüse oder so?«, fragte ich streng. Er hob resigniert die Schultern. »Ab und zu schleppen sie ein paar Rüben und ähnliche Dinge an. Aber ich weiß damit nicht viel anzufangen. Das Essen zu Hause hat immer unsere Köchin zubereitet.«

Aha, dachte ich, also ist er so ein verwöhntes Bürschchen aus reichem Haus. Wie Udo von Hassell. Meine Sympathie für Jonathan ließ etwas nach, und ich raunzte nur knapp: »Wo?« Schweigend führte er mich an die rechte Seite der Küche. Dort war ein Loch von etwa einem Meter Durchmesser in die Wand gehauen und ging gerade so tief in den Fels hinein, wie mein ausgestreckter Arm reichte. In seinem Inneren war es im Gegensatz zu der dampfig-heißen Küche angenehm kühl und feucht. Im trüben Licht der Talglampen sah ich auf dem Boden einen Haufen verschrumpelte Möhren, ein Dutzend Kartoffeln und einige welke Lauchstangen liegen.

»Na also!«, rief ich zufrieden und nahm das erdverkrustete Gemüse aus seinem Versteck. Wahrscheinlich zogen die Gnome ab und zu los und klauten die Sachen aus den Gärten der wenigen Bergbauernhöfe auf dem Weg ins Tal. Jonathan musterte mich kritisch. »Du willst diesen Kreaturen tatsächlich etwas Gutes vorsetzen?«, fragte er.

»Das gehört zu meinem Plan«, meinte ich nur und drückte ihm energisch die Mohrrüben in die Hand.

Nur wenig später stieg aus dem Kessel ein köstlicher Duft auf. Jonathan hatte mir, zwar widerwillig, aber wenigstens ohne weiteren Protest, auch noch ein Bündel vertrocknete Kräuter gezeigt, die von den Zwergen anscheinend gesammelt und in eine Ecke der Küche geworfen worden waren. Neben ein paar Blättern welkem Salbei fanden sich noch ein wenig wilder Majoran und etwas Liebstöckel. In meiner Ehre als Hobby-Köchin angestachelt, hatte ich aus den Zutaten eine aromatische Hühnersuppe gezaubert.

Den vier Zwergen, die nach einiger Zeit in die Küche marschierten, um den Kessel in den Speisesaal zu tragen, fielen fast die Augen aus dem Kopf. Ihre unförmigen Kartoffelnasen bebten, als sie gierig den Duft der Brühe erschnüffelten. »Bringt das eurem König«, befahl ich möglichst autoritär, und statt mich zu treten oder Jonathan erneut zu ohrfeigen, packte das Quartett folgsam den Suppenkessel und schleppte ihn hinaus.

Ich wartete einige Minuten, dann spähte ich vorsichtig durch den Spalt der Tür zum großen Festsaal. An seinem anderen Ende befand sich der Gang, der in die Oberwelt führte – die einzige Fluchtmöglichkeit. Ich hoffte, den Saal ungesehen durchqueren und fliehen zu können, während die Zwerge mit ihrem Essen beschäftigt waren. Doch Laurin hatte sowohl neben der Küchentür als auch am anderen Ende des Raumes, wo der Gang begann, Wachen aufgestellt.

Die übrigen Zwerge hingen über dem Kessel und schaufelten sich gierig mit silbernen Löffeln die Suppe direkt aus dem Topf in den Mund, neidisch beäugt von den Wächtern. Nur Laurin hielt eine große, goldene Schale in Händen und hockte auf seinem Thron. Er hatte keinen Blick für seine Untertanen, denn sein Gesicht war fast vollständig in dem Gefäß verschwunden. Ein lautes Schmatzen besagte, dass auch er Gefallen an meinem Essen fand. Nachdem er die Schüssel sogar noch ausgeleckt hatte, wobei ich beim Anblick seiner langen, fleischig-violetten Zunge vor Grauen eine Gänsehaut bekam, warf er achtlos ein paar Hühnerknochen aus der Schale hinter sich, dann schlug er mit der Faust auf die Armlehne seines knöchernen Throns. Einige kleine Gebeine splitterten dabei ab und flogen durch die Gegend.

»Ein vorzügliches Essen verlangt nach mehr Met! Öffnet ein weiteres Fass«, befahl er. Lauter Jubel seiner Untertanen ertönte, und zwei Zwerge rollten eilends ein riesiges Holzfass herbei. Einer schlug mühelos eine Art primitiven Zapfhahn ein, und schon drängten sich alle darum, dem König den ersten Becher zu reichen. Er trank seinen Untertanen zu, die sich nun auch ihre Krüge füllten – sogar die Wachen. Schnell war ein regelrechtes Gelage im Gang.

Zufrieden zog ich mich wieder in die Küche zurück. »Nicht mehr lange, und die sind total blau«, erstattete ich Jonathan Bericht. »Dann versuchen wir, einen der Zwerge in die Küche zu locken. Betrunkene sind redselig, und wir erfahren vielleicht, ob es eine Art Geheimgang an die Oberfläche gibt. Oder wir haben Glück, und alle sind irgendwann so dicht, dass sie einschlafen und überhaupt nicht merken, wenn wir uns an ihnen vorbeischleichen.«

Ich war geradezu euphorisch. Meine Flucht schien in greifbare Nähe gerückt zu sein.

Jonathan allerdings sah nicht so aus, als ob er sich freute. »Was ist?«, fragte ich gereizt. Ich riss mir hier schier ein Bein aus, damit wir abhauen konnten, und alles, was er tat, war, einen Gesichtsausdruck Marke Klugscheißer aufzusetzen? »Dein Plan in Ehren, Emma«, fing er an. »Jedoch solltest du die Zwerge nicht unterschätzen. Sie können mehrere Fässer vom Met trinken, ohne auch nur zu schwanken. Sie werden lustig, auf ihre Art – oh ja. Aber sie verlieren niemals das Bewusstsein.« Ich wollte das nicht glauben. Irgendwann haute der Alkohol auch den stärksten Gnom vom Thron. Sie mussten einfach nur genug davon zu sich nehmen.

Gerade als ich grübelte, wie das zu bewerkstelligen war, flog die Tür zur Küche auf. Einer von Laurins Spießgesellen stand schwankend in der Tür. »Der König will dich sehen«, forderte er leicht lallend.

Jetzt oder nie, dachte ich. »Hat die Suppe geschmeckt?«, flötete ich möglichst freundlich. Der Zwerg stutzte einen Augenblick, dann nickte er begeistert. »Nun, ich würde für euch weitere köstliche Gerichte zubereiten«, schmeichelte ich.

Seine Augen leuchteten hungrig auf, daher fuhr ich schnell fort. »Aber dazu brauche ich allerlei Gemüse und Kräuter. Ich will gerne mit Jonathan ein paar schmackhafte Zutaten in der Oberwelt sammeln ... Wenn du uns den Weg dorthin zeigst!« Der Zwerg runzelte die Stirn und kratzte sich mit seinem langen gelben Zeigefingernagel hinter dem schmutzigen Ohr. Ich wollte lieber nicht so genau hinsehen. Nach einigen Sekunden nachdenklichen Schweigens öffnete er den Mund. »Gibt keinen Weg, außer durch die Felsenhalle«, nuschelte er.

Ich starrte ihn an. »Aber ... das kann doch nicht sein!«, rief ich. Mein ganzes Vorhaben schien sich in Luft aufzulösen.

Der Zwerg nickte ein paar Mal nachdrücklich mit dem Kopf. »Nur durch die Felsenhalle«, wiederholte er. »Aber da kommt ihr so oder so nicht raus. Der König hat befohlen, dass kein Menschling sein Reich je wieder verlassen darf.« Mit diesen Worten packte er mich unvermittelt an meinen langen Haaren und zerrte mich durch die Tür in den Felsensaal, wo Laurin wartete.

Bis ich vor dem Thron stand, war ich beinahe bewusstlos vor Schmerz und Ekel. Der Gestank, der von dem Zwerg ausging, hatte mir fast den Atem geraubt. Nun rang ich nach Luft, was ich aber gleich bereute, denn Laurins Körperausdünstungen waren mindestens genauso übel. Würgend presste ich mir die Hand vor Mund und Nase, doch der Herrscher schien diese Geste als Schüchternheit zu interpretieren, denn er lächelte gütig von seinem Sitz aus bleichen Gebeinen auf mich herab.

»Holde Similde, die uns ein solch frugales Mahl bescherte«, hub er an, und ich verdrehte die Augen. Ich hatte mich ja daran gewöhnt, ständig mit falschem Namen angeredet zu werden, aber konnte er sich nicht wenigstens halbwegs normal ausdrücken? Doch da fuhr er fort: »Nun singe sie für uns!«

»Äh, wie bitte?«, stotterte ich überrumpelt.

»Singe sie!«, wiederholte der Zwergenherrscher, und seine Stimme bekam einen leicht ungeduldigen Beiklang.

Nein, dachte ich, niemals. Ich hatte für Jonathan gesungen, zum Trost. In Erinnerung an Caro. Für die gemeinen Zwerge und ihren stinkenden, ekelhaften König würde ich keine Note anstimmen, schon gar nicht auf Befehl.

»Nix da«, sagte ich entschieden, und über Laurins entstelltes Gesicht huschte ein Ausdruck von Verwirrung.

»Aber liebste Similde, ich vernahm ehedem deine wohltönende Stimme«, beharrte er, und seine Augen verengten sich tückisch. Trotz seines entstellten Gesichts war ihm anzusehen, dass er kein Nein dulden würde, und ich hatte noch gut in Erinnerung, wie mir einer seiner Zwergenschergen den Arm verdreht hatte. Es war also besser, die Gesellschaft bei Laune zu halten. Fieberhaft überlegte ich, was ich singen sollte. Ich konnte ein paar Kinderlieder, aber das dürfte wohl kaum das Richtige sein. Etwas von Madonna? »La Isla Bonita« vielleicht? Die Zeile, in der Madonna sang, sie wolle auf der Insel und nirgendwo anders sein, wäre für Laurin ein kleiner Wink mit dem Zaunpfahl gewesen. Leider konnte ich nichts weiter als diesen kurzen Text auswendig. Meine Stimmlage entsprach am ehesten dem Neue-Deutsche-Welle-Hit »Gib

Gas, ich will Spaß« von Markus. Aber ich bezweifelte, dass die Zwerge den Witz des Songs verstehen würden.

Ich war schon drauf und dran, doch zu streiken, als mir plötzlich eine Idee kam, wie ich Laurins Befehl für meinen Fluchtplan nutzen könnte. Ich würde das Zwergenpack tatsächlich zum Weitertrinken animieren, notfalls so lange, bis eine Alkoholvergiftung drohte. Jonathan irrte sich bestimmt, irgendwann mussten die Promille im Met selbst den stärksten Zwerg fällen. Und wer war für einen Partysong besser geeignet als »Eisgekühlter Bommerlunder« von den Toten Hosen? Allerdings beschloss ich, den Text Zwergen-affin leicht abzuändern.

»Also gut«, sagte ich entschieden zu Laurin. »Aber es ist ein Trinklied. Und ihr alle müsst mitmachen«, rief ich in die versammelte Runde. Die Gnome grinsten und hoben erwartungsvoll ihre Krüge. Ab jetzt gilt es, dachte ich und holte tief Luft.

»Eisgekühlter Met und Branntwein, Met und Branntwein eisgekühlt ...«, legte ich los. Die Zwerge blickten erst ziemlich verwirrt drein, doch die einfache Melodie schien ihnen zu gefallen, denn nach und nach schlugen sie im Takt mit ihren Zinnkrügen auf den Eichentisch, so dass meine Stimme beinahe übertönt wurde.

»Und dazu ein belegtes Brot mit – Hühnchen«, grölte ich in ansteigender Lautstärke mit Blick auf das bedauernswerte Federvieh, das ahnungslos im Stroh scharrte. »Hühnchen!!«, echoten die Gnome begeistert.

Im Türspalt zur Küche sah ich Jonathans fassungsloses Gesicht auftauchen. Mit ungläubigem Blick verfolgte er meinen Auftritt, doch ich hatte keine Zeit, ihm zu signalisieren, er solle sich keine Sorgen machen. Ich musste eine Horde trinkfreudiger Zwerge bei Laune halten.

»Ein belegtes Brot mit Ei!«, intonierte ich mehr schlecht als recht und fuchtelte herum wie ein Volksmusikdirigent beim Musikantenstadl. »Ei, Ei, Ei«, tönte es zurück.

»Und dazu eisgekühlter Met und Branntwein«, schrie ich mehr, als ich sang, und machte eine auffordernde Bewegung. Unisono leerten die Zwerge ihre Krüge auf ex und fingen an, dieselbe Liedzeile zu johlen. Immer schneller wurden die Krüge nachgefüllt, auch der des Königs. Zunehmend hastiger wurde Met in die Zwergenkehlen geschüttet. Inzwischen grölten die Zwerge völlig entfesselt ihre eigene Version des Liedes, während bereits ein neues Fass angestochen wurde. Auch Laurin hielt unverdrossen mit und kippte einen Krug nach dem anderen.

Ich war vor zwei Jahren mal mit Caro beim Münchner Oktoberfest gewesen, doch was die Zwerge hier ablieferten, hätte sogar die trinkfesten Bayern vor Neid erblassen lassen. Ein paar der Gnome hatten inzwischen zu tanzen begonnen und schlugen sich gegenseitig erst die Hände auf die Schultern und dann die Krüge auf die Köpfe. Langsam artete das Ganze zu einer handfesten Prügelei aus. Laurin saß auf seinem Thron, trank und blickte wohlwollend auf seine Untertanen, die sich gegenseitig durch die Gegend warfen, mit den Köpfen zusammenstießen oder im verbitterten Ringkampf verknäult über den Boden rollten. Diejenigen Hühner, die ihr Leben noch nicht im Bräter beendet hatten, stoben hysterisch gackernd auseinander.

Ich sah dem verrückten Schauspiel zu und wartete ungeduldig, dass die verdammten Gnome nun endlich müde wurden. Leider war das Gegenteil der Fall. Je mehr sie intus hatten, desto aufgedrehter wurden sie. Verzweifelt musste ich mir eingestehen: Jonathan hatte recht gehabt. Mein ganzer Plan löste sich in seine Bestandteile auf und wirbelte davon wie Asche im Wind.

Aber es kam noch schlimmer. Plötzlich stand Laurin von

seinem Thron auf. Er schlug mit seinem Krug auf die Gebeine der Rückenlehne. Bei dem knöchernen Klang hörten die Zwerge schlagartig auf, sich zu raufen. Alle Blicke wandten sich erwartungsvoll dem König zu. Der machte eine ungraziöse Verbeugung in meine Richtung.

»Holde Similde. Du hast wahrhaftig bewiesen, dass du mein Zwergenvolk vorzüglich zu amüsieren weißt. Dafür möchte ich dir danken ...«

Prima, dann fall bitte auf der Stelle tot um, dachte ich, doch Laurin fuhr fort: »Daher habe ich einen Entschluss gefasst ...« Er machte eine Pause und blickte mich bedeutungsvoll an.

Mir wurde flau im Magen. »Die Hochzeit wird bereits morgen nach Sonnenaufgang sein!«, ließ Laurin die Katze aus dem Sack. Das letzte Wort ging beinahe im frenetischen Jubel der Zwerge unter. Das Licht der Pechfackeln verschwamm zu einem wabernden, orangegrauen Fleck. Ihr Ruß schien in meine Nase zu dringen, sich als schwarzer, klebriger Film auf meine Lunge zu legen und machte mir das Atmen unmöglich. Danach wusste ich nichts mehr, denn mir wurde schwarz vor Augen.

KAPITEL 5

Ich erwachte von einem leichten, blumigen Duft. Mit geschlossenen Augen atmete ich tief ein, und Erleichterung durchströmte mich wie Rosenwasser. Rosen, das war das Stichwort, genau danach roch es. Das bedeutete, ich war nicht in einer unterirdischen Höhle, bei den hässlichen, stinkenden Zwergen. Ich lag in einem wunderschönen Garten voller Blumen, draußen unter blauem Himmel! Das alles war nur ein Alptraum gewesen. Gleich würde ich im weichen Gras hinter der Jugendherberge aufwachen und …

»Emma«, hörte ich eine Männerstimme. Sie klang besorgt. Ich lächelte und dachte, wenn ich die Augen aufschlug, würden Spindler und die Schüler des Heinrich-Heine-Gymnasiums vor mir stehen. Vielleicht war Udo ja doch nicht so übel und hatte Hilfe geholt, nachdem ich nicht zur Gruppe zurückgekehrt war. »Alles okay«, murmelte ich und öffnete mit einiger Mühe die Augen.

Jonathans Gesicht war direkt über meinem, und er wedelte mit einem weißen Stofftuch vor meiner Nase herum. Fackelschein erhellte sein Gesicht.

Von einer Sekunde auf die nächste wurde ich in die Realität zurückkatapultiert. »Nein«, stöhnte ich und schlug mir die Hände vors Gesicht. Statt im Sonnenlicht lag ich in der finsteren Zwergenhöhle. Und ich würde nie mehr frei sein, sondern bald Laurins Braut. Ein Wimmern drang aus meiner Kehle. Ich dachte an das Geschöpf, das morgen früh auf mich wartete und dessen Gefangene ich bis zu meinem Tod sein würde. Nie wieder bekäme ich den blauen Himmel zu sehen, nie wieder den Vollmond und die Sterne am Himmel. Fortan würde ich in ständiger Finsternis dahinvegetieren, ohne jemals wieder den Duft von frischem Gras zu riechen oder die

Winterluft, die den ersten Schnee mitbrachte. Keine Caro würde mir morgens die Bettdecke wegziehen mit den Worten: »He, Prinzessin auf der Schlaftablette, aufwachen!«

Stattdessen musste ich mir wohl mein Nachtlager mit einem Monster teilen, das ich mir in meinen schlimmsten Vorstellungen nie hätte ausmalen können ...

Voller Panik krümmte ich mich zusammen, und ein trockenes Schluchzen entrang sich meiner Kehle. »Wo ist er, ich will nicht ...«, brachte ich stammelnd heraus.

Da spürte ich Jonathans warme Hand auf meiner Schulter. »Keine Angst, wir sind alleine in der Küche«, beruhigte er mich. »Nun lasse mich dir helfen.« Sanft stützte er mich, und schwankend kam ich zum Stehen. Jonathan hielt mich mit einem festen, sicheren Griff an den Oberarmen fest. Ich schlotterte und sah, wie sich die Bewegung, die meinen Körper schüttelte, über seine Hände auf seine Arme übertrug. Aber vielleicht zitterten wir beide vor dem, was sich am nächsten Morgen hier abspielen würde. Mein Blick traf seinen, und ich sah, dass er um meine schreckliche Angst wusste.

»Ich kann nicht, Jonathan«, flüsterte ich. »Ich kann Laurin nicht heiraten. Lieber bringe ich mich um!«

Ich spürte, wie er mich kurz an sich zog und seine Finger sekundenlang meine Oberarme umklammerten, bevor er mich sanft von sich schob. »Nein, Emma, das darfst du nicht!«, sagte er eindringlich. Doch außer Sorge lag noch etwas anderes in seinen Augen, ein Ausdruck, den ich nicht deuten konnte. Einen Moment versank ich in seinen Augen, und der Schrecken schien zurückzuweichen wie eine Welle bei Ebbe.

»Ich werde dir beistehen!«, sagte er entschieden. »Vielleicht können wir ...«

In diesem Moment flog die Tür einmal mehr krachend auf. Blitzschnell ließ Jonathan mich los, und ich wirbelte herum. Doch es war nicht der König, der in dem niedrigen Türrahmen stand, sondern zwei seiner Untertanen. Einer hatte eine Art Pergamentrolle in der Hand, die er entfaltete, während der andere salbungsvoll verkündete: »Zeit für das Rätsel!«

Ich blickte verständnislos von den Zwergen zu Jonathan. Der seufzte und nickte ergeben.

»Du kennst die Bedingungen. Weißt du des Rätsels Lösung, bist du frei. Bleibt sie dir allerdings verborgen, so musst du Laurin weiter dienen«, sprach der eine Gnom feierlich.

Wieder nickte Jonathan. »Wartet«, unterbrach er den Zwerg, gerade als dieser ansetzen wollte, das Pergament vorzulesen. »Wenn ich das Rätsel löse, lasst das Mädchen frei. Dann will ich dem König auf ewig dienen und nie wieder nach der Freiheit für mich fragen!«, forderte Jonathan, ohne mich anzusehen.

Ich hielt die Luft an. Das würde er für mich tun? Eine Welle der Dankbarkeit für diesen seltsamen Jungen durchströmte mich, und ich sah ihn bewundernd an. Auch die beiden buckligen Gestalten waren verstummt, wahrscheinlich hatte es ihnen vor Verblüffung die Sprache verschlagen.

Doch schon gackerte der eine schrill los, der andere fiel in das Hohngelächter ein. »Er will den Retter spielen!«, quiekte der Erste.

»Er glaubt, er könne mit dem König einen Handel schließen«, kreischte der Zweite und warf lachend den Kopf zurück. Sofort wurde er aber wieder ernst und machte einen Schritt auf Jonathan zu. Drohend hob er die geballte Faust.

»Untersteh dich!«, rief ich und stellte mich dazwischen, »oder ich erzähle eurem Herrscher, ihr hättet mich verprügelt! Laurins Rache wäre fürchterlich«, setzte ich vorsichtshalber noch nach.

Der bucklige Fiesling schnaubte gereizt, ließ aber immerhin die Hand sinken und zischte Jonathan nur zu: »Du dummer Menschling, hüte dich! Noch ein solch törichter Vorschlag, und du wirst in den Rauchfang gehängt, ehe wir dich aufschlitzen und dem König zum Abendmahl servieren!«

»Ach, halt doch den Rand«, murmelte ich wütend.

Der zweite Zwerg warf mir einen heimtückischen Blick zu, dann wandte er sich endlich seinem Pergament zu. Er räusperte sich gewichtig. »Hier nun das Rätsel unseres verehrten, geliebten Königs Laurin, Herrscher über das Zwergenvolk und einen … äh … zwei Menschlinge …« Er machte eine Kunstpause, dann deklamierte er: »Zwei aus unserem Volk bewachen zwei Türen. Die eine führt in die Freiheit, wählst du jedoch die andere, wirst du unser Gefangener bleiben. Du darfst nur eine einzige Frage stellen, um den Weg in die Freiheit zu finden. Jedoch lügt einer der Wächter stets, und der andere sagt die Wahrheit. Wie also lautet deine Frage?«

Der Zwerg verstummte. Eine erwartungsvolle Stille machte sich in der Küche breit. Mir schwirrten die kryptischen Worte im Kopf herum, und alles, was mir dazu einfiel, war: »Hä?«

Rätsel waren noch nie meine Stärke gewesen, und auch hier verstand ich nur Bahnhof. Irritiert sah ich zu Jonathan hinüber. Der hatte die Arme vor der Brust verschränkt und starrte zu Boden.

»Wir warten, Menschenbengel«, sagte der Vorleser hämisch. Jonathan hob nicht einmal den Blick, sondern verharrte in seinem Schweigen.

»Einer, zwene, driu«, zählte der andere Zwerg schadenfroh. Obwohl er eine altertümliche Sprache verwendete, war mir klar: Die Zeit, das Rätsel zu lösen, war abgelaufen. Tatsächlich rollte der Erste die Papierrolle zusammen, und mit einem verächtlichen Blick zu Jonathan stapften die beiden hinaus.

Ich wartete, bis die Tür hinter ihnen zugefallen war, dann wandte ich mich um. »Was war das denn?«, wollte ich wissen.

Jonathan seufzte. »Drei Mal hat mir König Laurin nun bereits eine Rätselfrage gestellt. Die richtige Antwort würde meine Freiheit bedeuten, die falsche … nun, du hast es selbst gesehen. Bisher hatte ich jedenfalls nie die Lösung parat«, gab er zu.

»Kein Wunder«, meinte ich. »Das sind aber auch Scheißfragen … ich meine«, korrigierte ich mich hastig, weil Jonathan die Stirn runzelte, »die Fragen sind sehr schwer. Mit dieser zum Beispiel konnte ich überhaupt nichts anfangen. Wie hätte da die Lösung lauten sollen?«

Jonathan zögerte einen Wimpernschlag, dann sagte er leise: »›Wenn ich die Freiheit will, welchen Weg würde mir der andere weisen?‹«

Ich sah ihn verständnislos an. »Das weiß ich doch nicht!«, sagte ich. Jonathan lächelte leicht. »Es war keine Frage an dich, sondern des Rätsels Antwort. Der Weg, auf den der Zwerg, dem ich diese Frage stellen würde, zeigt, ist stets der falsche!«

Ich war nun völlig verwirrt. »Wieso das denn?« Erneut huschte ein kurzes Lächeln über sein Gesicht, bevor er wieder ernst wurde.

»Der Zwerg, der die Wahrheit sagt, weiß, dass mich der Lügner durch die falsche Tür gehen lassen würde. Darum weist er auf den falschen Weg. Derjenige dagegen, der lügt, weiß aber um die Wahrheit, die mir der andere sagen würde. Weil er lügt, würde er mir aber den falschen Weg weisen. Daher müsste ich stets den anderen Weg gehen als den ausgewiesenen!«

Ich brauchte eine geschlagene Minute, ehe ich die Lösung kapierte. Und eine weitere, bis mir klarwurde, was das bedeutete.

»Du hast die Antwort gewusst und den Zwergen nichts gesagt?«, rief ich ungläubig. »Aber … warum denn nicht? Dann hätte der König dir die Freiheit schenken müssen, das wäre deine Chance gewesen! Wer weiß, ob so eine Gelegenheit noch mal wiederkommt!«

Ich konnte es nicht fassen. Da öffnete sich Jonathan, im wahrsten Sinne des Wortes, die einzige Tür nach draußen – und er blieb einfach davor stehen, bis sie wieder zufiel!

»Zum einen bin ich mir nicht sicher, ob König Laurin Wort halten würde oder sich nur einen grausamen Scherz mit mir erlaubt. Und …« Er zögerte kurz, ehe er fortfuhr: »Meine Freiheit hätte bedeutet, dich hier deinem Schicksal zu überlassen, Emma. Und ich dachte mir, du könntest meine Hilfe vielleicht noch brauchen.«

Jetzt blickte er mir direkt ins Gesicht. Ich öffnete den Mund, brachte aber keinen Ton heraus. Auf einmal schämte ich mich, Jonathan für ein verwöhntes, feiges Jüngelchen gehalten zu haben. »Oh Mann … ich weiß nicht, was ich sagen soll. Das ist … echt cool von dir, ich meine …«, stotterte ich.

»Schon gut«, fiel er mir etwas schroff ins Wort. »Nun lass uns überlegen, wie wir die Nacht zur Flucht nutzen können.« Doch so sehr wir uns auch die Köpfe zerbrachen und diskutierten, es blieb dabei: Der einzige Ausweg aus dem Reich der Zwerge ging direkt durch die große Halle, wo das ganze Volk samt ihrem König versammelt war. Wäre Jonathan nicht gewesen, hätte ich mir aus Verzweiflung vielleicht tatsächlich mit einem der Küchenmesser die Pulsadern aufgeschnitten. Obwohl mir nach stundenlanger Grübelei, in der wir Pläne geschmiedet und wieder verworfen hatten, klar war, dass er mir nicht helfen konnte, tröstete mich seine Anwesenheit.

»Vielleicht gelingt es mir ja morgen, Laurin zur Zeremonie in den Rosengarten zu locken«, hoffte ich schließlich. »Dann könntest du die Zwerge ablenken, und wir versuchen zu fliehen. Am besten nehmen wir uns aus der Küche ein paar Messer mit – für alle Fälle.«

Jonathan nickte, aber ich sah Traurigkeit in seinen Augen. Ich glaubte ja selbst nicht an meinen Plan. Weil es jedoch die einzige Chance war, die wir hatten, klammerte ich mich an die Hoffnung, der nächste Morgen würde uns vielleicht Glück bringen. Schließlich war ich so erschöpft, dass ich im Sitzen einnickte, den Rücken gegen die rauhe Felswand gelehnt. Nur verschwommen nahm ich wahr, wie mir behutsam etwas Weiches unter den Kopf geschoben wurde.

Ohne die Augen zu öffnen, murmelte ich: »Du hast mir vorhin nicht die ganze Wahrheit gesagt, stimmt's? Warum hast du die Rätselfrage nicht beantwortet?«

Sekundenlang hörte ich nur das Knistern des Feuers im Herd, und die sanften Wogen des Schlafes trugen mich bereits davon, da hörte ich Jonathans leise Stimme: »Weil ich dich beschützen will.« Eine sanfte Hand, zu weich und zu zärtlich für die eines Zwerges, strich mir eine Locke aus der Stirn, aber ich vermochte nicht zu sagen, ob es noch Wirklichkeit oder schon ein Traum war.

Mir kam es vor, als wäre es noch mitten in der Nacht, da ertönten polternde Schritte, und erneut wurde die Tür aufgerissen. Noch im Halbschlaf fuhr ich erschrocken hoch. Zwei Zwergenfrauen in schmutzigen Kitteln kamen herein. Die eine hatte einen Strauß violetter Blumen in der Hand. Eine vage Erinnerung an Caro blitzte in meinem Kopf auf, aber bevor ich den Gedanken zu fassen bekam, war er schon wieder fort, wie eine der vielen kleinen Spinnen in der Höhle, die flink in die Felsspalten huschten, sobald man ihrer ansichtig wurde. Achtlos warf die Zwergin die Blumen auf den Küchentisch. »Dein Hochzeitsgebinde«, sagte sie hämisch grinsend und musterte mich voller Abneigung.

Die zweite hielt die Arme starr vor ihrem plumpen Körper ausgestreckt. Vor sich her trug sie ein weiß-silbrig durchwirktes Gespinst, das aussah, als sei es aus feinsten Spinnweben gemacht, auf denen der Morgentau funkelte. Es erschien direkt surreal, etwas so Schönes in den groben Händen der hässlichen Zwergin zu sehen. Dann schüttelte sie das hauchzarte Etwas aus, und ich sah, dass es sich um ein Kleid handelte.

»Anziehen!«, befahl mir die Zwergenfrau knapp und hielt es mir auffordernd hin. Es war mein Hochzeitskleid für die Zeremonie mit dem grauenhaften Laurin! Schlagartig verlor das Gewand seinen Zauber. Ich trat einen Schritt zurück und kniff die Lippen zusammen. »Nein!«, gab ich ebenso kurz angebunden zurück. Statt einer Antwort packte mich die zweite Zwergin mit der einen Hand grob am Arm. Mit der anderen riss sie mir ohne zu zögern mein Wanderhemd auf, so dass die Knöpfe durch die Küche flogen. Ich schrie auf – weniger vor Schmerz als aus Schock über ihre rohe Brutalität.

»Lasst sie los«, hörte ich da auf einmal Jonathan rufen. Er packte meine Peinigerin und versuchte, sie von mir wegzuziehen. Das gemeine Geschöpf drehte sich nur kurz um. Ich konnte gar nicht so schnell reagieren, da krümmte sich Jonathan bereits keuchend zusammen. Die Zwergin hatte ihm ihre Faust seitlich in die Rippen gerammt. Ich schnappte nach Luft, aber in dem Moment zielte sie auf Jonathans Kinn. Ihre Fingerknöchel sorgten für einen exakten Knock-out. Ohne einen Laut kippte Jonathan zur Seite und schlug auf dem Boden auf. Sofort wollte ich zu ihm laufen, doch die stählerne Zwergenklaue der zweiten Frau hielt mich fest. Heftig versuchte ich mich zu befreien. »Ihr miesen alten Vetteln«, schrie ich, doch genauso gut hätte ich die Wand anbrüllen können, denn die Zwerginnen stellten sich taub. Stattdessen schälten sie mich gewaltsam aus den Ärmeln meines Wanderhemds, so dass ich nur noch in einem dünnen Shirt und BH dastand. Hasserfüllt funkelte ich die beiden an, aber ich war machtlos.

Auffordernd hielt die Zwergin mir das Kleid hin. Abwehrend drehte ich den Kopf weg, und mein Blick fiel auf den Tisch. Dort lagen die Blumen, hingeworfen von einer der Gnominnen. Die Kelche erinnerten an Glockenblumen, nur waren ihre Blüten knallrosa und wiesen eine Art Tigermuster im Inneren auf. Wie der Hut von Boy George, dem exzentrischen Sänger von Culture Club auf dem *Bravo*-Poster, das ich bei meinem Praktikum in einem der Klassenzimmer hängen gesehen hatte, dachte ich flüchtig. Und in diesem Moment rastete das fehlende Rädchen ein. Hut – Fingerhut! Das, was da vor mir lag, war Roter Fingerhut!

»Digitalis. Hübsch anzusehen, aber extrem giftig. Eine winzige Menge von seinen Blättern genügt, und du kannst ›Stairway To Heaven‹ wörtlich nehmen«, hörte ich in Gedanken Caros Stimme. Sie hatte mir das Gewächs einmal in einem ihrer Pharmaziebücher gezeigt. In minimaler Dosis wurde es bei Herzschwäche verwendet. Ich hatte mir das damals nur gemerkt, weil ich es faszinierend fand, dass eine Pflanze gleichzeitig heilen und töten konnte. Und mit einem Mal wusste ich, wie ich mich vielleicht retten konnte. Aus den Augenwinkeln stellte ich fest, dass Jonathan noch nicht wieder bei Bewusstsein war. Mit ihm konnte ich also nicht rechnen. Mist.

Wenn ich die Hochzeit schon nicht verhindern konnte, musste ich für mein Vorhaben wenigstens Zeit schinden. Als hätte sie meinen Plan durchschaut, deutete die Zwergin auf das Kleid in ihrer Hand und fauchte: »Nun, was ist?«

»Das werdet ihr mir büßen«, dachte ich verbissen, aber mir blieb nichts anderes übrig, als es mir überzustreifen. Der Ärmel war etwas eng, und ich kämpfte mit dem Stoff. Auf einmal hörte ich ein Ächzen, das vom Fußboden kam: Jonathan war endlich wieder aufgewacht und richtete sich benommen auf. Sein Gesicht war noch blasser als sonst, nur auf seinem

Kinn leuchtete ein brandroter Kreis. Die Blicke der Zwerginnen wandten sich misstrauisch zu ihm, und einen winzigen Moment waren beide abgelenkt.

Blitzschnell fasste ich das Kleid mit beiden Händen zwischen Kragen und Ärmel und zog. Ein reißendes Geräusch ertönte, und die beiden Gnomenfrauen fuhren herum. Fassungslos glotzten sie auf den tiefen Riss, der nun in dem silberweißen Stoff klaffte. »Ups, das tut mir aber leid«, sagte ich, wobei ich mir ein schadenfrohes Grinsen nicht verkneifen konnte.

Die Augen der einen verengten sich. Sie holte aus, doch bevor sie zuschlagen konnte, begann ich aus Leibeskräften zu schreien. »Mein Kleid! Ihr habt mein Kleid zerstört, wehe euch!« Die beiden erstarrten zu Zwergenskulpturen.

Da hörte ich auch schon hastige Schritte sich nähern, und im nächsten Moment stand König Laurin höchstpersönlich in der Küche. Anklagend hielt ich ihm das zerrissene Stoffstück unter seine Rübennase. »Sie waren grob zu mir und haben dabei auch noch das Gewand zerrissen«, jammerte ich.

Laurins sowieso schon furchterregendes Gesicht verzog sich zu einer noch schrecklicheren Grimasse. »Herr«, winselte eine der Zwergenfrauen, während die andere einfach nur stumm und entsetzt dastand. Doch Laurin betrachtete den Riss im Stoff und fletschte vor Wut seine gelben Zahnstümpfe. Ich sah lieber nicht so genau hin.

»Ihr dummen Weiber! In zwei Stunden geht die Sonne auf. Bis dahin habt ihr das Kleid geflickt, und wenn euch dabei die Finger bluten! Hört ihr?«, schrie der König seine beiden Untergebenen wutentbrannt an. Die nickten demütig, obwohl mir die eine einen hasserfüllten Blick zuwarf.

Laurin bemerkte ihn offenbar, denn er bellte: »Albin, Hugbert! Verbringt diese beiden ungeschickten Dinger in die Gefangenenhöhle. Dort sollen sie eingesperrt bleiben und so lange nähen, bis das Gewand makellos ist!« Anscheinend hatten die Angesprochenen vor der Tür gelauert, denn in Rekordgeschwindigkeit waren sie bei den Zwerginnen und stießen sie grob nach draußen. Nicht ohne das Kleid mit größter Vorsicht aufzuheben und mitzunehmen. Laurin wandte sich zu mir um und schenkte mir etwas, das wahrscheinlich ein sanftes Lächeln sein sollte, mir aber das Herz vor Abscheu gefrieren ließ. »Die Vermählung wird vonstattengehen, gräme dich nicht, mein Liebchen«, flötete er.

Dann wandte er sich ab und stapfte zur Tür. »Leodebald, Notger! Wo bleibt das Fleisch fürs Festmahl ...«, rief er und verschwand nach draußen.

Ich atmete tief durch. Ich hatte meine Gnadenfrist, aber jetzt musste ich mich erst einmal um Jonathan kümmern. Der hatte in der Zwischenzeit einen Streifen Stoff in das Wasserfass getaucht und kühlte die rote, geschwollene Stelle an seinem Kinn, wo ihn die Faust der Zwergenfrau getroffen hatte. »Geht's wieder?«, fragte ich besorgt.

»Nun, es erging mir schon schlechter«, scherzte er kläglich. Ich grinste ihn erleichtert an. »Glaubst du, es war klug, die Zwerginnen gegen dich aufzubringen? Indem du das Kleid zerreißt, wirst du die Hochzeit nicht verhindern«, sorgte er sich, aber ich winkte ab.

»Mir ist da eine Idee gekommen, als ich den Strauß gesehen habe. Kennst du diese Blumen?«, fragte ich. Jonathan schüttelte den Kopf und wollte danach greifen. »Fass sie lieber nicht an!«, warnte ich ihn, »die sind hochgiftig!« Jonathan zog rasch die Hand weg und sah mich verständnislos an.

»Offenbar hast du genauso wenig Ahnung von Blumen und Kräutern wie die Zwerge. Bei ihnen ist es aber auch kein Wunder, wenn sie dauernd hier unten herumhängen, wo nichts wächst«, erläuterte ich. »Aber das ist unser Glück, denn mit Hilfe meines Hochzeitsstraußes bereiten wir Laurin und dieser ganzen verdammten Zwergengesellschaft ein Essen, das sie so schnell nicht vergessen werden. Falls sie es überleben, versteht sich«, sagte ich und testete aus den Augenwinkeln Jonathans Reaktion.

»Du willst die Zwerge … vergiften?«, versicherte er sich ungläubig.

Ich nickte entschlossen. Er schwieg kurz, dann sah er mir in die Augen. Ich erwartete eine Moralpredigt, von wegen zehn Gebote, du sollst nicht töten und so weiter. Sicher kannte Musterknabe Jonathan sie genau wie Moses in der korrekten Reihenfolge auswendig. Er hatte irgendwie so einen moralischen Zug um den Mund.

»Das ist ein ausgezeichneter Plan, Emma. Du bist wirklich klug«, sagte er und lächelte. Mir fiel die Kinnlade herunter, aber nur kurz. Dann machte sich ein wildes Triumphgefühl in meinem Bauch breit. Ich lachte befreit, das erste Mal, seit ich hier unten war. Jonathan allerdings sah mich nur stumm an.

Mir blieb das Lachen im Hals stecken. »Was ist?«, fragte ich, unsicher geworden.

Jonathan sah schnell weg und biss sich auf die Lippen. War er etwa verlegen? »Wenn du lachst, bist du noch schöner«, murmelte er, und jetzt wurde *ich* rot.

»Danke«, nuschelte ich, ohne ihn anzusehen.

»Verzeihung. Ich wollte dir nicht zu nahe treten«, sagte er. »Aber du hast mich gefragt, also …« Er verstummte kurz, dann setzte er noch hinzu: »Ich bin sicher nicht der Erste, der dir ein Kompliment macht, ist es nicht so?«

Nein, dachte ich, aber die anderen Typen hatten erstens nicht so gut ausgesehen, und zweitens war immer klar, dass deren Schmeicheleien nicht ohne Hintergedanken waren. Bei Jonathan hatte ich das Gefühl, er wäre anders. Auf mich machte er nicht den Eindruck eines Casanovas, der eine Frau nur als Trophäe benutzte. Auch wenn ich ihn kaum kannte und er sich hier unten zwischen lauter brutalen Zwergen sicher nicht in der Position befand, in der er sonderlich viele Mädchen hätte anbaggern können. Trotzdem wurde mir bei seinen Worten warm vor Freude.

»Ich finde es schön, was du gesagt hast, Jonathan«, wich ich seiner Frage aus.

»Welche meiner Worte meinst du?«, neckte er mich, »dass du schön oder klug bist?«

Ich musste grinsen. »Beides«, erwiderte ich überzeugt, und jetzt lachte auch er. Ein paar lange Sekunden schwiegen wir, aber es war keine unangenehme Stille. Sie webte ein unsichtbares Band zwischen uns, fein wie Spitze und ebenso zart. Ich war sicher, Jonathan spürte es auch.

»Wie willst du das mit dem Gift eigentlich bewerkstelligen?«, wollte er schließlich wissen. »Laurin wird bemerken, wenn die Blumen mit einem Male nicht mehr da sind.«

Ich ging zu dem Strauß und begutachtete ihn aus respektvoller Entfernung. »Ich brauche nur die Blätter«, erklärte ich. »Zwei von ihnen reichen, um einen ausgewachsenen Mann zu töten. Und mit dieser Ausbeute hier schaffen wir es hoffentlich, auch einen Haufen unbesiegbarer Zwerge schachmatt zu setzen!«

Behutsam nahm ich Jonathan den Stoffstreifen aus der Hand, den er gegen sein Kinn gehalten hatte. Zwar hatte die Zwergenfrau die Pflanzen auch berührt, ohne Schaden zu nehmen, weswegen ich annahm, dass nur der Verzehr des Fingerhutes tödlich war, aber ich wollte sichergehen. Daher wickelte ich mir den Stoff um die Finger, und derart geschützt begann ich, die Blätter von ihren Stielen zu pflücken. Sie glichen denen der Brennnessel, aber ich wusste von Caro, dass ihre Wirkung weit weniger harmlos war. Wenn die Opfer Glück hatten, wachten sie im Krankenhaus wieder auf.

Welche Wirkung die Giftpflanze auf die Zwerge hatte,

wusste ich nicht, aber es war mir auch egal. Ich verbuchte meine Aktion als Notwehr.

Um nicht länger nachdenken zu müssen, ob ich demnächst vielleicht ein paar Zwergenleben auf dem Gewissen hatte, schichtete ich das Grünzeug sorgfältig auf ein Holzbrett. In einträchtigem Schweigen hackten Jonathan und ich die Blätter klein, immer darauf bedacht, sie nicht zu berühren.

»Wir geben sie zu der Suppe, die ich gleich zubereite. Ich werde versuchen, viele Kräuter beizumengen, damit die Zwerge hoffentlich nichts von dem giftigen Zeug schmecken. Wir müssen nur dafür sorgen, dass die Suppe möglichst noch vor der Hochzeitszeremonie auf den Tisch kommt«, erklärte ich. Jonathan nickte. Trotzdem war mir nicht besonders wohl bei der Sache. Was, wenn der Rote Fingerhut den Zwergen nicht das Geringste anhaben konnte? Rasch schob ich diesen Gedanken beiseite und holte das Gemüse aus dem muffigen Vorratsloch. Energisch begann ich, die Möhren zu schaben, um nicht darüber nachzudenken, was mit mir passierte, wenn die Zwerge völlig immun gegen das Gift wären. Ich musste wenigstens versuchen, Laurin zu entkommen, koste es, was es wolle.

Ich blickte zu Jonathan, der gerade etwas mehr Wasser in den Kessel goss, in dem bereits ein paar Markknochen brodelten. »Du musst nicht mitmachen, Jonathan«, sagte ich ernst. »Ich meine, du könntest den Zwergen ja vorspielen, du wärst krank. Oder du tust später so, als hättest du auch was von der Suppe gegessen und …«

»Emma«, unterbrach er mich sanft. Ich stockte und sah hoch. Er hatte sich zu mir umgedreht und sah mich mit seinen Kornblumenaugen an. »Ich werde dich nicht im Stich lassen. Und ich werde mich sicher nicht feige irgendwo verstecken, während du dein Leben für deine Freiheit riskierst. Entweder wir kommen beide hier heraus, oder …« Er verstummte, aber ich spürte die Erleichterung, die mich warm durchflutete. »Okay«, sagte ich leise, »ich …«

Unvermittelt flog die Tür auf und schlug mit einem Knall gegen die Felswand. Vor Schreck ließ ich die Mohrrübe fallen, die ich gerade für die Suppe geschnitten hatte. Die Stücke verteilten sich auf dem steinernen Küchenboden. Eine der Zwergenfrauen war hereingekommen und funkelte mich bitterböse an. In ihren Händen hielt sie das Kleid – es war makellos.

Am liebsten hätte ich laut geflucht. Die Suppe war noch längst nicht fertig, im Gegensatz zu der Näharbeit der Zwerginnen. Der Schaden, den ich an dem Kleid angerichtet hatte, war nicht ausreichend gewesen. Doch zu spät: Der Näherin auf dem Fuße folgte Laurin. Seine altmodischen Schnallenschuhe waren vorne spitz und den grotesken Trippelschritten des Königs zufolge wohl auch ein paar Nummern zu klein. Prächtig gekleidet in eine dunkelblaue Samtkniebundhose, durchwirkt mit Goldfäden und einer dazu passenden Jacke samt Wams, sah er trotzdem immer noch aus wie ein verkleidetes Warzenschwein.

Grauen und Ekel überfielen mich und schnürten mir die Luft ab, als hinge ich am Galgenstrick – und so war mir auch zumute. Mein ausgetüfteltes Vorhaben drohte zusammenzufallen wie ein Spielkartenhaus im Windzug. Hilfesuchend blickte ich zu Jonathan hinüber, doch der sah genauso überrumpelt drein.

»Es ist alles bereit für unsere Vermählung, mein Liebchen. Und ich sehe wohl, du bist zur Vernunft gekommen und lässt auch das Weinen und Klagen, mit dem du das letzte Mal mein Herz beschwertest«, schmeichelte Laurin.

Die Vorstellung, bald mit diesem Ungeheuer verheiratet zu werden, ließ mich in die Knie gehen. »Similde, was ist mit dir?«, hörte ich Laurins Stimme durch die Schwärze, die mich in eine erneute Ohnmacht zu reißen drohte.

»Sie ist vor Hunger geschwächt, Eure Hoheit«, vernahm ich auf einmal Jonathans Stimme. Ich kniff mich fest in den Arm, um wieder einigermaßen klar im Kopf zu werden.

»Das Mädchen war wegen der bevorstehenden Vermählung sehr aufgewühlt und wollte sich noch die Haare flechten. Dabei hat sie ganz vergessen, selbst eine kräftigende Mahlzeit zu sich zu nehmen«, fuhr er fort.

Mir blieb die Spucke weg. Wie konnte Jonathan annehmen, ich hätte in Anbetracht der Umstände auch nur einen Hauch Appetit? Dann aber fiel mir unser Plan ein. Er belog den König, damit die giftige Suppe noch vor der Vermählung auf den Tisch kam. Ich musste mitspielen, also rappelte ich mich mit äußerster Willensanstrengung auf und zog mich an einem der groben Tischbeine hoch. Schwankend kam ich zum Stehen.

Laurin schlug die Hände über dem Kopf zusammen. »Wie unaufmerksam von mir«, jammerte er. »Nun denn. Hallgard wird dir, geliebte Similde, dein herrliches Flammenhaar flechten.« Er wandte sich nun Jonathan zu und befahl schneidend: »Und du bereitest derweil eine kräftige Suppe zu, verstanden? Sie soll mein Liebchen stärken und uns sowie meinem Volk munden, ehe wir zur Vermählung schreiten!«

Jonathan nickte schweigend, und Laurin wandte sich zum Gehen.

Kaum schlug die Tür hinter dem König zu, drückte mich die Zwergin mit einem harten Griff auf einen der hölzernen Hocker. »Wehe, du rührst dich eine Elle vom Fleck«, knurrte sie und riss unsanft an meinen Locken.

»Ich will diese Blumen als Kranz in meine Zöpfe geflochten haben«, quengelte ich, und während die Zwergenfrau genervt schnaubend die Blütenkelche des Fingerhutes zu sortieren begann, suchte ich hastig Jonathans Blick. Er verstand die Frage in meinen Augen und lächelte mir kaum merklich zu – ein

Zeichen, dass ich mir keine Sorgen machen solle. Leichter gesagt als getan, denn die vermaledeite Gnomenfrau stellte sich genau zwischen mich und Jonathan, und ich konnte nichts mehr sehen. Mir blieb nur die Hoffnung, dass er gestern gut aufgepasst hatte, wie ich die Suppe zubereitet hatte, und auch die kleingehackten Blätter des Roten Fingerhuts nicht vergessen würde.

Schweigend musste ich die harten Finger der Zwergin erdulden, die meine Zöpfe derart straff flocht, dass mir vor Schmerz die Tränen in die Augen schossen. In der Küche war nur das Brodeln des Kessels zu hören, in dem die Suppe kochte. Ein aromatischer Duft begann, sich in dem engen, stickigen Raum auszubreiten, und ich schöpfte etwas Hoffnung, da das Gift offenbar geruchlos war.

Viel zu schnell war meine Frisur fertig, und die Zwergenfrau zerrte mich am Arm von dem Holzschemel hoch. »Das Kleid«, blaffte sie kurz angebunden und machte eine auffordernde Kopfbewegung zu dem hauchdünnen Nichts, das über einem der Stühle auf mich wartete.

Ein heftiger Widerwillen ergriff mich. Als kleines Mädchen hätte ich etwas darum gegeben, ein so schönes Prinzessinnenkleid tragen zu dürfen. Jetzt jedoch schien es mir ein böses Omen zu sein. Sobald ich es über den Kopf streifen würde, wäre mein Schicksal besiegelt.

Verzweifelt suchte ich nach einer Möglichkeit, noch etwas Zeit zu gewinnen, um wenigstens einen prüfenden Blick in den Suppentopf werfen zu können.

»Ich ziehe mich nicht aus, ehe nicht du und dieser Junge aus der Küche verschwunden seid!«, trotzte ich in einer spontanen Eingebung und hielt die Arme schamhaft vor dem Körper gekreuzt.

»Du kleines Biest! Wirst du wohl …«, fing die Zwergin an zu keifen, doch ich stoppte sie mit erhobener Hand.

»Ich schreie«, drohte ich, »bis der König erscheint!«

Mit einem wutentbrannten Schnauben drehte sich das abstoßende Wesen auf dem Absatz um und rauschte hinaus, nicht ohne Jonathan noch ein barsches »Worauf wartet Er noch? Hinaus mit Ihm!«, zuzuwerfen. Der folgte ihr gehorsam, drehte sich kurz vor der Tür aber noch einmal zu mir um und zwinkerte mir rasch und verstohlen zu. Sobald ich allein war, rannte ich zu dem Kessel, der über dem Feuer hing, und spähte hinein. Viel war in dem brodelnden Topf nicht zu erkennen, aber immerhin hatte Jonathan sämtliche Zutaten hineingeworfen, und der satte Duft der Gemüsesuppe stieg mir in die Nase. Die gehackten Blätter der Giftpflanze fielen zwischen all dem kleingeschnittenen Grünzeug gar nicht auf, und ich konnte mir beruhigt mein Hemd ausziehen, das mir die Zwerginnen sowieso schon ruiniert hatten, und in das Kleid schlüpfen.

Es besaß ein enges Mieder, fiel jedoch ab der Taille weich bis zum Boden und endete am Rückenteil in einer langen Schleppe. In Anbetracht meiner geplanten Flucht beschloss ich, darunter meine knielange Hose anzubehalten, und auch die Wanderstiefel zog ich nicht aus, schließlich musste ich unter Umständen nicht nur schnell, sondern auch über scharfkantigen, felsigen Boden rennen. Zum Glück wirkte der Stoff zwar zart, war aber nicht so durchsichtig, wie ich zuerst befürchtet hatte. Nichts wäre schlimmer gewesen, als halb nackt vor Laurin und seine gemeine Zwergenschar treten zu müssen.

Wenn ich keine allzu großen Schritte machte, würde mein seltsamer Aufzug unter dem schimmernden Gewand gar nicht auffallen. Das hoffte ich jedenfalls. In diesem Augenblick schob sich auch schon das verrunzelte Gesicht der Zwergenfrau durch den Türspalt. »Vorwärts«, kommandierte sie ungeduldig, »unser geliebter König wartet bereits!«

Dann drehte sie den Kopf und raunzte: »He, Faulpelz! Eil Er sich, und serviere Er die Suppe! Der Herrscher will sogleich nach dem Mahle Hochzeit halten!«

Der Countdown läuft, dachte ich. Mein Herz, das sowieso die ganze Zeit schon mit doppelter Schlagzahl arbeitete, fing nun an, in meiner Brust zu flattern wie ein Huhn beim Anblick des Schlachtermessers.

Bitte, lass das Gift wirken, dachte ich und wusste nicht, wen ich eigentlich anflehte. Zudem durfte ich mir meine Aufregung nicht anmerken lassen, denn das war meine einzige Chance. Daher setzte ich eine hochmütige Miene auf und gönnte auch Jonathan, der soeben die Küche betrat, keinen Blick. Möglichst graziös und mit gezierten Trippelschritten, die mir in einer Ballettaufführung des »Nussknackers« alle Ehre gemacht hätten, schwebte ich zur Tür.

In Wirklichkeit rutschte mir mein Herz ins Bodenlose vor lauter Furcht, die Zwergin könnte in letzter Sekunde das derbe Schuhwerk entdecken. Doch ich hatte Glück und erreichte ohne zu stolpern die große Felsenhalle.

Am Kopfende der großen Tafel thronte der Zwergenkönig. Als er mich sah, erhob er sich. »Ihr Untertanen! Huldigt der Braut!«, befahl er, und die Zwerge brachen in Jubel aus und schlugen mit ihren Bierhumpen auf den Tisch.

Laurins Gesicht verzog sich zu einem fratzenhaften Lächeln. »Bald bist du mein, schöne Similde«, raunte er und leckte sich in Vorfreude seine fleischigen Lippen.

Noch vor ein paar Stunden hatte ich gedacht, ehe ich mich mit dem Zwergenkönig verheiraten ließe, würde ich lieber sterben. Inzwischen hatte ich meine Meinung geändert. Sollte jemand sein Leben lassen, dann würden das nicht ich oder Jonathan sein. Sondern Laurin und sein Volk.

KAPITEL 6

Mehr tot als lebendig saß ich an der langen Tafel neben König Laurin und versuchte, mir meine Angst nicht anmerken zu lassen. In der unterirdischen Halle war nichts zu hören außer den Schlürfgeräuschen der Zwerge, die sich über Jonathans Suppe hergemacht hatten. Genau wie beim ersten Mal schlangen die abstoßenden Wichte das Essen mit unverhohlener Gier in sich hinein, ihr Herrscher eingeschlossen. Wenigstens achtete dabei niemand auf mich, sonst hätten die Zwerge gemerkt, dass ich nichts aus der Schale zu mir nahm, die Jonathan der Form halber vor mich hingestellt hatte, wobei er mir einen warnenden Blick zugeworfen hatte. Aber ich hätte sowieso keinen Tropfen von der Suppe gekostet. Schließlich wollte ich am Leben bleiben.

Vorsichtshalber kippte ich jedoch den Inhalt meiner Schüssel in einem unbeobachteten Moment unter den Tisch auf den Boden. Falls Laurin den Kopf hob, würde es für ihn so aussehen, als hätte ich aufgegessen.

Eine der zerrupften Hennen kam angerannt und pickte eifrig die gekochten Gemüsestückchen zu meinen Füßen auf. Noch ehe ich reagieren konnte, erstarrte das Federvieh plötzlich und fiel dann einfach um. Ich verspürte eine Mischung aus Erleichterung, weil das Gift tatsächlich wirkte, und Schuldgefühlen wegen des toten Huhns. Zum Glück hatte keiner der Gnome den Todesfall gesehen, der sich zu ihren Füßen ereignet hatte, weil sie munter begannen, ihre Suppennäpfe auszulecken. Viel *zu* munter. Starr vor Schreck saß ich auf meinem harten Stuhl und beobachtete das Zwergenvolk, das keinerlei Anzeichen von Unwohlsein aufwies. Warum wirkte die giftige Pflanze bei ihnen nicht?

Ein lautes Rülpsen ertönte, und das hässliche Gesicht Laurins tauchte aus seinem Gefäß auf. Er wischte sich mit dem Handrücken über seinen breiten Krötenmund und musterte mit glänzenden Käferaugen seine schmatzende Schar.

»Nun lasst uns zur Vermählung schreiten«, verkündete er. Panik überschwemmte mich springflutartig und drang mir wie schmutziges Brackwasser in Mund und Nase. Ich bekam keine Luft mehr, und die Worte »alles umsonst« dröhnten in meinem Schädel. Ich hielt mich an der Tischkante fest, um nicht erneut ohnmächtig zu werden.

Schon spürte ich Laurins ledrig-dürre Finger, die meinen Arm umschlossen und mich grob von meinem Stuhl zerrten. Tränen der Verzweiflung schossen mir in die Augen und ließen die leergegessenen Schüsseln auf dem Tisch zu einer wabernden, trüben Masse verschwimmen. Ich war verloren. Nichts würde die Heirat mit dem abscheulichen Zwergenkönig verhindern können, und was mir danach bevorstand, daran wollte ich erst gar nicht denken.

In dumpfer Hoffnungslosigkeit gefangen, bemerkte ich zuerst kaum, wie Laurins Griff sich lockerte. Ich taumelte sogar noch zwei Schritte weiter, ehe ich registrierte, dass ich nicht mehr festgehalten wurde. Überrascht blieb ich stehen. Statt des erwarteten barschen Befehls, gefälligst nicht zu zögern, hörte ich neben mir ein Ächzen. Hastig wischte ich mir über die Augen und sah nun klarer. Die Szenerie in der Felsenhöhle hatte sich binnen weniger Sekunden völlig verändert.

Der Rote Fingerhut hatte seine Wirkung entfaltet und die rabiate Zwergenhorde in eine jammernde Schar des Elends verwandelt. Einige torkelten wie blind durch die Felsenhalle, wobei sie gegen die Tischkanten stießen oder über Hocker stolperten, andere lagen am Boden, wo sie sich stöhnend krümmten. Mein Blick fiel auf Laurin. Das Oberhaupt der Zwerge sah auch nicht gerade gesund aus. Seine Pupillen waren so weit nach oben gedreht, dass man nur seine gelben

Augäpfel sah, und weißlich grüner Schaum quoll aus seinem Mund. Mühsam und scheinbar mit letzter Kraft hielt er sich auf den Beinen, doch ein unkontrolliertes Zittern schüttelte seinen plumpen, gedrungenen Körper und ließ ihn ziellos hin und her torkeln.

Auf einmal wurde ich am Handgelenk gepackt. Ich schrie angstvoll auf, doch im selben Moment vernahm ich Jonathans dunkle Stimme und erkannte, dass er es war, der meine Hand umklammert hielt. »Rasch, Emma, das ist die Gelegenheit!«, drängte er und zog mich mit sich. Ich verschwendete keinen Blick mehr an Laurin und sein Volk, sondern raffte das Kleid und rannte hinter Jonathan durch die Felsenhalle, wobei ich im letzten Moment verhindern konnte, über einen Stapel Goldkelche und Edelsteine zu stolpern. Ich verschwendete keinen Gedanken daran. Ich wollte keinen der Schätze mitnehmen, ich wollte nur noch hier raus.

Das Klagen, Ächzen und Würgen aus Zwergenkehlen verfolgte uns, während wir in Richtung des steinernen Bogens hetzten, der in den Tunnel mündete. Da erhob sich über den Lärm die Stimme des Königs: »Meine Braut flieht! Haltet sie!«

Und obwohl ich dachte, die Zwerge wären kurz davor, vor ihren Schöpfer zu treten – wer immer das sein mochte –, rappelten sich doch zwei von ihnen auf und setzten uns schwerfällig nach. Der eine brach schon nach drei Schritten in die Knie, um anschließend wie ein nasser Sandsack auf den Boden zu klatschen. Der andere aber war zäh, und es gelang ihm, meine Zöpfe zu greifen. Ich wurde jäh zurückgerissen, stolperte und machte eine halbe Drehung, wobei ich fast gegen den Zwerg prallte, der mich gestoppt hatte. Ich blickte ihm direkt ins Gesicht und erschrak. Es war bis zur Unkenntlichkeit verzerrt, wahrscheinlich von den Schmerzen, die ihm das Gift bereitete. Aus seinem Mund troff blutiger Speichel und lief ihm übers Kinn. Auch seine Augen waren rotunterlaufen, doch sie funkelten in mörderischer Wut.

Ich versuchte, mich loszureißen, aber seine Hände krallten sich wie in einem Krampf in mein Haar und hielten eisern fest. »Jonathan«, schrie ich, »hilf mir!«

Er wirbelte herum und erfasste mit einem Blick meine Notlage. Ehe der Zwerg noch eine Bewegung machen konnte, bückte Jonathan sich und schnellte dann in einer fließenden Bewegung nach vorne, wobei er eine Art Ausfallschritt machte. Ich sah einen größeren Gesteinsbrocken in seiner Hand, dann gab es ein hässliches Knirschen. Schwarzes Blut schoss in einer Fontäne aus der Mitte des Zwergengesichts, dort, wo die Nase war. Ein schriller Schrei löste sich aus seiner Kehle, dann öffnete der Gnom die Faust und kippte um. Ich war frei.

Erneut rannte ich los und sah mich nach Jonathan um, in der Erwartung, er würde mir folgen. Doch der beugte sich noch einmal über den Zwerg und griff in dessen Tasche. Erst dann lief er mir hinterher. Ich hatte nicht erkennen können, was Jonathan an sich genommen hatte, bis wir die Felsenhalle samt den erstickten Schreien von Laurin und seinen Untertanen hinter uns gelassen hatten und in den finsteren Stollen eintauchten. Schlagartig konnte ich nichts mehr sehen.

Da glimmte auf einmal ein schwaches Licht in der undurchdringlichen Dunkelheit und erleuchtete den steinernen, nassen Pfad. Es kam von einem der merkwürdigen, dunklen Kiesel, die die Zwerge offenbar immer mit sich trugen und mit deren Hilfe sie sich den Weg durch den Felsengang bahnten. Jonathan war wirklich schlau, dachte ich und schenkte ihm ein anerkennendes Lächeln über die Schulter. Dabei wäre ich fast über den Saum meines langen Kleides gefallen. »Das Ding nervt«, rief ich und blieb stehen, um den langen, bauschigen Rock zu raffen. Darunter kamen meine

Kniebundhose und die derben Wanderstiefel zum Vorschein. Nicht gerade Haute Couture, aber ich war sowieso noch nie der Typ für diesen Barbie-Look gewesen.

»Permettez?«, fragte Jonathan, und ehe ich noch in meinem Gedächtnis gekramt und seine Frage mit »Darf ich?« übersetzt hatte, zog er schon mit einem kräftigen Ruck am Stoff des Brautkleids knapp unterhalb meiner Hüfte. Ein reißendes Geräusch ertönte, und innerhalb kürzester Zeit war ich von dem hinderlichen, langen Rock befreit. Er hatte wirklich Kraft, dachte ich und fühlte mich prompt wie Scarlett O'Hara in *Vom Winde verweht*, als Rhett Butler sie einfach packt und diese riesige, geschwungene Treppe hochträgt. Nur, dass Scarlett keine Wanderschuhe, sondern zierliche Ballerinas oder so etwas getragen hatte. Trotzdem bekam ich unsinnigerweise Herzklopfen, als ich Jonathan so dicht vor mir stehen sah. In diesem Moment blickte er hoch, und unsere Blicke trafen sich. Hatte er meine Gedanken gelesen? Ich schluckte. Für eine lange Sekunde schien die Luft in dem nasskalten Felsengang zwischen uns zu flirren und sich um ein paar Grad zu erwärmen.

Gleich darauf rief ich mich energisch zur Ordnung. War ich eigentlich noch ganz dicht, hier im stockfinsteren Stollen, ein paar vergiftete Zwerge auf dem Gewissen, irgendwelche Romantikphantasien zu entwickeln? Noch dazu mit einem Jungen, den ich kaum kannte? Das musste die Aufregung der vergangenen Tage sein.

Zum Glück war Jonathan inzwischen fertig und schleuderte die Fetzen des Stoffs beiseite. »So geht es besser, denke ich«, sagte er knapp, ehe er sich wieder an die Spitze setzte und weiterstapfte. Schweigend liefen wir hintereinander durch den Schacht des Berges, der sich endlos zu schlängeln schien. Immer wieder sah ich mich ängstlich um und horchte in die Schwärze, ob die Schritte eines Verfolgers erklangen, doch nur das Knirschen meiner Sohlen und mein stoßweiser Atem waren zu hören. Vor mir lief Jonathan – barfuß. Ich wagte ihn nicht zu fragen, ob er Schmerzen hatte, denn auf meine vorsichtige Bemerkung, wo denn seine Schuhe abgeblieben waren, war seine Antwort nur ein abweisendes Schulterzucken gewesen.

Nach einer gefühlten Ewigkeit stieg der Weg plötzlich an, wurde immer steiler, und der Höhlengang füllte sich mit schiefergrauem Dämmerlicht. Unwillkürlich beschleunigten wir unsere Schritte. Der Weg machte noch eine Biegung – und dann standen wir vor dem schmalen Felsspalt, durch den die Zwerge mich vor ein paar Tagen ins Innere von Laurins Reich geschubst hatten.

Vor Erleichterung wurde mir schwindlig. Gleichzeitig durchströmte mich eine Energie, wie auf den letzten Metern beim Langstreckenlauf, wenn man das Gefühl hat, trotz der Erschöpfung auf einmal zu fliegen.

»Wir haben es geschafft«, schrie ich und stürzte nach draußen. Frische, klare Luft strömte in meine Lungen, und ich atmete gierig und in vollen Zügen die wiedergewonnene Freiheit. Voller Begeisterung drehte ich mich zu Jonathan um. »Wir haben es geschafft«, wiederholte ich noch einmal leise. Und setzte ein »Danke« hinzu. Er lächelte mich strahlend an, dann legte er den Kopf in den Nacken und sah in den Himmel, wo gerade eine blaugrüne Morgendämmerung die Nacht ablöste. Einige Sterne und ein dünner, bleicher Halbmond leuchteten noch tapfer gegen den heraufziehenden Tag an, doch vergeblich, denn schon flammte am Horizont die orangegoldene Morgenröte auf und ergoss sich über die schroffen Bergspitzen und setzte die Gipfel in Flammen. Schweigend nahm Jonathan meine Hand, und wir betrachteten andächtig das Himmelsschauspiel.

Da sah ich im Augenwinkel ein blutrotes Leuchten. »Jonathan«, flüsterte ich und deutete in die Richtung, aus der es kam. Ich hörte ihn scharf den Atem einziehen, als sein Blick meiner ausgestreckten Hand folgte. Ein paar Schritte von uns entfernt stand König Laurins Rosengarten in voller Pracht.

Ohne nachzudenken sprang ich über die goldenen Schnüre am Boden und brach eine der Blüten, deren Knospe erst halb geöffnet war, ab. Ich tat es nicht aus Rache an Laurin oder um etwas zu zerstören, sondern weil ich das untrügliche Gefühl hatte, die Rose könnte mir noch nützlich sein. Als ich den Stiel abbrach, der zu meiner Überraschung keine Dornen aufwies, meinte ich, einen dünnen Schrei zu hören. Ich erstarrte und lauschte, doch nichts außer einem sanften Wind, der über die Rosen strich, war zu vernehmen. Vorsichtig meine Schritte über die goldene Schnur setzend, kam ich bei Jonathan an. »Und nun nichts wie weg hier«, sagte ich. Wir liefen los, als hinter uns das Geräusch von Steinen ertönte, die hinabpolterten. Erschrocken fuhren Jonathan und ich herum, und was ich sah, ließ mich aufschreien: Trotz des Giftes hatte Laurin es geschafft, die Verfolgung aufzunehmen, und nun tauchte sein verzerrtes Gesicht in der Felsöffnung auf. Seine Lippen waren rissig, blutige Tränen liefen aus seinen hervorquellenden Augen. Tastend suchte er Halt zwischen den Felsbrocken, während sein gedrungener Körper sich langsam aus dem Felsstollen ins Freie schob. Immer wieder jedoch strauchelte der König, und seine Finger, deren Nägel nun nicht mehr gelb, sondern vom Gift des Fingerhuts blauschwarz verfärbt waren, kratzten mit dem scheußlichen Geräusch von Kakerlakenbeinen über die Steine. »Similde«, gurgelte er kaum verständlich. »Du … bist … mein …!«

»Emma! Lauf«, schrie Jonathan mir zu und fasste meine Hand. Wir rannten los. Laurins Stimme schwoll an, doch was er rief, konnte ich nicht verstehen. Seine Worte schienen als vielfaches Echo von den Bergen widerzuhallen. Da spürte ich etwas an mir vorbeizischen. Obwohl es mich um mehr als einen halben Meter verfehlte, strahlte es eine Hitze aus, als hätte jemand eine Silvesterrakete nach mir geworfen. Ich schrie erschrocken auf und wurde gleich darauf von Jonathan hinter eine verkrüppelte Kiefer in Deckung gezerrt.

»Was ist das?«, keuchte ich, während ich versuchte, mich so klein und unsichtbar wie möglich zu machen.

»Laurin verfügt über magische Kräfte, vergiss das nicht. Wahrscheinlich schickt er uns einen Zauber hinterher«, raunte Jonathan, der sich ebenfalls tief ins Gras duckte.

Ich konnte nichts mehr erwidern, denn schon gellte Laurins Stimme wieder durch die Berglandschaft, und wie aus dem Nichts materialisierte sich das nächste Geschoss. Hinter den schmalen Baum gekauert, sah ich eine blitzende rot-gelbe Feuerkugel auf uns zuschießen, begleitet von unverständlichen Worten, die der Zwergenkönig mit schäumendem Mund schrie. Jonathan und ich wichen hinter die Kiefer zurück, doch sie war zu schmal, um uns völligen Schutz zu gewähren. Der feurige Ball prallte zwei Handbreit über unseren Köpfen gegen den Stamm, und seine Wucht spaltete den armen Baum. Mit einem Splittern, das mir durch Mark und Bein ging, zerbarst er in zwei Teile, und die Krone fiel krachend knapp neben Jonathan zu Boden. Rauch stieg auf, denn die Hitze des Zaubers hatte einen Teil der Kiefernnadeln versengt.

Doch das war nicht alles. Ein heißes Brennen an meiner linken Schulter ließ mich aufschreien. Zeitgleich hörte ich neben mir Jonathans erstickten Ausruf. Mit schmerzverzerrtem Gesicht hielt er sich die rechte Schulter. Scheinbar hatte auch ihn das Geschoss des Zwergenkönigs erwischt.

Erschrocken riss ich den Kopf hoch und sah Laurin, der immer noch versuchte, sich vollends an die Oberwelt vorzuarbeiten. Doch die Kräfte des Herrschers über das Zwergenvolk ließen mit jeder Sekunde sichtbar nach, und er rutschte unaufhaltsam zurück in sein felsiges Reich. Seine matten Bewegungen erinnerten an das hilflose Strampeln eines gefangenen Krebses im Kescher.

»Jetzt«, kommandierte ich, und Jonathan und ich rappelten uns auf und hetzten erneut los. Ich drehte mich nur noch einmal um. Das Letzte, was ich sah, war das zu einer Fratze verzerrte Gesicht Laurins. Das Gift des roten Fingerhuts hatte ihn nicht töten können.

»Es ist … nicht vorbei, Similde«, schrie er mit letzter Kraft. »Finde dich … hole dich …« Er streckte seine krallenartige Hand nach mir aus, dann aber verließen ihn die Kräfte, und er rutschte zurück in seine kalte, lichtlose Welt. Ich wirbelte herum und floh, doch die Drohung des Zwergenkönigs klang noch lange in mir nach.

Erst nach einer halben Stunde schnellen Laufes blieben Jonathan und ich atemlos stehen. Meine Schulter brannte unangenehm, wo ich vom heißen Hauch der magischen Feuerkugel getroffen worden war. Vorsichtig riskierte ich einen Blick auf die Stelle. Zu meiner Erleichterung konnte ich bis auf einen etwas größeren roten Punkt und vier Sprenkel, die darüber verliefen, nichts Schlimmes entdecken. »Alles klar bei dir?«, fragte ich Jonathan. Der zog den Kragen seines Hemdes tiefer, und ich musterte prüfend seine rechte Schulter, an der es ihn erwischt hatte. Auch er hatte eine rote Stelle, bei ihm sah es allerdings eher wie ein verlaufener Pinselstrich aus.

»Es scheint nur das zurückgeblieben zu sein«, stellte er fest.

»Brennt deine Haut auch?«, wollte ich wissen.

»Ein wenig, aber wenn dies der Preis für unsere Freiheit ist, sind wir noch einmal glimpflich davongekommen«, stellte Jonathan fest und strich leicht über die Rötung.

Unwillkürlich glitt mein Blick über seinen muskulösen

Oberarm und wanderte daran entlang. Seine Haut hatte die Farbe von Marmor. Gerade als ich mich fragte, ob sie sich so glatt anfühlte, wie sie aussah, fiel mein Augenmerk auf seinen Unterarm, und ich schnappte nach Luft. »Was ist?«, fragte er verwundert, doch ich konnte nur stumm auf die Brandnarbe starren, die Laurin Jonathan mit dem glühenden Eisen als schmerzhafte Strafe für dessen ersten Fluchtversuch verpasst hatte. Das kreisrunde Mal, damals hellrot, schien nun in einem tiefen Burgunderrot zu lodern, genau wie Laurins Rosen. Fast schien es zu pulsieren, so deutlich hob es sich von der Blässe des Arms ab.

»Wie merkwürdig! Es sieht grausamer aus als vormals, schmerzt jedoch im Gegensatz zu meiner Schulter kein bisschen«, wunderte sich Jonathan. Trotzdem verspürte ich bei dem Anblick eine merkwürdige Furcht. Eine Ahnung, dass der Schrecken noch nicht vorbei war.

»Wir müssen ins Tal, und zwar so schnell wie möglich«, ordnete ich an und trabte erneut los. Jonathan nickte und folgte mir.

Um uns herum erhoben sich zahlreiche Gipfel, deren schroffes Grau das ganze Jahr über eine weiße Haube aus Schnee trug, und zu unseren Füßen blühten in einem satten Pink Alpenrosen zwischen den Latschenkiefern. Nur einen Wegweiser konnte ich nirgends entdecken. Unschlüssig blieb ich stehen.

»Weißt du, wie wir von hier in das Dorf am Fuß der Berge kommen?«, fragte ich. Jonathan schüttelte stumm den Kopf. Er biss die Zähne zusammen und atmete gepresst, als hätte er ziemliche Schmerzen. »Tut dir doch der Arm weh?«, sorgte ich mich, da fiel mein Blick auf seine nackten Füße, und unwillkürlich schrie ich auf. Sie waren rot gefärbt, von frischem sowie getrocknetem Blut. Er musste sich beim Laufen die ganzen Fußsohlen zerschnitten haben, kein Wunder bei dem harten Stoppelgras, das hier oben wuchs, und den spitzen, scharfen Steinen, mit denen der Felsengang von Laurins Reich durchsetzt war.

»Du blutest ja«, rief ich und zwang ihn, sich hinzusetzen.

»Es ist nicht so schlimm«, stieß er gepresst hervor, aber ich konnte ihm ansehen, dass er log. Schon sah ich, wie sein Blut das braungelbe Gras färbte.

»So kannst du unmöglich bis ins Tal laufen«, stellte ich fest. Ihn hierlassen und alleine Hilfe holen wollte ich aber auch nicht. Wer konnte wissen, ob es Laurin samt ein oder zwei seiner Untertanen nicht doch aus der Höhle schaffte. Wenn sie Jonathan fanden, würde ihre Rache fürchterlich sein.

Ratlos blickte ich auf meine Hände hinab, in denen ich immer noch die Rose aus Laurins Garten hielt.

»Vielleicht kannst du meine Füße mit zwei Streifen deines Kleides umwickeln, und ich laufe damit weiter«, schlug Jonathan vor, doch ich schüttelte den Kopf.

»Dafür bist du zu sehr lädiert«, erklärte ich. »Du hast überall Schnitte, hier und hier und da auch!« Unabsichtlich tippte ich dabei mit der Rose auf seinen linken Fuß, um ihm zu zeigen, wo überall die Verletzungen waren. Sobald die rote Blume jedoch Jonathans geschundene Haut berührte, hörten die Wunden schlagartig auf zu bluten und schlossen sich gleich darauf wie von Zauberhand.

»Hast du das gesehen?«, rief ich verblüfft, und auch Jonathan starrte perplex auf das Wunder, das sich vor seinen Augen abspielte.

»Die Schmerzen«, flüsterte er verwundert, »sie sind verschwunden!«

»Okay, her mit deinem Fuß«, kommandierte ich nicht sehr gewählt, doch er streckte gehorsam sein Bein aus. Ich strich mit dem Blütenkopf erst über den einen, dann den andern Fuß, und innerhalb einer Minute sah es aus, als hätte sich

Jonathan gerade eben die Schuhe ausgezogen, so unversehrt waren seine Füße.

»Diese Rose ist ja der Hammer«, rief ich. »Wenn ich das gewusst hätte, dann hätte ich gleich einen ganzen Strauß davon gepflückt!«

Prüfend musterte ich die Blume. Sie sah etwas welk an den Rändern aus, ansonsten unterschied sie sich jedoch kaum von einer normalen Rose. Nur wir wussten, welche Kräfte sie in ihrem Inneren barg.

»Es ist Laurins Zauber«, erwiderte Jonathan, und ich konnte nicht sagen, ob er erfreut oder besorgt klang. »Zudem haben wir damit die Schwierigkeit des Abstiegs noch nicht gelöst. Ich kann nur weitergehen, mir die Füße blutig laufen, und du heilst sie dann erneut. So ginge es weiter, bis wir im Tal sind«, gab er zu bedenken.

»Du wirst stundenlang Schmerzen haben«, warf ich ein. »Das ist auch keine Lösung!« Jonathan sah mich nur wortlos an und hob etwas die Schultern.

Gerade als ich ihm vorschlagen wollte, doch hierzubleiben, während ich mich an den Abstieg wagte, sah ich am benachbarten Gipfel drei Silhouetten, die sich langsam bergab bewegten. Für Zwerge waren sie eindeutig zu groß, das konnte ich sogar von hier aus erkennen. Ich stupste Jonathan an und deutete auf die Kleingruppe. »Die kommen auf uns zu«, rief ich aufgeregt. »Vielleicht können sie uns helfen!«

Mir war zwar noch nicht klar, wie diese Hilfe aussah, aber unter Umständen hatten die Wanderer auf einer Hütte übernachtet und einer von ihnen hatte zumindest ein paar dicke Socken oder sogar Hüttenschuhe, die Jonathans Füße notdürftig schützen würden. Zwar konnte ich mir nicht so recht vorstellen, wie Jonathan in diesen handgefilzten Ökotretern bergab spazierte, aber er brauchte etwas für seine bloßen Füße, egal wie komisch er damit aussehen würde.

»Diese Leute werden noch einige Zeit brauchen, bis sie uns erreichen«, sagte Jonathan nüchtern.

»Das Risiko müssen wir eingehen. Laurin ist hinüber. Der wird es nicht schaffen, uns zu erwischen«, behauptete ich, obwohl ich mir dessen nicht so sicher war. Der gerötete Fleck auf meiner Schulter brannte und pochte immer noch. Seltsamerweise hörten die Schmerzen auch nicht auf, als ich meine Haut mit der Rose berührte. Aber ich verdrängte die Frage nach dem Warum und das mulmige Gefühl, das sich in mir breitzumachen drohte. Stattdessen machten wir es uns bei einem Felsblock bequem. Laurins Rose legte ich behutsam neben mich ins Gras. Es blieb uns sowieso nichts anderes übrig, wir mussten warten, bis die Bergsteiger uns erreichten, sonst würden wir uns am Ende hilflos im Gebirge verirren. Weder hatten wir Proviant, noch besaß Jonathan die erforderliche Ausrüstung für einen langen Marsch, und ich konnte nicht seine immer wieder blutig gelaufenen Füße mit der Zauberrose heilen. Er sah mich ernst an. »Ich danke dir, Emma. Du hast mich gerettet«, sagte er.

»Nicht der Rede wert«, murmelte ich. »Ich bin ja nur durch Zufall auf die Heilkräfte der Rose gestoßen.«

Jonathan setzte zu einer Erwiderung an, dann stockte er und wand sich etwas. War er am Ende verlegen? Ich sah ihn fragend an, aber ich musste eine Weile warten, bevor er wieder zu reden anfing. »Ich meine nicht meine zerschundenen Füße«, gab er schließlich zu. »Wenn du nicht gewesen wärst, hätte ich wahrscheinlich bis zu meinem Tod in Laurins Reich geschmachtet.«

Er legte seine Hand für eine Sekunde auf meine und drückte sie, ehe er sie wieder wegzog.

»Ach, hm, na ja«, nuschelte ich, plötzlich verlegen. Ich hätte seine Hand gerne noch länger auf meiner gespürt. Sie war sanft und fest zugleich, und die Berührung fühlte sich einfach gut an. Energisch räusperte ich mich. »Wenn ich nicht gewesen wäre, hättest du schließlich das Rätsel der Zwerge gelöst und wärst ganz lässig rausspaziert …«

»Ich bereue es nicht, geblieben zu sein«, sagte Jonathan und blickte mich einen langen Atemzug an, bevor ein schelmisches Grinsen zwei Grübchen in seine Wangen zauberte. »Um nichts in der Welt hätte ich deine Gesangseinlage bei den Zwergen versäumen wollen!«

Beschämt erinnerte ich mich an mein Gegröle. »Das war eine reine Verzweiflungstat«, wehrte ich mich, musste aber dann auch lachen. »Campino würden mich steinigen, wenn er wüsste, was ich aus seinem Lied gemacht habe!«

»Wer?«, fragte Jonathan. Da war sie wieder, seine Begriffsstutzigkeit. Doch dann erinnerte mich, was er in der Zwergenhöhle über sein Zuhause erwähnt hatte. Wer mit einer Köchin aufwuchs, hörte nicht die Toten Hosen. Wahrscheinlich führten seine Eltern so einen Intellektuellen-Haushalt, in dem zum Frühstück die »Moldau« von Smetana lief und abends Mozarts »Kleine Nachtmusik« aus der dezent im Wandschrank verborgenen Stereoanlage perlte.

»Wie genau hast du dich eigentlich in den Rosengarten verirrt?«, lenkte ich ab.

Jonathan seufzte. »Das ist keine schöne Geschichte«, wollte er abwiegeln, aber ich war neugierig geworden.

»Ich würde sie trotzdem gerne hören«, bohrte ich.

Er sah auf den Boden und rupfte etwas von dem trockenen Gras ab. Schließlich hob er den Kopf. »Erinnerst du dich, als ich dir sagte, ich könne verstehen, dass du nicht gegen deinen Willen verheiratet werden willst?« Ich nickte.

»Nun, so ähnlich erging es mir, kurz bevor ich von den Zwergen gefangen genommen wurde«, gab er zu.

Ich starrte ihn wohl ziemlich belemmert an, denn Jonathan lächelte bitter, ehe er fortfuhr.

»Mein Vater ist ein sehr wohlhabender und einflussreicher Mann. Er genießt hohes Ansehen, und es gibt viele Mütter, die mich als gute Partie für ihre Töchter sehen. Aber mein Vater hat sorgfältig erwogen, welche Verbindung ihm am meisten an Macht und Wohlstand einbringen würde. Seine Wahl fiel ausgerechnet auf Wilhelmine …«

Was für ein Name, dachte ich. Kinder, die von ihren Eltern so getauft wurden, mussten ja bösartig werden. Udo von Hassell hätte sicher seine helle Freude gehabt, jemanden dieses Namens so oft durch den Kakao zu ziehen, bis wenigstens eine Träne geflossen wäre.

»Sie war das grässlichste Mädchen im ganzen Landstrich«, fuhr Jonathan fort. »Eitel, herrschsüchtig, dumm …« Er presste die Lippen zusammen und schaute grimmig über die Gipfel zum Horizont, als lauere dort Wilhelmine-die-Fürchterliche mit dem Nudelholz.

Ungläubig schüttelte ich den Kopf. Ich hatte immer gedacht, arrangierte Ehen wären seit dem 18. Jahrhundert ausgestorben. Aber offenbar gab es bei den Reichen und Schönen doch die eine oder andere Ausnahme.

»Hört sich ja fast so an, als wärst du der Schwester von Marie Antoinette versprochen gewesen«, sagte ich im kläglichen Versuch zu scherzen. Jonathan sah mich an. »Sie tat jedenfalls so, auch wenn sie von niederem Stande war«, antwortete er ernsthaft.

Ich musste lachen. Manchmal konnte er wirklich witzig sein. Doch er musterte mich mit gerunzelter Stirn.

»Der war echt gut«, sagte ich anerkennend.

Er zog die Stirn in Falten. »Ich fürchte, ich kann dir gerade nicht ganz folgen«, sagte er vorwurfsvoll. Meine Güte, dachte ich, Jonathan konnte offenbar manchmal eine ganz schöne Diva sein. Hätte ich mich am Ende gewählter ausdrücken sollen?

»Du bist komisch, im Sinne von lustig«, erläuterte ich.

»Du bist auch komisch – im Sinne von merkwürdig«, stellte er fest, und ich schnappte nach Luft. Sollte einer aus ihm schlau werden! Erst überschüttete er mich mit Komplimenten, und gerade als er anfing, mir zu gefallen, würgte er mir einen dummen Spruch rein! Meine Enttäuschung ließ mich ziemlich sauer auf Jonathan werden, und ich funkelte ihn an.

»Also entschuldige mal, der seltsame Vogel von uns beiden bist ja wohl du«, gab ich hitzig zurück. »Ich meine, erst redest du die ganze Zeit ziemlich gestelzt daher, und dann kommst du mir auch noch mit der Story von einer arrangierten Heirat mit einer Adligen!«

Jonathans blaue Augen verengten sich, obwohl seine Stimme beherrscht klang. »Liebe Emma, ich will dir ja nicht zu nahe treten, aber du scheinst von Adel nicht sehr viel zu wissen. Für eine Frau führst du ein ziemlich loses Mundwerk, und weder deine Kleidung noch dein Gebaren ist angemessen«, konterte er. »Immerhin trägst du – *Hosen!*«

Das letzte Wort betonte er, als sei es etwas Unanständiges und ich hätte eine Klosterschule mit einem FKK-Strand verwechselt.

»Sag mal, ich glaub, du spinnst«, rief ich aufgebracht. »Wir leben im zwanzigsten Jahrhundert, und du kommst mir mit einem Frauenbild von anno dazumal! Bist du die Reinkarnation von Papst Sixtus dem Fünften oder was?!«

Jonathan starrte mich an. »Sag das noch einmal«, bat er mich nach einigen Sekunden des Schweigens schließlich mit heiserer Stimme.

»Papst Sixtus der Fünfte!«, trotzte ich. Von dem wusste ich nämlich aus meinen Geschichtsbüchern, wie sittenstreng er um 1585 herum gewesen war.

»Nein, du sagtest etwas vom zwanzigsten Jahrhundert, was meinst du damit?«, präzisierte er, und in seiner Stimme war ein drängender und zugleich angstvoller Ton, den ich nicht deuten konnte, daher schwieg ich verwirrt.

Jonathan beugte sich zu mir und sagte fast flehend:

»Du hast doch in der Zwergenküche davon gesprochen, dass wir Juli '87 schrieben, erinnerst du dich?«

»Klar, *1987*«, sagte ich und dachte, ob Jonathan in der felsigen Unterwelt wirklich nur seine Schuhe und nicht auch ein paar Gehirnzellen verloren hatte.

Als ich ihm ins Gesicht sah, erschrak ich jedoch. Er war noch eine Spur blasser geworden, und seine Augen waren nicht mehr blau, sondern fast schwarz.

»Du scherzt«, presste er hervor und sah mich fast flehend an.

»Nein, ehrlich nicht, warum sollte ich?«, fragte ich verwirrt. »Ich bin Studentin und im Juli 1987 als Betreuerin einer zwölften Klasse auf eine Bergtour mitgegangen, und dabei haben mich die Zwerge entführt.«

Doch Jonathan sah mich nun beinahe feindselig an. »Was habe ich dir getan, dass du mich so zum Narren hältst, Emma? Ich wollte dir helfen, dem Zwergenkönig zu entkommen. Ich dachte …« Er stockte kurz, »ich dachte, du magst mich«, fuhr er kaum hörbar fort.

Ich schüttelte nur den Kopf und fragte mich, ob Jonathan vielleicht völlig übergeschnappt war – genau das, was er mir vorwarf. Offenbar konnte er nicht glauben, dass er tatsächlich nur einen Monat der Gefangene Laurins gewesen war. Hatte er nicht selbst gesagt, es sei ihm wie Jahre vorgekommen? Aber deswegen brauchte er mich nicht so anzugehen, dachte ich.

Genervt griff ich in meine Hosentasche und zog den Ausweis für die Jugendherberge hervor, der für die Dauer des Kursausflugs galt. Eine Münze fiel mit heraus, und Jonathan griff nach einem glänzenden Zweimarkstück. »Bundesrepublik Deutschland«, las er stockend. Dann blickte er hoch. »Was ist das?«

»Ähm, Geld?«, erwiderte ich und erwog, vielleicht doch lieber alleine ins Tal zu wandern statt mit diesem wirklich seltsamen jungen Mann. Jetzt griff er nach meinem Jugendherbergsausweis und wurde beim Lesen wenn möglich noch bleicher. »Tatsächlich. Juli 1987«, murmelte er heiser.

»Was ist daran so seltsam? Du hast doch gesagt, deine Gefangenschaft im Zwergenreich hat kurz zuvor begonnen, im Juni '87?«

Jonathan gab keine Antwort. Er hatte, während ich redete, die Hände vors Gesicht geschlagen und atmete nun dreimal tief ein und aus, ehe er den Kopf hob und mir ins Gesicht sah. »Ja«, sagte er. »*Siebzehnhundert*siebenundachtzig!«

Es war ein Schlag in die Magengrube, der mich nach Luft schnappen ließ. »Bist du dir da ganz sicher?«, fragte ich schließlich.

Jonathan nickte stumm. »Ich bin 1767, fünf Jahre nach Ende des Siebenjährigen Krieges unter dem Preußenkönig Friedrich II., zur Welt gekommen«, bekräftigte er. »In Frankreich herrschte bei meiner Geburt noch Ludwig der Fünfzehnte, in Russland hatte Katharina die Große seit fünf Jahren die Zarenkrone an sich gerissen.«

Meine erste Reaktion war Ungläubigkeit. Dann aber fiel mein Blick auf seine Kleidung. Die Kniehose, das Hemd mit den bauschigen Ärmeln und das Halstuch waren die typische Mode im 18. Jahrhundert gewesen. Dazu noch seine gewählte Ausdrucksweise ... Wie Zahnräder griff nun alles ineinander. Und ein Blick in sein Gesicht überzeugte mich endgültig davon, dass er die Wahrheit sagte. Welchen Grund hätte er, zu lügen?

»Du warst zweihundert Jahre da unten?«, rief ich und hörte selbst, wie dünn meine Stimme klang. Ich war völlig verwirrt.

»Aber ... Wieso bist du dann nicht gestorben?«, fragte ich ratlos. »Kein Mensch wird normalerweise so alt!«

Dann erinnerte ich mich auf einmal daran, was Herr Spindler vor wenigen Tagen bei unserem Ausflug vermutet hatte: »Vielleicht altern die Menschen im Zwergenreich schneller.« So viel also zu Spindlers Theorie, dachte ich und war erleichtert, dass sie nicht stimmte, sonst säße jetzt ein Greis statt des jungen Jonathan vor mir.

Er schüttelte langsam den Kopf. »Laurins Magie?«, fragte er matt. »Ich habe einmal gehört, wie seine Untertanen ängstlich über die übernatürlichen Kräfte ihres Herrn flüsterten. Und erinnere dich an die Feuerkugel, die er uns hinterhergeschickt hat!«

Jonathan stockte. Er sah hilflos und verzweifelt aus. »Mir war, als würde die Zeit dort unten im Zwergenreich kaum vergehen, aber sie schien mir nicht so lange, um mehrere Menschenleben zu überdauern«, murmelte er ratlos.

»Vielleicht hat Laurin dich verzaubert, während du geschlafen hast, so dass du nicht gealtert bist und daher auch nicht gestorben«, mutmaßte ich.

»Das wäre diesem hinterlistigen Zwerg zuzutrauen«, nickte Jonathan. »Auf diese Weise hätte er mich als seinen Sklaven jahrhundertelang in seinen Diensten gehabt.«

»Wahrscheinlich hätte er nach der Heirat mit mir dasselbe gemacht, um mich für immer bei sich zu behalten«, sagte ich und erschauerte bei dem Gedanken an die lichtlose Ewigkeit in Laurins steinernem Palast, die beinahe für mich Wirklichkeit geworden wäre. Zum Glück war mir die Flucht gelungen, ehe mich ein ähnlicher Zauber getroffen hatte, der mich die Zeit vergessen ließ. Ich war mir ziemlich sicher, dass nicht mehr als zwei, höchstens drei Tage vergangen waren, seit Laurins Zwergenhorde mich verschleppt hatte. Denn hier in der Oberwelt sah alles unverändert aus: Die Gruppe der Findlinge stand noch, und die Sommerluft war ebenso warm und trug den gleichen würzigen Duft nach Latschen wie zu dem Zeitpunkt, als Udo und Frank mich einfach verletzt zurückgelassen hatten. Unwillkürlich wanderte meine Hand zu meinem Kopf, dort, wo ich die Platzwunde gehabt hatte. Nichts war mehr zu spüren, aber wahrscheinlich war die Verletzung nicht so schlimm gewesen. Ich hatte wirklich großes Glück gehabt – im Gegensatz zu Jonathan.

Vorsichtig schielte ich zu ihm hinüber. Ganze zweihundert Jahre verpasst zu haben, musste ein fürchterlicher Schock für ihn sein. Jonathan blickte starr über die Gipfel, und sein Brustkorb hob sich in einem krampfhaften Atemzug.

»Alle tot«, sagte er auf einmal leise. »Mein Vater, mein Bruder, unser König ... Nur ich bin noch hier.«

»Ja. Und ich bin darüber ziemlich froh«, antwortete ich, und nun war es an mir, behutsam nach seiner Hand zu greifen. Zuerst schien er es gar nicht zu bemerken, doch dann wandte er langsam den Kopf und sah mich an. Seine Augen blickten traurig, aber er rang sich ein Lächeln ab.

»Und ich bin froh, dass du das sagst, Emma.« Mit zärtlichem Druck umschloss er meine Hand.

Ein leichtes Zittern fuhr durch meinen Magen bis hoch in mein Herz. Sicher der Hunger, versuchte ich mir einzureden. Immerhin hatte ich lange nichts gegessen. Ich kannte Jonathan viel zu wenig, um Gefühle für ihn zu entwickeln. Außerdem war er zweihundert Jahre älter als ich. Doch die Wärme, die von seiner Hand ausstrahlte, war mir nicht unangenehm, daher ließ ich meine noch ein bisschen dort, wo sie war. Nur zum Trost, selbstverständlich.

»Tut mir leid«, sagte ich schließlich leise. Jonathan blickte mich stumm an. »Es ist sicher schlimm für dich zu wissen, dass deine Familie tot ist. Meine Eltern sind gestorben, da war ich noch ganz klein. Ich kann mich nicht daran erinnern, eine Familie zu haben. Aber ich weiß, wie es ist, sich alleine zu fühlen«, erklärte ich.

Jonathan sah mich an, dann nickte er langsam. »Ich habe mich immer inmitten meiner Familie einsam gefühlt«, gab er nach einer langen Pause zu und strich sanft mit dem Daumen über meinen Handrücken. Es fiel mir schwer, ihm weiterhin konzentriert zuzuhören, denn mein Herz begann schneller zu klopfen, und das Blut rauschte in meinen Ohren.

»Meine Mutter starb kurz nach meiner Geburt. Und Vater war ein Despot. Ein kleines Vergehen reichte, um ihn in Raserei zu versetzen. Ich weiß nicht, wie oft er mich gezüchtigt hat. Selbst wenn mein älterer Bruder die Schuld an etwas trug – ich musste dafür büßen«, erklärte er und fuhr mit einem spöttischen Lächeln fort: »Daher waren die Prügel und Bosheiten der Zwerge nur eine Fortsetzung der väterlichen Strafen.«

»Konntest du dich denn nicht wehren? Ich meine ...«, fing ich an, bis mir einfiel, dass es damals sicher noch kein Jugendamt, Jugendnotruf-Telefon oder Sonstiges gegeben hatte.

»Sich gegen seinen Erzeuger aufzulehnen, kommt einer Todsünde gleich. Egal, wie er seine Kinder behandelt«, erklärte Jonathan ernsthaft.

»Das hat sich ja nun zum Glück geändert«, erwiderte ich. Jonathans Miene verriet Erstaunen, aber auch etwas anderes – Erleichterung? Zufriedenheit?

Ich musterte ihn verstohlen von der Seite. Irgendwie hatte ich das Gefühl, er bedauerte es nicht sonderlich, dass sein Vater längst zu Staub zerfallen war. Er schien meine Gedanken gelesen zu haben, denn er meinte: »Eine Familie bedeutet nicht immer Glück, Emma. Vor allem nicht, wenn für den Vater nur Macht und Geld zählen.«

Ich nickte stumm. Da war es mir besser ergangen. Ich hatte in Caro nicht nur eine Freundin, sondern auch so was wie Mutter und Schwester in einem gefunden.

»Du sagtest, hier an der Oberwelt zählen wir inzwischen das 20. Jahrhundert. Was ist inzwischen in der Welt passiert?«, fragte Jonathan und zog zu meinem Bedauern seine Hand zurück.

»Oh Mann, wo soll ich da anfangen«, rief ich und überlegte, wie ich ihm mein ganzes Studienfach Geschichte im Schnelldurchlauf erklären sollte. »Hm, also, die Monarchie in Deutschland gibt es nicht mehr«, fing ich an. »Wir haben jetzt einen Bundeskanzler als Oberhaupt.«

»Oh«, erwiderte Jonathan, und ich glaubte in seinem Gesicht Enttäuschung zu sehen.

»1789 gab es die Französische Revolution, die mit dem Sturm auf die Bastille anfing und an deren Ende Louis-Seize, Marie-Antoinette und Madame du Barry auf der Guillottine endeten«, fuhr ich fort.

»Nicht möglich!«, rief Jonathan verblüfft. Ich musste mir erst ins Gedächtnis rufen, was diese Ereignisse für ihn bedeuteten. Für ihn hatte die Französische Revolution quasi gerade erst stattgefunden und musste eine ziemliche Sensation sein.

»Wie dem auch sei, danach wurde ein gewisser Napoleon Bonaparte Kaiser von Frankreich, und auch in Deutschland war er noch in zwei heftige Kriege verwickelt. Aber darüber leihe ich dir gerne mal ein Buch, wenn ich wieder zu Hause bin«, versuchte ich abzubiegen, ehe ich noch einen kompletten Vortrag über den Ersten und Zweiten Weltkrieg halten musste.

»Zu Hause«, wiederholte Jonathan nachdenklich, und schlagartig fiel mir ein, dass es das für ihn nicht mehr gab. Wo sollte er hin – nach zweihundert Jahren in Laurins Felsenreich? Er konnte wohl schlecht in das ehemalige Haus seines Vaters spazieren, sofern es überhaupt noch stand, und den Nachfahren zurufen: »Hallöchen zusammen, ich war kurz mal zwei Jahrhunderte weg, aber nun bin ich wieder zurück!«

Er schien ähnliche Gedanken zu hegen, denn seine Miene

hatte sich verdüstert. »Mach dir keine Sorgen«, schwindelte ich, »wir finden eine Lösung für dich!« Er nickte halbherzig, aber zwischen seinen dunklen Augenbrauen hatte sich eine steile Sorgenfalte gebildet.

»Ehrlich, Jonathan, ich lasse dich nicht im Stich«, versicherte ich. Jetzt drehte er den Kopf und schenkte mir ein so hoffnungsvolles Lächeln, das ich einfach erwidern musste. Einen Wimpernschlag lang rückten alle Probleme, alle Ängste und das Schreckliche, was wir erlebt hatten, in den Hintergrund, und es gab nur noch Jonathan und mich. Ihm in die Augen zu sehen, war wie in einen stillen, klaren See zu tauchen, in dessen Tiefe aller Lärm der Welt für ein paar kostbare Augenblicke verstummte.

Doch schon war der Zauber gebrochen, denn muntere Stimmen wurden laut, die rasch näher kamen. Jonathan sprang auf und blieb geduckt hinter dem Felsblock stehen, seinen Körper in Angriffstellung. Kurze Zeit später entspannte sich seine Miene. »Drei Menschen«, verkündete er. Das mussten die Wanderer sein, die ich vorhin gesehen hatte.

»Überlass mir das Reden, okay?«, flüsterte ich ihm hastig zu. Er wollte widersprechen, aber dann nickte er widerwillig. Schnell drückte ich ihm die Rose in die Hand. »Vielleicht kannst du sie unter deinem Hemd verstecken, sonst müssen wir uns nur unangenehme Fragen gefallen lassen«, erklärte ich hastig. Stumm tat er wie geheißen.

Anschließend trat ich entschlossen hinter dem Felsen hervor, gefolgt von Jonathan. »Hallo«, rief ich dem Grüppchen zu, die nun nur noch ein paar Meter von uns entfernt waren. Zwei Männer und eine Frau blickten kurz überrascht, dann lächelten sie mich an.

»Servus«, antworteten sie unisono mit dem Bergsteigergruß, auch wenn der Blick der Frau etwas irritiert an dem Mieder meines Kleides hängen blieb, das ich in Ermangelung meines Wanderhemdes, das irgendwo im Felsenreich Laurins herumlag, immer noch trug. Wie hätte sie wohl erst geschaut, wenn ich noch das Brautkleid in seiner vollen Pracht getragen hätte, dachte ich, und ein nervöses Kichern stieg in meinem Bauch hoch. Energisch rief ich mich zur Ordnung.

»Guten Morgen«, sagte Jonathan artig und machte schon wieder eine seiner knappen Verbeugungen. Die drei Wanderer starrten ihn verblüfft an. Himmel, dachte ich, das kann ja heiter werden.

»Na, wart ihr auch auf dem Rosengarten?«, fragte der eine freundlich, ein grauhaariger Mann Mitte fünfzig, der mich an Lehrer Spindler erinnerte.

»Nein, wir waren *im* Rosengarten, und wenn ich Ihnen einen guten Rat geben darf: Machen Sie das nicht nach, mit Zwergen ist nicht zu spaßen«, hätte ich ihm am liebsten geantwortet. Aber ich nickte nur artig, obwohl sich meine Hand unwillkürlich zu meiner Schulter stahl, von der die ganze Zeit ein unangenehmes Kribbeln ausging.

»Wir haben auf einer Berghütte ein paar Gipfel weiter übernachtet, also das war ein unglaubliches Erlebnis«, schwärmte die Frau. »Fast hätte man meinen können, bei Sonnenaufgang den Rosengarten von diesem sagenhaften König Laurin zu sehen, so rot hat der Fels aus der Entfernung geschimmert«, fuhr sie begeistert fort.

Jonathan und ich tauschten nur einen Blick, anschließend brachte ich meine Bitte vor. »Mein Freund hat ein kleines Problem …« Jonathan nickte und deutete nach unten.

»Junge, wo hast du denn deine Schuhe gelassen?«, rief die Frau und musterte seine bloßen Füße entgeistert. Mit ihrer etwas stämmigen Figur, den kurzen, graublonden Haaren und einem rot-weiß-karierten Hemd machte sie einen mütterlich-robusten Eindruck.

Jonathan öffnete den Mund, doch ich kam ihm zuvor.

»Genau das ist unser Problem«, sagte ich hastig. »Wir haben da hinten eine Pause gemacht«, vage deutete ich mit der Hand ins gebirgige Nirgendwo, »und haben unsere Wanderstiefel ausgezogen. Wir waren ziemlich nah am Abhang, und na ja ... da sind irgendwie seine Schuhe runtergefallen ...«

»Das kommt davon, wenn junge, unerfahrene Leute in die Berge gehen! Typischer Anfängerfehler, am Berghang zu rasten«, meldete sich nun der Dritte zu Wort, der bisher geschwiegen hatte. Er war groß und kräftig, trug einen dunklen Vollbart und war etwas jünger als die anderen beiden. Finster musterte er uns, und es war ihm anzusehen, was er über zwei Grünschnäbel in den Bergen dachte. Wenn du wüsstest, schoss es mir durch den Kopf, doch ich zog es vor, ihm lieber nicht unter die Nase zu reiben, auf welche Weise Jonathan wirklich seine Schuhe, wahrscheinlich irgendwelche Lederstiefel oder was 1787 eben gerade so Mode war, eingebüßt hatte. Auch Jonathan sagte keinen Ton, sondern hatte einen zerknirschten Gesichtsausdruck aufgesetzt.

»Komm schon, Josef, es nützt nichts, über verschüttete Milch zu jammern«, wies die Frau den Kräftigen zurecht. »Sehen wir lieber, wie wir dem jungen Mann helfen können.«

»Du hast doch noch deine Trekkingsandalen im Rucksack, oder? Die tun es bestimmt, bis wir im Tal sind, so steil ist der Abstieg ja nicht mehr«, meldete sich der grauhaarige Mann zu Wort. Grummelnd zog der Bärtige seinen Rucksack von den Schultern und kramte ein Paar Sandalen heraus, die sicher praktisch waren, aber mit ihrer breiten Form und den graubraun gemusterten Riemen aussahen, als hätte sich ein Paar Klettverschlüsse mit einem Tretboot gepaart. Schick war anders, aber Hauptsache, Jonathan hatte was an den Füßen. Der Mann mit dem Namen Josef streckte sie Jonathan hin, der sie vorsichtig an sich nahm.

»Das ist echt nett von Ihnen, vielen Dank«, flötete ich und

schenkte dem edlen Spender mein schönstes Lächeln. Jetzt verzog sich die bärtige Hälfte seines Gesichts doch zu so etwas wie einem Grinsen.

Allerdings verschwand es gleich wieder, denn Jonathan machte keine Anstalten, die Sandalen anzuziehen. Stattdessen hielt er sie ein Stück von sich weg und zog immer wieder die Klettverschlüsse auf, ehe er sie wieder schloss.

»Hast du irgendein Problem mit meinen Schuhen?«, fragte Josef gereizt. Auch ich wusste nicht, was Jonathan da trieb. Ekelte er sich etwa vor den getragenen Schuhen? In seiner Situation konnte er jedoch nicht wählerisch sein, und ich wollte ihn schon anmeckern, da blickte er hoch.

»Keine einzige Schnalle – doch es hält zusammen! Das ist höchst erstaunlich«, rief er bewundernd. Seine Augen leuchteten. Er erinnerte mich an ein Kind, das zum ersten Mal etwas Neues und Wunderbares entdeckt.

Genauso war es ja auch, fiel mir ein. Woher hätte Jonathan aus dem 18. Jahrhundert das Prinzip eines Klettbandes kennen sollen? Das konnte ich der Wandertruppe aber schlecht erklären, daher versetzte ich Jonathan unauffällig einen leichten Stoß. »Reiß dich zusammen«, flüsterte ich. Dann strahlte ich den Schuhbesitzer an.

»Er hat noch nie Schuhe von …«, hastig blickte ich auf die Gummisohle hinunter und suchte nach der Marke, »… Wolfskin getragen«, schüttelte ich eine Ausrede aus dem Ärmel.

»Nein, wahrhaftig nicht«, stimmte Jonathan aus tiefster Überzeugung zu, aber immerhin zog er die Dinger unter einigen Schwierigkeiten an. Sie waren ihm zwar etwas zu groß, doch den Abstieg würde er damit problemlos schaffen.

»Ihr seid Studenten, was? Jaja, damals hatten wir auch kein Geld für Markenklamotten, stimmt's, Bastian?«, sagte die Frau wohlwollend und lächelte zu dem Grauhaarigen hinüber.

Ich nickte hastig und hoffte nur, sie würden das Thema nicht vertiefen. Zum Glück erforderte der Abstieg doch unsere ganze Konzentration, so dass wir nicht mehr viel redeten, sondern schweigend hintereinander herpilgerten. Jonathan und ich bildeten das Schlusslicht. Erst nach einer Stunde Fußmarsch hörte ich auf, mich alle paar Sekunden umzusehen, und entspannte mich langsam. Die Zwerge hatten es nicht geschafft, uns zu verfolgen. Nun konnte eigentlich nicht mehr viel schiefgehen. Ich sollte mich gründlich irren.

KAPITEL 7

Zögernd stand Frank vor der geschlossenen Tür der juristischen Kanzlei »von Hassell & Partner«. Sollte er anklopfen oder einfach reingehen? Am liebsten hätte er die Tür eingetreten, so sauer war er auf Udo. Ich sollte ihm endlich mal eine in die Fresse hauen, dachte Frank. Und wenn er fragt, warum, gleich noch eine. Gleichzeitig war Frank jedoch klar, dass das nie passieren würde. Weil er sich nicht mal traute, gegen Udo aufzumucken, geschweige denn, ihm eine zu verpassen. Nach wie vor hatte er Macht über Frank. So wie damals in der Schule. Und auch heute noch war es Udo, der bestimmte, wo es langging.

Warum lasse ich mir das eigentlich gefallen?, dachte Frank. Eigentlich wäre doch ich jetzt mal dran! Aber natürlich wusste er die Antwort. Weil es schon immer so gewesen war. Doch er hatte noch einen Verdacht, warum Udo ständig auf der Erfolgswelle segelte: wegen dieses verdammten Rings. Frank hatte vor vielen Jahren nur einen Blick darauf werfen können, bevor Udo ihn hastig in seiner Hosentasche hatte verschwinden lassen, aber er hatte es genau gespürt: Irgendetwas ging von diesem Schmuckstück aus, ein Zauber oder eine fremde Macht. In dieser einen, kurzen Sekunde hatte Frank gewusst, dass er nie wieder der Verlierer sein würde, wenn er nur diesen Ring besitzen würde. Doch Udo hatte ihn natürlich nicht mehr rausgerückt, und Frank war zu ängstlich gewesen, seinen kräftigen Kumpel herauszufordern.

Doch während an Frank die Rolle des Verlierers kleben blieb wie Teer an der Straße, war Udo seitdem alles im Leben zugeflogen. Angefangen damit, dass er aus der Sache mit Emilia Wiltenbergs Verschwinden völlig unbeschadet herausgekommen war. Obwohl mindestens die halbe Ausflugsgruppe beobachtet hatte, wie er und Frank ihr gefolgt waren, und sie daher die Letzten gewesen sein mussten, die sie gesehen hatten, war keiner auf die Idee gekommen, der Polizei gegenüber diese Tatsache zu erwähnen. Es wirkte fast, als hätten es alle vergessen.

Damals war Frank einfach nur froh gewesen, mit heiler Haut davongekommen zu sein. Zwar hatte er seitdem nachts oft Träume, die sich von denen unterschieden, die er vor der Kursfahrt von Emma, wie er sie insgeheim für sich nannte, gehabt hatte. Nach ihren Unterrichtsstunden hatte Frank immer noch ihre großen graugrünen Augen vor sich gesehen und ihre vollen Lippen, die ihn anlächelten. Er hatte sich erträumt, wie sie mit ihren langen, schmalen Fingern über sein Gesicht strich und dabei seinen Namen flüsterte. Nach ihrem Verschwinden kamen jedoch Alpträume, in denen Emma verzweifelt um Hilfe rufend durchs Gebirge irrte, während Blut aus ihrer Wunde am Hinterkopf strömte, aber er schaffte es, die Bilder zu verdrängen. Vier, fünf Bier und dazu jeweils ein Schnaps halfen ihm dabei. Später hatte er sich aber oft gefragt, wieso nicht die Lehrer noch mehr nachgebohrt hatten. Kurz nachdem Emmas Fehlen bemerkt worden war, hatte der olle Spindler Udo angesprochen, daran erinnerte Frank sich genau. Und auch, wie eiskalt sein Mitschüler dem Lehrer ins Gesicht gelogen und später Frank bedroht hatte, keinem auch nur ein Sterbenswörtchen von der Sache mit Emma und dem Ring zu verraten.

Sterbenswort, ja, das passt, dachte er und schauderte, weil er sich fragte, wo Emmas Knochen jetzt wohl lagen. Für Udo dagegen war seitdem alles super gelaufen – und für ihn alles ziemlich beschissen, dachte Frank bitter. Er war nach wie vor Udos Handlanger, der Trottel, der die Drecksarbeit machen durfte, für die sein Kumpan zu faul oder sich zu fein war. Und das war jetzt dabei rausgekommen, dachte Frank und blickte an sich herunter. Ich sollte wirklich die verdammte Tür eintreten.

In dem Moment wurde sie von innen aufgerissen, und er sprang mit dem dünnen Quieken einer erschrockenen Maus zurück. Udo stand im Türrahmen, und seine wässrig-blauen Augen in dem feisten Gesicht glitten an Franks kläglicher Gestalt in Billigklamotten hinab und blieben an seiner Hose hängen, die am Knie zerrissen war.

»Bist du schon am frühen Nachmittag wieder besoffen?«, fragte Udo verächtlich und schnüffelte probehalber.

»Quatsch«, gab Frank heftig zurück und hoffte, das Pfefferminzbonbon, das er vor einer halben Stunde eingeworfen hatte, hätte seine Wirkung noch nicht verloren. »Meine kaputte Hose verdanke ich dir! Hättest du mich nicht zu diesem Assi geschickt, um ihn an seine Zahlungsfrist zu erinnern, wäre die jetzt noch heil!«

»Du solltest freundlich mit ihm reden und dich nicht mit ihm prügeln«, gab Udo gleichmütig zur Antwort, obwohl er garantiert genau gewusst hatte, wie Manni reagieren würde, wenn jemand auftauchte, der ihn an seine Schulden bei Udo erinnerte. Eine nie gekannte Wut brodelte in Frank hoch. »Weißt du was, Udo? Mach deinen Scheiß in Zukunft alleine! Ich habe echt keine Lust mehr, deinen Schirmträger zu spielen«, fuhr er seinen Kumpel an.

Der zog erstaunt die Augenbrauen hoch. »Ach nee! Tja, wie schade. Aber dann kann ich dich auch leider nicht mehr beschützen, Frank!«

»Beschützen, wovor denn?«, fragte der, wobei seine Stimme unwillkürlich zitterte. Udo hörte es, und sein Grinsen verstärkte sich.

»Du weißt doch sicher noch, wer dich damals vor den Bullen gerettet hat, nicht wahr?«, raunte er verschwörerisch. »Und wer dafür sorgt, dass du immer genügend Kohle für deine kleinen Kneipenausflüge hast. Wenn ich nicht mehr da bin, kann es sein, dass die Polizei den Fall Emilia Wiltenberg neu aufrollt. Und möglicherweise erinnert sich plötzlich jemand, dich mit ihr dort oben im Gebirge gesehen zu haben. Tja, und dann ...« Udo sprach nicht weiter, aber das war auch nicht mehr nötig. Die Drohung war auch so deutlich genug.

Eine große Müdigkeit überkam Frank, und er sehnte sich plötzlich nach einem Glas, halb voll mit kaltem, klarem Wodka. Auf Eis.

»Schon gut, Udo«, sagte er resigniert, »vergiss es.«

Der musterte ihn wohlwollend. »Na also! Wusste ich es doch, du kommst wieder zur Vernunft. Hier«, damit griff er in seine Hosentasche und zog einen grünen Schein hervor. Frank traten fast die Augen aus den Höhlen, und er begann automatisch zu rechnen, wie viele Herrengedecke er dafür bekommen konnte. Gierig schnappte er nach dem Geld, doch im letzten Moment zog Udo es weg, und Franks Finger griffen ins Leere.

»Du kennst die Bedingung«, mahnte Udo.

Frank nickte matt. »Von mir erfährt keiner was«, sagte er, und als er zum zweiten Mal zugriff, ließ Udo es zu.

Während er den knisternden Schein in seine zerrissene Jeans stopfte, musterte er Udos Gesicht, das vor Selbstzufriedenheit glänzte wie eine Speckschwarte.

»Irgendwann kriege ich diesen Ring in die Finger«, dachte Frank grimmig. »Und dann bin ich am Zug!«

Wortlos drehte er sich um und ging. Irgendwann, dachte er. Aber jetzt wartete erst mal der Wodka.

KAPITEL 8

»So, da wären wir«, sagte der Grauhaarige freundlich. Nach mehreren Stunden Marsch war der Weg immer weniger steil abgefallen und zum Schluss schnurgerade verlaufen. Wir waren ein Stück durch den Wald gegangen, und nun öffnete sich der Pfad vor uns in eine ebene Fläche, auf der mehrere Autos standen. Wir hatten den Wanderparkplatz erreicht. Am liebsten hätte ich einen Freudenschrei ausgestoßen, den man bis in Laurins elende Felsenhöhle hörte, so erleichtert war ich. Nicht so Jonathan. Er war abrupt stehen geblieben und musterte fassungslos das halbe Dutzend geparkter Wagen.

»Was ist *das?*«, stammelte er. Natürlich hatte er auch noch nie im Leben ein Auto gesehen, fiel mir siedend heiß ein. Zu seiner Zeit waren Pferde und Kutschen das gängige Fortbewegungsmittel. Ich suchte nach Worten, da versetzte ihm der Bärtige mit seiner kräftigen Pranke einen wohlwollenden Schlag auf die Schulter, der Jonathan ein Stück vornüberkippen ließ.

»Das nenne ich mal einen jungen Mann mit Geschmack«, dröhnte der Bergsteiger selbstgefällig. »Der erkennt einen Ess-ju-vi, wenn er ihn sieht!«

»Einen *was?*«, rutschte mir heraus, denn diese Marke war auch mir völlig unbekannt. Allerdings war mein Interesse für Autos ungefähr genauso stark wie für Quantenphysik, tendierte also gegen null.

»Die Initialen stehen für ›schnelle, ungehobelte Vandalen‹«, witzelte der Ältere, den die Frau vorhin mit »Bastian« angesprochen hatte. Der Besitzer des Wagens verdrehte die Augen.

»Der S-U-V«, die Frau sprach die Buchstaben nun deutsch aus, »ist Josefs ganzer Stolz. Was macht es schon, wenn das

Ding Benzin schluckt wie ein Wal auf Rädern? Ganz abgesehen davon, wie es die Umwelt belastet«, erklärte sie.

Josef blickte sie strafend an. »Die Autoindustrie produziert inzwischen äußerst schadstoffarm. Aber das ist natürlich an dir vorbeigegangen, Renate. *Du* trägst ja noch die Original-›Atomkraft-nein-danke‹-Sticker an deiner Jacke!«, schoss er zurück.

»Na ja, *so* lange ist Tschernobyl ja noch nicht her«, fühlte ich mich bemüßigt, der netten Wanderin zur Seite zu stehen.

Josef musterte uns nur kopfschüttelnd. »Da haben sich ja zwei gefunden«, murmelte er. »Wollt ihr jetzt mitfahren, oder legt ihr Wert drauf, noch mal fünf Stunden schadstoffsparend ins Dorf zu latschen?«

Während Renate sich weiter mit dem Autobesitzer kabbelte, sah ich mich nach Jonathan um. Sichtlich misstrauisch strich er um den massigen schwarzen Wagen und bückte sich gerade, um den riesigen Auspuff in Augenschein zu nehmen, der silbrig in der Sonne funkelte. Offenbar polierte dieser Josef sein motorisiertes Schätzchen täglich von oben bis unten.

Renate hatte inzwischen genug von dem Wortgefecht und drängte Josef, den Kofferraum zu öffnen, damit sie ihren schweren Rucksack im Auto verstauen konnte. Mit einem selbstgefälligen Lächeln zog er den Autoschlüssel aus der Tasche. Es gab ein seltsames Geräusch, als hätte ein Goldfisch unter Wasser Schluckauf, gleichzeitig blinkten die Rücklichter zweimal in kurzen Abständen auf.

Mit einem erstickten Laut sprang Jonathan zurück. Die Karre musste ihn zu Tode erschrecken. Weil Josef schon irritiert zu uns herübersah, beugte ich mich vor und schlug Jonathan leicht aufs Bein. »Stechmücken«, rief ich munter und trat nah an ihn heran. »Ich erkläre dir alles später, aber jetzt musst du mir vertrauen und in dieses Auto steigen! Es wird gleich noch mehr Lärm machen und sich sehr schnell fortbewegen, viel schneller als ein Pferd. Aber in den letzten zweihundert Jahren hat sich eine Menge getan, also keine Panik. Ich bin bei dir«, ratterte ich fast ohne Punkt und Komma herunter, denn die drei Wanderer hatten ihre Sachen im Wagen verstaut und sahen nun auffordernd zu uns herüber.

Jonathan holte tief Luft. »Gut, ich werde tun, was du sagst, Emma«, versprach er. Er ging zu den dreien hinüber.

»Schöne ... Sache«, sagte er lächelnd zu Josef und klopfte leicht auf die Motorhaube.

»Sind auch zweihundert Pferdestärken drunter«, prahlte der, und sein Blick glitt liebevoll über sein Gefährt.

»Ihr seid wirklich komisch«, meinte Jonathan lachend, doch ehe sich Josef von seiner Überraschung erholt hatte, nahm er auf dem Rücksitz Platz, als hätte er sein Leben lang nichts anderes getan. Aufatmend setzte ich mich neben ihn, und nachdem auch noch Renate und die beiden Männer eingestiegen waren, ließ Josef den Motor an. Ich spürte, wie Jonathan neben mir zusammenzuckte, aber er sagte kein Wort, und sein Gesicht zeigte keine Regung.

Josef raste wie ein Irrer. Auf den etwa vierzig Kilometern bis Bozen schaffte er es tatsächlich, seinen Wagen auf einem geraden Stück auf 180 km/h hochzujagen, nur um dann eine halbe Minute später wieder auf 80 km/h runterzubremsen. Er war genauso ein Angeber wie Udos Vater, schoss mir durch den Kopf, während sich mein Magen über diesen Fahrstil mit einem reichlich flauen Gefühl beschwerte. Ich riskierte einen Blick zu Jonathan. Er saß stocksteif wie der einbalsamierte Tutanchamun auf seinem Sitz, und seine Gesichtsfarbe war nicht gerade die gesündeste. Aber dafür, dass er zum ersten Mal Auto fuhr, und dann auch noch bei einem Fahrer, der offenbar demnächst beim Rennen um den Nürburgring teilnehmen wollte, hielt er sich tapfer. Ich schenkte ihm ein aufmunterndes Grinsen.

»Gleich sind wir da«, flüsterte ich ihm ermutigend zu.

»Ach ja, wo wollt ihr in Bozen denn hin?«, fragte der Grauhaarige.

»In die Jugendherberge, bitte«, sagte ich und bemühte mich, mir den Zusatz »lebend, wenn's geht« zu verkneifen, denn Josef ignorierte gerade eben das Ortsschild und preschte mit aufheulendem Motor und neunzig Sachen in das malerische Städtchen.

Ich war heilfroh, als er in der schmalen Gasse hielt, in der sich die Unterkunft befand, in der wir während unserer Reise wohnten. Zwar wusste ich noch nicht, wie ich Spindler Jonathans Auftauchen erklären sollte, aber das würde sich alles finden. Mir war in dem Moment sogar egal, mit welchem hysterischen Gegacker Claudia und Sabine auf den gutaussehenden Typen reagieren würden, den ich da anschleppte, und dass ich mit Udo und Frank ein dickes Hühnchen zu rupfen hatte: wegen des Goldrings und weil sie mich verletzt am Berg zurückgelassen hatten. Hauptsache, ich konnte bald wieder nach Hause und sah Caro endlich wieder. Eine Ewigkeit schien vergangen zu sein, seit ich mich von meiner Freundin verabschiedet hatte, um zu dieser unseligen Bergtour aufzubrechen.

Mit zitternden Knien stieg ich aus dem »SUV«, und auch Jonathan schwankte und hatte etwas Mühe, sicher auf den Beinen zu stehen.

Trotzdem streckte ich Josef, der extra ausgestiegen war, artig die Hand hin. »Vielen Dank ...«, fing ich an, doch da wurden wir von einem Telefonklingeln unterbrochen, das in unserer unmittelbaren Nähe ertönte. Suchend sah ich mich um, wo in der menschenleeren Gasse ein Telefon stand. Jonathan dagegen blickte in den Himmel, offenbar hatte er einen Vogel in Verdacht, dieses Geräusch zu produzieren. Derweil zog Josef ein kleines, flaches Kästchen aus der Brusttasche seines Hemdes.

»Toller Klingelton, was? Nennt sich ›Retro‹«, flüsterte er mir verschwörerisch zu, dann wischte er mit dem Finger auf dem flachen Teil herum. »Hallo, Schätzchen«, flötete er und hielt es ans Ohr. Jonathan warf mir einen fragenden Blick zu, und diesmal musste auch ich passen. Das viereckige Ding war weiß und zeigte einen angebissenen Apfel auf der Rückseite. Es sah ein bisschen albern aus, aber Josef sprach immer noch hinein. War das ein Diktiergerät, oder wollte er uns zum Narren halten?

»Ja, wir sind schon in Bozen. Ich habe zwei Studenten zu ihrer Jugendherberge mitgenommen, aber jetzt komm ich heim. Ja, Schatzilein, ich dich auch! Bussi, ja, ciao-ciao!«

Ich schielte zu Jonathan und sah, wie er sich offenbar krampfhaft darum bemühte, nicht zu grinsen. Nur die Lachfältchen um seine Augen, die sich vertieften, verrieten ihn. Für ihn musste Josefs Getue ein sehr skurriles Erlebnis sein. Kein Wunder, hatte man sich im 18. Jahrhundert nicht sogar innerhalb der Familie und unter Eheleuten noch gesiezt? Trotzdem war auch ich ratlos, was dieses komische Teil, das Josef in der Hand hatte, darstellen sollte. Er hatte mit jemandem geredet, aber wenn es ein Telefon war – wo waren dann die Schnur, der Hörer und die Wählscheibe?

Anscheinend schielte ich auffallend neugierig zu ihm hin, denn stolz hielt er mir das Ding unter die Nase. Ich erkannte nur viele bunte Kästchen, die auf einer Art Mini-Fernsehbildschirm abgebildet waren. »Das nagelneue Eifon«, sagte Josef mit hörbarem Besitzerstolz. »Größerer Bildschirm und schnellere Internetverbindung als das Vorgängermodell. Und mehr Platz für Äpps.«

Ich nickte mit wissender Miene, obwohl ich nur Bahnhof verstand. Weder war mir klar, was dieses eckige Teil mit einem Ei gemeinsam hatte, noch wusste ich, was Josef mit dem anderen Begriff meinte. Äpfel konnten es ja wohl kaum sein.

Oder wollte er damit ausdrücken, dass er dafür nur »einen Apfel und ein Ei« bezahlt hatte?

Das mulmige Gefühl von heute Morgen befiel mich erneut und erinnerte mich an meine Matheklausuren, bei denen alle anderen die Aufgaben verstanden, nur ich nicht. Genauso empfand ich jetzt. Irgendetwas erschien mir merkwürdig, aber ich wusste nicht, was es war – noch nicht.

Mir blieb auch keine Zeit, darüber nachzugrübeln, denn Josef drängte auf die Abfahrt, und wir verabschiedeten uns von den Wanderern, wobei ich mich noch einmal artig für alles bedankte. Als Josef sich schon schwungvoll hinters Steuer von seiner PS-Höllenmaschine geworfen hatte, fiel Jonathan noch etwas ein, und er klopfte ans Fenster.

»Eure Schuhe«, rief er und machte Anstalten, die Trekkingsandalen auszuziehen. Josef ließ die Scheibe heruntersurren und winkte ab.

»Weißt du was, Junge? Behalt sie. Aber schmeiß die nicht auch noch irgendeinen Berg runter, okay?« Mit diesen Worten ließ er den Motor aufröhren und schoss mit einem Blitzstart um die Ecke. Das Letzte, was ich durch die offenen Autofenster hörte, war Renates empörter Aufschrei:

»Josef! Der CO_2-Ausstoß ...«

Jonathan und ich blickten dem Wagen nach, dann sahen wir uns an. »Nun, das war eine recht eindrucksvolle Einführung in das Jahr 1987«, kommentierte er trocken. Ich wunderte mich, wie gelassen er den Zeitsprung nahm. Zwar dürfte er sich durch den Aufenthalt bei den Zwergen eigentlich an einige seltsame Dinge gewöhnt haben, trotzdem musste die veränderte Welt doch ein Schock für ihn sein. Immerhin hatte er sich an einem Tag noch im 18. Jahrhundert befunden, und als er das nächste Mal an die Erdoberfläche kam, schrieb man ein völlig neues Zeitalter. Die Menschen sprachen anders, ganz zu schweigen von der veränderten Mode und den Fortbewegungsmitteln.

Als ich ihn vorsichtig darauf ansprach, schwieg Jonathan eine Weile, ehe er zugab: »Ich hatte kein schönes Leben, Emma. Mein Vater hat mich nie geliebt. Er gab mir die Schuld an Mutters Tod. Und mein Bruder ... Er wollte nicht teilen, verstehst du? Nicht das Essen, nicht die Schlafkammer – und schon gar nicht das spätere Erbe unseres Vaters. Ich bin sicher, mein Verschwinden freute ihn. Aber ich habe überlebt. Nicht nur die dunkle Zeit im Reich der Zwerge, sondern auch meinen despotischen Vater. Und ändern kann ich die Dinge auch nicht mehr. Auch wenn mir noch alles fremd erscheint, kann ich noch einmal von vorne beginnen. Was würde mir es also nützen, zu klagen und zu hadern?«

Scheinbar war er ein echter Optimist. Ich wollte lieber nicht daran denken, wie er hier zurechtkommen wollte, ohne Ausweis, ohne Job, vielleicht sogar ohne Schulbildung ... »Non scholae, sed vitae discimus«, hörte ich im Geiste Spindlers Stimme. »Wir lernen nicht für die Schule, sondern fürs Leben«, dozierte er immer gern, wenn ich ihm erzählt hatte, wie die Schüler in meiner Praktikumsklasse meckerten, wozu sie den ganzen Geschichtskram später noch bräuchten. Bestimmt hatte er eine Idee, wie wir Jonathan helfen könnten.

»Mein Tutor ist ziemlich nett. Ihm fällt garantiert was ein«, sagte ich überzeugt und winkte Jonathan, mir durch die Tür in die Jugendherberge zu folgen.

Eine dickliche Frau Mitte fünfzig stand am Empfang, die ich noch nie gesehen hatte. Die Tage davor hatte immer eine junge Studentin mit blondem Pferdeschwanz dort gesessen, die Nase in einen englischen Krimi gesteckt. Vielleicht war das hier ihre Mutter, eine gewisse Ähnlichkeit in den Gesichtszügen war vorhanden.

»Ist der Kurs des Heinrich-Heine-Gymnasiums hier – oder sind sie zu einer Tour aufgebrochen?«, fragte ich freundlich.

Die Frau musterte mich irritiert. »Ich glaube, Sie sind

falsch. Wir haben momentan nur Klassen zweier Realschulen im Haus«, informierte sie mich.

»Kann nicht sein«, widersprach ich. »Schauen Sie doch in Ihrem Terminkalender nach.«

Doch sie schüttelte stur den Kopf. »Wir sind eine Jugendherberge. Für Klassentreffen buchen die Leute normalerweise ein Hotel. Wenn Sie Ihre Mutter suchen, können Sie es in der Pension *Alpenrose* versuchen, da steigen solche Gruppen gerne mal für solche Treffen ab.«

Wir redeten offenbar komplett aneinander vorbei.

»Das ist kein Klassentreffen, sondern die Kursfahrt einer zwölften Klasse. Und ich suche nicht meine Mutter, sondern meine Praktikums-Klasse«, erklärte ich langsam und deutlich. Scheinbar war die gute Frau etwas »schwer von Kapee«, wie Caro es gerne mal ausdrückte, wenn jemand mit beiden Füßen voll auf dem Schlauch stand.

»Ich wiederhole mich gerne: Wir haben keine zwölfte Klasse hier. Weder heute noch gestern. Die nächste Gymnasialklasse, die hier absteigt, kommt im Dezember 2014 zum Skifahren«, gab die Frau Auskunft. Ich lachte ungläubig. »Sie sind so weit vorher ausgebucht?«, fragte ich ungläubig. Ich kannte kein Hotel, das Reservierungen fast dreißig Jahre im Voraus annahm, geschweige denn eine Jugendherberge.

Sie starrte mich an. Offenbar war sie es nun, die mich für beschränkt hielt. »Sich ein halbes Jahr vorher bei uns anzumelden, ist nichts Ungewöhnliches. Schließlich müssen die Schulen planen«, belehrte sie mich.

Jetzt war ich vollends verwirrt. Da spürte ich eine leichte Berührung am Arm. »Emma«, flüsterte Jonathan, »sieh doch!« Ich folgte seinem ausgestreckten Zeigefinger, und mein Blick fiel auf die Uhr, die hinter der Frau an der Wand hing. Sie zeigte 10:47 Uhr. Eigentlich nichts Besonderes, hätte nicht darunter das Datum gestanden. Es lautete: 29. 07. 2014.

KAPITEL 9

Ich hatte keine Ahnung, wie ich aus der Jugendherberge gekommen war. Die Minuten, in denen Jonathan mich am Arm genommen und ins Freie geführt hatte, waren aus meinem Gedächtnis gelöscht. In meinem Kopf herrschte weißes Rauschen, wirbelte wie Schneegestöber vor meinen Augen und ließ mich wie blind neben ihm durch die kleine Gasse stolpern. Erst als ich etwas Kaltes, Nasses im Gesicht spürte, schreckte ich aus meiner Trance. Jonathan hatte mich zu einem Brunnen geführt und spritzte mir gerade Wasser ins Gesicht.

»Lass das«, rief ich empört und wehrte den nächsten Schwall ab, indem ich zur Seite sprang.

»Ich fürchtete nur, du würdest dich nicht mehr von deinem Schrecken erholen«, rechtfertigte er sich.

Bei seinen Worten war mit einem Schlag alles wieder da: das Datum auf der Uhr und die blitzartige Erkenntnis, dass dort unten in Laurins Reich nicht nur für Jonathan die Zeit langsamer abgelaufen war als in der Oberwelt, sondern auch für mich. Ich hatte bei Jonathan einen Zauber Laurins vermutet und mich sicher gefühlt. Zu sicher. Nun erkannte ich meinen schrecklichen Irrtum. In den drei Tagen, die ich in der Gewalt des Zwergenkönigs tief im Berg verbracht hatte, waren siebenundzwanzig Jahre vergangen, ehe ich an einem Sommertag wieder in meine Welt katapultiert wurde.

Trotzdem war ich genauso wenig wie Jonathan gealtert, sondern einundzwanzig Jahre alt geblieben, während Caro … Ich wollte den Gedanken nicht zu Ende bringen, aber der Taschenrechner in meinem Kopf lief unbarmherzig weiter und addierte die Jahre zu Caros damaligem Alter.

Ein Schluchzen stieg in meiner Kehle hoch, als mir klarwurde, dass meine beste Freundin inzwischen achtundvierzig Jahre alt war.

Wir würden nicht mehr zusammen in eine WG ziehen, denn Caro war längst keine Studentin mehr. Bestimmt hatte sie geheiratet und trug einen anderen Namen. Vielleicht hatte sie Kinder bekommen und war fortgezogen. Wahrscheinlich würde ich sie nie wiedersehen.

Ich sank auf den steinernen Rand des Brunnens, und jetzt flossen meine Tränen ungehindert. Ich weinte um all die Jahre, die vergangen waren, und um die Freundschaft zu dem einzigen Menschen, von dem ich je geglaubt hatte, nichts würde uns auseinanderbringen können. Doch was dem strengsten Internatsbetreuer nie gelungen war – das hatte der gierige, erbarmungslose Zwergenkönig nun geschafft: Caro und ich hatten uns verloren. Sie hatte sich inzwischen seit fast dreißig Jahren ihr eigenes Leben aufgebaut – ohne mich. Natürlich musste sie mich für tot halten, abgestürzt in den Bergen und seit langem in einem steinernen Grab unter Geröll liegend. Ich existierte für niemanden mehr.

Eine tiefe Hoffnungslosigkeit breitete sich in meinem Herzen aus und färbte meine Gedanken tintenschwarz. In diesem Moment fühlte ich mich nicht wie einundzwanzig und nicht einmal wie Ende vierzig, sondern uralt und gebrechlich, als hätte ich hundert Menschenjahre in der alterslosen Dunkelheit von Laurins Berg verbracht.

Auf einmal spürte ich Jonathans Arm, der sich um meine Schultern legte und mich sanft an sich zog. »Emma«, sagte er. »Ich kann mir vorstellen, wie du dich fühlst. Alles, was dir vertraut war, ist nun anders. Aber du musst keine Angst haben. Noch vor kurzem hast du versprochen, für mich da zu sein. Nun verspreche ich dir dasselbe.«

Einen Moment zögerte ich, doch dann lehnte ich mich an ihn und spürte das warme, tröstliche Gewicht seines Arms.

Genau wie in der Felsenhöhle strich Jonathan mir leicht übers Haar. »Wir schaffen das. Wir müssen es nur wollen«, murmelte er.

Seine Zuversicht war ein Hoffnungsschimmer inmitten meiner Angst und der Trauer um all die Zeit, die Laurin mir gestohlen hatte, und das Leben, das ich hätte haben können, wenn er mich nicht festgehalten hätte: ein paar wenige Tage in seiner Welt, ein Vierteljahrhundert in meiner.

Doch Jonathan hatte recht. Auch wenn es mir das Herz in der Mitte auseinanderriss, weil meine Gegenwart in Wirklichkeit längst Vergangenheit war, mussten wir versuchen, uns im Jahr 2014 zurechtzufinden. Nun war mir auch klar, weshalb ich vorhin beim Anblick von Josefs Wagen und diesem komischen Gerät, in das er hineingesprochen hatte, so ein merkwürdiges Gefühl gehabt hatte. Garantiert waren in den vergangenen Jahrzehnten einige Dinge passiert, mit denen ich erst klarkommen musste, genau wie Jonathan. Auch wenn der Kulturschock für mich hoffentlich nicht ganz so groß sein würde.

Einen Moment gab ich mich noch dem tröstlichen Gefühl hin, geborgen an Jonathans Schulter. Dann fuhr ich mir energisch über die Augen und spritzte mir zwei Handvoll von dem Wasser ins Gesicht, das fröhlich aus dem Brunnen plätscherte. Ich wollte nicht wie ein verheultes Kaninchen aussehen, weiße Haut, rote Augen. Nachdem ich mir mit den Fingern noch notdürftig meine Locken etwas gekämmt hatte, fühlte ich mich einigermaßen fit. Der Schock über die vergangene Zeit hatten jedes Gefühl für Hunger und Durst ausgelöscht, und auch Jonathan schüttelte den Kopf, als ich fragte, ob er etwas essen wollte. Allerdings sehnte ich mich nach drei Tagen im Felsenreich bei einer Horde stinkender Zwerge nach einer heißen Dusche.

»Zuerst müssen wir in die Stadt, in der ich gewohnt habe«,

bestimmte ich. »Zwar wird mich an der Universität niemand mehr kennen, aber immerhin kann man mir dort vielleicht weiterhelfen.«

»Gut, jedoch werden wir mehrere Tagesreisen brauchen, um dorthin zu kommen«, wandte Jonathan ein. »Schließlich besitzen wir keinen dieser *Ess-ju-vies!*«

Er hatte ein gutes Gedächtnis! Ich musste lächeln. »Wir trampen«, schlug ich vor. »Bei den Wanderern hat es ja auch funktioniert, und sie haben uns mitgenommen.«

»Gibt es keine Wegelagerer?«, versicherte Jonathan sich misstrauisch.

Diesbezüglich konnte ich ihn beruhigen. »Wenn wir zu zweit sind, ist es sicher«, meinte ich.

»Und falls ein Schurke kommt, werde ich ihn zur Strecke bringen«, versprach Jonathan. Dann seufzte er. »Ein Jammer, dass ich in Laurins Rosengarten meinen Degen verlor ...«

Ich starrte ihn an. »Echt jetzt?«, fragte ich. »Du kannst fechten?«

»Ich beherrsche Degen und Florett, seit ich ein Kind von acht Jahren war«, erklärte er stolz. »Ich wurde eine Zeitlang sogar am österreichischen Hofe ausgebildet. Mein Vater hatte im Erbfolgekrieg für Österreich und den Kaiser und später unter Maria Theresia gegen Preußen gekämpft«, fügte er hinzu.

»Wow. Ich bin beeindruckt«, gab ich zu. Bisher hatten die Jungs, die ich kannte, mit Toren beim Fußball geprahlt oder damit, den DJ der Kleinstadtdisko persönlich zu kennen. Einen echten Musketier hatte ich noch nicht getroffen. Allerdings waren die auch schon ausgestorben, dachte man jedenfalls. Nun stand ich mit einem übriggebliebenen Exemplar in einer Gasse von Bozen und durfte zusehen, wie wir aus dem Schlamassel, den uns ein Zwerg eingebrockt hatte, wieder herauskamen.

Vor allem, da Jonathan einiges nachzuholen hatte, was das moderne Frauenbild anging. Gerade bog ein junges Pärchen um die Ecke. Sie trug einen Minirock, dazu etwas komische Sandalen, die mit ihren Riemen bis über die Knöchel denen der römischen Gladiatoren ähnelten. Dazu ein weites T-Shirt, das eine Schulter frei ließ. Er hatte offenbar heute Morgen zur Hose seines großen Bruders gegriffen, denn der Jeansbund hing ihm bis über die Hüften, dafür wellte sich der Saum der engen Hosenbeine um seine Knöchel. Auf dem Kopf trug er eine Häkelmütze, deren Bund er bis weit über den Haaransatz hochgeschoben hatte, dafür hing sie hinten ziemlich weit über. Irgendwie erinnerte er mich an meine Kindheit und den Auftritt der Schlümpfe in der ZDF-Hitparade mit Dieter Thomas Heck. Meinem Geschmack anno 1987, als Karottenhosen und schmale Lederkrawatten noch als ultimativ »in« galten, entsprach der Typ eindeutig nicht, aber ich hielt den Mund.

Nicht so Jonathan. Mit offenem Mund starrte er dem Mädchen hinterher, das zugegebenermaßen ziemlich sexy aussah, auch wenn sie etwas viel Lippenstift und Kajal aufgelegt hatte.

Als Jonathan sich zu mir umdrehte, wirkte er jedoch nicht, als fände er Gefallen an dem Anblick. »Verzeih, wenn ich mich echauffiere«, fing er an, »aber was dieser Mann als Beinkleid trägt, ist ein Fauxpas. Und die junge Dame an seiner Seite ... darf man heutzutage derart skandalös herumlaufen?«

Wider Willen musste ich kichern. Ich wollte Jonathan nicht kränken, aber er klang so moralinsauer, als würde er die Rolle des Oberlehrers in einem dieser Heinz-Rühmann-Filme aus der Nachkriegszeit spielen. Fehlten nur noch der schwarze Frack und das Monokel.

Andererseits: Die enge Hose des Jungen, deren Hintern fast in den Kniekehlen hing, wirkte auch in meinen Augen ziemlich seltsam. Und die letzte Frau, die Jonathan vor seinem Ausflug ins Zwergenreich gesehen hatte, trug wahrscheinlich einen bodenlangen Reifrock samt Perücke. Ich blickte zu seinem strafenden Gesichtsausdruck auf.

»Findest du das etwa amüsant?«, fragte er. Ich ließ meinen Blick von seinem nicht gerade sauberen Hemd zu seinen Füßen wandern.

»Wenn ich ehrlich bin, siehst du auch nicht gerade so aus, wie man sich einen modisch gekleideten Mann im Jahr 2014 vorstellt«, gab ich zu.

Jonathan schnaubte, aber der Fältchenkranz um seine Augen verriet ihn. »Soll ich dem Jungen nachgehen und ihn bitten, mir seine Kappe und eine von seinen komischen Hosen zu borgen?«, fragte er ernsthaft.

Ich sah ihn an, und dann prusteten wir gleichzeitig los. Unser Lachen hallte durch das verschlafene Gässchen und verscheuchte für einen Moment die düsteren Schatten, die in den Winkeln unseres Bewusstseins lauerten, jederzeit bereit, wieder hervorzukriechen, sobald wir über unsere Zukunft nachdenken mussten.

Schließlich verstummten wir und sahen uns an. In der Felsenhöhle hatte Jonathan gesagt, er fände mich schön, wenn ich lachte. Ob er das ernst gemeint hatte? Er hielt meinen Blick fest, fast so, als wüsste er, was ich dachte. Ich versank im Kornblumenfeld seiner Augen und wollte am liebsten nicht mehr auftauchen. Für einen Moment gelang es mir, die verflossenen Jahre und meinen Kummer darüber zu vergessen. Das Einzige, was zählte, war Jonathan, der bei mir war. Irgendwo begann eine Kirchenglocke die Mittagsstunde zu schlagen. Der Wind wehte die volltönenden Glockenschläge zu uns herüber.

»Emma«, sagte Jonathan, da schlug die Uhr gerade zum dritten Mal. Wenn er meinen Namen aussprach, klang seine Stimme, wie Laurins Rosen dufteten, dunkel und samtig.

Beim fünften Glockenton streckte er die Hand aus und legte sie zärtlich auf meine Wange. Mein Herz schlug einen Purzelbaum. Die Wärme seiner Finger brachte mein ganzes Gesicht zum Glühen. Gerade als ich meine Hand auf seine legte, tönte die Uhr ein letztes Mal: zwölf.

Da verzog sich Jonathans Gesicht in einem Anflug von Schmerz, er zog die Hand zurück und krümmte sich kurz, als hätte er Magenkrämpfe. »Jonathan, tut dir was weh?«, fragte ich erschrocken. Er hob abwehrend die Hand.

»Es ist nichts ...«, fing er an, doch beim letzten Wort stöhnte er auf. Er ging in die Knie und ballte die Hände zu Fäusten.

»Was ist denn?«, rief ich, nun ernsthaft besorgt. Ächzend fasste er sich an die linke Schulter und zerrte an seinem Hemd, das etwas verrutschte. Der rote Streifen, der von Laurins Fluch zurückgeblieben war, leuchtete nun hellrot auf seiner Haut und schien förmlich zu lodern.

»Hier ... Schmerzen ... unerträglich«, stieß er abgehackt hervor. Er zog die Hand zurück, und zu meiner Verblüffung steckte plötzlich zwischen seinen Fingern eine schwarze Feder.

»Wo kommt die denn her?«, rief ich. Suchend blickte ich in den Himmel, aber weit und breit war kein Vogel zu sehen, nicht einmal eine der Tauben, die sonst die Städte bevölkerten und überall nach Krumen suchten. Als mein Blick zurückkehrte, lagen nur noch Jonathans Hemd, seine Hose und Josefs Trekkingsandalen auf dem Boden. Und daneben, völlig unversehrt und in voller Blüte: Laurins Rose, die er unter seinem Hemd verborgen gehabt hatte.

Jonathan selbst war verschwunden. Stattdessen hockte an der Stelle, an der er eben noch gekniet hatte, ein Rabe mit schwarzseidenem Gefieder. Nur an einem Flügel, dort, wo sich auf Jonathans Schulter das Mal befunden hatte, war eine Feder weiß.

Ich starrte den Vogel an, und mein Verstand weigerte sich eine geschlagene Minute lang zu begreifen, was ich sah. Die Zeit schien gefroren zu sein, ähnlich dem Moment, in dem man eine kostbare Porzellanvase fallen lässt und sie noch einen langen Augenblick in der Luft zu schweben scheint, ehe sie auf dem Boden zerschellt.

»Jonathan?«, fragte ich schließlich leise. Der Vogel hüpfte auf mich zu und sah mich mit dunkelglänzenden Knopfaugen an. Er gab keinen Laut von sich, trotzdem war es, als würden sich seine Gefühle auf mich übertragen, und ich spürte eine Art Ungläubigkeit, die sich langsam zum Grauen auswuchs, in einem fremden Körper eingesperrt zu sein.

»Hilf mir«, schien der Rabe mir zuzurufen, doch aus seinem Schnabel kam nur ein heiseres Krächzen.

»Jonathan«, wiederholte ich, diesmal lauter. Nun hörte ich auch die Angst in meiner eigenen Stimme.

Mein Blick fiel auf die Rose, die uns schon einmal gerettet hatte. Erleichtert hob ich sie auf. »Halt still«, wies ich Jonathan an. »Die Rose hat magische Kräfte, und bestimmt wird sie dich auch jetzt erlösen!« Ich beugte mich zu dem Vogel hinunter, der ruhig auf dem Boden saß und zu mir hochsah. Hoffnungsvoll berührte ich seinen Rücken mit dem samtigen Blütenkopf. Nichts passierte. Ich versuchte es noch einmal und strich mit der Rose über seinen Kopf bis zu den Schwanzfedern und zurück.

Vergeblich. Kein Wunder geschah und verwandelte den Raben in den menschlichen Jonathan zurück. Eine tiefe Niedergeschlagenheit überkam mich und spiegelte sich in Jonathans Augen. Er schlug ungeschickt mit den Flügeln, offenbar versuchte er zu fliegen, doch er taumelte mit einem tolpatschigen Flattern gerade mal zwei Handbreit hoch in die Luft, ehe er vor meinen Füßen eine Bauchlandung machte. Ich bückte mich, schloss meine gewölbten Hände vorsichtig um den Vogelkörper und hob ihn hoch. Der Rabe hielt ganz still, und sanft drückte ich ihn an mein Herz.

»Ach, Jonathan, was ist bloß mit dir passiert?«, flüsterte ich und spürte, wie mir Tränen in die Augen traten.

Der Rabe konnte mir nicht antworten, doch in meinem Kopf materialisierte sich plötzlich das Bild von uns beiden in den Bergen. Konnte ich etwa Jonathans Gedanken lesen? Es schien so, denn eine weitere Vorstellung tauchte vor meinem inneren Auge auf: Ich sah uns hinter der Kiefer kauern, während ein rot-schwarzer Feuerblitz auf uns zuschoss. Kurz darauf hatte ich einen kurzen, heißen Schmerz gespürt, und auch Jonathan hatte aufgeschrien. »Laurins Zauber!«, entfuhr es mir. Hatte er uns verfluchen wollen und Jonathan damit zu dem gemacht, was jetzt zitternd zwischen meinen Händen kauerte? Der Rabe bewegte den Kopf auf und ab, was wohl ein Nicken darstellen sollte.

»Aber warum bin ich dann nicht verwandelt worden, schließlich hat mich der Feuerball doch auch gestreift?«, fragte ich, aber gleichzeitig war mir klar, dass weder Jonathan noch ich eine Antwort darauf wussten.

»Glaubst du … ich meine, hast du das Gefühl, du wirst dich irgendwann einmal wieder zurückverwandeln?«, startete ich einen Versuch, mir und ihm Hoffnung zu machen. Der Vogel senkte den Kopf. Ein leiser, verzagter Laut drang aus seiner Kehle, und ich verstand auch ohne Worte, was das bedeutete.

Eine ungeheuere Wut auf den Zwergenkönig erfasste mich wie ein plötzlicher Wirbelsturm. »Verdammter Laurin«, stieß ich hervor. »Hoffentlich hat das Gift ihm unerträgliche Schmerzen bereitet. Alles hat er mir kaputt gemacht! Erst nimmt er mir Caro weg und dann dich …«

Die Gewissheit, dass ich nun ganz auf mich gestellt sein würde, ohne Jonathan an meiner Seite, der geschworen hatte, mich zu beschützen, und mir Mut gemacht hatte, raubte mir den Atem. Ich schluchzte auf, und der Zorn wich einer unendlichen Einsamkeit. Meine Tränen tropften auf das schwarze Rabengefieder. Ein leichter Schmerz in meinem Zeigefinger riss mich aus meinen graudüsteren Gedanken. Jonathan – beziehungsweise der Rabe – hatte mich vorsichtig mit dem Schnabel gekniffen. Ich sah ihn an. Er legte den Kopf schief und schien mir Zuversicht vermitteln zu wollen, dabei war es für ihn sicher unendlich schwer, sich an das Dasein in einem Tierkörper gewöhnen zu müssen.

Verzweifelt wünschte ich mir eine gute Fee herbei, die mir einen Wunsch erfüllen würde ... Unvermittelt blitzte eine Erinnerung auf, und ich sah mich wieder in Laurins Felsenreich stehen, wo der zornige Herrscher den Verlust seines goldenen Rings beklagte. »Drei Wünsche will ich dem erfüllen, der mir den Schmuck zurückbringt«, hörte ich den geisterhaften Widerhall seiner Stimme in meinem Kopf. Nun hatte ich die Lösung, wie ich Jonathan von dem Fluch befreien konnte.

»Wir müssen dem Zwergenkönig den Ring zurückbringen, den ich damals gefunden habe und den einer von den Schülern mir weggenommen hat«, sagte ich zu dem Raben. »Laurin hat noch gelebt, als wir geflohen sind. Bestimmt haben wir dadurch die Chance, dich zu erlösen!«

Jetzt zitterten meine Hände vor Aufregung, und meine Gedanken tanzten einen wilden Ringelreihen. Udo von Hassell hatte mir den Schmuck gewaltsam entwendet. Ob er ihn noch besaß oder schon längst zu Geld gemacht hatte? Lebte er noch in unserer Stadt, oder war er vielleicht längst weggezogen, womöglich ins Ausland? Die Fragen türmten sich zu einem Berg, der vor mir aufragte und beinahe unbezwingbar erschien. Trotzdem musste ich es versuchen.

»Ich werde den gestohlenen Schmuck finden. Und dann muss der Zwergenkönig sein Versprechen einlösen, und du wirst wieder ein Mensch«, sagte ich entschlossen zu Jonathan.

»Bis dahin wirst du dich aber wohl oder übel als Vogel durchschlagen müssen.«

Der Rabe begann zu zappeln und glitt mir fast aus den Händen. Hastig setzte ich ihn ab. Er schlug mit den Flügeln und hüpfte noch zwei Schritte, dann hatte er offenbar den Dreh raus, denn mit ein paar kraftvollen Bewegungen seiner glänzend schwarzen Schwingen erhob er sich in die Luft.

»Jonathan, nein! Lass mich nicht allein«, schrie ich angsterfüllt auf. Der Rabe zog einen Kreis um meinen Kopf, bevor er sich leicht und anmutig auf meiner Schulter niederließ, wo er ruhig sitzen blieb.

Ich atmete auf und drehte den Kopf. »Du hast mir einen ganz schönen Schreck eingejagt«, schimpfte ich und sah ihn strafend an. »Eine Sekunde lang dachte ich echt, du lässt mich hängen!«

Statt einer Antwort versuchte der Rabe, an meinem Ohrläppchen zu knabbern. »Lass das«, rief ich. »Nur weil du kein Mensch mehr bist, heißt das nicht, dass du jetzt auf Tuchfühlung gehen kannst, klar?«

Prompt flog der Vogel auf. »Okay, ich habe es nicht so gemeint«, rief ich. Mit einem leichten Glucksen ließ der Rabe sich wieder nieder, diesmal auf meiner anderen Schulter. »Schluss damit«, machte ich Jonathans Sperenzchen streng ein Ende. »Ich versuche jetzt, mich in meine Stadt durchzuschlagen, und du bleibst gefälligst bei mir und machst keinen Scheiß!«

Wieder zwickte mich der Vogel, diesmal aber etwas weniger sanft. »Aua! Also gut, du machst keinen … Unsinn. Habe ich mich für deinen Geschmack gewählt genug ausgedrückt?«, maulte ich. Noch einmal gluckste der Rabe, und diesmal klang es ziemlich selbstzufrieden.

Vorsichtshalber hob ich Jonathans Klamotten auf, als etwas Rundes aus der Tasche seiner Hose rutschte und über die Straße rollte, direkt auf die Rillen eines Gullys zu. Noch ehe ich reagieren konnte, stieß sich der Rabe von meiner Schulter ab und griff sich das Ding mit dem Schnabel, ehe es im Kanal verschwand. Elegant segelte er zu mir zurück und ließ seine Beute in meine ausgestreckte Hand fallen. Ein Knopf, dachte ich zuerst. Dann aber erkannte ich den schwarzen Kiesel aus dem Zwergenreich, der uns bei der Flucht den Weg geleuchtet hatte.

Zwar konnte er offenbar den Fluch auch nicht lösen, sonst wäre Jonathan nach der Berührung mit ihm ja jetzt kein Rabe mehr, aber wer wusste, wofür der Stein noch gut sein würde. Behutsam wickelte ich ihn zusammen mit der Rose in das Kleiderbündel ein und machte mich anschließend auf den Weg zur nächsten größeren Straßenkreuzung.

Dort hielt ich den Daumen raus, und tatsächlich dauerte es nicht lange, bis ein alter Golf hielt, dessen Farbe einmal rot gewesen sein musste. Am Steuer saß eine brünette junge Frau, die wie etwa Mitte zwanzig wirkte. Ihre Beifahrerin war ungefähr gleich alt, nur wurden ihre weißblonden Haare von schrillpinkfarbenen Strähnchen gekrönt. Sie ließ das Fenster an ihrer Seite herunter, und ich erhaschte einen Blick auf den Ring, den sie durch die Nase gezogen hatte und der ihr das Aussehen eines niedlichen Stierkälbchens verlieh.

»Hi! Wo willst du denn hin?«, fragte sie mich.

Noch ehe ich antworten konnte, hatte sie den Raben auf meiner Schulter entdeckt. »Das ist ja witzig«, rief sie. »Ist der zahm?« Ich nickte, während ich gleichzeitig den Ort nannte, in dem ich ins Internat und später zur Uni gegangen war.

»Steig ein, das liegt auf unserem Weg«, grinste sie.

»Aber nur, wenn das Federvieh keinen Scheiß macht«, schaltete sich die Fahrerin ein und musterte Jonathan skeptisch. Unwillkürlich musste ich bei ihren Worten grinsen, denn prompt gab der Rabe einen unwilligen Laut von sich, den zum Glück nur ich hören konnte.

»Der ist brav«, versicherte ich hastig und warf meinem tierischen Begleiter einen warnenden Blick zu. Tatsächlich verhielt er sich still, auch wenn er mit einem kurzen Trippeltanz auf meiner Schulter seiner Missbilligung über die Wortwahl des Mädchens Ausdruck verlieh.

Vorsichtig nahm ich auf dem Rücksitz Platz und spürte die Vogelkrallen auf meiner Haut, die Halt suchten, während die Fahrerin Gas gab und sich in den Verkehr einfädelte. »Danke fürs Mitnehmen«, sagte ich und versuchte, den forschenden Blick der Brünetten im Rückspiegel wegzulächeln.

Die Blonde mit den Strähnchen wandte sich halb zu mir um. Hoffentlich löcherte sie mich jetzt nicht, woher ich kam und wieso ich ein festliches Mieder zur Wanderhose trug, dachte ich beklommen. So schnell wollte mir keine gute Erklärung dafür einfallen. Doch sie deutete nur auf den Vogel. »Wo hast du den denn her?«, fragte sie ehrlich interessiert und musterte Jonathan, der genauso interessiert zurückstarrte.

»Ach ... den hab ich auf der Straße gefunden. Er konnte zuerst nicht fliegen, und da habe ich mich um ihn gekümmert«, gab ich Auskunft. Es war nicht mal gelogen. Der Hals des Raben war inzwischen immer länger geworden, während er die pinkfarbenen Strähnen des Mädchens inspizierte. Ich lehnte mich etwas zurück, um Jonathan zu signalisieren, dass er seine Neugierde gefälligst zügeln sollte. Da schallte auf einmal laute Musik durch das Innere des Wagens, so dass ich heftig zusammenzuckte und der Vogel beinahe einen Sturzflug in den Fußraum gemacht hätte.

»Mann, Ina! Musst du immer so laut machen?«, überschrie die Blonde die kräftige Frauenstimme, die nun aus den Boxen der Autoanlage dröhnte.

»Hey, ich mag Duffy!«, gab die Gescholtene ebenso laut zur Antwort und blickte kurz in den Rückspiegel. »Kennst du, oder?«, testete sie meinen Musikgeschmack.

Ich kannte nur Duffy Duck aus den Zeichentrickfilmen, die ich früher mit Caro immer geschaut hatte. Unwahrscheinlich, dass die Comicfigur inzwischen sang.

»Hab schon mal was von gehört ...«, blieb ich bewusst vage. Die Brünette schnaubte entrüstet. Wahrscheinlich dachte sie, ich lebte hinterm Mond. Gerne hätte ich sie gefragt, ob sie meine Lieblingssänger und -bands kannte: Duran Duran, David Bowie, Tom Waits, Eurythmics ... Was wohl Madonna und die Dire Straits inzwischen machten? Ich traute mich nicht zu fragen. Allerdings bereiteten mir auch weniger meine fehlenden Musikkenntnisse Sorgen, sondern Jonathan. Ihn musste dieser Lärm ziemlich ängstigen, kannte er doch bisher nur Harfe und Cembalo, oder was man in den Achtzigerjahren des 18. Jahrhunderts an Instrumenten eben so gespielt hatte. Vorsichtig schielte ich zur Seite.

Verblüfft sah ich, wie der Rabe, der inzwischen neben mir auf dem Sitz hockte, sich im Takt der Musik rhythmisch vor und zurück wiegte. Offenbar fand er Gefallen an dieser Duffy und ihrem Song.

Auch die Blonde sah es und kreischte vor Lachen. »Hey, das solltest du filmen und bei YouTube einstellen!«

»Bei – wo?«, rutschte mir raus. Sie runzelte die Stirn, und mir wurde klar, dass ich offensichtlich einen ziemlichen Fauxpas begangen hatte. »Ach so, *dort* meinst du! Ja klar, mache ich, gute Idee«, schob ich daher hastig nach, während ich mich insgeheim fragte, was zum Teufel dieses »Jutjub« war und wie ich all das Wissen um die Dinge aufholen sollte, die mehr als ein Vierteljahrhundert lang an mir vorbeigerauscht waren.

Um nicht noch in weitere Fettnäpfchen zu treten, beschloss ich, die Mädels nun meinerseits ein bisschen auszufragen. Vielleicht würde ich auf diese Weise einige Lücken, die die vergangenen siebenundzwanzig Jahre in meinem Leben hinterlassen hatten, aufholen können.

Als der verblasste rote Golf mich mitsamt meinem Raben ausspuckte, wusste ich immerhin dank einer Mischung aus Radionachrichten und den Gesprächen der beiden Freundinnen, wie der aktuelle Papst hieß, dass Helmut Kohl als Bundeskanzler schon seit mehr als zwanzig Jahren aus dem Amt war und die meisten Supermärkte jetzt eine »Bio-Ecke« hatten, wenn nicht gleich ihr ganzes Sortiment »Öko« war.

Obwohl mir der Kopf von den vielen neuen Informationen schwirrte, fiel die Verabschiedung von den beiden Mädchen herzlich aus. Zoe, die Blonde, wollte Jonathan über seinen Vogelkopf streichen, doch der wich mit einem unwilligen Krächzlaut aus. Mir lag schon »Nur ich darf ihn anfassen«, auf der Zunge, doch Zoe nahm die tierische Abfuhr locker.

»Na gut, dann nicht«, grinste sie, und damit brausten sie und Ina mit einem letzten Winken aus dem offenen Fenster davon.

Ich drehte den Kopf zu Rabe Jonathan, der auf meiner Schulter hockte und mich aufmerksam ansah. »Das war ja schon mal kein schlechter Anfang«, versuchte ich, uns beiden Mut zu machen.

Doch kurz darauf erhielt meine Euphorie einen ersten Dämpfer. Weder im Studentenwohnheim noch an der Universität, die nur zwei Querstraßen weiter lag, konnte man mir sagen, was aus Caro geworden war. Zwar sah die freundliche Sekretärin in der naturwissenschaftlichen Fakultät in den Unterlagen nach, doch das Einzige, was sie fand, war eine Exmatrikulationsbescheinigung aus dem Jahr 1988. Ausgestellt auf den Namen Caroline Benning. Nicht einmal ein Jahr nach meinem Verschwinden hatte Caro ihr Pharmazie-Studium geschmissen. »Leider kann ich Ihnen nicht weiterhelfen«, sagte die grauhaarige Frau und sah mich über ihre Brille hinweg freundlich an. »Was aus den Studenten wird, wissen wir in der Regel nicht, außer sie sind nach ihrem Abschluss noch an der Uni tätig.«

Ich bedankte mich aufrichtig, doch ein Gefühl der Niederlage drohte sich in mir breitzumachen. Ich beschloss jedoch, nicht aufzugeben.

»Als Nächstes gehen wir zum Internat. Vielleicht können die mir sagen, wo sie inzwischen lebt«, erklärte ich dem Raben, der vor der Universität auf einer der steinernen Säulen hockte und auf mich gewartet hatte. Energisch schlug ich den Weg zu unserer ehemalige Wohnstätte ein. Bestimmt hatte Caro den Kontakt zu unseren damaligen Internatsbetreuern aufrechterhalten. Und selbst wenn die meisten längst in Rente waren, gab es vielleicht noch einen Hinweis darauf, wo meine Freundin jetzt lebte. Bei der Vorstellung, ich würde Caro schon bald wiedersehen, durchströmten mich widersprüchliche Gefühle: Freude, aber auch Angst. Was würde sie sagen, wenn ihre totgeglaubte Jugendfreundin nach fast dreißig Jahren vor der Tür stand – und immer noch so aussah wie 1987, während sie auf die fünfzig zuging? War es überhaupt eine gute Idee, nach ihr zu suchen, oder sollte ich sie besser in dem Glauben lassen, ich wäre für immer verschwunden? Vielleicht würde ihr mein Auftauchen einen Schock versetzen, von dem sie sich nie mehr erholte?

Ein winzig kurzer Schmerz an meinem Ohrläppchen und ein vorwurfsvolles Krächzen erinnerten mich daran, dass ich immer noch mitten auf dem Gehweg stand. Offenbar konnte nicht nur ich Jonathans Stimmungen fühlen, sondern auch umgekehrt, denn der Rabe flatterte auf und flog ein Stück voraus, ehe er eine elegante Kurve in der Luft beschrieb und zu mir zurückkehrte. Er landete vor meinen Füßen und sah mich mit schiefgelegtem Kopf an. Ich interpretierte es als Aufforderung. »Du hast ja recht«, sagte ich zu ihm. »Die Einzige, die mir helfen kann, ist nun mal Caro.

Ich hoffe nur, sie fällt nicht in Ohnmacht, wenn sie mich sieht.«

Der Vogel schüttelte sich einmal kurz, bevor er sich wieder in die Lüfte erhob. Er flog hinter mir her, während ich den Marktplatz der vertrauten Stadt überquerte und in das Gewirr der kleinen Gässchen eintauchte, deren Kopfsteinpflaster bestimmt schon seit Jonathans Geburt existierte. Ich lief einmal quer durch den Ort bis ans andere Ende und stand schließlich vor dem imposanten Gebäudekomplex des Internats, in dem Caro und ich jahrelang ein und aus gegangen waren. Meist ununterbrochen quatschend. Es gab nichts, was ich nicht von Caro gewusst hätte – und sie von mir. Zum Beispiel, dass sie sich heimlich eine Familie und Kinder wünschte. Sie wollte im Leben nicht nur Apothekerin, sondern auch Mutter sein – am liebsten von einer Tochter – und ihrem Kind das geben, was sie in ihrer eigenen Kindheit nie erlebt hatte.

In Erinnerungen versunken stieg ich die geschwungene Steintreppe hoch, deren Stufen von den vielen Füßen unzähliger Internatsschüler an einigen Stellen in einem hellen Graphitton glänzten. Zuerst nahm ich Jonathans aufgeregtes Krächzen über meinem Kopf nicht wahr, so sehr war ich mit mir und meinen Gedanken beschäftigt. Erst nachdem er sich mit angelegten Flügeln fast senkrecht vor meinen Augen aus drei Metern Höhe stürzte und sich nur knapp vor dem Boden wieder hochschraubte, schenkte ich ihm Aufmerksamkeit. Er schlug mit den Flügeln und stieß heisere Laute aus, aber diesmal vermochte ich seine Aufregung nicht zu deuten. Auch die Bilder, die ich übermittelt bekam, waren undeutlich und zeigten nur das Gebäude, vor dem ich stand.

»Du kannst nicht mit rein«, ermahnte ich ihn streng. »Hier stehen überall große Bäume. Warum machst du es dir nicht wieder auf einem Ast bequem und wartest, bis ich zurück bin?«

Abrupt drehte der Vogel ab und verschwand im dichten Geäst der alten Kastanie, auf die ich damals schon aus dem Fenster des Internatszimmers geblickt hatte. Ich bildete mir ein, sie wäre inzwischen noch ein Stück höher geworden. Ich schirmte die Augen mit der Hand ab und entdeckte Jonathan auf einem Ast. Er drehte mir die Schwanzfedern zu, was in Rabensprache offenbar ein Schmollen war, warum auch immer. Momentan hatte ich wirklich andere Probleme, als mir Gedanken um einen verzauberten und nun auch noch beleidigten Raben zu machen.

Schwungvoll stieß ich die Eingangstür auf und prallte zurück. Das große Foyer mit dem alten Marmorboden existierte noch. Die hölzerne Tür mit Guckloch, hinter der unser Hausmeister sein Reich gehabt hatte, war allerdings verschwunden, stattdessen befand sich nun in der Mitte ein chromglänzender Empfangstresen. Dahinter stand eine Frau, die soeben einer Modezeitschrift entstiegen zu sein schien. Der lackschwarze Bob war perfekt frisiert, sie war dezent geschminkt und in einen Hosenanzug gekleidet, der so teuer aussah, dass es mich juckte, sie noch vor der Begrüßung nach dem Preis zu fragen. Aber ich beherrschte mich und marschierte entschlossen auf sie zu. Sie musterte mich, als befürchtete sie, ich würde fragen, ob ich mal eben ihren Müll hinterm Haus nach was Essbarem durchwühlen dürfte.

»Hallo. Ich war hier im Internat«, fing ich an. »Früher«, fügte ich hastig hinzu, weil ich merkte, dass sie mich weiterhin skeptisch taxierte. »Ich wollte fragen, ob Sie mir vielleicht weiterhelfen können …«

»Nein«, unterbrach mich der schwarzhaarige Hosenanzug barsch. »Wir sind ein DaySpa und kein Auskunftsbüro!«

»Ein … was?«, stotterte ich. Genau die gleiche Frage hatte ich Josef schon bei seinem Auto gestellt, fiel mir ein. Und wahrscheinlich würde ich sie noch häufiger stellen, denn es gab wohl ziemlich viele Dinge, die ich im Zwergenreich verpasst hatte.

»Eine Beautyfarm«, schnappte die Pagenköpfige noch eine Spur unfreundlicher. »Seit wann das denn?«, rutschte mir heraus.

»Herbst 2001«, gab sie knapp Auskunft. »Nach dem großen Brand war das Gebäude praktisch wertlos, aber unsere Kosmetikkette hat es aufgekauft und investiert – mit Erfolg«, berichtete sie, nun mit hörbarer Befriedigung in der Stimme.

»Aber ... was ist mit alten Unterlagen, Akten ...«, piepste ich.

»Vernichtet«, antwortete Frau DaySpa ungerührt. »Das Feuer hat vom Dach bis in den Keller gewütet, und was zu dem Zeitpunkt noch nicht verbrannt war, wurde durch das Löschwasser der Feuerwehr zerstört.«

Fieberhaft überlegte ich, welche Möglichkeiten ich sonst noch hatte. »Könnte ich vielleicht mal einen Blick ins Telefonbuch werfen?«, fragte ich, obwohl es mir schwerfiel, die Empfangsdame, die mich mit ihrer eisigen Art an Schneewittchens Stiefmutter erinnerte, um einen Gefallen zu bitten.

Sie lachte auf, ein hoher, spöttischer Ton. »Telefonbuch?«, wiederholte sie gedehnt, als hätte ich eine Fremdsprache benutzt. »Ich würde vorschlagen, Sie benutzen dafür lieber den Browser Ihres Smartphones. Und falls Sie keins besitzen ...«, ihr abschätziger Blick traf mich, »... um die Ecke gibt's ein günstiges Internetcafé.«

Okay, das war's, dachte ich verzagt.

»Dafür, dass Sie hier angeblich ins Internat gegangen sind, sehen Sie aber noch sehr jung aus«, sagte die Empfangsdame plötzlich und taxierte mich mit einem Skalpellblick. »Haben Sie was machen lassen – Botox, Filler oder ein Lifting ...?«

Ich hatte weder verstanden, was sie mir mit dem Inter-Netz-Café sagen wollte, noch, was dieses Botox sein sollte, aber eins war klar: Meine Chancen, Caro zu finden, waren verschwindend gering. Von dieser arroganten Zicke würde ich auch keine Hilfe bekommen, weil sie sich nur für sich und ihre Makellosigkeit interessierte.

»Wenn Sie jung bleiben wollen, dann empfehle ich Ihnen die spezielle Zwergenkur«, gab ich bissig zurück. »Hält garantiert frisch.«

Ohne auf Wiedersehen zu sagen, ließ ich die Frau stehen und beeilte mich, ins Freie zu kommen. Sie sollte meine Tränen um Caro nicht sehen.

Draußen drehte mich noch einmal um, und mein Blick wanderte über die renovierte Fassade. »Essence of Beauty – DaySpa« stand auf einem großen Schild über dem Eingang. Hätte ich es gesehen, bevor ich hineingegangen wäre, hätte ich mir das Gefühl erspart, ein Trottel zu sein.

Da spürte ich etwas Federleichtes auf meiner Schulter landen: Jonathan. Er ruckte zweimal mit dem Kopf in Richtung des Schildes. Ich verstand. »Deshalb warst du vorhin so aufgeregt, stimmt's? Du hast vermutet, dass mein Internat nicht mehr existiert«, meinte ich traurig, und der Vogel nickte.

»Ich bin geliefert, Jonathan«, gestand ich. »Telefonbücher gibt es im Jahr 2014 wohl nicht mehr. Und ich habe keine Ahnung, was ein Smartphone ist oder was man in so einem Inter-Netz-Café tut. Jetzt werde ich wahrscheinlich nie herausfinden, wo Caro lebt.«

Der Rabe schmiegte seinen Kopf an meine Wange und knirschte tröstend mit dem Schnabel. Ich hob die Hand und strich vorsichtig über seinen Rücken. Das Federkleid fühlte sich überraschend weich und seidig an. Mir schoss durch den Kopf, wie es wohl wäre, wenn Jonathan noch in menschlicher Gestalt vor mir stünde. Sicher hätte ich mich dann nicht getraut, ihn so einfach zu berühren. Und er hätte mir wahrscheinlich nicht am Ohr herumgeknabbert. Scheinbar konnte er meine Gedanken lesen, denn er kniff mich spielerisch in die Ohrmuschel. Unwillkürlich musste ich lächeln.

»Also gut, aufgeben gilt nicht«, sagte ich, und der Rabe trippelte bestätigend auf meiner Schulter herum. »Wir gehen jetzt in dieses komische Netz-Café, und ich versuche, Udo ausfindig zu machen. Je schneller wir den Ring finden, desto besser«, erklärte ich und fügte seufzend hinzu: »Auch wenn es mit Caro zusammen sicher einfacher gewesen wäre.«

Beim Betreten des Cafés fühlte ich mich schlagartig in eine andere Welt versetzt. Besser gesagt in ein Parallel-Universum. Etwa ein Dutzend Jungs und Mädchen in meinem Alter hockte vor einer Art plattgewalztem Fernsehbildschirm und hackte auf eine Tastatur ein, die nur entfernt Ähnlichkeit mit denen der Computer hatte, die ich bisher gesehen hatte. Diese Geräte hatten damals »Commodore« und »Atari« geheißen, mit irgendwelchen komischen Spielen drauf, die »Tetris« oder so ähnlich hießen. Es waren klobige, schmutzig graue Kästen gewesen, und ihr Gebläse hatte wie ein altersschwacher Staubsauger geklungen.

Heute erinnerte nichts mehr an die Technikmonster. Alles war flach, klein und leise. Fasziniert starrte ich auf die Bildschirme, in denen sekundenschnell Bilder und Schriften aufblitzen und mit einer Berührung desjenigen, der die Tastatur bediente, wieder verschwanden. Dann aber kam meine Angst zurück: Wie sollte ich mich jemals an so einem technischen Wunderwerk zurechtfinden?

»Hey, Tiere sind hier drin nicht erlaubt«, erklang eine Stimme hinter mir. Sie kam von einem Typen in meinem Alter, mit einer Frisur, die sich nicht zwischen Beatles und Simon le Bon von Duran Duran entscheiden konnte. Ein echter Popper sah zwar anders aus, aber ich fühlte mich gleich wohler.

Offenbar hatte sich in knapp dreißig Jahren doch nicht alles verändert. Er deutete auf den Raben, der auf meiner Schulter hockte und von dort angriffslustig auf den langen Pony des Sprechers äugte, der diesem beinahe in die Augen fiel.

»Das ist kein Tier, sondern Jonathan«, erklärte ich ernsthaft.

Der Typ grinste. »Mich interessiert eigentlich eher, wie *du* heißt«, meinte er und kniff verschmitzt ein Auge zu.

»Emilia«, gab ich bereitwillig Auskunft.

Jonathan klapperte protestierend mit dem Schnabel, aber ich gab ihm mit einem kurzes Schütteln meiner Schulter zu verstehen, dass er selbigen halten sollte. Ich wollte nicht flirten, sondern nur Hilfestellung bei der Recherche nach Udos Adresse.

»Hallo, Emilia. Ich bin Leon«, sagte er und nutzte die Gelegenheit, meine Hand zu nehmen und scherzhaft einen Handkuss anzudeuten. Jonathan krächzte missgelaunt.

»Wenn dein Anstandswauwau Stress macht, fliegt er raus, und zwar im wahrsten Sinne des Wortes«, warnte Leon und warf dem schwarzen Vogel einen kurzen Blick zu.

»Ähm, der ist harmlos«, behauptete ich und versuchte, nicht daran zu denken, was Jonathan wohl jetzt tun würde, wenn er in Menschengestalt wäre und seinen Degen zur Hand hätte. Wahrscheinlich Leon zum Duell fordern. Und ich wäre der Sekundant. Unwillkürlich musste ich grinsen, was Leon als Aufforderung zu verstehen schien, denn prompt wollte er mich zu einer »Latte« überreden. Warum mussten Jungs eigentlich immer gleich anzüglich werden, sobald man sie nur anlächelte, dachte ich seufzend. Daran hatte sich wohl auch in fast dreißig Jahren nichts geändert.

»Nein, danke. Um ehrlich zu sein, brauche ich Hilfe. Ich muss eine Adresse rauskriegen«, wehrte ich Leons Annäherungsversuche ab.

»Kein Problem«, meinte er lässig. Scheinbar nahm er sich

meine Abfuhr nicht besonders zu Herzen. »Surfen kannst du für zwei Euro.«

Wieso fing er denn jetzt mit dem Thema Wellenreiten in Europa an, dachte ich verzweifelt. Oder hatte ich mal wieder was verpasst in den Jahren, die ich – im wahrsten Sinn des Wortes – vom Erdboden verschwunden gewesen war?

»Ich ... äh ... ich dachte eigentlich eher an so was wie eine Telefonbuch-Suche«, erklärte ich.

Leon sah mich stirnrunzelnd an. »Ja klar. Zwei Euro die Stunde«, wiederholte er.

Ich war nun komplett verwirrt. War »Euro« ein anderer Ausdruck für Geld? Das alles ergab einfach keinen Sinn. Ich fand mich in der Welt nicht mehr zurecht. Vor lauter Hilflosigkeit und Wut auf meine veränderte Umgebung schossen mir kurz die Tränen in die Augen. Am besten, ich ging wieder und versuchte mein Glück woanders. Ich wandte mich zum Gehen, doch Leon lief mir nach.

»Hey, was ist denn los, ich dachte, du wolltest eine Adresse im Netz suchen?«, fragte er.

Ich nickte und zuckte mit den Schultern. »Ich komme alleine nicht klar«, gab ich zu, und es klang wohl ziemlich kläglich, denn Leons lässiges Grinsen verschwand und machte einem besorgten Gesichtsausdruck Platz.

»Du kennst dich online überhaupt nicht aus?«, wollte er ungläubig wissen. Ich beschloss, zu einer Notlüge zu greifen.

»Ich war die letzten fünfzehn Jahre mit meinen Eltern in ... äh ... Papua-Neuguinea«, griff ich zu der erstbesten Ausrede, die mir einfiel. »Sie sind Ethnologen und haben einen Volksstamm erforscht, der fernab jeglicher Zivilisation lebt. Wir sind erst vor ein paar Tagen wieder nach Deutschland gekommen«, spann ich den Faden weiter und wunderte mich über mich selbst und wie problemlos ich eine so haarsträubende Geschichte fabrizierte.

Leon aber schien beeindruckt. »Krass«, murmelte er. »Kein Wunder, dass du keinen Schimmer vom Web hast.« Wenigstens hatte ich erreicht, dass er sich mit mir an einen der Bildschirme setzte und mich eine halbe Stunde lang in die Welt von Google, Twitter und Wikipedia einführte. Bei seinem Angebot, mir einen Facebook-Account einzurichten, streikte ich allerdings. Stattdessen versuchte ich mich zum ersten Mal in der virtuellen Welt zurechtzufinden. Leider zunächst ohne Erfolg. Zwar fand ich unter Caros Namen einen Eintrag, aber der bezog sich auf eine Frau, die ein Buch veröffentlicht hatte über Runen und wie man sie als Orakel benutzt. Anhand des Fotos und ihres angegebenen Alters von dreiundsechzig Jahren konnte es sich dabei unmöglich um meine beste Freundin handeln. Also hatte sie doch geheiratet und trug nun einen anderen Nachnamen.

Bei meinem zweiten Versuch hatte ich dagegen mehr Glück. »Udo von Hassell« erzielte immerhin über zwanzigtausend Treffer. Zwei Klicks, und ich wusste, wo er wohnte und dass aus ihm inzwischen ein ziemlich prominenter Anwalt geworden war, über den die Klatschblätter regelmäßig berichteten, da einige Diskobesitzer sowie ein Rennfahrer zu seinen Klienten zählten. Ich wunderte mich sehr, denn als ich in seiner Klasse Praktikum gemacht hatte, war Udos Notendurchschnitt mehr als bescheiden gewesen. Wie er das Abi plus den Numerus clausus für Jura schaffen und in seinem Spatzenhirn die ganzen Paragraphen hatte behalten können, war mir ein Rätsel.

Doch da blinkte wieder vor meinem geistigen Auge der Goldring auf, und ich erinnerte mich an das starke Gefühl der Macht, das ich verspürt hatte, während er in meiner Hand lag. Sollte Udo etwa mit seiner Hilfe auf der Karriereleiter nach oben geklettert sein? Falls ja, war es für mich wahrscheinlich unmöglich, an den Schmuck heranzukommen. Udo würde ihn wie seinen Augapfel hüten – und falls der Ring tatsächlich Zauberkräfte besaß, würde er seinen Träger durch die Macht, die er ihm verlieh, schützen. Ich war also erneut in einer Sackgasse gelandet. Frustriert kramte ich in meiner Hosentasche nach dem bisschen Geld, das ich seit dem Schulausflug damals immer noch bei mir trug.

»He, du hast ja noch D-Mark! Ist ja geil«, rief Leon lachend, als ich ihm ein Zweimarkstück hinschob.

»Ach, sorry, muss mir irgendwie dazwischengerutscht sein«, murmelte ich, ohne zu wissen, mit was man heutzutage zahlte. Jonathan erlöste mich aus meiner Verlegenheit. Im Sturzflug segelte er von meiner Schulter, schnappte sich die Münze und flog mit seiner Beute im Schnabel zur offenen Cafétür hinaus.

»Das macht er immer so«, entschuldigte ich mich schnell und warf Leon einen zerknirschten Blick zu.

»Na gut, weil du es bist und ich schönen Frauen noch nie widerstehen konnte ... Sieh die halbe Stunde Internetsurf als Willkommensgeschenk nach deinem Papua-Neuguinea-Trip an«, gab Leon sich großzügig.

»Danke«, murmelte ich. »Es hat sowieso nichts gebracht.«

»Hast du die Adresse nicht gefunden, die du gesucht hast?«, fragte er.

»Doch, aber ... ach egal. Wenigstens habe ich beim Surfen viel gelernt«, erwiderte ich.

»Non scholae, sed vitae discimus«, dozierte Leon, und schlagartig machte es bei mir »Klick«.

»Leon«, sagte ich, sah ihm tief in die Augen und knipste mein schönstes Lächeln an, »du darfst mich jetzt doch zu einer ›Latte macchiato‹ einladen, wenn ich noch ein einziges Mal an diese Suchmaschine darf ...«

KAPITEL 10

Mit Rabe Jonathan auf der Schulter und dem Kleiderbündel unterm Arm stand ich vor einem efeubewachsenen Haus am Ende eines schmalen Sträßchens. Zwar hatte die Fassade auch schon bessere Zeiten erlebt, aber mit seinem tiefgezogenen Ziegeldach und den Sprossenfenstern wirkte es einladend und gemütlich. Trotzdem schwebte mein Zeigefinger einen Zentimeter vor der Klingel, und ich zögerte, sie zu betätigen. Ich hatte Bedenken, welche Reaktion mein Erscheinen wohl auslösen würde. Im Geiste sah ich bereits einen Sanitäter, der mit ernster Miene »Herzinfarkt durch Schock« diagnostizierte.

Unschlüssig drehte ich den Kopf und blickte Jonathan an. »Ich traue mich nicht«, erklärte ich dem Vogel. »Was, wenn ich am Ende die Schuld an einem Todesfall trage?«

Der Rabe legte den Kopf schief. »Was ist die Alternative?«, schien er zu fragen. Er hatte ja recht. Ich musste es einfach riskieren. Entschlossen drückte ich auf den Klingelknopf, auf dem »T. Spindler« stand. Ein melodischer Dreiklang ertönte im Inneren des Hauses, und kurz darauf näherten sich langsame Schritte. Mein Herz schlug so heftig, dass ich es bis hinauf in meine Kehle spürte, und mit trockenem Mund wartete ich darauf, dass mein ehemaliger Tutor mir öffnen würde. Knarrend schwang die Haustür auf. Der Mann, der im Gegenlicht stand und durch seine dicken Brillengläser blinzelte, musste inzwischen Ende siebzig sein. Sein Gesicht war schmal geworden und von unzähligen Falten durchzogen. Trotzdem erkannte ich die vertrauten Gesichtszüge sofort wieder.

»Guten Tag, Herr Spindler« war alles, was ich herausbrachte.

Sekundenlang musterte er mich befremdet, ehe sich in seiner Miene erst Erkennen, dann Überraschung und schließlich Unglauben breit machte.

»Emilia? Emilia Wiltenberg?«, fragte er, und ich erkannte, dass er nicht glauben konnte, was er sah.

Daher beeilte ich mich zu nicken. »Ich weiß, es kommt Ihnen unmöglich vor, aber ... darf ich es Ihnen erklären?«, fragte ich.

Er starrte mich noch sekundenlang an, als sei ich ein Geist, der ihn heimsuchen wollte, doch gleich darauf hatte er seine Fassung zurückgewonnen. »Aber natürlich, kommen Sie herein«, sagte er hastig und bedeutete mir, ihm zu folgen.

»... und dann bin ich in diesem Computercafé auf die Idee gekommen, Ihre Adresse zu ... ähm, *googeln.* Zum Glück leben Sie immer noch hier in der Stadt«, beendete ich meinen Bericht und nippte an dem Tee, den der alte Herr vor mich hingestellt hatte. Eine geschlagene Stunde lang hatte ich nur geredet und Spindler haarklein alles berichtet. Angefangen von dem Fund des Goldrings, den Udo mir gewaltsam weggenommen hatte, bis zu meinen Erlebnissen im unterirdischen Gefängnis bei König Laurin. Spindler hatte erfahren, dass siebenundzwanzig Jahre in der menschlichen Welt etwa drei Tagen Zwergenzeitrechnung entsprachen. Nur den Fluch hatte ich bisher ausgelassen, weil ich meinen alten Tutor nicht mit einem verzauberten, zweihundert Jahre alten Jungen überfordern wollte. Der hockte in Rabengestalt auf der Armlehne meines Sessels, in dem ich mich niedergelassen hatte, und pickte genüsslich an den von Spindler bereitgestellten Keksen herum, die auf einem kleinen Tellerchen für ihn angerichtet waren.

Eine lange Weile schwieg mein damaliger Praktikumsbetreuer. Nur das Ticken der altmodischen Wanduhr war zu hören, die ungerührt die Sekunden zählte, die sich zu Stunden, Tagen und Jahren summiert hatten, ohne dass ich etwas davon gemerkt hatte.

»Was Sie mir erzählt haben, klingt unglaublich, Emilia«, ließ er sich endlich vernehmen. »Sicher, einige Märchen handeln von Menschen, die in die unterirdischen Stollen der Zwerge gehen. Meist aus Gier wegen der vielen Schätze, die diese Wesen gehortet haben. Meist gehen die Geschichten auch so aus, dass derjenige, der bei den Zwergen war, um hundert Jahre gealtert wieder in die normale Welt zurückkommt und am Ende stirbt.«

»Das ist mir ja nun zum Glück erspart geblieben, außer die Zwergenmagie arbeitet zeitverzögert«, gab ich zurück.

Spindler schüttelte den Kopf. »Ich denke, Sie müssen diesbezüglich keine Angst haben«, beruhigte er mich. »Was allerdings die inzwischen vergangene Zeit angeht, haben Sie nun natürlich erst mal ein Problem.«

Ich nickte. Jeder andere hätte mich wahrscheinlich für verrückt erklärt. Doch der pensionierte Lehrer sah verträumt aus den Fenstern, vor denen knallrote Geranien wohlwollend zu uns hereinnickten. »Mein ganzes Leben lang haben mich die Leute für meine Zeit-Raum-Theorie belächelt«, murmelte er. »Und jetzt kommen Sie, und ich habe die Bestätigung. Es gibt also noch eine andere Zeitrechnung als diejenige, die wir kennen.«

»Ja, aber das erzählen Sie doch hoffentlich niemandem«, warf ich ängstlich ein. Wenn er mit der Story zur Zeitung ging, würden die mir auf Schritt und Tritt folgen und darüber berichten. Als Nächstes kämen die Wissenschaftler, die mich allen möglichen Tests unterziehen würden, um herauszufinden, wieso ich nicht gealtert war. Ganz zu schweigen von den Neugierigen, die sich auf die Suche nach Laurins Rosengarten machen würden. Eins wäre jedenfalls sicher, dachte ich grimmig: Sie würden dort eine unangenehme Überraschung erleben.

»Nein, natürlich nicht, was denken Sie von mir!«, beruhigte mich Spindler. »Ihr Geheimnis bleibt in diesen vier Wänden, versprochen.«

»Vielen Dank«, atmete ich auf. »Da wäre nämlich noch etwas …« Ich stockte, und mein Blick schweifte zu Jonathan. Der hatte aufgehört, die Kekskrümel zu vertilgen, und sah mich mit seinen runden Vogelaugen aufmerksam an. Auch der ältere Mann schenkte mir einen fragenden Blick.

Ich holte tief Luft. »Ich habe Ihnen noch nicht die ganze Geschichte erzählt«, fing ich an. »Ich war nicht der einzige Mensch in Laurins Felsenreich. In der Küche arbeitete auch noch so ein Junge …« Ein kurzer Schmerz ließ mich aufschreien. Jonathan hatte mich mit dem Schnabel in den Oberarm gekniffen.

»Aua«, rief ich empört. Der Vogel krächzte gekränkt. »Ja, okay! Es war ein *sehr gutaussehender junger Mann*«, gab ich augenrollend nach. Mit einem zufriedenen Schnabelklappern ließ Jonathan sich wieder auf der Sessellehne nieder.

Spindler blickte verdattert von dem Vogel zu mir. »Jedenfalls«, fuhr ich mit einem warnenden Blick Richtung der eitlen Schwarzfeder fort, »ist es uns gelungen, gemeinsam zu fliehen, indem wir den Zwergen unbemerkt Roten Fingerhut verabreicht haben. Allerdings hat das Gift König Laurin nicht töten können. Er hat es irgendwie geschafft, uns zu verfolgen und einen Zauber oder Fluch hinterherzuschicken. Es sah aus wie eine Art Feuerball«, versuchte ich zu beschreiben. »Er hat uns nicht voll erwischt, aber zumindest gestreift …«

Während ich erzählte, wurden Spindlers Augen hinter seiner dicken Brille immer größer. Als ich geendet hatte, schüttelte er den Kopf. »Liebe Emma, ich glaube Ihnen ja Ihre Geschichte von der Zeit, die im unterirdischen Bergstollen langsamer vergangen ist. Vor mir sitzt ja ein junges Mädchen, also habe ich quasi den lebenden Beweis«, sagte er in seiner etwas komplizierten Art zu reden. »Aber ein Fluch ... Verzeihen Sie mir, an dieser Stelle werde ich nun doch skeptisch. Haben Sie dafür irgendeinen Beweis?«

Stumm deutete ich auf Jonathan. Genau wie ich brauchte mein alter Lehrer eine Weile, bis er verstand. Dann aber fiel der Groschen, und Spindler riss die Augen auf. »*Das* ist der junge Mann aus der Küche?«, fragte er. Langsam erhob er sich aus seinem Sessel und ging zu Jonathan hinüber, um ihn in Augenschein zu nehmen. Der schwarze Vogel blieb sitzen und erwiderte den Blick ruhig und sicher.

»Ich kann es nicht glauben«, murmelte der alte Mann. »Sind Sie wirklich sicher? Ich meine«, setzte er hastig hinzu, weil er sah, dass ich Einspruch erheben wollte, »er unterscheidet sich nicht von einem ganz gewöhnlichen Raben!«

Jonathan krakeelte protestierend, und ich beeilte mich zu versichern, er sei alles andere als ein gewöhnliches Tier. Der Rabe nickte ein paar Mal heftig mit dem Kopf. »Er scheint zu verstehen, was man sagt, aber dennoch ...«, zweifelte Spindler. Jonathan drehte den Kopf und inspizierte kurz das Zimmer, bevor er auf Spindlers Bücherregal flog. Dort trippelte er prüfend an den Buchrücken entlang, bis er offenbar fündig wurde und begann, mit dem Schnabel an einem Buch zu zerren.

»Jonathan«, rief ich, »lass das!« Ehe ich aber noch aufspringen und ihn verscheuchen konnte, fiel bereits ein Buch zu Boden und blieb aufgeschlagen liegen. Der Rabe begann, mit dem Schnabel die Seiten umzublättern, wobei er sich erstaunlich geschickt anstellte. Trotzdem hatte ich Angst, er würde Spindlers Besitz ruinieren, daher beeilte ich mich, aus meinem Sessel aufzustehen, wobei ich dem Raben einen strafenden Blick zuwarf. Der ältere Herr und ich erreichten das am Boden liegende Buch gleichzeitig, und ich bückte mich, um es aufzuheben. Da spürte ich Spindlers Hand an meinem Arm, der mich davon abhielt.

»Sie hatten recht. Das ist kein gewöhnlicher Rabe. Er hat sich ein Werk von William Shakespeare herausgesucht. Sehen Sie nur«, sagte er und hob das Buch auf, wobei er auf die aufgeblätterte Seite deutete. Am linken unteren Seitenrand stand *Hamlet*. An der Stelle, auf die Spindler deutete, sagte Hamlet zu Horatio: »Es gibt mehr Dinge zwischen Himmel und Erde, als Eure Schulweisheit sich träumen lässt.«

Ich starrte den Vogel an. »Woher kennst du Shakespeare?«, rief ich verblüfft. Bis mir einfiel, dass der Dichter bereits um 1600 herum gelebt und geschrieben hatte. Der Rabe krächzte ein paar Mal, es klang wie Gelächter.

»Magie«, murmelte Spindler nachdenklich. »Es gibt sie also tatsächlich. Genau wie König Laurin keine Sagengestalt, sondern ein real existierendes Wesen ist. Tut mir leid, dass ich gezweifelt habe«, wandte er sich höflich an Jonathan. Der neigte mit elegantem Schwung den Kopf, scheinbar war das als Verbeugung gemeint.

»Ganz reizend«, murmelte der ehemalige Pädagoge. Das fand ich auch, lieber wäre mir allerdings gewesen, wenn Jonathan seinen Charme als Mensch hätte versprühen können. Höchste Zeit, den Fluch zu lösen, dachte ich und wandte mich an Spindler.

»Ich muss Udo von Hassell finden«, erklärte ich meinem ehemaligen Betreuer. »Er hat mich damals verletzt zurückgelassen und den Ring an sich genommen. Ich muss ihn wiederbekommen. Es ist die einzige Möglichkeit, den Herrscher der Zwerge dazu zu bewegen, den Fluch zu lösen und Jonathan wieder seine menschliche Gestalt zurückzugeben.« Spindler nickte.

»Eigentlich hatte ich ja gehofft, meine beste Freundin Caro aufzutreiben, aber ich habe keine Spur von ihr gefunden«, fuhr ich fort.

»Sie meinen die junge Frau, mit der Sie im Studentenwohnheim gelebt haben?«, fragte Spindler. Ich sah ihn verblüfft an. »Ja! Woher kennen Sie Caro denn?«

»Sie kam nach Ihrem Verschwinden auf mich zu. Caroline wusste, dass ich Sie während Ihres Praktikums betreut hatte. Ich habe mir damals schreckliche Vorwürfe gemacht, Sie zu dieser Kursfahrt mitgenommen zu haben, Emilia. Wir dachten, Sie hätten sich verlaufen und wären abgestürzt, weil wir nicht genügend auf Sie aufgepasst haben. Aber bei fast fünfzig Schülern …«

»Nein, das war doch nicht Ihre Schuld!«, rief ich. Bei dem Gedanken, dass Spindler fast dreißig Jahre ein schlechtes Gewissen mit sich herumgeschleppt hatte, wurde mir ganz beklommen zumute.

»Caroline hat mich kontaktiert. Sie wollte wissen …« Spindler stockte und holte tief Luft. »Sie hat mich gefragt, ob mir vor Ihrem Verschwinden irgendetwas Ungewöhnliches aufgefallen ist. Aber alles, was ich Ihrer Freundin sagen konnte, war, dass Sie auf mich einen fröhlichen und unbeschwerten Eindruck gemacht haben, nachdem wir kurz vor Ihrem … Unfall noch miteinander gesprochen haben.«

»Wissen Sie zufällig, wo Caro jetzt lebt? Geht es ihr gut?«, wollte ich hastig wissen.

Der alte Mann nahm seine Brille ab und putzte die Gläser mit seinem Hemdzipfel. Er zögerte mit der Antwort, und ich spürte schon den eisigen Frost der Angst, der mein Herz zu überziehen begann, da hob Spindler den Kopf und sah mich an.

»Ja, es geht ihr gut«, sagte er und fügte hinzu: »Das glaube ich zumindest.« Er musste die Frage in meinen Augen gesehen haben, denn leise fuhr er fort: »Wir haben nur sporadisch Kontakt. Caroline hat lange um Sie getrauert, Emilia. Und tut es wohl immer noch. Ihre Freundin hat mir erzählt, sie hat all die Jahre, zu keiner Zeit, an einen Unfall dort im

Gebirge geglaubt. Sie lebt hier ganz in der Nähe, im nächsten Ort.«

Ich hielt den Atem an. Nun würde ich Caro doch wiedersehen! Und vielleicht konnten sie und Spindler mir ja dabei helfen, den Ring zurückzuerobern. Wie eine zarte Pflanze begann neue Hoffnung in meinem Herzen zu keimen.

»Meinen Sie, ich kann Caro gleich besuchen? Heute noch?«, fragte ich begierig. Ich konnte es kaum mehr erwarten.

»Erst einmal müssen Sie etwas Anständiges essen. Sicher haben Sie vor lauter Aufregung noch nichts im Bauch«, bestimmte Spindler energisch. Ich hatte bisher nicht daran gedacht, aber jetzt, da er es erwähnte, begann mir tatsächlich der Magen zu knurren. Mein alter Betreuer sah mir den Hunger wohl an der Nasenspitze an, denn er lächelte.

»Ich kümmere mich darum. Währenddessen steht Ihnen mein Badezimmer zur Verfügung, falls Sie sich etwas frisch machen wollen. Handtücher finden Sie im Regal hinter der Tür.«

Damit wandte er sich ab und steuerte mit dem elastischen Gang eines zwanzig Jahre jüngeren Mannes die Küche an, die direkt an das Wohnzimmer grenzte. Jonathan flatterte auf, aber ich bedachte ihn mit einem strengen Gouvernantenblick.

»Du bleibst schön hier«, wies ich ihn an. »Sei nett zu Herrn Spindler, dann gibt er dir vielleicht noch ein paar Nüsse oder was Raben eben so essen«, fügte ich hinzu.

Ohne auf Jonathans protestierende Laute zu hören, ging ich ins Bad und schloss die Tür hinter mir. Alles war blitzsauber, und der Stapel frischer Handtücher duftete zart nach Lavendel. Zum ersten Mal seit Tagen, die ja in Wirklichkeit Jahrzehnte waren, blickte ich wieder in einen Spiegel und sah das Gesicht einer einundzwanzigjährigen jungen Frau mit rötlichen Locken und grünen Augen. Meine Haut war glatt und faltenlos. Ich schloss die Augen und versuchte mir vorzustellen, wie Caro wohl inzwischen aussah und ob ich sie wiedererkennen würde, wenn sie jetzt neben mir stünde und wir beide uns im Spiegel betrachteten. Als ich die Augen öffnete, meinte ich tatsächlich ein zweites Gesicht zu sehen. Es war zuerst verschwommen, doch langsam schälten sich die Konturen heraus, und das beschlagene Glas wurde klarer. Als ich erkannte, wer mich ansah, schrie ich auf: Es war nicht Caros Gesicht. Sondern die abstoßende Fratze Laurins.

»Emilia, geht es Ihnen nicht gut? Sie sind ja ganz blass«, rief Spindler besorgt, nachdem ich aus dem Bad getaumelt war. Der Anblick des Zwergenkönigs war genauso schnell wieder aus dem Spiegel verschwunden, wie er aufgetaucht war. Ich hatte mir zuerst kaltes Wasser ins Gesicht gespritzt, ehe ich unter die Dusche geklettert war und das Wasser so heiß aufdrehte, bis ich es fast nicht mehr aushielt. Am liebsten hätte ich die Erinnerung an den hässlichen Herrscher der Zwerge ein für alle Mal von mir abgewaschen. Doch immer wieder tauchte sein verzerrtes Gesicht, über das blutige Tränen liefen, vor meinen Augen auf, und seine Drohung, er würde mich finden, gellte mir in den Ohren.

Schließlich stieg ich aus der Kabine und vergrub mein Gesicht in einem der duftenden Badetücher. Ich war meinem ehemaligen Tutor unendlich dankbar, dass er mich nicht ausgelacht oder gar für verrückt erklärt hatte. Er würde mir helfen, dessen war ich mir ganz sicher. »Alles wird gut«, versuchte ich mir selbst Mut zuzusprechen. Leider gab es einen Teil in mir, der nicht daran glaubte.

Trotzdem bemühte ich mich, mir meine Sorge nicht anmerken zu lassen, und schüttelte auf Spindlers mitfühlende Frage den Kopf. »Es war nur alles ein bisschen viel für mich«, lächelte ich gezwungen. Er nickte verständnisvoll. »Nun essen Sie erst einmal. Ich habe Ihnen einen Linseneintopf von heute Mittag aufgewärmt, gesund und nahrhaft«, informierte er mich.

Zum Glück keine Gemüsesuppe, dachte ich mit einem Anflug von Galgenhumor. Ich hätte sonst wahrscheinlich keinen Bissen heruntergebracht, sondern immer an die vergifteten Zwerge denken müssen. Entschlossen verdrängte ich jegliche Erinnerung und machte mich über den schmackhaften Eintopf her.

»Hmmm«, mümmelte ich mit vollem Mund. »Das ist echt das Beste, was ich seit langem gegessen habe. Genau genommen, seit siebenundzwanzig Jahren«, setzte ich trocken hinzu, und Spindler lächelte.

»Sie besitzen eine bewundernswerte Art«, sagte er. »Ich bin überzeugt, Sie schaffen es, sich trotz fast drei Jahrzehnten Abwesenheit wieder in der Welt zurechtzufinden.«

»Das hoffe ich auch«, murmelte ich und dachte, dass ich das Internet, die komische Mode und selbst die Jahre, die unwiederbringlich an mir vorübergerauscht waren, ertragen konnte, wenn ich nur Caro finden und Jonathan wieder ein Mensch werden würde.

Bis dahin war es aber noch ein weiter Weg, und der erste Schritt führte mich in den Nachbarort zu einem freundlichen Holzhaus, das in einem matten Graublau-Ton gestrichen war und dessen weiße Fensterrahmen in der Sonne leuchteten. Zum zweiten Mal an diesem Tag stand ich vor einer Haustür, hinter der der wichtigste Mensch aus meiner Vergangenheit wohnte. Ich hatte Herzklopfen und Angst. Vorsichtshalber hatte ich meinen alten Betreuer gebeten, mich zu Caro zu begleiten. Jonathan war mitgekommen, hatte sich aber auf einem Ast positioniert, weil ich es für besser hielt, erst einmal ohne Rabe auf der Schulter bei meiner besten Freundin aufzutauchen.

Ein schlichtes Schild hing an der Wand: »Familie Strassner«. Die Haustürklingel gab ein helles Scheppern von sich, und wieder näherten sich aus dem Inneren Schritte, diesmal allerdings schnell und leicht. Schwungvoll flog die Tür auf, und vor mir stand – Caro. Auch sie war um keinen Tag gealtert, nur ihre Haare waren länger geworden und fielen nun, zu einem Pferdeschwanz gebunden, über ihre Schultern.

»Caro«, schrie ich und fiel meiner besten Freundin impulsiv um den Hals. Zu meiner Überraschung erwiderte sie meine Umarmung jedoch nicht, sondern machte sich unwillig los. »Spinnst du?«, fauchte sie. Ich ließ die Arme sinken und wich zurück. Hätte sie mich mit einem Eimer eiskalten Wassers übergossen, der Schock über ihr Verhalten hätte nicht stärker sein können.

Hinter mir räusperte sich Spindler. »Ich fürchte, Sie haben sich durch die Ähnlichkeit täuschen lassen«, sagte er an mich gewandt behutsam.

Irritiert nahm ich meine vermeintlich beste Freundin genauer in Augenschein und bemerkte, wie jung sie war, jünger als ich. Fünfzehn oder sechzehn, tippte ich.

Sie starrte mich finster an. »Kann mir mal jemand sagen, was das soll? Sind Sie von irgend so 'ner Erweckungskirche und umarmen die Leute erst mal, bevor Sie ihnen Kohle aus den Rippen leiern, oder was?«, raunzte sie. Mir hatte es die Sprache verschlagen, daher schaltete sich Spindler ein.

»Mein Name ist Theo Spindler, ich bin pensionierter Lehrer und kenne deine Mutter. Du bist die Tochter von Caroline, richtig?« Die gepflegte Sprechweise und seine besonnene Art schienen das aufgebrachte Mädchen etwas zu besänftigen. Sie nickte. »Ich heiße Emilia«, informierte sie uns.

»Ich auch«, rief ich verblüfft. Hatte Caro ihre Tochter nach mir benannt? Mein Gefühl der Rührung wurde jedoch gleich erstickt, als ich meiner Namensvetterin ins Gesicht sah. Offenbar hegte sie ein tiefes Misstrauen gegen mich.

»Liebe Emilia, ich kann dir versichern, dass wir mit den besten Absichten gekommen sind«, ertönte Spindlers leise, angenehme Stimme hinter meinem Rücken. Offenbar richtete er seine Worte aber an Caros Tochter. »Die Freundin deiner Mutter, die ich mitgebracht habe, wird dir alles erklären. Aber ich glaube, es wäre das Beste, in Ruhe zu reden. Dürfen wir hereinkommen?«

Einen Moment zögerte die andere Emilia, dann aber trat sie einen Schritt beiseite. »Also gut, dann mal rein in die gute Stube. Es ist allerdings nicht aufgeräumt«, warnte sie.

Das war eine nette Umschreibung für das Chaos, das sich uns im Wohnzimmer, in das uns Emilia – »aber alle nennen mich Lilly« – geführt hatte. Klamotten, Zeitschriften und ein Karton mit einem Rest kalt gewordener Pizza lagen wild auf dem Boden, dem Sofa und dem gläsernen Couchtisch verstreut.

»Sorry, aber meine Eltern sind verreist. Ich habe sturmfreie Bude und ... na ja ... ich bin nicht so der hausfrauliche Typ«, sagte Lilly entschuldigend und warf hastig ein paar T-Shirts von der Couch, damit Spindler und ich uns setzen konnten. Ich musterte sie verstohlen. Es war verblüffend, wie ähnlich sie Caro sah. Beide hatten blonde Haare und braune Augen. Lillys Nase wies genau denselben kleinen Schwung nach oben auf, nur waren ihre Lippen etwas voller als die ihrer Mutter. Caros Traum von einer Familie hatte sich also erfüllt.

»Hat sie ... also deine Mutter, eigentlich woanders fertig studiert und jetzt ihre eigene Apotheke?«, fragte ich Lilly, die mir den Rücken zugedreht hatte und hastig zwei leere Kekspackungen zusammenknüllte, die mitten auf dem Boden lagen. Der blonde Pferdeschwanz flog, als sie den Kopf schüttelte. »Nö, meine Ma ist Ärztin. Sie fliegt ziemlich oft Notarzteinsätze für die Bergrettung«, fügte Lilly noch hinzu, und mein Herz zog sich in einem kurzen Schmerz zusammen.

Meine Augen trafen die von Spindler, und ich sah ihn traurig lächeln. »Caroline musste das Gefühl haben, wenn sie *Sie* schon nicht retten konnte, dann wenigstens so viele andere Menschen wie möglich«, sagte er, und ich staunte über seine Treffsicherheit. Das Gleiche hatte ich auch gerade gedacht. Eine heftige Sehnsucht nach meiner besten Freundin erfasste mich. Ich hätte sie jetzt gerne in den Arm genommen und ihr gesagt, dass sie nicht mehr um mich trauern musste und ich die ganze Zeit dort unten im Berg an sie gedacht hatte.

»Also, woher kennst du meine Mutter, und wieso hast du vorhin gedacht, ich wäre sie?«, unterbrach Lilly meine Gedanken.

»Wir haben zusammen im Internat und dann Tür an Tür im Studentenwohnheim gewohnt«, sagte ich leise.

»Ach komm, hör auf! Das kann nicht sein, es würde ja sonst nicht mit rechten Dingen zugehen«, argumentierte Lilly.

»Da hast du den Nagel auf den Kopf getroffen«, erwiderte ich und putzte mir die Nase. Weil ich dachte, ihr eine Erklärung zu schulden, fügte ich hinzu: »Ich bin nämlich verzaubert worden.«

Lilly starrte mich an, dann stand sie mit aller Würde, die sie mit ihren einen Meter sechzig zustande brachte, vom Sofa auf. »Hör mal, ich bin zwar blond, aber nicht blöde«, sagte sie und funkelte mich wütend an. »Ich weiß nicht, warum du hier aufgekreuzt bist, aber jetzt ist es Zeit zu gehen! Und mach die Tür zu – von außen!«

»Nein, Lilly, hör zu, ich …«, stotterte ich überrumpelt. Der Schuss war ja wohl nach hinten losgegangen.

»Ich kann dir versichern, liebe Lilly, Emilia sagt die Wahrheit«, schaltete sich Herr Spindler ein. »Sie hat keinen Grund, dich anzulügen. Hat deine Mutter vielleicht ein paar alte Fotos da …?«

Ich konnte den Blick nicht von Lilly wenden, die in einer Schublade des Wohnzimmerschranks herumkramte. Es hatte noch einige Überredungskunst von Herrn Spindler gebraucht, bis sie sich widerwillig bereit erklärt hatte, auf die Suche nach einem Fotoalbum ihrer Mutter zu gehen.

»Hier«, rief sie auf einmal triumphierend. Ächzend kam sie wieder zum Vorschein, in der Hand ein großes Buch. Es versetzte mir einen Stich, weil ich den knallbunten Einband »unseres« Fotoalbums wiedererkannte. Von ihrem 14. Geburtstag an hatte Caro darin Fotos gesammelt, die meisten hatten uns beide gezeigt.

Lilly schlug die erste Seite auf, und schon lächelte mir Caros Gesicht entgegen. Ich erinnerte mich sogar, wo das Foto aufgenommen worden war: bei unserer Internatsweihnachtsfeier 1981. Zu diesem Anlass hatte ich mich das erste Mal getraut, meine selbstgebackenen Plätzchen anzubieten, die innerhalb kürzester Zeit aufgefuttert waren. Damals war in mir der Wunsch entstanden, später mal ein eigenes Café zu eröffnen. Mein Blick wanderte zum nächsten Bild: Caro und ich lachend bei einer Faschingsparty. Wir hatten beide irgendwelche rosa Klamotten an, weil wir als »Schneeweißchen und Rosenrot« gegangen waren. Seitdem hatten uns alle so genannt. Bei der Erinnerung, wie unzertrennlich wir waren, bildete sich ein heißer Klumpen in meiner Kehle, und salzige Tränen verschleierten meinen Blick. Ich atmete tief durch und fuhr mir hastig über die Augen. Im nächsten Moment wurde mir ein Taschentuch unter die Nase gehalten. Lilly musterte mich mit Skepsis.

»Okay, du siehst dem Mädchen auf dem Foto ähnlich. Sogar sehr. Aber du kannst nicht *die* Emmi sein, von der meine

Mutter immer erzählt hat! In Wirklichkeit bist du Emmas Tochter, stimmt's?«

Ich schüttelte den Kopf.

Lilly studierte mein Gesicht gründlich, dann starrte sie auf die Schnappschüsse. Ihre Miene war immer noch zweifelnd, aber ich spürte, wie sie zu schwanken begann. »Du siehst wirklich genau so aus wie Mas Freundin. Aber ... Wie kann das sein?«

»Hör zu, Lilly, was ich dir jetzt erzähle, klingt wahrscheinlich völlig verrückt, aber ich schwöre dir, es ist wahr. Du darfst es nur bitte niemandem verraten, sonst bin ich echt am A...« Ich bremste mich gerade noch rechtzeitig, da schließlich ein ehemaliger Lehrer neben mir saß. »Ich meine, ich bekomme sonst große Probleme«, beendete ich daher hastig meinen Satz.

Lilly nickte, wobei sie keine Sekunde den Blick von mir ließ. Also wiederholte ich noch einmal die Geschichte von meinem Unfall, der mich in Laurins Rosengarten und damit in die Gefangenschaft des Zwergenherrschers geführt hat. An der Stelle, als Laurin mich zur Heirat hatte zwingen wollen, murmelte Lilly grimmig »Widerling«. Kurz darauf war ich bei meinem Bericht an der Stelle mit dem giftigen Fingerhut angekommen, und sie hing atemlos an meinen Lippen.

»Ich bin ihm entkommen, aber ich muss ihm diesen Ring zurückgeben. Dann habe ich nämlich drei Wünsche frei, und der erste wird sein, mich für immer in Frieden zu lassen«, beendete ich meinen Monolog.

Die nächste halbe Stunde fragte Lilly mir beinahe Löcher in den Bauch. Anfangs hatte sie noch heftig an meiner Geschichte sowie meiner Identität gezweifelt. Doch je länger sie die Fotos von mir und Caro betrachtete, desto mehr war sie bereit, mir wenigstens zuzuhören. Schließlich gelang es mir, sie endgültig zu überzeugen, indem ich Einzelheiten aus Caros Leben erzählte, die nur jemand wissen konnte, der mit ihr zur Schule gegangen war und im selben Wohnheim gelebt hatte. Als sie mir endlich glaubte, wollte Lilly aber jedes Detail über die Zwerge und Laurins Felsenreich wissen. Als ich beschrieb, wie hässlich der König war, verzog sich ihr Gesicht, doch bei meinem Bericht, welche Schätze sich in der Höhle befunden hatten, wurden ihre Augen groß. »Mensch, wieso hast du denn nicht wenigstens so ein klitzekleines Diadem, oder wie die Dinger heißen, mitgenommen? Das hätte eine Menge Kohle gebracht«, meinte sie.

»Nein. Es reicht, was Udo angerichtet hat, indem er Laurins Ring an sich genommen hat. Wegen ihm war ich verletzt und habe mich in diesen Rosengarten verlaufen.«

Vorsichtshalber hatte ich darauf verzichtet, die Geschichte mit Jonathan und seiner Verwandlung zu erwähnen. Ich dachte, es wäre vielleicht zu viel für ein junges Mädchen, und ich würde Lilly mit dem verzauberten Raben nur ängstigen. Doch sie wirkte eher gespannt als geschockt.

»Ich habe schon heimlich Horror-DVDs geschaut, da war ich dreizehn«, kommentierte sie meine verwunderte Frage, wieso sie meine Erzählung nach anfänglicher Skepsis jetzt so locker wegsteckte. »Das ist echt die irrste Geschichte, die ich je gehört habe«, fügte sie hinzu, und ihre Augen funkelten vor Unternehmungslust. »Wenn ich dich richtig verstanden habe, dann müssen wir nur noch diesen Udo finden und …«

»Stopp!«, unterbrach ich sie energisch. »*Wir* müssen gar nichts. Udo von Hassell ist ein skrupelloser Typ, der mir den Ring weggenommen und mich verletzt im Gebirge zurückgelassen hat, ohne mit der Wimper zu zucken. Daher hältst du dich da schön raus, das ist viel zu gefährlich für dich!«

»Ach ja, aber du bist so erwachsen, dass du es locker mit ihm aufnehmen kannst, was?« Angriffslustig funkelte Lilly mich an.

»Ich hätte dir das alles gar nicht erzählen sollen«, seufzte ich. »Eigentlich wollte ich ja Caro um Hilfe bitten.«

»Ja, aber die ist die nächsten acht Tage in Bella Italia mit Pasta und Papa und macht dort einen auf Amore«, erwiderte Lilly, und ich glaubte, aus ihrer Stimme einen Hauch Genugtuung herauszuhören. »Wenn dir also einer helfen kann, im Jahr 2014 klarzukommen und deinen ehemaligen Schüler zu finden, ohne gleich aufzufliegen, dann bin ich das!«

»Wenn die Damen erlauben, dass ich auch etwas dazu sage ...«, schaltete sich Spindler mit seinem gepflegten Bariton ein. Lilly und ich fuhren herum. Den älteren Herrn hatte ich vor lauter Eifer ganz vergessen.

»Wir müssen sehr vorsichtig zu Werke gehen«, mahnte Spindler bedächtig. »Sollte dieser Ring tatsächlich magische Kräfte besitzen, wird Udo von Hassell ihn in Sicherheit gebracht und irgendwo verwahrt haben. Immer vorausgesetzt, das Schmuckstück befindet sich noch in seinem Besitz. Zuerst also müssen wir herausfinden, ob er den Ring noch hat. Und dann, wo dieser sich befindet.«

»Aber wie wollen Sie das anstellen, einfach reinmarschieren und ihn fragen?«, rief Lilly vorlaut.

»Udo ist Rechtsanwalt«, schaltete ich mich ein. »Das habe ich mit Hilfe des Internetz herausgefunden.«

»Inter*net* heißt das«, grinste Lilly.

»Allein das lässt mich an die Magie dieses Rings glauben«, murmelte Spindler. »Udo war bis zur zwölften Klasse alles andere als ein Einserschüler. Aber zu unser aller Überraschung schaffte er ein glänzendes Abitur und absolvierte anschließend sein Jurastudium mit *cum laude.*«

»Sag ich doch. Der Ring verleiht offenbar Zauberkräfte«, bemerkte ich.

Lilly sah mich an, und ich meinte, in Caros dunkle Augen zu blicken. »Jetzt weißt du zwar, wo der Typ arbeitet, aber das nützt dir nichts. Er hält dich für tot, das heißt aber noch lange nicht, dass er dich nicht wiedererkennt. Am Ende bekommt er Panik und flippt aus. Und dann ... krrchh!« Um zu demonstrieren, was sie meinte, griff sich Lilly mit beiden Händen an den Hals und ließ die Zunge aus dem Mund hängen. Ich nickte nachdenklich. Udo war schon damals unberechenbar gewesen – und kräftig.

»Ich könnte es versuchen«, meldete sich Spindler zu Wort. Wir blickten ihn überrascht an. »Ich könnte in seine Kanzlei kommen, unter dem Vorwand, seinen juristischen Rat zu benötigen. Vielleicht finde ich ja etwas heraus«, erklärte er. Ich fand die Idee gar nicht schlecht, aber Lilly zog die Augenbrauen hoch und sah nun aus wie die Hauslehrerin Fräulein Rottenmeier im Film *Heidi.*

»Nix gegen Sie, Herr Spindler, aber wie wollen Sie das denn anstellen? ›Hallo Udo, ich bin Ihr Ex-Pauker und wollte mal fragen, wie viel Jahre Knast auf Schmuckdiebstahl stehen? Ach übrigens: Sie haben doch damals dieser Studentin, Emma, einen Ring abgenommen. Verleiht der zufällig magische Kräfte, und wenn ja, wo haben Sie ihn denn versteckt?‹ Ne, sorry, das funktioniert nicht«, ratterte sie herunter. Obwohl sie eine ganz schön dicke Lippe riskierte, schien Spindler nicht verärgert zu sein.

»Du hast natürlich recht, so einfach wird das nicht gehen«, stimmte er ihr zu.

»Wir müssten ... irgendwie undercover ermitteln«, sagte ich zögernd.

Da ertönte ein Klopfen am Fenster, und wir zuckten alle drei zusammen. Lilly sprang vom Sofa hoch, dann aber verwandelte sich ihre erschrockene Miene in Überraschung.

»He, da sitzt ein großer schwarzer Vogel draußen auf dem Fensterbrett«, rief sie.

Jonathan war es offenbar leid geworden, draußen zu warten, und begehrte nun Einlass, denn er hackte zum zweiten Mal energisch mit dem Schnabel gegen die Fensterscheibe.

»Er ist zahm und gehört zu mir«, sagte ich schnell, bevor Lilly Anstalten machen konnte, ihn zu verjagen. Mit zwei Schritten war ich um den Couchtisch herum und öffnete einen der Fensterflügel. »Benimm dich ja anständig«, flüsterte ich Jonathan noch schnell zu, ehe er hereinflatterte, um sich auf meiner Schulter niederzulassen.

»Geil. Einen zahmen Raben hab ich noch nie in echt gesehen«, sagte Lilly beeindruckt. »Hat der auch einen Namen?«

»Jonathan«, gab ich zögernd zu. Lilly prustete. »Warum hast du ihn nicht gleich Willibald oder Sigmund genannt?«, fragte sie, was Jonathan mit einem gekränkten Schnabelklappern kommentierte.

»Das ist eine längere Geschichte«, wehrte ich ab. »Aber eins kannst du mir glauben, er ist was ganz Besonderes.« Jonathan krächzte bestätigend, und in diesem Moment hatte ich die rettende Idee.

»Wir setzen ihn auf Udo an«, rief ich. Die Gedanken rasten in meinem Kopf, und ich fuhr hastig fort. »Als Rabe in der Stadt fällt Jonathan doch kaum auf. Er könnte Udo durchs Fenster seiner Kanzlei beobachten. Vielleicht hat er ja Laurins Ring dort versteckt. Wenn Udo das Fenster mal auflässt, ergibt sich vielleicht für Jonathan sogar eine Chance, ihn im Schnabel mitzunehmen. Und wenn der Schmuck nicht dort ist, folgt Jonathan eben Udo nach Hause!«

»Sehr gut!«, lobte Spindler erfreut.

Lilly sah von ihm zu mir und schüttelte den Kopf. »Na klar«, spottete sie. »Der Rabe kapiert auch gleich, was er machen soll, und erstattet euch dann Bericht, oder was? Hat er vielleicht auch noch ein Handy?«

Ich öffnete den Mund und schloss ihn gleich wieder. Da ich Lilly nichts von dem Menschen Jonathan und seiner Verwandlung erzählt hatte, musste sie mich und meinen Plan ja für meschugge halten. »Das ist kein gewöhnlicher Rabe. Er versteht, was man ihm sagt«, argumentierte ich, aber es klang etwas lahm.

»Wo, meinst du, bin ich zur Welt gekommen – auf der Station der doofen Babys?«, fragte Lilly. Sie glaubte mir natürlich kein Wort.

»Wir versuchen es einfach morgen, einverstanden? Dann sehen wir weiter«, beschwichtigte Spindler.

Lilly verzog das Gesicht und drückte damit aus, was sie von unserem Plan hielt.

Ich überlegte fieberhaft, wie ich sie auf unsere Seite bringen könnte, ohne ihr gleich den fluchbehafteten Jonathan auf die Nase zu binden. Ich wollte Caros Tochter nicht doch noch mit zu viel Magie in Angst und Schrecken versetzen. Vielleicht tat sie nur so überlegen, aber ein verzauberter Junge würde ihr schließlich doch den Rest geben, und sie würde anfangen, laut um Hilfe zu schreien.

Mein Blick schweifte über das Durcheinander von Zeitungen, Pizzaschachteln und Plätzchenpackungen. »Hey, wie wäre es, wenn ich uns ein paar Kekse machen würde?«, fragte ich auf einmal.

Caro war damals total scharf auf Süßes gewesen, und wenn Lilly nur halbwegs nach ihrer Mutter kam, eröffnete sich hier eine Möglichkeit, mich in ihr Herz zu backen. Sie sah hoch, und Interesse blitzte in ihren Augen auf.

»Was denn für welche?«, fragte sie schnell. Ich musste heimlich grinsen.

»Caro mochte meine Schokoladen-Krokant-Mischung immer am liebsten«, erinnerte ich mich.

»Klingt super. Ich meine …«, dämpfte Lilly gleich darauf, denn so schnell wollte sie sich nicht ködern lassen, »du kannst dich gerne in der Küche austoben. Falls sich der Inhalt unseres Kühlschranks nicht inzwischen in Penicillin verwandelt hat«, fügte sie noch leicht zerknirscht hinzu.

Eine gute Stunde später saßen wir einträchtig um den Couchtisch herum und knabberten das noch warme Gebäck. Wie zu erwarten, hatte meine Freundin Caro eine gut ausgestattete Vorratskammer, in der ich alles gefunden hatte, was ich fürs Backen brauchte.

»Das schmeckt super«, nuschelte Lilly mit vollen Backen, und ich tauschte mit Herrn Spindler ein Grinsen über ihren blonden Scheitel hinweg, der sich gerade erneut über den Teller mit den Keksen beugte. Schon hatte sie einen in der Hand, ihr vierter oder fünfter, schätzte ich. Dabei war Lilly ziemlich dünn, schien aber eine Menge vertragen zu können. Gerade als sie den ersten Bissen nehmen wollte, schoss etwas Dunkles vom Schrank herunter, und Lilly starrte verblüfft auf ihre leere Hand, in der sich gerade eben noch ein Keks befunden hatte.

»Sag mal, geht's noch?«, rief sie dem Raben zu, der sich mit seiner Beute im Schnabel auf der Sofalehne niedergelassen hatte und nun Lilly mit schiefgelegtem Kopf beäugte. Sie drohte ihm scherzhaft mit dem Finger, und er gluckste.

»Möchtest du nicht heute Abend für uns kochen, Emma? Ich hätte Appetit auf Rabengulasch!«, flötete Lilly zuckersüß und schielte dabei zu Jonathan hinüber. Der ließ den Keks fallen und flatterte gespielt erschrocken auf, wobei er ein schrilles Kreischen ertönen ließ. Dann segelte er auf meinen Arm und lehnte hilfesuchend seinen Kopf an meine Schulter. Dabei ließ er Lilly nicht aus den Augen. Die konnte nun nicht mehr ernst bleiben und kicherte los. Krächzend stimmte Jonathan in ihr Gelächter ein. »Wahnsinn, der versteht ja tatsächlich, was man sagt«, rief sie bewundernd.

»Sag ich doch«, triumphierte ich.

»Aber wie …«, setzte sie an.

Das melodische Klingeln eines Telefons unterbrach uns. Lilly verdrehte die Augen, und sprang auf und rief über die Schulter: »Typisch Ma, auf dem Festnetz anzurufen. Sie kann Handys nicht leiden. Das ist so Achtziger!«

Sie griff nach einem flachen, schwarzen Rechteck, das so gar keine Ähnlichkeit mehr mit den Telefonen aus meiner Erinnerung hatte und meldete sich mit »Pronto«. Undeutliches Gemurmel wie das Summen eines Bienenschwarms drang an meine Ohren. Lilly grinste. »Na klar, Paps, alles in Ordnung. Logo bin ich brav«, sie kicherte. »Ich sitze zu Hause und … esse«, grinste sie frech. Jonathan war währenddessen näher gehüpft und musterte nun interessiert den schnurlosen Hörer, aus dem die Stimme kam. Lilly warf ihm ein Grinsen zu, dann verdrehte sie die Augen. »Ne, klar, gib mir ruhig Ma, damit ich ihr genau das Gleiche noch mal erzählen kann und sie hört, was für eine Mustertochter sie hat! Ja, ich warte so lange.«

Ich schnellte hoch. Caro würde ans Telefon kommen! Ich würde ihre Stimme hören! Ich hatte bereits zwei Schritte auf Lilly zu gemacht, als ich den sanften, aber bestimmten Druck von Spindlers Hand auf meinem Arm fühlte.

»Emilia«, sagte er verhalten. »Ich weiß, Sie würden nichts lieber tun, als mit Ihrer Freundin zu sprechen. Aber versetzen Sie sich doch mal in Carolines Lage! Für sie wäre es ein Schock, plötzlich Ihre Stimme zu hören. Und das auch noch im Urlaub, weit weg von zu Hause! Ich glaube, es wäre besser, wir würden mit der Nachricht, dass Sie am Leben sind, warten, bis Caroline wieder da ist. Meinen Sie nicht?«

Lilly, die Hand auf die Sprechmuschel gepresst, sah mich fragend an. Schweren Herzens nickte ich. Spindler hatte recht. Ich wollte Caro auf keinen Fall erschrecken oder ihr den Urlaub mit ihrem Mann vermiesen. Denn wenn sie wüsste, dass ich da wäre, würde sie natürlich sofort zurückkommen. Und ich hätte ihr eine Menge zu erklären. Unter anderem, wieso sie erwachsen geworden war und ich nicht.

»Hallo, Ma«, hörte ich Lilly da sagen. Sie drückte eine Taste am Telefon, und unvermittelt hallte Caros Stimme klar und deutlich durch den Lautsprecher. Man hätte meinen können, sie stünde im Zimmer.

»Hallo, Lilly-Schatz«, sagte Caro, und mir schossen Tränen in die Augen. Meine beste Freundin klang noch genau wie früher. Vielleicht war ihre Stimme ein klein bisschen dunkler geworden, aber sie zu hören war, als würden die letzten siebenundzwanzig Jahre schrumpfen, zurückgespult werden, wie eins dieser Maßbänder, die nach dem Herausziehen blitzschnell wieder zurückschnellen können.

»Ist bei dir alles okay?«, fragte Caro, und ich biss die Zähne zusammen, um nicht aufzuspringen und Lilly den Hörer aus der Hand zu reißen.

»Caro, ich bin's, Emma! Ich vermisse dich so schrecklich!«, hätte ich am liebsten gerufen. Stattdessen setzte ich mich auf meine Hände, damit ich nicht in Versuchung geriet, nach dem Telefon zu greifen. Lilly beruhigte derweil in fröhlichem Ton ihre Mutter und versicherte ihr, alles wäre prima. »Ne, es ist nichts los, keine besonderen Vorkommnisse«, erklärte sie munter, wobei sie mir einen Seitenblick zuwarf und eine schuldbewusste Grimmasse schnitt.

»Dann bin ich ja beruhigt«, drang Caros Stimme zu mir. »Immerhin ist es das erste Mal, dass wir dich alleine zu Hause gelassen haben, und ... na ja, ich mache mir einfach ein bisschen Sorgen.«

»Ma-ma, ich bin fünfzehn!«, sagte Lilly gedehnt im Ton einer würdevollen Jubilarin von mindestens neunzig Jahren. »In vier Monaten werde ich sechzehn, schon vergessen? Ich bin eine erwachsene, emanzipierte Frau. Na ja, zumindest –

fast …« Ich vernahm Caros Lachen. »Jaja, schon gut! Ich bin und bleibe eben ein unverbesserliches Muttertier«, gab sie zu. Beim Klang ihres Lachens durchfuhr mich ein Erinnerungsschmerz, der schön und traurig zugleich war. Ich lächelte über Lilly, die sich mit vielen Luftküssen verabschiedete, die von Caro erwidert wurden, aber ich konnte nicht verhindern, dass mir eine Träne über die Wange rollte. Da landete etwas Federleichtes auf der Armlehne meines Sessels. Jonathan sah mich mit seinen klugen Rabenaugen an und knirschte aufmunternd. Ich erwiderte seinen Blick, und er trippelte zu meiner Schulter hoch und zupfte mit seinem Schnabel sanft an einer meiner Locken. Ich musste lächeln und fühlte mich ein kleines bisschen getröstet. Lilly hatte aufgelegt und kam zu uns herübergeschlendert. »Puh, das Theater durchzuhalten, war ganz schön anstrengend!«, seufzte sie und ließ sich aufs Sofa fallen.

Herr Spindler stand auf. Er wirkte etwas erschöpft und lächelte uns müde an.

»Meine Damen, ich hoffe, ihr verzeiht mir, aber ich würde nun gerne nach Hause fahren. Emilia, wollen Sie mich begleiten?«

»Aber … Sie kann doch hier schlafen«, rief Lilly rasch und fügte hinzu: »Na ja, wir haben ein Gästezimmer, das ist sogar aufgeräumt. Und … Ma wäre es sicher auch recht, wenn ich nicht die ganze Zeit alleine zu Hause rumhänge.«

»Also gut, wenn das so ist«, meinte ich gnädig, aber in Wirklichkeit freute ich mich über Lillys Angebot. Obwohl ich sie gerade erst kennengelernt hatte, mochte ich sie. Erinnerte sie mich doch nicht nur vom Aussehen an meine beste Freundin, sondern auch wegen ihres frechen Mundwerks. Und der alte Lehrer war sicher froh, nicht auch noch seine ehemalige Studentin samt einem Vogel über Nacht beherbergen zu müssen, sondern seine Ruhe zu haben. Daher zwinkerte ich Lilly zu und grinste. »Später koche ich Spaghetti. Dafür erzählst du mir, was sich seit den Achtzigerjahren so alles verändert hat …«

Die Nudeln dampften auf den Tellern, und mir rauchte der Kopf. Wie ein Expresszug war Lilly durch die vergangenen drei Jahrzehnte gerauscht und hatte mir mit Hilfe ihres Mini-Computers namens »Laptop« einen Schnellkurs in Sachen drittes Jahrtausend verpasst. Nun wusste ich endlich, was YouTube war, dass der Gebrauch eines Telefons ohne Schnur, das »Handy« genannt wurde, inzwischen so normal war wie Fahrradfahren und die Berliner Mauer kurz nach mir ebenfalls verschwunden war. Außerdem hatte ich einen Beinahe-Erstickungsanfall hinter mir, nachdem ich im Internet Fotos von Dieter Bohlen und Thomas Anders gesehen hatte, die inzwischen wohl total zerstritten waren und Modern Talking endgültig begraben hatten – »zum Glück«, wie Lilly grinsend sagte.

Rabe Jonathan, der anfangs noch genüsslich aus einem Extra-Schüsselchen eine lange Nudel nach der anderen geschlürft hatte, hatte nach kurzer Zeit vor lauter Zuhören sein Futter vergessen.

»Oh Mann, ich weiß nicht, ob ich das alles so schnell verdauen kann«, ächzte ich und meinte nicht das Essen auf meinem Teller. Ich hatte mich durch mehrere Websites geklickt und das Gefühl, meine Augen wären inzwischen viereckig.

»Ach, da gewöhnst du dich schon dran. Ich helfe dir gerne«, bot Lilly großmütig an.

Ich konnte ihr nicht antworten, weil ich gähnen musste. Lilly schielte auf ihr Handy. »Oh, schon zehn Minuten vor elf«, sagte sie, »da haben wir uns ordentlich verquatscht!«

»Wann musst du denn ins Bett?«, fragte ich streng. Immerhin war sie sechs Jahre jünger als ich.

»Eine halbe Stunde nach dir«, grinste Lilly frech und pustete schwungvoll die Kerzen auf dem Tisch aus, die sie zur »Feier unseres Kennenlernens«, wie sie es nannte, angezündet hatte. Das Wachs spritzte über den Tisch, und die Dochte begannen, heftig zu qualmen. Ein stechender Rauchgeruch durchzog das Zimmer. Jonathan krächzte empört und flog zum Fenster, wo er durch Flügelschlagen seinen Wunsch deutlich machte, hinausgelassen zu werden. Ich tat ihm den Gefallen und riss den Fensterflügel auf. Mit einem strafenden Blick zu Lilly flatterte er in den leicht verwilderten Garten hinaus, der mit seinen knorrigen Obstbäumen und dem hohen Gras heimelig und verwunschen wirkte. Der Rabe ließ sich auf einer der Gartenliegen nieder, die unter den ausladenden Ästen eines Nussbaums standen.

Frische, klare Nachtluft strömte ins Zimmer, und ich atmete tief durch. Derweil versuchte Lilly, durch heftiges Fächern mit der Tischdecke den stinkenden Kerzenrauch zu verteilen, und warf dabei mein Glas mit einem Rest Mineralwasser um.

»Weißt du was? Wieso gehst du nicht schon mal schlafen, und ich räume hier etwas auf?«, versuchte ich die Chaos-Queen loszuwerden. Immerhin hörte ich eine Kirchturmuhr draußen nun elf Uhr schlagen.

»Also erstens sind Sommerferien, und ich kann morgen pennen, so lange ich will, zweitens bist du nicht meine Mutter, und drittens …« Noch bevor sie ihr finales Argument loswerden konnte, passierten zwei Dinge gleichzeitig. Die Kirchturmuhr tat ihren letzten Schlag, und in das Echo des dunklen Bronzetons hinein ertönte ein lautes Klopfen an der Haustür. Lilly und ich blickten uns an.

»Wer kommt denn um diese Zeit noch zu euch?«, fragte ich verwundert.

»Eigentlich niemand. Vielleicht hat Herr Spindler was vergessen?«, vermutete Lilly und machte Anstalten, zur Tür zu gehen.

»Halt – ich komme mit! Man weiß schließlich nie, wer vor der Tür steht«, kommandierte ich.

»Okay, das große Sushimesser ist in der Küche. Mit einer geladenen Knarre kann ich leider nicht dienen, die hat mein Vater für die Mafia mit nach Italien genommen«, witzelte Lilly, während wir auf die Haustür zusteuerten, an die erneut heftig geklopft wurde.

»Ist ja gut, Mann, was ist denn so dring…«, rief Lilly ungehalten und riss die Tür auf. Ihr blieb die letzte Silbe im Hals stecken, und auch mir verschlug es die Sprache. Vor uns stand Jonathan. Allerdings war er kein Rabe mehr, sondern sehr menschlich – und sehr nackt. Bis auf ein knappes Handtuch, das er offenbar draußen auf der Gartenliege gefunden und sich um die Hüften geschlungen hatte, trug er nichts am Leib. Sekundenlang sagte keiner von uns ein Wort. Lilly und ich starrten auf Jonathans Oberkörper, und mir schoss durch den Kopf, dass sich das Fechttraining am österreichischen Kaiserhof bei ihm wirklich ausgezahlt hatte. Seine Brust- und Bauchmuskeln hätten so manchen Filmstar vor Neid erblassen lassen. Dann aber gewann ich meine Stimme zurück, auch wenn sie eher dem Krächzen des Raben ähnelte, der er bis vor wenigen Minuten noch gewesen war.

»Du?«, brachte ich schließlich heraus.

»Dürfte ich vielleicht hereinkommen, die Nacht ist etwas kühl«, bat Jonathan höflich. Doch Lilly wich keinen Zentimeter zur Seite, sondern stemmte die Hände in die Hüften.

»Hör mal, Meister«, sagte sie angriffslustig, »die Chippendale-Nummer läuft hier nicht, kapiert? Ich bin noch minderjährig!«

Jonathan blieb keine Zeit, sich von seiner Überraschung zu erholen, denn schon wirbelte Lilly zu mir herum. »Jetzt weiß ich auch, wieso du mich ins Bett schicken wolltest! Ich verstehe ja, dass dreißig Jahre mit dem Anblick von potthässlichen

Zwergen kein Vergnügen waren, aber musstest du deswegen gleich heimlich einen Stripper bestellen?«

»Ich ... was? Nein, das ist Jonathan ...«, stotterte ich überrumpelt.

»Verehrte Lilly, ich vermute, es wird dir jetzt befremdlich erscheinen, aber du kennst mich. Allerdings in anderer Gestalt«, schaltete sich der Angesprochene ein. »Ich war der Rabe, der dir das Gebäck gestohlen und den du auf Emmas Schulter gesehen hast.«

Lillys Blick flog von Jonathan zu mir, und dann prustete sie los. »Na klar, und Michael Jackson lebt«, gackerte sie. »Ihr wollt mich verarschen, oder?«

Ich starrte sie an. »Willst du damit sagen, Michael Jackson ist *tot?*«, rief ich entgeistert.

»Wer *ist* Michael Jackson?«, fragte Jonathan verwirrt, doch ich hatte nur Augen für Lilly, die nickte.

»Schon ein paar Jahre«, sagte sie. »Genau wie Whitney Houston. Beide haben irgendeine Überdosis Tabletten erwischt.«

Das haute mich nun doch um. »Falco?«, fragte ich vorsichtig nach Caros Jugendidol. Lillys Kopfschütteln war Antwort genug. »Und ... David Bowie?«, kaum traute ich mich zu fragen.

»Der lebt!«, rief Lilly. Ich atmete auf. Dann fiel mein Blick auf Jonathan, der außer dem Handtuch nun auch noch eine kapitale Gänsehaut am Körper trug. Hastig zog ich ihn ins Haus. »Du erfrierst ja da draußen«, rief ich.

»Oh, ich möchte euch keinesfalls inkommodieren. Ein Falke und dieser Jackson sind schließlich wichtiger«, schlotterte er und versuchte, sein leises Zähneklappern zu unterdrücken.

»Es heißt ›Falco‹, und natürlich ist nichts wichtiger als die Tatsache, dass du wieder ein Mensch bist«, sagte ich. Am liebsten hätte ich Jonathan umarmt, aber da er nichts außer diesem winzigen Handtuch trug, traute ich mich nicht. Daher beschränkte ich mich darauf, schüchtern seine Hände zu ergreifen. Jetzt lächelte er, und eine Mischung aus Freude und wildem Triumph schoss in meinem Inneren hoch, wie die Sektfontäne aus einer Flasche, die man zu übermütig geschüttelt hat. Laurin hatte verloren – sein Fluch war unwirksam geworden.

»Moment mal, kann mir jetzt bitte einer erklären, was hier los ist?«, schaltete sich Lilly ein. Ich nickte seufzend. Aus dem Plan, sie ins Bett zu schicken, würde vorerst nichts werden.

Während ich Lilly über meine Begegnung mit Jonathan und Laurins Fluch aufklärte, hatte der sich auf Lillys Geheiß in die heiße Badewanne gesetzt, um sich aufzuwärmen. Sie hatte aus dem Schlafzimmer ihrer Eltern ein paar Sachen ihres Vaters für ihn geholt. Währenddessen hatte er staunend zugesehen, wie ich Wasser einließ.

»Man muss es nicht erst über dem Feuer erhitzen?«, hatte er sich gewundert und seine Hand andächtig unter das fließend warme Wasser gehalten. »Ich glaube wirklich, ich habe großes Glück gehabt, in solch eine famose Zeit zu gelangen«, hatte er befunden. »Allein das Licht, das auch nachts taghell brennt, ist ein Wunder!« In diesem Moment war Lilly mit einer Jeans und einem Pulli ihres Vaters dazugekommen, und wir hatten dezent das Badezimmer geräumt, um Jonathan in Ruhe seine Wannenpremiere genießen zu lassen.

Gerade beendete ich meinen Bericht mit der Schilderung von Jonathans plötzlicher Verwandlung in einen Raben, da hörten wir die Toilettenspülung rauschen und dann Jonathans gedämpften Ausruf. Gleich darauf rauschte es wieder. Und dann noch einmal. Lilly und ich sahen uns an.

»Hoffentlich ist ihm von der ganzen Verwandlungsarie nicht schlecht geworden«, sorgte sich Lilly. Da stand er schon unter der Tür. Er sah in Jeans und T-Shirt ziemlich cool aus, und ich musste mir einen anerkennenden Pfiff verkneifen.

»Bist du krank? Wir haben die Klospülung ziemlich oft gehört«, wollte Lilly besorgt wissen.

»Es ist ein Faszinosum«, sagte Jonathan begeistert. »Man drückt einen Knopf, und es entsteht ein Strudel wie in einem Fluss. Wirklich eine erstaunliche Erfindung!«

Lilly und ich sahen uns an und mussten lachen.

»Wie war das denn so, wenn man im 18. Jahrhundert gelebt hat?«, bohrte Lilly nach. »Habt ihr überhaupt mal gebadet? Haben diese weißen Puderperücken nicht total gekratzt? Und wie war ...«

»Verzeih mir, Lilly, wenn ich dich unterbreche. Ich erzähle dir gerne davon – ein andermal!«, entzog Jonathan sich den neugierigen Fragen. »Im Augenblick bin ich selbst noch zu überwältigt von der modernen Welt«, fügte er hinzu.

Lilly nickte seufzend. »Okeydokey, aber aufgeschoben ist nicht aufgehoben«, drohte sie.

Er nickte, wenn auch etwas erstaunt. »Okeydokey?«, echote er verständnislos.

Ich verbiss mir ein Grinsen. »Eins ist klar: Du musst als Mensch im dritten Jahrtausend noch sehr viel lernen«, sagte ich.

»Ich hoffe, du wirst da sein, um mich alles zu lehren, Emma«, antwortete er und sah mich mit einem zärtlichen Lächeln an. Das Blut schoss mir in die Wangen, und ich blickte verlegen zu Boden, weil mein Kopf heiß wurde und ich bestimmt aussah wie eine rote Verkehrsampel.

»Ich glaube, ich bin jetzt doch sehr müde. Ich lasse euch mal allein«, schmunzelte Lilly und verdrückte sich hastig.

Lächelnd blickte Jonathan ihr nach. »Eine nette junge Dame! Und so diskret«, sagte er. Dann setzte er sich neben mich. Weit genug weg, um mein lautes Herzklopfen nicht zu hören, aber trotzdem nah genug, damit ich die Wärme spüren konnte, die zwischen uns zu flirren schien wie ein Schwarm Glühwürmchen in einer warmen Sommervollmondnacht. Sekundenlang blickten wir uns einfach nur an. »Ich kann es immer noch nicht fassen! Du hast dich tatsächlich wieder zurückverwandelt«, sagte ich.

»Nun, Laurins Fluch hat mich nur gestreift. Es scheint, ich bin noch einmal mit ein paar Stunden des Schreckens davongekommen«, atmete Jonathan auf.

Damit hatte sich nicht nur der Fluch, sondern auch das Problem erledigt, Udo den Ring abzujagen, schoss mir durch den Kopf. »Weißt du was? Soll mein blöder Ex-Schüler doch mit dem Zwergenschmuck glücklich werden. Hauptsache, du bist erlöst«, stellte ich fest.

»Es ist ein unbeschreibliches Gefühl, wieder ein Mensch zu sein«, grinste Jonathan schelmisch, und erneut bemerkte ich die Grübchen, die sich dabei in seinen Wangen bildeten. Plötzlich schien mein Hals viel trockener als sonst. »Ja, das ist ... toll«, brachte ich nur heraus.

Jonathan wurde ernst. »Ich bin darüber auch sehr glücklich«, sagte er und hielt meinen Blick fest.

Diesmal sah ich nicht weg, sondern tauchte in das Blau seiner Augen wie in einen tiefen, dunklen See und ließ mich von einem Strudel erfassen und mitreißen, bis es nichts mehr gab außer meinem lauten Herzklopfen und seine Arme, die sich um mich legten.

Bei seiner Berührung durchzuckte mich ein Gefühl, das wie ein Stromschlag durch meinen ganzen Körper lief. Doch es war nicht nur Aufregung, sondern auch eine Art Erkenntnis. Ähnlich der Lösung des Rätsels in Laurins Felsenküche, die mir nach Jonathans Erklärung plötzlich klargeworden war, verstand ich jetzt, dass ich mich längst in diesen Jungen verliebt hatte. Wann und warum, spielte keine Rolle mehr, denn das Herz fragt nicht, es schlägt einfach schnell und kompromisslos für diesen einen, besonderen Menschen. So wie meines für Jonathan.

Schon fühlte ich seine Lippen, die erst federzart meine Wange streiften, ehe sie sich auf meinen Mund pressten. Und damit verschwanden auch alle restlichen Zweifel, die mich in meiner Internatszeit oft gequält hatten. Ich fragte mich nicht mehr, ob sich ein Mann überhaupt jemals richtig in mich verlieben könnte, ohne immer nur das Äußere zu sehen – die Antwort lag in Jonathans Kuss. Er wusste vielleicht nichts über das Jahr 2014, dafür aber, wie man küsste.

Mir war so schwindelig, als säße ich in einem Boot, das auf den Wellen schaukelte, aber gleichzeitig fühlte ich mich in seinen Armen sicher und geborgen. Wir küssten uns immer weiter, und obwohl die Zeit zu rasen schien, flossen die Sekunden dennoch nur langsam ineinander, und die Zeit schien stillzustehen wie in Laurins unterirdischem Felsenreich.

Engumschlungen sanken wir auf den weichen Teppich. »Emma«, sagte Jonathan, und seine ganzen Gefühle lagen in dem dunklen Klang, mit dem er meinen Namen aussprach. Ich zog seinen Kopf zu mir herunter, und meine Finger gruben kleine, zärtliche Furchen in die weiche, zarte Haut seines Nackens. Er gab einen wohligen Laut von sich, und seine Lippen wanderten hinunter zu meinem Hals. Eine Gänsehaut überzog meine Arme, und ich drängte mich an ihn, um ihm noch näher zu sein.

Wie durch einen Schleier hörte ich die Turmuhr Mitternacht schlagen.

Der erste Ton war ein greller Schmerz in meinen Ohren. Jonathans Lippen schienen eine Spur flüssigen Feuers zu ziehen, jedenfalls brannte meine Haut plötzlich unerträglich, und ich schrie auf. Beim dritten Glockenschlag wurde mir die Luft aus dem Brustkorb gepresst, und meine Lunge schien bersten zu wollen. »Emma«, hörte ich Jonathan noch einmal sagen, diesmal klang seine Stimme jedoch nicht zärtlich, sondern angstvoll.

Ich wollte ihm antworten, doch ich brachte keinen Ton heraus, sondern japste nur verzweifelt nach Luft. Die gerötete Stelle an meiner Schulter begann heftig zu schmerzen, als hätte jemand Säure darübergegossen. Immer noch schlug die Uhr, und jeder Ton hallte in meinem Inneren verzerrt und endlos wider, während mein Körper erst in die Länge gezogen wurde wie ein Gummiband, das dann urplötzlich zurückschnellte. Ich wollte schreien, aber nur ein dünner Laut kam aus meiner Kehle, ähnlich dem Miauen eines neugeborenen Kätzchens. Der Schmerz war unsäglich, und ich krallte die Hände in den Teppichboden.

Nur hatte ich keine Fingernägel mehr, sondern kleine, spitze Krallen. Und anstatt meiner Hände sah ich auf ein Paar pelzige Pfoten herab. Voller Entsetzen sprang ich fast einen halben Meter in die Luft – und landete weich auf allen vieren. Panisch drehte ich den Kopf und erblickte mein Bild in dem gläsernen Wandschrank von Caros Wohnzimmer. Und nun wusste ich, warum sich mein Körper so anders anfühlte und meine Hände verschwunden waren. Was mir aus dem Glas entgegensah, war nicht das Spiegelbild der einundzwanzigjährigen jungen Frau, die ich bis vor kurzem noch gewesen war. Sondern das einer rotgescheckten Katze.

KAPITEL 11

Wie ein verwundetes Tier lag er auf dem feuchtklammen Felsenboden. Es konnte nicht viel Zeit vergangen sein, seit Similde ihm entkommen war, vielleicht ein paar Sekunden oder Minuten. Nur langsam ließ der rotglühende Schmerz in seinen Eingeweiden nach. Stöhnend rollte sich Laurin auf den Rücken. Kein menschliches Wesen hätte das Gift des Roten Fingerhutes überlebt, doch obwohl die Kräfte der Zwerge fast übermächtig waren, hatte sich der Herrscher noch nie so elend gefühlt. Es kostete sogar Kraft, überhaupt die Augen zu öffnen. Brennender Durst veranlasste ihn, auf allen vieren ein Stück zu der Felswand zu robben, von der die Feuchtigkeit perlte. Mit seiner Zunge, die vom Gift immer noch beinahe schwarz war, leckte Laurin ein paar Tropfen auf. Das Wasser, das sich seinen langen Weg durch die Dunkelheit im Berg gebahnt hatte, ehe es hier unten vom Stein tränte, war eine Heilung.

Langsam ging es dem König der Zwerge besser, so dass er sich aufrappeln und den lichtlosen Stollen hinunter in die Felsenhalle taumeln konnte. Dort, wo kurz zuvor seine Untertanen noch getafelt und gefeiert hatten, bot sich nun ein Bild des Elends. Die meisten der Zwerge lagen in ihrem Erbrochenen, viele von ihnen stöhnten vor Schmerzen, wobei sie gelblich-grünen Schaum vor dem Mund hatten. Nur eine Handvoll seiner Untertanen hatte es geschafft, wieder auf die Beine zu kommen.

Mit gewaltiger Kraftanstrengung gelang es Laurin, sich an die Worte einer uralten Zauberformel zu erinnern. Bläulicher Nebel waberte aus seinen Fingerspitzen und begann, über den felsigen Boden zu kriechen. Ähnlich einer wärmenden Decke breitete er sich über die Zwerge, die sich am Boden krümmten. Laurin murmelte beständig in einer Sprache, die in der Oberwelt längst vergessen war. Endlich regten sich seine Untertanen, und ein Gnom nach dem anderen rappelte sich auf. Obwohl alle noch sehr schwach waren, erlangten sie allmählich ihre Kräfte zurück. Nur bei Hugbert, der Similde verfolgt hatte, jedoch von dem zweiten Menschling mit einem Felsbrocken außer Gefecht gesetzt worden war, schien alle Mühe vergebens. Zwar stand sein Mund mit den blutigen Zähnen halb offen, doch alle Versuche, ihn wieder zum Leben zu erwecken, scheiterten. Laurin zog eins seiner Augenlider nach oben, und als er die verdrehte Pupille sah und das Weiß des Augapfels, das sich in ein dunkles Gelb verwandelt hatte, wusste er: Für diesen seiner Untertanen würde es keine Hilfe mehr geben. In seiner verkrampften Faust hielt er jedoch etwas, das die Augen Laurins aufleuchten ließ. Behutsam bog der König die totenstarren Finger seines Untertanen auseinander und musterte die rotgoldene Strähne, die in Hugberts Faust zurückgeblieben war. Similides Haare würden ihm noch nützlich sein, sehr nützlich! Sorgsam nahm Laurin die Locke seiner entflohenen Braut an sich und steckte sie in die Tasche seines Brokatwamses.

Da ertönte hinter seinem Rücken ein Wehklagen: Sarhild kniete neben einem verkrümmten Bündel, das in einer düsteren Ecke lag. »Sie ist tot«, hallte ihre Stimme durch die steinerne Halle und wurde von den Felsenwänden als vielfaches Echo zurückgeworfen. »Friederun ist tot, und schuld ist dieses verdorbene Menschenweib!«

Laurin wandte seine brennenden Augen nach oben, dort, wohin seine Braut entkommen war. Schweigend wandte er sich ab und schlurfte aus dem Saal. Ein paar Meter weit ging es durch einen niedrigen, finsteren Gang, doch der König kannte den Weg blind. Führte er doch in seine ganz persönliche Schatzkammer, in der neben Gold und Silber einige andere nützliche Dinge lagen. Zaubergürtel und Tarnkappe hatten die Recken damals vernichten können, nicht aber eine andere Kostbarkeit, denn selbst wenn die Menschen sie zu Gesicht bekommen hätten, war sie zu unauffällig, um Aufmerksamkeit zu erregen.

Laurin bückte sich, und seine klauenartige Hand mit den immer noch vom Fingerhut verfärbten, gekrümmten Nägeln schloss sich um den kleinen, unscheinbar-schwarzen Klumpen. Er hob ihn vom Boden auf und ließ ihn auf seiner Handfläche mit Hilfe einiger gemurmelter Worte zum Leben erwachen. Nach kurzer Zeit schoben sich aus dem glänzenden Leib zwei Fühler und sechs Beine. Es war ein Skarabäus. Jedoch handelte es sich dabei um keinen gewöhnlichen Käfer, sondern um einen Späher. Er konnte alles finden, was sein Besitzer ihm auftrug. In alten Zeiten, da die Zwerge noch im Berg nach Silber und kostbaren Erzen schürften, hatte er Laurins Untertanen zu den reichsten Silberminen geführt, die tief verborgen im Gestein schlummerten.

Doch auch als Laurin zum ersten Mal sein Reich verlassen hatte, um Similde zu entführen, hatte der Skarabäus ihm gute Dienste geleistet. Mit Hilfe eines Linnentüchleins, das dem schönen Mädchen bei der Ausfahrt in den Bergen verlorengegangen war, hatte Laurin seinen sechsbeinige Späher auf sie angesetzt. Der Käfer musste nur einmal über das Tuch laufen, das den Duft von Similes Haut trug, und schon kroch er zielstrebig über die pergamentene Landkarte, auf der die Orte mit den menschlichen Behausungen eingezeichnet waren, direkt auf das Schloss von Similes Vater zu. Da hatte Laurin gewusst, wo er sich seine künftige Braut holen musste.

Nun war die Schönheit ein zweites Mal entflohen, doch der Skarabäus würde Laurin wieder zu Diensten sein. Diesmal hatte der Zwergenherrscher sogar eine feuergoldene Strähne von ihr, was die Suche noch einfacher gestalten würde. Zwar hatte er sich nach seiner schändlichen Niederlage gegen des Königs Recken geschworen, von nun an die Oberwelt auf ewig zu meiden, doch die Gier nach Similde war stärker.

Vorsichtig zog er die Haare aus der Tasche seines Gewands und band sie dem Käfer um den Leib, was mit seinen plumpen Finger kein Leichtes war, aber er gab nicht auf. Schließlich war das Werk vollendet, und Laurin griff zu dem zusammengerollten Pergament, das er schon ehedem benutzt hatte. Er breitete die Karte aus und setzte seinen Späher darauf. Es dauerte keine Sekunde, da lief das Tier los, während Laurin mit brennenden Augen seinen Weg verfolgte. Der Käfer eilte die schmale schwarze Linie entlang, die zum Fuß des Gebirges führte. Dort verharrte er, und Laurin wusste, wo er seine Suche beginnen musste.

Eigentlich hätte ihre Flucht bereits am Berg ihr Ende finden sollen. Laurin hatte Similde und seinem Koch, der mit ihr geflohen war, einen Fluch geschickt, der jedes Wesen erstarren ließ. Unfähig, sich zu rühren, standen alle, ob Mensch oder Tier, unter des Königs Bann, bis er sie wieder erlöste. Doch das Gift, das Similde ihm verabreicht hatte, schien seine Zauberkräfte für einen Moment geschwächt zu haben. Laurin hatte selbst gehört, wie dünn seine Stimme klang. Die magischen Worte, die er rufen wollte, waren wie ein Klumpen in seinem Mund gelegen, sie schienen sich zu verdrehen und ihm zu entgleiten. Mit hilflosem Zorn hatte er mitansehen müssen, wie der Fluch die beiden Menschlinge verfehlt und ihnen die Flucht ermöglicht hatte.

Nun würde der König erst recht alles daransetzen, das geflohene Mädchen in sein Felsenreich zurückzuholen.

Behutsam steckte Laurin den Skarabäus in seine Tasche, der sogleich Fühler und Beine einzog und wieder in eine Art Totenstarre verfiel. Doch der Herrscher wusste, wie schnell er wieder lebendig wurde, wenn er ihn benötigte. Mit seiner Hilfe würde Laurin seine Braut aufspüren, egal, wo sie war. Die rissigen, blutigen Lippen des Herrschers über die Zwerge verzogen sich zu einem wölfischen Grinsen.

»Bald ist die Zeit gekommen, schöne Similde. Und dann bist du auf ewig mein!«

KAPITEL 12

Laurins Zauber! Nun hatte er also mich getroffen. Eine gefühlte Ewigkeit lang starrte ich auf mein Spiegelbild. Aus dem Glas blickten mich verschwommen zwei erschrockene grüne Katzenaugen an. »Jonathan«, wollte ich rufen, aber alles, was ich hörte, war so etwas wie »Miau«. Und schlagartig begriff ich. Der Fluch des Zwergenherrschers hatte bei Jonathan ein rotes Mal, ähnlich einer Feder, zurückgelassen, und er war zum Raben geworden. Bei mir waren es vier halbkreisförmige Sprenkel und darunter ein größerer Fleck – die Form einer Katzenpfote.

Aber war Jonathan nur deswegen zurückverwandelt worden, weil ich nun an der Reihe war? Und würde auch ich irgendwann wieder meine menschliche Gestalt zurückgewinnen, oder hatte ich vielleicht weniger Glück und musste für immer eine Katze bleiben? Der Gedanke ließ unwillkürlich ein Schluchzen in meiner Kehle aufsteigen, das sich als kläglicher Jammerlaut aus meiner Katzenkehle Bahn brach.

»Emma«, hörte ich da Jonathan sagen, und gleich darauf fühlte ich seine sanfte Hand über meinen Rücken streichen. Erst jetzt wurde mir das heftige Zittern bewusst, das meinen Körper schüttelte. Jonathan hob mich vorsichtig hoch und drückte mich beruhigend an seine Brust.

»Keine Angst, ich bin bei dir«, murmelte er, und unwillkürlich fühlte ich mich ein wenig besser. »Bestimmt ist das nur vorübergehend, so wie es bei mir auch war, und schon morgen bist du wieder ein Mensch«, redete er mir gut zu.

Ich wollte ihm gerne glauben, aber vorerst musste ich mich mit meinem neuen Dasein arrangieren. Mein Blick fiel auf meine Kleidung, die verstreut auf dem Boden lag – eine nutzlose Hülle, da mein Körper nun mit rot-weiß geschecktem Fell bedeckt war.

Ich zappelte und versuchte, Jonathan gedanklich klarzumachen, er solle mich herunterlassen. Vorsichtig setzte er mich auf den Boden, und ich machte die ersten, zaghaften Schritte auf vier Pfoten. Obwohl es ein ungewohntes Gefühl war, auf einmal eher längs als senkrecht zu laufen, fühlte sich mein Körper doch erstaunlich geschmeidig an. Ich legte etwas an Tempo zu und flitzte schon nach kurzer Zeit durch das Zimmer. Immer sicherer fühlte ich mich und setzte probehalber zu einem Sprung auf die Sessellehne an. Meine Hinterläufe drückten sich wie von selbst kraftvoll vom Boden ab, und sekundenlang hatte ich das Gefühl zu schweben. Ich verspürte keine Angst und keinen Zweifel, mein Körper war perfekt ausbalanciert. Schon landete ich geschmeidig auf dem schmalen Rand des Polstermöbels. Wow, dachte ich, das ging ja wie geschmiert!

Selbstgefällig drehte ich den Kopf zu Jonathan und bemerkte, wie viel schärfer ich sah. Das Zimmer lag im Dunkeln, trotzdem konnte ich Jonathan so deutlich erkennen, als stünde er im hellen Tageslicht. Wenn nicht die Angst und die Unsicherheit gewesen wären, ob ich je wieder meine menschliche Gestalt zurückerlangen würde, hätte ich mein Katzendasein durchaus genossen. Allein die Möglichkeit, blitzschnell auf Bäume zu klettern oder in Tiergestalt durch die Straßen zu streifen …

Plötzlich schoss mir eine Idee durch den Kopf. Während Jonathan ein Rabe gewesen war, hatte er mir trotzdem seine Gefühle und Gedanken mitteilen können. Zwar nicht durch Worte, aber ich schien seine Empfindungen fühlen und seine Gedanken wie ein Foto vor mir sehen zu können. Vielleicht funktionierte das ja jetzt auch umgekehrt? Ich kniff die Augen zusammen und bemühte mich, Jonathan ein Bild zu übermitteln. Zuerst reagierte er nicht, also sprang ich vom Sessel und hakte auffordernd eine Kralle in sein jeansbekleidetes Bein. Jetzt sah er zu mir hinunter, und unsere Blicke trafen sich. Erst runzelte er die Stirn, dann aber wich der Anflug von Ärger über meine unsanfte Behandlung seines Schienbeins zunächst einem Ausdruck der Verblüffung und dann der Konzentration.

»Ich sehe dich als Katze vor einem Haus stehen«, sagte er langsam. Ich nickte mit dem Kopf und miaute ermutigend.

»Ein Mann kommt heraus und lässt die Haustür offen. Du schlüpfst hinein und blickst dich um …«, fuhr Jonathan konzentriert fort. Wieder nickte ich. »Dein ehemaliger Schüler!«, rief er in einem Anfall plötzlichen Begreifens. »Du willst dich in Katzengestalt bei ihm einschleichen und nach Laurins Ring suchen! So, wie ich es anfangs in Rabengestalt tun sollte!« Ich rieb meinen Kopf begeistert an Jonathans Bein. Zwar kam ich mir unsäglich albern dabei vor, aber es war eine gute Möglichkeit, ihm meine Anerkennung zu zeigen.

»Nein«, bestimmte er und sah mich streng an. »Das ist viel zu gefährlich, Emma!«

Mir blieb nichts anderes übrig, als ihn anzufauchen. »Wir haben keine andere Möglichkeit«, sollte das heißen.

Nachdem er sich noch etwas geziert und ich mein Fauchen mit einem erneuten Krallenhieb untermalt hatte, den der Stoff der Jeans diesmal nicht ganz dämpfen konnte, wie ich seinem schmerzhaften Aufschrei entnahm, stimmte er schließlich zu.

»Jedoch erst morgen früh. In der Nacht ist es unwahrscheinlich, dass man eine herrenlose Katze ins Haus lässt, und du würdest wahrscheinlich sowieso nichts erfahren, da alles schläft«, entschied Jonathan. Wohl oder übel musste ich mich damit zufriedengeben.

»Wir sollten schlafen gehen. Morgen werden wir unsere

Kräfte brauchen«, entschied Jonathan. Ich sah ihn an. Würde er nun aus dem Zimmer gehen und mich zurücklassen? Ich hatte zwar die Gestalt einer Katze, in meinem Herzen war ich jedoch immer noch eine Frau. Und die sehnte sich danach, heute Nacht nicht allein zu bleiben. Ich fürchtete mich vor meinen Träumen, die meine dunkle Nacht noch schwärzer färben würden und in denen der Zwergenkönig mit seinen vom Gift bläulichen Fingernägeln an der Tür von Caros Haus kratzte, um sich seine Braut zurückzuholen.

Jonathan machte einen zögernden Schritt zur Tür. Seine Hand lag schon auf der Klinke, da drehte er sich zu mir um, und ich sah sein schiefes Lächeln, in dem ebenso viel Unsicherheit lag, wie ich fühlte.

»Es würde mich wirklich sehr freuen, wenn du mir Gesellschaft leisten würdest«, sagte Jonathan förmlich. »Natürlich nur, wenn du es wünschst«, fügte er hastig hinzu. Statt einer Antwort sprang ich voraus und schlängelte mich durch den Türspalt.

Obwohl wir beide müde waren, war an Einschlafen nicht zu denken. Abgesehen davon, dass mich eine gewisse Scheu davon abhielt, einfach zu Jonathan ins Bett zu hüpfen, auch wenn ich eine Katze war, fühlte ich mich einfach noch zu fremd in diesem pelzigen Körper, um Ruhe zu finden. Der Gedanke, was wäre, falls ich nie wieder zum Menschen werden durfte, drängte sich beharrlich immer wieder in mein Bewusstsein.

Jonathan verzog sich ins Bad, knielange Shorts und ein T-Shirt unter den Arm geklemmt, das Lilly von ihrem Vater gemopst hatte, damit Jonathan es zum Schlafen anziehen konnte. Zusätzlich hatte sie ihm noch eine Zahnbürste zugesteckt und ihm den Verwendungszweck erklärt. Er war total fasziniert gewesen.

Ich blickte ihm nach und spürte ein sehnsuchtsvolles Ziehen im Herzen. Ich wollte ihn berühren und mich an ihn schmiegen, aber nicht wie ein zahmes Haustier, sondern so, wie eine Frau einen Mann berührt und umarmt. Obwohl ich bisher noch nicht viel über ihn wusste, brachte er doch in mir eine Saite zum Klingen, von deren Existenz ich vorher nichts gewusst hatte. Aber wenn ich eine Katze bleiben musste, was würde dann werden? Sollte ich zusehen, wie Jonathan irgendwann die Hoffnung verlor, ein anderes Mädchen kennenlernte und sich in sie verliebte?

Unruhig tigerte ich bei diesem Gedanken im Zimmer auf und ab. Jonathan kam wieder zurück, in der Hand die Zahnbürste und auf den Lippen letzte Reste von Zahnpasta. »Das ist ein ganz wunderbarer Fortschritt«, sagte er begeistert, um gleich darauf erklärend fortzufahren: »Zu meiner Zeit hat man sich die Zähne mit kleinen Lappen gereinigt ... wenn überhaupt. Meine Amme hat bei mir jedoch stets darauf bestanden, und dafür bin ich ihr sehr dankbar. Blieb mir doch bisher der Bader mit seiner Zange erspart!«

Ich wurde neugierig. Bisher hatte ich kaum eine Ahnung, wie es im 18. Jahrhundert so zugegangen war. Natürlich waren wir im Geschichtsunterricht mit allen möglichen Königen, Kriegen und Ähnlichem gefüttert worden, aber das alltägliche Leben der Menschen früher war dort kaum gestreift worden.

Ich versuchte, ihm gedanklich die Bitte zu übermitteln, etwas mehr von seinem Leben damals zu erzählen. Er runzelte die Stirn und schien zu zögern. Seine Miene verriet ein gewisses Unbehagen, schließlich aber ließ er sich aufs Bett sinken und seufzte.

»Hier in dieser Zeit ist alles so ... komfortabel und sauber. Allein diese Bettauflage! Zu meiner Zeit beklagten sich die Leute oft über Bettwanzen oder Flöhe, die sie plagten.«

Ich schüttelte mich bei dem Gedanken. Hoffentlich blieb ich als Katze von diesem Viehzeug verschont!

Jonathan lächelte. »Zum Glück hatte eine meiner Gouvernanten dafür ein Rezept und legte regelmäßig irgendwelche getrockneten Pflanzen aus. Zudem riet sie mir auch zu wöchentlichen Bädern. Sie schwor, diese wären keinesfalls gesundheitsschädlich und weichten die Haut auch nicht von innen auf, wie oft behauptet. Im Gegenteil, sie schützten vor Krankheiten und Ungeziefer«, sagte er belehrend.

Wenn Katzen grinsen könnten, dachte ich. Die damaligen Ansichten erschienen mir heute geradezu albern. Allerdings hatte ich weniger Interesse an der damaligen Hygiene, sondern mich interessierte eher der Umgang zwischen Männern und Frauen. Vor allem, was Jonathan betraf. Konzentriert starrte ich ihn an, und eine leichte Röte überzog sein Gesicht.

»Hat man dir schon einmal gesagt, wie naseweis du bist?«, fragte er mit gespielter Strenge. Zur Antwort gab ich ihm einen spielerischen Katzenpfotenhieb mit eingezogenen Krallen. Er schüttelte den Kopf und musste grinsen, gleich darauf verdüsterte sich aber sein Gesicht.

»Das Wort ›Liebe‹ war bei meinem Vater verpönt. Die meisten Ehen in unserem Stand wurden aus gesellschaftlichen Gründen, aus Vernunft oder wegen einer lohnenden geschäftlichen Verbindung geschlossen. Aber nie aus Liebe. Die Eltern bestimmten, wem man zugeführt wurde. Widerworte gegen Vater oder Mutter waren ausgeschlossen, die Söhne und Töchter hatten sich zu fügen.« Er verstummte kurz und presste die Lippen zusammen. Seine blauen Augen hatten sich verdunkelt, wie der Himmel, wenn plötzlich schwarze Gewitterwolken aufzogen.

»Wilhelmine?«, übermittelte ich ihm meine Frage, und Jonathan nickte grimmig. »Sie wurde mir auf einem Ball vorgestellt, den mein Vater ausrichtete. Ich verabscheute diesen ganzen Pomp. All die Leute, deren schweres Parfüm über dem überhitzten Ballsaal hing und sich vermischte, die gepuderte

Perücke, die ich tragen musste ... Und dann dieses grobschlächtige Geschöpf, das am Arm ihrer Mutter auf mich zukam. Es war grauenvoll. Sie war mir auf den ersten Blick zuwider. Die Schönheitspflästerchen sahen bei ihr aus wie Warzen, und ihre Stimme ähnelte einem knarrenden Fensterladen. Trotzdem habe ich mich redlich bemüht, Konversation zu machen, aber sie war dümmer als unser ältester Kutschgaul. Es brauchte meine ganze Contenance, die geforderten Tänze mit ihr durchzustehen.«

Sein Blick war düster in die Ferne gerichtet, und ich dachte schon, er würde nicht mehr weitersprechen, doch da stieß er unvermittelt hervor: »Ich hätte diese Frau nicht geheiratet, nicht in hundert Jahren!«

Daraus waren ja nun zweihundert geworden, schoss mir unwillkürlich durch den Kopf. Jonathan musste auch diesen Gedanken von mir aufgefangen haben, denn er lächelte.

»Ich hätte mir nie träumen lassen, einmal einem Mädchen wie dir zu begegnen, das gleichzeitig so zart und so mutig ist, Emma«, sagte er, und mein Katzenherz begann sehr menschlich zu flattern. Weil ich ja nicht sprechen konnte, legte ich ihm nur sanft die Pfote auf die Wange und sah mit meinen grünen Augen tief in das Blau der seinen.

Wenige Minuten später lag ich eingekuschelt in Jonathans Arm und hörte gleich darauf seinen gleichmäßigen Atem. Mein letzter Gedanke, ehe auch ich endlich einschlief, war: Eine Katze zu sein, hatte durchaus Vorteile. Denn in Menschengestalt hätten wir uns wahrscheinlich beide nicht getraut, so eng nebeneinander einzuschlafen. Und dieser Gedanke entlockte mir ein leises Schnurren.

Das erste rosablaue Licht der Morgendämmerung, das durch das Fenster in Caros Gästezimmer fiel, weckte mich. Ich schlug die Augen auf und brauchte einen Augenblick, bis ich wieder wusste, wo ich mich befand. Hastig blickte ich an mir herab, und mein Herz sank: Ich sah immer noch Pfoten statt Händen, was bedeutete, dass ich noch weiter als Katze würde leben müssen. Immerhin kam das unseren Plänen zugute, Udo auszuspionieren, dachte ich und versuchte, die Angst zu verdrängen, ein Leben lang auf vier Beinen und mit Fell bedeckt herumlaufen zu müssen.

Um Jonathan nicht zu wecken, wand ich mich behutsam aus seinem Arm und sprang leichtfüßig auf den Boden. Der Wecker auf dem Nachttisch zeigte sechs Uhr morgens. Ich war verwundert, wie wach ich mich fühlte. Bisher war ich ein typischer Morgenmuffel gewesen, was mir vor allem während meines Praktikums in der Schule oft Schwierigkeiten eingebrockt hatte, da ich vor neun Uhr morgens nicht wirklich denkfähig gewesen war.

Offenbar hatte die Verwandlung in eine Katze auch meine Schläfrigkeit weggezaubert. Nicht einmal nach einer starken Tasse Kaffee gelüstete es mir, eher nach einem Schälchen Milch. Trotzdem machte ich noch einen Versuch, den Fluch zu lösen, als mein Blick auf das Tischchen im Gästezimmer fiel, auf dem in einem Wasserglas Laurins Rose stand, immer noch in voller Blüte. Doch auch nachdem ich sie zweimal mit der Pfote berührt hatte, geschah nichts. Ich war und blieb ein Tier.

Resigniert schlüpfte ich aus dem Zimmer und auf den Flur hinaus. Dann aber fiel mir Lilly ein. Wie sollten wir ihr erklären, was passiert war? Sie tat zwar immer cool und überlegen, aber würde sie es nicht doch ängstigen, wenn sie feststellte, dass nach der ganzen Zwergengeschichte und der Verwandlung von Jonathan in einen Raben und wieder zurück nun auch noch ich von einem Zauberfluch betroffen war?

Ratlos schlenderte ich ins Wohnzimmer und setzte mich auf den weichen Teppich, um nachzudenken. Besser, wir verließen das Haus, ehe Lilly aufwachte. Trotzdem mussten wir ihr eine Nachricht hinterlassen, damit sie nicht am Ende auf eigene Faust nach uns suchte. Neugierig, wie Lilly war, brachte sie es fertig, bei Udo aufzutauchen. Schließlich wusste sie ja, dass wir durch ihn Laurins Ring wiederfinden wollten.

Gerade überlegte ich, ob ich es wohl schaffen könnte, Jonathan zu wecken und ihm gedanklich zu übermitteln, Lilly einen Zettel zu schreiben, da fiel mir seine Herkunft ein. Im 18. Jahrhundert hatte man doch sicher anders geschrieben als heute. Lilly würde also Jonathans Schrift vermutlich gar nicht entziffern können. Also musste ich doch alleine zu Udos Haus gehen und Jonathan vorher per Gedankenübertragung bitten, Lilly mein Verschwinden irgendwie zu erklären. Am besten, wir taten, als ob ich etwas mit Spindler zu besprechen hätte. Mit diesem Plan flitzte ich zurück ins Gästezimmer. Es war Zeit, Jonathan zu wecken und mich ein paar Stunden von ihm zu verabschieden.

***

Udo stolperte mit schlafverquollenen Augen ins Bad. Zum Glück war Samstag, und er musste nicht in die Kanzlei. Der letzte Wodka gestern war wohl schlecht gewesen, dachte Udo und grinste matt über seinen eigenen Witz. Der Humor verging ihm jedoch schnell, denn seine Frau baute sich vor ihm auf und musterte ihn von oben bis unten. »Schön, dass du heute Nacht doch noch nach Hause gekommen bist – oder soll ich lieber sagen: heute Morgen?«

Udo seufzte. Er hasste es, wenn Claudia versuchte, sarkastisch zu sein. In Wirklichkeit bezweifelte er, ob sie das Wort überhaupt richtig schreiben konnte. Nachdem ihnen vor fast dreißig Jahren ihre Abiturzeugnisse ausgehändigt worden waren, hatte Claudia nicht mehr viel für ihre Bildung getan, außer sich die Namen der neuesten Kosmetikmarken zu merken. Warum sollte sie sich auch um andere Dinge kümmern, sie war ja mit einem erfolgreichen Anwalt verheiratet, der jeden Monat seine Zwanzig- bis Dreißigtausend nach Hause brachte, dachte Udo. Nun war *er* es, der sarkastisch wurde.

»Claudia«, sagte er und bemühte sich um den Tonfall, in dem er mit seinen Mandanten zu sprechen pflegte, die partout nicht einsehen wollten, warum der Besitz von Drogen illegal sein sollte oder dass man Frauen nicht öffentlich verprügelte, auch wenn man ihr Zuhälter war.

»Claudia«, wiederholte er, »ich war in der Kanzlei. Ich arbeite, um für dich und die Kinder Geld zu verdienen, kommt dir das irgendwie bekannt vor?«

»Pah«, schleuderte sie ihm verächtlich entgegen und schaffte es trotz mehrerer Botox-Sitzungen, ihrem Gesicht einen verächtlichen Ausdruck zu verleihen, »›arbeiten‹ nennst du das? Du treibst dich mit irgendwelchen Flittchen in Bars herum und kommst mir mit so einer dämlichen Ausrede? Hältst du mich für bescheuert?«

»Ja«, hätte er am liebsten gebrüllt, »das tue ich!« Aber er schwieg, obwohl er sich heimlich fragte, was er wohl sonst von einer Frau halten sollte, die den Sinn des Lebens ausschließlich im Lesen von Klatschzeitschriften und dem Ansehen von TV-Soaps sah und für die ein zweitausend Euro teurer Shoppingausflug besser war als Sex.

Dass er sich nicht längst hatte scheiden lassen, lag nur an der Liebe zu seinen Kindern, das redete er sich jedenfalls ein. Und weil er seinen guten Ruf nicht verlieren wollte. Außerdem war eine Trennung ja auch nicht nötig, denn dank einiger seiner Klienten hatte Udo meistens eine reichliche Auswahl an außerehelichen Vergnügungen. Vor allem René, der Besitzer vom *La Scala,* schleuste immer neue, hübsche Mädchen in seinen Laden. Udos Aufgabe war es, die nötigen Papiere zu beschaffen und dafür zu sorgen, dass die Polizei fernblieb und Renés Etablissement nicht nach illegalen Einwanderinnen filzte. Dafür durfte Udo sich im *Scala* aussuchen, mit welchem der Mädchen er ein paar nette Stunden verbringen wollte.

Kein schlechtes Geschäft, fand Udo, zumal zwischen ihm und Claudia schon länger nichts mehr lief. »Du bist zu oft weg. Du müsstest mal ein paar Pfund abnehmen. Nie hörst du mir zu, wenn ich dir was erzähle. Du interessierst dich nicht mehr für mich«, lauteten ihre Klagen und Vorwürfe, die wie eine Schallplatte mit Sprung in der Dauerrotation liefen und bei denen Udo die Lust sowieso verging.

Statt ihr all das jedoch an den Kopf zu werfen, lächelte Udo trotz noch ungeputzter Zähne sein verbindliches Gerichtsprozess-Lächeln. »Aber nein, Schatz, natürlich halte ich dich nicht für bescheuert«, log er. »Dass du so was überhaupt denkst«, fügte er pro forma noch hinzu und bemühte sich, nicht die Augen zu verdrehen, sonst würde er noch ein Schleudertrauma bekommen.

»Paaapa!«, ertönte es in dem Augenblick zweistimmig. Karla und Linus, seine sieben- und zehnjährigen Sprösslinge, kamen ins Badezimmer gelaufen, und Linus, ein Ebenbild von Udo in Miniaturformat, baute sich vor seinem Vater auf.

»Du hast versprochen, ich krieg die neue Spielkonsole geschenkt«, maulte er und starrte Udo vorwurfsvoll aus seinen leicht hervortretenden Augen an. Udo lag schon ein »Dicke Kinder kriegen höchstens eine Nulldiät geschenkt« auf der Zunge, bis ihm einfiel, wie *er* in Linus' Alter ausgesehen hatte. Nämlich genauso.

»Wir haben doch ausgemacht, dass es die Konsole erst gibt, wenn du mal wieder eine Zwei minus in Mathe nach Hause bringst«, argumentierte Udo. »Und? Welche Note hattest du in der letzten Schulaufgabe?« Linus ließ den Kopf hängen und hatte mit seinen dicken Pausbacken frappierende Ähnlichkeit mit einem depressiven Hamster.

»Ich hab heute Abend Ballettaufführung. Kommst du?«, piepste Karla, die bisher still im Hintergrund gestanden hatte, wie fast immer. Für ihre sieben Jahre war sie ziemlich klein und schmächtig. Meistens verhielt sie sich still und schüchtern. Weder hatte sie etwas von Udos kräftigem Körperbau noch von Claudias lauter, bestimmender Art, und Udo ertappte sich manchmal bei dem Gedanken, ob Karla überhaupt seine leibliche Tochter war. Er mochte sie ganz gern, aber das schien nicht unbedingt auf Gegenseitigkeit zu beruhen. Die Kleine hielt immer eine gewisse Distanz, beobachtete ihn nur kritisch mit großen, ernsten Augen. Er fühlte sich dann durchschaut und mied daher seine kleine Tochter unbewusst.

»Hasilein, Papa kann nicht zum Ballett kommen. Er muss nämlich ...«

»... arbeiten«, ergänzte Claudia gehässig. Udo warf ihr einen genervten Blick zu.

»Ich habe was mit Frank zu besprechen, zufrieden?«, bellte er.

Claudia presste ihre kunstvoll aufgespritzten Lippen zusammen, die sie bei so einer blonden Fernsehtante gesehen hatte und sofort auch haben wollte. Gleich am nächsten Tag war sie zu ihrem Zahnarzt gerannt. Der kümmerte sich nach einem Wochenend-Seminar, das wahrscheinlich unter dem Motto »Botox – leicht gespritzt« gelaufen war, bei Bedarf auch um das verdrehte Schönheitsideal seiner Patientinnen.

»Frank!« Claudia spuckte den Namen förmlich aus. »Hat der Loser wieder Probleme? Was ist es diesmal, Alk am Steuer, oder hat er mal wieder einen Zahlungstermin bei seinem Vermieter vermasselt?«

»Ach, Claudia, nun sei nicht so hart zu ihm. Er hat es eben nicht leicht im Leben«, leierte Udo seine Standardantwort herunter. Doch seine Frau fiel nicht mehr darauf herein. Mit einem abfälligen Schnauben drehte sie sich um.

»Kommt, ihr beiden, zum Frühstück gibt's Schoko-Crunchies«, flötete sie. Linus stimmte ein Indianergeheul an und rannte in die chromglänzende Dreißigtausend-Euro-Küche voraus, Karla folgte langsamer.

Prima, dachte Udo seufzend, zwar würde Claudia bei Linus die Anzeige der Digitalwaage wieder um ein paar hundert Gramm weiter nach oben treiben, aber wenigstens hatte er seine Ruhe.

Udo zog seinen flauschigen Armani-Bademantel an und schlich in sein Arbeitszimmer. Sorgfältig drehte er von innen den Schlüssel zweimal um, ehe er den Raum durchquerte und vor einem Gemälde stehen blieb, auf dem ein Maler ihn in Anwaltsrobe verewigt hatte. In Öl und mit Goldrahmen drum herum. Claudia fand das Bild »dekadent und geschmacklos«, doch Udo liebte es, seinen Erfolg ständig vor Augen zu haben. Zudem konnte er sicher sein, dass Claudia keinen Verdacht schöpfen würde, da sie geschworen hatte, sich dieser Scheußlichkeit, wie sie sein Porträt nannte, »nicht auf zwei Meter zu nähern«.

Behutsam nahm er das Bild von der Wand. Nur ein geschultes Auge konnte die feinen Rillen sehen, die sich beinahe unsichtbar ins Muster der Tapete einfügten. Udo drückte einen verborgenen Knopf, und ein schmales Rechteck öffnete sich und gab den Blick auf eine unscheinbare, kleine Metalltür frei, an deren Seite sich eine blinkende Schalttafel mit Zahlenfeldern befand – ein Safe. Udo tippte in rascher Reihenfolge sechs Ziffern ein. Ein grünes Licht blinkte eifrig, und Udo öffnete die Tür. In dem schmalen Hohlraum des Mini-Tresors befanden sich weder Geldbündel noch irgendwelche Wertpapiere oder Goldbarren. Nur ein schmaler Ring mit einem grün funkelnden Stein lag auf einem schwarzen Samtkissen. Ein Einbrecher hätte vielleicht ob der geringen Ausbeute verächtlich das Gesicht verzogen.

Welch großen Schatz Udo da in Wahrheit beherbergte, wusste niemand außer ihm – und Frank, doch der hatte keine Chance, an die Kostbarkeit heranzukommen, dafür hatte Udo gesorgt. Behutsam nahm er den Ring heraus und drehte ihn einen Augenblick andächtig in seinen feisten Wohlstandsfingern. Der Schmuck war entweder für schmale oder ziemlich kleine Finger gearbeitet, und so konnte Udo ihn nicht weiter als bis über das erste Glied seines kleinen Fingers schieben. Doch es reichte, um ihm wieder das vertraute Gefühl der Macht zu geben, wie immer, wenn er den Schmuck in der Hand hielt.

Der Ring war ein Wunder, hatte er doch aus einem schlechten Schüler einen Cum-laude-Juristen gemacht, einen Versager in einen Sieger verwandelt. Udo würde seinen wertvollsten Besitz bis aufs Blut verteidigen, sollte jemand versuchen, ihm den Ring wegzunehmen.

Aber wer sollte schon auf die Idee kommen? Frank war zu feige und Emma Wiltenberg tot. »Und du bist schuld«, zischte ihm eine Stimme zu, die aus Udos Innerem kam und sich manchmal zu Wort meldete, wenn er es am wenigsten brauchen konnte. »Du hast ihr den Ring aus der Hand gerissen und sie geschubst. Erinnerst du dich an das Blut, Udo? Das Blut an ihrem Hinterkopf? Das warst du, und wegen dir ist Emma nie gefunden worden!«

Heftig schüttelte er den Kopf. »Nein«, murmelte er mit zusammengebissenen Zähnen, »und selbst wenn, erfüllt das höchstens den Tatbestand der Körperverletzung mit Todesfolge. Und die Tat ist längst verjährt.«

Doch die Stimme war hartnäckig. »Mörder«, zischte sie gehässig in Udos Kopf. Er umklammerte den Ring und drückte ihn gegen seine Stirn. Das kühle Metall fühlte sich angenehm auf seiner verschwitzten Haut an und brachte die innere Stimme zum Schweigen. Udo atmete tief durch. Die gewohnte

Selbstsicherheit kehrte zu ihm zurück, und sanft, fast zärtlich legte er den Ring wieder auf sein Samtkissen. »Du bist mein Ein und Alles«, wisperte er dem Schmuckstück zu. »Ohne dich bin ich nichts!«

Nur er wusste, dass dies keine leeren Worte waren, sondern die Wahrheit.

Als er aus seinem Arbeitszimmer auf den Flur trat, empfingen ihn die Kinder mit aufgeregtem Geplapper. Es dauerte eine Weile, bis Udo aus ihren Worten schlau wurde, weil Linus und Karla sich gegenseitig überschrien und Claudia dazwischen auf ihre Migräne hinwies und vergeblich um Ruhe bat.

»Kinder!«, donnerte Udo, und beide verstummten, als hätte man zwei Lautsprecher abgedreht. »Was ist hier los?«, fragte er an Claudia gewandt.

»Karla hat eine Katze vor der Tür gefunden und kurzerhand mit reingebracht«, leierte sie in ihrem üblichen, jammernden Tonfall. »Und jetzt will sie das Vieh nicht mehr hergeben!«

»Die Katze war ganz arm und allein«, piepste die Kleine. »Aber jetzt kümmere ich mich um sie!«

»Ich hab sie aber zuerst gesehen«, quengelte Linus.

»Gar nicht!«

»Wohl!«

»Gar nicht!!«

»Wohl!!«

»Kinder!«, schrie Udo erneut. »Hört auf zu streiten! Wo ist das Vieh überhaupt?«

»Da!«, rief Karla triumphierend, denn in diesem Moment steckte die Katze ihren rot-weiß gescheckten Kopf aus der Küchentür. Udo glotzte sie an, und die Katze starrte zurück. Fast kam es ihm vor, als läge auf ihrem Gesicht ein Ausdruck von Verwunderung – oder war es Verachtung? Gleich darauf rief er sich zur Ordnung. Wie um alles in der Welt könnte eine

Katze irgendeinen Gesichtsausdruck haben? Trotzdem fühlte er sich unter dem eindringlichen Blick unwohl.

»Das Biest bleibt auf keinen Fall im Haus! Ich muss jetzt zu einem Klienten, und heute Abend bin ich mit Frank im *Ambrosia* verabredet. Wenn ich nach Hause komme, ist die Bude katzenfrei, klar?«

Ohne auf Linus' Protestgeschrei und Karlas Jammergeheul einzugehen, stapfte Udo ins Schlafzimmer, um sich anzuziehen. Dass die Katze ihm nachsah, bemerkte er nicht, sonst hätte er gesehen, dass sie ihm, sehr menschlich, die Zunge herausstreckte.

***

Himmel, war Udo fett geworden!, war mein erster Gedanke, nachdem mein ehemaliger Schüler in einem weinroten Edel-Bademantel auf den Flur hinausgetreten war, in dem er wie ein überdimensionaler Weihnachtsmann wirkte. Erst auf den zweiten Blick sah ich die Spuren von Alter und offenbar auch einigen Gläsern zu viel, die sich in sein Gesicht eingegraben und es geschafft hatten, ihn gleichzeitig aufgedunsen und verbittert aussehen zu lassen. Seine Wangen hingen, dafür verschwanden seine Augen beinahe zwischen den Hängelidern, was ihm einen noch tückischeren Ausdruck als früher verlieh. Offenbar hatte er seinen Hals inzwischen völlig eingebüßt, denn sein massiger Schädel schien direkt aus seinen Schultern zu wachsen. Er glich eher einem Metzger, der sein eigener, bester Kunde war, und weniger einem erfolgreichen Anwalt.

Mein Erschrecken über Claudias Anblick war nicht minder stark gewesen. Sie war in der zwölften Klasse mit ihren langen blonden Haaren und der Stupsnase ziemlich hübsch gewesen, auch wenn ihr Mund zu schmal war und ihre Augen einen Hauch zu eng standen, um sie als »schön« zu bezeichnen. Heute jedoch sah sie aus wie eine Mischung aus Barbie und Michael Jackson – nach seinen Schönheits-OPs. Ihre Nase war irgendwie schmäler geworden, dafür hatten ihre Lippen an Volumen zugelegt und ähnelten einem kleinen Schlauchboot, das in Claudias Gesicht ankerte. Mit merkwürdig aufgerissenen Augen, die ihr einen künstlich-erstaunten Ausdruck verliehen, musterte sie die Szenerie. Der dicke Junge – unverkennbar Udos Sohn – schubste gerade seine Schwester, die jünger und um einiges dünner war. Überhaupt schien die Kleine die einzige halbwegs sympathische Person in dieser ganzen Familie zu sein. Nachdem ich das Haus gefunden hatte – zum Glück kannte ich die Stadt aus meiner Internatszeit noch wie meine Westentasche –, hatte Karla sofort auf mein klägliches Miauen hin die Tür geöffnet und mich ins Haus gelassen. Dabei hatte sie weder versucht, mich mit Gewalt ins Innere zu zerren, noch wollte sie mich unbedingt auf den Arm nehmen.

Ganz im Gegensatz zu ihrem Bruder, in dessen Augen ein bösartiges Glitzern trat, als er mich jetzt ansah. Seinen hartnäckigen Versuchen, mir ein Miauen zu entlocken, indem er an meinem Ohr zog und anschließend versuchte, mich im Nacken zu packen, konnte ich erst nach einem energischen Biss in seine dicken Wurstfinger ein Ende bereiten. Die Konsequenz war ein hysterischer Schreianfall, was den inzwischen angekleideten Udo zu den freundlichen Abschiedsworten veranlasste: »Ich hab's doch gesagt, das Drecksvieh soll verschwinden.«

Nichts lieber als das, dachte ich, aber zuerst wollte ich herausfinden, ob er Laurins Ring hier in seinem Haus versteckt hatte, und wenn ja, wo. Daher wartete ich, bis die schwere Haustür hinter Udo zugefallen war, um mich dann an Karlas Beine zu schmiegen, wobei ich versuchte, möglichst niedlich dreinzuschauen.

»Schau mal, Mama! Wie süß!«, quietschte Karla prompt. »Die Katze kann mich gut leiden!«

»Ja, mein Schatz, das mag ja sein, aber Papa mag die Katze nicht! Du hast doch gehört, was er gesagt hat – er will keine Tiere im Haus haben. Schon gar keinen *Streuner*«, sagte Claudia und warf mir einen Blick zu, den sie bei der Kursfahrt schon auf Lager gehabt hatte, weil sie von ihrer Mutter offenbar extra dafür komplett neu eingekleidet worden war, während ich in meinen treuen No-Name-Klamotten herumlief. »Ich habe reiche Eltern, die mir massenhaft Taschengeld zustecken«, sagte dieser Blick, »und du nicht!«

Damals hatte ich Claudia – obwohl ich die Betreuerin und damit älter und vernünftiger als sie war – kurz die Pest an den Hals gewünscht. Soweit ich es beurteilen konnte, hatte sich mein Wunsch erfüllt, denn die Ehe mit Udo schien alles andere als glücklich. Die monströse Villa mit den zwei weißen Marmorsäulen vor dem Eingang wirkte mit ihrem riesigen, gefliesten Flur und einer weißen Wendeltreppe, die ins Obergeschoss führte, genauso kalt und steril wie die Beziehung der beiden.

Karla war bei den Worten ihrer Mutter in Tränen ausgebrochen. »Aber, ich ha-hab mir doch immer eine Ka-hatze gewünscht«, stieß sie abgehackt zwischen zwei Schluchzern hervor.

»Du kriegst was anderes, Hasi. Neue Ballettschuhe oder einen Plüschhund, der bellen kann …«, versuchte Claudia ihre Tochter zu beruhigen.

»Ich will aber nicht! Ich will die Katze und keinen doofen Hund aus Plüsch!«, kreischte die Kleine nun zornig und stampfte mit dem Fuß auf.

Claudias Lippen wurden schmal. »Karla, keine Diskussion. Du bringst die Katze sofort raus. Wir müssen sowieso los, in einer Viertelstunde treffen wir Sabine und ihre Kids zum Shoppen.«

»Ooch, die doofe Mirella-Sophie mit ihrer öden Schwester«, nölte jetzt Linus aus dem Hintergrund. Claudia verdrehte die Augen, ganz gestresste Filmdiva.

»Schluss jetzt, Karla. Raus mit der Katze. Und Linus, du ziehst dir eine andere Hose an. Die da muss in die Wäsche!« Während Claudia ihren maulenden Sohn ins Badezimmer bugsierte, blickte Karla zu mir herunter. Ich himmelte sie aus meinen grünen Augen an und bemühte mich um ein besonders klägliches Maunzen.

Verstohlen blickte Karla sich um, dann beugte sie sich zu mir und wisperte verschwörerisch: »Keine Angst, ich jage dich nicht weg. Du musst dich einfach unter meinem Bett verstecken und ganz still sein. Wenn wir zurückkommen, bringe ich dir Milch und was zu essen, ja?«

Ich blickte sie an und miaute zustimmend. Karla bückte sich und hob mich hoch, was ich mir notgedrungen gefallen ließ, obwohl sie mich um den Bauch fasste und mir dadurch fast die Luft abgedrückt wurde. Widerstandslos kroch ich unter ihr Kinderbett mit dem pinkfarbenen Rahmen, der von aufgeklebten Glitzersternchen gekrönt wurde. Unter dem Bett war es erstaunlich sauber, woraus ich schloss, dass Claudia eine Putzfrau beschäftigte, denn unter ihrem Pult in der Schule hatte immer heilloses Chaos geherrscht.

»Ist die Katze weg?«, vernahm ich ihre Stimme.

»Ja-haa«, trällerte Karla, »ich hab Muschi nach draußen gebracht.«

Ich riss in meinem Versteck die Augen auf. Muschi? Jemand sollte dem Kind mal eine »Bravo« in die Hand drücken!

»Gut, dann zieh dir die Schuhe an, wir müssen los«, drängelte Claudia, und nach ungefähr zehn Minuten hörte ich endlich die zuschlagende Haustür und kurz darauf das Geräusch eines Automotors, das sich langsam entfernte.

Vorsichtshalber wartete ich noch zwei Minuten, ehe ich unter dem Bett hervorkroch. Zum Glück hatte Karla die Tür ihres Kinderzimmers, in dem sogar die Wände rosa waren, nur angelehnt, und so schlich ich vorsichtig, eine Pfote vor die anderen setzend, aus dem Zimmer und in den Flur. Dort blieb ich stehen und überlegte, wo Udo einen Ring verstecken würde. Wohnzimmer und Küche schieden aus. Schlafzimmer? Auf gut Glück steuerte ich die nächstbeste Tür an und schob meine Vorderpfote zwischen Türblatt und Rahmen, bis sie aufschwang und den Blick auf ein protziges zwei Meter zwanzig breites Bett freigab, über dem eine Art künstliches Zobelfell oder Ähnliches lag. Ein riesiger, weißlackierter Schrank mit geschmacklosen goldenen Griffen zog sich von einer Wand zur anderen, und an der Stirnseite hing ein ebenso modernes wie scheußliches Gemälde, auf dem nichts als graue und schwarze Linien zu erkennen waren. Der ganze Raum brüllte dem Betrachter »Geld« entgegen, und ich schüttelte fassungslos den Kopf, wie der unterdurchschnittliche Schüler Udo von Hassell, der den tiefen Teller nun wirklich nicht erfunden hatte, es so weit hatte bringen können.

Es musste an dem Ring liegen. Doch hier war das Schmuckstück bestimmt nicht. Wie ich Udo kannte, hatte er Claudia nichts von dem Vorfall in den Bergen erzählt, folglich hatte sie garantiert keine Ahnung, woher sein plötzlicher Erfolg kam. Ihr war wahrscheinlich sowieso nur wichtig, dass sie auch weiterhin genügend auf der Kreditkarte hatte, um mit Sabine *shoppen* zu gehen.

Also nächstes Zimmer. Dort roch es wie in einer Pumahöhle, und überall lagen verstreute Klamotten Kindergröße XXL herum. Ein überdimensionaler Computerbildschirm und achtlos auf den Boden geworfene Comichefte vervollständigten das Bild. Ich war in Linus' Reich gelandet und drehte noch an der Tür wieder um.

Blieb nur noch ein Raum, den ich noch nicht erforscht

hatte. Leider war die Tür nicht angelehnt, sondern geschlossen. Ich kauerte mich auf den Boden, nahm Maß, sprang – und rutschte prompt ab. Innerlich fluchend startete ich einen zweiten Versuch, und diesmal gelang mir das Kunststück, mich mit den Vorderpfoten an die Klinke zu hängen, so dass sie heruntergedrückt wurde. Die Tür schwang auf. Auf den ersten Blick erkannte ich: Hier war ich richtig. Ein großer Raum, in dessen Mitte ein protziger Mahagonischreibtisch stand. Zwei dunkle Ledersessel waren um einen gläsernen Tisch gruppiert, und auf einem kleinen Tisch stand eine Karaffe mit einer bernsteinfarbenen Flüssigkeit. Dass es sich dabei nicht um Tee handelte, war mir klar. Schließlich hatte ich die geplatzten Äderchen auf Udos Wangen gesehen. An der mit einer geschmacklosen lila-goldenen Tapete beklebten Wand hinter dem Schreibtisch hing zu allem Überfluss ein Ölgemälde, das einen stattlichen Mann in schwarzer Robe zeigte. Erst nach einer Weile ging mir auf, wen es darstellen sollte. Der Maler hatte Udo sehr vorteilhaft abgebildet und aus dem Mann mit der Figur eines Mastferkels einen dynamischen Anwalt auf die Leinwand gezaubert. Garantiert hatte Udo gut dafür gezahlt. Als ich daran dachte, dass er mich für die Aussicht auf Macht und Reichtum damals verletzt in den Bergen hatte liegen lassen, überkam mich eine unbändige Lust, dem Öl-Udo einen satten Kratzer quer über sein gepinseltes Angebergesicht zu verpassen, und ich beherrschte mich nur mühsam. Trotzdem konnte ich es nicht lassen, dem Rahmen wenigstens einen kräftigen Tatzenhieb zu geben. Etwas *zu* kräftig, denn zu meinem Schrecken schwang das Gemälde erst nach links, dann nach rechts, wobei sich der Haken löste und das zweifelhafte Kunstwerk von der Wand fiel.

Ich erschrak. In Katzengestalt würde es mir niemals gelingen, das Bild wieder an seinen Platz zu hängen, um mein unerlaubtes Eindringen ins Zimmer zu vertuschen.

Im ersten Impuls wollte ich schon aus dem Zimmer flitzen, da entdeckten meine scharfen Katzenaugen eine Unregelmäßigkeit in der Struktur der Tapete, genau dort, wo das Bild gehangen hatte. Neugierig schlich ich näher und sprang auf den Schreibtisch, um einen besseren Blick zu haben. Ich reckte den Hals, und tatsächlich konnte ich vier Linien in der Wand ausmachen, die den Umriss eines Rechtecks bildeten. Ich streckte die Pfote aus und reichte gerade eben an die Tapete, wenn ich die Krallen ausfuhr. Ich versuchte, einen Spalt oder Riegel zu ertasten, mit dem ich das Fach oder was sich da auch immer in der Wand befand, öffnen konnte. Doch ich fand nichts, so hartnäckig ich die Krallen auch in die schmalen Ritzen zwängte.

Das durfte doch nicht wahr sein! Irgendein Geheimnis verbarg sich in der Wand, das sagte mir mein Instinkt. Ich reckte den Hals, um die Tapete genauer zu inspizieren, aber der Schreibtisch stand zu weit von der Wand weg. Ich beugte mich noch ein wenig mehr nach vorne, dann noch ein Stück – und verlor prompt das Gleichgewicht. Meine Pfoten suchten auf der glatten Mahagoniplatte vergeblich Halt. Schon sah ich den Boden unaufhaltsam näher kommen und schloss die Augen in Erwartung eines schmerzhaften Aufpralls. Stattdessen landete ich weich auf meinen vier Füßen, wie alle Katzen. Laurins Zauber hatte manchmal auch Vorteile, dachte ich aufatmend.

Das Problem des Wandgeheimnisses war damit aber noch nicht gelöst. Ich musste noch einmal nachsehen, doch in meinem leichten Katzenkörper war es mir unmöglich, den massiven Schreibtisch näher an die Wand zu rücken. Da fiel mein Blick auf Udos Schreibtischstuhl. Er besaß einen sternförmigen Fuß mit mehreren Rollen. Ich setzte zum Sprung an und landete mitten auf der ledernen Sitzfläche. Durch mein Gewicht geriet der Stuhl tatsächlich ins Rollen, allerdings nicht sanft, sondern er knallte mit ziemlicher Wucht gegen die Wand, und ich hieb meine Krallen tief ins Leder, um nicht heruntergeschleudert zu werden. Mein Kopf prallte hart gegen die Tapete, doch nach kurzer Benommenheit sah ich, dass ich meinem Ziel ein gutes Stück näher gekommen war. Nun befand sich die geschmacklose Tapete mit aufgemalten lila-goldenen Rosen und dunkelgrünen Ranken direkt vor meiner Nase. Langsam und sorgfältig ließ ich meinen Blick daran entlangwandern, inspizierte jedes einzelne Blatt und jede Blüte. Tatsächlich entdeckte ich genau in der Mitte einer violetten Rosenknospe einen winzigen schwarzen Knopf, der in dem grellbunten Muster beinahe unsichtbar war. Ich hob die Pfote und drückte mit meinem ganzen Gewicht dagegen. Sofort schwang eine schmale Tür mitten in der Wand auf. Ich war tatsächlich auf den verborgenen Mechanismus gestoßen. Mein Blick fiel auf eine stählerne Fläche, bei der es sich um einen Tresor handeln musste.

Leider erkannte ich auch sofort, wie gering meine Chancen waren, diesen zu öffnen, denn seitlich befand sich ein elektronisches Tastenfeld mit Ziffern von null bis neun. Ich hatte so etwas 1987 bei Tastentelefonen und Fernbedienungen schon gesehen, und es brauchte nicht viel Überlegung, um zu wissen, dass ein mehrstelliger Code für das Öffnen der Stahltür nötig sein würde. »Verdammt«, wollte ich fluchen, doch nur ein Fauchen drang aus meiner Katzenkehle. Nun war ich so dicht vorm Ziel und kam nicht weiter. Denn ich war mir ziemlich sicher, soeben das Versteck für Laurins Ring entdeckt zu haben. Eine derart perfekte Tarnung dachte sich nur jemand aus, der etwas äußerst Wertvolles vor fremden Blicken schützen wollte. Zum Beispiel einen magischen Ring. Die Erkenntnis nützte mir nur leider wenig, denn zwischen mir und meiner Erlösung von Laurins Fluch lagen zentimeterdicker Stahl und eine unbekannte Zahlenreihe.

Gereizt versetzte ich der Tapetengeheimtür einen Stoß, und sie schlug zu. Ich sprang vom Schreibtisch. Mir würde wohl nichts anderes übrigbleiben, als auf eine Gelegenheit zu warten, Udo nachzuschleichen, wenn er heute Abend oder morgen früh in sein Arbeitszimmer ging. Vielleicht konnte ich ihn beim Eintippen des Zahlencodes beobachten und mir die Reihenfolge merken. Dann müsste ich nur noch Jonathan oder Herrn Spindler ins Haus einschleusen ...

Hier endete meine Phantasie. Dass Udos alter Lehrer als Einbrecher fungieren würde, ging über meine Vorstellungskraft. Auf welche Weise sollten er oder Jonathan sich überhaupt an Claudia und den neugierigen Kindern vorbei ins Haus schleichen? Selbst wenn die Familie, wie gerade eben, nicht da wäre, bezweifelte ich, dass ich in Katzengestalt meine Helfershelfer ins Haus lassen könnte. Die Terrassentüren waren mit Schlössern gesichert, deren Schlüssel zwar von innen steckten, doch mit meinen Pfoten würde ich es nicht schaffen, sie umzudrehen, um jemandem von draußen Einlass zu verschaffen. Die Haustür hatte einen massiven Knauf, war bestimmt stets abgesperrt, so dass niemand einfach so hereinspazieren konnte.

Frust und Hoffnungslosigkeit machten sich in mir breit, und ein klägliches Wimmern entrang sich meiner Kehle. Würde ich je die Gelegenheit bekommen, den Ring zu finden, oder war ich dazu verdammt, nie wieder meine menschliche Stimme und Gestalt zurückzuerlangen?

Das Brummen eines Automotors näherte sich dem Haus. Claudia und die Kinder kamen zurück, viel früher als erwartet! Hastig huschte ich aus Udos Arbeitszimmer und zog mit Hilfe meiner ausgefahrenen Krallen die Tür so weit wie möglich zu. Sie ganz zu schließen, schaffte ich nicht, aber ich hoffte, es würde niemandem auffallen, dass sie vorher geschlossen und jetzt nur angelehnt war. Der Motor röhrte noch einmal auf und wurde dann abgestellt. Gleichzeitig begann im Flur eine goldene Uhr, die auf einem protzigen gold-weißen Tischchen mit zierlich geschwungenen Füßen stand, die volle Stunde zu schlagen. Elf helle Töne, die mich wie ein schmerzhafter Blitzstrahl durchfuhren. Keuchend krümmte ich mich nach vorne, verlor dabei das Gleichgewicht – und das Nächste, was ich wahrnahm, war der kühle Fliesenboden unter meiner Haut. Haut! Nicht Fell. Ich war keine Katze mehr, sondern wieder Emma. Und zwar nackt, so wie Jonathan, als er sich gestern kurz vor Mitternacht zurückverwandelt hatte. Nun ging es mir genauso, nur dass meine Verwandlung von Mitternacht bis zum nächsten Tag angedauert hatte, während es bei ihm umgekehrt war. Meine Erleichterung und das Glücksgefühl, wieder ein Mensch zu sein, währten jedoch nur kurz, denn jeden Moment würden Claudia und die Kinder hereinkommen. Nicht auszudenken, wie sie reagieren würde, wenn sie ihre ehemalige Praktikumslehrerin hier sah – ohne Klamotten und kein Jahr älter als vor fast dreißig Jahren! Ganz zu schweigen davon, welchen Schock Karla und Linus davontrügen.

Hastig rappelte ich mich auf und rannte kopflos in Claudias und Udos Schlafzimmer. Das Bett war zu niedrig, um mich darunter zu verstecken, also öffnete ich notgedrungen die Schiebetür von Claudias riesigem Kleiderschrank und schlüpfte hastig zwischen all die teuren Klamotten. Wie in einem schlechten Film, nur dass meine Rolle nicht die des Hausfreunds, sondern der Hauskatze war, dachte ich und hätte beinahe hysterisch losgekichert. Ich biss mir auf die Fingerknöchel, um jeglichen Laut zu ersticken, denn schon drang Claudias schrille Stimme durch den Flur und bis in mein Versteck.

»Euch kann man wirklich nur zwei Mal mitnehmen – einmal zum Kennenlernen und das nächste Mal zum Entschuldigen! Vor meiner nächsten Verabredung mit Sabine liefere ich euch im Kinderparadies ab und überlege mir gut, ob ich euch überhaupt wieder abhole!«

»Aber Mirella-Sophie hat angefangen«, vernahm ich Linus' quengelnde Stimme.

»Und Chantal hat mich geschubst«, klagte Karla.

»Ich will nichts mehr hören«, fauchte Claudia und klang fast, als hätte *sie* sich soeben in eine Katze verwandelt. »Ihr habt den Rest des Tages Fernsehverbot!« Ein zweistimmiges Heulen war die Antwort.

Ich stand derweilen starr zwischen unzähligen Kleidungsstücken und betete, dass Claudia nicht gerade jetzt auf die Idee kommen würde, den Schrank aufzumachen, um ihre neuerworbene Ausbeute hineinzuhängen. Wenn sie überhaupt noch Platz finden würde, denn der Schrank quoll schon jetzt fast über. Teure Seide streifte meine Wange, und an meinem nackten Rücken spürte ich die zarte Weichheit eines Kaschmirkleides.

»Nicht mal zum Shoppen sind Sabine und ich gekommen«, keifte sie in diesem Moment, und ich atmete auf. Bis mir Karla einfiel, die sicher sofort unter ihrem Bett nach der Katze suchen würde, die ich bis vor ein paar Minuten noch gewesen war. Wenn sie mich dort nicht fand, würde sie bestimmt die ganze Wohnung durchkämmen. Ich musste hier weg, und zwar schnell. Da ich aber schlecht splitterfasernackt aus dem Schrank und dann aus dem Fenster hüpfen konnte, beschloss ich, mir von Claudia ein paar Klamotten – nun ja, *auszuleihen.* Andererseits: Hatte Udo nicht auch mir damals den Ring weggenommen? Ausgleichende Gerechtigkeit, dachte ich und zog das erstbeste Stück, das ich zu fassen bekam vom Bügel. Es handelte sich um ein zartes, vanillefarbenes Spitzenkleid, auf dessen Etikett im Rücken »Versace« stand. Von mir aus hätte es auch ein Jutebeutel sein können, Hauptsache, ich hatte irgendetwas anzuziehen. In einem eingebauten Schrankfach lagen tatsächlich mehrere Dessous, die Claudia offenbar gekauft und noch nicht einmal ausgepackt hatte. Kein Wunder, allein ihre Sammlung Spitzen-BHs, die im Regal neben den Kleiderbügeln lagen, dürfte sich auf geschätzt drei Dutzend belaufen. Hastig riss ich die Originalverpackung einer Kombination aus Höschen und BH im zarten Roséton auf und schlüpfte hinein, wobei ich versuchte, möglichst lautlos zu agieren und nicht an die Schrankwände oder irgendwelche Kleiderbügel zu stoßen. Zu meiner Verwunderung passten mir die Sachen. Seltsam, denn 1987 hatte Claudia deutlich weniger Oberweite vor sich hergetragen als ich. Ihre Körbchengröße schien in den vergangenen Jahren auf magische Weise zugenommen zu haben, bis mir einfiel, was mir Lilly erzählt hatte: dass in der heutigen Zeit nicht nur Lippen, sondern auch Brüste vergrößert wurden, so rasch und selbstverständlich, wie man sich früher eben mal eine Dauerwelle zugelegt hatte. Wie eine Schlange wand ich mich in das zarte Spitzenkleid, konnte aber nicht verhindern, dass ich mit dem Ellbogen gegen eine der Türen stieß und ein Poltern ertönte. Vor Schreck hielt ich die Luft an. Hatte Claudia es gehört und würde gleich ins Zimmer stürmen?

»Mamaaa, meine Katze ist weg!«, hörte ich in dieser Sekunde Karla laut jammern, und nun war es für mich wirklich höchste Zeit, die Flucht zu ergreifen. Hastig ließ ich meinen Blick über den Boden des Schranks schweifen, wo mehrere Schuhe in Kartons verpackt lagen. Mit fliegenden Fingern öffnete ich den erstbesten. Zwei silberne Sandaletten mit schwindelerregend hohen Absätzen kamen zum Vorschein. Wenn ich versuchen würde, in denen zu laufen, würde ich mir beide Beine gleichzeitig brechen. Ich warf die Sandaletten in die Ecke des

Schranks und riss den Deckel der zweiten Schuhschachtel auf. Diesmal waren es lackrote Stilettos. Zum Glück entpuppte sich mein dritter Versuch als ein Paar knöchelhohe braune Wildlederstiefel mit einer Schnalle an jeder Seite und flachem Absatz.

»Was soll das heißen, die Katze ist weg! Natürlich ist sie das, ich habe dir doch vorhin gesagt, du sollst sie rausbringen«, hörte ich nun Claudia.

Möglichst lautlos stieg ich aus dem Schrank und versuchte draußen, in die Schuhe zu schlüpfen, aber sie waren offenbar ebenfalls neu und noch etwas eng. Unsanft begann ich, meinen rechten Fuß in einen der Stiefel hineinzuzwängen, während ich weiter lauschte, ob einer von beiden oder am Ende Mutter und Tochter zusammen ins Zimmer kommen würden. Die Schranktür ließ ich offen, für den Fall, dass ich mich blitzschnell wieder darin würde verstecken müssen.

»Karla«, hörte ich ihre Mutter mit drohendem Unterton sagen, »hast du das Tier etwa hier im Haus gelassen?«

Schweigen. Endlich hatte ich den einen Fuß in dem vermaledeiten Schuh. Hastig griff ich nach dem zweiten und versuchte nun, in den linken Stiefel hineinzukommen, indem ich mit beiden Händen am Schaft zog.

»Das glaube ich jetzt einfach nicht«, keifte Claudia, »wo hast du das Biest versteckt?«

Schwitzend und auf einem Bein balancierend kämpfte ich mit dem zweiten Schuh, und gerade als Karla schluchzend zugab: »Unter meinem Bett!«, rutschte mein linker Fuß mit Schwung in den Stiefel, so dass ich beinahe das Gleichgewicht verloren hätte und rückwärts in den offenen Schrank gekippt wäre. Die Vorstellung, er würde unter meinem Gewicht krachend auseinanderfallen und mich unter einem Berg Haute Couture begraben, schoss mir durch den Kopf, und ich ruderte verzweifelt mit den Armen, um auf den Beinen zu bleiben.

Zu meinem Entsetzen war Claudias Stimme nun so nahe zu hören, als stünde sie direkt vor der Schlafzimmertür. »Wenn das Vieh auf deinen Teppich gepinkelt hat oder Schlimmeres, dann setzt's was, verstanden? Und du wirst es sauber machen!«

»Wieso?«, erklang Karlas empörte Antwort, »dafür haben wir doch Irmela!«

»Sie ist meine Putzfrau, und sie wird nicht den Dreck von einer räudigen Katze wegmachen, die DU angeschleppt hast, Fräulein«, erwiderte Claudia scharf.

»Aber als Papa damals nach seiner Geburtstagsfeier in die leere Vase gekotzt hat, hast du auch zu Irmela gesagt …«, fing Karla an, doch Claudia schnitt ihr das Wort ab.

»Das war was anderes. Also – wo ist das Mistvieh jetzt?«

Zu meiner Erleichterung hörte ich, wie sich die Stimmen vom Schlafzimmer entfernten. Wahrscheinlich suchte Claudia erst einmal im Zimmer ihrer Tochter nach der Katze.

Ich hatte keine Zeit zu verlieren. Auf Zehenspitzen huschte ich zur Terrassentür. Der weiche, cremefarbene Teppich dämpfte meine Schritte. Zum Glück besaß ich wieder Finger statt Pfoten und konnte daher mühelos den kleinen Schlüssel umdrehen und anschließend den Hebel herunterdrücken. Behutsam, um keinen Lärm zu machen, öffnete ich die gläserne Tür, die über einen Kiesstreifen zum Garten hinausging, und schlüpfte hindurch. Ebenso leise drückte ich sie anschließend wieder ins Schloss, ehe ich geduckt zu den Büschen lief, die das Grundstück begrenzten. Ohne Rücksicht auf das Kleid zwängte ich mich zwischen einem Ginster und einem Rhododendron hindurch und stand auf der schmalen Straße, die das Wohngebiet durchzog und durch die ich heute am frühen Morgen mit Jonathan gegangen war. Kurz nach Sonnenaufgang waren die Jalousien der protzigen Häuser, die rechts und links das Sträßchen säumten, noch geschlossen gewesen. Jetzt konnte ich durch große, blankgeputzte Scheiben ins Innere blicken. Wertvolle Antiquitäten wetteiferten mit neuen, unbenutzt aussehenden Designersofas. Ich hoffte nur, niemand würde mich sehen, oder wenn, würde die Beschreibung zu ungenau ausfallen, um Udos Verdacht zu erregen. Ich verfiel in einen schnelleren Schritt und drückte eine halbe Stunde später außer Atem auf den Klingelknopf an Caros Gartenpforte. Die Tür wurde aufgerissen, und Lilly fiel mir um den Hals. »Mann, bin ich froh, dass du wieder da bist! Jonathans Erklärungen, wo du bist, klangen ja mehr als kryptisch«, sagte sie strafend, ehe sie einen bewundernden Pfiff ausstieß. »Schickes Kleid, übrigens! Woher hast du das?«

»Das erkläre ich dir ein andermal«, wich ich aus, während mich Lilly bewundernd umkreiste.

»Mit den Bikerboots sieht das ja obercool aus!«, rief sie und trat einen Schritt zurück, um mich von oben bis unten zu mustern. »Du solltest echt modeln«, stellte sie neidlos fest.

Ich wurde verlegen, und mein Blick wanderte unwillkürlich zu Jonathan, der hinter Lilly aufgetaucht war. Er sagte nichts, aber sein strahlendes Lächeln wärmte mich von meinen roten Locken bis in die Zehenspitzen. »Emma, du bist wieder ... da!«, sagte er, und nur wir beide wussten, dass es sich nicht nur auf meine Rückkehr zu ihm und Lilly bezog, sondern auch auf die Erlösung von dem Fluch, als Katze durchs Leben gehen zu müssen. Ich nickte glücklich.

»Ähm, es ist fast zwölf Uhr mittags, und ihr habt bestimmt Hunger«, schaltete Lilly sich ein und grinste verschwörerisch. »Ich bin dann mal in der Küche und kümmere mich um die Getränke. Emma kann mir ja beim Kochen helfen – später.« Damit verschwand sie.

Ich sah ihr nach, doch Jonathan hatte nur Augen für mich. »Ich bin so froh«, murmelte er und nahm mein Gesicht behutsam zwischen die Hände. Er sah mir tief in die Augen und schüttelte den Kopf. »Ich kann es nicht glauben, welches

Glück uns hold ist! Laurins Fluch hat auch bei dir nur einige Stunden angehalten, und nun sind wir beide erlöst!« Ich nickte und schmiegte mich in Jonathans Arm.

»Zum Glück musste ich keine Katze bleiben«, murmelte ich, die Wange an seine Schulter gedrückt. »Stell dir vor, ich habe wahrscheinlich Udos Versteck entdeckt, in dem er Laurins Ring aufbewahrt. Aber der Schmuck liegt in einem gesicherten Tresor, und man muss eine Zahlenkombination eingeben, um die eiserne Tür zu öffnen«, erklärte ich.

»Ist es dir gelungen?«, wollte Jonathan wissen, der wahrscheinlich noch nie etwas von einem Safe gehört hatte.

Ich schüttelte den Kopf. »Aber das ist jetzt auch nicht mehr wichtig«, sagte ich und blickte ihn an. »Ich bin wieder Emma, und nun brauche ich den Ring ja auch nicht mehr.«

»Nein«, sagte Jonathan leise, »nun sind wir beide wieder menschlich, und darüber bin ich sehr, sehr froh!«

Dann berührten seine Lippen meine, und erneut durchrieselte mich ein Schauer, diesmal jedoch aus purem Glück. Jonathans Kuss hielt für einen Moment die Zeit und vielleicht auch die ganze Welt an, jedenfalls kam es mir so vor.

Doch da rief Lilly aus der Küche: »Hunger!«

Widerwillig löste ich mich aus Jonathans Armen und drehte mich zur Küchentür um, hinter der ich Lilly energisch mit Geschirr klappern hörte. Gleichzeitig begann die Uhr der Kirche draußen ihr Mittagsläuten.

»Schon gut, Lilly, wir kommen gleich«, rief ich.

»Emma«, hörte ich Jonathan da schwach sagen. Seine Stimme klang anders als noch kurz zuvor. Ich wandte den Kopf, um ihn zu fragen, ob alles in Ordnung wäre. Doch an der Stelle, an der er eben noch gestanden hatte, lagen jetzt nur noch die Männerklamotten, die Lilly Jonathan von ihrem Vater geliehen hatte. Und auf dem Boden saß ein schwarzer Rabe und sah mich traurig an.

KAPITEL 13

Vor sich hin schimpfend schloss Udo die Haustür auf. Da hatte er sich erst ein nagelneues Smartphone gekauft, und dann war der Akku nach zehn Stunden leer! Und das Ladegerät lag natürlich zu Hause, weshalb er seine Mittagspause nicht mit seiner hübschen Anwaltsgehilfin verbringen konnte, sondern noch einmal zurückfahren musste, denn ohne sein Handy fühlte Udo sich nackt. Wenn er nicht alle fünf Minuten seine SMS oder Mailbox checken konnte, begann er, nervös zu werden.

Er fand eine heulende Tochter und eine sichtbar gereizte Ehefrau vor. Aus Linus' Zimmer drangen die Pieps- und Ballergeräusche seines derzeitigen Lieblingscomputerspiels. »Was ist hier los?«, fragte Udo, weniger aus Interesse, sondern eher, weil es als Familienoberhaupt von ihm erwartet wurde. Karla schniefte nur, während eine Rotzspur sich langsam den Weg von ihrer Nase zum Kinn bahnte. Udo beschloss, nicht hinzusehen, und wandte seine Aufmerksamkeit Claudia zu.

»Karla sollte die Katze rausbringen, aber sie hat sie stattdessen in ihrem Zimmer versteckt. Das Vieh ist trotzdem abgehauen, und jetzt macht deine Tochter Theater«, gab sie mürrisch Auskunft.

»Wo ist das Problem?«, erwiderte Udo gut gelaunt. »Katze sollte weg, Katze ist weg, also alles paletti, oder?«

»Du bist gemein!«, brüllte Karla und rannte in ihr Zimmer. Rumms!, schlug die Tür zu.

»Mein Gott, ein bisschen sensibler könntest du schon mit dem Kind umgehen!«, richtete sich Claudias Zorn nun gegen ihn. Augenrollend steuerte Udo sein Arbeitszimmer an, um das Ladegerät zu holen. Irritiert bemerkte er die angelehnte Tür. Er hätte schwören können, sie heute Morgen fest geschlossen zu haben. Sofort, als er das Zimmer betrat, fiel ihm die kahle Wand auf, an der normalerweise das Gemälde hing. Jetzt lag es auf dem Boden. Mit drei Schritten war Udo an seinem Schreibtisch und musterte die Bescherung. Das Bild hatte zum Glück keinen Schaden davongetragen, und er atmete auf. Zwar war er sich sicher, dass niemand auf den ersten Blick die verborgene Tür in der Wand bemerken würde, hinter der sich sein Safe befand. Andererseits kannte er Claudias Neugierde, ihre Nase in alle Angelegenheiten zu stecken, egal ob eigene oder fremde.

Er ging zurück zur Tür und brüllte hinaus in den Flur:

»War einer von euch in meinem Arbeitszimmer?«

Claudia steckte den Kopf aus der Küche. »Was machst du denn für einen Terz?«, fragte sie ärgerlich. »Ich habe dein Reich nicht betreten! Sonst wäre ich jetzt blind«, fügte sie mit der üblichen Gehässigkeit hinzu, die sie immer an den Tag legte, wenn es um Udos Einrichtungsgeschmack ging.

»Karla! Linus!«, kommandierte Udo.

Die beiden Kinderzimmertüren gingen auf, und Karlas verheultes und Linus' gelangweiltes Gesicht erschienen. »War einer von euch hier drin?«, nahm Udo seine Sprösslinge streng ins Verhör.

Linus warf ihm einen Blick voll tiefer Verachtung zu. »Ne! Was soll ich denn an deinem Schreibtisch, mein Computer ist viel schneller als deiner!«, ließ er seinen Vater wissen und verschwand wieder, um irgendwelche Monster in der virtuellen Welt abzuknallen. Auch Karla schüttelte nur den Kopf und sah ihren Vater anklagend an, ehe sie wortlos ihre Zimmertür wieder schloss.

»Was hast du denn? Fehlt irgendwas, oder ist etwas kaputtgegangen?«, bohrte Claudia und schien nun misstrauisch zu werden. Udo beeilte sich, den Kopf zu schütteln, und murmelte so etwas wie »Handy-Ladegerät liegt nicht an seinem Platz«.

»Also wirklich, deine Probleme möchte ich haben«, sagte Claudia daraufhin spitz und verschwand nun ebenfalls wieder in der Küche. Udo kehrte ins Zimmer zurück und schloss ab. Dann nahm er die Wand genau in Augenschein. Drei kaum sichtbare, parallele Linien waren zu sehen, als hätte jemand mit einem spitzen Messer in die Tapete geritzt. Bei Udo begannen sämtliche Alarmlämpchen zu blinken. Hatte etwa jemand die verborgene Nische hinter dem Bild entdeckt? Überstürzt drückte er die Zahlenkombination und riss die Tür des Safes auf. Unberührt und geheimnisvoll schimmernd lag der Ring auf seinem Samtkissen.

Erleichtert stieß Udo die Luft aus, die er die ganze Zeit angehalten hatte. Einen schrecklichen Augenblick lang hatte er das Bild eines Tresors vor Augen gehabt, der bis auf das Kissen leer war. Sorgfältig schloss er erst die Safe-, dann die Tapetentür und hängte das Gemälde wieder an seinen Platz.

Er war schon fast aus dem Zimmer, da fiel ihm das Ladegerät ein. Kopfschüttelnd kehrte er zurück und ließ seinen Blick über den Schreibtisch wandern. Hier irgendwo musste das Teil liegen. Plötzlich stach ihm etwas ins Auge und ließ ihn stutzen: Einige kurze, seidige Haare lagen auf der blankpolierten Mahagoniplatte. Mit spitzen Fingern nahm Udo eins davon hoch und hielt es gegen das Licht. Es war an der Spitze weiß und am unteren Ende rot – genau wie das Fell dieser vermaledeiten Katze, die Karla heute Morgen angeschleppt hatte.

Udo verspürte ein unangenehmes Ziehen im Magen. Was hatte das Vieh in seinem Arbeitszimmer und auf dem Schreibtisch zu suchen? In diesem Moment fiel ihm sein Schreibtischstuhl auf, der nahe an der Wand stand. Udo runzelte die Stirn. Normalerweise war der Sessel immer direkt an die Tischplatte geschoben. Sein Verdacht verstärkte sich, als er den Stuhl inspizierte und winzige Löcher in der Sitzfläche fand. Wie von Nadeln oder – spitzen Krallen! Sollte das verflixte Katzenvieh etwa das Bild von der Wand geworfen und den Safe entdeckt haben …?

Gleich darauf schalt er sich selbst einen Trottel für diesen Gedanken. Es hatte sich bestimmt einfach nur einen Weg nach draußen gesucht und war dabei in sein Arbeitszimmer gekommen, redete er sich ein. Neugierig, wie Katzen waren, war sie wohl auf seinen Schreibtisch gesprungen und hatte anschließend aus purem Übermut das Gemälde von der Wand geworfen und die Kratzspuren hinterlassen. »Vermaledeites Schleichbiest«, murmelte Udo, »zum Glück ist es jetzt weg!«

Aber er konnte das Zittern in seiner Stimme hören, und das Gefühl einer bösen Vorahnung verschwand auch nicht, nachdem er endlich das Ladegerät entdeckt hatte. Sein Unbehagen wurde erst schwächer, als in seinem Wagen saß und das Restaurant ansteuerte, in dem seine Anwaltsgehilfin schon auf ihn wartete.

KAPITEL 14

An Mittagessen war nicht mehr zu denken. Lilly war auf meinen verzweifelten Schrei hin aus der Küche gerannt gekommen. Fassungslos sah sie auf den schwarzen Vogel hinunter, der den Kopf gesenkt hatte und verzagt krächzte.

»Du willst mir jetzt nicht sagen ...«, setzte sie an, und ich nickte resigniert.

»Doch, Lilly. Es ist Jonathan. Der Fluch hat ihn wieder erwischt. Scheinbar verwandelt er sich Punkt zwölf Uhr mittags, während es *mich* gestern um Mitternacht erwischt hat ...«

Lillys Augen weiteten sich, und ich schlug mir die Hand vor den Mund. Verdammt, ich hatte mich verplappert.

»Wie jetzt? Du bist um Mitternacht auch ein Rabe geworden?«, fragte sie, und mir war klar, dass sie nicht lockerlassen würde, bis sie die ganze Wahrheit erfuhr.

»Nein, eine Katze«, gab ich widerwillig zu.

Lillys Augen bekamen die Größe von Untertassen. »Echt jetzt?«, fragte sie und nahm mich scharf ins Visier. Sie dachte wohl, ich wollte sie veräppeln.

»Mann, Lilly! Mir ist nicht nach Witzen zumute! Ich habe fast einen Herzinfarkt bekommen. Kannst du dir vorstellen, wie es ist, plötzlich ein Fell und Schnurrhaare zu haben?«

Lilly hatte mir mit offenem Mund zugehört.

»Geil! Ich meine ...«, verbesserte sie sich hastig, weil sie meinen Blick sah, »... das ist ja schrecklich, aber irgendwie doch auch abgefahren, oder?«

»Na ja«, gab ich zu. »Irgendwie schon. Ich konnte in der Dunkelheit sehen und viel schneller rennen als ein Mensch. Aber ich war heilfroh, dass ich nicht für immer so bleiben musste.« Doch da schoss mir der Gedanke durch den Kopf, was wäre, wenn die Verwandlung in eine Katze keine einmalige Sache bliebe? Immerhin hatte Laurins Fluch Jonathan zur selben Zeit wie gestern in einen Raben verwandelt. Und eine Ahnung sagte mir, dass auch ich nicht verschont bleiben und mich um Mitternacht im Körper einer gescheckten Katze wiederfinden würde.

»Also gut, wir brauchen den Ring, koste es, was es wolle«, sagte ich energisch zu dem Raben. »Ich glaube, ich weiß, wo Udo ihn versteckt. Nun müssen wir nur noch die Zahlenkombination zu dem Tresor herausfinden und den Schmuck dort herausholen.«

»Ich könnte diesen Typen oder seine Frau ablenken«, erbot sich Lilly sofort, und ihre Augen funkelten unternehmungslustig. In diesem Moment ähnelte sie Caro so sehr, dass ich schlucken musste. Doch gleich darauf musterte ich sie mit dem strengsten Lehrerinnenblick, zu dem ich fähig war.

»Untersteh dich! Das ist viel zu gefährlich! Udo hätte mich damals in den Bergen beinahe verbluten lassen, nur um den Ring nicht mehr hergeben zu müssen! Diese Sache ziehen Jonathan und ich alleine durch.«

»Aber …«, wollte Lilly protestieren.

»Nichts da! Ich will nicht Caro wiedersehen und ihr als Erstes erklären müssen, dass ihrer Tochter durch meine Schuld was passiert ist. Ich meine es ernst, Lilly!«, erklärte ich, und sie nickte, wenn auch etwas widerwillig.

Ich wandte mich wieder an Rabe Jonathan.

»Noch mal zu Udo nach Hause zu gehen, hat keinen Sinn. Er trifft sich nach der Arbeit gleich mit Frank in irgendeinem Schuppen namens *Ambrosia* oder so ähnlich.«

»Das ist die volle Nobeldisko!«, platzte Lilly heraus. »Da kostet die Flasche Schampus vierhundert Euro …! Habe ich jedenfalls gehört«, setzte sie schnell hinzu.

Das passte zu Udo, dachte ich. Er war so großkotzig wie eh

und je. Hatte er bei unserer Kursfahrt noch mit dem Partykeller seiner Eltern geprahlt, war es jetzt der Einlass in die teuerste Disko der Stadt.

»Wir müssen da heute Abend hin!«, rief Lilly, um sich hastig zu verbessern, nachdem sie mir ins Gesicht sah: »Ich meine – *ihr* müsst da heute Abend hin.«

»Falls Laurins Fluch genauso wirkt wie gestern, wird Jonathan um elf Uhr nachts wieder ein Mensch«, überlegte ich laut. »Und selbst wenn ich mich um Mitternacht in eine Katze verwandeln sollte, hätten wir zusammen eine Stunde als Menschen, um Udo und Frank vielleicht zu belauschen. Nicht, dass die Typen vorhaben, den Ring verschwinden zu lassen.«

»Vor zehn ist im *Ambrosia* sowieso tote Hose«, gab Lilly sich fachmännisch. »Wenn dieser dicke, alte Sack von Anwalt da überhaupt reinkommt, was ich bezweifle. Dort haben sie nämlich die härteste Tür der ganzen Stadt. Die lassen angeblich nur junge und besonders coole Leute rein. So wie dich und Jonathan – vorausgesetzt, er wird wieder normal«, plapperte Lilly. Jonathan kommentierte ihre letzte Bemerkung mit einem unwilligen Krächzen.

»Ach komm, jetzt spiel nicht die beleidigte Rabenleberwurst. Du weißt schon, wie ich es meine«, winkte Lilly ab und grinste frech zu dem Vogel hinunter, der sie daraufhin spielerisch in ihren bloßen Zeh zwickte. Lilly schrie auf und musste gleich darauf lachen.

»Wenn ihr beide fertig seid, könnten wir vielleicht mal einen Plan machen?«, unterbrach ich zuckersüß das Geplänkel der beiden.

»Die wichtigste Frage ist …«

»… was du anziehst«, fiel Lilly mir ins Wort und musterte mich fachmännisch. »Wenn du mich fragst, trägst du am besten wieder das Spitzenkleid und die Boots. Damit siehst du gleichzeitig edel und scharf aus. Dazu schwarzen Lidstrich, zweifach getuschte Wimpern und ordentlich knallroten Lippenstift. Ich helfe dir beim Schminken, wenn du willst.«

Ich nickte ergeben. Was Caro jahrelang vergeblich versucht hatte, gelang nun fast dreißig Jahre später ihrer Tochter: Ich würde mich das erste Mal im Leben richtig stylen.

Kurz nach 23 Uhr standen Jonathan und ich vor dem *Ambrosia.* Mit dem letzten vollen Schlag der Uhr war Jonathan wieder zum Menschen geworden. Um keine Zeit zu verlieren, hatte ich vorgesorgt und eine Jeans sowie ein einfaches schwarzes T-Shirt samt dem Paar neuer schwarzer Turnschuhe von Lillys Vater in die Stadt mitgenommen. Ich hatte auf Lillys Drängen tatsächlich Claudias Designerfummel und die Bikerboots wieder angezogen. Es war das teuerste Outfit, das ich jemals im Leben getragen hatte. Und auch sonst erkannte ich mich kaum wieder. Lilly hatte ganze Arbeit geleistet: Meine roten Locken waren zu einem schlichten Knoten gebändigt, aus dem sich nur seitlich zwei einzelne, kunstvolle Strähnen kringelten. Einzig ein dünner Lidstrich und braune Wimperntusche betonten meine Augen, dafür leuchteten meine Lippen in einem Rot, das an Laurins Rosen erinnerte.

Als ich aufgedonnert wie die Callas aus dem Badezimmer kam, saß der Rabe völlig paralysiert vor dem großen Flachbildschirm in Caros Wohnzimmer und lauschte konzentriert einer TV-Sendung, die »Dreimal darfst du raten« hieß, wie eine quietschgelbe Schrift verriet, die alle zehn Sekunden eingeblendet wurde.

»Ich weiß auch nicht, was er an diesem Rätselquatsch so toll findet. Aber seit ich ihm heute Vormittag den Fernseher angeschaltet habe, sieht er sich diese Sendung an. Die läuft ja in der Dauerschleife, und er ist einfach nicht von der Glotze wegzukriegen«, informierte mich Lilly leise.

»Ein Mann hat fünf Äpfel, aber sieben Kinder. Wie teilt er

die Äpfel *trotzdem* gerecht auf, meine Damen und Herren?«, plärrte in diesem Moment der Moderator, ein Mann mit Hasenzähnen und schriller Krawatte. Lilly verdrehte die Augen.

»Jonathan hat einen besonderen Bezug zu Rätseln, aber das ist eine lange Geschichte«, flüsterte ich Lilly zu, während der Moderator strahlend die Lösung präsentierte: »Er macht … Apfelmus! Ja, verehrtes Publikum, beim Rätsellösen ist Um-die-Ecke-Denken gefragt! Wir sind gleich wieder für Sie da!«

Die Schlussmelodie ertönte, und Jonathan drehte den Kopf und erblickte mich.

In Rabengestalt war er nicht fähig, mein Aussehen zu kommentieren, aber er segelte zweimal um mich herum, wobei er anerkennend pfiff. Mit dem schwarzen Vogel auf der Schulter hatte ich Caros Haus schließlich verlassen und den Weg zum Club eingeschlagen.

Gut verborgen in einem Torbogen, hatten der Rabe und ich auf die tiefen, hallenden Schläge der Stadtkirche gelauscht, und keine zwei Minuten nach ihrem Verstummen war Jonathan in Jeans und T-Shirt aus dem Schatten des Torbogens getreten. Erleichtert hatten wir uns umarmt, für mehr als einen schnellen Kuss blieb leider keine Zeit. Wir mussten Udo finden und damit vielleicht den Schlüssel zum Versteck des Zauberrings.

Zunächst einmal galt es aber den »Pitbull von Türsteher« zu überwinden, vor dem Lilly uns gewarnt hatte. Sie wusste ziemlich gut Bescheid, weshalb ich sie im Verdacht hatte, bereits einen Versuch gestartet zu haben, sich trotz ihrer fünfzehn Jahre ins *Ambrosia* zu schmuggeln. Zwar hatte sie das energisch bestritten, dabei aber so schuldbewusst dreingeschaut wie der Hausmeister-Hund an unserer Schule früher, wenn er mal wieder heimlich unsere Pausenbrote aus der Schultasche geklaut und gefressen hatte. Lilly war von mir deswegen extra noch einmal energisch ermahnt worden, zu Hause zu bleiben und den Abend vor dem Fernseher zu verbringen. Es reichte, wenn ich mich in Gefahr brachte.

Der Abend im angeblich heißesten Club der Stadt begann für Jonathan und mich vor einer unscheinbaren Tür mit einem kleinen Guckloch in der Mitte und einem schlichten Klingelknopf an der Seite.

»Was sind das für merkwürdige Sitten? Früher gab es Einladungen zu einem Ball. Wir fuhren mit einer Kutsche dorthin und wurden von Dienern in Livrée empfangen«, wunderte Jonathan sich, während ich zögernd die Klingel betätigte.

Ich konnte nicht verhindern, dass mein Herz etwas schneller klopfte. Was würde uns dort drin erwarten? Unser Plan war verdammt wackelig, und es konnte eine Menge schiefgehen. Angefangen damit, dass wir erst mal reinkommen mussten.

In dem Moment wurde die Tür aufgerissen, und in ihrem Rahmen stand eine Gestalt, die aussah wie etwas Großes aus der Muppets-Show. Die T-Shirt-Ärmel platzten fast unter den Muskelbergen des Bizeps, der kahle Kopf schien direkt auf den massigen Schultern zu sitzen, und trotz der Sonnenbrille auf der Nase sah der Türsteher nicht nach entspannter Urlaubsstimmung aus, sondern glich eher einem Stier, dem man gerade mit einem knallroten Tuch vor der Nase herumwedelte. Unwillkürlich fragte ich mich, ob der Typ wohl auch mit den Bärenkräften der Zwerge fertig geworden wäre. Der Mann musterte Jonathan und mich von oben bis unten.

»Geburtsjahr?«, bellte er und nahm mich scharf ins Visier.

»Neunzehnhundertsechsundsechzig«, rutsche es mir reflexartig heraus. Das Gesicht des Türstehers blieb unbewegt. »Und wie alt bist du?«, blaffte er Jonathan an.

Bevor ich ihm einen warnenden Knuff versetzen konnte, antwortete der höflich: »Da wir uns im dritten Jahrtausend befinden, zähle ich inzwischen zweihunderteinundzwanzig Lenze, werter Herr.«

Ich schloss die Augen und erwartete jeden Moment, die Gorillapranke in meinem Rücken zu fühlen, die uns beide hinaus in die kühle Nachtluft befördern würde. Doch nichts passierte. Vorsichtig öffnete ich ein Auge und sah, dass sich der Mund des Riesen unter der schwarzen Brille zu einem breiten Grinsen verzogen hatte. »Alles klar, ihr zwei Vögel. Ich sehe schon, ihr habt euch unserem Motto heute Abend angepasst!«, sagte er und wies mit dem Daumen auf ein Plakat, das hinter ihm an der Wand hing.

Ich drehte mich um und sah das heutige Datum und darunter in knalligen Buchstaben die Ankündigung »Freak's Night«.

Jonathan blickte ziemlich verwirrt, was den Gorilla veranlasste, ihm mit seiner Hand von der Größe eines Toilettendeckels aufmunternd auf die Schulter zu klopfen. »Nun schau nicht so kariert, Kumpel! Ihr seid drin«, sagte er und trat einladend einen Schritt beiseite.

»Besten Dank, gnädiger Herr«, murmelte Jonathan mit einer knappen Verbeugung. Unter dem wiehernden Gelächter des Türstehers, der das Ganze wahrscheinlich für eine besonders gelungene Inszenierung hielt, zerrte ich Jonathan eine Betontreppe hinunter, die von blauen Leuchtleisten gesäumt war und in die Clubräume nach unten führte.

Donnernde Beats, untermalt von roten und gelben Lichtblitzen, empfingen uns. Der Club war im Stil eines Amphitheaters angelegt, mehrere Stufen mündeten in einer kreisrunden Tanzfläche, auf der die Körper von jungen Frauen und Männern zu der wummernden Musik im Takt zuckten. Jonathan blieb stehen und blinzelte verblüfft. »Was tun diese Leute da? Ist ihnen nicht wohl?«, wollte er wissen.

»Sie tanzen«, erwiderte ich.

Jonathan lachte ungläubig. »Nein, Emma, das ist kein Tanzen, das ist …«, er zögerte und nahm die Tanzfläche noch einmal in Augenschein. »Es sieht aus wie eine Teufelsaustreibung«, bemerkte er und fixierte kopfschüttelnd eine junge Frau, die einen neonfarbenen Rollkragenpullover ohne Ärmel samt Hotpants aus einem glänzenden Stoff trug und sich mit kunstvollen Verrenkungen zur Musik bewegte.

»Wir befinden uns im Jahr 2014, Jonathan«, sagte ich grinsend. »Die Zeiten von Menuett und was man bei euch sonst noch so getanzt hat, sind vorbei.«

Gerade beugte sich der DJ zu seinem Mikro und kündigte »einen Oldie für alle, die auf die Vergangenheit stehen« an. Die ersten Takte von »The Eyes Of A Fool« und die markantrauchige Stimme von Bonnie Tyler ertönten.

»He, das kenne ich!«, rief ich unwillkürlich. »Das ist die Musik aus *meiner* Zeit!«

Jonathan lauschte kurz, dann grinste er. »Nun, Emma, wir wissen beide, die Zeit hat unterschiedliche Bedeutung. Wer sagt also, was vorüber ist und was nicht?«, gab er zurück. Ich verstand kein Wort, bis er sich formvollendet verbeugte.

»Darf ich zum Tanz bitten?« Noch bevor ich reagieren konnte, hatte er meine Hand genommen und seine andere leicht auf meine Hüfte gelegt. Jonathan musste den langsamen Walzer in dem Song herausgehört haben, denn er führte mich leicht, aber bestimmt in einem Dreivierteltakt über die Tanzfläche.

Zuerst ernteten wir verblüffte bis amüsierte Blicke von den Tanzenden, dann aber wichen sie zurück und machten uns feixend Platz. Ich wusste nicht, ob ich verlegen werden oder die Sache lustig finden sollte, daher konzentrierte ich mich lieber voll und ganz auf Jonathan.

»Du kannst Walzer?«, fragte ich etwas atemlos, denn im Tanzkurs hatte ich nicht gerade im Standardtanz geglänzt.

»Nein, das ist der ›Deutsche Tanz‹. Er war üblich, bis das Menuett die Allemande verdrängte. Eigentlich galt er als unmoralisch und wurde 1760 in Süddeutschland verboten. Der Kavalier sollte die Dame nicht unsittlich berühren«, raunte mir Jonathan zu.

Ich musste lachen. »Also ist deine Hand an meiner Taille schon unsittlich?«, fragte ich. Er nickte.

»Kaiser Joseph II. zelebrierte diesen eher volkstümlichen Tanz allen Anordnungen zum Trotz bei seinen Bällen in Wien.«

Er fasste mich etwas enger, und ich überließ mich seiner Führung. Plötzlich war alles ganz leicht. Ich schien mit Jonathan über die Tanzfläche zu schweben, und die Wärme seiner Hände strahlte durch mein Kleid bis auf die Haut aus. Fast bedauerte ich es, als das Lied zu Ende war.

Jonathan und ich blieben noch einen Augenblick Hand in Hand stehen, während ein paar der Gäste lachten und klatschten. Da erklangen schon die Takte des nächsten Songs, einer ziemlich schnellen Nummer. Wahrscheinlich stand der DJ nicht so auf die Kaiserwalzer-Nummer in seinem Club. Ich überlegte gerade, ob ich Jonathan zum Ausgleich ein paar Tanzbewegungen der späten Achtziger beibringen sollte, da schob sich ein massiger Schatten durch den Eingang, gefolgt von einer gekrümmten Silhouette, deren hervorspringende Nase und das fliehende Kinn sich scherenschnittartig im zuckenden Stroboskoplicht abzeichneten. Obwohl ich ihn seit fast drei Jahrzehnten nicht mehr gesehen hatte, erkannte ich Frank sofort an seiner geduckten Körperhaltung. Ich drehte mich um, packte Jonathan am Arm und versuchte, den Lärm der Musik zu übertönen. »Udo und Frank sind da«, schrie ich ihm ins Ohr. Jonathan drehte suchend den Kopf.

»Der Dicke und der Dünne, die gerade auf uns zukommen?«, fragte er, und ich zuckte zusammen. Mit einem hastigen Blick über die Schulter erkannte ich, dass Jonathan recht hatte. »Sie dürfen mich nicht sehen«, rief ich. Doch die Tanzfläche war knallvoll, dort war kein Durchkommen. Und wenn wir versuchten, zum Ausgang zu gelangen, würden wir Udo und Frank direkt in die Arme laufen. »Was machen wir jetzt?«, schrie ich angstvoll. Nicht auszudenken, wenn einer von beiden mich sah und vor allem – erkannte!

Wortlos zog Jonathan mich dicht zu sich heran und legte die Arme um mich – so eng, dass ich fast keine Luft mehr bekam und mein Kopf gegen seine Schulter gepresst wurde.

»He, warte mal ...«, gurgelte ich dumpf, doch unbeirrt hielt er mich fest. Mir blieb nichts anderes übrig, als mich an ihn zu schmiegen.

»Halte dein Gesicht verborgen, und niemand wird Verdacht schöpfen«, raunte Jonathans Stimme dicht an meinem linken Ohr, während seine rechte Hand zärtlich meinen Nacken umfasste.

Obwohl mein Herz immer noch raste und sich anfühlte, als würde es mir gleich aus der Brust springen, durchrieselte mich bei seiner Berührung ein warmes, tröstliches Gefühl, und ich entspannte mich etwas. Sekundenlang gab es nichts anderes als Jonathan und mich, zwei Verliebte, die engumschlungen dastanden und die Welt um sich herum vergessen hatten.

Nach etwa einer Minute löste er sich von mir und spähte vorsichtig umher. »Keine Sorge. Die beiden stehen nun mit dem Rücken zu uns an einem langen Tisch«, beruhigte er mich, und ich riskierte jetzt ebenfalls einen Blick über die Schulter. Udo und Frank hatten sich an die Bar gestellt, jeder von ihnen mit einem Cocktail vor sich.

»Am besten, du bestellst ein Bier und versuchst, unauffällig in ihre Nähe zu kommen. Vielleicht kannst du hören, worüber sie reden. Ich verziehe mich in die Ecke da hinten, und sobald du etwas herausgefunden hast, kommst du zu mir, und wir hauen ab!« Jonathan nickte. Vorsichtshalber schärfte ich ihm noch ein: »Wir müssen vor Mitternacht hier verschwunden sein, vergiss das nicht!«

Wieder nickte er und berührte kurz meine Wange zum Zeichen, dass er verstanden hatte, ehe er sich durch die Menge der Clubbesucher seinen Weg zur Bar bahnte.

Ich umkreiste die Tanzfläche und hielt Ausschau nach einem Sitzplatz, da baute sich ein Typ mit platinblonden Stoppelhaaren und einem leicht vorstehenden Gebiss vor mir auf.

»Hallo, Königin der Nacht! Lust auf einen Wodka-Bull? Verleiht nicht nur beim Tanzen Flügel«, grinste er, und eine Woge Mundgeruch schlug mir entgegen. Ich wich zurück. Das Wort »atemfrisch« kannte der wohl auch nur aus dem Apotheken-Schaufenster. Er schien nichts von meinem Widerwillen zu bemerken, sondern beugte sich vertraulich zu mir. »Wenn du allerdings einen *richtigen* Stimmungsmacher brauchst, dann hätte ich auch was für dich!«

Er fischte aus seiner Hosentasche eine kleine Tablette und hielt sie mir hin. »Liquid Sunshine«, flüsterte er und zeigte beim Lächeln große, gelbe Zähne.

Ich verstand wieder mal nur Bahnhof, aber weil ich mir Sorgen um Jonathan machte und außerdem Mitternacht immer näher rückte, beschloss ich, kurzen Prozess zu machen.

»Ich brauche nichts«, beschied ich ihm und wollte mich an ihm vorbeidrücken. Doch er stellte sich mir in den Weg. Sein Grinsen war nicht mehr so breit, trotzdem wollte er nicht aufgeben. »Nun sei doch nicht so zickig! Also, was willst du trinken?«

»Etwas, das blind macht?«, schlug ich vor. Ich war wegen Udo und Frank äußerst angespannt und hatte keine Lust auf eine plumpe Anmache. Insgeheim dachte ich, dass nicht einmal ein halber Liter reinen Alkohols genügen würde, um mir diesen Typ schönzutrinken.

Plötzlich tauchte Jonathan vor uns auf. »Da bist du ja, Emma!«, rief er und umarmte mich erleichtert.

»Du hättest ja auch gleich sagen können, dass du einen Freund hast«, meinte der Platingefärbte etwas beleidigt. Jonathan wandte den Kopf und bedachte ihn mit einem einzigen, stahlblauen Blick. Hochaufgerichtet und die Schultern gestrafft, sah er nun wirklich aus wie ein Musketier, und Blondie zog den Kopf ein. »He, ganz locker, Mann! Ich will keinen Stress so kurz vor Mitternacht, okay?«

Ich zuckte zusammen. Im selben Moment rief mir Jonathan zu: »Eile dich, Emma! Bald schlagen die Uhren die volle Stunde!«

»Nichts wie weg«, schrie ich.

»Was ist dann, Cinderella, verwandelt sich etwa deine Kutsche in einen Kürbis?«, spottete der Platinblonde.

Ich ignorierte ihn und verständigte mich mit Jonathan durch einen Blickwechsel. Wortlos steuerten wir Richtung Ausgang.

In diesem Moment verstummte schlagartig die Musik, stattdessen ertönte die Stimme des DJs. »Liebe Freunde der Nacht, bis zur Geisterstunde sind es nur noch zwei Minuten, und soeben ist die Polizei zu einer Kontrolle angerückt. Ihr habt unserem Türsteher ja schon beim Reinkommen versichert, dass ihr alle volljährig seid. Also zeigt euch kooperativ, dann kann's gleich weitergehen mit der heißesten Musik im coolsten Club der Stadt.«

»Oh, oh, Bullenrazzia«, murmelte der Stoppelkopf und verschwand hastig Richtung Toiletten.

»Shit!«, japste ich und blickte mich panisch um, »ohne Ausweise sind wir geliefert!«

Dann aber fiel mir ein, dass ich ein noch viel größeres Problem hatte. Sollte Laurins Fluch bei mir erneut wirken, würde ich mich in wenigen Sekunden in eine Katze verwandeln – mitten auf der Tanzfläche!

»Los, hier rein«, zischte ich und schob Jonathan vor mir her in den Durchgang, über dem ein Schild mit einem Pfeil und der Aufschrift »WC« stand und wohin der Blonde gerade verschwunden war. Dahinter erstreckte sich ein schmaler, fensterloser Gang, von dem rechts zwei Türen zu den Herren- und Damentoiletten abgingen. Links befand sich eine Tür, auf der »Privat« stand. Ich rüttelte an der Klinke, doch sie war verschlossen.

Schon fühlte ich den aufziehenden Schmerz der Verwandlung, der mich überfiel. Es war zu spät, um mich noch in eine der Toilettenkabinen zu retten, ehe der Zauber zu wirken beginnen würde. Der Gang war leer, aber was würde passieren, wenn jemand aus der Toilette kam oder im Durchgang auftauchte? Das grelle Neonlicht würde meine Verwandlung in allen Einzelheiten zeigen! Wild um mich blickend suchte ich nach einem Versteck, da bemerkte ich einen grauen Kasten an der Wand. Die Sicherungen! Mit letzter Kraft warf ich mich nach vorne, öffnete ihn und drückte anschließend mit beiden Händen gleichzeitig sämtliche Hebel nach unten. Schlagartig wurde es dunkel. Schreie und Flüche hinter den Toilettentüren ertönten.

Ich nahm es nur verschwommen wahr, denn mein Innerstes schien Feuer gefangen zu haben. Ich krümmte mich in ohnmächtigem Schmerz, fiel nach vorne ... und landete weich auf vier Pfoten.

Ich brauchte einen Augenblick, um mich wieder an meine verwandelte Gestalt zu gewöhnen, doch dann erspähte ich mit meinen scharfen Katzenaugen Jonathan, der in der abrupten Finsternis fieberhaft in seiner Hosentasche wühlte. Gleich darauf durchbrach ein sanftes Glühen die Dunkelheit: Es kam von dem Kiesel aus Laurins Felsenreich, den Jonathan in der Hand hielt. Er richtete den schwachen Lichtstrahl auf mich. »Wir müssen hier raus«, sagte er und blickte sich nach einer Fluchtmöglichkeit um. Mein Gehör, das als Katze um einiges besser war als das eines Menschen, vernahm derweil sich nähernde Stimmen. »Ihren Ausweis bitte«, sagte eine Frau und dann: »Als Nächstes kontrollieren wir die Waschräume. Beliebtes Versteck, das kennen wir ja!«

Ich lief zu Jonathan und versetzte ihm einen Stups. Er konzentrierte sich auf meine Gedanken.

»Dort draußen stehen zwei Frauen in Uniform, die gleich hier hereinkommen wollen?«

Ich miaute zustimmend und blickte Jonathan drängend an.

Ich war als Katze momentan vielleicht aus dem Schneider, doch er würde nicht ungeschoren davonkommen. Weder besaß Jonathan einen Pass, noch war er irgendwo offiziell gemeldet. Der Abend drohte in eine Katastrophe zu münden. Jonathan griff nach der Klinke der Tür zur Linken mit der Aufschrift »Privat«.

»Die ist versperrt«, wollte ich sagen, aber aus meiner Kehle kam nur ein Maunzen.

In diesem Augenblick ging die Tür zum Gang auf, und zwei dunkle Umrisse im Durchgang entpuppten sich als uniformierte Beamtinnen. Hastig verbarg Jonathan den Stein in seiner gewölbten Hand, und es wurde erneut stockdunkel.

»Bitte schalten Sie das Licht im Flur und in den Waschräumen an, damit wir die Kontrolle fortsetzen können«, sagte eine Polizistin streng. Hinter den beiden tauchte der Türsteher auf.

»Jaja, schon gut! Ich kann mir auch nicht erklären, wieso hier scheinbar alle Sicherungen gleichzeitig rausgeflogen sind«, brummte der bullige Typ. Ich sah mich hastig nach Jonathan um, der zu einer Salzsäule erstarrt im stockfinsteren Gang stand. Er war geliefert. Außer, jemand verhinderte, dass das Licht anging …

Geschmeidig sprang ich nach vorne, gerade als die Uniformierten zur Seite traten, um den Türsteher zum Sicherungskasten durchzulassen. In der Dunkelheit konnte keiner von ihnen die Hand vor Augen sehen, geschweige denn eine Katze vor den Füßen. Ich kauerte mich zusammen, und prompt stolperte der Mann über meinen pelzigen Körper. Ich bekam dabei einen ordentlichen Tritt in die Rippen, aber immerhin hatte ich es geschafft, ihn aus dem Gleichgewicht zu bringen. Fluchend und mit den Armen rudernd prallte er gegen eine der Polizistinnen, die dadurch ebenfalls ins Taumeln geriet und sich haltsuchend an ihrer Kollegin festklammerte.

Das Chaos ausnutzend, rannte ich den Gang entlang in die entgegengesetzte Richtung, in der Hoffnung, am anderen Ende vielleicht doch noch einen Ausgang zu finden, aber dort war nur die blanke Wand. Ich drehte den Kopf und sah Jonathan, der erneut vergeblich an der Klinke der verschlossenen Tür rüttelte und schließlich in ohnmächtiger Wut den schwach glimmenden Kiesel aus dem Zwergenreich dagegenschleuderte.

In dem Moment, da der Stein das Türblatt berührte, loderte er für den Bruchteil einer Sekunde heller, und die Tür schwang auf. Obwohl Jonathan genauso verblüfft war wie ich, reagierte er blitzschnell und schlüpfte durch den schmalen Spalt. »Emma«, flüsterte er kaum hörbar, während er rasch den magischen Kiesel vom Boden aufhob. Ich drehte um und schlitterte in fliegender Hast den Gang entlang, doch zu spät. Die Tür schloss sich hinter Jonathan, gleichzeitig sprangen mit einem elektrischen Summen die Neonröhren an, und ich kniff geblendet von dem hellen Licht erst einmal die Augen zu.

»Was macht eine Katze in Ihrem Club, und wieso liegen hier ein Kleid und ein Paar Schuhe auf dem Boden?«, hörte ich eine der Polizistinnen fragen.

»Keine Ahnung! Aber die Leute kommen manchmal auf die verrücktesten Ideen. Vielleicht hat einer der Gäste sein Haustier reingeschmuggelt! Aber das werden wir gleich haben«, hörte ich den Gorilla sagen, und bevor ich noch reagieren konnte, hatte er mich bereits im Nacken gepackt. Ich fauchte und zappelte, doch es half nichts. Wehrlos hing ich in seinem Klammergriff. Entschlossen trug er mich zu der Tür, durch die soeben auch Jonathan verschwunden war.

»Komisch, die ist normalerweise doch immer verschlossen«, wunderte sich der bullige Mann und musterte irritiert den klaffenden Türspalt.

»Wohin führt denn diese Tür?«, fragte die eine Uniformierte.

»Zu unserem Getränkelager und von dort über die Kellertreppe nach draußen. Das ist unser Lieferanteneingang«, antwortete der Gefragte, und trotz seines unangenehmen Nackengriffs atmete ich auf. Also müsste Jonathan die Flucht gelungen sein. Und offenbar drohte auch mir keine Gefahr, denn der Türsteher schleppte mich lediglich durch den Lagerraum, in dem eine ähnlich kühlfeuchte Temperatur wie in Laurins Felsenhalle herrschte und der Geruch nach schalem Bier und säuerlichem Wein in der Luft lag, ehe er die ebenfalls unverschlossene Kellertür öffnete, die ins Freie führte. »und hier steckt der Schlüssel, verdammte Schlamperei«, schimpfte er. Dann erklomm er die Treppenstufen, bis er auf dem Gehweg an der Rückseite der Disko stand. Mit einem lässigen Schlenkern seines muskulösen Arms öffnete der Türsteher den Griff, mit dem er mich am Nackenfell gepackt hatte, und ich segelte einen Meter weit, ehe ich unversehrt auf allen vieren landete.

»Zutritt nur für scharfe Miezen auf zwei Beinen, also bleib das nächste Mal gefälligst zu Hause«, rief der bullige Mann mir lachend nach.

Sehr witzig, dachte ich und konnte es mir nicht verkneifen, den Kopf zu drehen und ihn zum Abschied anzufauchen.

Hoheitsvoll wollte ich anschließend davonstolzieren, da prallte ich beinahe gegen zwei Paar Männerbeine, von denen eins in teuren, glänzenden Loafern und das andere in schäbigen Turnschuhen steckte.

Ich blickte hoch und sah, zu wem sie gehörten: Meine zwei Erzfeinde standen an der Ecke.

»... und deswegen hat Claudia mich morgen zu einem Sonntagsausflug mit den Kindern verdonnert«, sagte Udo gerade mit genervtem Gesichtsausdruck. Während er eine dicke Zigarre paffte, qualmte Frank eine selbstgedrehte Zigarette, deren Rauch unangenehm in meiner empfindlichen Katzennase biss.

»Drecksvieh, pass doch auf«, brüllte Frank, als er mich erblickte, und seine glühende Zigarettenkippe sauste knapp neben meinem Kopf vorbei auf den Asphalt. Das war typisch für ihn, immer auf die Schwächsten.

Impulsiv holte ich aus und verpasste meinem Ex-Schüler mit ausgefahrenen Krallen einen gezielten Tatzenhieb in Höhe seiner Wade. »Das ist für deine Feigheit vor dreißig Jahren, du Mistkerl«, dachte ich. Dann flitzte ich los, verfolgt von Franks Flüchen. Dass Udo mir mit offenem Mund nachstarrte, registrierte ich nur am Rande und hatte es bereits vergessen, als ich um die nächste Ecke sauste.

Ich war noch keine fünfzig Meter gerannt, da entdeckte ich Jonathan, der hinter ein paar Papiercontainern in Deckung gegangen war.

»Emma! Bin ich froh, dass du unversehrt bist!«, rief er, und ich schmiegte mich an seine Beine. Gleich darauf fiel mir aber ein, warum wir überhaupt in diesen Club gewollt hatten. Auffordernd setzte ich meine Pfote auf Jonathans Turnschuh und miaute laut.

Überrascht sah er zu mir herunter, dann aber begriff er.

»Ich sollte ja das Gespräch zwischen den beiden Männern belauschen! Viel konnte ich nicht verstehen, denn die Musik war geradezu unerträglich laut. Aber ich hörte den Dünnen sagen, er habe jetzt genug davon, dass Udo, nur weil sich dieser ›verdammten Ring‹ in seinem Besitz befände, immer alles …«, Jonathan unterbrach sich und runzelte konzentriert die Stirn, »… *abgreifen* würde. Ja, so hat er es ausgedrückt. Und dann sagte er noch, Udo würde bald sein blaues Wunder erleben, wenn er ihn nicht in Zukunft mehr an seiner *Kohle* beteiligen würde. Was der dünne Mann allerdings damit meinte, blieb mir ein Rätsel. Ich dachte vielmehr, es gehe um Geld, und nicht darum, einen Ofen zu heizen.«

Ich musste lachen, und obwohl nur ein helles Miauen herauskam, bemerkte Jonathan es und runzelte die Stirn. Ich beschloss, ihm morgen einen Schnellkurs in der Sprache des dritten Jahrtausends zu verpassen.

Nun aber überlegte ich fieberhaft, ob wir mit diesen Informationen irgendetwas anfangen konnten, und kam zu dem Schluss: leider nein. Zwar war ich mir nun ganz sicher, dass Frank von den Zauberkräften des Rings wusste, aber Udo schien dessen Macht alleine für sich zu beanspruchen. Typisch. Uns würde wohl nichts anderes übrigbleiben, als noch einen Versuch zu starten, den Safe zu knacken. Vielleicht vergaß Udo irgendwann einmal, die Tresortür zu schließen. Und die Erde war eine Scheibe, ergänzte ich seufzend.

Gleich darauf schalt ich mich für meinen Pessimismus. Im Club vorhin hatte Jonathan ja auch Glück gehabt, und der Ausgang war unverschlossen gewesen … Bei diesem Gedanken stutzte ich. Vor meiner Verwandlung hatte ich und später auch er zunächst erfolglos an der Klinke gerüttelt, bis die versperrte Tür plötzlich doch aufgesprungen war.

Wieder maunzte ich und übermittelte ihm gedanklich meine Frage. Er dachte nach. »Ja, der Zugang war eindeutig versperrt. Erst nachdem ich den Stein aus dem Zwergenreich dagegengeschleudert hatte, öffnete sie sich wie durch Zauberhand.« Jonathan stockte. Wir sahen uns an.

»Sollte etwa der Kiesel aus Laurins Höhle …?«, formulierte er die Frage, die mir auch gerade durch den Kopf geschossen war.

»Probier es aus«, hätte ich am liebsten gerufen, aber Jonathan sah sich bereits suchend um. Sein Blick fiel auf einen der Metallcontainer, dessen geschlossener Deckel mit einem massiven Metallschloss gesichert war.

Zögernd ging er darauf zu und zog den Kiesel aus der Tasche. Der schwarze Stein glimmte schwach. Er streckte den Arm aus und näherte sich dem Container. Das Glühen wurde stärker, und als Jonathan den Verschluss mit dem Stein berührte, gab es einen kurzen Funken – und schon sprang der Deckel auf. Das Schloss flog durch die Luft und kam mit zerbrochenem Bügel ein paar Schritte weiter auf dem Boden zu liegen.

»Das ist höchst erstaunlich«, murmelte Jonathan und musterte den schlichten Kiesel in seinen Fingern, der jetzt wieder stumpf und unscheinbar aussah. Mir schoss ein Gedanke durch den Kopf, gleichzeitig bückte er sich zu mir herunter, und unsere Blicke trafen sich. »Die eiserne Geheimtür, hinter der Laurins Ring liegt«, sprach er aus, was ich dachte. »Mit Hilfe des Steines kommen wir in Udos Haus – und dann holen wir uns den verzauberten Schmuck aus dem Geheimversteck!«

Ich miaute zustimmend, und wilde Freude durchströmte mich. Morgen würde Udo mit der ganzen Familie außer Haus sein. Das war unsere Chance, bald von dem Fluch erlöst zu sein! Dann müssten wir nicht mehr den Tag oder die Nacht im Körper einer Katze und eines Raben verbringen und könnten endlich wieder länger als eine einzige kostbare Stunde in Menschengestalt zusammen sein!

Bei dieser Aussicht raste ich einmal übermütig im Kreis und sprang als Dreingabe noch auf einen der geschlossenen Container. Solange ich noch eine Katze war, durfte ich mich auch so benehmen, dachte ich.

»Ich müsste denken, du hättest den Veitstanz«, bemerkte Jonathan lächelnd, »aber ich glaube, du bist einfach glücklich«, und ich wusste, er fühlte genauso. Leichtfüßig hüpfte ich wieder auf den Boden. Einträchtig machten wir uns auf den Heimweg: ein schlanker junger Mann mit dunklen Haaren, neben dem eine rot-weiße Katze tänzelte. Zum ersten Mal hatte ich keine Angst mehr, für immer verflucht zu sein, sondern war mir sicher, bald den Ring in den Händen zu halten. So beseelt war ich von dem Gedanken, dass ich gar nicht mehr darüber nachdachte, was Udo sich bei meinem Anblick eigentlich gedacht hatte. Ich traute diesem plumpen, unbeholfenen Mann nicht so viel Grips zu, um daraus Schlussfolgerungen zu ziehen.

Ein Fehler, wie sich herausstellen sollte.

KAPITEL 15

Hörst du mir überhaupt zu? Ich habe gesagt, wenn ich bis morgen die Kohle nicht kriege, dann …«

»Ja, okay, du bekommst dein Geld! Kannst du jetzt mal für einen Moment die Schnauze halten, ich muss nachdenken!«

Frank glotzte Udo verdattert an. Sonst lenkte der doch nie ein, jedenfalls nicht so schnell und nicht ohne Drohung. Wieso ging Udo plötzlich so bereitwillig auf Franks – nun ja, etwas deutlicher formulierte – »Bitte« ein, ihm monatlich zwei Hunderter mehr rüberzuschieben?

Mitleid, weil Frank kurz davor stand, aus seinem schäbigen Einzimmer-Apartment zu fliegen, konnte es nicht sein. Udo wusste auch nichts davon, dass der Wirt von *Ricks Eck*, Franks Stammkneipe, ihm gedroht hatte, wenn er seine Schulden nicht bezahlen würde, hätte er bald keine heile Nase mehr. Ganz zu schweigen von den Außenständen, die Frank im *Casino Royal* und bei dessen Besitzer Lacky (mit »a«, weil der kein Englisch konnte), einer heruntergekommenen Halle mit ein paar einarmigen Banditen und einem Billardtisch, hatte. Den Hunderter, den Udo ihm neulich zugesteckt hatte, war Frank längst los. Statt seine offenen Rechnungen zu begleichen, war er in eine Hotelbar gegangen und hatte sich mit mehreren Wodkashots und einer schlecht gefärbten Blondine amüsiert, die Frank jedoch stehengelassen hatte, sobald das finale Glas ausgetrunken und der letzte Euro über den Tresen gewandert war.

Was blieb ihm also anderes übrig, als seinen alten Freund und Schulkameraden Udo daran zu erinnern, was er ihm noch schuldete, damit er seinen Mund hielt und weiterhin die Drecksarbeit für Udo erledigte? Schließlich konnte Frank wegen des Vorfalls in den Dolomiten zur Polizei gehen. Das gemeinsame Wissen, was damals vor fast dreißig Jahren wirklich geschehen war, fesselte die beiden Männer seitdem mit dem unsichtbaren Seil des Schweigens aneinander.

Seltsamerweise regte sich Udo diesmal wegen Franks Forderungen überhaupt nicht auf. Und auch sein verächtlicher Blick, der signalisieren sollte, was für ein Versager und Schmarotzer er doch war, blieb aus. Stattdessen starrte Udo auf die Spitzen seiner blankgeputzten Schuhe und murmelte: »Das mit der Katze ist echt komisch!«

»Wieso? Die wird hier in der Gegend herumgeschlichen sein, weil sie was zu fressen gesucht hat. Ist wahrscheinlich ein Streuner«, erwiderte Frank und wunderte sich noch mehr. Sein ehemaliger Banknachbar sah aus, als wäre ihm gerade ein Gespenst erschienen. Langsam schüttelte Udo den Kopf.

»Wieso taucht dieselbe Katze, die heute Morgen bei mir im Haus war, abends in dem Club auf, den ich gerade besuche? Das kann doch kein Zufall sein!«

»Vielleicht braucht sie deinen juristischen Rat, weil sie zu viele Mäuse hat«, gab Frank zurück und brach in sein albernes »Hiah-Hiah«-Gelächter aus, das Udo schon während der Schulzeit auf die Nerven gegangen war. Er fragte sich, ob Frank wohl schon immer so dämlich gewesen war oder ob erst der Alkohol auch noch den mageren Rest seiner grauen Zellen vernichtet hatte. Kapierte er nicht, worauf Udo hinauswollte? Zuerst schleppte Karla das Tier ins Haus. Dann fand er sein Arbeitszimmer offen, das Bild, das den Safe verdeckte, hing nicht mehr an der Wand, dafür waren Kratzer auf der Tapete – und auf dem Schreibtisch lagen Katzenhaare. Und dann begegnete ihm dasselbe Mistvieh auch noch nachts vor einer Diskothek! Die Katze schien ihn zu verfolgen! Udo beschloss, ab jetzt besonders vorsichtig zu sein, denn auch Frank wurde immer gieriger, und ihm war nicht mehr zu trauen. »Plan B«, dachte Udo und konnte sich ein selbstgefälliges

Grinsen nicht verkneifen. Zum Glück hatte wenigstens einer von ihnen Grips und wusste sich zu helfen.

Da wurde er von Franks erstauntem Ausruf abgelenkt: »Was ist das denn?« Eine seltsame Gestalt kam durch die Dunkelheit der Nacht auf das *Ambrosia* zu. Sie schien schon ziemlich angeheitert zu sein, so wie sie schwankte. Gekleidet war sie in einen weiten Umhang, dessen hochgestellter Kragen bis unters Kinn reichte. Ein breitkrempiger Hut war so tief ins Gesicht gezogen, dass man unmöglich erkennten konnte, ob es sich dabei um einen Mann oder eine Frau handelte.

Ein paar Meter vor ihm und Frank kam die Gestalt zum Stehen, und Udo hörte sie flüstern. »Sie war hier, seht nur«, ertönte eine Stimme, die seltsam hohl und körperlos klang. Ein Arm kam aus dem Umhang hervor und hielt etwas auf der ausgestreckten Handfläche. Prüfte der merkwürdige Typ etwa, ob es regnete, oder handelte es sich um irgendeinen Esoteriker, der darauf spezialisiert war, schlechte Schwingungen ausfindig zu machen? Dann konnte es nicht lange dauern, bis er auf Frank aufmerksam werden würde, dachte Udo und fand sich selbst für halb ein Uhr nachts noch ziemlich schlagfertig.

»Was macht der denn da?«, fragte Frank neben ihm und starrte den Vermummten an.

»Dort ist es«, rief der schräge Vogel und zeigte mit der ausgestreckten Hand auf das *Ambrosia*. Und dann geschah etwas, das Udo fast an seinem Verstand zweifeln ließ: Die Füße des Typen wollten nach vorne, während sein Oberkörper scheinbar in die andere Richtung strebte. Der Umhang geriet in Bewegung – und dann brach die Gestalt einfach in der Mitte auseinander und fiel zu Boden! Udo klappte der Mund auf. »Himmel«, flüsterte Frank neben ihm.

Wilde Flüche ertönten, ehe sich aus dem Durcheinander von Hut und Umhang zu Udos Erstaunen zwei Körper lösten, die über den Gehweg rollten, ehe es ihnen gelang, auf die Knie zu kommen. Man sah nur zwei Schatten. Wahrscheinlich zwei minderjährige Jungen, die versucht hatten, verkleidet in den Club zu kommen. Offenbar wollten sie erwachsen wirken, indem sich der eine auf die Schultern des anderen gesetzt und sich anschließend den weiten Umhang umgeworfen sowie diesen albernen Hut aufgesetzt hatte.

Gerade verpasste der eine dem anderen eine schallende Ohrfeige. »Dummkopf«, hörte Udo ihn fauchen. »Ich bestimme, wohin wir laufen!«

Frank schüttelte den Kopf: »Unglaublich, zu welchen Tricks die Kids inzwischen greifen, nur um in einen Club reinzukommen«, sagte er.

Udo schnaubte. Zwar hatten die Polizisten ihre Ausweisrazzia beendet und waren abgezogen, aber an Stevie, dem bulligen Türsteher, den Udo von diversen Geldgeschäften gut kannte, wären die beiden sowieso gescheitert. »Was haben die überhaupt in so einem exklusiven Schuppen wie dem *Ambrosia* zu suchen? Die können sich dort drin von ihrem Taschengeld ja nicht mal eine Bionade leisten!«, sagte er geringschätzig.

»Apropos Geld«, hakte Frank sofort ein, und in seine Augen trat ein gieriges Glitzern. »Wie sieht es jetzt mit deinem Angebot aus, meine monatliche Courtage zu erhöhen?«

»Mann, Frank, du nervst«, gab Udo unwirsch zur Antwort. Er zog den Autoschlüssel aus der Tasche und schlug den Weg zum Parkplatz ein. »He, versuch ja nicht, dich zu drücken ...«, rief Frank und wieselte ihm eilig nach.

***

Wäre an dieser Stelle der Straße eine Laterne gestanden, hätten Udo und Frank ihren Irrtum bemerkt. Denn die beiden Gestalten, die ihnen knapp bis über die Hüfte reichten, waren keine Kinder. Die Gesichter, durchzogen mit unzähligen tiefen Falten, gehörten zwei Wesen, die fast so alt waren wie die Menschheit selbst. Und die Kräfte besaßen, die weder Udo noch Frank erahnten. Zwar waren sie beide vor fast drei Jahrzehnten schon einmal einem dieser gedrungenen Geschöpfe begegnet, doch jetzt herrschte nicht genügend Licht, um in ihnen den Gnom von damals wiederzuerkennen. Und hätte das eine Wesen, Herrscher über das Volk der Zwerge, gewusst, dass es sich bei dem korpulenten Mann Mitte vierzig um den Dieb handelte, der ihm vor beinahe dreißig Jahren seinen Ring genommen hatte, wäre dieser Abend Udos letzter gewesen.

So aber war Laurin damit beschäftigt, den Radius um den Eingang des Clubs abzusuchen. Vor der Tür begannen die Fühler des Skarabäus auf seiner runzeligen Handfläche heftig zu zittern.

»Dort drin ist Similde«, kreischte der König triumphierend, während sein Begleiter unterwürfig nickte. Er zog einen schwarzen Kiesel aus seinem steinernen Reich aus der Tasche und hielt ihn an einen der Torflügel. Sofort flog sie auf, und die beiden Gnome sahen sich einem bulligen Menschling gegenüber, der zwei schwarze Kreise vor seinen Augen trug und sie scharf musterte. Dann grinste er breit.

»Ich weiß zwar nicht, was heute mit unseren Türen los ist, aber hier seid ihr richtig«, grinste er die verblüfften Zwerge an, ehe er beiseitetrat und eine einladende Handbewegung machte: »Willkommen zur ›Freak's Night‹!«

Eine halbe Stunde später standen Laurin und sein Getreuer in einem spärlich beleuchteten Gang. Dort, etwas abseits von dieser verrückten Höhle, durch die farbige Blitze zuckten und ein ohrenbetäubender Lärm schallte, zu dem eine Menge Menschlinge herumsprangen und ihre Körper verbogen, hatte sich Similldes Spur verloren. Mochte Laurin seine Hand, auf der sein Späher saß, auch hierhin und dorthin richten, er gab ihm kein Zeichen mehr. Der Zwergenherrscher hatte seine entflohene Braut aus den Augen verloren.

»Es kann nicht sein«, kreischte er wutentbrannt, während sein Untertan Thoralf, der ihn vorhin draußen von seinen Schultern hatte fallen lassen, sich unauffällig wegduckte, weil er Laurins Wut nicht erneut zu spüren bekommen wollte. Der Zwergenherrscher schäumte. »Ich werde nicht aufgeben. Nicht, nachdem ich bereits so weit gekommen bin«, schwor er. Tatsächlich war der Weg, den er bisher zurückgelegt hatte, um seine abtrünnige Zukünftige aufzuspüren und in den Berg zurückzuholen, beschwerlich und voller Gefahren gewesen. Immer wieder drohten sie Similldes Spur zu verlieren. Zwar gelangten sie noch relativ unbehelligt zum Fuß des Berges, doch dort standen unvermittelt mehrere silber- und schwarzglänzende Kutschen, ohne dass jedoch auch nur ein einziges Pferd davorgespannt gewesen wäre. Sowohl Laurin als auch sein Untertan hatten so ein Ding nie zuvor gesehen. Auf den Bergbauernhöfen, die die Zwerge ab und an zu Beutezügen von Vieh aufsuchten, standen zwar auch große Gefährte, aber diese hier sahen weitaus edler aus. Wider Willen beeindruckt vom Erfindergeist der Menschen, war der König um eins herumgeschlichen und hatte schließlich eine der Türen mit Hilfe eines der magischen Bergkiesel geöffnet.

»Los, hinein mit dir, und sieh dich genau um«, hatte Laurin seinem widerstrebenden Begleiter befohlen. Im geräumigen Inneren wurde Thoralfs Nase vom Duft von Kräutern und Blumen in der Nase gekitzelt, der von einem komischen Ding kam, das vorne von einem kleinen Spiegel baumelte. Laurin war ebenfalls in die Kutsche geklettert und hatte die vielen Hebel und Knöpfe bestaunt.

Als sie gerade im hinteren Teil der Kutsche nachsahen, ob es irgendwelche Schätze zu rauben gab, ertönte ein merkwürdiges Klickgeräusch, und die Lichter im Bug hatten zu blinken begonnen. In derselben Sekunde waren die vorderen Türen aufgerissen worden, und zwei Menschlinge ließen sich auf die Sitze fallen, ein Mann und eine Frau. Sie stritten sich heftig, wobei die Frau dem Mann vorwarf, sie viel zu lange »durch das verdammte Gebirge« gejagt zu haben.

»Deinetwegen habe ich mir einen Sonnenbrand geholt!«, hatte sie gekeift.

»Dann geh doch das nächste Mal zur Kosmetikerin statt zum Wandern!«, brüllte der Mann zurück.

»Das mache ich auch!«, schrie sie. »Ich lasse mir nämlich die Zehennägel lieber rot lackieren, als sie mir blau zu laufen, nur weil du einen auf Reinhold Messner machen musst!«

Die Zwerge hatten fasziniert gelauscht. Doch plötzlich begann die Kutsche zu brummen, und noch ehe die Zwerge reagieren oder gar flüchten konnten, setzte sie sich in Bewegung.

Innerhalb kürzester Zeit wurde sie schneller, als drei Dutzend Pferde es je vermocht hätten. Laurin samt seinem Untertan blieb nichts anderes übrig, als sich im Heck unter einer Plane zu verbergen, wo bereits ein schwarzes Rad lag, und abzuwarten, bis die Kutsche anhalten würde und sie fliehen konnten.

Erst nach langer Zeit war es so weit gewesen. Der Lärm und das Vibrieren verstummten, genau wie die keifenden Stimmen. Türen schlugen, es folgte ein Klicken von Schlössern – und dann: Stille.

Laurin hatte als Erster den Kopf unter der Plane hervorgesteckt. Nachdem er überzeugt war, allein zu sein, durchsuchte der König den Rest der Kutsche. Mit einem triumphierenden Kichern zog er eine riesige, mehrfach gefaltete Karte von der gesamten Umgebung aus einem Fach und stopfte sie zu seinem Skarabäus in die Tasche. Anschließend schlüpfte er aus der Kutsche, gefolgt von seinem zitternden Getreuen.

Sie standen in einer Häuserschlucht. Rechts und links, vor und hinter ihnen ragten die Gebäude auf, und ihre Heimat, die Berge, waren am Horizont nur noch schemenhaft zu erkennen. Thoralf brach in lautes Jammern aus, doch Laurin befahl ihm barsch, still zu sein. Der König huschte in einen Hauseingang und breitete die Karte aus, ehe er seinen Späher zum Leben erweckte. Zuerst reagierte der Skarabäus nicht, doch auf einmal fingen seine Fühler an zu zittern, und er lief los, direkt auf die Linie zu, die mitten in die Stadt führte, in der sie waren. »Similde«, hatte der König geflüstert, »sie ist hier!«

Geleitet von dem magischen Käfer, führte der Weg die Zwerge durch viele Straßen und Gassen. Weil die Leute ihnen jedoch die ganze Zeit nachblickten und hinter vorgehaltener Hand tuschelten, kam der König auf die Idee, sich »als Mensch zu tarnen«, wie er erklärte. Er befahl Thoralf, sich in eines der zahlreichen Häuser zu schleichen, deren Türen offen standen und wo in großen Fenstern viele Kleidungsstücke an starren Puppen in Menschengröße hingen. Dort, so lautete Laurins Order, sollte Thoralf etwas stehlen, mit dem sie beide als hochgewachsener Menschling durchgehen würden. Also war er an einigen der großen Fenster vorbeigestrichen, immer darauf bedacht, sich im Schatten der Häuser zu halten und keine Aufmerksamkeit zu erregen. Doch ständig gingen Leute ein und aus, und Thoralf hatte lange Zeit nicht gewagt, eines der Gebäude zu betreten. Bis er an einen schmalen Eingang kam, der in einen düsteren Raum mündete, in dem es nach Rauch und verbrannten Kräutern roch. Da Thoralf nicht wusste, was das Schild »Kostümverleih« bedeutete, huschte er hinein. Kein Menschling war zu sehen, aber an der Seite stand eine silberne Stange, an der mehrere Capes und große Hüte hingen. Der Zwerg zögerte nicht lange, sondern griff hastig nach dem erstbesten Umhang sowie einem breitkrempigen Hut mit Feder und floh. Der König schien zufrieden.

»Nun sind wir nicht viel anders als die Menschlinge«, hatte er verkündet und auf den Schultern des armen Thoralf Platz genommen, ehe er sie beide in den Umhang wickelte und sich den Hut tief ins Gesicht zog. So torkelten sie mehr durch die Straßen, als sie liefen, stets dem Käfer folgend, der ihnen den Weg auf der Karte wies, bis sie in dieser Höhle landeten, aus der der infernalische Lärm kam. Und in der sich Similde in Luft aufgelöst zu haben schien.

Laurin riss zornig die erstbeste Tür zu seiner Linken auf. Ein mehrstimmiges Kreischen ertönte. Es kam von drei Menschenfrauen, die vor hohen, weißen Brunnen standen, aus denen Wasser, von einer unsichtbaren Quelle gespeist, strömte. Laurin erkannte Schreck und Abscheu in ihren Augen. Hastig zog er sich zurück und öffnete die nächste Tür. Dort stand ein hochgewachsener Mann mit fast weißen, kurzen Haaren an einem muschelförmigen Gebilde, das aus der Wand zu wachsen schien. Thoralf traute seinen Augen nicht, als er das Plätschern hörte und sah, was der Menschling mit geöffneter Hose dort tat. Der Mann sah die beiden Zwerge und grinste mit glasigem Blick.

»Tja, Kumpels, da fehlen wohl ein paar Zentimeter an Höhe, und ihr müsst die Kabinen benutzen«, lallte er und drückte einen Knopf, woraufhin ein Rauschen ertönte und ein Miniatur-Wasserfall durch die Muschel donnerte. Entgeistert über die seltsamen Gewohnheiten im Menschenreich, hatte Laurin auch diese Tür wortlos wieder zugeschlagen.

Der dritte und letzte Eingang war versperrt. Was für die Zwerge, im Besitz des magischen Bergkiesels, kein Problem darstellte. Schon huschten sie durch den schmalen Spalt in die Dunkelheit und schlossen die Tür sorgfältig, ehe Laurin sich im schwachen Schein des Steins in dem Raum umsah und begierig schnüffelte. Seit er sein Reich verlassen hatte, spürte er seine Kräfte schwinden. Und etwas Ordentliches zu essen und zu trinken hatten er und sein Untertan bisher auch nicht gefunden. Zielstrebig ging der König daher nun auf ein kleines Holzfass zu. »Es riecht ähnlich wie Met, nur würziger«, befand er und hielt den Kiesel an eine versiegelte Öffnung des Fasses. Gleich darauf sprudelte schäumend-goldgelbe Flüssigkeit daraus hervor. Laurin kostete. »Delikat«, rief er und legte sich kurzerhand unter das Fass, so dass er bequem den herausschießenden Strahl mit seinem breiten Maul auffangen konnte. Thoralf wagte sich nun auch ein paar Schritte vor und nahm sich eine gläserne Gallone mit grüner Flüssigkeit vor, deren Versiegelung er kurzerhand abschlug. Er schüttete sich einen ordentlichen Schluck in die Kehle und war begeistert. Die Flüssigkeit war süß wie der wilde Honig der Bienen im Gebirge, gleichzeitig entfachte sie jedoch ein heißes Feuer in seinem Magen. Thoralf leerte mit einem Zug das Gefäß zur Hälfte und bewunderte die Kunst der Menschlinge, einen solch köstlichen Branntwein herzustellen, bevor er sich daranmachte, dem Inhalt den Garaus zu machen.

Da ertönten auf einmal Schritte, und gleich darauf wurde die Tür aufgerissen. Schon etwas unsicher auf den Beinen, verließ Laurin der Mut, einfach auf den Eindringling loszustürzen. Daher versuchten er und sein Untertan, sich hastig hinter ein paar aufeinandergestapelten Kästen zu verbergen. Dabei fiel dem Zwergenkönig jedoch der schwarze Kiesel aus der Hand und rollte über den Boden. Er wollte seinem Kleinod noch nachhetzen, doch zu spät: Schon ertönte ein seltsames Brummen, und unvermittelt war der Raum in taghelles Licht getaucht. Laurin konnte sich nur mit einem beherzten Sprung hinter ein leeres, achtlos beiseitegerolltes Fass retten. Der Menschling, der soeben den Raum betrat, hatte eine tiefe Stimme.

»Scheiße! Jetzt ist diese verdammte Tür immer noch offen«, brüllte er gereizt. Dann waren klirrende und schabende Geräusche zu hören. Vorsichtig lugte Thoralf aus seinem Versteck. Derselbe Mann, der sie an der Tür eingelassen hatte, wuchtete jetzt einige Kästen mit gläsernen Gallonen darin auf ein seltsames Gestell mit Rädern. Er kam dem Versteck Laurins gefährlich nahe, aber auf einmal bückte er sich und hob mit spitzen Fingern die leere, zerbrochene Flasche auf, in der noch bis vor wenigen Minuten der süße, grüne Feuertrank gewesen war.

»Mann, Mann, Mann! Saustall«, brummte der bullige Kerl und legte den Glasbehälter oben auf die Kästen.

Plötzlich stutzte er und bückte sich erneut. Zum Entsetzen des Königs hob er den schwarzen Zauberkiesel auf und steckte ihn in seine Tasche. Dann kippte er das Fahrwerk ein wenig schräg, und die Räder gerieten ins Rollen. Ehe Laurin noch darüber nachdenken konnte, ob er es trotz seines geschwächten Zustands nicht doch mit dem Menschling aufnehmen sollte, war dieser durch die Tür verschwunden. Kurz darauf wurde der Raum wieder finster, und das Eingangstor schlug zu. Die Zwerge atmeten auf, doch da hörten sie das Knirschen eines Schlüssels im Schloss. Laurin sprang hinter dem leeren Fass hervor und rüttelte an der Klinke – vergebens. Der Ausgang war versperrt.

Thoralf spähte durch die Dunkelheit und erkannte schemenhaft eine zweite Tür am anderen Ende des unterirdischen Raumes. Er huschte hinüber, doch auch sie war nicht zu öffnen. Mochte Laurin sich auch fluchend gegen die massive Pforte aus Erz werfen – seine Kräfte reichten in der Oberwelt nicht mehr aus. Die beiden Zwerge waren in dem unterirdischen Verlies gefangen.

KAPITEL 16

Verzweifelt warf ich mich gegen die vergitterte Tür. Das durfte doch nicht wahr sein! Ich war gefangen, eingepfercht in einen metallenen Käfig mit einem massiven Riegel an der vergitterten Tür, so dass ich unmöglich entkommen würde. Weder als Katze noch als Mensch. Dass die Verwandlung in einer halben Stunde einsetzen und was diejenigen, die mich hier eingesperrt hatten, dann tun würden, daran wollte ich lieber erst gar nicht denken. Dabei hatte alles so vielversprechend angefangen!

Noch in der Nacht, nachdem wir vom *Ambrosia* zurückgekommen waren, war es mir gelungen, Jonathan gedanklich meinen Plan zu übermitteln. Sobald es Tag geworden war, hatten wir uns auf den Weg zu Udos teurer Villa gemacht. Leider war Lilly auch schon wach und hatte darauf bestanden, mitzukommen.

»Ich kann doch Schmiere stehen, während ihr im Haus seid«, hatte sie gebettelt, und schließlich hatten wir nachgegeben. »Du tust aber, was man dir sagt, verstanden?«, war sie von Jonathan eindringlich ermahnt worden, und sie hatte genickt. »Großes Ehrenwort!«

Weil ich auf Katzenpfoten einfach quer durch die Vorgärten gerannt und über Zäune gesprungen war, hatte ich das Haus vor Jonathan und Lilly erreicht und war zum Fenster geschlichen, hinter dem Udos und Claudias Schlafzimmer lag. Ich konnte meinen Ex-Schüler durch das gekippte Fenster laut schnarchen hören. Anschließend war ich um die Hausecke getigert und hatte beschlossen, hier auf die Abfahrt der Familie zu warten. Bald müssten auch Jonathan und Lilly auftauchen, dann könnten wir mit Hilfe des magischen Bergkiesels gemeinsam das Haus betreten, während Lilly draußen aufpasste.

Nach einiger Zeit war mir langweilig geworden, und ich hatte bemerkt, dass ich direkt unter Karlas Zimmer stand. Ich wurde von einer Welle des Mitgefühls für dieses zarte Elfchen überschwemmt, das bei einer klamottensüchtigen Mutter und diesem Fiesling von Udo aufwachsen musste, und wollte nur kurz nach ihr sehen. Also hüpfte ich mit einem Satz auf den Sims, um einen Blick auf das schlafende Mädchen zu werfen. Zu meinem Schrecken war die Kleine jedoch schon wach und bei meinem Anblick sofort aus dem Bett gesprungen. Stürmisch hatte sie das Fenster aufgerissen, und ehe ich noch flüchten konnte, griff sie nach mir und drückte mich an sich.

»Du bist wieder da!«, jubelte sie und presste mir einen feuchten Kinderkuss auf meinen pelzigen Kopf. Wider Willen rührte mich ihre Freude, und ich beschloss, ihr ein Weilchen Gesellschaft zu leisten. Zu meinem Entsetzen schloss sie das Kinderzimmerfenster jedoch wieder, ehe sie sich zu mir umwandte und strahlend erklärte:

»Ich hole dir Milch! Mama und Papa schlafen noch, und du musst ganz still sein!« Natürlich hatte ich nicht gewartet, sondern war ihr in sicherem Abstand gefolgt – in der Hoffnung, irgendwo eine Möglichkeit zu finden, um unauffällig verschwinden zu können. In Kürze würden Jonathan und Lilly auftauchen und sich bestimmt Sorgen machen, wenn sie mich nicht fanden. Aber nirgendwo war eine Möglichkeit, nach draußen zu kommen, und ich verfluchte meinen Leichtsinn und mein weiches Herz. Notgedrungen musste ich also warten, bis Karla mit einer Tasse Milch aus der Küche kam und mich entdeckte.

»Was machst du denn hier, ich habe doch gesagt, du sollst in meinem Zimmer warten«, flüsterte sie streng.

Ich bin eine Katze, und die tun nie, was man ihnen sagt,

hätte ich ihr am liebsten geantwortet, stattdessen hob ich die rechte Vorderpfote und deutete auffordernd zur Haustür. Karla kicherte. »Du kannst ja winken«, amüsierte sie sich und winkte zurück. Ich seufzte stumm und wünschte mir, ich hätte sprechen können oder wenigstens ein Kind mit mehr Verstand vor mir gehabt. Gleich darauf kam ich mir schäbig vor, denn Karla bückte sich und streichelte mich: »Nun komm mit in mein Zimmer, und trink deine Milch!«

Doch ich gab nicht auf und machte Männchen, indem ich mich nun mit beiden Vorderpfoten am Türrahmen hochstemmte. »Ich will raus – und zwar jetzt«, sollte das heißen. Endlich verstand Karla. »Nein, Katze, bitte bleib doch noch ein bisschen!«, flehte sie kläglich.

In dem Moment ertönte Claudias verschlafene Stimme aus dem Schlafzimmer.

»Kinder? Seid ihr wach?«

Karla erstarrte buchstäblich vor Schreck. Ich flüchtete blitzschnell ins Wohnzimmer und kauerte mich dort unter einem riesigen Ledersessel zusammen. Keinen Augenblick zu früh, denn schon war das Klatschen von Claudias nackten Fußsohlen auf dem Flur zu hören.

»Wo Emma nur bleibt?«, sagte Jonathan und lief unruhig neben der Hecke, die das Grundstück von Udos Villa begrenzte, auf und ab. Er und Lilly hatten sich am hinteren Ende des Gartens positioniert, an dem ein paar Büsche und die Hecke ihnen Sichtschutz gewährten. Die Katze hätte eigentlich bereits vor dem Haus auf sie warten sollen.

»Vielleicht hat sie einen Kater«, erwiderte Lilly, um auf Jonathans ungehaltenen Blick hin gleich zu murmeln: »'tschuldigung, war ein Witz. Vielleicht ist sie schon mal ins Haus geschlichen und sondiert die Lage. Wir sind ja auch eben erst angekommen«, versuchte sie Jonathan zu beruhigen.

»Ich hoffe es«, murmelte er. Seit geraumer Zeit hatte er das dumpfe Gefühl, Emma wäre in Gefahr. Doch die Villa lag still und friedlich im Sonnenlicht des Vormittags. Nur in den Büschen und Bäumen, die den geräumigen Garten säumten, zwitscherten fröhlich ein paar Vögel. *Zu* fröhlich für die Nähe einer Katze? Oder bedeutete das, Emma war gar nicht hier? Nervös spielten Jonathans Finger mit dem schwarzen, glatten Kiesel in seiner Hosentasche. Die Versuchung war groß, ihn einfach zu benutzen, um in das Haus hineinzukommen. Aber damit brächte er unter Umständen nicht nur Emma, sondern auch sich selbst in Gefahr, und so beschloss Jonathan, einfach abzuwarten. Viel mehr konnte er nicht tun.

Karla hatte sich offenbar rasch von ihrem Schreck erholt, denn ihre Stimme war gedämpft in mein Versteck gedrungen.

»Ich bin's, Mama. Ich habe mir nur was zu trinken geholt!«, flötete sie.

»Du magst doch normalerweise keine Milch«, wunderte sich Claudia.

»Heute schon«, krähte Karla fröhlich, und ich war erstaunt, wie abgebrüht sie für ihr Alter schwindelte.

Da hörte ich schwere Schritte in den Flur poltern. »Mann! Hat man nicht mal am Sonntag seine Ruhe? Ich wollte eigentlich ausschlafen«, maulte Udo. »Was macht ihr denn in aller Herrgottsfrühe hier so einen Lärm?«

»Erstens ist es neun Uhr morgens. Zweitens machen wir keinen Lärm, sondern wir unterhalten uns. Und drittens wollten wir sowieso einen Ausflug ...«

»Seit wann trinkst du denn Milch zum Frühstück? Du hast doch immer behauptet, davon wird dir schlecht!«, unterbrach Udo die Tirade seiner Frau. Offenbar war er auf den Inhalt von Karlas Tasse aufmerksam geworden.

»N... ne, ich hatte eben Durst«, versuchte die Kleine, sich

herauszureden. Aber ihrer Stimme war deutlich anzuhören, wie sehr sie von ihrem Vater eingeschüchtert war.

»Ach so«, ließ sich Udos Stimme vernehmen. Doch es war ein Unterton dabei, wie eine falsche Note in einem Lied, bei dem ich hätte stutzig werden sollen. Und auch die Tatsache, dass die Stimmen plötzlich leise wurden und schließlich verstummten. Kurz darauf schlug eine Tür. Doch ich dachte mir nichts dabei und vermutete, Claudia wäre mit Karla in die Küche gegangen, um Frühstück zu machen, und Udo ins Bad verschwunden.

Wenige Augenblicke später flog jedoch plötzlich die Tür zum Wohnzimmer auf, und aus meinem Schlupfwinkel heraus sah ich Claudias Füße, die jetzt in breiten Gummischuhen steckten, schnurstracks auf den Sessel zukommen, unter dem ich kauerte. Mit einem energischen Ruck begann sie, das Möbelstück zur Seite zu schieben.

Verflixt, war Karla also doch eingeknickt und hatte gepetzt, schoss mir durch den Kopf, und ich beschloss, die Flucht nach vorne anzutreten. Ein Fehler, denn als ich aus meinem Unterschlupf raste, wurde es schlagartig dunkel um mich herum. Etwas Weiches schlang sich eng um mich und drohte mich zu ersticken. Es war eine Decke, die jemand – wahrscheinlich Udo – über mich geworfen hatte. Schon packten seine Hände zu und pressten mich mitsamt dem Plaid auf den Boden. Panisch versuchte ich, mich zu befreien, aber sosehr ich mich auch wand, zappelte und um mich schlug, es war vergeblich.

»So, du Mistvieh. Ich weiß zwar nicht, wieso du überall auftauchst, wo ich auch bin, aber damit ist jetzt Schluss, dafür werde ich sorgen. Ich drehe dir eigenhändig den Hals um«, knurrte Udo, und unter der Decke konnte ich spüren, wie seine groben Hände nach meinem Nacken tasteten. Ich fauchte und wand mich panisch, gleichzeitig wusste ich aber, dass es nichts nützen würde.

»Papa, nein! Du darfst die Katze nicht ermorden«, weinte Karla. Ihre flehentlichen Bitten drangen durch den dicken Deckenstoff nur dumpf an meine Ohren. Dafür hörte ich die Stimme von Linus umso deutlicher, der offenbar auch endlich wach geworden war und begierig fragte: »Papa, darf ich zuschauen?«, begleitet von Claudias keifender Stimme.

»Udo, nicht vor den Kindern! Und ich will keine tote Katze im Garten liegen haben, verstanden! Außerdem verdirbst du uns die Stimmung für den Ausflug …!«

Ich hätte nie gedacht, dass Udo sich umstimmen lassen würde, aber tatsächlich ließ der Druck auf meinen Körper leicht nach. Die Stimmen von ihm und Claudia gingen in ein undeutliches Murmeln über, und ich verstand nur »suche die Telefonnummer heraus«, während mir Karlas klägliche Schluchzer trotz meiner eigenen Todesangst ins Herz schnitten. Eine gefühlte Ewigkeit hielt mich Udo noch fest, allerdings ohne Anstalten, mir den Garaus zu machen, dann ertönte die Haustürklingel. Einen Moment hoffte ich, Lillys oder Jonathans Stimme zu hören, doch plötzlich griffen nicht nur zwei, sondern vier Hände nach mir und hoben mich hoch.

»Das Biest soll sich hier ja nicht mehr blicken lassen, sonst mach ich das nächste Mal Katzenfrikassee aus ihm«, zischte Udo noch, während ich offenbar irgendwohin getragen wurde, jedoch ohne die Chance, mich aus meinem stickigen Gefängnis zu befreien.

»Ich werde nicht mehr länger warten! Hier stimmt etwas nicht«, sagte Jonathan. Er hatte mit Lilly länger als eine halbe Stunde auf Emma gewartet, doch so sehr er auch Ausschau hielt, sie war nicht aufgetaucht. Dafür wurde seine Ahnung mit jeder Sekunde stärker, dass Emma in Schwierigkeiten geraten war, ja, dass ihr sogar bereits etwas zugestoßen sein könnte. Ein undeutliches Bild von etwas Dunklem erschien vor seinem inneren Auge.

»Jonathan, du kannst nicht einfach ins Haus reinspazieren! Wir müssen erst warten, bis der dicke Anwalt mit seiner Brut zu dem Ausflug aufbricht und die Luft rein ist«, warnte Lilly.

»Aber ich habe ein sehr merkwürdiges Gefühl, Lilly! Es passt nicht zu Emma, spurlos zu verschwinden!«

»Vielleicht hat sie sich im Haus versteckt und gibt uns von innen ein Zeichen, wenn wir reinkommen können?«

»Wenn sie im Haus ist, begibt sie sich in Gefahr! Die elfte Stunde naht bereits, und Emma hat bestimmt nicht das Risiko auf sich genommen, ins Haus zu gehen, solange dieser Udo noch darin ist!«

»Wir klingeln an der Tür und checken mal die Lage.«

»Pardon?«

Lilly seufzte. »Was ich damit sagen will: Wir sehen uns die Sache mal näher an. Wir geben uns einfach als ... Pfadfinder oder so was aus und behaupten, wir sammeln Spenden. Während ich den Dicken vollquatsche, versuchen wir unauffällig herauszufinden, ob Emma im Haus ist. Vielleicht sitzt sie ja irgendwie in der Bude fest! Dann kann sie durch die offene Haustür türmen, während wir unser Sprüchlein aufsagen.«

»Das ist kein dummer Gedanke. Lass es uns versuchen!«

Einträchtig gingen die beiden auf die Vorderseite des Hauses zu, als ein weißer Kastenwagen um die Kurve bog und mit quietschenden Bremsen vor dem Haus der Familie von Hassell zum Stehen kam. »Städtisches Tierheim« stand quer über die Seite des Kleinbusses geschrieben. Ein Mann in einer Art Blaumann und eine Frau, die eine schmutzig-olivfarbene Latzhose trug, stiegen aus und gingen schnurstracks auf die Haustür zu.

»Mist, jetzt kommen die uns mit der Spendensammelnummer zuvor«, fluchte Lilly und kickte wütend einen kleinen Stein weg. »Jetzt müssen wir uns was anderes überlegen!«

»Was ist ein ›städtisches Tierheim‹?«, fragte Jonathan nach einer Weile stirnrunzelnd.

»Ach, dort bringen die Leute herrenlose Tiere hin, die gefunden oder ausgesetzt wurden. Meistens Hunde und – Katzen …!« Lillys Stimme geriet ins Stocken, dann riss sie die Augen auf.

»Scheiße! Emma!«, schrie sie und rannte los.

Nach einer Schrecksekunde folgte ihr Jonathan. Doch zu spät: Schon trugen die beiden Insassen des Kastenwagens eine viereckige Plastikbox mit einem Gitter davor aus dem Haus und verfrachteten sie eilig in den Wagen. Noch ehe Lilly bei ihnen angekommen war, schlugen die Türen zu, und der Motor wurde angelassen. Genauso schnell, wie das Auto aufgetaucht war, verschwand es wieder um die Kurve.

Lillys Blick flog zum Haus. Am Fenster war ein kleines Mädchen zu sehen, das seine tränennasse Wange gegen die Scheibe drückte, ehe es von einer blonden Frau mit hartem Gesicht weggezerrt wurde.

Lilly und Jonathan blickten sich an, beide waren blass geworden. »Sie haben Emma mitgenommen, nicht wahr?«, fragte Jonathan, und Lilly blieb nichts anderes übrig, als zu nicken. »Ich glaube schon.«

»Wir müssen sie sofort befreien! Nicht mehr lange, und sie wird zum Menschen«, rief Jonathan, und aus seiner Stimme klang nun echte Angst.

»Das Tierheim ist am Stadtrand. Zu Fuß brauchen wir mindestens zwei Stunden«, grübelte Lilly. Dann aber hellte sich ihr Gesicht auf, und sie fischte ihr Handy aus der Jeanstasche.

»Was hast du vor?«, wollte Jonathan wissen.

»Ich google«, erklärte Lilly, während sie bereits eifrig tippte. »Jetzt kann uns nämlich nur noch einer helfen …!«

Unvermittelt waren die Hände, die mich umklammert hatten, verschwunden. Nur noch die dunkle Decke umhüllte mich. Als es mir endlich gelungen war, mich aus dem erstickenden Stoffknäuel zu befreien, erkannte ich, dass ich vom Regen in die Traufe gekommen war. Zwar hatte ich Udos mörderischer Absicht entrinnen können, doch nun war ich in einer Art Box gelandet und in den Kofferraum eines Autos verfrachtet worden.

Auf die Antwort meiner Frage, wohin man mich wohl brachte, musste ich nicht lange warten. Nach einer kurzen Fahrt und dem Transport durch einen schummrigen Gang, bei dem ich aus meinem Käfig nur den Betonfußboden erkennen konnte, öffnete sich überraschend das Gitter der Katzenbox, und ich wurde durch einen energischen Schubs gezwungen herauszuspringen.

Die plötzliche Helle nach der Dunkelheit im Auto ließ mich einen Moment lang geblendet die Augen zukneifen. Nachdem sich meine Pupillen an das Licht gewöhnt hatten, sah ich, wo ich gelandet war: Ich befand mich in einer Art Zwinger oder großem Käfig, der wahrscheinlich zu einem Tierheim gehörte. Ein vielstimmiges Fauchen und Maunzen aus Katzenkehlen empfing mich, und ehe ich michs versah, war ich von einem halben Dutzend Artgenossen umzingelt. Vor allem ein graugetigerter Kater, dem ein Eck vom linken Ohr fehlte, tat sich hervor und kam zwei drohende Schritte auf mich zu, wobei er unmelodisch maunzte und knurrte. Zwar war ich im Herzen ein Mensch, aber so viel verstand ich: Ich war der Neuzugang, und nun würde als Erstes die Hackordnung geklärt werden.

»Geht das nicht ein bisschen schneller?«, drängelte Lilly und schielte vorwurfsvoll auf die Tachoanzeige des alten Fords. Der Motor röhrte, die Tachonadel zitterte zwischen achtzig und neunzig Stundenkilometern, und Jonathan war bereits ziemlich blass um die Nase.

»Dieser Wagen ist nicht mehr der Jüngste, genau wie ich«, antwortete Herr Spindler, drückte aber Lilly zuliebe das Gaspedal noch etwas mehr durch. Der Motor drehte mit einem Geräusch hoch, als würde ein riesiger Föhn eingeschaltet, und die Geschwindigkeitsanzeige quälte sich bis knapp vor die Hundert-Stundenkilometer-Marke. Auch der ehemalige Lehrer wirkte angespannt. Sofort nachdem Lilly seine Nummer herausgefunden und bei ihm angerufen hatte, war er zu Udos Haus gefahren. An der Straßenecke hatte Spindler Lilly und Jonathan aufgesammelt, und sie waren zum Tierheim aufgebrochen. Während der Fahrt hatte der junge Mann ihm die Wirkung von Laurins Fluch berichtet, der nun auch Emma getroffen hatte und sie Punkt Mitternacht zur Katze werden ließ. Hoffentlich kamen sie noch rechtzeitig, um das Mädchen zu befreien, ehe sie sich in einen Menschen zurückverwandeln und die Sache in eine Katastrophe münden würde, dachte Spindler.

»Mist, es ist zehn vor elf. Das wird knapp«, stöhnte Lilly und biss sich vor Anspannung beinahe die Fingerknöchel wund. Auch Jonathan rutschte unruhig auf dem Beifahrersitz herum und schielte nervös auf die Uhr im Inneren des Wagens, deren Sekundenzeiger hämisch weiterwanderte, viel zu schnell, wie es schien.

Endlich tauchte das Schild »Städtisches Tierheim« auf, und Spindler bog so schwungvoll in die Zufahrt ein, dass Lilly auf dem Rück- und Jonathan auf dem Vordersitz erst mal gegen die Türen geworfen wurden.

»Verzeihung, ich bin selbst etwas in Sorge«, murmelte der alte Herr entschuldigend.

»Nichts wie raus«, rief Lilly, während sie schon den Gurt löste und gleich darauf aus dem Auto sprang. Spindler folgte ihr eilig, vorher wandte er sich noch zu Jonathan, der ebenfalls Anstalten machte, auszusteigen. »Sie bleiben besser hier, mein Junge! Wir wissen nicht, wie lange es da drin dauert. Nicht dass Sie sich auch noch verwandeln und wir gleich das nächste Problem mit einem eingesperrten Raben haben!« Zuerst wollte Jonathan widersprechen, dann aber ließ er sich in den Sitz sinken und nickte. Spindler drückte ihm kurz den Arm, dann lief er so rasch wie möglich hinter Lilly her. Jonathan warf einen Blick auf die Uhr. Nur noch fünf Minuten bis zur vollen Stunde. »Bitte eilt euch«, murmelte er und krampfte die Hände um den Türgriff.

Ich stand mit dem Rücken zur Wand und verfluchte zum wiederholten Male den Zwergenherrscher und seinen dämlichen Fluch. Als Mensch wäre mir so eine Situation garantiert erspart geblieben. Der graue Kater war inzwischen so weit vorgerückt, dass sich unsere Nasen beinahe berührten und ich seinen Atem riechen konnte. Thunfisch-Katzenfutter, tippte ich und verspürte den Anflug eines Würgereizes. Er legte die Ohren, oder das, was vom linken noch übrig war, flach an seinen dicken Schädel, und seine gelben Augen verengten sich zu Schlitzen.

Langsam hob er die rechte Vorderpfote und fuhr die Krallen aus. Ein spitzer Schmerz durchfuhr mich, und ich schrie auf. Zuerst dachte ich, der Kater hätte mich bereits erwischt, doch bei der zweiten Schmerzwelle vernahm ich dumpf, als hätte ich Wasser in den Ohren, von fern die hallenden Schläge einer Uhr. Sekunden später kauerte ich auf dem Boden und spürte kalten Beton unter meinen bloßen Füßen. Mit einem Satz war ich auf den Beinen. Und zwar auf zwei menschlichen, stellte ich erleichtert fest. Ich hatte zwar nichts an, überragte aber nun meine tierischen Angreifer deutlich. Ein halbes Dutzend grüner Augenpaare starrte mich entsetzt an.

Dass sich ein wehrloses Kätzchen, das eben noch zum Prügelopfer auserkoren gewesen war, plötzlich in einen Menschen verwandelte, ging natürlich über ihren Verstand. Der Graugetigerte stieß ein erschrockenes Maunzen aus.

»Verzieh dich, Amigo, oder ich überlege mir, ob ich mir demnächst eine Weste aus Katzenfell nähe«, knurrte ich das verdatterte Tier an, und eingeschüchtert wich er zwei Schritte zurück.

Zwei von den anderen Katzen kreischten jedoch laut auf und flüchteten in die am weitesten entfernte Ecke des Käfigs. Das war das Signal für die kollektive Panik. Maunzend, fauchend und jammernd rasten die verstörten Tiere in ihrer Zelle herum, und ich stand wie der personifizierte Katzenschreck mittendrin – ohne Kleider. Hastig rannte ich zur Käfigtür und schob in aller Eile zwei Finger unter den eisernen Riegel, mit dem die Gittertür von außen gesichert war. Zum Glück hing kein Schloss daran, so dass ich den Riegel hochklappen konnte. Die Gittertür schwang auf. In aller Eile quetschte ich mich hindurch und blickte mich panisch um. Ich brauchte etwas zum Anziehen – und zwar schnell, denn zu allem Überfluss zu dem Katzenaufstand hinter mir näherten sich nun Stimmen vom Eingang her.

»Opa, du musst mir helfen, eine besonders schöne Katze auszusuchen, am liebsten eine rotgetigerte«, hörte ich eine Mädchenstimme. Sie kam mir vage bekannt vor, aber ich hatte keine Zeit, darüber nachzudenken. Gleich würde die Sprecherin um die Ecke biegen, im Schlepptau ihren Großvater! Was sie wohl sagten, wenn sie ein nacktes Mädchen samt lauter durchgeknallten Vierbeinern vorfanden? Unwillkürlich fiel mir der Titel eines Theaterstücks ein – »Ein Käfig voller Narren«.

Zu meinem Glück bemerkte ich just in diesem Moment mehrere Wandhaken, an denen Schaufel, Rechen und eine

Art knielanger Hausmeisterkittel in unattraktivem Dunkelgrau hingen. Darunter stand ein Paar schlammgrüner Gummistiefel. Ohne zu zögern streifte ich mir das Kleidungsstück über den Kopf und fuhr hastig mit den Füßen in die Schuhe. Besser als nichts, dachte ich, auch wenn mir die Stiefel eine Nummer zu groß waren und der Kittel durchdringend nach Katzenstreu und einem Hauch Ammoniak roch. Gleich darauf stapfte eine Frau in einem ebenfalls nicht sehr kleidsamen Latzhose-und-kariertes-Männerhemd-Ensemble um die Ecke.

Als sie mich sah, blieb sie abrupt stehen. »Was machen *Sie* denn hier? Wer sind Sie überhaupt?«, rief sie, und ihr Blick flog zu dem Käfig, in dem die Katzen sich inzwischen in der Ecke zu einem verstörten Fellknäuel zusammengerottet hatten, aus dem nur die angstvoll geweitete Pupillen funkelten.

Hinter ihrem Rücken tauchten die Gesichter von Lilly und – zu meiner Überraschung – Spindler auf. Lilly presste sich die Hand vor den Mund und blickte mich mit schreckgeweiteten Augen an.

»Ich ... hm, bin die neue ... Helferin«, improvisierte ich. »Ehrenamtlich«, setzte ich noch nach.

»Davon weiß ich ja gar nichts!«, empörte sich die Frau. »Außerdem können Sie doch nicht einfach hier zu unseren Schützlingen reinspazieren! Die Tiere kennen Sie ja gar nicht. Sehen Sie mal, wie verängstigt die sind!«, warf sie mir vor.

Ich drehte den Kopf, und mein Blick traf den des getigerten Katers. Fauchend wühlte der Graue sich noch tiefer zwischen zwei Artgenossen.

»Da haben Sie's«, raunzte die Latzhosenträgerin. »Sie gehen jetzt erst mal ins Büro an der Rückseite des Gebäudes und melden sich bei meinem Kollegen an. Danach sehen wir weiter!«

Bedeutend freundlicher wandte sie sich anschließend an Spindler. »Leider haben wir keine rote Tigerkatze da«, hörte ich sie sagen, während ich mich hastig verdrückte und hinter ihrem Rücken schnell noch Lilly zuwinkte. Dann machte ich, dass ich rauskam.

Jonathan stand beim Auto und trat unruhig von einem Bein aufs andere. Eilig lief ich auf ihn zu, und beim Geräusch meiner Schritte auf dem Kies hob er den Kopf. Nach einer Schrecksekunde, die wohl eher meiner seltsamen Bekleidung galt, hellte sich sein Gesicht auf. »Emma«, rief er, kam auf mich zu und umarmte mich stürmisch. »Du ahnst nicht, welche Angst ich um dich ausgestanden habe!«

Ich schmiegte mich an ihn, und das war Antwort genug. Erneut schien in seinen Armen die Zeit stillzustehen, und ich wünschte mir, die Uhren würden tatsächlich aufhören, die Minuten bis zur Mittagsstunde zu zählen, bis zu den Glockenschlägen, die Jonathan wieder in einen Raben verwandeln würden. Da spürte ich seine Hand an meiner Wange und sah ihn an. Sein trauriger Gesichtsausdruck verriet mir, dass er denselben Gedanken hatte. Der Zauber des Augenblicks war verflogen.

»Emma, Jonathan!«, hörte ich Lilly rufen und sah sie auf uns zurennen. Ich nahm sie in den Arm und drückte danach Spindler die Hand. »Danke« war alles, was ich herausbrachte.

»Schnell ins Auto mit euch, ehe Emmas Schwindel mit dem Helferposten auffliegt«, drängte mein ehemaliger Tutor, und hastig quetschten wir uns alle in Spindlers altersschwachen Ford und tuckerten durch das Tor in Richtung Landstraße.

Lilly, die neben mir auf dem Rücksitz saß, boxte mich freundschaftlich in die Seite.

»Als ich dich da vor dem Käfig stehen sah, dachte ich echt, jetzt ist alles aus«, sagte sie atemlos. »Zum Glück hast du diese geniale Ausrede erfunden, von wegen Ehrenamt und so!«

Dann rümpfte sie die Nase »So, wie du riechst, nimmt man dir die freiwillige Tierpflegerin auch ab!«

»Zum Glück hing dieser scheußlich stinkende Kittel dort herum, nicht zu vergessen diese überaus reizenden Gummistiefel«, erwiderte ich ironisch. Aber in Wirklichkeit spürte ich jetzt doch meine Knie weich werden. Erst nach dem ausgestandenen Schreck wurde mir klar, wie viel Glück ich gehabt hatte.

»Mann, der weibliche Dragoner in Latzhosen war ganz schön sauer auf dich!«, kicherte Lilly.

»Dort drin arbeiten *Dragoner*?«, warf Jonathan erstaunt ein.

Lilly prustete los, und Jonathan verdrehte die Augen. »Schon gut, ich verstehe«, sagte er. »Ich muss wohl noch eine Menge über das dritte Jahrtausend lernen!«

»Wie seid ihr denn überhaupt aus der Nummer rausgekommen, ohne eine Katze mitnehmen zu müssen?«, wollte ich wissen.

Spindler schmunzelte und warf Lilly einen Blick durch den Rückspiegel zu.

»Die junge Dame hat eine große schauspielerische Begabung. Plötzlich fing sie an, zu niesen und sich die Augen zu reiben ...«

»Ja, und die Latzhosen-Tante war sofort total alarmiert und hat gefragt, ob ich vielleicht eine Katzenhaarallergie habe«, kicherte Lilly. »Ich habe behauptet, ich wüsste es nicht, aber nachdem ich auch noch angefangen habe, zu husten wie ein Schlossgespenst, hat sie uns empfohlen, erst mal einen Test beim Arzt zu machen und später wiederzukommen.«

Ich blickte sie bewundernd von der Seite an. Sie war wirklich clever! Wie ihre Mutter, schoss mir gleich darauf durch den Kopf, und ich musste an eine Begebenheit aus Caros und meiner Internatszeit denken. Damals waren wir aus unerfindlichen Gründen plötzlich in zwei getrennte Zimmer gesteckt worden. Alles Flehen und Argumentieren hatte nichts genützt, die Internatsbetreuer waren der Meinung, es täte uns gut, einmal mit anderen Mädchen zusammenzuwohnen, und hatten uns einfach jeweils eine neue Zimmergenossin zugewiesen. Während ich mich am Abend in den Schlaf geweint hatte, voller Überzeugung, machtlos gegen diese Entscheidung zu sein, hatte Caro schon in der ersten Nacht begonnen, entsetzlich laut zu schnarchen. Natürlich war ihre Bettnachbarin aufgewacht und hatte sich beschwert. Vergeblich, zehn Minuten später hatte Caro erneut losgelegt und gegrunzt, als läge statt ihr ein ausgewachsener Keiler im Bett. Nach zwei Nächten hatte ihre Mitbewohnerin die Betreuer unter Tränen angefleht, tauschen zu dürfen. Die dunklen Ringe unter ihren Augen waren überzeugend gewesen, und weil *ich* mich nie über Caros Schnarchen beschwert hatte, waren wir innerhalb kürzester Zeit in einem gemeinsamen Zimmer wiedervereint. Ihren Einfallsreichtum hatte Caro offenbar an Lilly vererbt, dachte ich und drückte ihr dankbar die Hand.

»Wieso bist du eigentlich in diesem Katzenkäfig gelandet?«, wollte sie wissen, und auch Spindler und Jonathan sahen gespannt in den Rückspiegel.

»Ich kann von Glück reden, dass Udo mich nicht gekillt hat«, erwiderte ich und registrierte die erschrockenen Mienen meiner Mitfahrer. »Er muss wohl rausgefunden haben, dass Karla mich ins Haus geschmuggelt hat«, fuhr ich fort. »Claudia hat mich in meinem Versteck aufgescheucht, während Udo schon mit einer Decke gewartet hatte, die er über mich geworfen hat. Wenn die Kleine nicht so geheult und gebettelt hätte, dann wäre ich jetzt wahrscheinlich tot. Genau das hat mir Udo übrigens angedroht, wenn er mich das nächste Mal erwischt.«

Spindler bog ohne Vorwarnung in eine Abzweigung ein

und brachte das Auto auf einem kleinen Feldweg zum Stehen. »Das muss ich erst einmal verdauen«, erklärte er.

Jonathan griff nach meiner Hand und streichelte sie, während er mich besorgt ansah.

»Dieser Mistkerl«, durchbrach Lilly schließlich die Stille.

»Nun ja, es passt zu ihm«, schaltete sich Spindler nachdenklich ein. »Er hat schließlich vor fast dreißig Jahren auch Emmas Tod in Kauf genommen, um an den Ring zu kommen.«

»Er hat Verdacht geschöpft!«, mutmaßte ich. »Er muss irgendwie gemerkt haben, dass ich als Katze in seinem Zimmer war und sein Geheimversteck entdeckt habe! Ich habe euch doch von dem heruntergefallenen Bild erzählt und dem Tresor, der sich dahinter befand. Vielleicht kam Udo das schon merkwürdig vor. Und dann hat er mich, beziehungsweise die rotgescheckte Katze, vor diesem Club ein zweites Mal gesehen. Dort bin ich ihm und Frank ja direkt vor die Füße gelaufen.«

»Und vorhin sind Sie beziehungsweise die Katze zum dritten Mal bei ihm aufgetaucht«, sagte Spindler langsam. »Da hat er nicht mehr an Zufall geglaubt. Vor allem, da er wahrscheinlich sowieso in ständiger Angst lebt, den Ring und damit seine Macht zu verlieren. Er spürt wohl, dass etwas im Gange ist.«

Wir schwiegen alle eine Weile, und ich dachte an Udos gierigen Blick, mit dem er damals schon den Schmuck gemustert hatte. Vermutlich ahnte er, dass er alles in seinem Leben nur durch dessen Magie erreicht hatte.

»Die Zeit drängt«, stellte Jonathan schließlich fest. »Wir müssen sofort versuchen, in das Haus zu kommen und den Ring zu holen. Denn Udo wird nun vielleicht versuchen, ein anderes Versteck für ihn zu finden, selbst wenn er davon ausgeht, die Katze losgeworden zu sein. Doch ich hörte, wie auch der Mann, mit dem er neulich nachts unterwegs war, ihm drohte.«

»Udo ist mit Claudia und den Kindern bei einem Ausflug«, erinnerte ich mich. »Wir können also sofort zu seiner Villa fahren und mit Hilfe des magischen Kiesels alle Türen öffnen.«

»Au ja«, meldete sich Lilly begierig.

»Verzeiht, wenn ich unterbreche, aber die Mittagsstunde naht, und ich fürchte ...«, begann Jonathan und krümmte sich bereits kurz zusammen. Mein Blick flog zu der Uhr am Armaturenbrett. Der kleine Zeiger stand bereits auf der Zwölf, und soeben rückte der große Zeiger ebenfalls einen Millimeter darauf zu. Jonathan gelang es gerade noch, die Tür zu öffnen, ehe es ein kurzes, zischendes Geräusch gab, begleitet von einer Art Lichtexplosion, ähnlich einem Blitzlicht beim Fotografieren. So sieht es also aus, wenn wir uns verwandeln, dachte ich benommen. Gleich darauf war Jonathan verschwunden, und an seiner Stelle saß der Rabe mit schimmerndem Gefieder.

»Abgefahren«, hauchte Lilly und rieb sich die Augen.

»Ganz erstaunlich«, bekräftigte Spindler, aber beiden war ihr Unbehagen anzusehen. Ich konnte sie gut verstehen, hatten sie doch bis vor einigen Tagen garantiert nicht an Zwerge und Magie geglaubt, genau wie ich früher auch. Zudem waren die Zauberkräfte des Zwergenkönigs nicht zu unterschätzen.

»Höchste Zeit, dem Ganzen ein Ende zu machen«, sagte ich energisch. Jonathan flatterte auf meinen Arm und krächzte zustimmend.

Kurze Zeit später parkte Spindler seinen Uraltwagen ein paar Straßen von Udos Residenz entfernt. Vorher waren wir noch mit Lilly nach Hause gefahren, damit ich erst einmal den stinkenden Kittel und die schrecklichen Stiefel ausziehen und mich duschen konnte. Danach hatte mir Lilly eine schwarze, weitgeschnittene Sporthose und ein ebenfalls schwarzes T-Shirt von sich geliehen. Als sie mir jedoch noch eine schwarze Baskenmütze aufschwatzen wollte, war Schluss. »Wir sind hier nicht bei *Bonnie and Clyde!*«, hatte ich protestiert. Seufzend und mit einer gemurmelten Bemerkung, die verdächtig nach »Spaßbremse« klang, hatte Lilly nachgegeben.

Jetzt saßen wir alle, einschließlich des Raben, im Auto, und mir war mulmig bei dem Gedanken, Udos Haus noch einmal zu betreten. Aber es musste sein, wenn Jonathan und ich endlich wieder ein halbwegs normales Leben führen wollten.

»Sind Sie sicher, dass ich nicht doch mitkommen soll, Emilia?«, fragte mein alter Tutor und musterte mich sorgenvoll.

»Oder ich!«, schaltete sich Lilly ein. »Ich könnte dir noch nützlich sein!«

»Nichts da, du bleibst bei Herrn Spindler im Auto!«, bestimmte ich. Irgendwie hatte ich das Gefühl, Lilly besäße eine Art inneren Magneten, der Ärger förmlich anzog. Und das konnte ich gerade am wenigsten gebrauchen.

»Aber was, wenn Udo und die anderen gar nicht beim Ausflug sind? Hast du daran mal gedacht?«, fragte Lilly naseweis.

»Das Auto ist nicht da«, gab ich zurück. Das hatten wir nämlich überprüft, indem Jonathan auf das Fensterbrett der riesigen Garage geflattert und durch die Scheibe gelinst hatte.

»Pah, na und? Vielleicht ist der Dicke zum Golfen gefahren oder was er sonst am Sonntag so macht, und seine Frau sitzt mit den Gören zu Hause«, gab Lilly zu bedenken.

»Sie hat recht«, schaltete sich Spindler ein. »Wir sollten das vorsichtshalber überprüfen, ehe Sie ins Haus gehen.«

»Ja, aber ich kann keinesfalls klingeln. Wenn Udo oder Claudia da sind, werden sie mich sofort erkennen!«, wandte ich ein.

»Genau! Und deswegen …«, sagte Lilly triumphierend, und

ehe sie noch den Satz fertig gesprochen hatte, war sie schon aus dem Auto ausgestiegen und sprintete auf Udos Haus zu.

Spindler und ich seufzten kollektiv und verdrehten die Augen. Schon nach wenigen Minuten kam Lilly zurück.

»Hat keiner aufgemacht!«, verkündete sie fröhlich.

»Und was hättest du denen erzählt, wenn?«

»Guten Tag, mein Name ist Lilly, und ich sammle Spenden für die örtlichen Pfadfinder. Hätten Sie vielleicht ein paar Euro übrig? Es ist für einen guten Zweck«, ratterte sie herunter und schielte siegessicher zu mir herüber.

»Also gut, du hast gewonnen. Danke, Lilly, du bist einfach unersetzlich«, gab ich mich geschlagen, und sie grinste. Doch als ich nach dem Türhebel griff, schrie sie: »Stopp!«

»Was ist denn jetzt noch?«

»Diese neureichen Villenfuzzis haben alle Videokameras zur Überwachung rund ums Haus installiert, Mensch! Das sieht man doch in jedem Fernsehkrimi!«

»Daran habe ich nicht gedacht!«, gab ich zu.

»Aber ich! Und deswegen ...« Mit diesen Worten griff sie in ihre Tasche und zog nach kurzem Wühlen eine schwarze Strickmütze heraus, in der zwei Löcher klafften.

»Augenschlitze«, erklärte sie stolz. »Das alte Ding von meinem Vater wollte Mama sowieso schon seit Ewigkeiten wegschmeißen!«

»Ich soll mit einer *Strumpfmaske* da reinmarschieren?«, vergewisserte ich mich.

»Nein, die setzt du natürlich erst auf, kurz bevor du drin bist! Damit die Kamera nicht dein Gesicht filmt und Udo dich nicht wiedererkennt!«

»Ach du meine Güte, ist das nicht etwas übertrieben?«, kritisierte Spindler, doch Lilly wedelte stur mit der Wollmütze vor meinem Gesicht herum.

»Wenn Emmas Konterfei spätestens nächste Woche bei *Ak-*

tenzeichen XY *ungelöst* erscheinen soll – bitte!«, sagte sie beleidigt.

Ich griff nach der Mütze. »Nun gib schon her.«

Ich steckte sie in meinen Hosenbund und stieg aus. Jonathan flatterte ebenfalls aus dem Auto und segelte zu Udos Villa. Dort setzte er sich auf die Dachrinne und wartete, bis ich durch das schmiedeeiserne Gartentor gehuscht war. Ich zog mir die Strickmütze über den Kopf, nicht gerade angenehm bei den heißen Temperaturen, die an diesem Sommertag herrschten, aber sicher war sicher. Geduckt lief ich die paar Schritte zur Haustür, während der Rabe auf mich herabäugte. Hastig zog ich Laurins Bergkiesel aus der Hosentasche, und kaum hatte ich die Tür damit berührt, sprang sie mit einem Klicken auf. Ich holte tief Luft, dann betrat ich das Haus. Weil ich als Katze ja bereits zwei Mal hier gewesen war, fand ich mich mühelos zurecht. Trotzdem beschlich mich ein Unbehagen, ähnlich dem mulmigen Gefühl, das man beim Hinuntersteigen in einen dunklen Keller verspürt. Obwohl man nicht an Gespenster glaubt, ist man unsicher, ob nicht doch im Dunkeln etwas lauert.

Ich blieb sekundenlang stehen und sprach mir selbst Mut zu. Nur mein eigener Atem, abgehackt und stoßweise, war zu hören. Unter der Wollmütze, die mein Gesicht bedeckte, klang er unerträglich laut in meinen Ohren. Da segelte ein schwarzglänzender Schatten heran und ließ sich auf meiner linken Schulter nieder. Mit einem leisen Krächzen ermahnte mich mein gefiederter Begleiter, jetzt nicht vor lauter Angst kopflos zu werden.

»Ach, Jonathan, ich bin ein Hasenfuß«, flüsterte ich, und er rieb kurz und zart seinen Schnabel an meinem Hals, so dass ich lächeln musste. Mutiger geworden, ging ich den Flur entlang und steuerte schnurstracks auf das Arbeitszimmer zu. Ich drückte die Klinke herunter, doch die Tür war abgesperrt.

»Tja, Udo, das wird dir nichts nützen«, dachte ich mit leiser Schadenfreude. Ich hielt den schwarzen Stein an die Tür. Diesmal dauerte es eine Weile, bis die Tür aufsprang. Verwundert musterte ich den magischen Kiesel. Sein Glimmen, das aus dem tiefsten Inneren kam, schien schwächer geworden zu sein. Ich erschrak. War er irgendwie beschädigt worden? Ich hielt ihn mir nahe vors Gesicht, doch sosehr ich ihn auch drehte und wendete, ich konnte nichts entdecken. Seine glatte, onyxfarbene Oberfläche war makellos. Hoffentlich macht er nicht schlapp, ehe ich den Tresor geöffnet hätte!

Hastig lief ich zu dem hässlichen Selbstporträt Udos, das an seinem angestammten Platz hing, und nahm es ächzend von der Wand. Allein für den Goldrahmen sollte man Udo den Oscar für schlechten Geschmack verleihen.

Achtlos lehnte ich das Bild an die Wand. Meine Aufmerksamkeit galt dem Mechanismus zu der verborgenen Tapetentür. Weil ich deutlich weniger scharf sah als in Katzengestalt, dauerte es eine Weile, bis ich schließlich inmitten des wilden Musters von pinkfarbenen Rosenknospen den Umriss des kleinen Knopfes ausmachen konnte.

Ich betätigte ihn, und wie beim ersten Mal schwang ein rechteckiges Stück der Tapete beiseite und gab den Blick auf den schmalen, aber massiven Tresor frei, der nahtlos in die Wand eingepasst war.

Darin verbarg sich Laurins Ring, dessen war ich mir ganz sicher. Bei der Vorstellung, ihn in wenigen Augenblicken zu finden, endlich das Pfand in der Hand zu halten, das den Fluch von Jonathan und mir nehmen würde, durchströmten mich gleichzeitig Triumph, Freude und Erleichterung. Ich drehte den Kopf und sah mich nach dem Raben um, der hinter mir auf der Lehne des einen Ledersessels hockte und leise krächzte. Vor meinem inneren Auge entstand das Bild von Jonathan, in Menschengestalt. Er lächelte mich an, dann nahm er meine Hand und beugte sich vor, um mich zu küssen. Ein Glücksgefühl, prickelnd wie der Champagner, den ich das erste und einzige Mal getrunken hatte, nachdem Caro und ich unsere Abiturzeugnisse in der Hand gehalten hatten, stieg von meinem Bauch auf.

Ich sah in die dunklen Augen des Raben und nickte. »Bald wird es so weit sein, Jonathan«, versprach ich ihm und hob meine Hand mit Laurins schwarzem Kiesel. Vor Aufregung zitternd nahm ich ihn zwischen Daumen und Zeigefinger und hielt ihn gegen das Türblatt des Safes. Nichts passierte.

Ich erschrak und wiederholte die Prozedur. Doch die Tür blieb zu, selbst als ich mehr und mehr Druck ausübte. Eine lähmende Angst schien mit eisiger Kralle nach meinem Herz zu greifen. Ich zog meine Hand zurück und betrachtete den Stein. Er wirkte wie immer, doch als ich genauer hinsah, erkannte ich: Seine glänzende Oberfläche war nun stumpf und das rot-orange Leuchten zu einem matten Glimmen verblasst, wie ein Feuer, das bis auf wenige Reste der Glut erloschen war. Eine Welle der Verzweiflung drohte mich zu überwältigen. Durch das Rauschen in meinen Ohren hörte ich Jonathan gedämpft krächzen, und ich konnte seine Angst spüren, die auch meine war.

Mit aller Kraft presste ich den Stein gegen den massiven Stahl. »Komm schon, bitte!«, flüsterte ich. Zwei oder drei Sekunden geschah nichts. Dann begann das Zahlenfeld neben der Tresortür auf einmal wild zu blinken und zu piepsen. Ich hielt den Atem an. Würde der Safe sich öffnen oder eine Alarmanlage losgehen und innerhalb von Minuten die ganze Nachbarschaft aufmerksam werden?

Mit einem gequälten Ächzen der Scharniere, das wie ein Schmerzenslaut klang, schwang die massive Tür Millimeter um Millimeter zur Seite, und ich atmete auf.

Im selben Moment vernahm ich ein leises Knacken, und in

meiner Hand fühlte ich ein winziges Beben. Unwillkürlich flog mein Blick von dem Safe zu dem Stein, der auf meiner Handfläche lag, und ich schrie leise auf: Er löste sich vor meinen Augen auf und zerfiel zu schwarzgrauem Staub, der von einer unsichtbaren Windböe aufgewirbelt wurde und verwehte. Dann war der Zauber verflogen.

Ich drehte mich zu Jonathan um und wollte ihm davon erzählen. Doch der Rabe saß nun selbst wie versteinert auf der Sessellehne und starrte an mir vorbei. Ich folgte seinem Blick, der auf die Tür des Safes gerichtet war. Inzwischen stand sie sperrangelweit offen und gab den Blick auf das Innere frei. In meiner Kehle stieg ein verzweifelter Schrei auf, den ich nur mit Mühe unterdrücken konnte: Der Tresor war leer.

KAPITEL 17

Fassungslos starrte ich in den schwarzen Abgrund des Safes. Ich konnte nicht glauben, dass Jonathan und ich so kurz vor dem Ziel gescheitert waren. Ich beugte mich vor und spähte in den Hohlraum in der Wand. Allerdings würde ich nichts finden, das ahnte ich, noch bevor ich meine Hände ins Innere des Tresors streckte, in dem meine Finger nichts als glatte Stahlwände ertasteten. Trotzdem: Dort hatte der Ring vorher gelegen, dessen war ich mir ganz sicher. Ich konnte es am Kribbeln in meinen Fingerspitzen spüren. Aber jetzt war er verschwunden, und damit war alle Hoffnung dahin, Jonathan und mich von Laurins unheilvollem Fluch erlösen zu können.

Niedergeschmettert schlug ich die Hände vors Gesicht. Ich spürte kaum, dass ich immer noch die alberne Strickmütze mit den Augenschlitzen trug. Ich fand keine Worte für meine Verzweiflung. Da hörte ich auf einmal einen schrillen Pfeifton, der von Jonathan kommen musste. Er klang nicht nach einem Trostversuch, sondern ... einer Warnung! Mein Kopf fuhr herum. Im Türrahmen stand Udo von Hassell. Sein rechter Arm hing entspannt herab, doch seine Finger waren um den Knauf eines kleinen Revolvers geschlossen. Vor Entsetzen war ich völlig gelähmt. Wieso war er nicht mit seiner Familie bei dem Ausflug?

»Hab ich dich erwischt, Frankie. Ich wusste, du würdest versuchen, dir den Ring zu schnappen«, sagte Udo lässig. »Deswegen hab ich dir gestern im *Ambrosia* auch von dem geplanten Ausflug erzählt. In Wirklichkeit bin ich aber zu Hause geblieben und auch auf deinen Trick, bei mir zu klingeln, nicht reingefallen«, fuhr er träge fort. »Jetzt musst du mir nur noch erklären, wie du den Tresor geöffnet hast!« Ein hässliches Grinsen überzog sein Gesicht wie ein schmieriger Ölfilm.

Doch es erlosch schlagartig, als ich mich vollends zu ihm umdrehte. Unter meinem T-Shirt zeichneten sich eindeutig weibliche Formen ab, und selbst ein Volltrottel wie Udo musste erkennen, dass es sich bei der maskierten Gestalt nicht um seinen Kumpel Frank handeln konnte. Ich wollte seine Verwirrung nutzen und an ihm vorbeiflitzen, doch trotz seiner Leibesfülle zeigte er sich mit einem Mal erstaunlich behende. Er sprang auf mich zu und bekam meinen Arm zu fassen. Ich wurde zurückgerissen, wobei ich unsanft mit der rechten Schulter gegen den Türrahmen prallte. Ehe ich mich dagegen wehren konnte, riss er mir die Mütze vom Kopf. Wortlos starrten wir uns an. Die Sekunden schienen einzufrieren wie in Laurins unterirdischem Reich. Udos Augen waren weit aufgerissen, alle Farbe war aus seinem Gesicht gewichen.

»Emma Wiltenberg!«, flüsterte er tonlos.

Wenn ich gehofft hatte, Udo würde mich vor lauter Schreck loslassen, und ich könnte ihm doch noch entkommen, hatte ich mich getäuscht. Mit vorgehaltener Waffe hatte er mich durchs Zimmer gezerrt und in einen seiner protzigen Ledersessel geschubst. Dort hockte ich nun zusammengekauert, während Jonathan auf unerklärliche Weise verschwunden war. Hatte er sich aus dem Staub gemacht, um Spindler zu Hilfe zu holen? Allerdings würde sich der alte Lehrer nur ebenfalls in Gefahr bringen, sollte er hier auftauchen. Meine Gedanken wurden von Udo unterbrochen.

»Wo bist du die ganze Zeit gewesen?«, presste er hervor.

Obwohl mir vor Angst schlecht war, zwang ich mich, ihm in die Augen zu sehen. »Hinter den sieben Bergen, bei den sieben Zwergen«, sagte ich und bemühte mich um einen möglichst kühlen Tonfall. Kurz blitzte in meinem Kopf der Gedanke auf, dass die Zeit auch die Verhältnisse durcheinandergebracht hatte: Jetzt war er der Ältere und ich die Jüngere. Mein Zorn auf meinen ehemaligen Schüler war jedoch noch so frisch wie vor siebenundzwanzig Jahren. »Du erinnerst dich vielleicht, dass du mich damals einfach verletzt liegen gelassen hast!«, schleuderte ich ihm entgegen.

Udo ging nicht darauf ein, sein Blick klebte förmlich an mir. »Alle dachten, du wärst tot«, sagte er heiser und musterte mich, als sei ich ein Gespenst. Und für ihn war ich das ja auch: ein Geist aus der Vergangenheit, der ihn daran erinnerte, was er damals zu tun bereit gewesen war, um an den Ring zu kommen.

»Es kann nicht mit rechten Dingen zugehen, dass du hier bist – noch dazu ...« An dieser Stelle fehlten ihm offenbar die Worte, und er fuchtelte nur mit dem Revolver vor mir herum. »So!«, ergänzte er und glotzte mir fassungslos ins Gesicht.

»Tja, Udo, ich habe mich in den dreißig Jahren eben gut gehalten – im Gegensatz zu gewissen anderen Leuten. Aber wenn ich dir erzähle, was ich in dieser Zeit erlebt habe, würde das deinen geistigen Horizont deutlich überschreiten«, gab ich lässiger zurück, als mir zumute war. Aber Angst zu zeigen, war bei ihm schon damals falsch gewesen. Es hatte ihn nur dazu verleitet, einen noch mehr zu quälen. Daher fügte ich hinzu: »Deine Knarre wird dir übrigens nicht viel nützen. Dein ehemaliger Geschichtslehrer Herr Spindler sitzt draußen im Auto. Er wartet auf mich, und wenn ich nicht bald rauskomme, ruft er die Polizei.«

Udo klappte der Mund auf, und seine Neugierde über meinen Aufenthalt schien wie weggeblasen. »Der Spinner weiß Bescheid?«, brachte er nur heraus.

Schlagartig erinnerte ich mich an den Spitznamen, mit dem meine Praktikumsklasse ihren Lehrer immer heimlich betitelt hatte, weil er von verschiedenen Zeitebenen und allerlei anderen kruden Theorien fasziniert gewesen war.

»Ja, und er weiß auch, was damals auf dem Bergausflug in den Dolomiten passiert ist«, gab ich zurück und beobachtete, wie Udos sowieso schon blasse Gesichtsfarbe jetzt einen grünlichen Schimmer annahm. Obwohl ich mich durch den auf mich gerichteten Revolver eindeutig in der schlechteren Position befand, machte sich ein Gefühl der Überlegenheit in mir breit. Ich genoss es, ihn aus der Bahn geworfen zu haben.

»Du hast nur eine Chance, aus der Sache rauszukommen«, erklärte ich ihm. »Gib mir den Ring, und ich werde kein Wort über die Sache verlieren. Weder von heute noch von damals.«

Als ich den Ring erwähnte, verzog sich Udos Gesicht zu einer tückischen Grimasse. Er musterte mich verächtlich, doch seine Augen waren kalt und tot und glichen dem erloschenen Bergkiesel.

»Der Ring gehört mir! Ich habe ihn an einen anderen Ort gebracht. Dort ist er sicher vor Dieben wie dir und Frank!«

Obwohl mein Herz vor Hass wild in meinem Brustkorb hämmerte und ich ihn am liebsten angeschrien hätte, zwang ich mich zu einem ruhigen Tonfall.

»Der Dieb bist du, Udo! *Ich* hatte den Ring damals gefunden und wollte ihn zurückgeben. *Du* hast ihn mir mit Gewalt abgenommen und mich blutend alleingelassen. Ich hätte sterben können, aber das war dir egal. Wie skrupellos muss man sein, siebenundzwanzig Jahre nicht nur mit der Gewissheit zu leben, etwas gestohlen zu haben – sondern auch, ein feiger Mörder zu sein?«

Udo starrte mich an. Die ungesunde Blässe seiner Haut hatte sich vertieft, aber auf seinen Wangen brannten nun zwei kreisrunde, hellrote Flecke.

»Eigentlich habe mich ja lange genug an den Gedanken gewöhnen können«, sagte er nachdenklich und schien zu sich selbst zu sprechen. »Also spielt es doch keine Rolle, wenn es jetzt tatsächlich so wäre, oder?«

Ich verstand nicht, was er meinte, bis er den Revolver entsicherte.

»Spindler sitzt draußen im Auto und will die Polizei rufen? Na, und wenn schon!«, schnaubte er verächtlich, während er den Pistolenlauf auf mich richtete.

»Ich werde den Beamten Folgendes erzählen: Ich bin nach Hause gekommen und habe gemerkt, dass die Haustür geknackt wurde. Aus meinem Arbeitszimmer kamen komische Geräusche. Vorsichtshalber habe ich mich ins Schlafzimmer geschlichen und meine Waffe geholt. Dann bin ich hier ins Zimmer gegangen. Dort stand der Tresor offen, und ein Einbrecher hat sich daran zu schaffen gemacht. Er trug eine Gesichtsmaske, und als er mich gesehen hat, wollte er mich angegreifen. Da habe ich geschossen«, erklärte Udo mechanisch, so als würde er ein Protokoll verlesen.

»Damit kommst du nicht durch«, schleuderte ich ihm entgegen, obwohl mein Puls vor Angst raste und mir mein Gefühl sagte, ich solle mir da nicht so sicher sein. Er war ein prominenter Anwalt, während ich nicht einmal mehr einen Pass besaß. Geschweige denn Zeugen. Udo musste meine Gedanken erraten haben, denn sein Mund verzog sich zu einem hässlichen Feixen.

»Wer eine Tat begeht, die durch Notwehr geboten ist, handelt nicht rechtswidrig. Überschreitet der Täter die Grenzen der Notwehr aus Verwirrung, Furcht oder Schrecken, so wird er nicht bestraft. Strafgesetzbuch, Paragraph 32 und 33«, leierte er herunter. Dann sah er mich an und sagte ganz ruhig:

»Jeder Polizist in dieser Stadt wird mir glauben.« Damit hob er die Waffe.

Ich schloss die Augen. Nun würde er also vollenden, was ihm vor fast dreißig Jahren nicht gelungen war. Und ich würde nie mehr mit Jonathan zusammen sein können. Oder Caro noch einmal wiedersehen. Vielleicht war es gut, dass sie nichts von all dem wusste. Auf diese Weise musste sie nicht zweimal um mich trauern. Der Gedanke an sie, Lilly und Spindler versetzte mir einen scharfen Stich. Ich wollte die Menschen, die ich liebgewonnen hatte, nicht verlieren, vor allem nicht Jonathan. Ich hatte die Gefangenschaft im Reich der Zwerge, ihren grauenhaften König und die Flucht überlebt, nur um hier zu sterben, ohne ihn noch einmal sehen oder berühren zu können? Ich hätte ihm gerne noch gesagt, wie sehr ich mich in ihn verliebt habe, dachte ich benommen, während ich auf den Knall und den anschließenden Einschlag der Kugel wartete. Würde ich den Schmerz noch fühlen, wenn sie mein Herz zerriss, ehe es für immer zu schlagen aufhörte? All diese Gedanken rasten in Sekundenschnelle durch meinen Kopf.

Urplötzlich vernahm ich einen erstickten Schrei. Ich riss die Augen auf. An der Stelle, an sich eben noch Udos Gesicht befunden hatte, war nun ein Wirbel schwarzer Federn.

Jonathan!, dachte ich, gleichzeitig erschrocken und erleichtert. Der Rabe hatte sich offenbar bei Udos Eintritt versteckt und ihn jetzt überraschend angegriffen, kurz bevor dieser schießen wollte.

Der stämmige Mann taumelte und schlug blind um sich, doch er ließ die Waffe nicht los. Ich schnellte aus dem Sessel und brachte mich mit einem Sprung aus der Schusslinie. Derweil attackierte Jonathan mit seinen scharfen Vogelkrallen Udos Gesicht. Der brüllte erneut auf, und gleich darauf rannen zwei dünne, rote Fäden über seine Wangen.

Unwillkürlich musste ich an die blutigen Tränen denken, die aus Laurins Augen geflossen waren, nachdem mir mit Hilfe der giftigen Pflanze die Flucht gelungen war.

Die Erinnerung ließ mich sekundenlang vor Grauen erstarren. Es war plötzlich, als wären Udo und der Zwergenkönig zu einem einzigen, monströsen Wesen verschmolzen.

Durch den roten Nebel des Entsetzens vernahm ich Jonathans Krächzen, und in meinem Kopf formte sich ein Wort: Lauf!

Doch ich zögerte. Ich wollte Jonathan nicht zurücklassen. Der startete gerade einen erneuten Angriff und hackte nach Udos Hand, doch der schlug wie ein Verrückter um sich und traf Jonathan eher zufällig mit einem gewaltigen Fausthieb. Der Rabe geriet ins Taumeln, wodurch er Udo wertvolle Zeit verschaffte, um sich zu orientieren. Sie reichte ihm, um die Pistole auf den Vogel zu richten und abzudrücken.

Der Knall war ohrenbetäubend, und obwohl ich danach ein lautes Klingeln in den Ohren hatte, sah ich sofort, dass Jonathan getroffen worden war. Auch Udo schien einen Moment lang benommen von dem Knall, denn er stand auch einfach nur da und starrte auf sein unheilvolles Werk.

Der Rabe lag am Boden. Zwei Federn schwebten noch in der Luft und sanken langsam und sachte, wie schwarzer Schnee zu Boden. Jonathan rührte sich nicht. War er tot? Sein linker Flügel stand merkwürdig abgeknickt von dem Vogelkörper ab, und Blut färbte den hellen Teppich rot.

Ein böses Lächeln erschien auf Udos Lippen, und er wischte sich langsam übers Gesicht, so dass das Blut auf seinen Wangen breite Streifen zog, die einer grausamen Kriegsmaske glichen. Hinter meiner Stirn explodierte rotglühender Hass.

»Nein!«, schrie ich und griff nach dem Erstbesten, was ich in die Hand bekam. Es war die Kristallkaraffe auf dem Tischchen neben dem Schreibtisch. Ohne zu zögern sprang ich auf Udo zu, holte aus und schmetterte das schwere Gefäß mit voller Wucht gegen seine Schläfe.

Ein grauenvoll dumpfer Laut ertönte. Durch den Schlag löste sich der gläserne Verschluss aus dem Hals der Karaffe, bernsteinfarbene Flüssigkeit spritzte heraus, und gleich darauf durchzog ein beißender Geruch nach Alkohol das Zimmer.

Der massige Mann verdrehte die Augen und brach in die Knie. Mit dem Gesicht voran ging er zu Boden und rührte sich nicht mehr. War auch er tot? Überrascht stellte ich fest, wie gleichgültig mir das in diesem Augenblick war. Für mich zählte nur Jonathan. Doch da sah ich aus dem Augenwinkel Udos feisten Rücken sich heben und senken. Er war also nur bewusstlos. Ich schenkte ihm keine Aufmerksamkeit mehr, sondern bückte mich hastig und hob behutsam den verletzten Raben auf.

Jonathans Augenlider zuckten, dann öffneten sie sich halb. Doch sein Blick war matt, und innerhalb kurzer Zeit war meine rechte Hand blutverschmiert. Er gab nur einen kleinen Laut von sich, schwach wie das Seufzen des Windes, ehe ihm die Augen wieder zufielen. Ich wirbelte herum und rannte aus dem Haus, so schnell es mit dem verwundeten Vogel in meinen Händen nur ging.

Lilly und Herr Spindler sprangen aus dem Auto, sobald ich durch die Gartenpforte gerannt kam. »Emilia, Sie bluten ja, ist etwas passiert?«, rief der alte Mann. Lilly starrte mich nur stumm an, offenbar hatte es ihr vor lauter Schreck die Sprache verschlagen. Keuchend schüttelte ich den Kopf und streckte Spindler meine blutverschmierten Hände entgegen. Er warf nur einen Blick auf den verletzten Raben, und seine Lippen wurden schmal.

»Wir müssen sofort in eine Tierklinik, das sieht ernst aus«, gab er knapp zu verstehen und riss die hintere Autotür auf, damit ich einsteigen konnte. Vorsichtig, um Jonathan nicht noch mehr Schmerzen durch die Erschütterung zu bereiten, ließ ich mich auf den Rücksitz sinken und legte den Raben sanft auf meinen Schoß. Ich spürte ein schwaches Zucken seines Körpers, ansonsten gab er kein Lebenszeichen von sich. Lilly, die auf dem Beifahrersitz Platz genommen hatte, drehte den Kopf und forschte ängstlich in meinem Gesicht.

»Schnell«, flehte ich, doch meine Stimme wurde von den aufsteigenden Tränen erstickt. Eine heiße, brennende Spur zog von meinem Brustbein die Kehle hinauf und schnürte mir die Luft ab.

Spindler gab Gas, und die Reifen des alten Autos drehten sekundenlang durch. Dann brausten wir die Straße entlang und hätten um Haaresbreite einen großen, schwarzen Angeberschlitten gestreift. Ein wütendes Hupen, dann war er auch schon vorbei. Flüchtig sah ich hoch und erblickte gerade noch Karlas Gesicht hinter der Scheibe. Also waren Claudia und die Kinder vom Ausflug zurück. Normalerweise hätte ich mich gefragt, wie Udo ihr wohl die Sauerei erklärte, die das Blut und die zerbrochene Karaffe angerichtet hatten. Ganz zu schweigen von dem Grund für seine Beule am Kopf, die ihm hoffentlich einige Tage böse Kopfschmerzen bereiten würde.

Jetzt aber war es mir egal. Was zählte, war Jonathan.

Immer noch tropfte frisches Blut von seinem Flügel, und mich überkam eine dumpfe Angst. Ich schloss die Augen und versuchte, ihm gedanklich Kraft und Zuversicht zu übermitteln, doch das erste Mal hatte ich das Gefühl, nicht zu ihm durchdringen zu können. Es war, als würde ich durch zähen, schwarzen Schlamm waten und keinen Schritt vorwärtskommen.

Auf einmal begann der Körper des Raben zu zucken. Kurz flammte Hoffnung in mir auf, er würde aufwachen, dann jedoch geschah etwas, das mich laut aufschreien ließ. Der Vogel bäumte sich auf, gleichzeitig sah es aus, als würde der Rumpf in die Länge gezogen. Jonathans unverletzter, rechter Flügel streckte sich in einem heftigen Krampf, und die äußeren Federn fächerten auf. Ihre schwarze Farbe schien herauszufließen wie auslaufende Tinte, dann begannen sich die einzelnen Federn zu verformen und wurden zu fünf Fingern und der Flügel zu einem Arm. Dasselbe geschah mit dem Rest seines Körpers. Ähnlich eines Aquarells, in dem die Farben ineinanderflossen, verwandelte sich der Rabe langsam in einen Menschen. Quer über meinen Beinen lag nun der Mann Jonathan auf dem Rücksitz.

Doch er schien bewusstlos zu sein, denn seine Augen waren geschlossen, und seine Brust hob und senkte sich nur schwach. Alle Farbe war aus seinem Gesicht gewichen, mit den bläulichen Lippen und der marmorweißen Haut glich er bereits weniger einem Menschen aus Fleisch und Blut denn einer starren Skulptur. Nur Laurins Brandmal hob sich dunkelrot auf seinem Arm ab, doch es wurde ebenfalls von Sekunde zu Sekunde blasser.

»Jonathan«, rief ich ängstlich, da fiel mein Blick auf seinen linken Arm, der kraftlos herunterhing. Eine hässliche Schusswunde klaffte in der Nähe seiner Schulter, aus der stoßweise Blut austrat.

Schlagartig ahnte ich, warum er am helllichten Tag wieder zum Menschen geworden war. Jonathan drohte zu verbluten, und offenbar verlor Laurins Fluch kurz vor Eintritt des Todes seine Wirkung.

»Jonathan, nein, bitte stirb jetzt nicht«, wimmerte ich, während mir die Tränen aus den Augen strömten. Ich könnte es nicht ertragen, ohne ihn zu sein. Er durfte jetzt nicht sein Leben verlieren, weil er meines gerettet hatte.

»Wir fahren ins Krankenhaus«, presste Spindler nach einem schnellen Blick in den Rückspiegel hervor.

»Zu spät«, hallte es in meinem Kopf, und ein Bild formte sich: Jonathan lag leblos auf einer Krankenbahre, ich stand weinend daneben. Am liebsten hätte ich meine Wut und Verzweiflung laut herausgeschrien. Unsere Flucht aus Laurins steinerner Höhle fiel mir ein, die ich nur überstanden hatte, weil Jonathan an meiner Seite war. Trotz blutender Füße hatte er durchgehalten …

»Fahren Sie zu Caros Haus«, schrie ich, weil mir soeben die rettende Idee kam.

»Aber …«, wollte Spindler einwenden, doch mein hastig vorgebrachtes »Bitte vertrauen Sie mir, es ist die einzige Möglichkeit, Jonathan zu retten!«, brachte ihn zum Schweigen.

Während Spindler das Letzte aus seinem klapprigen Wagen herausholte, hielt ich Jonathans kalte, bleiche Hand und flehte ihn stumm an, durchzuhalten.

In Caros Haus angekommen, trugen der ältere Mann und ich den Bewusstlosen mit vereinten Kräften ins Haus, gefolgt von der panisch schluchzenden Lilly. Vorsichtig betteten wir ihn im Wohnzimmer auf eine Decke. Mit einer zweiten deckte Spindler seinen nackten Körper zu, um ihn warm zu halten, während ich nach oben rannte und die Tür zu dem Zimmer aufriss, in dem Jonathan und ich schliefen. Dort, wo auch die Vase mit Laurins Rose stand.

Ich riss sie an mich, ohne darauf zu achten, wie hart sich ihr Stiel anfühlte. Dann stürmte ich die Treppe wieder hinunter und wäre in der Hast beinahe gestürzt. Erst als ich mich hinkniete und über Jonathan beugte, sah ich, dass die Farbe der äußeren Blütenblätter zu einem fahlen Grau verblasst war. Nur das Innere der Rose hatte sein sattes Burgunderrot behalten. Ich berührte eins der welken Blättchen mit den Fingerspitzen und erschrak. Die samtige Weichheit hatte sich in etwas Hartes, Unnachgiebiges verwandelt. Es dauerte eine Weile, bis ich begriff: Die äußeren Blüten waren versteinert! Ebenso der Stiel. Deswegen hatte er sich so merkwürdig starr in meiner Hand angefühlt. Ließ die Zauberkraft der Rose etwa nach, genau wie die des Bergkiesels?

Rasch brach ich die steinernen Rosenblätter ab und strich dann mit der verbleibenden Blüte über Jonathans verletzten Arm. Einmal, zweimal ... Langsam versiegte der Blutstrom aus der Wunde. Ich hörte neben mir Spindler scharf die Luft einziehen. »Das ist ja unglaublich«, murmelte er.

Beharrlich strich ich mit der Rose weiter über die Wunde, die sich vor unseren Augen schloss. Nach kaum einer Minute sah Jonathans Arm so unversehrt aus, als hätte es die Schussverletzung nie gegeben. Nicht einmal mehr das verkrustete Blut war zu sehen. Erleichtert ließ ich die Rose sinken, und auch der alte Lehrer atmete auf. Lillys Schluchzen verstummte.

Doch Jonathan war immer noch unnatürlich bleich und hatte die Augen nach wie vor geschlossen. Kein Heben und Senken seiner Brust war zu erkennen. Ich legte meine Hand auf seine linke Seite, um den Herzschlag zu prüfen, doch ich konnte ihn nicht spüren. Waren wir zu spät gekommen?

»Jonathan, verlass mich nicht«, flüsterte ich. Eine namenlose Furcht überfiel mich, und das Gefühl war genauso heftig wie in dem Moment, als Udo den Revolver auf mich gerichtet und gedroht hatte, mich zu töten. Zu wissen, dass das eigene Leben bald vorbei ist, war unbeschreiblich grauenhaft, aber genauso schrecklich fühlte es sich an, um einen geliebten Menschen zu fürchten. In diesem Augenblick wurde mir klar, warum Jonathan sein Leben riskiert hatte, damit ich vor Udo fliehen konnte. Er hätte es nicht ertragen, mit meinem Tod fertig werden zu müssen. Genauso wenig, wie ich nun die Vorstellung ertrug, in Zukunft ohne ihn zu sein.

Ohne nachzudenken drückte ich die Rose mit aller Kraft auf Jonathans Herz. Ich hatte das Gefühl, die letzten Reste ihrer Zauberkräfte auspressen zu müssen, damit er leben konnte. Vor meinem inneren Auge entstand das Bild von Blütenblättern, aus denen blutrote Tropfen hervorquollen, die direkt in Jonathans Herz flossen.

Meine Lippen bewegten sich in einer stummen Beschwörung der Rosenmagie: »Gib mir meinen Liebsten zurück.«

Eine Weile lag er noch bleich und leblos da. Doch dann spürte ich ein Pochen unter meinen Handflächen: sein Herzschlag! Mit jeder Sekunde wurde das Schlagen kräftiger, und das Gesicht bekam seine rosige Farbe zurück, ebenso seine Lippen, deren bläuliche Farbe einem gesunden Rot wich. Ich wagte kaum zu atmen und tatsächlich zu hoffen, er würde aufwachen, doch auf einmal öffnete Jonathan die Augen.

»Emma«, sagte er und lächelte. »Du lebst.«

»Ja. Und du auch«, brachte ich gerade noch heraus, bevor Jonathan in einem kurzen Lichtblitz verschwand. Statt seiner hockte dort nun wieder der schwarze Rabe. Laurin gönnte mir Jonathan in Menschengestalt also nur, wenn er zu sterben drohte.

Am liebsten hätte ich meine Verzweiflung und Wut laut herausgeschrien. Doch die Verwandlung war der Preis, den wir für sein Leben zahlen mussten. Ich kniete immer noch am Boden, da spürte ich zwei schmale Arme, die sich von hinten um mich legten. Lilly drückte mich tröstend an sich, und auch Spindler legte mir die Hand auf die Schulter. »Er lebt, und das ist das Wichtigste«, sagte der ältere Mann leise, und ich nickte.

»Oh Mann, ich bin fast gestorben vor Angst!«, platzte Lilly heraus. Gleich darauf schlug sie die Hand vor den Mund und murmelte »Sorry«, wobei sie mir einen schuldbewussten Blick zuwarf.

»Schon gut«, sagte ich und brachte sogar ein Lächeln zustande. Der Rabe flog auf meinen Arm und sah mich an. Ich spürte seine Dankbarkeit und küsste ihn auf seinen schwarzglänzenden Kopf.

»Sie haben Jonathan mit Ihrem Einfall, die Rose zu Hilfe zu nehmen, gerettet, Emilia«, meldete sich Spindler zu Wort, und obwohl ihm die Erleichterung deutlich anzusehen war, wirkte sein Gesicht grau und erschöpft. Schwarze Schatten lagen unter seinen Augen, und die Falten zwischen Mund und Nase schienen viel tiefer geworden zu sein. Erschrocken sah ich zu ihm auf.

»Ist Ihnen nicht gut?«, erkundigte ich mich besorgt.

»Es geht schon. Die Aufregung war vielleicht etwas viel für mich alten Haudegen«, versuchte mich mein ehemaliger Tutor zu beruhigen, aber seine Stimme klang brüchig.

»Warten Sie, ich helfe Ihnen«, sagte ich und stand auf. Ich streckte die Hand aus, in der ich die Rose hielt, um Spindler damit zu berühren und seine Beschwerden zu lindern. Doch was ich zwischen meinen Fingern hielt, war nicht länger eine blühende Pflanze, sondern grauer, toter Stein. Waren zuvor nur die äußeren Blätter betroffen gewesen, hatte die Versteinerung inzwischen die gesamte Blume überzogen. Kein einziger Hauch von Rot war mehr zu erkennen, hart und schieferartig ragten die Blätter aus dem ebenfalls erstarrten Blumenstiel.

»Lassen Sie es gut sein, Emma«, sagte Spindler sanft. »Ich komme schnell wieder auf die Beine, wenn ich mich ein wenig ausruhe. Bei mir zu Hause«, ergänzte er, weil Lilly mit einladender Geste auf das Sofa wies.

»Können Sie denn noch fahren?«, wollte ich besorgt wissen. Leider besaß ich keinen Führerschein. Ohne Eltern hatte mir einfach das Geld für Fahrstunden gefehlt. Ich erklärte das Spindler, und er winkte ab.

»Es geht schon«, behauptete er.

»Oder soll ich …«, hob Lilly an, um auf unsere Blicke hin, die sich schlagartig auf sie richteten, kleinlaut zuzugeben, ihr Vater hätte sie bereits einige Male auf einem Feldweg mit seinem Wagen herumkurven lassen.

»Nein danke, liebe Lilly. Ich bevorzuge es, unversehrt zu

Hause anzukommen«, lehnte Spindler ihr Angebot ab und zwinkerte uns zu. Sein schelmisches Grinsen beruhigte mich, und für einen kurzen Wimpernschlag schienen die schrecklichen Ereignisse von gerade eben zurückzuweichen, auch wenn sie längst noch nicht verblasst waren.

Kurz nachdem sich Spindler verabschiedet hatte und davongefahren war, legte sich der erstickende Schleier der Bedrückung erneut über uns, weil Lilly aussprach, was Tatsache war: »Nun habt ihr immer noch nicht den Ring gefunden«, sagte sie, und die lähmende Angst kroch mir wieder in die Knochen.

»Udo weiß jetzt, dass ich nicht tot bin«, gab ich zu bedenken. »Deswegen wird er nach mir suchen, sobald er sich von dem Schlag erholt hat, den ich ihm mit der Karaffe verpasst habe.« Noch während ich sprach, kam mir ein neuer, schrecklicher Verdacht.

»Udo ist über Herrn Spindler informiert«, fiel mir ein. »Ich habe ihm gedroht, sein ehemaliger Lehrer würde im Auto auf mich warten und die Polizei holen.« Schlagartig wurde mir klar, in welche Gefahr ich den alten Mann damit gebracht hatte, und hätte mich ohrfeigen können.

»Spindler wird ihn nicht ins Haus lassen«, wandte Lilly ein, aber ich unterbrach ihn mit einem Kopfschütteln.

»Er hat einen Revolver, hast du das schon vergessen? Und keine Skrupel, jemanden damit zu töten, egal ob Mensch oder Tier!«

»Und auf diese Zauberdinge könnt ihr auch nicht mehr hoffen, die haben den Geist aufgegeben«, bemerkte Lilly.

»Wir müssen sie sofort anrufen, sobald er zu Hause angekommen ist!«, drängte ich.

»Ich übernehme das, ich habe seine Nummer von heute Morgen noch im Handy«, bot Lilly an.

Ich nickte, aber insgeheim hatte ich schreckliche Angst, es

könnte schon zu spät sein. Udo wollte mich um jeden Preis finden und zum Schweigen bringen. Dabei schreckte er auch vor einem kaltblütigen Mord nicht zurück, das hatte er bereits bewiesen. Hätte der Rabe ihn nicht angegriffen, dann wäre ich jetzt tot, und er hätte eine feine Ausrede wegen meines Einbruchs und der Strickmaske gehabt. Bei der Erinnerung an den blutenden Jonathan fing ich erneut zu zittern an. Wir mussten Laurins Ring finden. Erst dann würde dieser Alptraum ein Ende haben.

KAPITEL 18

Ein kaum wahrnehmbares Kratzen schreckte Laurin aus einem unruhigen Schlummer der Erschöpfung, in den er gefallen war. Nachdem er und sein Getreuer Thoralf vergeblich versucht hatten, die massiven Eisentore aufzustemmen, hatten sie sich schließlich entkräftet und resigniert in eine Ecke gekauert.

Einen Augenblick lang wusste der Zwergenkönig nicht, wo er sich befand. Säuerlicher Gärgeruch lag in der Luft, und es war kühl, so dass er sich zuerst in seinem steinernen Felsenreich wähnte. Doch dann verflüchtigten sich die Schemen der Benommenheit, und die Erinnerung, wo er sich befand und wie er dorthin geraten war, kam zurück. Ächzend richtete sich der Herrscher der Zwerge auf. Er fühlte sich seltsam kraftlos und matt. Zwar könnte es immer noch an dem Gift liegen, das Similde ihm und seinem Volk heimtückisch verabreicht hatte, aber eine Ahnung sagte Laurin, dass es vielmehr die Menschenwelt war, die an seinen Kräften zehrte.

Seit er aus den Bergen gekommen war, hatte er das Gefühl, seine Kraft würde kontinuierlich schwinden. Und das Eingesperrtsein in diesem Keller machte es nicht besser. Er hatte nicht einmal mehr vermocht, die Tür aufzustemmen, etwas, das früher ein Leichtes für ihn gewesen wäre.

Da hörte er erneut ein Schaben, leise und verstohlen, als kratze eine Tintenfeder über Pergament. Laurin lauschte. Das Geräusch kam von einer Stelle direkt vor seinen Füßen! Der Zwergenkönig beugte sich hinunter und blinzelte, wobei er zu erkennen versuchte, was dieses Kratzen verursachte. Durch eine schmale Luke fiel ein Streifen milchiges Licht in den Raum. Es musste inzwischen Tag sein. Im graugelben Dämmerlicht erblickte Laurin den Skarabäus. Der Käfer war aus seiner Erstarrung erwacht und hatte wieder begonnen, über den Plan mit den vielen Quadraten und Strichen zu krabbeln, die die Straßen und Wege dieser Stadt abbildeten. Das konnte nur eins bedeuten: Sein Späher hatte Similde wiedergefunden! Ihr rotgoldenes Haar war immer noch um den Käfer gebunden, und nun hatte er offenbar eine Spur von ihr entdeckt.

Erneut erwachte das Jagdfieber im Zwergenkönig, und er fühlte neue Energie, die ihn durchströmte. Der Käfer zog einen Bogen über ein Gebiet, in dem die Straßenlinien dünner und die Häuser seltener wurden. Hätte Laurin etwas mehr Aufmerksamkeit auf die Route des Skarabäus gelegt, wäre ihm vielleicht der rote Punkt mit dem Schriftzug »Städtisches Tierheim« ins Auge gefallen, den er überquerte. So aber verfolgte sein Blick, wie das Insekt nur kurz innehielt, ehe es wieder den Weg in die belebtere Region der Stadt einschlug. Langsam und schwerfällig kroch es über rote, gelbe und schwarze Linien, ungeduldig beobachtet von seinem Herrscher. Schließlich verharrte der Käfer in der Mitte einer schmalen Straße. »Ahornallee« stand dort, doch Laurin brauchte den Straßennamen nicht zu lesen. Er schloss die Augen und ließ sich von seinem sechsbeinigen Gehilfen den Weg zu dieser Straße im Geiste zeigen. Auf diese Weise entstand eine innere Landkarte, die Laurin direkt zu Similde bringen würde. Er hatte ihr Versteck gefunden.

Er wandte sich ab und stöberte Thoralf hinter ein paar roten Kästen auf. Der Gnom lag schnarchend auf dem Rücken und roch wie eine ganze Wiese Bergblumen, über die ein Fass Branntwein gekippt worden war. Etwas grüne Flüssigkeit war aus seinem Mundwinkel gelaufen, und Laurin schüttelte missbilligend den Kopf, ehe er seinen Untertan mit einem unsanften Tritt in die Rippen weckte.

»Heda, aufstehen!«

Mit einem unwilligen Stöhnen rollte Thoralf herum, aber als er seinen König erblickte, sprang er hastig auf die Beine.

»Majestät ...«, stammelte er, wurde jedoch von dem Laut eines Schlüssels unterbrochen, der sich im Schloss drehte.

»Rasch«, zischte der König und schubste Thoralf hinter die Kästen zurück. Dann griff er hastig nach dem Plan und seinem Skarabäus, bevor er sich zu seinem Untertan gesellte. Der König hatte in der Eile keinen Blick mehr für den Käfer gehabt, sonst hätte er gesehen, wie der Späher erneut seine Wanderung begonnen hatte, fort von der Ahornallee.

Den Zwergen war es gerade noch gelungen, sich zu ducken, da schwang die hintere Tür zum Kellerraum auf, und unmittelbar darauf flammte mit einem unruhigen Zucken und Summen das grelle Licht auf. Gleichzeitig wehte von der offenen Tür her ein Schwall frischer Luft in das Versteck der Zwerge.

»Stell die Bierkästen an den üblichen Platz. Ich mache oben schon mal die Rechnung fertig«, sagte eine tiefe Männerstimme, die Laurin wiedererkannte. Sie gehörte dem Mann, der unwissentlich seinen magischen Kiesel eingesteckt hatte.

Eine zweite männliche Stimme brummte: »Hast du irgendwo alte Zwiebeln gelagert, oder wieso müffelt es hier drin so?«, dann entfernten sich die Schritte, und eine Weile war nur das Klappern und Klirren der Kästen zu hören, die jemand aufeinanderstapelte.

Vorsichtig lugte der Herrscher der Zwerge aus seinem Versteck hervor und sah einen bulligen Menschling mit einer komischen Kappe, die irgendwie zu klein für seinen massigen Schädel wirkte und vorne eine Art Schild besaß. Soeben drehte er sich um und stapfte zu der Tür im hinteren Teil des Raumes, die er sperrangelweit aufriss, ehe er nach draußen verschwand. Die Tür ließ er offen.

Laurin packte Thoralf grob am Arm und zerrte ihn hinter

sich her zur Treppe, die ins Freie führte. Mit einem Blick vergewisserte sich das Oberhaupt der Zwerge, dass niemand sie sehen konnte. Der massige Mann stand mit dem Rücken zu ihnen und machte sich an einer riesigen Kutsche auf vier Rädern zu schaffen, die noch mehr dieser seltsamen Kästen geladen hatte. Die beiden gedrungenen Gestalten, die sich hastig hinter ihm vorbeischoben und eilends um die nächste Hausecke verschwanden, nahm der Getränkefahrer gar nicht wahr. Er stemmte zwei Kästen Helles von seinem Lkw und hoffte, Stevie würde sich nicht wieder mit der Rechnung verhauen und ihm wie beim letzten Mal zu wenig bezahlen.

Thoralf folgte seinem Herrn, der wortlos und in großer Eile auf seinen kurzen, krummen Beinen durch die Straßen hastete. Laurin nahm weder die Blicke wahr, die ihnen folgten, noch die geflüsterten Bemerkungen und ausgestreckten Finger, die auf die Zwerge deuteten. Wie blind und von einer unsichtbaren Macht getrieben, lief der König kreuz und quer durch die Stadt. Er folgte keinem Straßenverlauf, sondern nur seinem inneren Plan. Thoralf brauchte nicht zu fragen, was Laurins Ziel war, denn er hatte den Skarabäus im Keller gesehen und sofort gewusst, was dies zu bedeuten hatte.

Weiber, dachte der Wicht grimmig und hetzte außer Atem seinem Herrscher nach, nichts als Ärger hatte man mit ihnen. Doch die Zwergenfrauen waren zwar meist unwillig und scheuten auch nicht davor zurück, ab und an ihre Fäuste gegen die männlichen Höhlenbewohner einzusetzen, aber sie versuchten wenigstens nicht, das halbe Volk zu vergiften, so wie dieses verfluchte rothaarige Frauenzimmer es getan hatte. Mit Genugtuung dachte Thoralf daran, was ihr widerfahren würde, wenn Laurin sie erst gefunden und in seine Höhle tief unten im Berg zurückgeschleppt hätte.

Natürlich oblag die Bestrafung zuerst dem König, aber Thoralf war sich sicher, auch er würde sein Vergnügen mit Similde bekommen, hatte er doch seinen Herrscher treu und unermüdlich auf der Suche nach ihr begleitet. Bei der Erinnerung an die zarte, fast durchscheinende Haut des Mädchens, die er nur einmal kurz berührt hatte, nachdem er sie in des Königs Rosengarten ertappt hatte, und deren Weichheit er seitdem nicht mehr aus seinem Gedächtnis verbannen konnte, leckte sich Thoralf unwillkürlich die Lippen. Oh ja, das würde einmal etwas anderes sein als die plumpen Zwergenfrauen mit ihren ledrigen, harten Händen, die oft nach Hühnermist oder Zwiebeln rochen und die …

Thoralfs vorfreudige Gedanken wurden harsch unterbrochen, weil ihm sein König einen Fausthieb gegen die Schulter verpasste.

»Herr«, winselte er, doch Laurin legte unwillig den Finger an die Lippen. Thoralf folgte seinem Blick. Sie standen vor einer Art Schloss, jedenfalls kam es ihm so vor, obwohl die Zinnen und Schießscharten fehlten. Aber das Gebäude war riesig und von einer Art kleinem Park umgeben. Ein schwarzes, schimmerndes Gefährt, ähnlich denen, die sie schon mehrfach in unterschiedlichen Formen und Farben gesehen hatten und die wie von Zauberhand ohne davorgespannte Pferde fahren konnten, stand vor einer Art gemauerter Remise. Darin hätten alleine ein halbes Dutzend Zwerge bequem wohnen können, so geräumig sah sie aus.

»Similde ist hier, und ich werde sie holen«, zischte Laurin und musterte unheilverkündend die massive Holztür, die den Zugang zu seiner entflohenen Braut versperrte.

»Und wie wollt Ihr das anstellen?«, wagte Thoralf zu fragen. Immerhin war der magische Kiesel entwendet worden, mit dessen Hilfe diese Tür ein Kinderspiel gewesen wäre. Statt einer Antwort erhielt er eine schallende Ohrfeige.

»Dummkopf«, fauchte Laurin. »Wagst du es etwa, an mir zu zweifeln?«

Eingeschüchtert schüttelte Thoralf den Kopf. Er hütete sich, noch einmal den Mund aufzumachen, obwohl er ganz genau sah, dass sein König genauso ratlos war wie er selbst. Mit einem Mal sehnte sich Thoralf zurück in die feuchtkalte Dunkelheit seiner Felsenheimat. Die Menschenwelt machte ihn krank, das konnte er fühlen. War es ihm bei seinen kurzen Ausflügen an die Oberfläche möglich gewesen, einen ganzen Ochsen, den er oft des Nachts aus den Ställen der Bergbauern für ein Festmahl seines Zwergenvolks stahl, alleine hochzuheben, schienen ihn nun seine Kräfte verlassen zu haben. Er fühlte sich elend und schwach und ahnte, was die Ursache dafür war: die Menschlinge. Sie eilten durch die Straßen, fuhren schnelle Kutschen, sie redeten laut und hastig, schlangen Essen hinunter, während sie liefen, als würde ihr Leben nur wenige Tage dauern und sie all ihr Streben in diese kurze Zeit hineinpacken müssten. Thoralf schüttelte den Kopf, der seit einer Weile schon auf eine dumpfe, fiebrige Art schmerzte. Seinem Herrscher ging es ebenso, das konnte er sehen, auch wenn Laurin es niemals zugeben würde. Doch seine Augen waren stumpf, die Bewegungen matt und kraftlos. Trotzdem würde er nicht aufgeben, bis er Similde gefunden hatte. Ein Gefühl der widerwilligen Bewunderung für den eisernen Willen seines Herrn machte sich in Thoralf breit. Er war gespannt, wie er nun weiter verfahren würde, um in die Festung hineinzukommen.

»Wir erkunden den Bau von allen Seiten und halten Ausschau nach einem anderen Eingang«, kommandierte Laurin, und die Büsche des Parks als Deckung nutzend, huschten die beiden Zwerge an der Längsseite des Hauses entlang und bogen ums Eck, bis sie vor einer gläsernen Tür standen, die ihnen einen ungehinderten Blick ins Innere ermöglichte. Doch statt Similde erblickten sie ein pummeliges Menschenkind, das einem dünneren, kleineren mit langen Haaren gerade eine Art rosafarbenen Rock aus der Hand riss. Kein Laut drang in den Garten, aber in der Art, wie das Menschenmädchen das Gesicht verzog, konnte man das Drama erahnen, das sich dort drin abspielte. Nun setzte sich der Junge das rosa Ding, das mehrere Lagen aus Stoff besaß und aussah wie eine Wolke, auf den Kopf und tanzte damit durch das Zimmer.

Die beiden Zwerge tauschten einen Blick. »Menschlinge!«, spuckte Laurin verächtlich aus. »Je kleiner, desto dümmer!«

Dann winkte er Thoralf, und die beiden schlichen weiter. Der Blick durch das nächste Fenster zeigte ihnen eine Frau mit Haaren, so gelb wie das kurze Gras in den Bergen an einem heißen Sommermittag. Sie kniete mit dem Rücken zu den Zwergen am Boden und fuhr mit immerwährenden, kreisförmigen Armbewegungen über den Boden. Zwischendurch wrang sie über einer Art Kübel einen Lappen aus, aus dem rotbraune Flüssigkeit tropfte. Blut?

Nun drehte sich die Frau halb um, und Laurin sah ihr Profil. Das Gesicht war zu einer Grimasse des Zorns verzogen, und ihr Mund öffnete und schloss sich beständig. Auch hier war kein Wort zu hören, doch sie schien jemanden zu beschimpfen, den die Zwerge jedoch von ihrem Beobachtungsposten aus nicht sehen konnten.

Erneut schlichen sie weiter, doch durch das dritte Fenster sahen sie nur einen Raum, in dem kleine Hosen, Röcke und Kittel wild verstreut auf dem Boden lagen und das offensichtlich einem der Menschenkinder gehörte. Auch die anderen Räume zeugten zwar von Bewohnern, doch Similde war nirgendwo zu entdecken.

Vor Zorn stampfte Laurin heftig mit dem Fuß auf. »Sie muss hier sein! Mein Späher irrt nie«, rief er schrill.

»Vielleicht ... vielleicht hat sie in der Zeit, die wir benötigten, um hierherzukommen, das Haus verlassen?«, wagte Thoralf einzuwerfen. Gleich darauf wünschte er sich, er hätte den Mund gehalten. Schon rechnete er mit einer Ohrfeige oder einem Fausthieb seines Herrn, doch Laurin schien ernsthaft über seinen Einwurf nachzudenken.

Ehe er jedoch zu einer Entscheidung kam, flog eine der gläsernen Türen zum Garten auf, und aufgebrachte Stimmen schrien durcheinander.

»Aber Linus hat mir mein Ballett-Tutu weggenommen und es sich auf den Kopf gesetzt«, jammerte ein dünnes Stimmchen.

»Gar nicht!«

»Wohl!«

»Gar nicht!!«

»Wohl!!!«

»Hört sofort auf!«, keifte eine etwas tiefere, aber eindeutig weibliche Stimme, die jedoch meilenweit von Simildės wohltönendem Sopran entfernt war, dachte Laurin bei sich.

»Ihr bleibt jetzt hier draußen und spielt friedlich, oder es setzt was!«

»Warum?«, quengelte einer der kleinen Menschlinge.

»Ich muss mit Papa ... also, wir müssen uns eine Überraschung für Weihnachten ausdenken!«

»Das ist noch voll lang hin! Ihr wollt euch doch bloß anschreien, und wir sollen es nicht hören!«

Jetzt sprach offenbar das männliche der beiden Kinder.

»Linus, jetzt ist aber Schluss! Noch ein Wort, und es gibt für dich heute zum Abendbrot nur Salat!«

Schlagartig trat Stille ein, dann schlug eine Tür.

»Mit dir spiele ich nicht«, zischte der Junge, und gleich darauf sah Laurin ihn knapp an dem Busch, hinter dem er mit Thoralf kauerte, vorbeilaufen.

Laurin überlegte kurz, dann verzog sich sein Mund zu einem Lächeln und ließ sein faltiges Gesicht wie eine Ziehharmonika aussehen. Thoralf wollte seinen Herrn gerade fragen, was er vorhatte, als der schon lässig hinter dem Busch hervortrat, der ihn eben noch vor den Blicken der Menschlinge geschützt hatte. Fassungslos beobachtete der Zwerg seinen König, der auf das kleine, blonde Mädchen zuschlenderte, die ihn misstrauisch, aber ohne Furcht musterte.

»Bist du ein Hobbit?«, piepste sie und legte den Kopf schief.

»Vielleicht«, antwortete Laurin, wobei er versuchte, seiner Stimme einen schmeichelnden Ton zu verleihen, obwohl er keine Ahnung hatte, was das kleine Mädchen meinte.

»Höre, kleine Dame, ich suche einen Menschling ... äh, eine Frau mit rotem Haar. Sie ist älter als du, aber dennoch jung, und hat Augen, so grün wie das Gras in eurem Park. Beherbergt ihr jemanden, der so aussieht?«

Die Kleine betrachtete Laurin von oben bis unten, dann kicherte sie. »Ne! Meine Mama hat blonde Haare und ist nicht jung. Und Papa ist keine Frau. Eine Schwester habe ich auch nicht, nur meinen doofen Bruder. Und außer uns wohnt keiner hier.«

Laurins Grinsen verrutschte. »Bist du sicher?«, presste er zwischen zusammengebissenen Zähnen hervor.

Das Mädchen nickte. »Warum bist du so hässlich?«, fragte sie dann und fixierte interessiert seine riesige, großporige Nase. Mit einem Schlag kehrte die Erinnerung an Similde zurück, und das Oberhaupt der Zwerge vermeinte erneut in ihren Augen den Widerwillen bei seinem Anblick zu sehen. In seinem steinernen Reich hatte er nicht verstanden, warum. Doch hier war Laurin schmerzlich der Unterschied zwischen ihm und den Menschen mit ihren ebenmäßigen Gesichtern, ihrem hohen Wuchs und den langen Beinen bewusst geworden. Er hatte ihre Blicke gespürt und ihr Flüstern vernommen – ein höhnisches Echo Simildes, die ihn abgewiesen hatte. Wütend fauchte er den kleinen Menschling an:

»Wenn du mich noch einmal so nennst, dann schleppe ich dich in meine Höhle, und du musst in der Küche schuften, bis sich die Haut von deinen Händen schält!«

Das Mädchen starrte ihn sekundenlang an, dann plärrte es: »Mamaaaaa!«, machte kehrt und rannte davon.

Laurin sah ihr schnaubend nach, dann stapfte er zurück zu Thoralf. »Ich werde meinen Späher nochmals befragen, wo Similde sich aufhält«, kündigte er an und fischte das Insekt aus seiner Tasche. Er wollte das regungslose Tier gerade mit einem gemurmelten Spruch zum Leben erwecken, da erklangen aufgeregte Stimmen.

»Ein echter Zwerg, du spinnst ja!«

»Doch, der war ganz hässlich und hat gesagt, er würde mir meine Hände abschälen! Das sage ich Papa!«

»Da kommen Schwierigkeiten auf uns zu«, murmelte Thoralf, und nicht zum ersten Mal, seit er sich in diese verdammte Oberwelt begeben hatte, verspürte er ein bisher unbekanntes Gefühl: Furcht.

Laurin zögerte, auch er schien sich unwohl zu fühlen. Währenddessen kamen die Stimmen näher.

»Und wo soll der gewesen sein, Klugscheißerin?«

»Da drüben, Klugscheißer!«

Laurins Entscheidung war getroffen. Er gab seinem Untertan einen Wink, und blitzschnell machten sich die beiden Zwerge im Schutz der Büsche davon.

»Ach ne, und wo ist jetzt dein Zwerg hin, hä?« Linus stemmte die Arme in seine nicht vorhandene Taille und starrte seine Schwester herausfordernd an.

»Der war aber da«, rechtfertigte Karla sich, allerdings deutlich kleinlauter. »Vielleicht hat er sich versteckt?«

Linus bedachte sie mit einem verächtlichen Blick, doch die Neugier trieb ihn dazu, hinter den Büschen nachzusehen, die das Grundstück begrenzten. Er spähte hinter den Goldregen und inspizierte den Rhododendron, aber zu seiner Enttäuschung fand er nichts als Gras und …

»Boah, geil«, flüsterte Linus und bückte sich, um das grünschwarz glänzende Ding näher in Augenschein zu nehmen, das zwischen ein paar geknickten Halmen funkelte.

»Was hast du denn da?«, fragte Karla neugierig und versuchte, ihm über die Schulter zu spähen.

Hastig schloss Linus seine Hände um seine Entdeckung. In seine Augen trat ein tückisches Funkeln, und schnell verbarg er seinen Fund in der Hosentasche und damit vor den neugierigen Augen seiner Schwester.

»Nichts!«

»Doch, du hast was, ich habe es genau gesehen! Ich sag's Papa!«

»Mach doch, mach doch! Dann sag ich ihm aber, dass du eine Angeberkuh bist. Hier ist nämlich gar kein Zwerg!«, höhnte Linus und verpasste seiner kleinen Schwester einen derben Schubs. Heulend lief sie davon.

Zufrieden sah Linus ihr nach. Endlich war er allein und konnte seinen Schatz genauer in Augenschein nehmen. Er fischte das ovale Glitzerding aus der Hosentasche und hielt es, zwischen Daumen und Zeigefinger geklemmt, nah an sein Gesicht.

»Ist ja nur ein toter Käfer«, maulte er leise, nachdem er den Panzer und die eingezogenen Fühler entdeckt hatte. Er war drauf und dran, seinen Fund gleich wieder wegzuwerfen, bis ihm einfiel, dass er damit Karla erschrecken konnte. Wie alle kleinen Mädchen ekelte sie sich vor allem, was mehr als vier Beine hatte und krabbelte. Also stopfte Linus das reglose Insekt zurück in seine Tasche.

Laurin stand mit Thoralf in der von Ahornbäumen gesäumten Seitenstraße, in der sich Udos Villa befand, und tastete hektisch in der halbmondförmigen Tasche seines Wamses nach dem Skarabäus. »Mein Späher«, keuchte er. »Wo ist er?«

Sein Untertan begann hastig, den Boden im Umkreis von zehn Zwergenschritten abzusuchen, doch der Käfer war nicht aufzufinden. »Ich habe ihn verloren«, jammerte Laurin. »Wir müssen zurück!«

Er rannte los.

Durch das dichte Gebüsch vor neugierigen Blicken geschützt, langten die Zwerge just im Garten der protzigen Villa an, um zu sehen, wie der pummelige Junge seine kleine Schwester zu sich lockte und ihr »ein Bonbon« versprach. Doch nach einem Blick auf seine ausgestreckte Handfläche fing das Mädchen an, gellend zu kreischen. Die beiden Gnome konnten sich zuerst keinen Reim darauf machen, bis sie hörten, wie die Kleine im Wegrennen etwas von einem Käfer schrie. Laurins Augen verengten sich zu Schlitzen.

»Er hat meinen Späher. Er ist ein Dieb, und ich werde ihn bestrafen. Doch zuerst hole ich mir mein Eigentum zurück«, kündigte der König grimmig an und machte sich bereit, hinter dem Busch hervorzuspringen und sich den Jungen zu greifen.

»Verdammt noch mal, kann man euch eigentlich keine zwei Minuten alleine lassen?«, dröhnte da auf einmal ein männlicher Bass, und Laurin erstarrte mitten in der Bewegung. Er konnte denjenigen, der gerade gesprochen hatte, nicht sehen, denn die Hausecke verbarg ihn, aber der Zwergenkönig spürte die Macht, die dieser Mensch ausstrahlte. Eine Kraft, die für diese Gattung ganz und gar untypisch war, gepaart mit dem Instinkt eines wütenden Bären, der alles tötete, was sich ihm in den Weg stellte. Das hatte der Herrscher selbst bei den tapferen Recken, die Similde damals befreit hatten, nicht in dieser Deutlichkeit verspürt, und es beunruhigte, ja ängstigte ihn. Eilig verbarg er sich wieder im dichtgrünen Blättergewirr.

»Linus ist fies zu mir, Papa! Ich habe einen Zwerg gesehen, und er hat mir nicht geglaubt!«, heulte das kleine Mädchen, und Laurin schloss resigniert die Augen. Nun musste er fliehen, denn wenn der mächtige Mensch ihn finden würde, wäre er ihm unterlegen, das sagte ihm sein Instinkt. Zu sehr waren seine Kräfte in der Oberwelt schon erschöpft, und der Menschling erschien ihm zu mächtig.

Er, der König der Zwerge, war jetzt ein geschwächtes Wesen. »Hätte ich nur meinen Ring«, dachte Laurin, und erneut wurde ihm der Verlust des goldenen Schmucks mit dem funkelnden grünen Stein schmerzlich bewusst. Die Stärke, die dieser Schmuck verlieh, hätte ihm das erspart, wozu ihn seine schwindenden Kräfte nun zwangen: kehrtzumachen und zum ersten Mal in seinem langen Leben davonzulaufen wie ein gehetztes Wild.

»… und dann hat er gesagt, er hat ein Bonbon für mich, dabei war es ein ekliger Käfer«, setzte Karla ihre Jammerlitanei fort.

Doch Udo hörte gar nicht mehr zu. Plötzlich war er wieder in den Bergen, an jenem heißen Sommertag 1987. Fast konnte er den herben Geruch der Latschenkiefern riechen, der damals in der Luft lag. Die Zweige hatten sich auf einmal bewegt, ehe eine gedrungene Gestalt zwischen ihnen hervorhuschte …

»Ein Zwerg«, hatte Frank damals behauptet, und Udo hatte ihn ausgelacht. Doch jetzt war ihm nicht mehr nach Lachen zumute. Erst tauchte Emma wieder auf, direkt aus dem Reich der Toten, so war es Udo jedenfalls vorgekommen, denn im Gegensatz zu ihm und Claudia schien die damalige Studentin keinen Tag gealtert zu sein – und jetzt behauptete seine Tochter auch noch, einen Zwerg gesehen zu haben. Das konnte kein Zufall sein, dachte Udo und rieb sich seine schmerzende Schläfe, wo Emma ihn mit der Kristallkaraffe erwischt hatte. Er hätte dieses rothaarige Miststück erschießen sollen, solange sie noch mit dem Rücken zu ihm gestanden hatte. Gleich darauf fiel ihm jedoch ein, wieso er es nicht getan hatte: Erstens hatte er gedacht, bei der maskierten Gestalt würde es sich um Frank handeln, und zweitens war der Tatbestand der Notwehr nicht erfüllt, wenn man einen Einbrecher in den Rücken schoss.

Udos Kopf begann wieder zu pochen, trotz der Schmerzmittel, die er mit einem kräftigen Schluck Whiskey heruntergespült hatte. Ihn beschlich das Gefühl, ein dunkler, körperloser Schatten würde ihn verfolgen, der näher und näher kam. Schon streckte er seine langen, schwarzen Finger aus und …

»Karla spinnt, Papa«, keifte Linus da und riss Udo aus seinem dumpfen Brüten.

»Gar nicht!«

»Wohl!«

»Ruhe«, bellte Udo, den beginnenden Zwist unterbrechend.

»Ich muss nachdenken. Aber zuerst zeigt mir Karla, wo sie den angeblichen Zwerg gesehen hat!«

Seine kleine Tochter deutete eingeschüchtert auf das Gebüsch, hinter dem Laurin hervorgekommen war.

»Da hat er gestanden. Und mich nach einer rothaarigen Frau gefragt. Aber ich habe gesagt, dass so jemand bei uns nicht wohnt«, plapperte Karla.

Jetzt wurde es Udo wirklich unheimlich. Mit zwei Sprüngen war er bei dem Dickicht und bog die Zweige des Ginsters zur Seite. Nur ein paar plattgetretene Grasbüschel waren zu sehen. Welches Wesen auch immer dort gestanden haben mochte, jetzt war es verschwunden.

***

Irgendwo am Rande der Stadt machten sich zwei geschwächte Zwerge auf ihren mühsamen Weg in die heimischen Berge. Laurin war rasend vor Zorn und Enttäuschung. Er musste den Verlust seines Skarabäus hinnehmen, und die Stadt der Menschen war zu riesig, um darin Similde ohne die Hilfe seines magischen Spähers zu finden. Nun hatte er nicht nur die Spur seiner Braut verloren, sondern war auch vom Jäger zum Gejagten geworden.

Was den König jedoch am meisten erschreckte: Er spürte zum ersten Mal die Zeit verrinnen, schnell und unbarmherzig. Und ebenso rasch schien seine Lebenskraft aus ihm herauszufließen, ein bisher nie gekanntes Gefühl. Da wurde Laurin klar, dass er durch den Verlust seines Rings sterblich geworden war.

»Mann, du doofer Käfer!«, maulte Linus und versetzte dem schillernden Insekt, das mit eingezogenen Fühlern und Beinen auf dem Rücken lag, einen derben Schubs mit seinem pummeligen Zeigefinger. Er wusste nicht, dass nur der König der Zwerge den Skarabäus zum Leben zu erwecken vermochte, und so blieb das Insekt wie tot liegen, selbst als Linus es umdrehte und anpustete. Enttäuscht, weil der Käfer keine Regung zeigte und auch nicht loskrabbeln wollte, schmiss Linus ihn auf den Boden. Der schwarzgrün schimmernde Panzer war hart, und ein Sturz aus einem Meter Höhe konnte ihm nichts anhaben. Wohl aber die Sohle des Schuhs, mit dem Linus Sekunden später den Skarabäus zertrat. Das leise Knacken, mit dem eines von Laurins magischen Dingen zerstört wurde, war kaum zu hören.

»Geschieht dir recht, blöder Mistkäfer«, sagte der dicke Junge hämisch und drehte extra noch einmal seine Schuhspitze hin und her, damit nichts mehr von dem Tier übrig blieb als ein nass-schwarzer Fleck auf dem Boden – und ein langes, rötliches Frauenhaar, das der Käfer um den Leib geknotet getragen hatte.

Danach stapfte Linus mit einem Ausdruck grimmiger Genugtuung im Gesicht ins Haus zurück. Der dicke kleine Junge konnte nicht ahnen, dass seine Bosheit soeben über das Schicksal seiner Familie entschieden hatte.

KAPITEL 19

Komisch, ich kann Spindler nicht erreichen! Ob er weggefahren ist?«, murmelte Lilly nach dem dritten Versuch, den pensionierten Lehrer ans Telefon zu bekommen. Stirnrunzelnd steckte sie ihr Handy weg. »Ich glaube, ich schwinge mich mal aufs Rad und fahre bei ihm vorbei, um zu schauen, ob er gut nach Hause gekommen ist. Und danach besorge ich uns was zu futtern. Mäckes?«

Der Rabe legte fragend den Kopf schief.

»Nein danke«, warf ich hastig ein, denn erstens wusste ich auch nicht genau, was Lilly damit meinte, und zweitens war es mir peinlich, ihr dauernd auf der Tasche zu liegen. Bisher hatten wir zwar nur ein paar Euro für den Clubabend im *Ambrosia* gebraucht, aber sie hatte uns schon die ganze Zeit durchgefüttert, und ich wollte ihr nicht noch mehr zur Last fallen, indem sie auch noch teures Essen einkaufte.

»Lass uns lieber selbst was kochen«, fügte ich daher hinzu.

Lilly schien meine Gedanken erraten zu haben, denn sie musterte mich nachsichtig.

»Hör mal, falls du ein Problem wegen der Kohle hast … Meine Eltern haben mir genug dagelassen, um die halbe Nachbarschaft durchzufüttern. Sie hatten wohl Angst, ich könnte verhungern. Du warst Mas beste Freundin, also mach dir keinen Kopf!«, sagte sie und lächelte dasselbe schiefe Lächeln, das so typisch für Caro gewesen war. Sie erinnerte mich in diesem Moment so stark an ihre Mutter, dass ich schlucken musste.

In einer Aufwallung von Rührung nahm ich sie in den Arm. »Danke«, murmelte ich und versuchte, mich nicht von der Sehnsucht nach meiner besten Freundin überwältigen zu lassen, sonst würde ich noch anfangen zu heulen.

Lilly, die das anscheinend spürte, räusperte sich energisch. »Also, ich schwinge mich mal auf mein Bike und besorge uns was zu beißen«, verkündete sie. »Kann übrigens 'ne Weile dauern«, ergänzte sie und grinste mich beim Rausgehen kurz an. Durch das Fenster beobachtete ich, wie sie in die Pedale trat.

Das weißgelbe Sonnenlicht hatte sich in ein sanftes Löwenzahngelb verwandelt, und der Abend schickte bereits seine blaugrünen Strahlen vor, um den Tag abzulösen. Wortlos setzte ich mich neben den Raben, und gemeinsam sahen wir die Sonne sinken. Langsam breitete sich die Sommernacht über dem Garten hinter Caros Haus aus und warf einen Sternenmantel über den Himmel. Als die Kirchturmuhren eine Stunde vor Mitternacht zu schlagen begannen, schloss ich die Augen. Kurz darauf fühlte ich die Berührung von Jonathans Lippen, die federzart meinen Mund berührten. Lächelnd schlug ich die Augen auf, und wir sahen uns einfach nur an. Wortlos streckte er mir seine Hand entgegen, die ich ergriff. Seine warmen Finger schlossen sich um meine, und mir wurde vor Freude kurz schwindlig, weil ich ihn mithilfe der magischen Rose hatte retten können und er nun hier an meiner Seite war. In stummem Einverständnis schlenderten wir Hand in Hand durch die offene Terrassentür hinaus in den nächtlichen Garten.

Ich zog die Schuhe aus und spürte unter meinen nackten Fußsohlen die Kühle des Rasens. Irgendwo zwitscherte ein verschlafener Vogel, und die samtige Luft trug den Duft einer Sommernacht mit sich. Diese Mischung aus gemähtem Gras, feuchtwarmer Erde und blühenden Gärten, der einem in die Nase steigt, sobald die Tage wärmer werden, und den man auch nach dem längsten Winter sofort wiedererkennt. »Ein Atemzug genügt, und du könntest vor Glück zerspringen, weil der ganze lange Sommer noch vor dir liegt«, versuchte ich es Jonathan zu erklären. Er nickte.

»Ich weiß, was du meinst. Wie sehr habe ich mich in der dumpfen Zwergenhöhle nach dem Mond in einer Julinacht und dem Licht des Tages gesehnt. Und dann kamst du und hast mich gerettet«, sagte er. Er hob meine Hand an seine Lippen und bedeckte jeden Fingerknöchel mit sanften Küssen. »Die lange Zeit in der steinernen Finsternis des Zwergenreichs war schrecklich. Aber wenn ich zweihundert Jahre warten musste, um dir zu begegnen, hat sich jede Sekunde gelohnt«, flüsterte er und zog mich an sich. Meine Knie wurden weich, und dann spürte ich schon seine Lippen auf meinen. Noch während wir uns küssten, zog er mich mit sich, und engumschlungen sanken wir ins hohe Gras, das wie grünes Wasser über uns zusammenschlug und unsere Körper verbarg.

Jonathans Küsse wurden drängender, und er schob mir zärtlich die Träger meines Sommerkleides von den Schultern. Mir wurde bei seinen Berührungen abwechselnd heiß und kalt, wie bei einem Regenguss im Hochsommer. Auch ich wollte so viel von ihm spüren wie nur möglich. Ungeduldig suchte ich nach dem Reißverschluss seines Shirts, und kurz darauf lagen unsere Klamotten wild verstreut im Gras, während wir Haut an Haut lagen, so dass der eine den Herzschlag des anderen wie seinen eigenen spürte.

Es war ein eigenartiges Gefühl, Jonathans nackten Körper zu berühren, er war mir in diesem Moment gleichzeitig fremd und vertraut. Seine Hände strichen sanft über meinen Rücken, als wäre er ein Bildhauer und wollte sich meine Konturen auf ewig einprägen. Behutsam fuhr er mit der Fingerspitze über das rote Mal auf meiner Schulter, und es war wie eine Heilung. Ich küsste ihn erneut, und obwohl alles mit ihm neu und aufregend war, konnte ich mich ihm doch vertrauensvoll und ohne Angst hingeben. Dass wir uns jetzt und hier lieben würden, war nur die Erfüllung eines Wunsches, den ich schon lange gehegt hatte.

Ich öffnete die Augen und sah seinen Blick unverwandt auf mich gerichtet. Ich ertrank in dem Blau seiner Augen, während er mich wieder küsste, und seine Fingerspitzen, die auf meiner Haut tanzten, brachten mich zum Schmelzen. Ich hörte auf zu denken und überließ mich ganz und gar Jonathans Leidenschaft. Es gab keine Zeit mehr, Sekunden verschmolzen mit Minuten, und nichts außer Jonathan und mir war mehr wichtig. Bald würden die Stunden zwischen Mitternacht und Mittag uns wieder trennen, doch nicht einmal Laurins Fluch konnte uns diese eine Stunde in Menschengestalt nehmen. Ich schmiegte mich an Jonathan und legte meine Lippen auf das hellrote Mal in Form einer Rabenfeder. »Zeig mir, wie man fliegt«, flüsterte ich. Eine reißende Woge erfasste mich und warf mich nach oben. Ich hatte das Gefühl, mich aufzulösen, unsere Körper ließen sich treiben, schwerelos und eingefangen in unserem eigenen Zauber, der uns mit sich forttrug. Wir bewegten uns miteinander, ineinander, bis wir denselben Rhythmus fanden und nicht mehr wussten, wo der eine begann und der andere aufhörte ...

Es konnte nicht einmal eine Stunde vergangen sein, dennoch schien es mir wie eine süße Ewigkeit, als wir uns endlich voneinander lösten. An Jonathans Schulter geschmiegt, betrachtete ich traumverloren das Spiel von Schatten der Blätter des nahen Nussbaums, das im Licht des Mondes auf Jonathans Haut spielte.

Bis mir auf einmal Lilly einfiel. Sie hätte längst zurück sein müssen! Hastig setzte ich mich auf und schlüpfte in das ärmellose, blaue Kleid, das sie mir geliehen hatte.

»Liebste, was ist mit dir?«, fragte Jonathan schläfrig und

fuhr mit seinem Zeigefinger zart über mein Schulterblatt. Am liebsten wäre ich wieder in seine Arme zurückgesunken, aber die Sorge um Caros Tochter ließ mich aufspringen.

»Lilly ist noch nicht wieder da«, erklärte ich und sah einen Anflug von Unruhe, der über sein Gesicht huschte, wie eine Wolke, die sich kurz vor die Sonne schiebt. Er griff nach seinen Kleidern und zog sich schnell und geschmeidig Jeans und Pulli an, bevor er hinter mir herlief. Vielleicht war Lilly ja unbemerkt nach Hause gekommen und würde gleich über unsere Sorge lachen? Doch im Inneren war alles dunkel, und nur die Stille antwortete auf meine Rufe nach ihr. In meinem Magen schienen auf einmal ein paar Steine zu liegen, und der Gedanke, was ihr wohl passiert sein mochte, ließ mich wie gelähmt mitten im Zimmer verharren, durch dessen staubige Fensterscheiben das milchige Licht des Vollmonds fiel.

»Wenn Udo sie erwischt hat …«, fing ich an, doch die Angst schnürte mir die Kehle zu, und ich konnte nicht weitersprechen. Schreckliche Bilder von Lilly, die in dem Sessel kauerte, in dem auch ich gesessen hatte, während Udo seine Pistole nun auf sie richtete, zogen vor meinem inneren Auge vorbei. Ich sah ihn die Waffe entsichern, sah ihre Augen sich in Todesangst weiten …

»Emma, ganz ruhig«, sagte Jonathan da und zog mich an sich. »Udo kennt Lilly doch gar nicht, wie soll er ihr da etwas tun?«, fuhr er fort.

Daran hatte ich in der Aufregung gar nicht gedacht. Erleichtert machte ich mich von ihm los. »Du hast recht. Aber wo steckt sie bloß?«

»Mäckes?«, sagte Jonathan fragend und imitierte Lillys Aussprache dabei so perfekt, dass ich trotz meiner Angst lachen musste.

»Ich nehme mal an, sie hat so einen Fastfoodladen gemeint,

den es auch zu meiner Zeit schon gab«, erklärte ich und versuchte, ihm das Prinzip dieser Ketten klarzumachen. Er verzog das Gesicht. »Das klingt ... interessant«, sagte er und sah dabei so skeptisch drein wie die abgehalfterten Stars aus dieser Fernsehshow, denen man im Dschungel gebratene Maden und Ähnliches vorsetzt. Dank Lilly war ich auch diesbezüglich auf dem neuesten Stand.

Trotzdem, dachte ich, und das Gefühl der Bedrohung breitete sich weiter in meinem Herzen aus wie eine zähe, schwarze Öllache: Es war kurz vor Mitternacht und Lilly längst überfällig. Zwar hatte ich es nach einigen Versuchen geschafft, im Speicher von Caros Telefon ihre Handynummer zu finden, doch alle Versuche, sie zu erreichen, scheiterten an der mechanischen Ansage, der gewünschte Teilnehmer wäre nicht erreichbar.

»Wir gehen sie suchen«, beschloss ich.

»Nein, Emma, *ich* gehe sie suchen. Für dich ist es zu gefährlich, kurz vor deiner Verwandlung auf die Straße zu gehen. Was, wenn Udo dich sieht?«, argumentierte Jonathan.

»Aber ich kann doch nicht hierbleiben und nichts tun, während du ...«

»Liebste«, unterbrach er mich und umfasste mit festem Griff meine Schultern, »ich lasse nicht zu, dass Udo dir noch einmal etwas antut und dir das geschieht, was mir widerfahren ist. Die Rose hat ihre Kraft verloren, also dürfen wir kein Wagnis eingehen!«

Sein Argument war vernünftig, das musste ich mir eingestehen. »Also gut«, gab ich nach, »aber bitte pass auf dich auf ...«

Ich hatte noch nicht ausgeredet, da durchschnitt ein schmaler Lichtkegel die Nacht, und kurz darauf knirschten Reifen auf dem Kies vor dem Haus. Zu meiner Erleichterung sah ich Lilly mit ihrem üblichen Schwung vom Rad und die

Stufen zum Haus hinaufspringen. Ich atmete auf, aber gleich darauf sah ich ihr blasses Gesicht, und bevor ich noch fragen konnte, was denn los war, sprudelte sie hervor: »Spindler ist im Krankenhaus!«

Udo!, war mein erster Gedanke. Er hatte Spindler aufgelauert und das getan, was ihm bei mir nicht gelungen war. Ich schlug die Hände vors Gesicht und spürte das Zittern, von dem mein ganzer Körper geschüttelt wurde.

»Hat er ... auf ihn geschossen?«, flüsterte ich heiser und brachte kaum die Worte heraus, so sehr kratzte die Angst in meiner Kehle.

»Geschossen? Hä?« Lilly sah mich entgeistert an, dann kapierte sie. »Nicht, was du denkst, Emma! Udo hat damit nichts zu tun – ausnahmsweise! Spindler hat's mit dem Herzen. Wahrscheinlich ein leichter Infarkt, meinte der Notarzt«, erklärte sie.

»Notarzt?«, echote ich. Langsam verstand ich gar nichts mehr.

»Vielleicht berichtest du von Anfang an«, schlug Jonathan ruhig vor. Lilly hob die Hände.

»Sorry, ich bin auch noch ziemlich neben der Spur. Also, ich bin bei ihm vorbeigeradelt und habe sein Auto in der Einfahrt stehen sehen. Vorsichtshalber hab ich aber geklingelt, um ihn vor Udo von Hassell zu warnen. Spindler kam auch an die Tür, aber ... meine Güte, sah der käsig aus«, sprudelte sie hervor.

»Ich habe ihm erst mal Tee gemacht und ihn dann so lange mit Fragen gelöchert, bis er zugab, Schmerzen zu haben. Links. Und den Arm konnte er auch nicht mehr heben. Da habe ich aber pronto die 112 gerufen!«

»Du hast sofort gewusst, was los ist?«

»Hey, meine Ma ist Ärztin, schon vergessen? Über die Symptome bei einem Infarkt wusste ich schon in der Grundschule Bescheid!«

»Wie geht es Spindler jetzt?«

»Na ja, den Umständen entsprechend, hieß es. Immerhin ist er im Krankenhaus in guten Händen. Die kennen dort meine Mutter, und ich habe gesagt, Herr Spindler ist ein Bekannter von ihr. Bestimmt hat er das Zimmer mit dem schönsten Ausblick. Aber«, jetzt wurde Lilly ernst, »ich hatte anfangs ganz schön Schiss um den alten Herrn«, gab sie leise zu, und ich erkannte, dass sie mit ihren lockeren Sprüchen nur sich und uns die Angst nehmen wollte.

Stumm griff ich nach ihren Händen und drückte sie. »Das war ganz toll, wie klug und schnell du reagiert hast. Caro ... ich meine, deine Mutter wäre stolz auf dich«, sagte ich mit belegter Stimme.

Jonathan nickte und legte einen Arm um mich und einen um sie. »Ich kann mich wirklich glücklich schätzen, auf zwei solch wunderbare Menschen wie euch getroffen zu sein.«

»Hört auf, sofort! Sonst fange ich noch vor Rührung an zu flennen«, schniefte Lilly, und dann mussten wir beide unter Tränen lachen. Jonathan schüttelte grinsend den Kopf. »Frauenzimmer! Wenigstens etwas, das sich seit 1787 nicht geändert hat«, murmelte er.

»Morgen rufe ich im Krankenhaus an und frage, wie es Herrn Spindler geht«, beschloss ich.

»Ja, aber bitte erst nach elf Uhr vormittags, sonst hört er statt ›gute Besserung‹ nur ›miau‹«, sagte Lilly trocken.

»Es ist wirklich erstaunlich, junge Dame, wie gelassen du unsere Verwandlungen nimmst«, stellte Jonathan fest.

»Hast du dir vielleicht in die Hose gemacht, als du dein erstes Auto gesehen hast?«, parierte sie. »Dass man irgendwann mal mit zweihundert Sachen über eine Autobahn donnert, hättet ihr im finsteren Mittelalter ja wohl auch nicht gedacht, oder?«

Daraufhin grummelte er nur: »1787 war das Mittelalter

längst vorbei«, aber ich musste ihr insgeheim recht geben. Das Telefonieren ohne Schnur, Computer, mit denen man überall in der Welt alle Informationen in Sekundenschnelle abrufen konnte, Musik, die aus Geräten kam, die kleiner als eine Streichholzschachtel waren – könnte man das nicht auch in gewisser Weise als Zauberei betrachten?

»Hallo – Erde an Emma! Ich habe dich gefragt, wie ihr nun an den Ring kommen wollt, hinter dem ihr schon die ganze Zeit her seid?«, riss mich Lillys Stimme aus meinen Gedanken.

»Wir müssen herausfinden, wo Udo ihn versteckt hat. Deswegen schleiche ich mich heute Nacht noch einmal zu seinem Haus«, sagte ich entschlossen.

»Nein«, ertönte es zweistimmig. Jonathan und Lilly waren sich ausnahmsweise mal einig.

»Keine Sorge«, beruhigte ich die beiden, »mit ziemlicher Sicherheit verwandle ich mich in ein paar Minuten in eine Katze. Ich schleiche nur bis vors Haus, versprochen! Die Nächte sind gerade so warm, da lassen viele die Fenster gekippt. Vielleicht höre ich ja etwas.«

»Und was, wenn Udo dich erwischt?«, fragte Lilly, und ich hörte die Angst in ihrer Stimme.

»Ich passe auf. Außerdem – bis der seine Waffe geholt hat, bin ich längst weg. Auf vier Beinen bin ich mindestens dreimal so schnell wie dieser Fettsack«, antwortete ich. »Oder seht ihr eine andere Möglichkeit?«

»Wir könnten warten, bis es morgens tagt und ich zum Raben werde«, warf Jonathan ein. »In der Luft bin ich weniger sichtbar als eine Katze.«

»Wir dürfen keine Zeit verlieren«, gab ich zurück. »Udo ist uns auf der Spur, und je eher wir das Versteck des Rings erfahren, desto besser und sicherer für uns alle«, beschwor ich ihn.

Schließlich nickte Jonathan zögernd, und auch Lilly zuckte

seufzend die Schultern. »Geh schlafen«, bat ich sie. »Du hast für heute genug für uns und Spindler getan, und ich möchte nicht, dass du siehst, wie ich zum Tier werde.«

Kurz blitzte in Lillys Augen die Enttäuschung auf, dann aber zuckte sie mit den Schultern, wobei sie ein Gähnen unterdrückte. »Na gut, aber pass auf dich auf, Miezekatze«, sagte sie, und obwohl ihre Stimme scherzhaft klang, wusste ich, sie meinte es ernst. »Großes Ehrenwort«, versprach ich, und Lilly verschwand mit einem Winken.

Und so warteten Jonathan und ich auf die hallenden Schläge um Mitternacht. Die Luft, die durch die offenen Fenster strömte, war immer noch außergewöhnlich warm und schwer. Jonathan hatte den Arm um mich gelegt, und unsere verschränkten Finger erinnerten mich daran, was kurz zuvor zwischen uns passiert war ...

Ein Funke glimmte in der Schwärze auf und zog sekundenlang einen winzigen Leuchtschweif hinter sich her. »Eine Sternschnuppe«, flüsterte ich und zeigte nach oben.

»Dann darfst du dir was wünschen«, wisperte Jonathan, und ich nickte. Das hatte ich längst getan. Ich suchte Jonathans Blick, und in seinen Augen las ich den gleichen Wunsch, den ich stumm in den sternenfunkelnden Nachthimmel geschickt hatte. Und ich nahm mir vor, nicht eher aufzugeben, bis sich der Ring wieder in meinem Besitz befand.

Wenig später schlich ich auf Katzenpfoten durch die Büsche vor Udos Haus und spähte hinüber zu den hell erleuchteten Fenstern. Ich musste gar nicht erst nach einem offenstehenden Ausschau halten, denn schon von weitem konnte ich die füllige Silhouette in einem Korbstuhl auf der Terrasse ausmachen. Eine schmale Gestalt thronte stocksteif neben ihm: Claudia.

Lautlos huschte ich im Schatten des Gestrüpps ein wenig

näher und konnte schon bald ihre Stimmen hören. Claudia klang gereizt, wie immer.

»... verstehe immer noch nicht, warum du nicht die Polizei geholt hast! Immerhin hat einer der Einbrecher dich niedergeschlagen!«, sagte sie gerade.

Udo brummte nur etwas Unverständliches. Obwohl ich einige Meter von ihnen entfernt war, konnte ich in dem Glas, das vor ihm stand, den Alkohol riechen. Gerade griff er mit der rechten Hand danach, während er mit der linken einen Eisbeutel an seine Schläfe drückte, dort, wo ich ihn mit der Karaffe erwischt hatte.

»Bist du ganz sicher, dass sie nichts geklaut haben?«, bohrte sie weiter.

»Nein, sie haben nichts mitgenommen. Obwohl ich ihnen extra von unseren beiden Kindern erzählt habe«, erwiderte er bissig.

»Du bist und bleibst geschmacklos, sogar, wenn du eins über die Rübe bekommen hast«, fauchte Claudia.

Mich wunderte nur, wieso sie das erst jetzt merkte. Udo schnaubte. »Seit wann hast du denn Geschmack? Wenn du keinen Stilberater hättest, würdest du herumlaufen wie die Zwillingsschwester von Cindy aus Marzahn!«

»Vielleicht hätte ich ihn ja vor unserer Hochzeit um Rat fragen sollen! Wahrscheinlich wäre ich dann nicht verheiratet. Jedenfalls nicht mit dir.«

»Tja, *Schatz*, aber ohne mich und mein Geld könntest du dir gar keinen Stylisten leisten. Geschweige denn diese ganzen teuren Fummel!«

Daraufhin herrschte feindseliges Schweigen, und ich schüttelte mich. Trotz meines Katzenfells fror ich von der Eiseskälte, die von diesem Paar ausstrahlte. Schließlich stand Claudia auf und stolzierte ins Haus, wobei sie etwas murmelte, was wie »noch mal nach den Kindern sehen« klang.

Udo sah ihr nicht einmal nach, sondern griff erneut nach seinem Glas und trank den Inhalt mit einem einzigen Schluck aus. Er hatte es gerade zurück auf den Tisch gestellt, da ertönte eine gedämpfte Melodie aus der Tasche seinen Sakkos, das über der Stuhllehne hing. Er griff danach und holte sein Handy heraus.

»Frank. Was gibt's?«

Gedämpftes Gemurmel am anderen Ende der Leitung ertönte, das nicht einmal ich mit meinen scharfen Katzenohren verstehen konnte. Udo verzog unwillig das Gesicht.

»Was soll das heißen, es gibt Probleme? Mann, du solltest unseren alten Lehrer finden, der wahrscheinlich sogar im Telefonbuch steht. Was ist daran so schwer?« Ich zuckte zusammen. Er hatte tatsächlich keine Zeit verloren, sondern seinen Kumpel auf Spindler angesetzt. Es war beinahe ein Glück, dass der alte Mann im Krankenhaus und damit in Sicherheit war. Und da Udo weder Caro noch Lilly kannte, würden auch wir vor Frank vorerst sicher sein.

Udo lauschte, dann wurde seine Stimme schärfer.

»Verdammt noch mal, was soll das heißen, verschwunden? Niemand verschwindet einfach! Du wirst morgen noch mal bei dem Alten vorbeigehen, sonst hast du ein Problem – weil ich dir nämlich dann den Geldhahn endgültig zudrehe, mein Freund!«

Ein kurzer Piepton verkündete das Ende des Gesprächs. Udo lehnte sich in dem Korbsessel zurück, was das Geflecht mit einem gequälten Ächzen quittierte.

»Unfähiger Idiot!«, murrte er und griff erneut nach seinem Glas.

»Leer. Scheiße«, stellte er fest und brüllte nach seiner Frau.

»Bring mir was zu trinken mit«, dröhnte er.

Eine Minute später zeichnete sich Claudias Gestalt scherenschnittartig in der Terrassentür ab. Sie hielt etwas in der Hand, allerdings keine Flasche, sondern ein Blatt Papier.

»Erstens bin ich nicht deine persönliche Kellnerin, und zweitens kam gerade das Fax einer Sicherheitsfirma. Kannst du mir mal erklären, wieso du am Sonntag bei der 24-Stunden-Hotline einen Tresor für zweitausendeinhundert Euro bestellst?«, fragte sie schrill. Ich horchte auf. Offenbar brauchte Udo ein bombensicheres Versteck – für den Ring?

»Für meinen Schmuck wird er ja wohl kaum sein«, fuhr Claudia fort, »oder ist der Safe im Schlafzimmer kaputt? Haben die Einbrecher ihn etwa doch aufgebrochen?«

»Nein, reg dich ab. Der ist für die Kanzlei. Ich habe dort wichtige Dokumente, die ich einbruchs- und feuersicher aufbewahren muss.«

»Und da kommst du erst jetzt auf die Idee, dir dafür einen Tresor anzuschaffen? Ich dachte, im Büro hättet ihr so ein Riesending für alle Unterlagen!«

»Claudia«, sagte Udo, und ich hörte die mühsam unterdrückte Wut in seiner Stimme, »ich habe dir nicht die Nasen-OP bezahlt, damit du dein Riechorgan jetzt dauernd in meine Geschäftsangelegenheiten steckst. Ich brauche morgen einen Tresor, also bestelle ich mir einen. Was hast du für ein Problem?«

»Du bist so komisch. Erst wolltest du nicht mit zum Ausflug, obwohl sich Linus schon so gefreut hatte ...«

»Linus hat sich nicht auf mich gefreut, sondern auf den Besuch im Pommes-Paradies!«

»... und dann wird bei uns eingebrochen, und du weigerst dich, die Polizei zu holen. Obwohl du angegriffen worden bist. Da ist doch irgendwas faul!«

»Es wurde nichts gestohlen, und ich habe die Einbrecher nicht erkannt«, erwiderte Udo. »Die beiden Typen waren maskiert, was hätte ich der Polizei also sagen sollen?«

Jetzt hatte ich die Gewissheit, dass er seiner Frau nichts von mir und meinem plötzlichen Auftauchen erzählt hatte. Stattdessen verdoppelte er die Anzahl der »Einbrecher« und präsentierte sich als furchtloser Held, der selbst vor einer Übermacht Schurken nicht kapituliert.

»Sie hätten Fingerabdrücke und die DNA nehmen können. So wie sie es im *Tatort* auch immer machen«, keifte sie.

»Wir sind hier aber nicht beim öffentlich-rechtlichen Fernsehen, Himmeldonnerwetter! Außerdem hatten die Täter Handschuhe an!«, schwindelte Udo.

Ich zog meinen pelzigen Kopf ein. Eigentlich konnte ich froh sein, dass er nicht erpicht auf die Polizei war, denn ich hatte an der Klinke und garantiert an der Kristallkaraffe meine Abdrücke hinterlassen. Wer weiß, ob das heutzutage für die Polizei nicht schon reichte, um zu wissen, wer ich war? Vielleicht waren ja irgendwelche Spuren von mir damals unter der Rubrik »Vermisstenfälle« gespeichert worden?

Claudia war in ein beleidigtes Schweigen verfallen. Udo wuchtete seine drei Zentner aus dem Stuhl und brummte: »Ich habe morgen Nachmittag einen Termin bei Gericht und muss früh noch mal die Unterlagen durchgehen.«

Ohne seiner Angetrauten eine gute Nacht zu wünschen, stapfte er ins Haus. Auf ihre höhnische Frage »Welchen Puffbesitzer verteidigst du denn diesmal? gab er keine Antwort. Entweder hatte er sie nicht gehört oder nicht hören wollen.

Ich zog mich lautlos zurück und trat den Rückweg an. Ich hatte genug gehört.

Udo war morgen Nachmittag bei Gericht, und dann würden wir versuchen, den Ring aus seiner Kanzlei zu holen. Ich war mir sicher, der neue Tresor war nicht für die Aufbewahrung von wichtigen Papieren gedacht, sondern zum Schutz des Schmucks. Doch ich dachte nicht daran, jetzt aufzugeben. Ich würde um die Erlösung von dem Fluch und meine Liebe zu Jonathan kämpfen. Und ich schwor mir, diesmal würde nicht einer von uns auf der Strecke bleiben – sondern Udo.

KAPITEL 20

Punkt zwölf Uhr mittags steckte Udo den Kopf aus seinem Büro. »Lena, suchen Sie mir den Fall ›Henschek‹ raus, ja? Und ich brauche noch einen zweiten Kaffee – extrastark!«, wies er seine Assistentin an. Lena, deren lange Beine in einer modischen Lederleggins steckten, die Udo bezahlt hatte, genau wie die nudefarbene Seidenbluse, kicherte.

»Wieso so förmlich, Chef?«, neckte sie ihn. »Das klang aber vor ein paar Tagen noch anders, als wir …«

»Die Akte. Jetzt!«, unterbrach Udo sie rüde und verschwand in seinem Büro. Er hatte inzwischen wahrlich andere Sorgen als eine verknallte Sekretärin. Wütend und verletzt starrte Lena ihm nach, ehe sie murrend eine Rollschublade des Aktenschranks aufzog und mit ihren rotlackierten Nägeln die Hängeordner unter dem Buchstaben »H« durchblätterte. Ein Klopfen unterbrach ihre Grübeleien, und sie blickte auf. Zwei kräftige Männer in braunen Overalls, auf deren Brusttaschen »Security 4 Save« aufgestickt war, standen in der Tür. Auf einer Sackkarre zwischen ihnen befand sich ein kleiner, aber massiv wirkender Tresor.

»Zum Chef?«, sagte der eine und musterte wohlwollend Lenas schlanke, lederbekleidete Beine, während der andere mit seinem Blick eine Etage höher andockte.

»Moment, ich melde Sie an«, erwiderte sie hochnäsig, aber ehe sie noch den Telefonhörer abnehmen konnte, wurde die Tür zu Udos Büro aufgerissen, und der Chef höchstpersönlich erschien.

»Wo bleiben Sie denn! Ausgemacht war elf, und Sie lassen mich eine geschlagene Stunde warten!«, blaffte er die Security-Männer an, und mit dieser ausnehmend freundlichen Begrüßung winkte er die beiden in sein Büro.

Für Lena hatte er kein Wort übrig. Beleidigt setzte sie sich wieder an ihren PC und ging aus Rache erst mal ins Internet zu ihrem privaten Facebook-Account. Udo konnte ruhig noch ein bisschen auf seine Akte warten, er hatte ja sowieso scheinbar Wichtigeres im Kopf als den Prozess – oder seine Assistentin. Völlig vertieft in ihre neuesten Facebook-Nachrichten, sah sie den schwarzen Raben nicht, der an ihrem Fenster vorbeisegelte. Und selbst wenn Lena ihn bemerkt hätte, wäre ihr nicht im Traum eingefallen, dass dieser Vogel kein gewöhnliches Tier sein könnte und etwas im Schilde führte.

Das nächste Fenster war gekippt, und durch die Scheibe erblickte Jonathan den Mann, der Emma hatte töten wollen und dabei auch ihn beinahe erschossen hätte. Er stand mit dem Rücken zum Fenster. Neben ihm machten sich zwei gedrungene Männer an einem mattsilbernen Kasten zu schaffen, ähnlich dem, der sich auch in der Wandnische von Udos Haus befunden hatte. »Der VDMA D 10, definierter Einbruchsschutz und begrenzter Schutz gegen Brände …«, leierte der eine herunter, während der zweite stumm danebenstand.

»Jaja, ich weiß«, antwortete Udo gereizt. »Ich brauche Sie nicht mehr, vielen Dank!«

»Nicht so hastig! Sie müssen den Sicherheitscode ausprobieren, damit wir sehen, ob er funktioniert«, wandte der eine Overallträger ein und übergab Udo einen verschlossenen Umschlag. Jonathan hörte den dicklichen Anwalt gereizt schnauben.

»Meinetwegen. Aber Sie gehen raus. Lassen Sie sich von meiner Sekretärin einen Kaffee geben«, wies er die beiden an. Nachdem sie durch die Tür verschwunden waren, riss Udo den Umschlag auf und überflog den Geheimcode für den Safe. Die Zahlen vor sich hin murmelnd, drückte er langsam und sorgfältig mit seinem dicken Zeigefinger die entsprechenden Ziffern auf der Schaltfläche in der Mitte der Tresortür.

Für den gefiederten Beobachter draußen vor dem Fenster war es ein Kinderspiel, sich die Kombination zu merken.

Am Safe blinkte ein grünes Licht auf, und mit einem langgezogenen Piepton sprang die Stahltür auf. Mit zwei Schritten war Udo aus seinem Büro.

»Funktioniert! Sie können gehen, den Betrag weise ich an«, rief er den Männern zu und hielt ihnen jeweils einen Zehner Trinkgeld hin. Zufrieden zogen die beiden ab.

Ohne Lena zu beachten, kehrte Udo zurück in sein Büro. Sorgfältig schloss er die Tür ab, dann griff er in die Innentasche seines Anzugs und förderte eine schmale, schwarze Schachtel zutage. Er klappte den Deckel zurück, und obwohl sein breiter Rücken den Inhalt verbarg, spürte der Rabe sogar durch die Glasscheibe hindurch, dass etwas Besonderes im Gang sein musste. Die Luft im Raum schien dichter zu werden und beinahe zu vibrieren. Selbst die Glasscheibe wirkte merkwürdig aufgeladen, als stünde sie unter hohem Druck. Da klappte Udo den Deckel wieder zu, und der Eindruck wurde schwächer.

Langsam und beinahe feierlich legte er das samtschwarze Kästchen in den Tresor und schloss die Tür. Er zögerte eine Sekunde, dann wiederholte er noch einmal halblaut alle sechs Zahlen, während er sie eingab. Wieder blinkte es grün, und die Tür schwang auf. Ein tiefer erleichterter Atemzug spannte den Rücken von Udos Anzug.

»Jetzt bist du wieder in Sicherheit, und niemand kann dich mir wegnehmen«, flüsterte er dem Schmuckstück zu, bevor er die Tresortür schloss.

Geräuschlos breitete der schwarze Vogel seine Flügel aus und schwang sich in die Luft.

Udo drehte sich um und sperrte seine Bürotür wieder auf. Bedeutend freundlicher als noch vor ein paar Minuten rief er ins Vorzimmer:

»Ich gehe jetzt ins Gericht. Und wenn ich zurückkomme, trinken wir ein Glas Champagner auf den gewonnenen Prozess.«

Schmollend blickte Lena von ihrem Bildschirm auf und reichte ihm schweigend die Akte ›Henschek‹. Sie hatte ihm seinen schroffen Ton von vorhin noch nicht verziehen. »Und wenn du verlierst – Chef?«, fragte sie schnippisch.

»Mäuschen«, erwiderte Udo feixend, »ich verliere nie, das weißt du doch!«

Was sollte auch schiefgehen, dachte er bei sich. Die Hauptbelastungszeugin war mit Hilfe einiger »Freunde« des Angeklagten eingeschüchtert worden, und nicht einmal ihre Anwältin würde sie dazu überreden können, auszusagen. Bei zwei anderen Zeugen hatte Udo für eine angemessene Vergütung ihrer Aussagen zugunsten seines Mandanten gesorgt. Auch an dieser Stelle würde es keine Probleme geben, und Udo freute sich schon auf die satte Prämie, die ihm Holger, eine Größe im Nachtleben, danach schulterklopfend überreichen würde, weil Udo ihn mal wieder rausgehauen hatte.

Er wollte schon nach seinem Mantel greifen, da fiel ihm das gekippte Fenster in seinem Büro ein, und er ging noch einmal zurück. Die Kanzlei befand sich zwar im sechsten Stock, aber sicher war sicher. Beim Schließen sah er einen weißen Klecks auf dem Fensterbrett. »Verdammte Tauben«, brummte Udo.

Von ihm aus konnten all die gefiederten Biester an der Vogelgrippe sterben. Udo hatte Vögel noch nie leiden können. Aber seit diese schwarze Krähe oder was es auch immer gewesen sein mochte, ihn in seinem Arbeitszimmer angegriffen hatte, hasste er alles, was Federn trug. Trug dieses verdammte Vieh doch die Schuld, dass Emma Wiltenberg entkommen war.

Er eilte aus seinem Büro und schwor sich, nach ihr zu suchen, sobald der Prozess heute vorbei war. Sie konnte nicht schon wieder spurlos verschwunden sein. Er hatte den Gedanken noch nicht zu Ende gedacht, da meldete sich sein Handy. Es war Frank. Fast meinte Udo, seinen alten Schulkumpel am jämmerlichen Klingeln zu erkennen.

»Was gibt's?«, schnauzte er in den Hörer.

»Ich habe Spindler«, ertönte es am anderen Ende. Schlagartig war Udo hellwach. »Wo?«, fragte er knapp.

»Ich habe mit einem Nachbarn von ihm gesprochen. Der Alte liegt im Johanniter-Krankenhaus. Herzinfarkt. Soll ich hin und ihn mir vorknöpfen?«, wollte Frank wissen.

»Nicht nötig«, sagte Udo, und seine Lippen verzogen sich zu einem wölfischen Grinsen. »Der läuft uns nicht weg. Warte, bis ich vom Gericht zurück bin, und dann statten wir ihm beide einen Besuch ab«, wies er Frank an und legte in dessen irres Kichern hinein auf.

»So, Emma«, murmelte er leise, »nach dem heutigen Tag bist du endgültig Geschichte, dafür werde ich sorgen.«

KAPITEL 21

Der schwarze Rabe lag reglos am Boden. Seine Krallen waren gekrümmt und seine Flügel unnatürlich abgespreizt. Er gab keinen Laut von sich und schien auch nicht mehr zu atmen. Nur seine Augen standen offen und verrieten ihn. Halb belustigt, halb ärgerlich stupste ich ihn sanft mit meiner Fußspitze an.

»Jonathan, hör auf mit dem Theater, du übertreibst!«, rief ich und musste trotz meiner Anspannung lachen.

Der Vogel flatterte auf die Beine und schüttelte sich kurz, ehe er auf meine Schulter flog.

»Jonathan will damit sagen, du siehst einfach zum Umfallen gut aus«, dolmetschte Lilly und musterte mich von oben bis unten. Sie hatte aus Caros Schrank ein dunkelblaues Etui-Kleid gemopst und erklärt: »Das hat Mama aufgehoben. Falls sie es jemals schafft, sich wieder in Größe 38 reinzuquetschen, hat sie gesagt.« Mit etwas Watte vorne in den Schuhen passten mir sogar ihre Pumps. Eine falsche Perlenkette und eine winzige Tasche, die Lilly »Clutch« nannte, vervollständigten mein Outfit. Lilly hatte mir die Haare zu einem schlichten, tiefen Pferdeschwanz gebunden und mich mehr oder minder sanft gezwungen, erneut zum roten Lippenstift zu greifen, wie damals beim Styling für die folgenreiche Clubnacht im *Ambrosia*.

Derart aufgedonnert stöckelte ich eine halbe Stunde später in das Vorzimmer von Udos Kanzlei. Eine dunkelhaarige Frau, vielleicht fünf- oder sechsundzwanzig, hob bei meinem Eintritt den Kopf.

»Hallo«, sagte ich freundlich. »Ich bin die neue Praktikantin für Herrn von Hassell von der Juristischen Fakultät der Universität Passau.«

Lilly hatte extra im Internet recherchiert, welchen Ort ich für mein angebliches Jurastudium am besten angab. Das professionelle Begrüßungslächeln der jungen Frau verrutschte etwas, und ihre Augen wurden schmal. Sie war ganz auf mich fixiert, weshalb ihr der schwarzgefiederte Schatten draußen vor dem Fenster entging, der hinter ihrem Rücken elegant und lautlos auf dem Sims landete.

»Davon weiß ich nichts«, bellte sie.

Ich strahlte sie an. »Das macht nichts. Ich wusste auch nicht, dass Herr von Hassell schon eine Praktikantin hat.«

»Ich bin seine persönliche Assistentin!«, fauchte sie. »Im Übrigen informiert er mich über alles!«, setzte sie hinzu und nahm ihre rotlackierten Krallen von der Tastatur, um sich auf ihrem Bürostuhl nun vollends zu mir umzudrehen. Feindselig musterte sie mich von den Pumps bis zu meinem Lächeln, das genauso falsch war wie die Perlen.

»Wenn das so ist, hat er Ihnen bestimmt von meinem Praktikum erzählt! Meine Mutter ist nämlich mit Herrn von Hassell und seiner Frau Claudia zusammen in die Schule gegangen. Direkt nach dem Abi hat sie mich dann bekommen, aber der Kontakt ist nie abgerissen. Bei Udo und Claudia hat es mit dem Kinderkriegen ja etwas länger gedauert, aber Linus und Karla sind wirklich süß, finden Sie nicht?«

Jetzt schluckte sie. »Sie kennen Udo, äh, Herrn von Hassell privat …?«

»Aber klar, sonst hätte er mir das Praktikum doch nicht angeboten. Er hat extra meine Mutter angerufen und gefragt, ob ich in den Semesterferien nicht bei ihm arbeiten will!«

Die Sekretärin nestelte nervös an dem Kragen ihrer Seidenbluse, die sicher ein Heidengeld gekostet hatte, genau wie die restlichen Klamotten, die sie trug.

»Ja, also, wenn das so ist …«, stotterte sie, und ihre Selbstsicherheit schien wie fortgeblasen zu sein. »Aber U… – ich meine Herr von Hassell – ist bei Gericht«, versuchte sie einen letzten Protest.

»Oh, das macht nichts! Er hat heute Morgen am Handy gesagt, ich kann in seinem Büro auf ihn warten«, erwiderte ich lächelnd. Unauffällig machte ich Jonathan ein Zeichen, und er erhob sich in die Lüfte.

»Wer sind Sie, Monica Lewinsky?«, fuhr die Assistentin mich impulsiv an. Ich zog die Augenbrauen hoch, weil ich keinen Schimmer hatte, wovon sie redete.

»Ich meine, in seinem Büro geht nicht!«, sagte sie energisch. »Sie können hier warten.«

»Gut«, antwortete ich und nahm so elegant wie möglich auf dem Stuhl vor ihrem Schreibtisch Platz. Ich versuchte, gelassen zu wirken, dabei zählte ich im Geiste die Sekunden, die Jonathan brauchen würde, um zu Lilly zu fliegen, die vor dem Eingang des Gebäudes wartete, und einmal um ihren Kopf zu kreisen – das vereinbarte Signal für den ersten Teil unseres Plans. In diesem Moment klingelte das Telefon. Mein Herz fing an, schneller zu klopfen.

»Kanzlei von Hassell und Partner, Lena Kleiber, was kann ich für Sie tun?«, ratterte die Assistentin herunter.

Ich ballte die Hände zu Fäusten und spürte, wie meine Wangen vor Aufregung zu glühen anfingen. Hoffentlich war es Lilly, und ihr Trick würde funktionieren.

Das Gesicht der Sekretärin verzog sich vor Entsetzen, und in diesem Augenblick wusste ich, dass es geklappt hatte.

»Wie – angefahren?«, kreischte sie. »Das ist der Maserati vom Chef!« Sie griff nach einer Papiermappe und fächelte sich Luft zu. Entweder war sie ein Fan der Oper »Madame Butterfly«, oder sie hatte naturgemäß einen Hang zum Theatralischen.

»Nein. Sie werden sich nicht aus der Tiefgarage rühren, bis ich da bin, verstanden?«

Erstaunlich behende, wenn man ihre Neun-Zentimeter-Absätze bedachte, sprang sie von ihrem Drehstuhl und stürmte nach draußen. Offenbar hatte sie im Schock sogar meine Anwesenheit vergessen. Zwei Sekunden lang starrte ich ihr völlig paralysiert nach und konnte es kaum fassen, wie einfach es gewesen war, sie nach draußen zu locken. Dann aber riss mich ein energisches Klopfen in die Wirklichkeit zurück. Jonathan saß auf dem Fensterbrett und hackte mit dem Schnabel gegen die Scheibe.

Ich rannte zum Fenster und riss es auf. Er flog herein und setzte sich auf meine Schulter.

»Drück mir jetzt bloß die Daumen, dass Udos Bürotür nicht abgesperrt ist«, sagte ich. Mit vor Aufregung eiskalten Händen drückte ich die Klinke herunter – und die Tür schwang auf. Erleichtert stieß ich die Luft aus, aber mein Herz wollte nicht aufhören zu rasen. Denn jetzt kam der entscheidende Teil.

Ich stürzte zu dem Tresor. »Wie lauten die Zahlen?«, flüsterte ich Jonathan zu. Der Rabe setzte sich auf den Boden. Mit seinem Schnabel klopfte er zwei Mal auf das Parkett.

»Zwei«, sagte ich, und Jonathan nickte zustimmend mit dem Kopf. Meine Hand zitterte wie ein welkes Blatt am Baum, und ich hatte Mühe, die richtige Taste des Zahlenfeldes zu treffen.

Jonathan gab erneut ein Klopfen von sich, diesmal ertönte es viermal. Ich drückte auf die Taste, aber vor lauter Nervosität verfehlte ich die Vier und drückte versehentlich die Zahl daneben, fünf.

»Oh nein«, rief ich erschrocken, »was mache ich denn jetzt?«

Hektisch glitt mein Blick über die Schaltfläche. Ganz unten links stand der Buchstabe »C«. Auf meinem Taschenrechner früher war dies das Symbol für »Löschen« gewesen. Vielleicht war es hier ja genauso. Oder es war die Taste, um den Alarm auszulösen, dachte ich, und mir schlotterten die Knie. Aber ich musste mich entscheiden, und zwar schnell. Jeden Moment könnte Udos Assistentin zurückkommen. Vielleicht hatte Lillys Trick nicht funktioniert? Was, wenn diese Lena bereits wieder auf dem Rückweg wäre und gleich die Tür aufgehen würde? Dann würde sie mich in flagranti in Udos Büro ertappen und anfangen zu schreien ...

Panik breitete sich in mir aus und lähmte mich wie der Stich eines Skorpions. Ich hielt die Luft an, bis mein Brustkorb zu bersten schien. Da spürte ich Jonathans Federgewicht auf meiner Schulter. Beruhigend rieb er seinen Schnabel an meinem Hals.

»Also gut, ich versuche es«, sagte ich und drückte mit zitternden Fingern die C-Taste. Kein Alarm schrillte los, nur die zwei Sternchen, die statt der Nummern auf dem grünen Display geblinkt hatten, verschwanden. Erleichtert stieß ich den Atem aus. Das war noch einmal gut gegangen! Ganz ruhig jetzt, redete ich mir selbst gut zu. Diesmal tippte ich die richtigen beiden Zahlen. Jonathan krächzte zufrieden und übermittelte mir durch Klopfzeichen den Rest des Codes.

Kurz nachdem ich die sechste Nummer eingetippt hatte, blinkte ein grünes Licht, und ein greller Piepton ertönte. Erschrocken zuckte ich zusammen, weil ich dachte, der Lärm müsse das ganze Haus aufschrecken. Doch alles blieb still, bis auf ein leises Klicken, mit dem die stählerne Tresortür aufschnappte. Ich riss sie auf.

Zuerst dachte ich, der Safe wäre genauso leer wie der in Udos Haus. Bis ich eine schlichte, schwarze Schachtel erspähte, die ganz nach hinten geschoben und in der Dunkelheit des Tresorinneren kaum zu sehen war.

Behutsam zog ich das Kästchen zu mir heran und nahm es in die Hand. Jonathan krächzte leise, aber ich konnte seine

Aufregung heraushören. Er flog auf die Lehne von Udos Schreibtischstuhl und äugte gespannt zu mir herüber. Mein Herzschlag dröhnte in meinen Ohren, und mein Atem ging so hastig, als hätte ich gerade die sechs Stockwerke zur Kanzlei im Dauerlauf bewältigt.

Der Rabe trippelte ungeduldig auf und ab, also klappte ich den Deckel der Schatulle behutsam zurück. Und da lag er – Laurins Ring. Ich erkannte ihn sofort wieder. Der grüne Stein hatte nichts von seiner geheimnisvollen Strahlkraft eingebüßt, und seine verschlungenen Stränge glänzten noch immer in einem warmen Goldton.

Ich nahm den Ring aus seinem Kästchen. Danach schloss ich die schmale Schachtel und legte sie zurück. Ein leichter Schubs, und die Tür des Safes schloss sich mit einem leisen Klicken.

Ich konnte den Blick kaum von dem Schmuckstück wenden. Laurins Schatz und mein Pfand für mein und Jonathans Leben als Menschen. Eigentlich hatte ich vorgehabt, den Ring in der Clutch zu verstauen und sofort aus Udos Büro zu flüchten, ehe seine Assistentin zurückkam.

Bestimmt hatte sie inzwischen gemerkt, dass der angebliche Unfall mit dem Maserati ein dummer Scherz oder ein Trick gewesen war und der Wagen ihres Chefs unversehrt in der Tiefgarage stand. Nur ich wusste, dass es sich bei der Anruferin um Lilly gehandelt hatte, die Udos Assistentin aus der Kanzlei locken sollte, damit ich den Ring ergattern konnte. Die Zeit drängte, trotzdem verspürte ich auf einmal ein unwiderstehliches Verlangen, mir den Ring über den Finger zu streifen und ihn nie wieder abzulegen. Ich wollte aller Welt zeigen, dass er nun mir gehörte. Allen voran dieser arroganten Assistentin. Ein großartiges Gefühl der Überlegenheit machte sich in mir breit. Sie war ein Nichts. Udo war ein Nichts. Im Gegensatz zu mir. Nun hatte ich die Macht und würde es allen zeigen …

Ein greller Feuerschweif aus Schmerz zog durch meinen Kopf, und mit einem Aufschrei warf ich den Ring von mir. Er prallte mit einem hellen Klirren auf den Holzboden und rollte ein Stück, ehe er halb unter Udos Schreibtisch liegen blieb. Hastig wischte ich mir meine Hände an meinem Kleid ab, als hätte ich eine Blume pflücken wollen und stattdessen in faulig-zähen Kompost gegriffen. Die Macht des Schmucks war mir unheimlich. Etwas Ähnliches hatte ich damals in den Bergen auch schon gefühlt, nachdem ich den Ring im Gras gefunden hatte, erinnerte ich mich plötzlich. Aber jetzt war es um ein Vielfaches stärker – und beängstigender – gewesen.

Der Rabe flatterte auf meine Schulter und sah mich mit schiefgelegtem Kopf an.

»Es ist der Ring, Jonathan«, flüsterte ich. »Er blendet seinen Träger und macht ihn glauben, er könnte durch ihn alles haben und alles erreichen.«

Jonathan knirschte mit dem Schnabel und zwickte mich sanft ins Ohr, so wie er es gerne tat, wenn er mich aufmuntern wollte. »Du hast die Magie erkannt, und daher hat sie keine Macht mehr über dich«, sollte dieses Kneifen heißen.

Dann segelte er von meiner Schulter und schnappte sich im Sturzflug das Schmuckstück vom Boden. Mit der Kostbarkeit im Schnabel hockte er sich vor mich hin und sah mich auffordernd an.

»Kannst du ihn nicht für mich tragen, bis wir in den Bergen sind?«, startete ich noch einen Versuch, doch Jonathan schnarrte protestierend und ließ den Ring vor meine Füße fallen.

»Also gut, du hast gewonnen«, seufzte ich. Mit spitzen Fingern hob ich den Schmuck auf und ließ ihn in die winzige Handtasche gleiten. Dann ließ ich schnell den Verschluss zuschnappen. Tatsächlich konnte ich immer noch etwas wie ein

Kribbeln fühlen, aber das Gefühl der boshaften Überlegenheit war verschwunden. Ich atmete auf.

Da bekam ich von dem Raben einen nicht besonders sanften Schnabelhieb, knapp oberhalb meines Fußknöchels.

»Aua, bist du verrückt?«, rief ich empört, aber Jonathan flatterte nur aufgeregt mit den Flügeln.

»Weg hier«, schien er mir zuzurufen, und tatsächlich flog er durch die offene Bürotür ins Vorzimmer. Schon war er durch das offene Fenster entwischt und hob sich kurz darauf nur noch als kleiner, schwarzer Punkt vom blauen Sommerhimmel ab.

Ich konnte gerade noch die Tür zu Udos Zimmer schließen und mich auf den Stuhl vor den Schreibtisch der Sekretärin fallen lassen, da flog die Eingangstür zum Vorzimmer auf, und eine aufgebrachte Lena rauschte aus dem Flur herein.

»Unverschämtheit«, keifte sie, und sekundenlang wurde mir vor Schreck eiskalt. War ich nicht schnell genug gewesen, und sie hatte mich aus dem Chefbüro kommen sehen? Hatte sie Verdacht geschöpft? Krampfhaft versuchte ich, meinen schnellen Atem zu beruhigen.

»Von wegen, der Maserati wäre nur noch Schrott! Ich komme in die Tiefgarage – und da steht die Karre heil und unversehrt!«, ereiferte sie sich. »Natürlich war kein Schwein da. Die haben mich total verarscht. Und dann musste ich noch geschlagene drei Minuten auf den Aufzug warten und schließlich die Treppe nehmen, weil irgend so ein Idiot im dritten Stock nicht eingestiegen ist, sondern ewig die Tür blockiert hat!«

Ich musste mich beherrschen, damit sie mein erleichtertes Grinsen nicht sah. Der »Idiot« war Lilly gewesen.

»Bestimmt so eine Oma, die beim Orthopäden war«, giftete Lena. »Ich sage Udo schon die ganze Zeit, er soll juristisch erwirken, dass die Praxis ins Erdgeschoss zieht. Dann wäre der Lift nicht dauernd von irgendwelchen Alten und Kranken besetzt.«

Ich beschloss, dass es höchste Zeit war zu gehen. Udos Assistentin war fast genauso ekelhaft wie ihr Boss. Jetzt musste ich nur noch einen sauberen Abgang hinlegen.

»Wissen Sie was? Auf den Schreck hole ich uns erst mal eine Latte macchiato«, sagte ich. Dank Leon aus dem Internet-Café vor ein paar Tagen wusste ich ja nun, wovon ich sprach.

Fast dankbar blickte sie mich an.

»Das wäre super. Für mich mit Caramel-Flavour«, bestellte sie ganz selbstverständlich, aber ich nickte artig.

»Kommt sofort«, sagte ich und flitzte hinaus in den Flur. Als sich die Türen des Aufzugs hinter mir schlossen, wurde mir einen Moment lang schwindlig vor Erleichterung. Jetzt, nachdem die Anspannung nachließ, klapperten mir ganz schön die Zähne. Aber im Erdgeschoss angekommen überwog das Glücksgefühl. Wir hatten es geschafft! Jetzt konnten wir uns auf den Weg in die Berge machen, um Laurin seinen Schatz zurückzubringen und die Einlösung seines Versprechens einzufordern, das er damals auf seinem Thron gegeben hatte: demjenigen, der ihm den Ring wiedergab, drei Wünsche zu erfüllen.

Beschwingt lief ich durch die gläserne Eingangstür des riesigen Foyers, die lautlos und automatisch zurückglitt. Am liebsten wäre ich den Weg entlanggetanzt, der zu Caros Haus führte, in dem Lilly, Jonathan und ich uns vor Udo versteckt hatten. Aber nicht mehr lange. Bald würde ich dem Herrscher der Zwerge seinen Ring zurückbringen, und dann musste er mich freigeben. Und auch Udo könnte mir nichts mehr anhaben, dafür würde ich mit einem Wunsch sorgen.

Draußen wartete schon der Rabe und kam mit freudigem Krächzen angesegelt.

»Los, wer zuerst am Ende der Straße ist«, rief ich übermütig und rannte los. Natürlich hatte ich gegen Jonathan, der mich lässig in der Luft überholte und sogar noch einen Looping drehte, keine Chance.

Lachend sah ich zu ihm hoch. Jetzt konnte ich es nicht mehr erwarten, mit ihm zusammen zum Karerpass aufzubrechen. Von dort aus führte der kürzeste Weg zu Laurins Rosengarten, das hatte ich inzwischen mit Lillys Hilfe im Internet berechnet. Alles würde gut werden, davon war ich fest überzeugt.

Genau das sagte ich auch Lilly, die an der Straßenecke auf mich wartete und mir stürmisch um den Hals fiel, als ich sie einen Blick in die Clutch werfen ließ, in deren Innenfutter der Ring sanft und harmlos schimmerte. Zu meiner Verwunderung hatte Lilly keinerlei Verlangen, ihn herauszunehmen oder ihn gar über den Finger zu streifen.

»Wieso sollte ich? Ich mag mein Leben, so wie es ist, und muss mich nicht toller fühlen als jetzt«, sagte sie unbekümmert. Dann hakte sie mich unter, und übermütig hüpften wir ein paar Schritte um die Ecke, und Jonathans Krächzen klang, als würde er lachen.

Hätte ich mich nur einmal umgeblickt, dann hätte ich den dünnen, schäbig gekleideten Mann auf der Straße stehen sehen, der soeben aus einem Taxi gestiegen war und uns wie vom Donner gerührt nachstarrte.

KAPITEL 22

Und daher, sehr verehrtes Gericht, Herr Vorsitzender Richter, beantrage ich für meinen Mandanten Freispruch. Sie haben die Zeugen gehört. Jedenfalls diejenigen, die hier im Saal erschienen sind«, sagte Udo und erntete für seine letzte Bemerkung ein beifälliges Grinsen von Holger. Der saß zwar auf der Anklagebank, doch er wirkte, als befände er sich im Club Tropicana irgendwo auf den Balearen. In seinem weißen Anzug samt fliederfarbener Krawatte hing er lässig auf dem hölzernen Sitz, und sein überhebliches Grinsen hatte sich nach jedem gehörten Zeugen vertieft. Kein Wunder, waren sie doch alle perfekt bestochen worden. Und die einzige Zeugin, die Holger hätte belasten können, war nicht erschienen. Wahrscheinlich saß sie in irgendeinem schäbigen Pensionszimmer und machte sich vor Angst fast in die Hose.

Mit einem einvernehmlichen Blick zu Holger klappte Udo seine Mappe zu und setzte sich.

Doch plötzlich mischte sich in sein Triumphgefühl eine Art Magengrummeln. Seine Knie wurden weich, und kurz schien sich der Gerichtssaal um sich selbst zu drehen. Die Gesichter von Holger, dem Richter und der Staatsanwältin verschwammen sekundenlang vor Udos Augen. Dann war der Schwindel vorbei, aber ein Gefühl der Schwäche blieb. Vielleicht sollte er sich kurz entschuldigen und draußen einen Schluck aus dem Flachmann nehmen, den er in einer edel-silbernen Flasche stets im Seitenfach seiner Aktentasche mit sich trug?

Doch die Worte der Staatsanwältin hielten ihn auf seinem Platz. Die Kollegin hatte im Laufe der Verhandlung gewirkt, als würde man langsam die Luft aus ihr herauslassen. Mit jeder Aussage zugunsten Udos Mandanten war sie mehr geschrumpft. Und die Information, die Hauptbelastungszeugin wäre nicht auffindbar und hätte schriftlich ihre Aussage zurückgezogen, schien ihr den Rest zu geben. Auf einmal jedoch wurde sie wieder lebendiger.

»Ich habe noch ein paar Fragen an die Zeugen«, sagte sie und stand auf, um die beiden Männer scharf ins Visier zu nehmen.

»Sie behaupten also, mit Herrn Holger Henschek an dem fraglichen Abend die ganze Zeit über in dessen Diskothek gewesen zu sein, ist das richtig?«, wandte sich die Staatsanwältin an Jimmy, den kleineren der beiden Zeugen. Der nickte, aber es wirkte nicht mehr so überzeugt wie vorhin. Die Staatsanwältin sprach betont sachlich, wobei sie sich an niemand Besonderen zu wenden schien: »Nun, wir alle wissen, wie Paragraph 153 Strafgesetzbuch formuliert: ›*Wer vor Gericht oder vor einer anderen zur eidlichen Vernehmung von Zeugen oder Sachverständigen zuständigen Stelle als Zeuge oder Sachverständiger uneidlich falsch aussagt, wird mit Freiheitsstrafe von drei Monaten bis zu fünf Jahren bestraft.*‹«

Man sah deutlich Jimmys Adamsapfel, der beim Schlucken auf und ab hüpfte wie ein nervöser Frosch. Die Anwältin sah es auch, denn sie wandte sich nun auch Jimmys Kumpel Jack zu, der ebenfalls als Zeuge zu Holgers Gunsten ausgesagt hatte.

»Meine Herren, wenn ich Ihnen nachweise, dass Sie vor Gericht bewusst gelogen haben, mache ich Ihnen das Leben zur Hölle. Oder ich sorge dafür, dass die harten Jungs im Knast das übernehmen«, sagte sie im Plauderton.

Dabei lächelte sie so freundlich, dass Jack, der Größere, aber Dümmere von beiden, unwillkürlich zurücklächelte, ehe ihm die Bedeutung ihrer Worte klarwurde. Schlagartig sanken seine Mundwinkel nach unten, und auch Jimmys Augenlider begannen nervös zu zucken.

»Sind Sie sich immer noch sicher, den ganzen Abend mit Herrn Henschek verbracht zu haben?«, hakte die Anwältin schnell nach.

»Einspruch, Euer Ehren! Die Kollegin versucht, die Zeugen einzuschüchtern und zu beeinflussen!«, brüllte Udo und sprang auf, um zu verhindern, dass einer der Männer am Ende einknickte.

»Abgelehnt«, sagte der Richter. »Setzen Sie sich, Herr von Hassell. Frau Staatsanwältin, fahren Sie fort!«

Udo fiel mehr auf seinen Stuhl zurück, als dass er sich setzte. Was war denn hier los, dachte er. So hatte der Richter ja noch nie mit ihm geredet. Und seit wann erlaubte er der Staatsanwältin, dieser hässlichen grauen Maus mit ihrem Kurzhaarschnitt und diesen unmöglichen Keilhosen, *seinen* Zeugen zu drohen?

Udo sah auf und blickte direkt in Holgers Gletscheraugen. Er zuckte zusammen. Diesen Gesichtsausdruck kannte er. Mit Holger war nicht zu spaßen, nur hatte bisher dieser Blick noch nie ihm gegolten, sondern irgendwelchen armen Schweinen, die kurz darauf ohne Schneidezahn dastanden oder im schlimmsten Fall ihr erstes Fingerglied im Taschentuch mit nach Hause nehmen konnten.

Daher missachtete er die richterliche Order und stand erneut auf. »Ich verlange die sofortige ...« Weiter kam Udo nicht.

»Sie setzten sich sofort hin, Herr Verteidiger, oder ich lasse die Verhandlung unterbrechen!«, donnerte der Richter, und sein Ton veranlasste Udo, dem Befehl tatsächlich Folge zu leisten. Er hatte plötzlich keine Energie mehr, zu widersprechen. Sein Körper fühlte sich nach zwei Nächten ohne Schlaf und einem kapitalen Kater an. Er wunderte sich immer noch darüber, da ging die Tür zum Gerichtssaal auf. Als er die schmale, blasse Frau mit den dunklen Augen sah, die in Begleitung ihrer Anwältin den Gerichtssaal betrat, wusste er, dass dies sein erster verlorener Prozess sein würde. Dann sagte die Anwältin die unheilvollen Worte: »Ich beantrage die Anhörung einer Zeugin.«

Eine halbe Stunde später stand er vor dem Gerichtsgebäude und zündete sich mit zitternden Händen eine Zigarette an. Er konnte immer noch nicht glauben, wie der Prozess ausgegangen war. Das Gericht hatte Holger zu fünf Jahren verdonnert. Natürlich würde Udo Berufung einlegen, aber seine innere Stimme sagte ihm, dass er genauso gut versuchen könnte, eine Betonwand mit einem Schaumgummihammer zum Einsturz zu bringen.

Innerhalb weniger Minuten hatte sich im Gerichtssaal das Blatt vollständig gewendet. Jack und Jimmy waren umgefallen wie Pappfiguren am Schießstand und hatten ihre Zeugenaussage widerrufen. Daraufhin hatte die dunkelhaarige Frau Holger mit ihrer Aussage den Rest gegeben.

Das Urteil des Gerichts lautete auf Menschenhandel, Freiheitsberaubung und Dokumentenfälschung. Holger würde in den Knast wandern, aber Udo war trotzdem nicht vor ihm sicher. Wenn Holgers Kumpel erfuhren, dass ihr Boss hinter Gittern saß ... Er wollte gar nicht daran denken. Trotzdem konnte er nichts gegen die Bilder vor seinem inneren Auge tun, die ihm gebrochene Finger und herausgerissene Fußnägel vorgaukelten. Er hatte schließlich jahrelang Holgers Machenschaften miterlebt. Sie hatten ihn nicht interessiert, denn er war ja nicht betroffen gewesen. Bis jetzt.

Das erste Mal in seiner Ehe hatte er das Bedürfnis, Claudia anzurufen. Fahrig kramte er sein Handy aus der Anzugtasche und merkte erst, wie schweißnass seine Finger waren, nachdem ihm der Finger von der Tastatur rutschte.

Claudia hörte das Telefon klingeln und sah auf dem Display Udos Namen. Aber sie hatte keine Lust, dranzugehen. Zum ersten Mal in ihrer Ehe sprang sie nicht, wenn ihr Mann anrief. »Mein Mann«, dachte Claudia. Das klang nach gemeinsamen Abendessen, gemütlichen Leseabenden zu zweit und langen Gesprächen bei einem Glas Wein. All das, was sie seit ihrer Heirat mit Udo nie gehabt hatte.

Unversehens setzte sich der Gedanke in ihr fest, wieso sie eigentlich die ganze Zeit bei ihm geblieben war. Wenn es nach dem Priester ging, vor dem sie sich damals das Jawort gegeben hatten, wäre Udo dazu verpflichtet gewesen, sie »zu lieben und zu ehren, bis dass der Tod euch scheidet«. Er hatte fünfundzwanzig Jahre weder das eine noch das andere getan. Stattdessen hatte er sie mit der gleichen Hartnäckigkeit und Penetranz, mit der jetzt das Telefonklingeln ertönte, betrogen, belogen und – wenn sie ihn zur Rede stellte – niedergemacht. Außerdem war er in all den Jahren nicht nur immer gemeiner, sondern auch fetter und selbstgerechter geworden. Was also hielt sie noch länger in dieser Ehe?

Sie wartete auf Wut, Trauer oder wenigstens irgendein anderes Gefühl, doch da war nichts. Gleichgültig starrte Claudia auf den Apparat und wartete, bis er verstummte. Dann wandte sie sich ab und ging ins Schlafzimmer, um zu packen. Noch heute würde sie Linus und Karla nehmen und zu ihren Eltern ziehen. Und morgen würde sie eine Anwältin anrufen, um die Scheidung einzureichen.

»Verdammt, wo treibt sich die dumme Kuh nur wieder herum?«, fluchte Udo und drückte wütend die »Auflegen«-Taste seines Handys. Mit einem beleidigten Piepsen schaltete sich das teure Smartphone aus, und zwar komplett.

»Mistding!«, fluchte er und presste seinen fleischigen Daumen auf den Einschaltknopf, um es wieder zu booten. Doch vergeblich, das Display blieb schwarz. »Scheiße!«, brüllte er entnervt. Einige Passanten drehten die Köpfe und sahen zu ihm her. Udo glaubte, in ihren Blicken Verachtung zu lesen. Verachtung für einen Verlierer, der nicht einmal mehr sein Handy im Griff hatte. Geschweige denn seinen Job. Unvermittelt überfiel ihn ein Gefühl des Versagens, das er zuletzt in der Schule verspürt hatte. Das war, ehe er den Ausflug in die Berge gemacht hatte und der Ring sein Eigentum geworden war …

Udos Gedanken stockten. Der Ring! Er würde ihn retten! Mit zwei Schritten war er die Treppe vom Gerichtsgebäude hinuntergeeilt und wedelte mit den Armen: »Hallo, Taxi!«

Grußlos stürmte Udo in das Vorzimmer der Kanzlei. Frank hockte vor Lenas Schreibtisch und roch zwei Meter gegen den Wind nach seinem teurem Cognac, obwohl es erst kurz nach ein Uhr mittags war.

»Udo! Du glaubst nicht, wen ich vorhin gesehen habe …«, fing er an, doch der ignorierte ihn. Ebenso wie seine Sekretärin, die ihm etwas von einem Praktikum erzählen wollte.

»Keine Zeit«, schnauzte Udo und verschwand in seinem Büro. Er knallte die Tür zu und sperrte sorgfältig von innen ab. Dann atmete er zwei Mal tief durch und versuchte, sich zu beruhigen. »Alles wird gut, alles wird gut, alles wird gut«, murmelte er vor sich hin und stellte sich vor, wie er gleich den Safe öffnen und die kleine, schwarze Schachtel herausnehmen und aufklappen würde. Beim Anblick des Rings wäre seine Welt wieder in Ordnung, dessen war er sich sicher. Das flaue Gefühl im Magen, das ihn im Griff hatte, seit sich die Tür zum Gerichtssaal geöffnet hatte und die Belastungszeugin erschienen war, ignorierte er. Stattdessen konzentrierte er sich voll und ganz darauf, die richtige Zahlenkombination in den Safe einzugeben. Trotzdem vertippte er sich bei drei von sechs Ziffern und musste noch einmal von vorne beginnen. Heute war anscheinend nicht sein Tag. Aber das würde sich gleich ändern. Sobald er den Ring sehen würde, ihn herausnehmen, vielleicht sogar über den Finger streifen ...

Mit einem schrillen, langgezogenen Ton und dem Aufblinken des grünen Lämpchens entriegelte sich die Tür des Tresors. Gierig suchten Udos Hände im Inneren des Safes nach dem Etui. Seine Finger ertasteten etwas Schmales, Samtenes, und er atmete auf. Behutsam zog er die Schachtel heraus, die ihm auf einmal wie ein Rettungsring erschien, an den er sich klammerte, um nicht zu ertrinken. Selbst das Atmen fiel ihm schwer. Gleich würde es besser werden, dachte er und klappte langsam und feierlich den Deckel des Schächtelchens auf.

Er erwartete den sanften Schimmer von Gold und das grüne Feuer des Steins zu sehen, aber sein Blick fiel auf schwarze Leere. Auf dem dunklen Samt lag – nichts. Es dauerte geschlagene fünf Sekunden, ehe Udo begriff: Der Ring befand sich nicht mehr in der Schachtel.

Ein namenloses Entsetzen packte ihn. Die Luft entwich aus seinem Brustkorb, und er brachte nur ein klägliches Fiepen heraus. Seine Hände schossen vor, und er tastete blind den schmalen Innenraum des Tresors ab, auf der Suche nach seinem Kleinod, obwohl sein Verstand wusste, dass er nichts finden würde. Doch Udo wollte die Stimme in seinem Kopf nicht hören. Sie konnte, nein, sie *durfte* nicht recht haben! Denn das würde bedeuten, seine ganze Macht, all das viele Geld, die Frauen und die Vergnügungen, die ihm in den vergangenen siebenundzwanzig Jahren so leicht und problemlos zugeflogen waren, wären ab sofort verloren.

Denn so verroht und abgestumpft er auch sein mochte, tief in seinem Herzen hatte er immer gewusst, dass es einzig und allein der Ring war, der ihn zu dem machte, der er war: ein wohlhabender, erfolgreicher Anwalt, der noch nie einen Prozess verloren hatte. Und mit einem Mal wurde ihm auch klar, wann der Schmuck gestohlen worden war. Es musste exakt zu diesem Zeitpunkt gewesen sein, da der Richter seinen Einspruch abgelehnt hatte. In dieser Sekunde hatte er die Macht des Rings verloren.

Jetzt wurde Udo tatsächlich schwarz vor Augen. Schwer atmend stützte er sich an der Wand ab, um nicht umzukippen. Ein Würgereiz schüttelte ihn, und stöhnend sog er die Luft ein, wobei er das Gefühl hatte, ein Zentnergewicht läge auf seiner Brust. Gebückt stand er da und fühlte sich mit einem Mal alt und dick. Während er keuchend nach Luft schnappte, hörte er ein Klopfen an der Tür.

»Udo? Alles in Ordnung mit dir?«, drang Franks Stimme durch die Tür. Frank! Was machte der eigentlich in der Kanzlei? Und hatte er nicht gerade beim Reinkommen geradezu ekelhaft zufrieden ausgesehen?

Mit einem Ruck fuhr Udo aus seiner gebückten Haltung hoch. Ein stechender Schmerz durchfuhr seinen Magen, aber er achtete nicht darauf. In fliegender Hast drehte er den Schlüssel um und riss die Tür auf.

»Wo ist er?«, bellte er Frank an, der bei Udos abruptem Erscheinen vor Schreck zwei Schritte zurückgewichen war.

»Wo ist wer?«, stotterte der überrumpelt, doch Udo packte ihn am Kragen seiner abgewetzten Windjacke und stieß ihn in sein Büro, ohne auf Lenas erschrockenen Ausruf zu hören. Er schloss die Tür und baute sich drohend vor Frank auf.

»Ich rate dir, ihn ganz schnell wieder rauszurücken, Freundchen, oder ich breche dir jede Rippe einzeln«, zischte er seinen alten Kumpel und Mitschüler an.

»Aber … wen meinst du denn?«, winselte Frank. Den Kopf eingezogen und den Rücken unterwürfig gekrümmt, erinnerte er Udo an einen Hund, der so oft verprügelt worden war, bis er bei der kleinsten Bewegung bereits Schläge erwartete.

Ihm wurde klar, dass sich Frank niemals so verhalten würde, wenn er tatsächlich im Besitz des Ringes wäre. Hätte er den Schmuck aus dem Tresor genommen, wäre dessen Macht auf Frank übergegangen, und er würde vor Selbstsicherheit nur so strotzen und über seine Drohung höchstens lachen.

»Ach Mist, vergiss es«, murmelte Udo daher nur und klopfte seinem Kumpan ungeschickt auf die Schulter. »Tut mir leid«, fügte er noch hinzu. Weniger, weil es die Wahrheit war, sondern weil er Frank unter Umständen noch brauchen konnte, wenn er den Ringdieb jagen würde. Denn wenn es nicht Frank war, kam eigentlich nur eine Person in Frage.

»War irgendjemand heute in meinem Büro?«, blaffte er Lena an, kaum dass er mit dem völlig verwirrten Frank im Schlepptau ins Vorzimmer trat.

»Du ... äh ... Sie haben doch diese Praktikantin herbestellt«, nölte Lena, ohne von ihrer Tastatur aufzublicken.

»Wen?«, fragte er, und offenbar klirrte seine Stimme förmlich, denn nun hob Lena doch den Blick und sah unter ihren dreifach getuschten Wimpern hervor.

»Na, die Jurastudentin aus Passau«, erklärte sie. Um auf Udos ratlose Miene hin hilfreich hinzuzufügen: »Die mit den roten Haaren!«

»Emma Wiltenberg!«, jaulte Frank auf, bevor Udo noch reagieren konnte. »Dann war sie das also doch!«

Langsam wandte Udo den Kopf und starrte ihn an. »Was?«, fragte er leise.

»Ich wollte vorhin zu dir in die Kanzlei. Na ja, und als ich auf der Straße stehe, kommt auf einmal *sie* aus dem Haus. Also, das Mädchen sah zumindest aus wie Emma. Allerdings war sie ...«, Frank stockte. »Also, sie sah noch genauso aus wie damals«, formulierte er unbeholfen.

Udo nickte. Er wusste, was sein ehemaliger Klassenkamerad meinte.

Unwillkürlich durchrieselte ihn ein kalter Angstschauer. Also war sie tatsächlich hier gewesen und hatte den Ring gefunden! Eine kalte Wut auf diese dumme Gans, die sich seine Assistentin schimpfte, packte Udo, und er beugte sich über Lenas Schreibtisch.

»Sind Sie wahnsinnig geworden, eine Fremde in mein Büro zu lassen?«, sagte er, und seine Stimme klang gefährlich leise. Normalerweise hätte Lena jetzt zu Stein erstarren und zu stottern beginnen müssen. Stattdessen warf sie den Kopf in den Nacken und schnaubte geringschätzig.

»Erstens war sie nur hier im Vorzimmer und nicht in Ihrem Büro«, entgegnete sie, wobei sie ihn betont siezte. »Zweitens kannte die Rothaarige *Sie* offenbar ziemlich gut. Immerhin wusste sie, wie Ihre Frau und Ihre beiden Kinder heißen. Und drittens waren Sie es doch, die ihr ein Praktikum in der Kanzlei aufgeschwatzt haben«, fügte sie hinzu. »Aber sie ist vorhin einfach verschwunden, obwohl sie versprochen hatte, mir einen Kaffee mitzubringen. Arrogante Zicke!« Mit diesem abschließenden Urteil wandte sich Lena wieder ihrem Bildschirm zu und würdigte Udo keines Blickes mehr.

Der kratzte sich am Kopf. Dieses verdammte Miststück. Das hatte sie ja wirklich raffiniert angestellt. Dann aber stutzte er. Woher kannte Emma Linus' und Karlas Namen? Und wieso wusste sie die Zahlenkombination seines Safes, der ihm erst kurz vor ihrem Erscheinen in die Kanzlei geliefert worden war? Doch so viel er auch grübelte, er konnte es sich nicht erklären.

»Udo?«, meldete sich Frank unvermittelt zu Wort.

»Was?«

»Wolltest du nicht zum Spinner, ich meine Spindler, ins Krankenhaus?«

»Scheiße«, sagte Udo gedehnt, doch er klang eher erfreut als gereizt. »Den Spinner habe ich total vergessen. Gut, dass du mich daran erinnerst, Frankie. Bist du also doch zu etwas zu gebrauchen.«

Der lächelte dümmlich. Jovial nahm Udo ihn am Arm und zog in mit sich in sein Büro. Dort sperrte er eine Schublade auf, und als er sich zu Frank umdrehte, sah der einen kleinen, schwarzen Revolver. Udo steckte ihn beiläufig in die Innentasche seines Sakkos. »Wir werden dem alten Herrn einen Besuch abstatten. Und ich wette, danach wissen wir, wo wir unsere verschollene Studentin finden …!«

***

Lilly und ich sahen den Arzt fassungslos an. »Aber … gestern war doch noch alles okay!«, stammelte Lilly schließlich. Ich brachte kein Wort heraus, sondern hatte den Blick starr auf den blütenweißen Kittel des Mannes geheftet, der uns mitfühlend ansah. »Dr. Weidmann« las ich, doch die Buchstaben ergaben keinen Sinn. Genauso wenig verstand ich, dass Theo Spindler tot sein sollte. Sein freundliches, von Falten durchzogenes Gesicht, seine beruhigende Stimme und all die Sätze, mit denen er sich immer so gewählt ausgedrückt hatte – nichts davon würden wir jemals wieder sehen oder hören. Mir war zumute, als wäre ein Stück Licht aus meinem Leben verschwunden.

»Wir sind eigentlich davon ausgegangen, er schafft es«, hörte ich die Stimme des Arztes wie aus weiter Ferne. »Aber sein Herz war sehr schwach. Wir haben getan, was wir konnten, nur leider …« Er verstummte hilflos. Ich hob den Kopf und sah dem Arzt ins Gesicht.

»Danke«, murmelte ich, während Lilly stumm neben mir stand und weinte. Ich legte ihr den Arm um die Schultern und drückte sie fest an mich.

»Mein Beileid«, murmelte der Arzt. »Wissen Sie, ob Herr Spindler Kinder hatte oder Verwandte? Wir müssten wegen der Formalitäten …« In dem Moment ging sein Pieper los. »Tut mir leid, ich muss los!«, sagte der Doktor hastig und verschwand mit wehendem weißen Kittel um die Ecke.

Ich zog Lilly auf einen der grünen Plastikstühle, die im Flur standen. Sie schluchzte, und nun liefen auch mir die Tränen aus den Augen.

»Ich hätte ihm so gerne geholfen«, flüsterte ich und dachte an die versteinerte Rose. Ein paar Stunden früher, und ich hätte dem alten Herrn vielleicht noch ein paar Jahre schenken können, ehe die Blume zu grauem Granit erstarrte. Vielleicht ging es ihm schon längere Zeit schlecht. Doch statt sich zu schonen, war er ins Auto gestiegen, um mir und Jonathan zu helfen. Ein heftiges Schuldgefühl packte mich mit scharfen Zähnen und biss sich tief in mir fest. Da spürte ich eine zarte, warme Hand, die sich auf meine legte.

»Du kannst nichts dafür, Emma«, sagte Lilly. In ihren Wimpern hingen noch Tränen, aber sie sah mich fest und sicher an.

»Du hast Jonathan mit der Rose vor dem sicheren Tod gerettet. Damit hatte sie ihre Kraft verloren, aber das konntest du doch nicht ahnen! Spindler wäre sicher traurig, wenn er wüsste, wie schuldig du dich jetzt fühlst.«

Ich holte schluchzend Atem. »Ich weiß ja, Lilly. Es ist nur … Er wird mir fehlen«, flüsterte ich, und erneut schoss mir das Wasser in die Augen. Außer ihm, Lilly und Jonathan hatte ich niemanden mehr. Wer weiß, wie Caro reagieren würde, wenn sie zurückkam. Vielleicht hatten siebenundzwanzig lange Jahre das Band zwischen uns zerschnitten, und wir waren uns fremd geworden? Immerhin war sie eine erwachsene Frau von achtundvierzig Jahren und ich eine Einundzwanzigjährige, die tief unten im Berg ein halbes Leben verpasst hatte. Die dunklen Gedanken legten sich wie zäher, schwarzer Ruß auf meine Seele und drohten mich zu ersticken.

Bis Lilly mich sanft schüttelte. »Emma, du hast Jonathan

und mich. Und wenn meine Ma nach Hause kommt, wird sie ausflippen vor Freude, dich zu sehen. Du bist nicht allein.« Sie nahm mich in den Arm und drückte mich fest an sich. Dann machte sie sich energisch los.

»So – und jetzt schnappst du dir Jonathan. Ihr müsst mit dem Ring in die Berge aufbrechen. Hier ...« Sie kramte in ihren Taschen und fischte ein paar blaue und braune Geldscheine heraus.

»Lilly, nein!«, protestierte ich, aber sie sah mich mit einem wilden Blick an. Ihre Augen glänzten beinahe fiebrig, und sie drückte mir das Geld energisch in die Hand.

»Nimm! Du musst mit dem Zug nach Bozen fahren und später vielleicht jemanden bezahlen, damit er dich und den Raben in die Berge mitnimmt. Du wirst die Kohle brauchen!«

»Das kann ich nie wiedergutmachen, Lilly! Das ist dir klar, oder?«, murmelte ich erstickt und war schon wieder kurz davor zu heulen. Diesmal allerdings vor Rührung.

»Mann, Emma! Finde diesen komischen Zwergenkaiser und sieh zu, dass zu ihn dazu bringst, den Fluch zu lösen. Du würdest mir einen großen Gefallen tun. Ich habe nämlich tatsächlich eine Katzenhaarallergie.«

Trotz meiner Trauer um Spindler und der Angst, die ich vor einer erneuten Begegnung mit dem widerwärtigen Laurin hatte, musste ich lächeln.

»Kommst du klar?«, fragte ich leise und drückte zum Abschied Lillys Hände.

»Mach dir keine Sorgen. Übermorgen kommen Ma und mein Vater zurück. Bestimmt helfen sie mir mit dem ganzen formalen Kram. Herr Spindler hat mir im Auto erzählt, dass er keine Familie hat. Meine Mutter wird sicher alles in die Hand nehmen. Und wenn du und Jonathan zurück seid, können wir alle drei bei seiner Beerdigung dabei sein. Dann wird er von den Menschen verabschiedet, die er gernhatte«, sagte Lilly, und ich musste schlucken. Manchmal war die Kleine mit der großen Klappe schon ganz schön erwachsen.

Eine letzte Umarmung, dann ging ich den Flur entlang und stieg in den Aufzug, der soeben hielt und ein paar schwatzende Krankenschwestern ausspuckte.

Draußen wartete der Rabe auf einem der Bäume, die rund um die Klinik standen. Ich streichelte sein glänzendes Gefieder, während ich ihm die traurige Nachricht von Spindlers Tod überbrachte. Jonathan krächzte leise und ließ die Flügel hängen. Auf meiner Schulter sitzend, seinen Kopf an meinen geschmiegt, versuchte er mich über den Verlust eines Menschen hinwegzutrösten, der unser beider Leben nicht nur leichter, sondern auch reicher gemacht hatte. Doch wir hatten keine Zeit zu verlieren, also machte ich mich zusammen mit Jonathan auf den Weg.

***

»Tut mir leid, Sie können da jetzt nicht rein.« Eine füllige, ältere Schwester hatte sich vor Udo und Frank aufgebaut und versperrte den Männern energisch den Zutritt zu Zimmer 320. »Hören Sie mal, gute Frau, wir wollen nichts weiter als Theo Spindler besuchen und ...«

»Habe ich mich nicht klar ausgedrückt? Sie können jetzt nicht zu ihm.«

»Und wieso nicht?«, mischte Frank sich ein und musterte die Schwester mit vorgestrecktem Kopf wie ein angriffslustiges Frettchen. »Sind wir nicht schick genug für einen Krankenbesuch, oder was haben Sie für ein Problem?«

»Sind Sie ein Angehöriger?«, raunzte die Krankenschwester und nahm Frank in Augenschein.

»Er nicht, aber ich. Theo war mein ... Großonkel«, schaltete sich Udo, dem ein Gedanke gekommen war, blitzschnell ein. »Udo von Hassell, mein Name. Rechtsanwalt. Sehr erfreut.«

Die Schwester musterte seinen teueren Maßanzug samt den handgenähten Pferdelederschuhen, und ihre Miene wurde etwas freundlicher.

»Ihr Großonkel ist vor etwa zwei Stunden verstorben. Es tut mir leid«, sagte sie. »Wenn Sie warten möchten, können Sie den Toten noch einmal sehen und sich von ihm verabschieden. Momentan wird er gewaschen.«

Udo zuckte zusammen. Nein danke, dachte er schaudernd. Der Tod war nichts, womit er sich gerne beschäftigte. Vor allem verdrängte er die Vorstellung, dass auch er nicht unsterblich war. Udo von Hassell wollte gerne an das Gegenteil glauben und sich für eine Ausnahme halten. Solange er im Besitz des Rings gewesen war, hatte er tatsächlich das Gefühl gehabt, vom Sensenmann verschont zu bleiben.

Dieser Gedanke brachte ihn wieder auf den eigentlichen Grund, weshalb er und Frank hier waren. Dummerweise war der Alte tot, so dass sie aus ihm Emmas Aufenthaltsort sicher nicht mehr herausbringen würden.

»Verdammt«, presste Udo hervor, »jetzt war alles umsonst!«

»Herr Spindler hat sicher gewusst, dass Sie an ihn denken. Gerade, wenn die Seele den Körper verlässt, spüren die Menschen oft noch die Liebe, die sie umgibt«, sagte die Schwester salbungsvoll. Udo glotzte sie an.

»Das habe ich auch schon dem Mädchen gesagt, das auch zu Herrn Spindler wollte. Sie war in Begleitung einer ehemaligen Studentin Ihres Großonkels, einer sehr hübschen, rothaarigen Frau«, plapperte die Schwester weiter. »Leider musste sie dringend weg. Aber das Mädchen ist noch da. Dort drüben sitzt sie«, sagte die Krankenschwester und wies mit dem Kopf den Gang hinunter.

Udos und Franks Köpfe wandten sich gleichzeitig um. In

etwa zehn Schritten Entfernung hockte ein Mädchen auf einem der scheußlich grünen Plastikstühle. Es sah klein und verheult aus und schenkte ihrer Umgebung keine Beachtung.

Da war der Fisch, der freiwillig ins Netz des Anglers schwimmt, dachte Udo. Garantiert war das Emma, mit der sie gekommen war, und sicher wusste sie, wohin die rothaarige Schlampe so dringend gewollt hatte. Ein gemeines Grinsen machte sich auf seinem Gesicht breit, und er stieß Frank in die Seite.

»Wir kümmern uns um sie«, sagte er mit der Stimme des Wolfes aus dem Märchen von den sieben Geißlein. Doch die Schwester schöpfte keinen Verdacht.

»Das ist nett von Ihnen. Vielleicht können Sie die Kleine ein bisschen trösten. Ich glaube, sie nimmt sich den Tod des alten Herrn sehr zu Herzen«, gurrte die weißbekittelte Frau und entfernte sich mit quietschenden Gummisohlen in die andere Richtung.

Udo wartete sicherheitshalber, bis sie außer Hörweite war. Dann zerrte er Frank zu der Sitzgruppe. Das blonde Mädchen schien sie nicht einmal zu bemerken. Es starrte auf das zusammengeknüllte Taschentuch in seinen Händen und schniefte leise. Mit einer knappen Kopfbewegung wies Udo seinen Kumpel an, sich links neben sie zu setzen. Dann ließ er sich auf den Stuhl rechts neben ihr fallen.

»Ich glaube, wir haben eine gemeinsame Bekannte«, hörte Lilly einen Mann sagen. Sie hob den Kopf – und blickte direkt in die Mündung eines Revolvers.

***

Unruhig rutschte ich auf dem abgewetzten und durchgesessenen Sitz im Zugabteil herum. Neben mir stand ein Rucksack, der Klamotten für Jonathan und etwas Proviant enthielt. Seit zehn Minuten waren wir unterwegs in Richtung Bozen, und ich wünschte, die Zeit würde ausnahmsweise einmal schneller vergehen. Das untätige Herumsitzen machte mich ganz kribbelig. Der Ring lag schwer in meiner Hosentasche, und sein Gewicht schien mich förmlich in das Polster zu pressen.

Aber es war nicht der Schmuck, der mich bedrückte, ich machte mir Sorgen um Lilly. Zwar versuchte ich mir einzureden, sie wäre inzwischen wieder zu Hause und säße mit einem dicken Schmöker unter einem der Obstbäume im Garten, aber das mulmige Gefühl hatte sich hämisch neben mich auf den Sitz plaziert und wollte nicht weichen. Jonathan, der sich vorsichtshalber unter der Bank verkrochen hatte, weil ich mir nicht sicher war, ob Raben als Zuggäste erlaubt waren, spürte meine Unruhe. Manchmal vergaß ich, dass wir unsere Gedanken und Gefühle lesen konnten, auch wenn einer von uns kein Mensch war. Der Rabe klapperte leise mit dem Schnabel und kniff mich liebevoll in einen meiner Wanderschuhe, die ich vorhin noch schnell herausgekramt hatte.

»Ich habe nicht nur Angst um Lilly«, erklärte ich ihm leise. »Was, wenn wir Laurins Berg nicht mehr finden?«

Der Rabe nickte ein paar Mal heftig mit dem Kopf und hüpfte auf meine Armlehne. »Ich kenne den Weg«, schien er mir damit sagen zu wollen. Trotzdem wuchs meine Unruhe von Sekunde zu Sekunde. »Aber wenn Laurin sich weigert, uns die drei Wünsche zu erfüllen, und mich stattdessen wieder gefangen nimmt? Ich könnte mich doch nie und nimmer gegen die Zwerge wehren, sie sind zu stark!«

Gleichzeitig aber wurde mir klar: Ich hatte keine andere Wahl. Nicht nur Udo würde mich immer weiter verfolgen. Wenn ich nicht mein restliches Leben lang um Mitternacht zur Katze werden wollte, wobei ich nie mehr als eine kostbare Stunde in Menschengestalt mit Jonathan verbringen könnte, ehe er zum Raben wurde, musste ich das Risiko eingehen. Mir blieb nichts anderes übrig, als noch einmal zum Eingang von Laurins Felsenreich zurückzukehren. Ich hatte damals, bei meiner grausigen Ankunft in seinem steinernen Saal, mit eigenen Ohren gehört, wie er demjenigen die Erfüllung dreier Wünsche versprach, der ihm sein Schmuckstück zurückgab. Vielleicht war selbst ein Wesen wie Laurin an Versprechen gebunden, weil ihn sonst seine Zauberkräfte verlassen oder sich gegen ihn wenden würden? Wieder nickte der Vogel, und ich lehnte mich etwas beruhigter in den Sitz zurück.

»Ich hoffe so sehr, dass alles gut wird, Jonathan«, flüsterte ich. Erst als ich in meiner Hosentasche kramte, weil ich die Stimme des Schaffners auf dem Gang hörte, der um die Fahrscheine bat, merkte ich, dass meine Hände vor Angst so kalt und feucht wie die Wände in der Felsenhöhle der Zwerge waren. Hoffentlich musste ich Laurins unterirdisches Reich nie wieder betreten. Auch das wäre Bestandteil der drei Wünsche, wenn ich ihm den Ring überreichen würde.

***

»Niemand nimmt mir meinen Ring weg! Schon gar nicht diese Schlampe!«, fauchte Udo die verschüchterte Lilly an. Er hatte ihr den Lauf der Pistole zwischen die Rippen gepresst und sie gezwungen, langsam und unauffällig mit ihnen den Krankenhausflur entlang und zum Aufzug zu gehen. »Ein Laut, und ich knall dich ab«, hatte Udo gedroht, und Lilly war ihm und seinem schäbig gekleideten Begleiter starr vor Angst nach draußen gefolgt.

Jetzt hockte sie auf dem Rücksitz eines großen, schwarzen Wagens. Udos Kumpel hatte die Pistole übernommen und sich neben sie gesetzt, während der dicke Anwalt sich hinters Steuer gequetscht hatte und den Zündschlüssel drehte. Mit einem bösartigen, tiefen Röhren erwachte der Motor erneut zum Leben. Kurz zuvor hatte Udo Lilly gezwungen, ihnen den Weg zu verraten, den Emma nehmen würde. Erst hatte Lilly behauptet, es nicht zu wissen, aber nachdem Udo auf einen verlassenen Parkplatz abgebogen war und Anstalten gemacht hatte, Lilly eine Kugel ins Knie zu jagen, war sie in Tränen ausgebrochen und hatte panisch schluchzend nur ein Wort hervorgestoßen – »Karerpass«.

***

Nach der Zugfahrt, die eine Ewigkeit zu dauern schien, kam ich mitsamt dem Raben schließlich in Bozen an. Eine halbe Stunde, viele Fragen und einen Verzweiflungsausbruch, weil ich die verdammte Haltestelle nicht finden konnte, später saß ich im Linienbus, der mich und Jonathan in das Alpendorf Welschnofen bringen würde.

Die vierzigminütige Fahrt verlief schweigend, denn ich hatte den Vogel dazu überredet, sich in meinem Rucksack zu verstecken, damit unser Plan nicht am Ende noch an dem alpenländischen Sturschädel eines Busfahrers scheiterte, der sich vielleicht weigern würde, einen jungen Mann in Rabengestalt zu transportieren. Übergewichtige Dackel hingegen waren erlaubt, denn in dem Doppelsitz mir gegenüber saß eine Dame in höherer Alters- und Gewichtsklasse, zu deren Füßen ihr ebenso unförmiger Hund hockte, der mich die ganze Fahrt über mit hochgezogenen Lefzen anknurrte.

»Der tut nichts, gell, Wasti?«, zwitscherte die Frau, was den Köter veranlasste, die Oberlippe noch ein Stück höher zu ziehen. Ein Tropfen Geifer löste sich aus seinem Maul und klatschte auf den Boden. Ich war sowieso schon nervös, und die knurrende Bratwurst vor mir machte die Sache nicht besser. Ob er die Katze witterte, in die ich mich in einigen Stunden wieder verwandeln würde, sollte es mir nicht gelingen, Laurin zu finden? Oder war es der Rabe in meinem Rucksack, den der Dackel trotz seiner Kurzatmigkeit roch?

»Wie alt ist denn der Wasti?«, fragte ich, obwohl ich die

Hundebesitzerin am liebsten aufgefordert hätte, mit ihrer asthmatischen Witzfigur den Platz zu wechseln.

»Zwölf Jahre«, gab sie stolz Auskunft. »Gell, Wasti, du bist schon ein alter Hundi!«

Und bald bist du ein toter Hundi, wenn du nicht aufhörst, mich anzugeifern, dachte ich und konzentrierte mich darauf, »Wasti« meine Gedanken zu übermitteln. Vielleicht funktionierte das ja nicht nur zwischen Jonathan und mir? Vor meinem inneren Auge materialisierte sich das Bild von einem halben Dutzend Mettwürste, auf deren goldglänzender Pelle der Schriftzug »Wasti« prangte. Zu meiner Verblüffung jaulte der Dackel plötzlich auf und kroch rückwärts zwischen die Füße seines Frauchens.

»Was hat er denn?«, wollte die Dame verblüfft wissen und beugte sich hinunter, um ihr speckiges Haustier zu mustern. Der war vom Kampfköter zum Hasenfuß mutiert, jedenfalls gab er keinen Ton mehr von sich.

»Vielleicht bekommt ihm das Busfahren nicht«, meinte ich freundlich.

»Wir müssen sowieso an der nächsten Haltestelle raus«, sagte die Dame und führte ihren Wasti an der Leine mit sich. Mit eingeklemmter Rute und einem letzten angstvollen Blick auf mich kroch der Dackel aus seinem Versteck und zerrte sein Frauchen anschließend so heftig zu den Bustüren, dass sie beinahe gestolpert wäre.

»Böser Hundi!«, hörte ich sie noch rufen. Ich unterdrückte ein Kichern und öffnete den Rucksack ein wenig. Auch der Rabe gluckste leise, und als der Bus nach kurzem Halt nach Welschnofen weiterfuhr, schien die eiskalte Klammer, die um mein Herz lag, schon nicht mehr ganz so eng zu sein.

KAPITEL 23

Unser Herrscher ist wieder da!«, hörte Laurin bereits von fern Jubel in der Felsenhalle ausbrechen. Mit Mühe schleppte sich der Zwergenkönig die letzten Meter durch den stockfinsteren Gang, gefolgt von Thoralf.

»Majestät, wie gut, dass Ihr doch umgekehrt seid. Die Menschenwelt ist voller Gefahren …«, empfing ihn sein Untertan Yngve mit einer Reihe von Verbeugungen. Laurin starrte ihn an.

»Wieso umgekehrt?«, sagte er heiser, denn er fühlte sich immer noch ausgelaugt vom langen Marsch in die Berge.

Yngves zerfurchtes Gesicht legte sich in noch mehr Falten. »Aber … Ihr wart doch keine Zeitspanne fort, Majestät«, antwortete der Zwerg verwirrt und starrte seinen König an, der ebenso verständnislos zurückglotzte. »Thoralf und ich hielten uns ein paar Tage in der Oberwelt auf. Was habt ihr faule Bande in der Zwischenzeit getrieben – etwa geschlafen?«, bellte Laurin, und sein Untertan wich zwei Schritte zurück.

»N-nein, Herr! Seht doch, selbst Euer Essen ist noch warm«, stammelte er und wies auf den Goldteller, der vor Laurins Thron stand. Tatsächlich dampfte der Suppenkessel auf dem Tisch noch schwach, und alles sah so aus, wie Laurin es kurz vor der Vermählung mit Similde verlassen hatte. Er runzelte die Stirn. »Merkwürdig«, stellte er fest und ließ den Blick über sein Volk gleiten. Einige Zwerge schienen von dem Gift, das Similde ihnen so heimtückisch in ihr Mahl gemischt hatte, immer noch etwas angeschlagen. Aber immerhin waren alle bis auf die beiden bedauernswerten Toten, die aufgebahrt in einer kühlen Ecke lagen, wohlauf.

»Bringt mir Met. Ich muss zu Kräften kommen«, befahl der König. Eilfertig wieselten seine Untertanen davon, und es dauerte keine Minute, bis ein gefüllter Krug vor ihm stand.

Laurin hob seinen Methumpen. »Auf unser Volk«, rief er, und ein vielstimmiger Jubel aus Zwergenkehlen antwortete ihm. Bald, dachte Laurin. Bald würden seine Kräfte zurückgekehrt sein, und dann würde er sich mit Hilfe einer neuen Magie wieder auf die Suche nach seiner Braut machen. Und wehe ihr, wenn er sie fand!

***

»Jonathan! Wo bist du?«, rief ich ungeduldig. Der Rabe war davongeflogen, und ich bekam kurzzeitig Angst, er würde nicht wiederkommen. Ich stand am Fuß des Berges, der uns hoffentlich direkt an die Grenze zu Laurins Rosengarten führen würde. Nachdem ich mit dem Raben im Rucksack aus dem Linienbus gestiegen war, hatte es zum Glück nicht lange gedauert, bis ich einen jungen Förster mit seinem Jeep getroffen hatte, der sich bereit erklärte, mich zum Karerpass mitzunehmen.

Der Wanderpfad zum Rosengarten begann an dem Parkplatz beim Skilift, an dessen Fuß Jonathan und ich bei unserer Flucht in Josefs »SUV« gestiegen waren. Heute standen nur wenige Autos auf der planen Fläche. Es war erst eine Woche her, seit wir Laurin entkommen waren, und doch kam es mir vor, als seien seitdem Monate vergangen. Damals hatte ich noch keine Ahnung gehabt, wie viel Zeit inzwischen verstrichen war.

Nun stand ich wieder an der gleichen Stelle, doch ich war eine andere geworden. Und dort, wo ich nie wieder hinwollte und alles seinen Anfang genommen hatte, würde ich es jetzt zu Ende bringen.

Bestimmt hatte sich der junge Förster gewundert, wieso ich in leicht hysterisches Kichern ausgebrochen war, als er mir sagte, der Skilift trüge den Namen »Laurin-Lift«.

»Hoffentlich ist das kein schlechtes Omen«, murmelte ich und stieg aus. Der Fahrer schenkte mir noch einen irritierten Blick, ehe er wendete und Gas gab. Nach meiner Handynummer, die er zu Beginn der Fahrt noch unbedingt hatte wissen wollen, fragte er nicht mehr.

Sobald das Geräusch seiner Reifen verklungen war, hatte ich ihn auch schon vergessen. Ich hatte den Raben aus dem Rucksack gelassen, und er war erleichtert zu einem kurzen Erkundungsflug aufgebrochen.

Es war jetzt ungefähr halb fünf Uhr nachmittags, und der Aufstieg würde mich ungefähr vier Stunden kosten. Spontan wünschte ich, fliegen zu können wie Jonathan, dann hätten wir den Weg wahrscheinlich in der Hälfte der Zeit geschafft. Gerade als ich anfing, ärgerlich zu werden, weil mein gefiederter Freund sich einfach davongemacht hatte, erblickte ich einen schwarzen Schatten, der rasch näher kam. Mit einem leisen Krächzen ließ sich Jonathan auf meinem ausgestreckten Arm nieder. Er strahlte Zufriedenheit aus, und ich wusste, dass wir am richtigen Ort waren.

***

Zwei Stunden später saß ich fluchend auf einem flachen Stein. Vor mir ragte die Kulisse des mächtigen Bergmassivs auf, und die imposanten Gipfel hoben sich in kitschpostkartengleicher Schärfe von dem wasserblauen Himmel ab, doch ich hatte kein Auge dafür. Verzagt betrachtete ich die nässende, rote Stelle knapp oberhalb meiner Ferse. Zuerst war es beim Laufen nur ein leichter Druck gewesen, den ich verbissen ignoriert hatte. Schließlich wollte ich ja so schnell wie möglich zu Laurins Berg. Ich lief also so lange weiter, bis der drückende Schmerz sich zu einem fiesen Brennen ausgewachsen hatte und ich nur noch humpelnd vorwärtskam. Noch bevor ich mir den Schuh auszog, wusste ich, was mich erwartete: Ich hatte mir eine kapitale Blase gelaufen und den dümmsten Fehler gemacht, den man bei einer geplanten Bergtour begehen konnte – ich hatte Pflaster vergessen.

Der Rabe trippelte um mich herum und beäugte die aufgescheuerte Stelle, die so groß wie ein Zehn-Cent-Stück war und sich leuchtend hellrot von meiner Haut abhob. Ich ahnte seine Gedanken und nickte.

»So kann ich nicht weiterlaufen, Jonathan. Die Schmerzen werden sonst immer schlimmer!«

Hätte ich nur eine von Laurins Rosen!, dachte ich. Mit ihrer Heilkraft wäre so ein wundgelaufener Fuß blitzschnell wieder in Ordnung. Aber da es bis zum Rosengarten noch ungefähr zweieinhalb Stunden Fußmarsch waren, musste ich mir irgendetwas überlegen, um überhaupt weitergehen zu können. Kurz entschlossen leerte ich den Inhalt des gesamten Rucksacks, den Lilly mir von ihrem Vater geliehen hatte. Tatsächlich fanden sich neben der Kleidung für Jonathan, ein paar Müsliriegeln und einem Apfel sowie einem Zollstock und einer Miniaturwasserwaage – offenbar nahm Lillys Vater den Rucksack ab und an mit zur Arbeit – ein angebrochenes Päckchen Taschentücher und eine Rolle Klebeband. Zwar war es für das Abkleben von Kanten beim Streichen und Tapezieren von Wohnungen gedacht, aber es würde seinen Zweck erfüllen. Zum Schluss fiel noch ein dickes Stück Filz aus dem Rucksack, das wahrscheinlich unter ein Stuhlbein gehörte, jedoch einen guten Dämpfer zwischen Ferse und Schuh abgeben würde. Im Geiste dankte ich dem Schicksal, das Lilly einen Architekten als Vater geschenkt hatte, der so nützliche Dinge in seinem Rucksack vergraben hatte.

Zehn Minuten später hatte ich aus all den Utensilien einen improvisierten Verband gebastelt. Das Klebeband war mehrfach um meinen Knöchel gewickelt, und die Konstruktion sah alles andere als professionell aus. Wenigstens hatte ich aber keine offene Wunde mehr, und nachdem ich vorsichtig in meinen Schuh geschlüpft war und ihn fest geschnürt hatte, konnte ich auch einigermaßen schmerzfrei laufen.

»Es geht mir gut, keine Sorge«, sagte ich zu dem Raben, der aufgeflattert war und nun aufgeregt krächzend einen Kreis um meinen Kopf zog, ehe er pfeilschnell in den Himmel schoss. Verwundert blickte ich ihm nach, da blitzte in meinem Kopf das Wort »Gefahr« auf.

»Jo…«, begann ich, da hörte ich unvermittelt eine helle Stimme meinen Namen rufen. Ich wirbelte herum und sah zu meiner Verblüffung Lilly, halb verborgen hinter einer Gruppe Findlinge.

Eine Sekunde lang war ich überzeugt, ein Gespenst zu sehen. Dann jedoch bemerkte ich, dass ihr Gesicht nicht nur totenbleich, sondern auch tränenüberströmt war.

»Es tut mir so leid, Emma«, schluchzte sie. »Ich wollte dich nicht verraten, aber er hat die Pistole und … er hat mir gedroht …« Sie konnte nicht weitersprechen.

»Was, wer …«, stotterte ich, doch ich wurde erneut unterbrochen. Diesmal von einer Stimme, die mir ebenfalls nur zu gut bekannt war, von der ich aber gehofft hatte, sie nie wieder hören zu müssen.

»Deine kleine Freundin war so nett, uns zu sagen, wo wir dich finden«, sagte Udo, der wie der böse Teufel im Kasperletheater nun ebenfalls hinter den Findlingen aufgetaucht war. »Wie gut, dass ich so ein schnelles Auto habe. Du hast doch nicht ernsthaft geglaubt, ich würde mir meinen größten Schatz von dir wegnehmen lassen?«, fügte er hämisch hinzu. Er und Frank mussten mir gefolgt sein – mit Lilly als Geisel.

»Wir haben die Kleine im Krankenhaus aufgegabelt«, beantwortete Udo meine unausgesprochene Frage. »Der alte Spinner hat ja leider vorher schon den Löffel abgegeben, aber wir haben trotzdem rausgefunden, was du vorhast!«

Damit versetzte er Lilly einen derben Stoß, und sie stolperte mit einem Aufschrei hinter den Felsbrocken hervor, gefolgt von Udo. Jetzt sah ich auch den Revolver in seiner rechten Hand, dessen Lauf er Lilly gegen den Hinterkopf hielt, während er sie mit dem linken Arm um die Kehle packte, um sie an der Flucht zu hindern. Ich konnte die Szene nur starr vor Entsetzen verfolgen. Und als wäre es nicht schon schrecklich genug, die Tochter meiner Freundin in Todesangst zu sehen, bedroht von dem Mann, der auch mir und Jonathan schon nach dem Leben getrachtet hatte, tauchte hinter dem Felsen nun auch das Frettchengesicht von Frank auf.

»Hallo, Emma. Lange nicht gesehen«, sagte er. Die Hände in den Taschen seiner abgeschabten Jeans vergraben, versuchte er, lässig zu wirken, doch sein linkes Augenlid zuckte nervös, und ich konnte erkennen, wie unheimlich ihm die Begegnung mit mir war. Trotz meines Schocks blieb mein Blick wie magisch angezogen ein paar Augenblicke an ihm hängen, so sehr hatte er sich in den siebenundzwanzig Jahren verändert. Aus dem schmächtigen Jungen mit den Hasenzähnen und dem fliehenden Kinn war ein dürrer, bleicher Mann geworden, dessen Gesicht durch scharfe Falten um den Mund zehn Jahre älter wirkte. Während er jetzt die Hände aus den Hosentaschen nahm, konnte ich das Zittern seiner Finger sehen. Die aufgeplatzten Äderchen rund um seine Nase und die Tränensäcke zeugten von zu viel Alkohol. Udos Stimme unterbrach meine Gedanken.

»Worauf wartest du noch? Du weißt doch ebenso gut wie die Kleine hier, was ich will!«

Ich bemerkte, wie Lilly nach oben schielte. Ich folgte ihrem Blick und sah gerade noch einen schwarzen Schatten herabstoßen. Jonathan! Mit angelegten Flügeln stürzte er wie ein Pfeil auf Udo herab. Doch Frank hatte den Raben ebenfalls entdeckt. »Udo! Pass auf!«, brüllte er, und reflexartig duckte dieser sich, so dass Jonathans Schnabel sein Gesicht um ein paar Zentimeter verfehlte.

»Scheißvogel!«, heulte er auf und fuchtelte abwehrend mit der Hand, in der er die Pistole hielt. Ein Schuss löste sich, und ich schrie auf. Wie ein Film lief die Szene in Udos Arbeitszimmer vor meinen Augen ab: der ohrenbetäubende Knall aus der Waffe, die einzelne schwarze Feder, die zu Boden fiel, und der blutende Rabe, der sich auf dem Rücksitz von Spindlers Auto im Todeskampf in Jonathans menschliche Gestalt zurückverwandelte ...

Da hörte ich ein wütendes Krächzen und sah den schwarzen Vogel mehrere Meter über Udos Kopf hinwegsegeln. Er war unversehrt, schien jedoch erneut zu einem Angriff ansetzen zu wollen. Udo hob den Revolver.

»Jonathan, nicht«, schrie ich, so laut ich konnte. »Sonst erschießt er dich diesmal wirklich!«

»Darauf kannst du wetten, du verdammtes Biest!«, zischte Udo, und der Lauf seiner Waffe folgte den Kreisen, die der Rabe über uns zog. Zwar war er zu hoch, um getroffen zu werden, doch sobald Jonathan hinunterstoßen sollte, würde er eine Zielscheibe für ihn abgeben.

»Hör auf, du kannst uns nicht helfen«, rief ich zu dem schwarzen Vogel hinauf. Doch ich konnte seine Entschlossenheit fühlen, mich und Lilly zu verteidigen – notfalls mit seinem eigenen Leben.

»Bitte!«, schrie ich aus voller Kehle. Ich hatte schreckliche Angst, Jonathan würde nicht auf mich hören und in einer selbstmörderischen Aktion versuchen, Udo dennoch zu attackieren. Ich flehte meinen Liebsten in Gedanken an, es nicht zu tun, denn ich könnte es nicht ertragen, wenn ihm etwas passieren würde. Nicht noch einmal.

Quälende Sekunden verstrichen, während der Rabe, der sich ähnlich einem schwarzen Totempfahl gegen den strahlend blauen Himmel abhob, beinahe regungslos hoch oben in der Luft stand. Vor Anspannung grub ich die Fingernägel so fest in meine Handflächen, dass sie kleine, dunkelrote Halbmonde in der Haut hinterließen. »Jonathan, bitte! Flieh!«, dachte ich mit allen Fasern meines Herzens.

Endlich schraubte sich der Rabe mit einem zornig-verzweifelten Schrei noch ein Stück höher und flog anschließend einige Meter parallel zu einer Felsenschlucht, ehe er meinem Blick entschwand.

»Schwein gehabt, du Satansgeier!«, höhnte Udo. Inzwischen hatte er die Waffe wieder auf Lilly gerichtet. »Und jetzt her mit dem Klunker!«, kommandierte er an mich gewandt. Besser, ich gab ihm, was er verlangte, ehe diesmal wirklich einer von uns starb.

Dann aber wurde mir klar, wie wenig es Lilly und mir nützen würde, Udo den Ring auszuhändigen. Sobald er ihn in Händen halten würde, konnte er keine Mitwisser mehr gebrauchen. Und wer sollte hier in der völligen Einsamkeit der Berge einen Schuss hören? Sollten ein paar Bergsteiger den Knall doch vernehmen, würden sie höchstens denken, er käme von einem Jäger auf der Pirsch, und nur eine Gämse oder ein Reh würden ihr Leben lassen.

Meine Gedanken überschlugen sich, und mein Herz donnerte mit dumpfen Schlägen gegen meinen Brustkorb wie ein rasendes Metronom, das mich daran erinnern sollte, dass meine Zeit bald ablief. Ungeachtet der schrecklichen Angst, die ich ausstand, klang meine Stimme ruhig.

»Erst lässt du Lilly frei. Dann gebe ich dir den Ring.«

Udo lachte auf. Das Geräusch ähnelte jedoch weniger einem menschlichen Laut, sondern eher dem Schrei eines Raubvogels, ehe der sich auf seine Beute stürzt. Mir kroch eine kalte Gänsehaut zwischen die Schulterblätter, als habe Laurins knöcherner Finger meine Wirbelsäule entlanggestrichen.

»Du bestimmst hier nicht die Regeln, Emma!«, rief Udo mit überkippender Stimme, und ein irres Grinsen verzerrte seinen Mund, während seine Augen aufgerissen und starr auf mich gerichtet waren. Schweiß lief ihm in Bächen über sein feistes Gesicht, aber er schien es nicht zu bemerken. »Ich sage, wo es langgeht, und du richtest dich gefälligst danach, sonst …«

Er riss den Revolver hoch und presste Lilly den Lauf nun von vorne zwischen die Augen. Sie wimmerte, und ich wäre am liebsten blind vor Wut nach vorne gestürzt und hätte diesem miesen Kerl das Gesicht zerkratzt. Stattdessen zog ich den Ring aus der Hosentasche. Das warme Gold blitzte in der Nachmittagssonne, und ein unverhohlener Ausdruck von Gier trat in Udos Augen. Ich spürte, dass nicht einmal die Macht des Rings in meinem Besitz dagegen ankam.

»Ja«, hauchte er wie ein verliebter Teenager, »das wird mir alles zurückbringen, was ich verloren habe. Ich werde alles bekommen. Für immer und immer und …«

Blitzschnell machte ich einen Schritt zur Seite und tauchte halb hinter einem hüfthohen Felsbrocken ab, so dass ich nicht in Udos unmittelbarer Schusslinie stand. Den Schmuck in meiner Faust eingeschlossen, hob ich den Arm.

»Du lässt Lilly frei, oder ich werfe den Ring in die Schlucht!«, schrie ich und funkelte ihn an. »Ich meine es ernst, Udo! Du bringst mich sowieso um, aber wenn du Lilly nicht gehen lässt, dann siehst du deinen Schatz nie wieder! Ehe du mich erschießen kannst, werfe ich den Ring fünfzig Meter tief, ich schwöre es dir!«

Ich holte aus. Selbst wenn ich nicht überlebte, konnte ich doch wenigstens Lillys Leben retten. Es wäre mein letzter Freundschaftsdienst für Caro, dass Udo ihr nicht auch noch die Tochter wegnahm. Ich hoffte, Lilly würde sich um Jonathan kümmern, der nun wohl den Rest seines Lebens halb als

Mensch, halb als Vogel würde verbringen müssen. Aber wenigstens durfte er leben.

Udo schien zu erkennen, dass es mir mit meiner Drohung ernst war. Er überlegte noch kurz, dann aber schwenkte er den Revolver zur Seite und schubste Lilly derb, so dass sie zwei Schritte nach vorne taumelte.

»Lilly, lauf!«, sagte ich nur.

»Aber …«, widersprach sie, und ihr Blick war flehend und gleichzeitig voller Todesangst.

»Du kannst mir nicht helfen, geh!«, schrie ich sie ebenso vehement an wie vorher Udo. Steif wie eine Marionette drehte sie sich gehorsam um und ging mechanisch ein paar Schritte, ehe sie endlich zu rennen begann. Nach kurzer Zeit war sie hinter den Felsen verschwunden. Frank machte instinktiv eine Bewegung, als wolle er ihr folgen, aber mein Befehl: »Stopp! Oder der Ring ist weg!«, wirkte, und Frank blieb, wo er war.

»Ach, lass sie doch laufen, die kriegen wir später schon noch«, beruhigte Udo ihn, ehe er sich mir zuwandte. »Los jetzt, her mit dem Ding«, kommandierte er.

Jetzt, da er Lilly nicht mehr als Geisel hatte, richtete er den Revolver nun auf mich und ging auf mich zu. Frank näherte sich von der anderen Seite. Die beiden kreisten mich ein, so dass ich keine Chance hatte, ihnen zu entkommen, denn nur zwei Schritte hinter mir gähnte der Abgrund.

Kurz überlegte ich, den Ring trotzdem in die tiefe Schlucht zu werfen, um zu verhindern, dass der Dieb von einst den Schmuck nun wiederbekam. Doch Udo schien zu ahnen, was ich vorhatte.

»Wenn du jetzt wirfst, schieße ich dir die erste Patrone ins rechte Knie. Die zweite ins linke. Als Nächstes jage ich dir zwei Kugeln durch deine Handflächen. Damit du merkst, dass niemand einen Udo von Hassell verarscht«, sagte er.

»Und zum Schluss werfe ich dich lebend in die Schlucht und sehe von hier oben zu, wie du langsam verblutest.«

Obwohl ihm der Schweiß unvermindert übers Gesicht strömte, sprach er in einem beiläufigen Plauderton, der meine Angst nur noch größer werden ließ. Instinktiv spürte ich den Wahnsinn, der von ihm Besitz ergriffen und jegliches Gefühl bei ihm ausgeschaltet hatte, falls bei ihm überhaupt noch Reste davon übrig gewesen waren.

Mein Blick flog zu Frank. Von ihm war sicher keine Hilfe zu erwarten. Seine blinde Loyalität zu Udo hatte schon damals dazu geführt, dass er mich herzlos dem Tod überlassen hätte. Und daran hatte sich nichts geändert. Außer ... Eine Idee nahm in meinem Kopf Gestalt an, doch sie war nicht ohne Risiko.

»Sag mal, Udo, wieso hast eigentlich immer nur *du* den Ring gehabt?«, rief ich laut zu ihm herüber. »Ich dachte, Frank ist dein Freund! Hättest du ihm nicht ein bisschen was von dem Geld und dem Erfolg abgeben können, den der Ring dir eingebracht hat?«

Mit diesen Worten drehte ich mich leicht in Franks Richtung und nahm den Ring zwischen Zeigefinger und Daumen. Die Strahlen der Spätnachmittagssonne trafen den Stein und versprühten grünes Saphirfeuer, während das Gold verführerisch schimmerte.

»Oder hast du es Frank nicht gegönnt?«, fuhr ich an Udo gewandt fort. »Na ja, war ja auch viel bequemer für dich, wenn er von dir abhängig war und alles getan hat, was du wolltest, stimmt's?«

»Schnauze, Emma!«, rief Udo heiser. Aus dem Augenwinkel sah ich ihn bedrohlich näher rücken. Trotzdem behielt ich Frank scharf im Auge. Beim Anblick des Ringes hatte sich dessen Gesichtsausdruck schlagartig verändert. Sein Blick war starr auf das schimmernde Schmuckstück gerichtet, und in seinem Gesicht spiegelten sich widerstreitende Empfindungen: Sehnsucht, Habgier – und Tücke.

Da war Udo aber bereits mit zwei Schritten bei mir und richtete die Waffe auf mich. »Gib ihn her!«, zischte er, und mir blieb nichts anderes übrig, als zu tun, was er verlangte. Wie ein Verdurstender nach einem Becher Wasser grapschte Udo mit seinen dicken Fingern nach dem Zauberring.

»Endlich habe ich dich wieder!«, murmelte er und betrachtete andächtig das grün-goldene Farbenspiel.

Aus meinem Körper wich schlagartig jede Kraft, und in meinem Kopf herrschte eine seltsame Leere, als wäre die Welt um mich plötzlich in dichtem, weißgrauem Nebel versunken. All meine Pläne und Wünsche für Jonathan und mich lösten sich in nichts auf. Stattdessen hatte ich nur noch ein paar wenige Augenblicke zu leben. Sobald Udo den Blick von dem Kleinod losreißen konnte, würde er mich – seine einzige Zeugin – gnadenlos erschießen. Ich konnte nur hoffen, Lilly wäre inzwischen weit genug fortgelaufen und hatte sich irgendwo verstecken können, damit er sie nicht doch noch fand. Und dass Jonathan nicht mit ansehen würde, wie mein lebloser Körper zu Boden sank.

Fieberhaft versuchte ich, mir für meine letzten Sekunden ein paar glückliche Augenblicke ins Gedächtnis zu rufen. Ich wollte das Bild von Caros Haus heraufbeschwören, den nächtlichen Garten, in dem Jonathan und ich gelegen und uns geliebt hatten, das erste und einzige Mal in unserem Leben ... Doch es gelang mir nicht. Stattdessen sah ich meinen Liebsten, der um mich trauerte, und die weinende Lilly. Der einzige Gedanke, der mir klar vor Augen stand, war: Ich wollte nicht sterben! Nicht jetzt, nicht auf diese gewaltsame, schreckliche Weise und vor allem nicht, ohne wenigstens Jonathan von dem Fluch zu erlösen, der ihn in die Gestalt des Raben zwang, bis zu seinem Tod ... Doch die Chance, lebend davonzukommen, ging gegen null. Denn nun hob Udo den Kopf und fixierte mich mit zusammengekniffenen Augen.

Ehe er jedoch den Revolver heben konnte, prallte eine schmächtige Gestalt gegen ihn, so dass Udo ein paar Schritte rückwärtstaumelte. Es war Frank. Er packte Udo am Handgelenk und versuchte, ihm den Ring zu entreißen.

»Sie hat recht! Jetzt bin ich mal dran!«, keifte Frank und zerrte an Udo. Der versuchte, seinen Kumpel abzuschütteln wie eine lästige Fliege. »Bist du verrückt geworden? Der Ring gehört mir!«, schrie er. Normalerweise hätte Frank jetzt gekuscht, aber ich hatte gesehen, was der magische Schmuck mit ihm gemacht hatte. Nun nistete auch in Franks Herzen die Habgier und ließ ihn alles vergessen, denn statt zurückzuweichen, schlug er Udo hart auf dessen Handgelenk. Der brüllte zornig auf und versetzte ihm mit der rechten Faust, in der er den Ring hielt, einen Schlag. Er hatte schlecht gezielt, und statt das Kinn zu treffen, riss der grüne Stein die Haut von Franks Oberlippe auf. Ich zog unwillkürlich scharf den Atem ein, als ich Blut aus einem tiefen Riss fließen sah.

Doch Frank schien keinen Schmerz zu spüren. Langsam, fast zärtlich legte er seine rechte Hand an die Stelle, an der ihn der Ring verletzt hatte. Dann suchte er Udos Blick und lächelte ihn mit blutigen Zähnen an. Meine Nackenhaare sträubten sich. Frank ähnelte einem wilden Krieger, dessen einziges Ziel es war, zu vernichten. In diesem Fall seinen besten Freund. Dem schien ein ähnlicher Gedanke durch den Kopf zu gehen, denn seine Miene war zum ersten Mal, seit ich ihn kannte, nicht mehr überheblich, sondern beinahe furchtsam. Allerdings nur für eine Sekunde. Dann fletschte auch er die Zähne, und die beiden Männer begannen, sich zu umkreisen – lauernd und zu allem entschlossen.

Udo griff als Erster an und versuchte noch einmal, Frank

durch einen Schwinger außer Gefecht zu setzen. Erstaunlich behende duckte der sich jedoch, sprang vor und rammte Udo seinen Kopf in den Magen. Mit einem Ächzen krümmte sich der übergewichtige Mann zusammen, riss jedoch dabei das rechte Knie hoch. Mit einem hässlichen Knirschen traf seine Kniescheibe auf Franks Kinn, der sich gerade aufrichten wollte. Ich erwartete, dass er nach einem solchem Schlag nun k. o. ging, aber der Hass und die Habsucht ließen ihn offenbar keinen Schmerz verspüren. Obwohl er wankte, fiel er nicht, sondern stürmte erneut auf Udo zu. Er glich einem wildgewordenem Stier, und Udo hatte mit dieser Attacke wohl nicht gerechnet, denn er blieb einfach mit offenem Mund stehen. Schon prallte Frank gegen ihn, und mit einem dumpfen Laut gingen beide Männer zu Boden. Dort begannen sie verbissen, miteinander zu ringen. Dass Udo dabei die Pistole losgelassen hatte, die nun harmlos im Gras lag, schien keinem von beiden aufzufallen.

Franks blutige Oberlippe war so weit zurückgezogen, dass er einem grinsenden Totenschädel ähnelte, während sein Gegner mit zusammengepressten Lippen einen Schlag nach dem anderen plazierte. Obwohl sie brutal aufeinander einprügelten, gab keiner von ihnen einen Laut von sich. Nur ein dumpfes Klatschen, wenn die Fäuste ein Ziel trafen, war zu vernehmen. Es war gespenstisch.

Ich konnte die beiden nur hypnotisiert anstarren, bis mich plötzlich etwas an der Schulter streifte: Jonathan war unvermittelt aufgetaucht und flog nun knapp an mir vorbei, während er mahnend krächzte. »Lauf weg«, sollte das heißen. Ich wollte ihm gehorchen, aber meine Beine schienen am Boden festgewachsen. Ich konnte meinen Blick nicht von den kämpfenden Männern wenden, die immer noch zäh und verbissen am Boden miteinander rangen, wobei sie dem Abgrund zu der tiefen Felsenschlucht immer näher kamen.

Nur verschwommen nahm ich den Raben wahr, der kurz im Gras landete und dann mit der Waffe im Schnabel wieder aufflog. Sie war sichtbar zu schwer für ihn, denn Jonathan hielt sich nur mit Mühe in der Luft.

Ich hoffte im Stillen, dass er sie nicht zu mir bringen würde. Ich konnte mit so einem Ding nicht umgehen, und allein die Vorstellung, auf Udo oder Frank zu zielen, war mir zuwider, auch wenn ich allen Grund hatte, den beiden das Schlechteste zu wünschen. Offenbar hatte der schwarze Vogel jedoch nichts dergleichen im Sinn, denn kaum schwebte er über dem Rand des Abhangs, öffnete er den Schnabel und ließ seine Beute fallen. Ein kurzes, dunkelmetallenes Aufblitzen war das Letzte, was ich von der tödlichen Bedrohung sah, ehe sie mehrere Meter tief zwischen den Felsen verschwand. Nun würden weder Udo noch Frank einen von uns mehr erschießen können.

Keiner der Männer hatte bemerkt, was mit der Pistole geschehen war, denn sie schlugen immer noch aufeinander ein. Inzwischen bluteten beide aus der Nase, außerdem war Udos linkes Auge zugeschwollen und begann, sich blaurot zu färben. Im Gegenzug spuckte Frank gerade etwas Weißes aus, in dem ich schaudernd einen seiner Schneidezähne erkannte.

Wieder schoss Jonathan knapp über meinem Kopf vorbei – eine erneute Warnung –, aber ich konnte oder wollte nicht fliehen. Da Udo nicht mehr im Besitz der Pistole war, war ich nicht bereit, jetzt aufzugeben. Ich wollte wieder vierundzwanzig Stunden am Tag ein Mensch sein, und dasselbe wünschte ich mir für Jonathan. Irgendein Gefühl hielt mich davon ab, den Ring als verloren anzusehen.

Bereits im nächsten Moment bereute ich es, denn Udo hatte die Oberhand gewonnen. Es gelang ihm, seinen halb bewusstlosen Gegner abzuschütteln und sich schwankend aufzurichten. Schwer atmend stand er da, und sein Blick irrte suchend über das graubraune, harte Gras. Suchte er die Pistole? Oder ... den Ring! Er hatte ihn scheinbar bei der Rangelei verloren! Jonathan schien denselben Gedanken gehabt zu haben, denn wie ein schwarzer Pfeil schoss er zu der Stelle, wo etwas zwischen den Grasstoppeln glänzte. Doch er kam eine Sekunde zu spät, denn Udo hatte das Aufblitzen ebenfalls gesehen. Schon sah ich ihn sich bücken. Doch auch der am Boden liegende Frank hatte die Kostbarkeit erspäht. Mit einer für seine schmerzhaften Blessuren ungewöhnlichen Schnelligkeit rollte er sich herum, streckte den Arm aus und schloss seine Faust um den glänzenden Schmuck. Unmittelbar darauf stieß er einen grässlichen Schrei aus: Udo war ihm mit dem schweren Schuh und seinem ganzen Gewicht auf die Hand getreten. Ein furchtbares Knacken verriet, dass er seinem Rivalen wahrscheinlich sämtliche Finger gebrochen hatte. Wie eine Natter schoss Udos Hand nach vorne und riss den Ring aus Franks kraftlosen Fingern.

»Er gehört mir! Mir! Mir!«, brüllte er, »und niemand nimmt ihn mir weg, niemals!«

Keuchend und mit weit aufgerissenen Augen hielt er den Schmuck gegen das Licht und starrte ihn an, ohne zu merken, dass ihn nur wenige Schritte vom Abgrund trennten. Frank lag immer noch am Boden, doch auch sein Blick war unverwandt auf den Ring gerichtet, und in seinen Augen stand der gleiche träumerische Ausdruck wie bei Udo. Seine linke, gebrochene Hand hing kraftlos herunter, trotzdem schaffte er es, auf die Knie zu kommen und ein Stück auf seinen Rivalen zuzukriechen.

»Nicht ... immer nur du!«, stieß er abgehackt und mit monotoner Stimme hervor. »Ich ... war immer der Dumme. Jetzt ... will ich meinen Anteil!«

Udo musterte ihn mit dem angewiderten Ausdruck eines

Monarchen beim Anblick einer Ratte, die soeben aus dem Rinnstein kroch.

»Du«, sagte er zu Frank, und in seiner Stimme lag abgrundtiefe Verachtung, »wirst den Ring niemals bekommen. Weißt du auch, warum, Frankie? Weil du der geborene Loser bist. Das war schon immer so, und das wird sich nie mehr ändern.«

Mit diesen Worten versetzte er seinem ehemaligen Banknachbarn einen verächtlichen Fußtritt gegen die Schulter. Nicht einmal grob, sondern eher so, als würde ein Kind eine tote Qualle am Strand anstupsen, um zu sehen, ob sie nicht doch noch einmal schwach zuckt. Und obwohl ich allen Grund hatte, Frank genauso zu hassen wie Udo, verspürte ich nun doch einen Anflug von Mitgefühl mit dieser erbärmlichen Gestalt.

Mit dem, was nun passierte, hatten aber weder ich noch Udo gerechnet. Frank richtete sich auf und schleuderte Udo unvermittelt eine Handvoll der trockenen, mit kleinen Steinchen durchsetzten Erde ins Gesicht. Der Anwalt brüllte auf und riss geblendet die Hände vors Gesicht. Mit ungeahnter Schnelligkeit schoss Frank auf ihn zu und versuchte erneut, ihm den Ring aus den Fingern zu winden. Udo riss sich los und wich blind zwei Schritte zurück. Doch direkt hinter seinem Rücken gähnte der Rand der Felsenschlucht, und er trat ins Leere. Seine massige Gestalt geriet ins Schwanken, er ruderte hilflos mit den Armen, um nicht zu fallen – doch vergeblich. Unaufhaltsam kippte er nach hinten und stürzte mit einem grauenhaften Schrei in die Tiefe. Unwillkürlich kniff ich die Augen zu, doch das Letzte, was ich noch sah, war ein funkelnder Gegenstand, der aus Udos sich öffnender Hand flog, während er in einem letzten Aufbegehren gegen sein Schicksal die Arme hochriss. Ein Blitzen von Gold, sekundenkurz wie eine Sternschnuppe gegen den blauen Himmel, dann fiel der Ring in die Felsenschlucht – dem Dieb hinterher, in dessen Besitz er fast dreißig Jahre lang gewesen war. Der Schmuck hatte Udo letztendlich doch kein Glück, sondern den Tod gebracht.

»Neiiiiin!« Bei dem gutturalen Schrei, der mehr dem Laut eines verwundeten Tieres als einer menschlichen Stimme glich, zuckte ich zusammen und riss die Augen auf. Stolpernd rannte Frank zum Rand der Schlucht, in die Udo gestürzt war.

»Er kann nicht … darf nicht fort sein!«, jammerte er und blickte hinunter. Ein Wimmern entrang sich seiner Kehle. Kein Wunder, hatte er doch soeben seinen einzigen Freund getötet, dachte ich.

Frank spähte in die Tiefe und schrie: »Der Ring! Ich muss ihn haben!«

Wie gründlich ich mich geirrt hatte! Er trauerte nicht um Udo. Wenn es um Macht und Geld ging, hörte die Freundschaft offenbar schnell auf.

»Vergiss es, Frank«, sagte ich tonlos. »Der Ring ist verloren. Niemand wird ihn dort unten jemals finden.«

Eine dunkle Wolke der Mutlosigkeit legte sich über meine Seele und löschte den letzten Funken Hoffnung, den ich bisher noch gehabt hatte. Es war alles umsonst gewesen. Jonathan und ich hatten Laurins gestohlenen Schatz gefunden und ihn hierher gebracht, ehe Udo ihn uns wieder abgejagt und schließlich mit in sein felsiges Grab genommen hatte. Nun würden wir Laurin seine Kostbarkeit nicht mehr bringen können und nie von seinem Fluch erlöst werden.

Frank fuhr zu mir herum, und ich wich unwillkürlich einen Schritt zurück. Seine Augen waren rot und lagen tief in den Höhlen. Ein seltsames Glühen schien von den Pupillen auszugehen, und um seinen Mund spielte erneut dieses seltsame lippenlose Grinsen, das mich schaudern ließ.

»Emma«, sagte er langsam, als würde er gerade aus einem

Traum erwachen. Er starrte mich an, und allmählich erschien ein feindseliger Ausdruck auf seinem Gesicht. »Du bist schuld!«, schrie er auf einmal, »wärst du nicht gewesen, wäre Udo noch am Leben!«

Schwankend richtete er sich auf und kam auf mich zu. Unwillkürlich musste ich an die Untoten in dem Video zu Michael Jacksons Hit »Thriller« denken. Frank glich ihnen auf grauenhafte Weise, nur dass es kein Film war. Seine Schritte wirkten ferngesteuert, und seine Gesicht war eine verzerrte Maske des Hasses.

»Das wirst du büßen ... ich bringe dich um!«, gurgelte er.

Ich wirbelte herum und rannte los. Hinter mir hörte ich den dumpfen Aufprall seiner Füße auf dem Gras, als er mir nachsetzte. Ich war völlig erschöpft, trotzdem versuchte ich, noch schneller zu laufen.

Auf einmal ertönte hinter mir ein gellender Schrei. Ich wirbelte herum und sah Frank gekrümmt dastehen, die unverletzte Hand vors Gesicht geschlagen. Ein schwarzer Vogel flatterte mit zornigem Krächzen vor seinem Gesicht – Jonathan!

Franks schrille Schreie hallten in der stillen Sommerluft, und jetzt sah ich auch das Blut, das zwischen seinen Fingern hervorrann.

»Verdammtes Biest, du hast mir mein Auge ausgehackt«, heulte er auf, und ich schlug entsetzt die Hand vor den Mund.

»Du brauchst einen Arzt«, schrie ich, doch er schien mich nicht zu hören. Er verstummte, und für eine kurze Zeit senkte sich eine bleierne Stille über die Landschaft, in der die Berge wie stumme, mahnende Zeugen jede Bewegung zu beobachten schienen. Langsam nahm Frank die Hand vom Gesicht, und jetzt war ich es, die aufschrie: Auf der rechten Gesichtshälfte klaffte ein blutiges Loch, das mich trotzdem anzustarren schien.

Mit einem blutverschmierten Finger deutete er zitternd auf

mich. »Warum musstest du nach so vielen Jahren wieder auftauchen?«, jammerte er. »Das ist alles deine Schuld!«

»Du bist verrückt, Frank«, entgegnete ich so ruhig wie möglich. »Schon damals hast du in Kauf genommen, dass ich in den Bergen sterben würde. Und jetzt hast du sogar deinen Freund angegriffen und ihn in den Abgrund gestoßen. Du bist schuld an seinem Tod!«

Er gab ein wütendes Zischen von sich und machte einen drohenden Schritt auf mich zu. Doch schon war der Rabe zur Stelle. Er kreischte drohend und zwang ihn mit vorgestreckten Klauen und wilden Flügelschlägen, stehen zu bleiben. Blut und klare Flüssigkeit liefen Frank über die Wange, doch er schien keinen Schmerz zu fühlen.

»Wärst du nur vor dreißig Jahren verreckt, Miststück«, fauchte er mich an. »Es hat dich sowieso keiner vermisst!«

»Doch«, antwortete ich ruhig. »Meine beste Freundin. Sie hat nie geglaubt, dass ich mich einfach so in den Bergen verirrt hatte. Und jetzt werden alle die Wahrheit erfahren. Nämlich dass du ein feiger Mörder bist!«, schleuderte ich ihm entgegen.

Alle Wut wich schlagartig aus seinem entstellten Gesicht. Sein Mund verzerrte sich zu einem Schrei voller Zorn und Qual, doch kein Laut drang hervor.

Dann drehte er sich jäh um und stürzte davon. Panik und Schuldgefühle schienen ihm fast übermenschliche Kräfte zu verleihen, denn noch ehe ich darüber nachdenken konnte, ob ich ihn zurückhalten sollte, verlor sich seine Gestalt bereits zwischen ein paar Findlingen.

Jetzt sackten mir wirklich die Beine weg, und ich sank kraftlos in die Hocke. Ich war noch einmal dem Tod entkommen, aber der Alptraum war noch nicht vorbei und würde auch niemals enden. Der Ring war verloren, und mir blieb nichts anderes übrig, als umzukehren und mich mit meinem und Jonathans Schicksal abzufinden, das uns jeweils am Tag und in der Nacht nur eine einzige kurze Stunde schenken würde, in der wir beide Menschen waren. Die restliche Zeit wäre es unser Schicksal, den anderen in Tiergestalt zu begleiten. Ein gemeinsames Leben war mit dem Verlust des Rings in weite Ferne gerückt, und meine Pläne für die Zukunft waren zu toter, grauer Asche geworden. Am Schluss hatte Udo also doch noch gewonnen.

Ich fing an zu weinen. Trauer und Verzweiflung, die ausgestandene Angst und das Wissen, dass alles vergebens gewesen war, brachen sich Bahn, und die Tränen strömten mir nur so übers Gesicht.

Ein leises Knirschen und Glucksen neben meinem Ohr und das federleichte Gewicht auf meiner Schulter sagten mir, dass Jonathan hier war und mich trösten wollte.

»Ach, Jonathan, nun sind wir so weit gekommen, und es hat alles nichts genützt. Der Ring ist weg, und wir beide werden nie wirklich zusammen sein können«, schluchzte ich und vergrub das Gesicht in meiner Armbeuge. Der Rabe krächzte und trippelte beharrlich auf meinem Oberarm auf und ab.

»Ich weiß, du willst mich aufmuntern. Lieb von dir, aber ich bin jetzt echt nicht in der Stimmung ... aua!«

Ich beendete meine Klage mit einem empörten Aufschrei, denn der Vogel hatte mich energisch ins Ohr gezwickt.

»Bist du verrückt?«, beschwerte ich mich und wischte mir über die Augen, um ihn mit einem strafenden Blick zu bedenken. Da sah ich durch den Tränenschleier etwas in seinem Schnabel funkeln. Hastig wischte ich mir mit beiden Händen die Tränen weg, und tatsächlich – Laurins Ring! Mit einem zufriedenen Laut ließ der schwarze Vogel den Schmuck vor meine Füße fallen.

»Jonathan!«, schrie ich beglückt. »Du hast ihn tatsächlich

dort unten zwischen den Felsen gefunden!« Der Rabe nickte eifrig mit dem Kopf.

Ein zweiter Gedanke schoss mir durch den Kopf. »Was ist mit Udo – ist er …?«

Ich musste meine Frage gar nicht beenden. Wieder nickte mein gefiederter Helfer, diesmal jedoch verhalten. Für einen Augenblick hatte ich das Bild des Anwalts vor Augen, der mit gebrochenem Genick und verdrehten Gliedern wie eine weggeworfene Puppe halb begraben unter dem Felsgeröll tief unten am Fuß der Schlucht lag. Ich schloss die Augen und atmete tief durch, um das Gefühl der Übelkeit zu vertreiben, das sich in meinem Magen breitmachte.

Udo hatte vielleicht bekommen, was er verdiente, aber ein solches Ende hätte ich nicht einmal ihm gewünscht. Wahrscheinlich würde seine Leiche nie geborgen werden, und er würde für alle Zeit dort unten liegen, ohne jemals Frieden zu finden, bis schließlich selbst seine Knochen zu Staub zerfallen wären.

Der Rabe war wieder aufgeflogen und kreiste ein Stück entfernt über den Felsen. Ich nahm an, jetzt, da wir den Ring wiederhatten, würde er mich drängen, zu Laurins Felsenreich aufzubrechen, aber ich konnte nicht gehen, ohne zu wissen, was mit Lilly war. Erst mussten wir sie suchen und dafür sorgen, dass sie unversehrt nach Hause kam. Notfalls mussten Jonathan und ich unser Vorhaben, den Rosengarten zu erklimmen, eben noch einen Tag verschieben. Gerade hob ich den Ring auf, um ihn sicher in meiner Hosentasche zu verstauen, da hörte ich meinen Namen. Ich wirbelte herum. Lilly kam auf mich zugerannt, knapp über ihrem Kopf segelte ein triumphierend krächzender Jonathan.

Ich brachte keinen Ton heraus, sondern breitete nur stumm die Arme aus, und sie ließ sich an meine Brust fallen.

Jetzt heulten wir beide, diesmal aber vor Freude und Erleichterung.

»Du hast doch nicht geglaubt, ich würde mich echt vom Acker machen, oder?«, sagte sie halb lachend, halb weinend, nachdem wir uns etwas beruhigt hatten.

Ich sah sie streng an, doch sie zuckte nur mit den Schultern und schnitt ihre berühmte Lilly-Grimasse, ein sicheres Zeichen dafür, dass sie sich mal wieder allen Anordnungen widersetzt hatte.

»Also gut, in Wahrheit hatte ich total Schiss und wusste nicht, wohin ich abhauen sollte. Ich dachte, diese fiesen Typen würden mir jeden Moment nachkommen und mich doch noch erschießen. Also habe ich mich erst mal in einiger Entfernung zwischen ein paar Felsbrocken versteckt und gehofft, du würdest es doch irgendwie schaffen, abzuhauen oder Udo abzuschütteln. Und dann kam auf einmal Jonathan angeflogen. Er hat mich entdeckt, und da wusste ich, du lebst«, sprudelte Lilly in Rekordgeschwindigkeit hervor.

In Kurzform erzählte ich ihr, was mit Udo und Frank passiert war. »Geschieht ihnen recht«, rief Lilly. »Dieser Mistkerl hätte mich und dich eiskalt umgelegt! Jetzt kann er uns wenigstens nichts mehr anhaben!« Ihre Augen blitzten vor Zorn.

Dann jedoch stockte sie unvermittelt und blickte mich ernst an. »Mensch, Emma, du hast dein Leben für mich riskiert. Du warst so mutig und wolltest mich retten ... das w-werde ich dir nie vergessen, weißt du?«, schniefte sie und brach erneut in Tränen aus.

»Schon gut, das war doch selbstverständlich ...«, fing ich an, ehe ich auch wieder losheulte.

Ein mahnender Krächzlaut machte unseren Tränen jedoch ein Ende. Wir blickten zu dem Raben, der auf der Erde hockte. Jonathan hatte den Kopf theatralisch unter einen seiner ausgebreiteten Flügel gesteckt, und bei diesem Anblick mussten wir beide lachen.

»Okay, auf zum Zwerg im Berg«, rief Lilly unternehmungslustig und war schon wieder ganz die Alte.

»Oh nein, meine Liebe, kommt nicht in Frage«, bremste ich sie energisch. »Erst bringen wir dich sicher nach Hause, und dann suchen wir Laurin. Ich gehe kein Risiko mehr ein, dass dir noch mal was passiert!« Energisch fasste ich Lilly an den Schultern und drehte sie in Richtung Abstieg.

Unwillig entwand sie sich meinem Griff.

»Emma, sei nicht blöd! Jetzt seid ihr schon so weit gekommen, du kannst jetzt nicht kneifen!«, beschwor sie mich.

»Ich komme auch bestimmt nicht mit zu dieser Höhle oder was immer ins Zwergenreich führt, sondern bleibe zurück und verstecke mich, versprochen! Aber ihr müsst das jetzt durchziehen! Wer weiß, ob dieser Frank uns nicht am Parkplatz auflauert und doch noch ein krummes Ding versucht. Oder das Wetter schlägt morgen um. Du musst den Fluch lösen, und zwar jetzt! Wer weiß, ob du später noch die Gelegenheit hast«, argumentierte sie vernünftig.

Ich dachte kurz nach. Obwohl es mir widerstrebte, Lilly unter Umständen einer erneuten Gefahr auszusetzen, würde sie ihren Dickkopf sowieso durchsetzen. Und wenn es uns gelänge, Laurin heute noch zu finden und den Ring gegen unsere Erlösung einzutauschen, wäre immerhin unser größtes Problem, der Fluch, schon einmal behoben. Ich sah zu Jonathan, der seinen gefiederten Kopf wiegte, ehe er nickte. Auch Lilly sah es und trat erwartungsvoll von einem Bein aufs andere.

»Abgemacht«, beschloss ich. »Aber du hältst dich an dein Versprechen und gehst in Deckung, ich meine es ernst! Laurin ist ebenso gefährlich wie gierig, und du wirst mir schwören, dass du dich nicht blicken lässt. Auch wenn es dich noch so in den Fingern juckt!«

Lilly seufzte, dann aber hob sie Zeige- und Mittelfinger der rechten Hand zu einem V. »Ich schwöre!«, sagte sie feierlich. Vorsichtshalber schielte ich hinter ihren Rücken, ob sie heimlich die Finger ihrer Linken kreuzte, doch sie schien den Ernst der Lage erfasst zu haben, denn sie versuchte keine Tricks.

»Dann ist es also beschlossen«, sagte ich leise. »Wir werden Laurin rufen und ihm seinen Ring zurückgeben.«

Mein Blick wanderte zu dem gezackten Bergmassiv, das majestätisch vor uns aufragte. In wenigen Stunden würde die Sonne untergehen und die Gipfel aufflammen lassen. Ein einziger würde in einem besonders intensiven Rot leuchten. Nur Jonathan und ich wussten, dass dies kein einfaches Naturschauspiel, sondern ein Garten voller magischer Rosen war, der für wenige Minuten in voller Pracht erblühte. Und niemand außer uns kannte das Geschöpf, dem dieser Garten gehörte und auf das wir bald treffen würden. Der Gedanke an Laurins abstoßende Gestalt ließ mich schaudern, aber ich hatte keine Wahl. Ich blickte auf und sah den Raben, der sich wie ein Scherenschnitt gegen die schneebedeckten Gipfel abhob. Auch wenn ich am liebsten nie wieder dorthin zurückgekehrt wäre, war ich entschlossen, für meine Liebe zu Jonathan dem Herrscher der Zwerge ein letztes Mal zu begegnen.

Ich drehte mich zu Lilly um. »Gehen wir«, sagte ich.

KAPITEL 24

Die Sonne stand nur noch knapp über der Bergkette, als wir eine Gruppe Findlinge erreichten, die von geduckten Latschenkiefern gesäumt war. Ein merkwürdiges Gefühl machte sich in mir breit, und ich spürte, wie eine Gänsehaut mit dünnen Spinnenbeinen über meine Arme huschte. Ich brauchte nicht einmal Jonathans aufgeregtes Krächzen zu hören, um zu wissen: Wir waren fast da. Hinter diesen Findlingen hatte ich vor siebenundzwanzig Jahren den Zwerg erspäht und wenig später Laurins verlorenen Ring gefunden. Und dort hatten Udo und Frank mich verletzt und hilflos liegen lassen. Bis zum Rosengarten des Zwergenkönigs, dort, wo auch der Eingang zu seinem Reich lag, konnten es nur noch wenige Meter sein.

»So, Lilly. Du versteckst dich zwischen den Felsen und bleibst dort so lange, bis ich dich hole. Ich will nicht mal deine Nasenspitze sehen, klar?! Denk dran, du hast es versprochen!«

Mein barscher Ton war Absicht, denn sollte Laurin oder einer seiner Untertanen Lilly entdecken, würden sie nicht zögern, sich das Mädchen zu holen, wenn sie mich schon nicht haben konnten.

»Ja, schon gut, Frau Oberfeldwebel. Ich bin ja nicht blöd«, sagte Lilly leicht beleidigt.

»Das weiß ich! Aber erinnere dich daran, was ich dir über den Zwerg und meine Zeit in seinem Felsenreich erzählt habe. Oder willst du Gefahr laufen, sein nächstes Opfer zu sein, und riskieren, dass er *dich* heiraten will?«, fragte ich.

»Uäh, ne, echt nicht!«, rief Lilly erschrocken. Das genügte, um mich zu überzeugen, dass sie diesmal meiner Anordnung folgen würde.

Trotzdem vergewisserte ich mich mehrmals, ob Lilly in dem Versteck, das wir für sie aussuchten, für die Zwerge wirklich unsichtbar sein würde. Erst als Jonathan einen Kontrollflug gemacht und bestätigend gekrächzt hatte, war ich halbwegs beruhigt – jedenfalls was Lilly betraf.

Beim Gedanken an meine Begegnung mit Laurin wurde mir jedoch angst und bange. Was, wenn den Herrscher sein magischer Ring überhaupt nicht mehr interessierte? Vielleicht würde er mich nur hämisch auslachen, ehe er mich packte und erneut in sein kaltfeuchtes Reich entführte? Ein heftiges Schaudern erfasste mich, als ich an sein entstelltes Gesicht und seine hornigen, klauenartigen Finger dachte. Jonathan musste meine Gedanken aufgefangen haben, denn er landete weich auf meinem Unterarm und sah mich mit seinen schwarzen Vogelaugen an. »Lass dich nicht einschüchtern«, schien er mir sagen zu wollen.

»Du hast ja recht. Laurin hat das Versprechen gegeben, demjenigen drei Wünsche zu erfüllen, der ihm den Ring wiedergibt. Er wird sich wohl daran halten«, sagte ich, ohne zu wissen, wen ich beruhigen wollte – Jonathan oder mich selbst.

Der Rabe schnarrte drängend und flatterte auffordernd mit den Flügeln – eine deutliche Aufforderung, uns auf den Weg zum Eingang des Berges zu machen.

Keine Sekunde zu früh. Soeben schickte die orangegoldene Abendsonne ihre tiefstehenden Strahlen über die Bergkette, und mit einem Mal erblühte wenige Schritte vor mir der verzauberte Rosengarten in voller Pracht. Hastig lief ich auf den Felsen zu, der den Eingang zu Laurins Herrschaftsgebiet markierte. Das graue, zerklüftete Gestein ragte drohend vor mir auf, und ich hatte Mühe, meine Stimme zu finden.

»Laurin!«, rief ich laut. »König der Zwerge, komm heraus!«

Im selben Moment kam ich mir ziemlich blöd vor, wie ich da mitten im Gebirge stand und nach einem Zwerg rief. War ich Schneewittchen oder was? Doch im Gegensatz zu ihr sah ich nicht mal den Hauch eines Zwerges. Hatte ich etwas falsch gemacht? Gab es am Ende irgendeine bestimmte Formel à la »Sesam öffne dich«, um Laurin aus seinem Berg zu holen? Weil ich keine Ahnung hatte, wie ich einen kleinwüchsigen Herrscher sonst anreden sollte, rief ich noch einmal, diesmal lauter: »Zwergenkönig! Ich bringe dir deinen verlorenen Ring wieder!«

Ich lauschte angestrengt, aber nur das leise Zwitschern eines weiter entfernten Vogels war in der beginnenden Abenddämmerung zu hören. Keine Schritte, nicht einmal ein Knacken verriet, ob Laurin oder einer seiner Untertanen meine Rufe gehört hatten. Jonathan, der zu meinen Füßen hockte, schlug unruhig mit den Flügeln, und auch mir wurde mulmig. Die Sonne war schon beinahe hinter die Bergspitzen getaucht, und mit ihr würde der Zaubergarten verschwinden und wieder unsichtbar für das menschliche Auge werden ...

Einem spontanen Einfall folgend, ging ich ein paar Schritte, bis ich am Rande des Gartens stand. Die tiefroten Blütenkelche der prächtigen Rosen schienen erneut ein Feuer in ihrem Inneren entfacht zu haben, doch mein Blick suchte nach den dünnen, goldenen Schnüren. Sie waren mir bei meinem ersten, unfreiwilligen Aufenthalt zum Verhängnis geworden, weil sie die rabiaten Zwerge auf den Plan gerufen hatten. Endlich entdeckte ich eine, fein wie ein Haar und dennoch mit der Macht versehen, das Oberhaupt der Zwerge aus seinem unterirdischen Palast zu locken. Entschlossen packte ich den schimmernden Faden mit beiden Händen und riss ihn mit einem Ruck entzwei. Ein kaum hörbares Sirren ertönte.

Der Rabe stieß einen schrillen Schrei aus, aber ich winkte ab. »Vertrau mir. Ich weiß, was ich tue«, sagte ich.

Innerhalb von Sekunden waren sie da. Es waren drei Zwerge, angeführt von ihrem König. Bei meinem Anblick erstarrte die Horde sekundenlang. Ihre Blicke schossen zwischen mir und Laurin hin und her. Dessen krötenartiger Mund verzog sich zu einem seligen Lächeln.

»Similde! Du bist zurückgekehrt!«, rief er beglückt und watschelte auf mich zu, so schnell ihn seine kurzen, krummen Beine trugen. Dann aber verfinsterte sich seine Miene: »Du hast mich und mein Volk zu vergiften versucht ...«, begann er drohend, aber ich hob die Hand.

»Halt«, rief ich mit lauter Stimme, obwohl ich am liebsten vor diesem Widerling davongerannt wäre. »Wage es nicht, mich anzurühren! Ich bin nicht zu dir zurückgekommen. Ich will dir einen Handel vorschlagen.«

Auf dem narbigen, mit tiefen Furchen durchzogenen Gesicht des Zwergenherrschers machte sich ein verschlagener Ausdruck breit. »Jeder, der in meinen Rosengarten eindringt, ist mein!«, zischelte er und machte einen weiteren Schritt auf mich zu. Seine Horde rückte mit einem hungrigen Grinsen nach. Aus dem Augenwinkel sah ich Jonathan, der auf einem der niedrigen Findlinge saß und in Angriffstellung ging.

»Ich habe keinen Fuß in deinen Garten gesetzt«, gab ich dem König Kontra. »Die Schnur habe ich mit Absicht zerrissen, weil du auf mein Rufen hin nicht erschienen bist!«

»Du bist hier, also gehörst du mir! Und es gibt nichts, was du dagegen tun kannst«, kreischte der König triumphierend. Schon streckte er seine hornigen Finger mit den bräunlichblau verfärbten Nägeln nach mir aus.

Blitzschnell griff ich in meine Hosentasche und zog den goldenen Ring heraus. Wie einen Schutzschild hielt ich ihn vor mich. Die letzten orangeroten Sonnenstrahlen ließen das kostbare Metall aufleuchten, und aus dem Inneren des Steins explodierten grüne Funken. Die Augen des Zwergenkönigs weiteten sich.

»Mein Ring!«, stammelte er und wollte mit zitternder Klaue nach dem Schmuckstück greifen, wie ein Ertrinkender nach dem Rand des Rettungsbootes. Doch ich dachte nicht daran, die Kostbarkeit herauszugeben, sondern streifte ihn mir demonstrativ über meinen Finger. Wie von einem Peitschenhieb getroffen, verzog Laurin schmerzlich das Gesicht, was ich mit einiger Schadenfreude registrierte.

»Du hast keine Macht über mich«, sagte ich mit lauter, fester Stimme. »Aber ich bin bereit, dir den Ring zu geben …«

Ich machte eine Kunstpause und sah die Hoffnung in Laurins Augen aufflackern.

»… doch dann musst du dein Versprechen halten, das du in deinem Steinpalast gegeben hast«, fuhr ich unerbittlich fort. »Nämlich demjenigen, der dir den Ring wiederbringt, drei Wünsche zu erfüllen.«

Laurin wand sich. Er war offenbar hin- und hergerissen zwischen dem Wunsch, seinen Ring zurückzubekommen, und dem Drang, mich erneut in seine Höhle zu verschleppen.

»Ich weiß um die Macht dieses Schmucks«, fügte ich vorsichtshalber hinzu, ehe sein Verlangen nach mir, seiner selbstgewählten »Braut«, die Oberhand gewann.

»Und du weißt genau, was ich damit bewirken kann«, drohte ich völlig ins Blaue hinein, denn natürlich hatte ich keinen Schimmer, was dieser Klunker alles vermochte. Er verhalf seinem Träger offenbar zu Ansehen und Geld, das war mir klar. Und auch, dass derjenige, der ihn besaß, dadurch nicht unbedingt ein netterer Mensch wurde, was ich bei Udo ja mit eigenen Augen gesehen hatte.

Aber mein Bluff funktionierte. »Gib ihn mir, und ich werde mein Versprechen einlösen und dir drei Wünsche erfüllen«, winselte der Zwergenkönig unterwürfig, aber ich sah den lauernden Ausdruck in seinem fratzenhaften Gesicht. Er versuchte, mich hereinzulegen. War er erst einmal im Besitz des Schmucks, würde er nicht mehr daran denken, sein Versprechen einzulösen, dessen war ich mir sicher.

»Nichts da!«, bestimmte ich. »*Zuerst* erfüllst du mir meine Wünsche. *Dann* gebe ich dir den Schmuck, das verspreche ich hiermit feierlich und unter Zeugen.« Ich nickte den Zwergen zu, die Laurins Gefolge bildeten und gebannt unsere Unterhaltung verfolgt hatten.

Wütend darüber, mich nicht austricksen zu können, fletschte Laurin seine fauligen Zähne, aber sein Verlangen nach dem Ring war stärker.

»So nenne denn dein Begehr«, knurrte er. »Doch sei gewarnt, Menschenkind! Du darfst nur drei Dinge von mir verlangen, nicht weniger, aber auch nicht mehr. Versuche also keine List!«

Aha, dachte ich, der Zwerg ist auch nicht blöd. Vermutlich wollte Laurin verhindern, dass ich als letzten Wunsch die Forderung nach noch mehr Wünschen anbrachte.

»Bedenke außerdem, was du dir wünschst«, fuhr er fort. »Ich vermag nicht, dir ewiges Leben oder immerwährendes Glück zu schenken, das steht nicht in meiner Macht. Doch willst du unermessliche Reichtümer oder Schmuck besitzen, um den dich jedermann beneidet – nun, derlei Dinge kann ich dir geben«, lockte er. Offenbar wollte er mich dazu bringen, meine Wünsche für Gold und Silber zu verplempern, aber ich dachte gar nicht daran. Alles Geld würde mir nichts nützen, wenn ich nicht das Liebste zurückbekam, das ich auf der Welt hatte.

Ich winkte dem Raben, der angesegelt kam und sich zu meinen Füßen niederließ.

»Zuerst befreist du uns von deinem Fluch, der mich nachts zur Katze und Jonathan bei Tag zum Raben werden lässt. Ich wünsche mir, dass du uns dauerhaft die menschliche Gestalt wiedergibst«, verlangte ich. Leise hörte ich einen seiner Untertanen murmeln: »Natürlich, eine Katze! Daher haben wir sie in der Oberwelt nicht aufspüren können!«

Flüchtig blitzte die Frage in meinem Kopf auf, ob Laurin tatsächlich aus seinem Berg gekrochen war, um mich zu jagen.

Ich ließ den Zwergenkönig nicht aus den Augen. Laurin kniff kurz die Lippen zusammen, dann aber streckte er die Hand aus und murmelte ein paar Worte in derselben unverständlichen Sprache, die ich damals bei unserer Flucht gehört hatte, kurz bevor der rot-schwarze Feuerball auf mich und Jonathan zugeschossen war.

Diesmal war es keine heiße Kugel, sondern ein bläulicher Nebel, der mich und den Raben sekundenlang einhüllte. Ich verspürte ein Ziehen, doch es fühlte sich warm und wohlig an, ähnlich der Erleichterung, die man verspürt, wenn man aus einem nächtlichen Alptraum erwacht.

Der Nebel verschwand genauso schnell, wie er gekommen war, und zu meiner Verblüffung und Freude saß vor mir kein Rabe mehr, sondern ein junger Mann aus Fleisch und Blut.

»Jonathan«, rief ich und fiel auf die Knie, um ihn zu umarmen. Dass er nackt war, störte mich dabei kein bisschen. »Meine Liebste«, murmelte er. Er legte zärtlich die Arme um mich und vergrub das Gesicht an meinem Hals. Eine heiße Glückswelle durchflutete mich, und ich hielt ihn so fest, als wolle ich ihn nie wieder loslassen. Es war ein wunderbares Gefühl, Jonathans Haut an meiner zu spüren und zu wissen, keine Uhr, kein Glockenschlag würde uns mehr auseinanderreißen können. Endlich würden wir wieder zusammen sein, so lange wir wollten.

Eng aneinandergeschmiegt verharrten wir sekundenlang, bis er sich sanft von mir löste. »Dürfte ich dich um die Kleidung bitten, die du mit dir führst?«, bat er mich höflich.

Immer noch aufgelöst und mit Tränen der Freunde in den Augen nickte ich und reichte ihm den Rucksack. Während Jonathan nach den Klamotten kramte, die ich bei Lilly zu Hause eingepackt hatte, schweifte mein Blick zu Laurin, und ich zuckte zusammen.

Der blanke Hass stand ihm ins Gesicht geschrieben und rührte nicht nur von der Wut über den Verlust seiner Braut her. Es war die Eifersucht auf Jonathan, die den hässlichen Zwerg rasend machte. Er sah aus, als würde er uns gleich den nächsten Fluch auf den Hals jagen ... Bei dem Gedanken zuckte ich zusammen. Ich musste unbedingt verhindern, dass so etwas passierte. Daher beeilte ich mich, einen zweiten Wunsch vorzutragen.

»Du wirst versprechen, Jonathan und mich weder jetzt noch in Zukunft noch einmal zu verfluchen oder zu verzaubern!«

An der enttäuschten Miene des Zwerges erkannte ich, dass er genau das vorgehabt hatte, aber er musste notgedrungen einlenken.

»Ich verspreche es«, murmelte er widerwillig.

»Bei diesem Ring verspreche ich es«, soufflierte ich.

»Bei diesem Ring ... verspreche ich ... es«, wiederholte Laurin verbissen.

Mein Herz, das die ganze Zeit schon schlug wie eine außer Rand und Band geratene Ballmaschine beim Tennis, legte noch an Tempo zu, denn jetzt hatte ich nur noch einen einzigen Wunsch frei. Ich musste genau überlegen und sorgfältig formulieren, wie ich meine letzte Forderung an den Herrscher der Zwerge stellte. »Du wirst mir auf der Stelle die Freiheit schenken und dabei schwören, mich weder jetzt noch in Zukunft zu jagen und zu verfolgen. Ich wünsche, dass du mich ab diesem Augenblick als deine Braut und als Gefangene freigibst«, forderte ich. »Und du wirst mich nicht mit deiner Rache verfolgen. Ebenso wenig wie Jonathan«, fügte ich rasch hinzu.

Ein wütendes Heulen entrang sich der Kehle des Zwerges. Er fletschte seine gelben Zahnstümpfe und ballte die Fäuste. Doch ich ließ mich nicht beeindrucken, sondern hielt nur wortlos den Ring hoch, der im Abendlicht nun in einem tiefen Kupferton glänzte.

Laurin verstummte. Keuchend blickte er auf sein Kleinod, während es in seinem Gesicht zuckte.

»Gut«, stieß er nach einer Weile, die mir endlos erschien, schließlich hervor. »So sei es! Du bist frei.«

»Schwöre«, forderte ich. »Sonst soll sich die Kraft des Ringes gegen dich wenden, und dein unterirdisches Reich wird untergehen!«

Laurins Gefolgschaft winselte ängstlich und warf ihrem Oberhaupt flehende Blicke zu. Scheinbar sahen die Gnome sich schon in Flammen aufgehen oder Ähnliches. Der König zitterte vor Erbitterung, aber er schwor es schließlich bei seinem Ring.

Ich atmete tief aus. Es war geschafft. Im selben Moment spürte ich Jonathans warme Hand, die sich in meine eiskalte schob. Schlagartig fühlte ich mich besser. Nun stand unserer Liebe nichts mehr im Weg.

»Ich habe meine Versprechen erfüllt, Menschling«, hörte ich Laurin sagen. »Nun erfülle du das deinige!«

Langsam zog ich den Ring vom Finger. Ich verspürte keinerlei Bedauern, ihn hergeben zu müssen. Für mich war er nicht die Erfüllung meiner Träume, sondern eher eine Last gewesen, denn ich wusste, was er bei seinem ehemaligen Träger angerichtet hatte. Selbst wenn sein Besitz Unsterblichkeit versprechen würde – was nützte es mir? Ich wollte keine Minute meines Lebens mehr ohne Jonathan sein.

Trotzdem brachte ich es nicht über mich, Laurin den

Schmuck zu überreichen, aus Furcht, seine ledrige Haut würde mich streifen, und sei es auch nur für den Bruchteil einer Sekunde. Vielleicht würde er doch versuchen, mich festzuhalten und mit sich in die klamme, kalte Dunkelheit zu ziehen … Daher holte ich nur sanft Schwung und warf den Ring zum König hinüber.

Wie ein gieriger, plumper Vogel schnappte Laurin danach und streifte ihn dann andächtig über den kleinen Finger. Sein Blick klebte an dem Goldreif mit dem kostbaren Stein. Mich schien er gar nicht mehr wahrzunehmen. Auch seine Zwerge bestaunten den wiedergewonnenen Schmuck, und ich drückte stumm Jonathans Hand, als Zeichen, uns möglichst unauffällig zu entfernen. Ich war mir sicher, Laurin würde uns nicht aufhalten.

Doch wir hatten kaum zwei Schritte getan, da schrie der König einen Befehl, und binnen Sekunden waren wir umzingelt. Besser gesagt – Jonathan. Laurins Schergen hatten einen Kreis um ihn gebildet und rückten jetzt so dicht zusammen, dass er keine Chance hatte zu entkommen. Mich dagegen beachteten sie nicht. Gelähmt vor Schreck fragte ich mich, wieso der Zwergenherrscher mich nun doch hintergehen hatte können.

»Du hast gefordert, ich möge euch beide nicht mit meiner Rache verfolgen. Nun, es sei. Jedoch hast du vergessen, mich bei deinem letzten Wunsch zu bitten, auch *ihm* die Freiheit zu schenken«, feixte der König und deutete auf Jonathan. »Also ist er immer noch mein Koch – und das wird er nun auf ewig bleiben«, beantwortete Laurin meine unausgesprochene Frage. Ein boshaftes Lächeln breitete sich auf seinem hässlichen Gesicht aus und verlieh ihm das Aussehen eines Dämons.

Der Schock durchfuhr mich wie ein greller Blitz, und ich sah mein Entsetzen in Jonathans Augen gespiegelt. Fieberhaft überlegte ich, was ich gesagt hatte und ob Laurin mich nicht vielleicht belog. Doch so sehr ich es drehte und wendete: Der Zwergenkönig hatte recht. Jonathans vergessener Name in meinem Wunsch nach Freiheit war unser Verhängnis geworden. Ich hatte das Gefühl, in einen Strudel gezogen zu werden, der mich unerbittlich in die Tiefe zog. Das bösartige Wesen wusste genau, was es tat. Mich hatte er nicht bekommen. Also nahm er mir das Kostbarste, was ich im Leben hatte, und übte damit doch noch schreckliche Rache.

In meinem Kopf rasten die Gedanken. Ich würde Jonathan nicht gehen lassen. Oder ich würde zurückkommen, nachdem ich die Polizei alarmiert hatte. Oder die Feuerwehr, nein, die Bergwacht!

Gleich darauf wurde mir klar, wie absurd mein Plan war. Niemand würde mir die Geschichte meines Freundes abnehmen, der sich in der Gewalt von Zwergen tief im Berg befand, vor allem, da Jonathan offiziell nicht existierte. Man würde mich auslachen oder, noch schlimmer, in die Klapsmühle stecken. Und selbst wenn ich eine Horde kräftiger Männer auftriebe, die mit mir kommen würden: Die Zwerge waren unmenschlich stark und damit unbesiegbar.

Trotzdem suchte ich weiter fieberhaft nach einer Lösung, meinen Liebsten zu befreien, doch alle Pläne und Ideen wurden zu einem wirren Gedankenknäuel, in dem ich mich selbst verhedderte, bis ich das Gefühl hatte, mein Kopf würde gleich platzen.

»Lasst uns gehen«, ordnete Laurin an, und zu meinem Entsetzen stießen die Zwerge Jonathan vor sich her in Richtung des Eingangs zu Laurins steinernem Reich. Er drehte den Kopf und schenkte mir einen letzten Blick, in dem so viel Liebe und Traurigkeit lag, dass ich spüren konnte, wie ein schmerzhafter Riss durch mein Herz ging.

»Nein«, schrie ich und stürzte vorwärts. Ich konnte nicht zulassen, Jonathan nie mehr zu sehen. Die Vorstellung, er müsste in die dunkle, stickige Küche von Laurins Felsenpalast zurückkehren, den Grausamkeiten der schrecklichen Geschöpfe ausgesetzt und sein restliches Leben dazu verdammt, ihrem König zu dienen, war für mich unerträglich. Ich dachte daran, wie er damals wegen mir dort unten geblieben war, obwohl er ein einziges Mal Gelegenheit gehabt hätte, seine Freiheit zu erhalten ...

Wieder durchfuhr mich ein Blitz, diesmal allerdings war es eine Idee, die mich elektrisierte. Zwar war die Chance nur verschwindend gering, aber vielleicht hatten Jonathan und ich noch einmal Glück.

»Haltet ein«, rief ich aus voller Kehle, gerade als die Zwerge den Höhleneingang erreicht hatten.

Träge drehte Laurin sich zu mir um. »Ein paar letzte Worte an meinen Diener zum Abschied, Menschling?«, griente er hämisch.

»Das Rätsel!«, stieß ich hervor. »Du hast ihm stets versprochen, wenn er eines deiner Rätsel lösen kann, wäre er frei. Wenn er es nicht vermag, dann sollst du ihn haben.«

Jonathan sog scharf die Luft ein. Mein Blick ging jedoch zu Laurin. Jeden Moment erwartete ich ein Hohngelächter und erahnte sein »Nein«, ehe das Wort seinen Mund verlassen hatte.

»Ja, Majestät, das Rätsel!«, kam einer der Zwerge ihm im selben Augenblick zuvor. Ich glaubte, in ihm den Gnom zu erkennen, der damals mit in der Küche aufgetaucht war, um Jonathan zu befragen.

»Ihr habt dem Menschling tatsächlich die Freiheit versprochen, wenn er die richtige Lösung ...«, plapperte der Zwerg eifrig, ehe ihn der vernichtende Blick seines Gebieters zum Schweigen brachte. Doch zu spät.

»So ist es, König der Zwerge, dein Untertan hat es bezeugt«, schaltete sich jetzt Jonathan geistesgegenwärtig ein.

»Stell mir eine Frage! Vermag ich sie nicht zu lösen, werde ich für immer in deinen Diensten stehen. Doch weiß ich die richtige Antwort, so lass mich gehen.«

Laurin zögerte. Jonathans Miene war angespannt, aber sein Tonfall klang spöttisch. »Nun? Hältst du Wort, oder hast du etwa Angst?« Herausfordernd blickte er Laurin an.

»Angst?«, keifte der Zwerg erbost. »Dummer Menschling, ich fürchte mich vor nichts und niemandem, merk dir das!«

Schnaubend wandte er sich an seinen Untertan, der vorhin schon gesprochen hatte. Die beiden tuschelten miteinander, dann nickte der König hoheitsvoll, und der Zwerg trat vor. Laurin grinste schadenfroh, und mir wurde vor Aufregung schwindlig. Würde es Jonathan schaffen? Vor Nervosität grub ich meine Zähne in die Unterlippe, bis sie beinahe blutete. Mir kam es vor, als stünden Jonathan und ich auf einem sehr dünnen Seil über einem sehr tiefen Abgrund, und der nächste Schritt würde über unser Leben entscheiden.

Bevor ich noch überlegen konnte, ob es wohl half, ein Stoßgebet gen Himmel zu schicken, räusperte sich der Zwerg gewichtig und begann: »Nun sage mir, Menschling, was das ist:

Der ihn macht, der will ihn nicht.
Der ihn trägt, behält ihn nicht.
Der ihn kauft, der braucht ihn nicht.
Der ihn hat, der weiß es nicht.«

Sinnlos purzelten die Silben durch meinen Kopf. Ich konnte mit den Worten des Zwerges nichts anfangen. Wer sollte etwas kaufen, was er nicht brauchte? Ein Schmuckstück konnte es wohl kaum sein. Mein Blick flog zu Jonathan. Er schwieg. Die stählerne Falle der Angst schnappte nach mir und vergrub ihre Zähne tief in meine Eingeweide. Bleischwer hing die Stille in der milden Abendluft. Da erklang Jonathans Stimme, fest und klar. »Die Antwort lautet … Ein Sarg!«

Ich sog den Atem ein. Darauf wäre ich nie gekommen. Bewundernd sah ich Jonathan an. Er schenkte mir ein kaum merkliches Lächeln, und ich hatte plötzlich das Bild des Raben vor Augen, der wie gebannt vor dem Fernseher gesessen und diese Rätselsendung verfolgt hatte. »Ein Rätsel lösen bedeutet Um-die-Ecke-Denken«, hatte der Moderator damals gesagt. Genau das hatte mein Liebster getan.

Vier, fünf, sechs Sekunden sagte niemand ein Wort. Dann kratzte sich der Fragensteller am Kopf. »Das stimmt«, meldete er sich zögernd zu Wort. »Der Menschling hat das Rätsel gelöst!«

Laurin glotzte Jonathan sprachlos an. Ich wusste, der König war sich sicher gewesen, sein ehemaliger Gefangener würde versagen. Zu sicher. Und nun konnte er nicht glauben, dass er sich getäuscht hatte. Langsam schien er zu begreifen, dass er verloren hatte. Sein Gesicht verzerrte sich zu einer hasserfüllten Fratze. In blinder Raserei brüllte er auf und stampfte mit den Füßen.

»Warum kennst du die Lösung?«, kreischte er mit einer Stimme, die klang wie Kreide, die über eine Schiefertafel schrammt. »Mein Untertan hat mir bei seinem Leben geschworen, du hättest nie eine Antwort auf meine Rätsel gehabt!«

Das kaum sichtbare Lächeln nistete immer noch in Jonathans Mundwinkeln. »Dein Untertan hat nicht gelogen, König der Zwerge«, erwiderte er gelassen. »Bei deinem letzten Rätsel im Berg habe ich ihm tatsächlich keine Antwort gegeben. Jedoch nicht, weil ich nichts wusste. Sondern weil ich es nicht konnte.«

»Wo ist da der Unterschied, du missratenes Balg?«, keifte Laurin. Das leichte Lächeln wich nicht aus Jonathans Gesicht.

»Ich hatte des Rätsels Lösung parat. Jedoch brachte ich es nicht übers Herz, in die Freiheit zu gehen und das Mädchen als deine Gefangene zurückzulassen«, sagte er und fuhr mit einem tiefen Blick in meine Augen fort: »Denn ich hatte mich auf den ersten Blick in sie verliebt.«

Mein Herz schien zu doppelter Größe anzuschwellen, und gleichzeitig fühlte ich eine überwältigende Kraft in mir. Mit einem Satz war ich bei Jonathan und zog ihn aus dem Kreis der Zwerge. Sie wichen zurück und ließen es stillschweigend geschehen. Ich schlang meine Arme fest um ihn. »Du bist so klug«, murmelte ich unter Tränen. Er drückte mich an sich. »Und du hast mir das Leben gerettet, Liebste«, flüsterte er nah an meinem Ohr.

Ich hob den Kopf und begegnete Laurins feindseligem Blick.

Seine Kiefer mahlten, und er schien sich nur mühsam zu beherrschen, uns nicht doch einen Fluch auf den Hals zu schicken oder uns beide tatsächlich umzubringen. Doch ich hielt seinem Blick stand. Ich spürte instinktiv, dass der Zauber gebrochen war. Der Herrscher über das Zwergenvolk konnte uns nichts mehr anhaben. Und er wusste das.

Abrupt drehte er sich um, und mit einem finalen Wutschrei fuhr er in unheimlicher Geschwindigkeit in den Schacht, der den Eingang zu seinem felsigen Reich markierte. Mit ihm verschwanden seine Spießgesellen, als wäre alles nur ein böser Traum gewesen.

Sekundenlang verharrten Jonathan und ich unter dem blaugrauen Abendhimmel, an dem inzwischen ein bleicher Vollmond hing. Dann aber löste sich meine Erstarrung, und mir fiel ein, dass noch jemand auf uns wartete. »Wir müssen Lilly holen, sie macht sich sicher schreckliche Sorgen«, rief ich. Hastig lief ich los, Jonathan hinterher.

Ein kleines, verheultes Etwas erwartete uns in der Felsenhöhle. Bei unserem Anblick brachte Lilly zuerst nur eine Art Piepsen heraus. Dann aber schoss sie auf uns zu. »Jonathan! Du bist kein Rabe mehr!«, schrie sie.

»Ja – und er wird auch nie wieder einer werden. Genauso wenig wie ich eine Katze«, sagte ich, ehe ich unter dem Ansturm von Lillys Umarmung fast zu Boden ging. Sie klammerte sich wie ein Affenbaby an mich und Jonathan, als wolle sie uns nie mehr loslassen.

»Alles ist gut, Lilly«, versicherte ich.

»Emma, sieh nur«, rief Jonathan da. Ich drehte mich zu ihm um. Er hatte den Ärmel seines Pullis hochgezogen und starrte auf seinen Unterarm.

»Was ist denn?«, fragte ich, doch da sah ich es selbst: Das glühend rote Mal, das Laurin ihm als ewige Strafe in die Haut eingebrannt hatte, war verschwunden. Nur wenn man ganz genau hinsah, konnte man sehr schwach eine kreisrunde Stelle ausmachen, vielleicht eine Nuance dunkler als die übrige Haut.

Hastig zerrte ich am Kragen meines Kapuzenshirts und schielte auf meine Schulter, wo sich die Rötung in Form einer Katzenpfote befunden hatte. Sie war fort.

»Es ist vorbei«, sagte Jonathan, und endlich schmolz in meiner Brust der letzte eisige Klumpen der Angst.

Wir verbrachten die letzten Stunden der Nacht geschützt hinter einem großen Findling. Sobald der erste blaugraue Streifen der Morgendämmerung sich am Himmel zeigte, liefen wir los, hinunter ins Tal. Als die ersten Strahlen der Morgenröte aufleuchteten, hatten wir schon ein gutes Stück Weg zurückgelegt. Oben auf dem Gipfel würde nun für wenige Augenblicke Laurins Rosengarten erblühen, doch keiner von uns blickte zurück.

Noch ehe die Sonne im Zenit stand, erreichten wir den Parkplatz. Kurz darauf zerschnitt ein Brummen die Stille, und ein Auto tauchte auf. Der Fahrer kam mir bekannt vor, und ihm schien es genauso zu gehen, denn er kurbelte das Fenster herunter und sah mich stirnrunzelnd an. »Dich habe ich doch gestern mit hoch zum Lift genommen«, sagte er.

Der junge Förster!, fiel mir ein. Ich nickte und lächelte. »Und jetzt wäre ich dir sehr dankbar, wenn du uns mit ins Dorf nehmen würdest«, erwiderte ich. Sein Blick fiel auf meine Begleiter.

»Ihr habt euch wohl gestern auf einer Berghütte kennengelernt, was?«, wollte der Förster wissen.

»Nein«, sagte ich und lächelte Jonathan und Lilly an – die beiden Menschen, die mir außer Caro am meisten auf der Welt bedeuteten. »Sie gehören zu meiner Familie.«

KAPITEL 25

Frank war stundenlang durchs Gebirge geirrt, wobei er das Gefühl nicht loswurde, ständig im Kreis zu laufen. Bis er endlich einen verfallenen Viehunterstand gefunden und die Nacht halb bewusstlos vor Schmerzen darin verbracht hatte. Die Wände, obwohl aus groben Rundhölzern gezimmert, konnten den Wind zumindest ein wenig abhalten, und in einer Raufe war ein Rest trockenes Heu, das ihn einigermaßen vor der Nachtkälte geschützt hatte. Doch sein verletztes Auge und die geschwollene Hand waren eine Tortur. Außerdem quälten ihn ständig die schrecklichsten Bilder. Immer wieder sah er Udo vor sich, der in Zeitlupe hinterrücks über die Kante des Abhangs stürzte. Sein Todesschrei würde Frank bis an sein Lebensende verfolgen. Und wofür? Der magische Ring war auf ewig verloren, und schuld war nur diese verdammte Emma. Wäre sie nicht nach fast dreißig Jahren wieder aufgetaucht, wäre das alles nicht passiert, redete er sich ein. Und er läge nicht irgendwo in den Bergen, blutend und halb blind, weil dieser mörderische Vogel ihm ein Auge ausgehackt hatte.

»Es ist nicht Emmas Schuld, sondern deine. Du bist ein Killer, Frank«, flüsterte der Wind, der um die Hütte strich.

»Das ist nicht wahr! Ich hätte den Ring haben sollen und ein tolles Leben haben können! Es wäre einfach fair gewesen!«, brüllte er in die Dunkelheit. »Warum musste sie zurückkommen? Sie hat Udo den Ring gestohlen, und nur deswegen bin ich jetzt hier!«

»Du wolltest ihn doch auch haben! Deswegen wurdest du auch zum Mörder«, säuselte die Stimme. Kam sie von draußen, oder war sie nur in seinem Kopf? Er hielt sich die Ohren zu, um nichts mehr zu hören. Doch es half nichts. »Mör-der,

Mör-der«, wisperte es beständig, und ein Luftzug ließ die trockenen Heuhalme erzittern.

»Sei still«, keifte er. Mit einem Hauch strichen die Böen um die Wände des Unterstands, doch für Frank klang es wie leises Hohngelächter.

Er sprang auf und rannte nach draußen, die zerschundenen Hände auf die Ohren gepresst. Die Nacht hatte sich inzwischen still und heimlich davongeschlichen und einer fahlgrauen Morgendämmerung Platz gemacht. Blindlings rannte er in eine Richtung, ohne zu merken, dass er immer tiefer in die Bergwelt eintauchte, während die Sonne aufging.

Auf einmal lag vor ihm etwas, das Frank mit seinem einen heilen Auge zuerst für einen See hielt. Mit blutrotem Wasser. Erst bei genauerem Hinsehen erkannte er, dass es sich um ein Meer von prächtigen, dunkelroten Rosen handelte, die in voller Blüte standen. Mitten in der zerklüfteten Bergwelt existierte ein Rosengarten! Ihre mattsamtenen Blätter hatten die Farbe von teurem Rotwein, und ihr Anblick versprach Trost und Heilung. Mit ausgestreckten Armen taumelte Frank mitten in den Garten hinein. Die feine schimmernde Schnur, die dabei mit einem leisen Schnalzen zerriss, nahm er nicht wahr. Er fiel vor einer der Rosen auf die Knie und presste sein Gesicht in ihren geöffneten Blütenkelch. Tief sog er ihren wundervollen Duft ein, und ihn durchströmte ein nie gekanntes Gefühl. Es fühlte sich besser an als ein Abend bei Freibier in der Kneipe und alle Nächte, die er mit seinen weiblichen Zufallsbekanntschaften verbracht hatte.

Alles würde gut werden, das sagte Frank seine innere Stimme. Er hob den Kopf und bemerkte zu seiner Verblüffung, dass er völlig klar sehen konnte – und zwar auf beiden Augen! Seine Hände zuckten zu der Wunde, und da merkte er, dass die gebrochenen Finger nicht mehr weh taten und die Schwellung vollständig verschwunden war. Behutsam betastete er sein verletztes Auge. Doch kein Blut lief mehr aus der leeren Höhle, und als er fassungslos über sein geschlossenes Lid strich, fühlte er keinerlei Schmerzen. Sein geblendetes Auge war geheilt, so als hätte die Wunde nie existiert. »Ich bin gesund! Ich kann wieder sehen!«, schrie er, und ein wildes Lachen stieg in ihm auf.

Das musste an der Rose liegen!, schoss es ihm durch den Kopf. Vielleicht besaßen diese Blumen eine genauso starke Kraft wie der Ring! Dann könnte er damit Millionen verdienen! Gierig brach er einen der Blumenstengel ab. Und gleich noch einen. Er würde sich einen hübschen Strauß pflücken und jede einzelne Rose für sehr viel Geld verkaufen, wenn er wieder unten im Tal war. Um den verzauberten Garten auch bestimmt wiederzufinden, wenn ihm seine Beute ausging, zog Frank sein Handy und schoss ein Foto von den Rosen im Licht der Morgendämmerung. Im Hintergrund erhoben sich majestätisch die Berge.

»Sieh an, sieh an, ein Menschling. Und ein Dieb noch dazu!«, ertönte da eine schnarrende Stimme. Frank fuhr herum, und als er sah, wer da gesprochen hatte, ließ er vor Schreck die Rosen fallen. Ein kleinwüchsiger Mann hatte sich vor ihm aufgebaut, und als er herumwirbelte, versperrten ihm vier weitere den Weg. Sie hatten kurze, krumme Beine und gedrungene Körper, auf denen viel zu große, unförmige Köpfe saßen. Faltige Gesichter mit kleinen, tückisch blickenden Augen starrten ihn an. Ein Wiedererkennen durchzuckte ihn. Genau so ein Wesen hatte er vor siebenundzwanzig Jahren schon einmal gesehen. »Ein Zwerg«, murmelte er fassungslos.

»Nicht ganz. Wir sind derer fünf«, sagte einer, und seine Kumpane kicherten hämisch.

»Du bist in den Garten unseres verehrten Königs eingedrungen und hast einen der goldenen Fäden zerrissen«, rief der Erste.

»Und seine Rosen gebrochen«, fuhr der Zweite fort.

»Dafür musst du bestraft werden«, ergänzte ein anderer.

Blindes Entsetzen ergriff Frank. Er machte einen Ausfallschritt zur Seite, um zu fliehen. Doch schon hatten die Zwerge ihn eingekreist und versetzten ihm einen Hieb in die Rippen, der ihn zu Boden gehen ließen. Sein Handy flog ihm aus der Hand und schlitterte durchs Gras, bevor es irgendwo zwischen den Felsen verschwand.

»Auf das Betreten des Rosengartens steht der Tod«, zischte der Zwerg, der zuerst gesprochen hatte. Die beiden anderen packten ihn unter den Armen und stellten ihn grob wieder auf die Füße, während der Sprecher einmal um ihn herumging und ihn prüfend musterte, während er sich übers Kinn strich.

»Aber du hast Glück«, verkündete er schließlich. »Unser König braucht einen neuen Koch!«

***

Völlig erschöpft erreichten wir am späten Nachmittag Lillys Zuhause. Nachdem wir nacheinander und ausgiebig geduscht hatten, ließen wir uns aufatmend auf der Terrasse in ein paar Gartenstühle fallen. Es war schön, wieder in Caros Haus zu sein. Noch schöner war es, keine Angst mehr haben zu müssen. Auch wenn der Preis dafür Udos Tod gewesen war. Zwar hatte Frank wahrscheinlich überlebt, von ihm ging aber keine Gefahr mehr aus, dessen war ich mir ganz sicher.

Nur schade, dass Herr Spindler nichts mehr von Jonathans und meinem ganz persönlichen Happy End erfahren würde, dachte ich, und für einen Augenblick legte sich ein dunkler Schatten der Trauer über den sonnigen Nachmittag. Da spürte ich Jonathans Hand in meiner.

»Bist du traurig?«, fragte er. Ich zuckte leicht mit den Schultern.

»Ich musste gerade an Herrn Spindler denken«, sagte ich.

»Er hätte sich sicher gefreut, uns alle hier zu sehen – glücklich und frei von sämtlichen Flüchen!«

Jonathan sah mich liebevoll an. »Vielleicht sieht er uns ja dennoch, dort, wo er jetzt ist«, sagte er.

Ich lächelte ihn an, und er streichelte zärtlich meine Wange. Ein merkwürdig gurgelndes Geräusch unterbrach die romantische Stimmung. »Sorry«, murmelte Lilly und presste verlegen beide Hände auf ihren knurrenden Magen.

»Habt ihr Hunger?«, wollte ich wissen. »Dann koche ich uns was«.

»Mann«, seufzte Lilly, »ich dachte schon, du würdest nie fragen!«

Ich lachte und war eben im Begriff aufzustehen, als es stürmisch an der Haustür klingelte. Unwillkürlich zuckten wir zusammen. »Wer kann das sein?«, fragte ich.

»Keine Ahnung«, behauptete Lilly. »Meine Eltern wohl kaum. Die wollten erst am Samstag kommen.«

Jonathan und ich sahen uns an. »Ähm, Lilly? Heute ist Samstag«, sagte ich, da ertönte eine Stimme, die mir so vertraut war, dass es mich förmlich aus meinem Stuhl riss.

»Lilly?«, rief Caro. »Schatz, bist du zu Hause?«

»Ma!«, schrie Lilly und stürmte durch die Terrassentür und in den Flur.

Ich blieb regungslos stehen. Auf einmal hatte ich schreckliche Angst vor dem Wiedersehen mit Caro. Wie würde sie wohl auf mein plötzliches Auftauchen reagieren? Und würde ich meine beste Freundin von damals überhaupt noch erkennen? Was, wenn wir nach so langer Zeit zwei völlig Fremde füreinander waren?

Aus dem Flur drang die sonore Stimme eines Mannes, die wohl Caros Ehemann gehörte. Den schmatzenden Geräuschen und Lillys lachendem Protestgeschrei nach zu urteilen, küsste Caro ihre Tochter gerade stürmisch ab.

»Jetzt erzähl schon, was hast du gemacht, so ganz alleine?«

»Ma, hör mal, ich muss dir was sagen …«, fing Lilly an, und ich hörte Caro seufzen.

»Okay, was ist kaputt, und wie viel wird es uns kosten?«, fragte sie, und unwillkürlich musste ich lachen. Das war Caros typisch-trockener Humor, den ich so gut kannte. Auf einmal waren meine Ängste und Zweifel verschwunden, und jetzt konnte ich es nicht mehr erwarten, meine beste Freundin nach so langer Zeit endlich wiederzusehen. Ich lief in den Flur.

Lilly sagte gerade: »Bitte krieg jetzt keinen Herzinfarkt, aber du hast Besuch …«, als ich um die Ecke schlitterte und direkt vor Caro zum Stehen kam. Sekundenlang blickten wir uns wortlos an. Natürlich war sie älter geworden, aber mir erschien es, als hätte jemand einfach eine Art durchsichtige Folie der Caro von heute über ein Foto der Caro von damals gelegt. Ihre Gesichtszüge waren mir immer noch vertraut, und die vergangenen siebenundzwanzig Jahre schrumpften zu einem einzigen kurzen Tag, den wir uns nicht gesehen hatten.

»Emmi?«, brachte Caro schließlich heraus. Ich nickte nur, sprechen war in diesem Moment unmöglich. Ein dicker, heißer Kloß aus Glück, Trauer und Wiedersehensfreude verstopfte mir die Kehle, und ein Tränenschleier ließ alles vor meinen Augen verschwimmen.

»Mein Gott«, flüsterte Caro. »Ich habe immer gewusst, dass du lebst!«

»Und ich habe immer gewusst, dass du mich nie aufgegeben hast«, sagte ich erstickt. Dann fielen wir uns in die Arme. Endlich hatten wir uns wieder. Meine Wange lag an Caros, und unsere Tränen vermischten sich miteinander.

»Komm, Papa, ich erkläre dir alles. Das ist übrigens Jonathan, Emmas Freund«, hörte ich Lilly flüstern, und dann entfernten sich leise Schritte. Ich war mit Caro alleine. Und wir würden uns eine Menge zu erzählen haben.

EPILOG: EIN HALBES JAHR SPÄTER

Draußen fällt der erste Schnee. Ich stehe am Fenster und sehe den dicken, weißen Flocken zu, die in einem lautlosen Tanz zur Erde schweben. Das Efeu vor unserem Haus hat sein sattes Grün eingebüßt und trägt nun ein Winterkleid in einem dunklen Blaugrün.

»Unser Haus« klang lange Zeit ungewohnt in meinen Ohren. Es hat eine Weile gedauert, bis ich mich hier eingelebt hatte, denn für mich war es immer noch das Zuhause von Herrn Spindler. Doch jetzt gehört es Jonathan und mir. So hat es mein ehemaliger Tutor in seinem Testament verfügt. Er muss es aufgesetzt haben, kurz bevor er starb. War es seine gewohnte Gründlichkeit, alle Dinge gleich zu regeln, oder ahnte der alte Mann, dass er nicht mehr lange bei uns sein würde? Ich weiß es nicht.

Bei seiner Beerdigung standen Caro, Lilly, Jonathan und ich Arm in Arm vor dem ausgehobenen Grab. Es war ein warmer Augustmorgen, und keine einzige Wolke stand am klarblauen Himmel. Eigentlich hätte es ein Tag sein sollen, an dem die Menschen fröhlich waren und den Sommer feierten. Doch für uns fiel ein Schatten auf ihn, weil ein Mensch, den wir alle ins Herz geschlossen hatten, die Sonne nie mehr sehen würde. Caro drückte mich an sich, und wie so oft in den vergangenen Tagen schien es, als wären wir beide keinen Tag getrennt gewesen.

Jeder von uns nahm auf seine Weise von dem gütigen, alten Mann Abschied. Caro hatte einen alten Kassettenrekorder aufgetrieben und ließ eine Aufnahme von Mozarts »Requiem« erklingen. Lilly trug ein Gedicht vor. Jonathan warf eine schwarze Rabenfeder, die wir im Gebirge gefunden hatten, ins Grab und ich einen Strauß tiefdunkler, roter Rosen. Es war meine Art, Herrn Spindler adieu zu sagen und ihm für alles zu danken, was er für mich und Jonathan getan hatte.

Die Testamentseröffnung war trotzdem ein Schock für mich – wenn auch ein freudiger. Ich war dem alten Herrn unendlich dankbar, weil er uns eine neue Heimat gab, auch wenn er selbst nicht mehr da war. Caro, ihr Mann Florian und Lilly halfen uns beim Streichen der Wände und spendierten das eine oder andere Möbelstück.

Trotzdem hielten Jonathan und ich uns im Sommer vorzugsweise im Garten auf, denn wir hatten eine merkwürdige Scheu, das Haus als unseren Besitz zu betrachten.

Doch dann wehten die stürmischen Oktoberböen den Sommer davon und trieben uns nach drinnen. Nachdem der Herbst endgültig mit bunten Blättern, fallenden Kastanien und am Himmel taumelnden Drachen Einzug gehalten hatte und wir das erste Mal den Kamin anfeuerten, wurde uns nicht nur wegen der tanzenden Flammen hinter der Ofentür warm ums Herz. »Unser Haus« kam mir auf einmal leicht über die Lippen, und da wusste ich, dass wir angekommen waren: im dritten Jahrtausend und in unserem neuen Heim.

Jetzt sehe ich eine hochgewachsene Gestalt, die sich durch das Schneegestöber zur Haustür kämpft. Ohne seine dicke Winterjacke auszuziehen, kommt Jonathan zu mir ins Zimmer und küsst mich. Dann hebt er mich hoch und wirbelt mich übermütig einmal im Kreis. »He, mir wird schwindlig«, protestiere ich lachend. »Was ist denn los?«

Statt einer Antwort zieht er feierlich etwas Weinrotes, Rechteckiges aus der Tasche.

»Mein Pass«, sagt er, und ich kann seiner Stimme anhören, dass er es selbst noch nicht glauben kann. Andächtig klappt er das Dokument auf und studiert es sorgfältig. Ich greife nach demselben Heftchen, das ich heute auf dem Rückweg von dem Treffen mit Caro abgeholt habe, und halte es daneben. Wie in einen Spiegel blicken wir in unsere Gesichter auf den Fotos.

Nur an mein neues Geburtsdatum muss ich mich gewöhnen.

»1993« ist für mich immer noch nicht Vergangenheit, sondern irgendeine Jahreszahl, weder Gegenwart noch Zukunft, da ich die Jahre zwischen 1987 und 2014 nie erlebt habe. Jonathan dagegen kann sich gar nicht sattsehen an den vier Ziffern, die sein Geburtsjahr datieren. »Es kommt für mich immer noch einem Wunder gleich«, erklärt er strahlend.

Ich nicke. »Ohne Caro hätten wir das nicht geschafft«, sage ich, und ein warmes Gefühl der Dankbarkeit für meine noch immer liebste Freundin durchströmt mich.

Am Abend nach Herrn Spindlers Beerdigung brachen Caro und ich zu dem kleinen See auf, an den wir schon als Schülerinnen und später im Studium immer gefahren waren, wenn wir Stress, Kummer oder einfach den Alltagskram einmal hinter uns lassen wollten. Meistens hatten wir eine Flasche billigen Rotwein im Fahrradkorb dabei, aus der wir tranken, während aus Caros batteriebetriebenem Kassettenrekorder Falco oder – wenn ich sie überreden konnte – »Heroes« von Bowie gedröhnt hatte, dem einzigen Song von ihm, der in Caros Ohren Gnade fand. »Wir können Helden sein – nur für einen Tag«, hieß es in einer Liedzeile, und genauso hatten wir beide uns damals gefühlt.

In Erinnerungen versunken blickte ich über das Wasser des Sees, der so still und friedlich dalag, als seien Caro und ich erst gestern zusammen hier gewesen – zwei gleichaltrige Mädchen, deren ganzes Leben noch vor ihnen lag.

Als ich mich umdrehte, sah ich zu meiner Verblüffung, wie meine Freundin eine bauchige Flasche unter dem Autositz hervorzog, die zur Hälfte mit Bast umwickelt war. »Meine Güte, die ist aber nicht von 1987, oder?«, rutschte mir heraus. Caros Lachfältchen vertieften sich, und sie schüttelte den Kopf. Dann beugte sie sich noch einmal ins Wageninnere, und gleich darauf ertönte »Heroes« von David Bowie.

»Woher hast du …«, fing ich an und Caro lachte. »Es gibt inzwischen iPod-Anschlüsse fürs Auto«, sagte sie und packte mich an der Hand, um mich mit sich zum Ufer zu ziehen. Wir ließen uns auf den schmalen Sandstreifen fallen und schauten dem aufziehenden Abend zu, der seine Farben ausgepackt hatte und großzügig grüne, blaue und rosafarbene Streifen über den Himmel malte. Die kleinen Wellen schwappten leise glucksend ans Ufer, und ich war einfach nur glücklich, all das erleben zu dürfen, statt als Gefangene in einer dunklen Felsenhöhle, jenseits von aller Menschenzeit, dahinzuvegetieren.

Als ich Caro nach unserem Wiedersehen von meinen Erlebnissen erzählt hatte, hatte sie stumm und wie betäubt in ihrem Sessel gesessen und einfach nur gelauscht, bis ich zu der Stelle kam, als ich vor ihrem Haus gestanden und ihre Tochter Lilly kennengelernt hatte. Den Rest der Geschichte kannte Caro von ihrer Tochter. Als sie nach einer Weile immer noch nichts gesagt hatte, breitete sich in meinem Magen ein mulmiges Gefühl aus. Doch dann war sie aufgestanden, hatte mich in die Arme genommen und leise gesagt: »Ich glaube dir.«

Caro riss mich aus meinen Gedanken, indem sie Wein in zwei Pappbecher goss, der so rot war wie die Rosenblätter im verzauberten Garten. »Auf uns – und die Zukunft«, sagte sie und hielt mir einen Becher hin. Feierlich stießen wir mitein-

ander an. Nach dem ersten Schluck verzog Caro das Gesicht.
»Schmeckt wie damals«, stellte ich fest.
»Ja – leider«, erwiderte sie, und wir brachen beide in Gelächter aus.

»Ich bin so froh, dass ich dich wiederhabe«, sagte ich leise zu Caro. Statt einer Antwort drückte sie nur stumm meine Hand. »Was habt ihr jetzt vor, Jonathan und du?«, fragte sie nach einer Weile.

Ich zuckte mit den Schultern. »Leben«, sagte ich einfach. Caro nickte. »Liegt ja noch alles vor euch«, antwortete sie, und ihr Lächeln war liebevoll und wehmütig zugleich.

»Allerdings habe ich keine Ahnung, wie wir an einen gültigen Pass kommen sollen«, meinte ich nach einer Weile. »Ich meine, ich kann schlecht ins Einwohnermeldeamt marschieren und sagen: ›Hallo, mein Name ist Emilia Wiltenberg, ich bin 1966 geboren, aber trotzdem erst einundzwanzig Jahre alt. Hätten Sie vielleicht einen neuen Personalausweis für mich?‹ Ganz zu schweigen, wie ich denen erklären soll, dass Jonathan noch mal zwei Jahrhunderte älter ist ...!«

Caro blickte schweigend in die Ferne. Ich kannte diesen Gesichtsausdruck: Sie dachte scharf nach.

»Vor einem Jahr habe ich in einem Biergarten miterlebt, wie ein Gast von einer Wespe gestochen wurde«, sagte sie plötzlich. »Sie war in seinen Krug geflogen, und er hat es nicht gesehen und daraus getrunken. Er wurde innen in den Hals gestochen und erlitt einen allergischen Schock. Innerhalb von Sekunden war seine Kehle vollständig zugeschwollen, und er bekam keine Luft mehr.«

Ich hörte ihr einfach zu, obwohl ich keine Ahnung hatte, worauf Caro hinauswollte.

»Ich habe vor Ort einen Luftröhrenschnitt gemacht, sonst wäre der Mann gestorben«, fuhr sie fort. Bei dem Bild vor Augen wurde mir leicht übel, und ich musste ein paar Mal tief durchatmen, wobei ich hoffte, Caro würde nicht noch mehr ins Detail gehen.

»Er hatte herausgefunden, wer ich war, und als er nach ein paar Tagen aus der Klinik kam, hat er mich angerufen. Er versprach, mir zum Dank für sein Leben jeden Gefallen zu tun, der in seiner Macht stünde. Er ist ein ziemlich hohes Tier in einer gewissen Behörde ...«, fuhr Caro fort und blickte mich nun endlich an.

»Behörde? Ja und?«, fragte ich ratlos.

»Emmi, rutsch mal ein Stück zur Seite. Du sitzt auf dem Schlauch«, schmunzelte Caro und versetzte mir einen liebevollen Knuff.

Da kapierte ich endlich. »Du meinst ...«, fing ich hoffnungsvoll an. »Ich habe noch seine Visitenkarte«, unterbrach Caro und zeigte ihr typisches Grinsen, das kein Alter und keine Zeit kannte.

Bis heute weiß ich nicht, wie genau sie es geschafft hat, den Mann zu überzeugen, aber jetzt halten Jonathan und ich unsere Pässe in der Hand, und nichts anderes zählt. Unser wahres Alter würde uns sowieso niemand glauben, und die einzigen Zeugen, die uns Böses wollen könnten, sind verschwunden. Nur von Frank tauchte zwei Monate nach unserer Rückkehr noch eine Spur auf, über die in der Zeitung kurz berichtet wurde: Beim Überqueren des Gebirgspasses sah ein Wanderer zufällig etwas Silbernes zwischen den Steinen blinken. Tatsächlich fand sich zwischen ein paar gekrümmten Latschenkiefern, halb verborgen unter einem Findling, ein Handy. Der Wanderer brachte es zur Polizei. Es war durch Wind und Regen ziemlich ruiniert, aber es gelang, die Speicherkarte zu retten und sie von Spezialisten rekonstruieren zu lassen.

Es stellte sich heraus, dass die Handynummer einem gewissen Frank Reger gehörte, der jedoch nicht zu erreichen war.

Die Beamten fragten schließlich bei seinem Vermieter nach, doch der hatte Frank seit Wochen nicht gesehen und inzwischen seine schäbige Wohnung räumen lassen. Anhand der Speicherkarte konnten die Beamten sehen, dass Frank vor seinem Verschwinden offenbar mehrmals die Nummer des Anwalts Udo von Hassell gewählt hatte, den seine Frau vor etwa acht Wochen als vermisst gemeldet hatte. Auf Regers Handy fanden sich keinerlei Hinweise, was mit ihm und seinem alten Schulfreund geschehen war. Einzig ein Foto, geschossen mit der Kamera des Handys, zeigte mehrere prächtige, tiefrote Rosen, die förmlich zu glühen schienen. Doch weil sich weder Frank noch Udo auf diese Notiz in der Zeitung meldeten und sich sonst keine Spur fand, die zu den beiden Männern führte, wurde die Akte Reger/von Hassell wohl schließlich unter »ungelöste Fälle« abgeheftet.

Obwohl ich keine Ahnung habe, wo Frank abgeblieben sein könnte, bin ich mir sicher, dass er uns nicht mehr gefährlich werden kann.

»Und das ist das Wichtigste«, stellt Jonathan fest, der wieder einmal meine Gedanken erraten hat. Ein Überbleibsel von Laurins Fluch, denke ich, doch im Gegensatz zu den anderen Erinnerungen an den Zwergenkönig, die zum Glück immer seltener in nächtlichen Alpträumen wiederkehren, ist das Gedankenlesen etwas, womit ich leben kann; sind Jonathan und ich auf diese Weise doch so etwas wie Seelenverwandte.

»Vermisst du eigentlich manchmal das Fliegen?«, will ich wissen und denke an den schwarzen Raben, der er einst war – zumindest für eine gewisse Zeit.

Jonathan lächelt. »In den Lüften herrschte eine grenzenlose Freiheit. Aber ich war einsam dort oben, ohne dich. Was sollte ich also vermissen?«

Er küsst mich und wischt mir zärtlich über einen Fleck auf der Nase. »Farbe«, erkläre ich.

»Morgen komme ich mit und helfe dir beim Anstreichen der Wände«, verspricht er. »Ist es nicht ein unglaublicher Zufall, dass die Räume heute wieder leer stehen, die vor beinahe drei Jahrzehnten schon dein Begehr gewesen waren?«

Ich muss lächeln. Nicht, weil sich Jonathan manchmal noch sehr altertümlich ausdrückt, sondern weil ich nicht mehr an Zufälle glaube. Vielleicht war es die Magie von Laurins Ring, den ich eine kurze Weile besessen hatte, oder eine Fügung des Schicksals. Jedenfalls hatte, ein paar Wochen nachdem Jonathan und ich heil aus dem Rosengarten zurückgekehrt waren, auf einmal im Schaufenster des Ladens, den ich damals nach unserem Schulausflug mit Caro hatte besichtigen wollen, ein Schild gehangen: »Zu vermieten«.

In ein paar Tagen werde ich mit einem Teil unseres Erbes mein eigenes Café eröffnen. Ich schmiege mich an Jonathan und sehe lachend zu ihm auf. »Willst du deine Kräfte nicht lieber schonen? Schließlich hast du nächste Woche doch dieses wichtige Turnier?«, frage ich scherzend.

Er grinst und schüttelt den Kopf. »Der Umgang mit dem Pinsel ist ein gutes Training für die Arme«, behauptet er.

In Wirklichkeit hat er aber den Sieg schon so gut wie in der Tasche. In Rekordgeschwindigkeit hat Jonathan sich einen Namen als Fechter gemacht. Er ist vor ein paar Monaten einfach in die bekannteste Fechtschule der Gegend marschiert und hat sich vorgestellt.

Natürlich wurde der junge Mann, von dem noch niemand etwas gehört hatte, erst einmal belächelt. Das änderte sich jedoch schlagartig, nachdem Jonathan den Champion und Vorzeigefechter des Clubs in einer Direktausscheidung vernichtend mit fünfzehn zu einem Treffer geschlagen hatte. Obwohl mein Liebster um seine Ausbildung ein großes Geheimnis macht – kein Wunder, seine Fechtstunden am österreichischen Kaiserhof sind schließlich schon ein paar hundert Jahre her –, gewinnt er einen Wettkampf nach dem anderen. Die Sponsoren reißen sich inzwischen um den gutaussehenden jungen Fechter, der sich in Gesprächen stets ausgesucht höflich ausdrückt. Sie glauben, er ist einfach ein Naturtalent.

Nebenbei unterrichtet er auch junge Fechtschüler, und sie vergöttern ihn – vor allem seine Schüler*innen*.

»Bist du nicht manchmal doch eifersüchtig?«, hat Lilly mich neulich gefragt, aber ich habe nur gelächelt und den Kopf geschüttelt. Was wir beide zusammen tief unten im Felsenreich Laurins erlebt haben, hat das unsichtbare Band zwischen uns stärker geschmiedet als das härteste Eisen. Und auch wenn Jonathan mich oft neckt, mein Café würde bald vor männlichen Gästen aus allen Nähten platzen, die noch lieber als mein Gebäck *mich* vernaschen würden, weiß er doch, dass kein anderer Mann seinen Platz in meinem Herzen einnehmen kann.

Nun löst er sich behutsam von mir und kramt in seiner Jackentasche. »Sieh mal, was ich heute erworben habe. Du weißt, mein letztes Duell hat mir einen stattlichen Geldpreis eingebracht!« Mit diesen Worten zieht er ein kleines, ultraflaches Gerät heraus, von dem ein Kabel mit zwei Kopfhörern baumelt, die kleiner als mein Fingernagel sind. Ich muss schmunzeln, weil ich das Symbol eines angebissenen Apfels darauf entdecke.

»Es ist so faszinierend, Emma!«, sagt er andächtig. »Kannst du dir vorstellen, dass in diesem winzigen Kasten über eintausend Musikstücke schlummern? Dass so etwas möglich ist, hätte ich mir damals selbst in den kühnsten Träumen nicht vorstellen können!« Jonathan strahlt wie ein Kind unterm Weihnachtsbaum.

Ich verdrehe die Augen, muss aber schmunzeln.

»Also nach meinem Geschmack hast du dich etwas *zu* sehr an die modernen Zeiten angepasst!«, necke ich ihn.

Er legt seine neueste Errungenschaft beiseite und zieht mich an sich. Engumschlungen fallen wir aufs Sofa. Unsere Gesichter sind nur wenige Zentimeter voneinander entfernt. Wortlos blicken wir uns an, und mir ist, als wechselten Jonathans Augen die Farbe: von Kornblumenblau zu einem tieferen Indigo, bis sie fast violett wirken und ich mich in ihnen verliere.

»Was bedeutet schon die Zeit«, murmelt er und streicht mir zärtlich eine Locke aus dem Gesicht. »Selbst das Jahrhundert ist mir gleichgültig, solange du nur bei mir bist.«

Ich schmiege mich an ihn. »Das werde ich, Jonathan. Bis zu dem Tag, an dem alle Zeit endet.«

ENDE

ICH DANKE:

- Johannes, der mich im Urlaub in die Dolomiten gelotst hat und mir den Blick auf den Rosengarten und damit die Inspiration für dieses Buch schenkte.
- Monika, wie immer meine Seelentrösterin, Aufbauhelferin und Herzensfreundin.
- Anja Koeseling von der Agentur Scriptzz für ihre schier unerschöpfliche Energie, ihre Ermutigungen und ihr Engagement.
- Meinen Freundinnen, die stets geduldig warten, bis ich aus meinem Buchstabensalat wieder auftauche – und wir bei unseren Treffen einfach mit den Gesprächen dort anknüpfen, wo wir beim letzen Mal aufgehört haben.
- Meinen Schriftstellerkolleginnen, mit denen ein wunderbarer Erfahrungsaustausch und ehrliche Freude über die gegenseitigen »Werke« möglich ist.
- Dem Knaur-Verlag, vor allem Martina Wielenberg für die konstruktive und nette Betreuung sowie Sabine Thiele für ihr feinfühliges Lektorat.

Eine fliegende Stadt, ein skrupelloser Herrscher und ein düsteres Geheimnis

Kaja Evert

FLÜGEL AUS ASCHE

ROMAN

Schon seit etlichen Jahren regiert der Herrscher der fliegenden Stadt Rashija mit harter Hand sein Reich. Der junge Adeen arbeitet als niederer Schreiber und muss die Schikanen der höhergestellten Magier ertragen. Als er eines Tages mit einer Gruppe von Rebellen in Kontakt kommt, ist Adeen sofort Feuer und Flamme. Er ahnt nicht, dass er in eine Auseinandersetzung auf Leben und Tod geraten ist, in der er eine entscheidende Rolle spielen soll. Denn nur Adeen kann den Aschevogel beschwören, ein Wesen von unheimlicher Schönheit und einzigartiger Stärke. Der Kampf um Rashija und um die Freiheit hat begonnen.

KNAUR